嵇康

张冰筱 —— 著

文化艺术出版社
Culture and Art Publishing House

图书在版编目（CIP）数据

嵇康 / 张冰筱著.—北京：文化艺术出版社，
2016.12
ISBN 978-7-5039-6228-8

Ⅰ.①嵇…　Ⅱ.①张…　Ⅲ.①长篇历史小说—中国—
当代　Ⅳ.①I247.5

中国版本图书馆CIP数据核字（2016）第296819号

嵇　康

著　　者	张冰筱	
责任编辑	董良敏	
封面设计	姚雪媛	
版式设计	赵　矗	
出版发行	文化藝術出版社	
地　　址	北京市东城区东四八条52号　（100700）	
网　　址	www.caaph.com	
电子邮箱	s@caaph.com	
电　　话	（010）84057666（总编室）　84057667（办公室）	
	（010）84057696—84057699（发行部）	
传　　真	（010）84057660（总编室）　84057670（办公室）	
	（010）84057690（发行部）	
经　　销	全国新华书店	
印　　刷	国英印务有限公司	
版　　次	2017年1月第1版	
印　　次	2019年1月第2次印刷	
印　　张	25.75	
字　　数	460千字	
开　　本	710毫米×1000毫米　1/16	
书　　号	ISBN 978-7-5039-6228-8	
定　　价	49.80元	

楔子

　　嵇康，字叔夜，竹林七贤的精神领袖，三国魏晋时期不容忽视的风流人物。他有一段历史长河之中不可磨灭的传奇故事。

　　嵇康的故事，开始于公元232年。

　　公元232年，魏明帝太和六年，中国历史已经进入三国末期。这一年，"建安七子"之一的"仙才"曹植薨逝，归葬鱼山；魏明帝曹叡第一次派兵讨伐辽东兵败告终。两年后，汉献帝刘协薨逝，曹叡素服发哀，大赦天下；诸葛亮第五次北伐，后病逝于五丈原，姜维智退司马懿，"死诸葛吓退活仲达"。三国之争仍自纷纷扰扰，多少英雄已至迟暮之年。天下大事终究分久必合，风流人物仍需力挽狂澜！

　　七年之后，魏齐王曹芳即位，曹氏与司马氏轰轰烈烈的权力之争正式拉开。两大家族，究竟谁家天下？乱世之巅，魏晋名上如何报国自全？

　　曹魏谯郡名士嵇康，正是这乱世中首屈一指的风流人物。他年少成名，文采精华，精通琴技，引领文坛风潮，与当时其他六位名士成就竹林七贤；他师承名家，尚奇任侠，能锻宝刀，暗助英雄讨逆，奈大势已去，便寻访隐士仙踪；他娶妻名门，横刀夺爱，历经磨难，惹出杀身之祸，幸两情相悦同奏琴瑟和弦；他重情重义，刚肠嫉恶，仗义执言，与友共赴生死。

　　这就是魏晋时期的乱世风云。他就是乱世中独树一帜的绝代之人。要知道嵇康这一生如何写就，让我们重新回到公元232年。这一年，嵇康刚刚十岁。

目　录

第三卷　暗夜歧途

第四卷　浊世清流

第五卷　广陵遗音

第一卷　风华少年

一、陈王夜入梦，稚子盗灵丹

公元232年，陈王曹植在一个夜晚飘然仙逝。作为从三国纷争到曹魏鼎盛时期的亲历者，他的离世似乎带走了曹氏的一缕帝王之气。曹魏从此开始走向衰落，三国即将进入尾声。

远在曹植府邸三百公里之外，曹魏陪都谯郡的嵇府内，十岁的嵇康正在酣睡。这嵇府乃是已故曹魏官员嵇昭的府邸。嵇昭乃嵇康之父，字子远，官至督军粮治书侍御史，在嵇康年幼时便已病逝。如今嵇府由嵇康的母亲孙氏与年长他十岁的二哥嵇喜打理，依靠嵇昭生前留下的家业，尚能安稳度日。作为家中最幼之子，嵇康从小便极受母兄宠爱。他聪颖过人，博洽多闻，五岁能作诗，六岁学骑射，七岁熟操琴，八岁便已成为远近闻名的神童才子了。说来也怪，自汉代罢黜百家、独尊儒术以来，世人多崇尚儒学，不知为何嵇康自小就对儒家经典不感兴趣，小小年纪却爱读些老子、庄子之言，对神仙传说也颇为着迷。此时，嵇康正做着一个离奇的梦。

梦中缥缈迷离，隐隐现出绵绵的山脊。往近处看去，水波粼粼的洛川若隐若现。在那长满杜衡草的岸边，一位身姿曼妙，体态如仙的女子盈盈而立，回眸招手，似正在迎接前来相会的恋人。

片刻间空中梵音缭绕，纷纶翕响，神鸟闻之齐飞，神龙感乐共舞，翩然腾转，长吟盘旋。一位紫冠玉带的男子从云烟深处款款走来，边走边吟：

> 转眄流精，光润玉颜。含辞未吐，气若幽兰。
> 华容婀娜，令我忘餐……

那神女听见此言含羞带笑，粉面如桃，脚步轻迈，一眨眼间便来到男子面前。男子上前携过神女之手，两人相视片刻，脉脉含情，向洛水深处走去。

> 践远游之文履，曳雾绡之轻裾。
> 微幽兰之芳蔼兮，步踟蹰于山隅……

嵇康看得呆了，眼前的景象与耳边的《洛神赋》告诉他，那一对风姿绰约的仙侣正是洛神甄皇后与陈王曹植。眼看二人的身影越来越远，吟诗之声也渐渐淡去，他忍不住喊道："仙人莫走，今日既有缘相见，何不留下只言片语？"

听见喊声，即将消失身影的曹植顿住身形，微微回首，对着身后之人一笑，几句诗随风飘来：

> 巍峨铜雀台，琴刀此中埋。
> 苏山偶得遇，英雄暂抒怀。
> 乾坤瞬息变，孰能识清白。
> 大梦终须醒，缥缈入蓬莱。

嵇康侧耳倾听，一字一句紧紧地记着，待到回过神时二仙早已无影无踪。

"大梦终须醒，缥缈入蓬莱。大梦终须醒，缥缈入蓬莱……"

"康哥，念叨什么呢，醒醒，快醒醒！"一位少年坐在床前使劲摇着嵇康的肩膀。

"仙人别走，仙人别走！别摇，别摇了……"嵇康终于被摇醒，揉着惺忪的睡眼嗔道，"都怪你，把我摇醒了，我正梦着仙人呢！"

嵇康眼前的少年有八九岁年纪，一身鹅黄的衣衫，眉目俊朗，神采之间透着一股稚气与灵气。此人是嵇康父亲生前好友镇北将军吕昭庶出次子，名唤吕安，表字仲悌，比嵇康略小一岁。吕安乳名阿都，近些年大了便无人再唤，只有嵇康仍以此名唤之。可见两人乃总角之交，感情甚笃。此刻他从床边站起身来，一脸嬉笑地望着自己的好友："难怪我听见你什么'大梦'，什么'蓬莱'的，原来是梦见神仙了。神仙都跟你说什么了？"

嵇康从床上起身走到桌边坐下，摆出一副兄长的架势问道："你先别问我，我来问你，这么一大早你不在家中读书，怎么跑到我这来了？也不怕你爹打你？"

　　吕安知他故作正经，嘻嘻一笑，随即又皱起眉头："我今早听到一件大事，不得不赶紧来告诉你！"

　　"什么大事？"

　　吕安拿起桌上的茶壶，自己倒了一杯茶饮完："陈王曹植薨了。今早接到的消息，我爹已经赶去吊唁了，据说会葬在鱼山。"

　　嵇康站起身来："什么？曹植薨了！那么我梦中的，难道是……"他嘴里念叨着在屋中走来走去，"原来真的是他！他与那甄皇后……哈哈哈，妙，妙啊！"

　　"康哥，你笑什么啊，到底梦到了什么？"见嵇康不理会自己，吕安上前扯住他的衣袖，"快告诉我，你梦到了哪位神仙？"

　　嵇康甩开吕安的手快步走到书桌前，铺开纸张提笔疾书起来。吕安来到他身后边看边念："巍峨铜雀台，琴刀此中埋。苏山偶得遇，英雄暂抒怀。乾坤瞬息变，孰能识清白……康哥，下面的呢？"

　　嵇康把笔仍在桌上，抓着头懊恼道："最后一句记不得了，好像是一句谶语。"他愣了愣神，又举起手在空中比划了半天，最终还是什么也没想到，侧过头看见身旁的吕安，立刻气不打一处来："都怪你，着急把我叫醒，我原本记得清清楚楚，还念叨了好几遍，现下都被你摇没了！"

　　"我哪知道你在做这样要紧的梦。对了，我记得你当时嘴里念叨着什么'大梦'什么'蓬莱'的，你再想想看？"

　　嵇康听了眼睛一亮，抓起笔刚要写，手又在半空中停了下来："还是记不真切，只怕现在要写也是我自己混编的了。"说罢甩开笔，将写好的诗句揉作一团，扔在一边。

　　吕安自知理亏，看着好友颓唐的样子，小心翼翼地将纸团拾起，揣在怀中道："是我不好，害得你忘了如此重要的诗句。这诗中句句玄机，我帮你收好，说不定日后你还能记起。"

　　嵇康看着眼前怯生生的吕安，怒气也消了一半，想起曹植死讯与梦中情景，一边为这位声名赫赫的才子离世而悲哀，一边又为他与甄皇后的这段才子仙缘而感到欣慰。沉默了半晌，他拉过吕安的手在桌边坐下："你别自责了，也不能怪你。告诉你，我昨晚恍惚梦见了曹植，他与甄皇后一起成仙去了。"

　　"真有如此美事？那这诗，定是曹植留给你的了！哎呀呀！我真混，竟在那个时候打断你，若我再晚来一会儿，说不定他还会告诉你成仙之道呢！"吕安越想越懊悔，站起身来边跺脚边用手捶着头。

嵇康此时却已放下此事不再追究，看见吕安懊悔的样子，知他生性淳厚率真，便想逗他一逗，两手一摊道："哎！是啊，阿都，你阻了我的成仙之路，打算拿什么来赔给我？"

吕安心中充满愧疚，听嵇康如此一说便决心补偿，一拍胸膛道："你说吧，想要我如何赔你都行！"

嵇康见他如此更觉有趣，故作凄声道："哎，这世间还有什么比得了成仙啊！"

吕安涨红了一张小脸，想了半天忽然一拍脑袋："有了！我家中藏有灵丹妙药，据说服食之后或可成仙，我去帮你盗来！"

"你说的可是五石散？"

"正是此物！我见爹爹服食过，服完之后神思飘忽，体态轻盈，脚步轻健，飘飘欲仙。我去帮你盗来，就算不能成仙，说不定也能帮你记起梦中的诗句。"

对于五石散，嵇康也曾听闻过一些。此药如今风靡一时，许多世家子弟都曾服食过。是不是仙药他不知道，但是吃了可以让人神思飘忽，飘飘欲仙倒是真的。不过，他兄长嵇喜不但从不沾染此物，也曾明令禁止过他不可服食。嵇昭去世后，嵇康与嵇喜由母亲孙氏和长兄嵇安照顾，举家住在魏境谯郡。后来长兄嵇安病逝，二哥嵇喜对幼弟时时管教，处处叮咛，嵇康视之如父。两兄弟虽脾气秉性不同但感情很好，嵇康也非常尊重嵇喜。

今日吕安提起五石散，嵇康登时想到嵇喜曾严令禁止他接触此物。但是，他此时不过是个十岁的少年，好奇心正盛，加上吕安一番描述，他也想试试这五石散究竟是何滋味，说不定真能令他想起昨夜之诗。只要偷偷尝一尝，不让兄长知道便好。嵇康这边打定主意，便对吕安假装正色道："既然你要送给我，我岂有不受之理。趁你父亲不在家中，快快去取吧！"

吕安听罢把头一点，满口应承道："包在我身上，我这就去给你盗来！"说完转身昂首阔步而去，一副"壮士一去兮不复还"的架势，逗得好友哈哈大笑。

吕安这边虽然答应的利落，但是心里却并没有底。他一边走一边盘算着怎样从下人口中套出五石散的藏处，又提醒自己千万不能让同父异母哥哥吕巽知道。刚要走出嵇府大门，只见一个身影一晃来到自己面前。

"阿都，我随你一起去。"吕安抬头看着眼前的少年，身材高挑，姿态挺拔，一身白衣，面容清秀俊逸，长眉入鬓，凤眼星眸，鼻梁高挺，唇红齿白，此刻正面露笑意地看着自己，虽是少年模样，但已颇有风姿。这人不是嵇康又是谁？

"康哥，你？"

"我岂能让你独闯'虎穴'？"嵇康冲吕安调皮地挤了一下眼。

吕安望着比自己略高一头的好友心中登时有了底，上前拉住他的手："走，咱们兄弟俩一起去！"

嵇康与吕安，一个白衣挺拔，一个黄衣俊朗，两人携着手边走边谋划着如何盗药，丝毫没有察觉到正朝他们走来的一人。此人刚过弱冠之年，面容端正，身着蓝衫，正是外出会友归家的嵇喜。他一路走来，远远地看见一白一黄二人边说笑边兴冲冲地走着，便打算上前问他们要去何处。谁知这两人只顾说话，完全没有看见朝他们走来的嵇喜。

"嗯，到时候你先去缠住我哥哥，然后我进去盗药……啊！"吕安刚说完，转脸就看见嵇喜已经站在自己面前，正皱着眉头看着自己。

"嵇……嵇大哥……"

嵇喜看着语无伦次的吕安，笑道："我不是嵇大哥，是嵇二哥，怎么今日连如何称呼都忘了？ 叔夜，你大清早不在家中读书，与仲悌在街上逛什么？"

"二哥，我，我到阿都家中读书去，他有读不通的地方要问我。"嵇康毕竟还是个十岁少年，平常也不曾对嵇喜撒谎，此时说起谎来未免底气不足。

"仲悌，有哪里不通，二哥或许可以帮你一解？"嵇喜方才早已听得"盗药"二字，再看自己的弟弟言辞闪烁、神色微变，就知道这二人要去行些不端之事。

吕安被问得一时语塞，正要胡乱编排，嵇喜一扯嵇康的袖子，正色道："我今日归家有喜讯要告知母亲，你随我一同回去，我有话要对你说。"不等嵇康答话，拉着他就往回走。嵇康见兄长神色严厉又自知理亏，只得被他强拉着往回走，边走边回头对吕安道："你先莫自己读，我回头就去找你！"

吕安看着两人远去的背影，烦恼地搓着手想了片刻。他知道嵇康的话意是叫他不要擅自行动，但是他却觉得此事不至于特别棘手，自己就能搞定。想到这里，他快步朝自己家中走去。

嵇康随嵇喜回到家中。嵇喜拜见了母亲孙氏，回禀了自己已经被地方官推举为秀才。当时还没有规范的科举制度，主要靠察举制来选拔人才，也就是由地方州县推举有德有才的人为秀才或孝廉，这些被选拔的人多为世家子弟。孙氏闻之甚喜，叫丫鬟摆上香案，将为数不多的几名家丁仆人都召集到厅中。嵇喜对着香案向亡故的父亲和长兄祭拜，告知他们嵇家子弟这一辈已不再皆是白丁。祭拜仪式甚为繁琐，嵇康也被叫到香案前拜了又拜，好不厌烦。加上他心中念着吕安，怕吕安逞强先去盗药，所以从头至尾都心不在焉。

待到一切都闹完了，已经是黄昏时分。他趁母亲与二哥说话之际，从家中偷偷溜了出来，直奔吕府而去。刚到吕府门外，便见吕安的兄长吕巽从府内出来。吕巽已有十五六岁年纪，身量不高，身材瘦削，皮肤白净，细眉小眼，与吕安之眉目俊朗、身姿矫健相比相差甚远，想来这吕巽的生母定不似吕安娘亲美貌脱俗。

嵇康上前道："长悌兄，我来看望阿都，不知他可在家中？"吕巽皱着眉头回道："哎！你来得不是时候，二弟今日犯下家规，母亲正罚他在堂上跪着呢！"嵇康一听便知是盗药事发，也顾不得吕巽，迈步就往吕府中走去。

原来，吕安自别了嵇康回到家中，就开始了自己的盗药计划。他记得父亲一直将贴身的物品交给丫鬟春兰保管，便打算找春兰套出五石散的藏处。他这边正思筹着如何行动，却见春兰从哥哥吕巽住处的方向走出来，手中攥着一个精致的小药瓶。再仔细一看，平日娴静恭顺的春兰，此刻竟衣衫微乱，发髻散落，粉面微红，神色慌乱地低着头快步走着，姿态与往日大相径庭。吕安毕竟还是个孩子，也没细想春兰此时究竟为何与以往不同，只盘算着如何盗药。他正盯着春兰手中的药瓶发愣，春兰却一不小心撞在了他身上。

"二公子，奴婢不小心，奴婢给您赔罪！"春兰慌张地边向吕安赔罪，边背过手去将药瓶藏在身后，小动作全被吕安看在了眼里。

"春兰，你手中的瓶子里装着什么好东西？"

"啊？没，没什么，只是一般的药丸，老爷走时让我收起来。"春兰吓得手一松，瓶子掉在地上，上面的字正落进吕安眼中。

"五石散"——吕安看见这三个字心中一跳，按捺住狂喜，装作并没看见："哦，那你快去吧。"春兰听得此言如蒙大赦，拾起药瓶慌忙而去，却不知吕安悄悄地跟在了她的后面……

"哈哈，这可真是'踏破铁鞋无觅处，得来全不费工夫'！"吕安端详着手中的药瓶，此瓶做工甚为精致，打开瓶塞只见里面盛着大半瓶小药丸。想必这就是仙药五石散，只要偷偷倒出几粒……吕安心中暗想着，还不等倒出药丸，自己的手便被人抓住了。

"娘，我说对了吧，二弟果然在此盗药！"吕巽一手抓着吕安的手腕，一手夺过他手中的药瓶塞进母亲手里。吕安一看来人，登时吓出一身冷汗。

"安儿，你可知错？"这吕夫人是吕昭的正妻。虽然吕安生母早亡，但她仍是看吕安十分碍眼，素日来便只顾宠着自己亲生之子吕巽，对吕安要么不问要么就是疾言厉色，此刻见"人赃并获"便责道，"你要这五石散来做什么？"

吕安不想连累好友，也不提与嵇康约定之事，只自己承认下来："我，我觉得好奇，想试试……"

"此药只有成年方可服食，况且你就算想服也不该私自取用！"

"不告而拿即是偷！"吕巽提醒母亲。

吕夫人更加斥责道："小小年纪便行这些'鸡鸣狗盗'之事！安儿，你一向老实听话，今日要不是你哥哥来告诉我，让我亲眼看见，我还不信！"

吕安自知无法脱罪，并且嫡母的指责也没有错，他生性诚实纯良，也没有怨怼之心，便垂下头来低声道："孩儿知错，请母亲责罚。"

吕夫人见他大方认错，正没有说辞，只听吕巽说道："母亲，父亲一向教导我们要行事端正，安分守己，做个谦谦君子。您也常说'小时偷针，大时偷金'……"

"巽儿不用说了。安儿，家规第五条如何说的？"

"家规第五条：偷盗家中之物，凡奴婢者送交法办，凡家中子弟……杖责二十，罚跪祠堂思过。"吕安垂头丧气道。

吕夫人点点头，叹了口气："念你初犯又肯认错，这二十杖责先与你记下，罚跪祠堂却不可免。你今日就到那里跪着思过去吧！"吕昭素来护着幼子，吕夫人怕他回来时不好交代，也不敢随意杖责。

她只道吕安一个八九岁的孩子定会开口求饶，谁知吕安既不撒娇也不求饶，竟毫不犹豫地向她躬身施礼，应道："孩儿领命。"说完，便径自朝祠堂去了。

看着吕安远去的背影，吕巽放下一颗悬着的心，暗暗吐了口气。其实，他与那丫鬟春兰早有沾染，今日见父亲不在家中，便叫春兰私拿五石散来服用，好做些苟且之事，没想到完事之后春兰却被吕安撞见。吕巽那时刚从房内出来，先见吕安询问春兰，又见他暗随在春兰身后。吕巽生怕弟弟发现自己与春兰的丑事，便不声不响地跟在吕安身后。这正是"螳螂捕蝉，黄雀在后"。吕巽发现弟弟不但没有瞧出不妥，而是准备进屋盗药，心中便有了算盘。他怕吕安日后想明白今日之事告诉父母，倒不如来个先发制人，把盗药之事都推到弟弟身上。吕巽想到这里转身便去向母亲揭发，来了个恶人先告状。可怜吕安年纪尚小，不通男女之事，心思又单纯率直，被自己的哥哥算计了还毫无察觉，乖乖地受罚去了。

再说嵇康听见好友受罚，一路飞奔，还没入得祠堂，就见一袭黄色跪在当中，后背笔挺，两腿下面就是硬邦邦的地面，没有铺垫任何东西。嵇康心中一痛，后悔当初自己不该逗好友前去盗药，既决定盗药就更不该撇下吕安让他一人前去。如今好友独自受过，他岂能袖手旁观？ 怎奈现下吕安已然被罚于此，他也不能扭转乾坤，改变事态，不如自己陪他一起受罚，也算尽了兄弟之义。

此时，吕安跪在祠堂中已将近三个时辰，他自知犯了家规，便也不向母亲求饶，小小年纪透着一股倔强的傲气。可再是傲气，跪了一下午他也快要撑不住了，虽然看似身姿仍然端正，但是两腿已经开始暗暗发抖。他正咬牙攥拳撑着，忽觉身边多了一个人，侧头看去，只见嵇康刚刚跪正，正朝他看过来："阿都，我今日不能随你一同盗药，却能陪你一同受罚。"

吕安听了这话，心中百感交集。他早先是有些责怪嵇康，不该听了嵇喜的话就弃他而去。但是想想，觉得在那时的情形下，嵇康也别无他法。只怪自己行事不够谨慎，盗药时被哥哥发现，告知了母亲。又怪今日自己惊了好友的神仙梦，不得不以此赔罪。吕安年纪虽小，却是个敢作敢当之人，想到此处也不再埋怨。此时又见好友来陪他一起受罚，心中更是感动。加上他跪了许久，又累又饿，两膝酸痛，毕竟还只是个孩子，看见好友便眼圈一红，一肚子委屈涌上心头，哽咽道："康哥，呜呜……"

嵇康见吕安如此情状，更加心痛自责，揽住吕安肩膀道："今日都是我不好，不该逗你盗药，更不该弃你而去。别哭了，咱们是男子汉，不能随意流泪。告诉我，究竟怎么回事？"

吕安收住眼泪道："都怪我太大意，被哥哥发现了。"吕安将今日之事说与嵇康。嵇康听到春兰之事时觉得颇有蹊跷，再看后面吕巽的言行似乎句句要将弟弟的罪名坐实，这样上下联系起来，对今日之事也猜出了个大概。他一时不忿，想要告诉吕安，拆穿吕巽的所作所为。但是又一转念，如今无凭无据也不能将吕巽怎样。何况吕巽是吕安的哥哥，以后还要日日相见，搞僵了更不好。吕安此次受罚已不可挽回，如果再牵扯出他哥哥的事情，只能让他更加伤心，于事无补。不过，吕巽此人对弟弟都能如此算计，实在不可不防。

想到这，嵇康说道："你哥哥心思比你我二人要多，有些事我也不便多言。你记住，以后在家中要谨言慎行，若有什么难处只管来找我。"

吕安对吕巽今日的作为也十分气恼。虽然他们兄弟二人本就玩不到一块去，但也没料到吕巽会如此不顾及他。他一向视嵇康如兄，如今听他这番话便点头道："嗯！ 以后我凡事都听你的。"

嵇康心下稍安，正色道："阿都，我向你保证，若日后再有此事，刀山火海，我必不负你！"

吕安听了点点头，与嵇康两手交握，相视而笑。

二、初进洛阳城，巧遇钟士季

魏明帝景元初年，公元237年。这一年，曹魏达到明帝曹叡统治时期的顶峰，而吴、蜀两国虽略有动作，但主要都是在休养生息。

这年春天，曹魏山茌县奏报说看见一条巨大的黄龙在天空出现，盘旋长吟，声震九霄。世人皆谓此乃祥瑞之兆。于是朝中有大臣上表明帝，认为应该响应上天瑞兆，改历法，易服色，使万民感觉耳目一新。明帝欣然应允，下诏改太和历为景初历，大赦天下。

也许曹叡是觉得曹家已经坐稳了中原江山，吴、蜀两国皆不足惧，覆灭乃是迟早之事。现在局势稳定，天下太平，是该好好彰显一下曹家的天威，给祖宗长长脸了。于是明帝下诏，将原设在长安的钟、橐驼、铜人、承露盘等移到都城洛阳。岂料，那承露盘在移动的时候折断，而铜人则因为太过沉重，无法运到洛阳，只好留在了霸城。明帝又下诏征集黄铜铸造铜人，称为"翁仲"，一左一右并排安放在皇宫的司马门外。这还不够，他又下旨熔铸四丈高的黄龙、三丈高的凤凰，安置在皇宫内殿前。仅有一龙一凤未免太过单调，为了在芳林园堆一座土山栽种植物，给山禽杂兽搭窝，造成百兽朝圣、百鸟朝凤的盛世景象，明帝竟命令三公九卿、满朝官员都去搬运泥土。可怜一个个身居高位、细皮嫩肉的官老爷们，皆弄得满身泥土、衣冠不整，无不怨声载道！

更新了皇宫的门面，明帝又开始更新后宫。他下诏从天下广泛搜罗美女，最美的送入皇宫。已经嫁给下级官吏和平民为妻的，一律改嫁给兵士，以犒劳他们连年征战之苦。如果不想嫁妻，则需要拿一定数目的牛马牲口来赎回。一时间举国上下妻离子散、鸡犬不宁。明帝万万没有料到，此番轰轰烈烈的"盛世"景象仅仅持续了两年，自己便驾鹤西去了。他自然更不会知道，被他祖父曹操和父亲曹丕忌惮压制了几十年的司马家族，在他死后开始了真正的崛起。

这一年，嵇康已经十五岁，长成了一个英姿勃发、才华横溢的少年郎。此时，嵇喜为施展抱负、建功立业，以秀才之身参军入伍，嵇康在家中每每思之，便提笔成诗寄于兄长。

> 息徒兰圃，秣马华山。流磻平皋，垂纶长川。
> 目送归鸿，手挥五弦。俯仰自得，游心太玄。
> 嘉彼钓叟，得鱼忘筌。郢人逝矣，谁与尽言。

"好，好，康哥，此诗写得甚好！"吕安手持诗卷，口中啧啧称赞，"'目送归鸿，手挥五弦。俯仰自得，游心太玄。'读你的诗，就好像一幅幅画卷尽在眼前。华山喂马，长川垂钓，目送鸿雁，手操古琴，思古论今，悠然自得，好美的景象，好美的意境！此诗虽用四言体，但却突破了以往的风格，独具匠心，就连那建安曹植，恐怕也要被你比下去了！"

嵇康听了好友一番盛赞，只是淡淡一笑，随手将另一篇诗稿递给吕安："再读读这篇。"吕安接过看去，那诗稿上写着：

> 君子体变通，否泰非常理。
> 当流则蚁行，时逝则鹊起。
> 达者鉴通机，盛衰为表里。
> 列仙狗生命，松乔安足齿。
> 纵躯任世度，至人不私己。

吕安读罢摇头撇嘴："此诗虽合辙押韵，但太过一板一眼，而且说理论道十分世俗。尤其是这句'当流则蚁行，时逝则鹊起'圆滑之极，毫无坦荡荡的君子之风。这诗定不是你作的！"

"阿都果然知我，那你猜猜这是谁作的？"嵇康侧首含笑看着吕安。

吕安略作思索，忽然"嗤"地一笑，道："我猜到了！是你二哥所作，对否？"说罢与好友相视大笑。

"二哥这首诗说理顺畅，比兴得当，颇有见解，也算得上一首良作。"嵇康收住笑意，认真说道，"他诗中句句提点，字字警醒，不过是要我学会屈伸得益，审时度势之道，把心思用在建功立业上，而不是去寻那些虚无缥缈的升仙养生之术。我岂不知凡事盛衰皆有定数，但能做到他所说的'纵躯任世度，至人不私己'却是难上加难。孔子算得上一位圣人，却也不能达到从心所欲之境界。恐怕只有效仿老聃、庄周，才能达到'至人无己、神人无功、圣人无名'的大境界吧。"

说到这，他走到书桌前摊开纸对吕安道："我有一诗已成，你且看我如何难他。"说完也不消多想，提笔写道：

琴诗自乐，远游可珍。含道独往，弃智遗身。
寂乎无累，何求于人。长寄灵岳，怡志养神。

"我今日便将此诗寄给二哥，看他如何答我。"

吕安见嵇康顷刻之间便又出一篇佳作，更是佩服得五体投地，叹道："我此生有你这样的良友，真是无憾了！你诗中所提到的'含道独往'，物我两忘，回归本真，不被流俗所束缚，不被虚名所牵绊，与庄子之道不谋而合，志向何其高远。只是你我生在这凡俗尘世，要做到这些，实在太难！"

嵇康若有所思地沉吟了一会儿，叹道："你所言不假，我虽有这样的志向，但也不知该如何行事，才能达到如此境界。看来，我还是未悟到……"

吕安见他神色凝重起来，便转换话题道："对了，康哥，你可否听说最近洛阳城中多了好些个'大'东西？"

嵇康收回精神，边将诗稿折起装进信笺边道："据说天子下令，将原在长安城的承露盘、铜人、钟、橐驼移到洛阳。不过那承露盘因年代已久还没挪出几步便折断了。我看那铜人也难，那样沉重之物，怎能运至洛阳！如今只有钟和橐驼刚刚运抵京城。今年与往年大为不同，先是年初出了祥瑞之兆更改年号，后是移动这四件圣物入京，真不知咱们这位天子后面又要闹出什么花样来！"

"我有个想法，趁着你二哥如今不在家中，你我一同上洛阳城，看看那几件圣物如何？"

嵇康心中一动，他还从未去过洛阳城。"好啊，咱们就趁此机会去看看那'圣物'是何模样，顺便也领略一下京城的风貌！"

"那就一言为定，我们明日就出发！"

次日清晨，吕安一身白衣，身骑黑色骏马，肩上挎着个小包袱，等在嵇府门前。他略等了一会儿，只见一人玄衣白马迎面而来。此人一身漆黑，黑衣黑裤黑靴，连肩上的包袱都是黑色的，更衬得胯下的白马洁白如雪。

"你这是要去作'荆轲'不成？怎穿成这副模样？"

只见来人嘴角微翘，一双星眸闪露笑意，黑发被初春的微风吹得轻轻飘动，一张俊脸被黑衣衬得更为明亮夺目，好似朝阳。

吕安从未见过如此穿着的好友，一时被他浑身上下散发的神采与英气镇住：
"就你这一身打扮出现在洛阳城，恐怕要引起满城女子轰动了！"

"莫要说笑，这衣衫是母亲缝给我骑射时穿的，今日出门正好穿上，比那些
长衫方便些。"嵇康说着提了提肩上的包袱，那包袱比吕安肩上的大了好多，里
面好似有个竖长之物。

吕安上前帮嵇康拖住包袱："好沉！你不会是把你的琴也带上了吧！"

"正是。师父曾说'三日不抚，手生心钝'。我离不开它。这次出门我只带了
一套换洗衣裳，一些银两，再就是这把琴。"嵇康说着将肩上的包袱又紧了紧。

"你那师父，哎！"吕安叹了口气。

嵇康知他要说什么也不答话，一扯缰绳，胯下白马登时前蹄离地，长嘶一声
往前蹿去。"走，你我二人上那洛阳城看看去！"

吕安也一夹马腹，紧跟上去。一黑一白两道身影策马朝洛阳城而去。

洛阳城，位于洛水之北，水之北谓之"阳"，故曰"洛阳"。洛阳城北据邙山，
南望伊阙，东据虎牢关，西控函谷关，洛水贯穿，群山环绕，既有中原土地之雄
浑壮阔，又含南方水乡之婉转秀美。当年曹操击败袁绍之后营建邺城，后曹丕代
汉称帝迁都洛阳，在东汉洛阳城的基础上扩建魏都，令洛阳重现昔日繁华景象。

嵇康与吕安两人一路且行且住，不急不缓，观赏沿途风景，谈论诗词歌赋，
不知不觉中就来到了洛阳城。此时已是入夏时节。

如今的洛阳城，果然一派天子脚下的富贵繁华之气，不再是曹植口中"洛阳
何寂寞，宫室尽烧焚"的凄然末世之景了。嵇康在马上看着洛阳的街市景致，又
转过头看着身旁与他并肩策马而行的吕安，吟道：

> 良马既闲，丽服有晖。左揽繁弱，右接忘归。
> 风驰电逝，蹑景追飞。凌厉中原，顾盼生姿。

"阿都，我一路上都想作一首诗来赞你的马上英姿，思来想去皆不成句，没
想到今日一到洛阳立时便有了。"

"哈哈，我哪衬得上如此佳句？这样英姿勃发的马上风采，我可要好好历练
历练才行，你谬赞了！不过这洛阳城确实与众不同，一进来便觉得有一股浓浓
的华丽隽永、钟灵毓秀之气。想那建安七子曾在此处观赏游历、饮酒赋诗，真是
令人艳羡啊！"吕安也被洛阳的美景所折服。

两人信马由缰，闲闲散散地在洛阳城观赏游逛，渐渐地觉出些不妥之处。"康哥，你可否觉察出些这城中有些奇怪之处？"

"是啊，我也觉得有些蹊跷。这城中虽高楼广厦、亭台楼阁、花红柳绿的，可是为何街上行人这么少，偶尔来往几个也好像赶着有事似的。你看那一家家酒楼店铺，虽酒旗招展、琳琅满目，但进去喝酒、置货的人却并不多，显得寥寥落落。"嵇康看着略显清冷的街道，蹙起眉道。

"我也觉得如此。难道这洛阳城中的人，大白天都喜欢待在家里？"

两人满腹狐疑地继续前行。忽然之间，一人从侧前方摔了出来，正落在嵇康的马前。他赶紧稳住受惊的白马，翻身跃下马来，扶住那人道："兄台，可有伤到？"

那人挣扎着刚要起身，只听前方传来一个尖锐的男子声音："给我滚远点，下次再让我看到你，可不是赏你一脚这么简单！"话音刚落，几个人从街边的一座高楼大院中走了出来。为首的两人一个瘦高一个矮墩，瘦高的正是刚才发话之人，他边走边卷着袖子，一副气势汹汹之态。那矮墩的则在一旁露出奸笑。两人衣着华丽，一看就是富家子弟。

"你们还我夏莲！你到我家中说按王法规定让她改嫁他人，谁知一转眼竟把她送到这青楼里，别以为我不知道你们安的什么心！"摔在地上的人被嵇康、吕安搀扶着站起身来，指着那两人愤怒地说道。

"靳生，夏莲已不是你的妻子，我想将她怎样便怎样！除非……你能拿出牲口银两来赎她回去！""瘦高"说完看向身旁的"矮墩"，两人一脸轻薄地哈哈大笑，身后的人也跟着哄笑起来。

"你，你们这群欺男霸女、无法无天的禽兽！"

"小子，你活得不耐烦了是不是？""矮墩"听见骂他，抡起拳头便要打将上去。嵇康在一旁也听出些眉目，分明是这帮纨绔子弟欺凌他人。他一向尚奇任侠、胸怀正义，路见不平定然不会袖手旁观。他挺身挡在那人身前，一把抓住"矮墩"的手腕暗暗使力，那"矮墩"即刻疼得变了脸色。

"你们休要仗势欺人！"吕安也走上前来道。

"呦！来了两个打抱不平的'侠客'，我奉劝你们还是不要多管闲事，否则可要吃不了兜着走！""瘦高"见眼前两个少年虽十五六岁年纪，但相貌堂堂，器宇不凡，穿着讲究，心道可能是哪个小官宦家的子弟，便想把他们吓走了事，接着道，"你可知我们是何人？"

"凭你们是何人，也不能光天化日之下为非作歹！"嵇康知他们定要拿身份权势来吓唬自己，丝毫不为所动，"我倒想听听二位是什么人物？"

"好，我今日就让你们死个明白。我乃朝中度支郎中丁谧，我身边的这位乃给事中李丰大人之弟，我们所办之事皆为皇差，识相的就赶紧滚开！"

这丁谧虽为度支郎中，只是从五品上，官职也不甚高，但却攀附朝中大臣处处仗势欺人，作威作福，声名狼藉。他口中的给事中李丰，字安国，常伴天子左右，在朝中颇有名望。世人皆道这位李丰人品出众，识人善用，是朝中的股肱之臣，但其实却不尽然。李丰此人志大才疏，名不副实，耍耍嘴皮子还可以，真正能为朝廷所用之处甚少。现在朝内曹氏与司马氏的纷争虽未摆在台面上，但身为朝中官员谁都明白此事。别人都因党派之争如履薄冰，而李丰却能在其间游刃有余，两家皆不得罪，可见其为人之圆滑。难怪坊间流传一句话叫"李丰兄弟如游光"。一个"游光"便可看出李丰兄弟的行事风格了。

今日这个"矮墩"便是李丰的弟弟李茂。此前明帝下诏在全国搜集美女，头等美女送入宫中，其余改嫁到兵士家，这个差事就落到了丁谧和李茂身上。这两人一向贪酒好色，为非作歹，如今摊上这样一件美差，岂有不趁机满足私欲之理？他们将搜集地方美女的任务外派给各地，自己则在洛阳城内的平民百姓家搜查，只要看见个略有姿色的便带回去。说是要把她们改嫁他人，其实有很多都被他们私藏在青楼取乐，沦为妓女。至于那些绝色的，他们更不放过，恐怕就连送入宫中的美女，他们也有染指的。所以近日洛阳城内的百姓人人自危，家中有女儿或年轻妻子的，更是整日里提心吊胆，谁还有心思在街上闲逛？

今日，丁谧与李茂偶然窥得穷书生靳生的妻子年轻貌美，颇有风姿，便又起了歹意。两人将靳生妻子夏莲带走，说是要改嫁兵士，谁知出了门就将她带进了青楼。靳生与夏莲青梅竹马，夫妻情深，怎能舍得她改嫁他人？可惜自己家中穷困，只有一头老牛，无钱赎回妻子。他早就听闻丁谧、李茂二人行事不诡，便偷偷跟在其后，眼睁睁看着他们将夏莲带进青楼，顿时悲愤难当冲进青楼要人，却被丁谧一脚踢出门来，正落在嵇康马前。

却说嵇康听了丁谧一番言语，心中更是愤怒。他早就听闻天子下诏"征美换妻"之事，心中讥笑此事荒唐透顶，此时又见丁、李二人借此机会大行恶事，便更为义愤填膺。他冷笑一声："哦……原来这位就是李丰、李安国大人之弟啊？我早就听闻令兄大名，世人都赞他'颓唐如玉山之将崩'，今日得见才知其弟更是风流倜傥，颓废之态尤胜乃兄啊！"说着还冲李茂拱了拱手。

这李茂不但人长得蠢笨，腹内更是一肚子草包，听嵇康提起他兄长的大名，又是说他风流倜傥又是拱手的，以为是在称赞他，得意道："那是自然，我李家兄弟皆是如此颓废……"还未说完，就被丁谧扯了一把："人家是在骂你呢！"在场众人皆忍不住大笑起来。

李茂这才觉察，恼羞成怒："好个黄毛小儿，竟敢辱骂本公子，我今日便要你好看！"说完一挥手，身后三四个下人便向嵇康身上扑来。嵇康轻轻一笑，与几人过起招来。吕安见如此，将靳生安顿到马边，也上前帮忙。嵇康从小练过几下子，那三四个人根本不是他的对手，加上吕安相助，几下便把他们打倒在地。李茂见手下被打倒，加上自己刚才领教过嵇康的身手，手腕现在还隐隐作痛，一下子不知该如何是好，便瞅向旁边的丁谧。

丁谧虽爱胡为，但还有些手段，见吓不走这两个少年，反被弄得毫无颜面，心里生出一条奸计，一手指向嵇康道："我来问你，今日之事本与你无关，为何在此喋喋不休？莫不是你与那夏莲早有奸情，故而前来刁难，要救你的姘头不成？"

嵇康没料到他竟反诬自己，怒道："你休要血口喷人，事实清白自有公论！"

"公论？"丁谧狞笑一声，"我就是公论！来人，把这两个污人妻子、搅扰公务的狂徒给我抓起来！"

嵇康与吕安毕竟初出茅庐，没想到世上竟有如此奸恶之人，正在盘算怎么办，只见丁谧的手下拿着家伙就要上来锁拿他们。

正在胶着之际，只听一个清朗的声音响起："且慢！"众人循声望去，只见从后方走出一位少年。此少年一身红衣，手拿羽扇，衣着华而不浮，举止优雅得体。少年看起来比嵇康略小两岁，面如冠玉，肤色如雪，两道修眉如远山，一双美目似含情，真是一位翩翩佳公子。只见这少年走到丁谧面前，一拱手道："丁兄，何事如此大动干戈？"

那丁谧看见红衣少年，一时不好发作，也拱手回道："四公子，我等正在执行公务，捉拿要犯。"

"哦？什么要犯？"少年边说边走到嵇康面前，"你说的是这位公子？错错错！他是我兄长请来的贵客，久等多时不来，没想竟在此处碰见。"说着偷偷给嵇康使了个眼色，意思是叫他配合自己，见机行事。

嵇康何等聪明，立时反应过来对少年道："四公子，这两人强霸民女、徇私枉法，我等不过打抱不平，竟反被诬陷。今日我恐怕要有牢狱之灾，不能到府上拜会令兄了！"

红衣少年皱了皱眉："丁兄，这可如何是好？"丁谧一时无语，少年接着道："我看这不过是一场误会，丁兄怎会强霸民女、徇私枉法呢？"

丁谧虽然强横，但也不想把事情闹大，毕竟自己所作恶事不少，若闹将起来恐怕不好收场，便哼笑一声不甘道："今日看在四公子的面子上，就先放过你们！"说完看了李茂一眼，两人这就要走。

这时，扶在马旁的靳生跌跌撞撞地跑了过来，冲着嵇康双膝跪倒，凄声道："少侠，我的妻子还在他们手中，求你们帮帮我吧！"嵇康连忙将他扶起，随后看了一眼红衣少年。

红衣少年知嵇康何意，问道："要赎回你的妻子，需多少牲口？"这话是问靳生，但少年的眼睛却是看着丁谧。

靳生马上回道："需要耕牛五头，银两一百。"

少年听了冷笑一声："哦？ 我听闻赎回妻子只需牲口，何时又加上这么多银两？ 可是你记错了？"

靳生忙道："公子明鉴，此事关乎我妻子，怎会记错！"

少年点了点头，又看向丁谧："丁兄，需要多少牲口银两，明日请到我府上来取。还请归还他的妻子。"

丁谧与李茂见事情已然如此，只好咬牙认了，冲下人一摆手。过了一会儿，一位身段窈窕、面容姣好的女子被带了出来。

"莲儿！"靳生看见妻子激动不已，迎上前去。"夫君！"夏莲也没想到还能逃出魔掌，一头扑进丈夫怀中，两人相拥而泣。

丁谧见如此情景，冷笑一声，与李茂等人甩袖而去。

靳生见他们走了，拉着夏莲来到嵇康等人面前，又要下跪。嵇康赶忙拦住，道："切莫再多礼，今日之事是你夫妻二人缘分未尽，我并未帮上什么忙，你要谢便谢这位公子吧！"说着看向红衣少年。靳生听了又要施礼，那红衣少年拿折扇拦住靳生道："不必言谢，扶危助困乃平生一大乐事，快带着你妻子回家去吧！"

靳生感恩戴德，还是拉着妻子朝嵇康等人拜了几拜，随后携手而去。

待众人都走了，嵇康转过身来整了整衣衫，朝红衣公子躬身一揖："多谢公子仗义相助，敢问尊姓大名？"

那红衣公子将羽扇一收，也还一揖道："在下颍川钟会，钟士季。"

三、天灾损名器，邙山修古琴

嵇康听后眼前一亮："可是大名鼎鼎的'楷书大家'钟繇，钟太傅之四公子？"

"正是在下。"钟会见眼前少年知晓自己，更生好感，不由得再次端详。只见眼前少年一身黑衣，身形挺拔，体态俊逸。虽身手矫健但脸上却掩不住的书卷之气，长眉舒展飞入鬓，星眸溢彩闪华光，就是洛阳城也从未见过如此俊美的少年。再看他身边的白衣少年，也是爽朗清俊，器宇不凡。

方才钟会从这里经过，见他们打抱不平就要遇险，忍不住出手相助。本想只是两位侠义少年，如今看来此二人绝非等闲之辈。钟会拱手问道："敢问兄台尊姓大名？"

"在下谯郡嵇康，这是我的好友吕安。"嵇康朗声回道。

"谯郡嵇康，莫不是那写作《琴赋》的嵇康、嵇叔夜？"钟会闻之一惊，他早就听说过嵇康的名字，此人少有奇才、能文善琴，所作《琴赋》一文已在洛阳城传遍，大受称赞，钟会自己也曾拜读过。

"正是在下所作，钟兄见笑了。"嵇康没想到，自己的《琴赋》在洛阳城也有人知晓，对钟会的好感又加深了一层。

"嵇兄、吕兄，今日有缘相见实乃三生有幸，可否愿意到府上一聚？"钟会一向能言善道，交友广泛，更何况他对嵇康早想一见，如今岂能轻易错过？

嵇康也觉得与钟会十分投缘，便欣然应允，与吕安一起牵着马来到钟会府上。

钟府果然乃一代名士显贵居住之地，华贵大气，不同凡响。此府邸是钟会父亲钟繇在世时所建。钟繇，字元常，是当世名声显赫的大书法家，博采众长、融会贯通，精小楷，被世人所称颂。他不但在书法上颇有造诣，在政治和军事上也相当有建树，曾为曹操立下赫赫战功，被曹家三代所器重。钟繇曾与曹操一起讨论军事，研究书法，也曾与曹丕互通书信，足见其与曹氏关系之密切。所以在官运上他一路青云直上，坐到太傅的高位。公元230年，钟繇以七十九岁的高龄寿终正寝，明帝曹叡素服前往吊唁，赐谥号"成侯"。

钟繇去世那年，其长子、次子均已过世，三子钟毓已经官至黄门侍郎，四子钟会才刚刚八岁。钟毓为人机敏，博学多才，颇有其父钟繇遗风，十四岁就任职散骑侍郎。当年诸葛亮围困祁山，明帝曹叡要御驾亲征，钟毓上疏劝谏明帝，要他稳坐朝堂调兵遣将，决胜千里之外。明帝因为此事加封他为黄门侍郎。钟毓为官很有计谋，常向明帝献计献策，加上钟家与曹氏颇有渊源，遂成为当世一大名门显贵。也是因此缘故，今日在街上丁谧对不过十三四岁的钟会以礼相待。钟会谎称嵇康为兄长钟毓的贵客，丁谧就算心有疑惑，也不敢轻举妄动得罪了钟家。

钟会年幼丧父，与兄长钟毓相差十余岁，但若论起胆略学识，只怕是钟会更胜一筹。嵇康很早就曾经听闻钟会年幼时的轶事。话说钟繇在世时，曾带着钟毓与钟会觐见明帝。大殿之上，钟毓见了明帝吓得全身是汗，而才四五岁的钟会却神态自若、从容淡定。明帝问钟毓："你为何出汗啊？"钟毓颤颤巍巍地回答："天子威仪，战战兢兢，汗如雨下。"明帝听了点点头，又问钟会："你又为何不出汗呢？"钟会小小年纪竟坦坦而答，语出惊人："天子威仪，战战兢兢，不敢出汗！"明帝听了哈哈大笑，对钟家的两位公子印象深刻，随即封钟毓为散骑侍郎，钟会因为年纪尚幼未得加封，但却被众人所赞赏，一语成名。

且说嵇康、吕安二人随钟会来到府中，正赶上钟毓因外出公干未在家中。钟会命下人在后花园中备好酒宴，以贵客之礼相待。

"嵇兄、吕兄，休怪我招待不周！"钟会边说边举起酒杯相敬。

"哪里，我等先蒙钟兄相助，又来府上叨扰，实在惭愧了。"嵇康说着也举起酒杯。

吕安见两人如此客套，便打趣道："你们两个人这样文绉绉的，好不讨厌。莫要一个钟兄，一个嵇兄的，不如说出彼此年纪，以朋友相待岂不更好？"

嵇康听了点头道："阿都此言甚好，我们也莫讲这些俗理客套了。我今年一十五岁，阿都比我略小一岁，不知钟兄年方几何？"

钟会听了举杯道："如此说来，二位皆是我的兄长。我今年一十三岁，士季敬二位兄长。"说完一饮而尽。

嵇康笑道："我也敬贤弟，多谢贤弟今日仗义相助！"说完也将酒干了。

吕安在一旁又摇头道："罢罢罢，方才是钟兄、嵇兄，现在又成了兄长、贤弟，真是愁煞我也！"

嵇康听了哈哈大笑："你说得更是，咱们不要这些个劳什子称呼，我叫你士季，你以表字唤我俩便是！来，士季，我再敬你一杯，谢谢你以美酒佳肴款待！"说完又饮尽一杯。

"好，我就喜欢如此痛快爽朗之人！叔夜，阿都，我们饮尽此杯！"

"干杯！"

三人一边说笑，一边饮酒，越谈越觉得投契。饮至一半，嵇康忽道："士季，命人取我的琴来，我要弹上一曲。"

"好啊，我早就听说叔夜你琴技精湛，绝世无双，今日正好一听。来人，把嵇公子的琴拿来！"钟会从未与人饮酒如此尽兴，此时已经略有醉意。

片刻之后，下人抱来嵇康的琴，设好桌案椅凳，请嵇康入座弹琴。谁知嵇康对那桌椅看也未看，一把抱过琴盘腿而坐，撩开衣袖，弹奏起来。钟会与吕安都放下酒盏，凝神倾听。

只听初时琴声籁籁，缓缓而来，如飞絮轻飘，静谧空幽。随后渐渐加快，铮铮而鸣，洋洋洒洒，似雪飞天际，如雨落阶前。随后琴声渐缓，忽然一声清响，延绵数声后又缓缓而落，如尘埃落定，万籁俱寂。略作停顿后，又起轻快欢悦之声，飘摇洒脱，盘旋而上，犹如鱼游浅底，鸟飞升天。如此潇洒淋漓一番之后，忽又回归悠然，淡定如溪，从容如云，缥缥缈缈，最终归于静寂。

嵇康弹罢，深吸一口气，双目微闭，沉吟入定。

过了好久，钟会与吕安才从琴声的意境中醒来。钟会叹服不已，抚掌赞道："美哉！壮哉！叔夜此曲犹如皑皑白雪，洒脱无尘、清雅高洁，又似飘飘细雨，淋漓尽致、润物无声。如此超脱空明，意趣深远之曲，是何人所作？"

嵇康闻言，也从琴意中缓缓醒来，微启双眸淡笑而答："此曲是我去年所作，名曰《长清》，取意于雪，以表达我对自然造化的赞美，对高洁自在之趣的向往。"

"此曲恐怕只有天上之人才能听闻，叔夜，你真是让我惊叹，让我钦羡！"钟会说着，又斟满美酒，将酒盏送至嵇康面前，与之对饮一杯，吟道：

> 愔愔琴德，不可测兮；体清心远，邈难极兮。
>
> 良质美手，遇今世兮；纷纶翕响，冠众艺兮。
>
> 识音者希，孰能珍兮；能尽雅琴，唯至人兮！

"这是我的《琴赋》。"

"正是！我读此赋时便想，究竟怎样的人物才能写出如此佳作？叔夜，你的《琴赋》清雅绝丽，用典繁复，极尽描绘之能事，虽效《诗经》《楚辞》之韵，却毫不拘泥，挥洒自如，前无古人，自成一派，实在令我佩服！"

言毕，钟会又自饮一杯，手持杯盏，似对嵇康又似喃喃自语道："一把好琴，如何得之？须取材自梧桐，生长于壮丽绝壁，吸收日月之精华，郁郁葱葱，舒枝展叶，承受风吹雨打，吐纳万物精华，之后静待名匠发掘，匠心独运，刀工斧刻，精雕细琢，成其佳品。又需辗转流离，得遇佳人，操琴咏志，寄托高音，成就传世名曲。然而名曲易得，知音难觅，不但要有弹琴之至人，又需那听曲之知音。如此方能如伯牙子期，高山流水，逍遥尘世，共赏佳音！"

"妙哉！士季，你竟能将我的《琴赋》了然于心，以寥寥几语蔽之，实乃领悟至深。今日我也算是得遇知音了。来来来，今日我们不醉不归！"嵇康说着又看向吕安，"来，阿都，我们三人一起饮尽杯中物，化作酒中魂！"说完，嵇康从钟会手中夺过酒壶，豪饮起来。

钟会又饮一杯后抱过嵇康的琴："叔夜，阿都，我也为你们弹奏一曲。"说完指尖轻落，弹奏起古曲《微子》。

"你怎知我喜欢这首古曲？"嵇康听到琴音，放下酒壶问道。

"方才听你的《长清》，觉得与此曲意境甚合。此曲描写天鹅在空中盘旋翩飞，潇洒飘摇，与你那雪花飞舞有异曲同工之妙。不过，你那曲逍遥空明，而这首却在悠然之中略显哀怨之音。"

"士季，你可知这《微子》又叫作《微子操》，乃当年殷纣王的庶兄微子所作。他知殷商将要亡国，心中悲苦，叹息自己不能力挽狂澜，又期望自己能远离纷扰，忘却尘世，此时见天鹅在空中翱翔，便操琴咏之，以曲抒志。"嵇康边说边闭上双眼，凝神倾听。

钟会听了似略有所悟，道："如今天下三分，我等均为曹魏之臣，只盼家国莫要有大厦将倾那一日，我们也不必亲尝那微子的辛酸。"

嵇康听罢点了点头，又摇了摇头："观如今天子行事，轻肆乖张，放纵无道，恐不容乐观。今日你我街上所遇之事，实乃奸佞当道，祸国殃民！只叹你我救得了那靳生，却救不了天下人。"

"谁说救不了？大丈夫立身于世，当需建功立业。莫要悲叹世道，只要我们成为国家的中流砥柱，便能匡扶正义，力挽狂澜！"说到此处，琴声戛然而止。钟会站起身来，向着漆黑的天空遥望，只见繁星点点，浩渺幽深。

嵇康睁开醉眼，向眼前的红衣少年望去。只见他负手而立，遥望星空，清风吹襟，衣阙翩飞，脸色如月光般明朗，目光如夜空般幽深，意气满满，不禁心中生出赞许之情。他一向厌烦兄长嵇喜的说教，对仕途功名没有多少向往，然而今日在洛阳城中所见以及方才钟会所言，却让他的心中产生了许多豪情壮志。他暗暗发誓，日后无论入仕与否，都不能对世事苍生袖手旁观，要用自己的方式做出点事情来。

这边嵇康与钟会各自沉吟，吕安却察觉出不对来。他饮酒略少，神志还算清醒，只听得远处隆隆之声响起，由远至近越来越大。

"你们有没有听到什么声音？"

嵇康与钟会回过神来，正要仔细倾听，忽然觉得大地晃动，万物旋转，一时间桌椅皆摇晃起来，杯盘碗盏也跟着碎落一地。嵇康此时盘腿坐于地上，手撑地面还容易自持。吕安从椅子上跌下来，跌落在嵇康身边。只有钟会站立着，此时被晃得身形摇摆，摇摇欲坠。

"士季，快趴下！"嵇康虽被晃得厉害，但耳聪目明，眼见旁边屋顶上有一大块瓦片落下，正朝钟会头上砸来。嵇康大惊，飞身过去将钟会推至一旁，自己却跌落下来，后背被一硬物硌得生疼。还没反应过来，只听"嘎吱"一声巨响，身下之物裂为两半。

此时地面已经停止摇晃，一切都回归了平静。嵇康三人均长舒了一口气，原来刚才是一场地震。钟会赶忙起身来扶嵇康："伤着没有？"嵇康只觉得后背生疼，但仍能够正常起身，应该没有伤到筋骨，便道："不妨事，没有伤到。"

"哎呀！康哥，你的琴！"吕安见钟会去扶嵇康，便举目朝嵇康身下看去。岂料那地上之物竟是嵇康的琴，琴身从中间断裂开来，琴弦也断了两根，破损得十分严重。

嵇康听到"琴"字，回头朝地下一看，顿时心中"咔嚓"一声巨响，浑身凉了一半。"我的'号钟'，师父……"

公元237年，魏明帝景元初年，魏京都洛阳的这场地震，震塌了魏明帝在芳林园堆起的土山，震倒了树立在皇宫门前的圣物，震碎了曹叡一展雄风的帝王野心，也震坏了嵇康的名琴——"号钟"。

嵇康望着损坏的琴，颤抖着双手抚上琴身。

钟会自责道："是我太大意，没护住你的宝琴，哎！"

"士季，这也不能怪你，谁知道竟会发生地震。叔夜一向豁达，他不会怪你的。只是这琴对他来说异常珍贵，不知道可有法子修复……"吕安一脸担忧地望着这把破损的琴。

钟会听到"修复"二字，眼光一闪："我曾听闻洛阳北侧邙山上，有一株千年梧桐树，木质极好，年岁与叔夜之琴相近。若我们前去取下些梧桐木来，以阴阳就位之法拼补胶合，或可补救。"

半晌未出声的嵇康，此时淡淡出声道："士季所言不虚，琴身虽坏，却可修复。我也曾听师父说过修补古琴之法。"嵇康抱着琴站起身来，转过身冲钟会与吕安微微苦笑道："不知二位，是否愿意陪我上邙山一趟？"

钟会自知嵇康是为救自己，才没有保护好琴，心中正在愧疚。如今听他这样说，顿时心下稍慰，一拍他肩膀道："就算你不说，这邙山我也是去定了！我之前曾随哥哥去过一次，路途也较为熟悉。其他的都别管了，今日只管好好休息，明日我们就出发去邙山！"

次日清晨，嵇康早早就起身准备，用布将琴缠好，仔细地放入琴盒之中，盒内空余的空间也用布塞满，以防再次磕碰到琴身。谨慎小心地将琴装好之后，嵇康抚摸琴盒良久，又用来时的包袱将琴盒包好，带了些工具，一并背在身后。

"你莫非要背着此琴进山？"吕安边问边跨进门来。

"是。"

"这琴已经折损了，如果路上再磕碰了岂不坏事？再说，我们还要攀岩山壁，背着个琴也不方便啊！"吕安劝道。

"不妨事，我叫人备了辆马车，把琴放在车上即可！"钟会一身枣红色猎装，出现在嵇康屋外，"阿都你有所不知，这琴木虽然已离开树体，看似没有生命，但是仍然可以吸收水分、空气，汲取精华滋养自身。如今琴身折断，其断口处也会渐渐长住，待长死之后就不容易与其他木质融合了，所以自然是越快接上越好。我们往返需要时日，若带过去就地接补，效果会更好。对吧，叔夜？"

嵇康听他如此谙熟修琴之术，赞许地点了点头："士季果然是识琴爱琴之人。莫再多说了，我们还是赶紧启程吧！"

嵇康三人来到钟府门外，只见下人已经把马匹备好，另有一架马车停在那里。嵇康与吕安牵过各自骏马，见钟会牵着一匹棕色骏马，朝他们喊道："将琴放在马车上，他们会驾车跟在后面。"

嵇康点了点头，将背上的古琴慎重取下，交给前来的下人，叮嘱道："此琴颇为贵重，千万小心。"下人点点头，抱着琴坐入车内，又来一下人坐在前面驾车。嵇康见钟会如此细心，遣两名下人专门看护此琴，心中颇为感动。

"士季，难为你如此用心。"

"哪里，本该如此。"

说完，三人翻身上马，朝洛阳城北邙山进发。

行了一会儿，钟会问道："叔夜，我曾听你说此琴名为'号钟'，难道是那把闻名遐迩的号钟名琴？"

嵇康略沉吟了一会儿，道："是那把号钟。"

钟会吃惊道："相传此琴失传已久，没想到竟在你手中！"

"是啊，此琴的遭际非同一般。"嵇康看向远方，娓娓道来，"此琴本为周代名琴，因琴声洪亮，如钟声激荡，号角长鸣而著称于世，得名'号钟'。琴有五弦，做工精巧绝伦，琴身用梧桐木雕刻而成，以鹿角霜、玉石粉为漆胎，琴身通体漆黑，色调古朴无华，与楚庄王的'绕梁'、司马相如的'绿绮'、蔡邕的'焦尾'并称'四大名琴'。相传，演奏《高山流水》的俞伯牙曾弹过此琴，随后便辗转至春秋五霸之一的齐桓公手中。齐桓公通晓音律，喜欢收藏天下名琴，最爱的就是号钟。他经常在席间弹奏号钟，让手下敲击牛角呼应。弹奏到高潮之处，齐桓公还会以歌和之，牛角铮铮、号钟高亢、歌声雄浑、旋律凄切，常常令在座的众人皆深受感染，泪湿衣襟。齐桓公死后，此琴从此失传，绝迹江湖。"

"那你又是从何处得来此琴？"钟会听得入了迷，刨根问底道。

问及号钟的来历，嵇康再次沉吟起来。

吕安在一旁见嵇康神情，只道他有所顾虑不愿提及，便对钟会道："士季，此琴来历似略有隐情……"

"无妨。"嵇康打断吕安，"士季如此爱琴，也算知音之人，更何况我们之间也无需隐瞒。此琴乃我师父所赠。"

"敢问尊师高姓大名？"

嵇康答道："姜维，姜伯约。"

钟会闻听此言，不禁惊得瞪大了双眼。

四、三遇得名师，一别成贰臣

"姜维？就是那个投降蜀汉的姜维？"钟会不及思索，脱口而出，待说完便觉失言了。吕安也觉出不妥，着急地冲钟会又摇头又摆手。

嵇康听了却似乎毫不介意，淡淡一笑："在世人眼中，师父确实是抛弃故土，投降了蜀汉。有时候就连我也不懂，他当初为何决意不归。"

"我曾听闻，他在曹魏时仅仅是天水郡的一名中郎将，虽说职位仅在将军之下，但连年征战，有军功的人越来越多，将军都层出不穷，这中郎将也就不甚值钱了。姜维一入蜀汉，就得到诸葛亮的赏识，加封为奉义将军，年纪轻轻的就成了当阳侯，地位与之前可谓天壤之别。"钟会言道。

嵇康听到此处微微皱了皱眉，但并未答话。

"士为知己者死。那诸葛亮对姜维来说可算是一生难遇之伯乐，将毕生绝学尽传于他，他又岂能不报答这份知遇之恩？"吕安说出自己的想法，"三年前诸葛亮在五丈原病逝，司马懿千里追击，情势何等危急。姜维封锁消息秘不发丧，以'死诸葛吓退活仲达'真可谓兵法奇谋，智勇双全。如今蜀汉虽失奇才诸葛亮，但有姜维在，仍然令人忌惮三分。"

"你真以为司马懿中了姜维之计？我看未必如此，司马家族历经曹氏三代，什么样的战况未曾见过，怎会瞧不出姜维的用意？司马懿用兵这么多年，你何时见他贪功冒进，又何时见他将自己至于险地？他一路韬光养晦，必有大的图谋！"钟会又接着说，"姜维在蜀汉一日，司马家在朝中的地位也就稳固一天！"

嵇康默不作声地听着两人的对话，心下思索着。吕安的话出自本心，那句"士为知己者死"嵇康深深认同。而钟会的分析，却让嵇康对他产生了新的看法。嵇康一向聪颖过人，他早就瞧出司马氏暗藏的野心，今日被钟会一针见血地道破天机，也并不觉得惊奇。不过，一个十三岁的少年就有如此心智，将时局看得如此通透，真可谓七窍玲珑，心机过人。但钟会那段对姜维的评判中，隐隐透露出对权势的看重，对名位的追求，这点却令嵇康暗暗担忧。如今天下三足鼎立，朝中也有两党之争，政局可谓瞬息万变，若贪慕虚荣将来难保不为权力所诱惑，成为朝秦暮楚之徒。钟会年少英才又出身名门，将来必定为朝中所用，若他真为暗藏野心之辈，将来必成大患。

想至此，嵇康看向钟会，不动声色道："司马氏确实不容小觑。士季，若将来司马氏真有倾覆曹氏那一日，你会如何自处，如何抉择？"

钟会闻之一笑："你我均是曹魏之民，如今天子虽有不智之处但仍基业稳固，又怎会旦夕间倾覆呢？"

"若真有那一日呢？"嵇康微眯双眼，不自觉地抓紧马缰。

"自古忠臣不侍二主，我自当为曹魏效命终身。"钟会淡定而答。

嵇康暗暗松了一口气，心中默道"但愿如此"。而钟会刚刚那一句"忠臣不侍二主"却使他想到了师父姜维。姜维以魏将身份投降蜀汉，已是不争之事实，百年之后究竟是名垂青史还是遗臭万年，也只有后人才能评判了。

"对了，叔夜，你还未告诉我，你是如何从你师父手中得到这把名琴的？"钟会还牵挂着号钟的由来，岔开话题问道。

嵇康从思索中回过神来，道："既然你已知晓我师父为何人，我也不妨将他与这琴的故事讲与你听。"

当年，齐桓公"尊王攘夷"成就一代霸主之后，晚年却变得任人唯亲，十分昏庸。他不听管仲临死之言，重用御厨易牙、宦官竖刁这两个奸佞小人。御厨易牙为献媚桓公，曾杀了自己的亲生儿子，为桓公烹调人肉。桓公对此大为感动。而竖刁则为了表示对桓公的忠心，亲手阉割了自己，遂成为有史以来最早的宦官。桓公对竖刁此举更为动容，为了补偿他不能有子嗣的遗憾，竟将自己的一个儿子过继给了竖刁，后世称之为"公子刁"。

齐国内乱之时，齐桓公饿得奄奄一息，向竖刁讨要吃食。没想到竖刁竟然要桓公拿贵重之物来换。当时宫中的宝物早已被乱臣贼子捣毁或私吞，留在桓公身边的仅剩那把号钟。桓公为讨一饭而将号钟交给竖刁，没想到竖刁抱过琴转身便走，一粒米都没有给桓公。桓公见此情状悲愤交加，自觉无言再见死去的管仲，便用衣袖蒙住脸面，气绝身亡。

后来，宋襄公兵压齐都，竖刁被杀。公子刁为了留住生父桓公的遗物，抱着号钟逃出齐都，在琴背面雕刻"桓公琴，公子刁"六个字，隐居深山。公子刁死后，号钟流落民间。待到姜维在一家当铺中发现此琴时，已是几百年之后了。那年姜维年方十八岁。

姜维初见号钟时，并不知它就是名扬四海的一代名琴，只是被它古朴的质地，浑厚的琴音所打动。卖家肉眼凡胎，不识宝物，以便宜的价钱将号钟卖于姜维。待到姜维抱着号钟回到家中，打开琴盒时，才发现它的非同凡响。此琴盒盖的内侧隐隐刻着一首诗：

> 号角何鸣鸣，钟声何铮铮。
> 古来多少事，琴音为君听。

诗的字体为西周时所通用的"大篆"，雕刻手法古朴典雅，诗句意境朴实深沉。姜维这才惊觉，自己手中的竟是名琴"号钟"。

"此诗甚妙，虽无华，韵味却浓。"钟会听至此处，不由得赞叹道。

"是啊，此诗不仅描绘出了号钟的音质，抒发了对古往今来世事变幻的嗟叹，更是一首藏头诗，每句第一个字连起来读便是'号钟古琴'。"嵇康道，"师父由此断定此琴便是号钟，又凭借那句'桓公琴，公子刁'判断出此琴是被公子刁带入民间。他一向精通音律，喜爱操琴，能偶得如此名琴，也算是机缘巧合，天作之美啊。"

"既然你师父如此爱琴，那此琴为何会到你的手中？"钟会仍然穷追不舍。

"这便是我与师父的缘分了。"嵇康轻抚马背，陷入回忆之中。

嵇康与姜维相遇那一年，是公元227年，魏明帝太和元年。是年，魏明帝曹叡刚刚登上帝位不久。诸葛亮见曹丕已死，曹魏新帝登基，局势不稳，便作《出师表》上疏刘禅，三月率军北驻汉中，准备北伐曹魏。年末，曹魏新城太守孟达与诸葛亮互通书信，暗中谋划，后被告发。司马懿表面劝慰孟达，暗中却从宛城发兵，星夜兼程，斩杀孟达。这一年，姜维二十六岁，嵇康还只是个五岁孩童。

这天，曹魏谯郡的乡道上有一人策马徐徐而行。此人身骑一匹枣红骏马，白衣飘飘，身背弓箭，马身上还驮着一把琴。他就是时为曹魏天水郡中郎将——姜维。

姜维虽要赶路，但似乎并不着急，而是策马慢行，一路观赏着谯郡初春的景致。他行着行着，见天上飞来一队北迁的鸿雁。为首的头雁正"伊啊，伊啊"地叫着鼓舞雁群士气，而队尾的一只鸿雁却明显力不从心，渐渐落下队来。

自古以来，鸿雁是最难捕获之物。所谓"犬为地厌，雁为天厌，鳢为水厌"，正是说犬、鸿雁和鳢鱼都是极为机敏警觉之物，不易猎到。姜维一向擅长骑射，箭术极佳，此时一见落单的鸿雁，便手痒起来。他将手伸向背后的箭篓，抽出一支箭，动作娴熟地搭弓瞄准，向队尾的那只鸿雁疾射过去，只听"嗖"的一声，箭头已刺入鸿雁的脖颈。随着一声凄厉的悲鸣，中箭的鸿雁落了下来。

姜维正自欢喜，却见那只鸿雁以极快的速度坠落在前方的一棵梧桐树上，一瞬间没了踪影。姜维策马飞速上前，刚来到树下，便听见"哎呦"一声，一个绿色的影子在眼前一晃，随即便向自己砸来。姜维猝不及防，正准备勒马后退，却看清坠落之物竟是一个孩童，幸而他眼明手快，长臂一伸便将孩童带入怀中。那孩童坠落的速度不慢，姜维本以为自己接住他时定要受到不小的冲击。没想到这孩子在下坠的时候竟能放轻身体，将自己蜷成一团。再加上姜维臂力过人，孩童安安稳稳地落入他的怀中，只是双目紧闭，好似昏了过去。

"娃娃，醒醒！"姜维此刻也无心去管那只鸿雁，一手抱着孩童，一手就要去掐他人中。谁知手还未至，那孩童偷偷睁开一只眼，调皮地一咧嘴，旋即又闭上眼，一动不动。姜维见孩童没事，也安下心来，又见这孩童在跟自己玩笑装死，便想逗一逗他，长叹道："哎！不知这是谁家娃娃，竟如此可怜。也罢，我就把你葬在这树下，免得野狼野狗将你的尸体叼走。"说完，抬手就要将孩童往下扔。谁知姜维刚刚举起手，只见孩童忽得睁开双眼，双臂乱舞着叫道："莫扔，莫扔！我还没死呐！"姜维见他如此，"噗嗤"一笑，将孩童放在身前的马背上坐下，面对面地端详起来。

这孩童看上去有六七岁年纪，穿着一身绿衣，更衬得小脸白里透红。此刻这孩子也正睁着一双乌溜溜的大眼睛盯着姜维。姜维问道："你这娃娃，是谁家孩子，不知道爬这么高很危险吗？"孩童听了稚声稚气地道："你这阿叔，是从哪里来的，不知道射鸟射到别人身上很危险吗？"姜维听了更觉得这孩子机灵有趣，笑道："你一身绿衣，混在这树叶中，我如何看得见。再说，我只管射天上的鸟，怎看得见树上的人？"那孩童听了撅着小嘴想了想，点头道："嗯，你说得也有些道理，算了，我不怪你啦！"说完轻轻跳下马来。

姜维的坐骑乃一匹高头大马，他没想到这孩子竟能轻松跳下，不由一惊。待仔细看去，只见这孩子四肢修长，骨骼清奇，是个资质绝好的练武苗子，姜维不禁心生喜爱："你还没告诉我，你是谁家孩子？"

孩童也不回答他，撅着小屁股在地上摸来摸去，没一会儿便提着一物转过身来："这是你刚才射中的那只鸿雁，正落在我的身上，幸好我抓住树枝，才没有一下子掉下来！"

姜维笑道："好吧，这次算是我的不对。可是你刚才落下来时，要不是我接住你，只怕……"

"好啦好啦，算我们扯平啦。这鸟还给你，我要去别处玩啦！"孩童说完，将鸿雁朝姜维怀中一扔，蹦蹦跳跳地去了。

姜维一把接过鸿雁，笑道："这娃娃真有趣。"

话说，刚刚那个绿衣孩童，便是嵇康。他是年刚刚五岁，却生得比一般孩子高出一头来，所以姜维才会以为他已经六七岁了。嵇康这日趁着哥哥外出接人未在家中，母亲也出门添置东西去了，便私自偷跑出来。他平时最爱爬树，总趁着家人不注意时爬上爬下，所以身体轻盈，身手颇为敏捷。方才，他正在梧桐树上玩耍，没想到竟被姜维射中的鸿雁给砸中，掉下树来。

他见眼前的青年身骑骏马，后背弓箭，马上还驮着琴，便觉得十分有趣。他小孩心性，顽皮得紧，本想装死吓一吓姜维，没想到竟被识破了。他这边将鸿雁还与姜维，假装自己去别处玩耍，实际上却是想跟在姜维身后，看看这个叔叔还有什么好玩的东西亮出来。

他从小在谯郡长大，对这里的地形非常熟悉。他往前跑了一会儿，便转身绕小道回到了刚才的那条路上。远远看见姜维牵着马，在路上优哉游哉地走着，便嘿嘿一笑，跟在后面。

　　姜维行了半天，已至正午，抬头望了望大日头，顿觉疲惫干热。他举目远眺，见前方农田旁有一条小溪，溪水分外清澈，便牵着马来到溪边，自己捧起水洗了洗脸，又把枣红马拴在溪边树上，让它也喝点水休息一下。

　　他在树下盘膝而坐，喝了些水，凉风一吹顿觉十分清爽，疲惫一扫而光。他起身从马鞍上取下琴，悠然自得地弹奏起来。只听琴声轻快跳跃，柔情袅袅，如林间鸟儿，飞舞穿梭于树丛之间；又似屡屡暖阳，斑斑驳驳，从大树枝叶间洒下；又像阵阵微风，吹皱一江春水，追逐初绽的鲜花。

　　姜维沉浸其间，待弹完刚呼出一口气，便听到一个脆生生的声音："真好听，阿叔，你弹得真好听！"姜维循声看去，只见刚才的那个孩童正攀在他身后的树上。"你这娃娃，不是去别处玩了吗，怎么又来我这里了？又爬树，当心再摔你一下！"

　　嵇康听了，从树上跳下来，嘻嘻一笑，道："我觉得你有趣嘛，就跟着你喽！你比我二哥有意思多啦！"说着，他来到姜维身边，小手摸上琴弦，弹了一下，琴发出"铮"的一声清响。嵇康歪着小脑袋道："我也学过琴，不过家中的琴没有你这把好听，二哥教我的曲子也没有你刚才弹得那首好！"

　　姜维听了不由更喜："你还会弹琴？那你来说说看，我这一曲有什么好听之处？"

　　嵇康想了想，一本正经地答道："这首曲子听起来十分轻柔欢快，就像小燕子在飞，像小溪水在流，就像我眼前所见的春天景象。"

　　姜维听了大喜，抚掌赞道："好孩子！亏你能听得出来，真是奇了！这首曲子名字就叫作《游春》，乃是蔡邕的'蔡氏五弄'之一。你小小年纪，便有如此耳力，真是个弹琴好材料！"

　　嵇康听到别人如此夸奖，也不羞涩，哈哈一笑："叔叔，你叫什么名字？是本郡的人吗，我怎么没有见过你？"

　　姜维举手在嵇康脑门上轻轻弹了个暴栗，道："你这鬼灵精，倒问起我来了！我方才已问过你两遍，你是谁家娃娃，叫什么名字？"

　　嵇康揉揉脑门，抬头看了看日头，发现已经到了正午，母亲定然已回到家中，正等着自己吃饭。他大叫一声"不好"，拔腿便往家跑。跑出没几步，又回过头来对姜维道："阿叔，我叫嵇康！家住在前面一棵大槐树边的嵇府，你记得来找我玩啊！"

　　姜维点点头，冲着他挥了挥手，翘起嘴角笑道："嵇，康。"

却说嵇康回到家中，不仅母亲正一脸严肃地坐在几案旁看着他，就连外出接人的二哥也回来了。再往旁边看去，一位身着白衣的英俊青年正坐在上座，满含笑意地看着自己。

"阿叔，竟然是你！你怎么会在我家？"嵇康见到姜维颇为惊喜，加上之前已见过两次，竟丝毫也不见外，边说边向姜维怀中扑去。

"叔夜！你给我站住，一点礼数都不懂！"嵇喜见弟弟一身灰土地从外边回来，就知道他又趁机溜出去玩耍，心里正在恼火。此时又见他见了客人也不知道行礼，就往人身上扑，更是气不打一处来。正要伸手揪过嵇康脖领，将他拉回来，只见姜维一伸手臂，将嵇康抱在腿上，抬手挡住嵇喜的手，笑道："诶，公穆不必如此，我与令弟早已见过面了！"

嵇喜惊道："见过面？叔父在哪里见过他？"

姜维笑道："我与令弟真是有缘，今日在路上已遇到过两次。这娃娃着实可爱，我可是喜欢得紧呐！"

嵇康见姜维护着他，正在得意，忽听得二哥唤姜维"叔父"，便呆了一呆，看向一旁的母亲。

孙氏无奈地摇了摇头，对嵇康正色道："康儿，还不快下来，拜见你的叔父。"

嵇康听到母亲发话，乖乖地从姜维腿上下来，像模像样地施礼道："侄儿拜见叔父。"刚一拜完，就抬起头来，冲着姜维调皮地挤了挤眼。

姜维朗声而笑："康儿不必多礼了。"说完又看向一旁的孙氏和嵇喜："嫂嫂，公穆，你们不要对他过分苛责。这孩子天赋异禀，聪慧过人，当顺其秉性发展，将来前途不可限量啊！"

孙氏听了点了点头："就依叔叔所言。"

嵇喜见姜维如此说，也便不再追究，笑着抚了抚嵇康的脑袋："还不赶紧去换身衣服，一会儿到前厅来说话。"

姜维今日出现在谯郡，正是为了造访嵇府。他与嵇康的父亲嵇昭曾是忘年之交。当年，嵇昭为治书御史，负责督办军粮，而姜维则刚刚当上中郎将。二人因都在军中效力，互为同僚，遂彼此相识。嵇昭性格豪爽，善交朋友，而姜维则少年英才，在军中非常有名。嵇昭与姜维因军务之事接触颇多，后来越谈越投契，虽年纪相差二十余岁，却以兄弟相称，结为忘年之交。嵇昭去世前，曾作书信与姜维，嘱他将来若有机会，可到嵇府来做客，顺便教导一下自己的幼子。而姜维此次前来嵇府，也是应嵇昭临终之请，来看望好友的家人。所以，今日嵇喜称呼仅长他十岁的姜维为"叔父"。

然而，姜维此次能前来谯郡，不仅仅是因为好友的嘱托，其中也另有缘故。三国连年征战，曹魏各军都严阵以待，随时待命。陇右天水郡更是防御蜀汉进犯的重要关隘，姜维身为中郎将，岂能随意远行？只因他机敏果敢，颇有才能，一心记挂家国天下，时时思索御敌良策，屡屡向天水太守马尊献计进言。可谁料这马尊是个才智平庸、生性多疑、嫉贤妒能之辈。他见姜维如此少年英雄，不想着如何善加利用，而是心生嫉恨，欲除之而后快。幸而姜维一向行事光明磊落，马尊并未找出什么大错来，只好胡乱编排出个"进言不当，延误军机"的罪名，将他停职代办。

姜维一时心灰意冷，想起好友嵇昭的临终嘱托，便动身前来谯郡。一路上，他思索自己多年来的为官得失和做人教训，分析天下大事，权衡三国的力量悬殊，认为蜀汉是三国中实力最弱的一方。然而，蜀汉内有奇才诸葛亮运筹帷幄，外有赵云、魏延等猛将拼杀保卫，加上蜀地地势险峻，易守难攻，是个利于休养生息，徐图天下的好地方。姜维自幼熟读兵书，一直十分钦佩诸葛亮军事上的兵法奇谋和政治上兴复汉室的决心。自己虽然身在曹魏，但是内心深处也认为曹魏是篡汉自立。有时候，他也会试想，如果天下终究归汉，恢复当年一统天下的强盛局面，四海升平，百姓安居乐业，岂非乐事？

姜维一路想，一路行，随着越来越临近谯郡，他的内心也逐渐开阔起来。天下之大，岂无英雄用武之地？若将来能得遇知己，一展豪情抱负，也不负自己一番宏图远志了。

姜维这边与嵇府众人用过午饭，孙氏命嵇喜、嵇康兄弟二人留下招呼贵客，自回内室休息去了。嵇康见母亲走了，立时活泛起来，拉着姜维的手来到后院："叔父，你的那把琴呢，我想弹弹看。"

嵇喜轻咳一声："叔夜，不可对叔父无礼。"

嵇康看着二哥，歪头道："二哥，你今日出门接人，原来接的就是叔父啊。怎么一路上你没接着他，竟让我遇见两次？"

嵇喜被他问得又好气又好笑："我只道叔父走的是大路，没想到却从乡道而来，所以错过了。"

"嘿嘿，那还是我与叔父有缘分，对吧？"嵇康说着扯扯姜维的衣袖。

姜维低头看着嵇康，笑道："是，你与我最有缘分。我的琴今日就给你玩玩吧！"说完，叫人拿自己的琴来，放在桌案上。

嵇康爬上椅子，正襟危坐，架势十足地弹奏起来。刚弹了一段，姜维惊道："这不就是我方才弹的那首《游春》吗？"

"嗯，叔父，我只记住了一小段，弹得对吗？"

姜维又惊又喜，一把将嵇康抱入怀中，对嵇喜道："公穆，令弟真乃奇才也！不但骨骼清奇，适合习武，更精通音律，能言善辩，我实在喜爱他。你父亲曾嘱咐我教导幼子，我今日便收他为徒罢！"

嵇喜闻之大喜，连忙冲姜维深深一揖："我先替幼弟多谢叔父！"说完，对嵇康道："叔夜，还不快下来拜见你的师父？"

嵇康听见姜维要收他为徒，也喜不自胜，赶忙下来磕头："徒儿拜见师父！"

姜维双手将他扶起，正色道："康儿，从今日起你要随为师好好学习，不可偷懒惰怠。"

嵇康郑重地点头："是，师父！"

自此，姜维便在嵇府住下，每日教授嵇康习武、射箭、操琴、作文。嵇康对姜维言听计从，短短一个月间精进飞快。本以为，这场师徒缘分可以天长日久，没想到一个月后的一天，姜维接到一道军令。原来，诸葛亮驻兵汉中，蓄势北伐，陇右形势越来越危急。天水太守马尊不知如何应敌，这才又想起了姜维，便急命他速回天水到任，仍以中郎将之职参与军事。

姜维拿着军令，摇头苦笑道："军令不可违。康儿，为师要回去了。我走以后，你须谨记教诲，勤加练习。日后我还会来看你，到时候可要检查你是否偷懒。"

嵇康见师父要走，十分不舍，拉着姜维衣袖，哽咽起来："师父，你几时回来看康儿？"姜维自知一旦有战事，便由不得他自己做主，但此时见嵇康眼泪汪汪地望着他，实在不忍心，便谎道："一年，一年之后为师便来看你。"

嵇康狠狠地点了点头："嗯，康儿在家里等师父！"

那日，姜维走时的样子一直留在嵇康心中。他还是来时的装扮，一身白衣，身骑骏马，黑发束起，眉目英挺，貌若天神，策马回身朝嵇康淡淡一笑，目光闪亮，灿若星辰。

诸葛亮出兵祁山，陇右南安、天水、安定三郡纷纷响应。天水太守马尊见诸县反魏归蜀之势日盛，便无端怀疑起姜维等人，以为他们皆有异心，连夜弃城而逃。姜维等人追出城去，早已不见人影，想回去时，城门已经紧紧关闭。这时蜀军杀来，姜维只好投靠蜀汉。诸葛亮赏识姜维有勇有谋，加封他为奉义将军。姜维得遇伯乐，终一展抱负，从此成为蜀汉名声赫赫的大将军。

这些事情，嵇康都是后来才慢慢知晓的。他只记得一年之期将近时，收到师父托人送来一封书信，还有一把琴。信是回给二哥嵇喜的。嵇喜得知姜维投蜀以后，曾书信与他，信中只有八个字"故土难离，良药当归"。而姜维此番回信也只有一诗："良田百顷，不在一亩。但有远志，不在当归。"

嵇康一见这把琴，便知道这是师父曾教他弹奏的那把。他用小手掀开琴盒，盒盖内侧隐隐显出一首诗。嵇康将琴抱出，抚摸琴身，忽见琴尾处还刻着一首诗。他认得，那是师父的字：

> 英雄何需弹，号钟自铮鸣。
>
> 吾随戎马去，古琴伴君行。

嵇康看着此诗，默默地流下泪来。他知道，师父再也不会回来了。

"叔夜，这把琴真是无价之宝。"钟会听完嵇康的讲述，唏嘘不已。

嵇康狠狠地眨了眨眼，将眼中未流出的泪强自收回，望向远处的山峦。此时，邙山已经近在眼前，只见那层峦叠嶂的山脉中，一株高大的梧桐树挺立在山顶绝壁之上，如孤傲英雄，遗世独立，坚韧不拔。

嵇康遥指前方："你们看，就是那株千年梧桐！"

五、邙山遇高人，洛阳见高官

钟会、吕安顺着嵇康所指，见一株高大挺拔的梧桐树，远远立在邙山的绝壁之上，绿绿树叶，瑟瑟轻舞，粗壮枝干，坚定伟岸。

"正是它，上次我与兄长前来，见到的就是这株梧桐树。"钟会点头道，"号钟乃周代名琴，到如今也有千年，而这梧桐树相传也有一千年了，两者木质相合，正好取用。"

"我可要先行一步了！"嵇康一夹马腹，白马往前蹿出，直奔山脚下而去。钟会与吕安也紧跟而上。

嵇康来到山下，拴好白马，举身便从缓坡向邙山顶上爬去。钟会与吕安原本还紧跟在嵇康身后，谁知爬了没多久就被远远抛在了后面。待到他二人爬到山顶时，见嵇康站在高大的梧桐树前一动不动。再往树下看去，只见梧桐树下坐着一位老者。

这老者一身草衣遮身，与其说是衣服，倒不如说是几片乱七八糟的草编物。老者三缕花白长髯，头发全部拢起在头顶挽了一个髻，用一根木头簪子歪歪斜斜地插着，像个道士的发式。头发和眉毛都是花白的，眉目清淡，如行云流水，神色悠然，正坐在树下拨弄着一把琴。再往琴上看去，钟会与吕安不由得大吃一惊，琴上竟然只有一根弦！

钟会上前道："老人家……"话还没说完，嵇康摆了摆手叫他不要做声。

嵇康其实早已来到山顶，一上来就看见这位老者坐在树下。这棵千年梧桐树生长在悬崖峭壁之上，一面是山坡，另一面则是悬崖峭壁，若想接近大树必须要先请老者移开。嵇康本欲请开老者，却见老人正神色悠然地抚琴，根本没有注意到他的到来。再往琴上一看，嵇康也惊呆了，他从未见人弹过一弦琴。弹琴之人都知道，别人弹奏时不可随意打断，更何况这老者和这把琴都如此有趣，嵇康饶有兴致地看着老者抚琴，心中默默地记着他的手法。

三人在树下等了一会儿，老者终于弹完琴，抬起头朝嵇康等人看去，可目光却空洞无物，好似根本没有看见面前站着的三人。

钟会朝老者一躬身："老人家，打扰了。我们三人前来取这梧桐树枝，烦请您让一让。"

老者一动不动，好似什么也没看见，什么也没听见。

吕安走上前去，在老者眼睛前面摆了摆手，老者还是毫无所觉，不由怪道："这老人不会又聋又哑又瞎吧？"

嵇康瞥了吕安一眼："阿都，休得无礼。"

嵇康走上前去，盘膝坐在老者面前，恭敬道："晚辈嵇康，拜见前辈。"

老者听见"嵇康"二字，竟有了些反应，略微转过脸朝他看了看，随后伸手朝后背挠去，可似乎够不到痒处，动作有些吃力。

嵇康一笑，伸手将老人头上的那跟木头簪子一把拔下，递到老者手上。老者竟也不恼，接过木簪去挠后背，果然挠到了痒处，满意地冲嵇康嘿嘿一笑。

钟会与吕安看着两人之间的交流，觉得匪夷所思。

挠完痒，老者将木簪随手一丢，继续坐着一言不发。

钟会在一旁看得有些不耐烦，心想这老头是不是难为人来了，这树又不是他栽的，凭什么在这挡道。钟会上前坐在老人面前，一把夺过他的琴，想看看这老头会不会发怒。

谁知老者竟毫不介意，伸手做了个"请"的动作，意思是叫钟会弹琴。

钟会哼了一声，心想不就是个一弦琴吗，看我弹给你看。他将琴放在腿上，抬手抚弄起来。钟会一向琴技甚佳，没想到不论怎么弹奏，这琴都只半死不活地发出"嗡"的一个声音。钟会抚了半天，急得满头大汗仍不得其法，终于忍无可忍，将琴一丢："这琴只有一根弦，如何弹得！"

老者见钟会如此，又朝嵇康做了个"请"的动作。

嵇康点点头，抱过琴放好，略微想了一想便抬手抚弄起来。说也真奇了，这琴在钟会手中是个死物，可到了嵇康指尖，却仿佛一下子有了灵魂似的，宫商角徵羽五音俱全，琴声抑扬顿挫，悦耳动听。

钟会在一旁看着，心里不由得又惊又赞，他实在想不到嵇康竟能弹响此琴。

嵇康弹毕，老者捋须而笑，冲他点了点头，又摇了摇头。嵇康将琴还回，冲老者摇了摇头，又点了点头。老者见嵇康如此，忽得站起身来，朝树上的一根粗长的枝条指了指。

嵇康大喜，朝老者深深鞠躬施礼，便挽起袖子爬上梧桐树，一手把住老者所指的枝条，一手从靴子里抽出刀用力割了起来。亏得他自小学过几招，又很会爬树，否则这伸在半空中的枝条，真不知如何取得下来。钟会与吕安皆在树下紧盯着，生怕他一不小心摔下树来。

未几，他从梧桐树上取下枝条，三人皆大喜。嵇康转身欲拜谢老者，却发现老者早已消失得无影无踪，往下山的路上望去，也看不见人影。

"奇了，这老人难道会飞天遁地之术，怎么一下子就没影了？"吕安在一旁啧啧称奇。

"叔夜，我见你方才跟那老者又点头又摇头的，你们打得什么哑谜？"钟会忍不住问道。

嵇康笑道："方才我弹完琴，那老者捋须而笑，意思是赞我会偷学他弹琴，点头是表示他知晓我为修琴而来，至于摇了摇头，或许是说我方才弹得还不够好，又或许还有别的意思，我也参详不透。"

"那你摇头点头又是什么意思？"

"我见老者先赞我会偷学，便摇了摇头表示这是雕虫小技，不值一提。又见老者知道我来修琴，便点头告诉他正是如此，求他行个方便。没想到他不但让开了，还给我指了一枝绝好的枝条。我便朝他施礼，谢他出手相助。"

"就这么简单？"钟会觉得难以置信。

"就这么简单。"

"那这老者又怎知你为修琴而来？"吕安还是觉得蹊跷。

"他见我弹琴的手法，便知道我操琴已久，非一日之功。士季又告诉他，我们要取梧桐树枝，如果是做家具，几根枝条怎够用？是以推断我们是为修琴而来。"嵇康分析道。

吕安点了点头："这老者真是奇了，谁会爬这么高来弹琴，还有他的那把一弦琴，真是闻所未闻。"

嵇康也若有所思道："确实是位神人。走吧，我们下山修琴去。"

嵇康三人扛着梧桐枝朝山下走去，走到半山腰时，忽听得山顶处传来一阵奇异浩大的声响，犹如熊咆龙吟，管弦齐鸣，浑厚嘹亮，震彻九霄！

"这是什么声音？"吕安奇道。

嵇康被声音震得一惊，只觉全身汗毛直立，血液倒流，闭目听了一会儿，道："这是那老者的长啸声，他方才并没下山，此刻正以啸声为我们送行。"

钟会抚掌赞道："真是妙极！能发出如此啸声者，定是功力浑厚、修为高深之人。看来我们今日是遇到世外高人了，亏得阿都还混说人家又聋又哑又瞎，哈哈哈哈！"钟会忍不住大笑起来。

吕安被他这一说，也觉得自己冒失了。

嵇康也笑着责道："阿都，你今日确实冒失，以后可不能如此了。"

"是了是了，我今日才算知道什么叫山外有山，人外有人啊！"

三人一路说说笑笑，来到山脚下，此时已是黄昏。

嵇康从山下的马车中抱出号钟，按照姜维曾跟他提过的修琴之法，小心翼翼地修补起来。从日落黄昏一直到月挂中天，嵇康终于将号钟修补完毕。他长出一口气，叹道："今日真要多谢那位老者，他指给我的这根梧桐枝无论从木质属性到木纹走向，都与号钟无比契合，真乃高人也！"

说完，他将号钟放在膝上，手指轻挥，琴声缓缓而来。经过修复的号钟琴音较之以前更为高亢浑厚，琴声铮铮，犹如山谷之清幽，寒潭之澄深；一时急切如山鹰疾掠，飞瀑落天；一时徐缓似流云轻飘，古枝舒展，意游千古，情趣泰然。

嵇康弹毕，笑对二人道："这是我新作之曲《长侧》，正是效仿那位老者的长啸之声与悠然之态，你们觉得如何？"

钟会赞道："果然十分契合，回味悠长。恭喜叔夜修复此琴，又作新曲！看来我们此行已大功告成！"

"如今天色已晚，我们不如在此住上一夜，明日再回吧。"吕安提议。

"也好，不如我们明日直接去皇宫门前看那圣物如何？"嵇康如此一说，吕安也想起两人此行的目的，点头应和。

"好，就依你二人所言。"钟会也表示赞同。于是，三人在邙山脚下草草休息了一晚，第二天便策马赶回洛阳城。

却说嵇康骑在马上，心中还在想着昨日所见的那位高人，不知这老者究竟从何而来，姓甚名谁。嵇康三人骑着马一路行了一会儿，忽见前方水坑处几个村民围着一人正在哄笑，便策马前去探看。

只见那个大大的水坑里，尽是些夏季所积下的雨水，坑倒并不怎么深，但里面的水却与路边的泥土混合在一起，甚是污浊。再向那坑中之人看去，嵇康不由得一惊。

原来，那坑中之人不是别人，正是昨日他们遇见的那位老者。此时，老者正一身污泥，坐在水坑之中，被一群村民围着嘲笑。三人赶忙下马，疾步来到水坑前。嵇康一步跨到一个笑得甚欢的村民身后，上前揪住那人的脖领，怒道："你们这些人，怎能如此欺凌一位老人！"

那村民被嵇康揪住，摆手讨饶道："不是不是，公子你误会了，我们并没有欺负他，是在与他玩笑呢！"

"玩笑？我也将你推入这坑中玩笑一回，如何？"嵇康见他出言狡辩，更是气不打一处来，伸手就要将这村民丢进水坑。谁知他的手还没发力，那坑中的老者站起身来走出水坑，边拍手边笑："甚好，甚好，我最喜在泥中洗澡！"

嵇康听了一愣，松开手朝老者看去。只见老者站在水坑外，不紧不慢地整理着草衣。这下他算是摸不着头脑了。转身拍了拍那村民的肩膀："不好意思，方才得罪了。这老人究竟怎么回事？"

那村民正了正衣领："我早就跟你说了，我们没有欺负他，你还不信。这老人好像是个道士，前些天从别处云游过来。村里人见他像个得道的高人，便拿出家中的食物让他吃。有的见他穿着草衣，怪可怜的，就送他衣服穿，还给他包了好些干粮带走。没想到这老人在人家中吃罢以后，也不称谢，起身就走。这就算了，没想到他一出门，就把大家送他的衣服干粮全扔在路边。你说说看，这是不是好心当做驴肝肺！"

嵇康紧锁眉头："那今日之事，又是为何？"

那村人接着道："你听我慢慢跟你说啊！村里人见他把衣服食物都丢了，都说他是个疯子，就由着他去。他在这村里游来逛去，谁问他也不回答，好像聋子哑巴一般。几个小孩见他这样，就故意把他推到水坑里，看他会不会说话，会不会发火。没想到他不但不恼，出来以后还哈哈大笑。今天我们在这看见他，不知谁又玩笑，将他推入水中。你看，他不是笑得挺开心吗？不过，刚才倒是第一次听见他说话。哎，真是个疯子！"村民边说边摇了摇头。

嵇康听完又看向老者，见他也不理会村民的哄笑，自顾自地整理草衣，仰头大笑而去。嵇康朝钟会、吕安苦笑道："看来是我多事了。"说完，又朝远去的老者深深作揖，目送他远去。

且说嵇康三人终于行至洛阳城，见到了那立在司马门外的"圣物"钟和橐驼。这两个"圣物"前日被震倒后重新被立起来，但看上去歪歪斜斜的，毫无威势，僵硬地立在司马门外，怎么看都显得呆板无趣，突兀非常，似一对脱不了凡胎的俗物。明帝下诏铸造的"翁仲"二铜人还未完工，所以他们未能看到。

"叔夜，你觉得这圣物如何？"钟会问道。

嵇康远远地看着，俊眉微蹙："这就好比南方的橘非要栽到北方来，结果味道全变了。铜塑是好东西，可是立在这司马门外，却像没了灵魂的空壳子，色厉内荏，外强中干。天子如此大兴浮华奢侈之风，实在不妥。"钟会与吕安皆点了点头，表示赞同。

三人边说边上马转身，准备离去。正在此时，司马门忽然间大开，从里面的边道中驶出一辆马车，从马车的装饰典制来看，应是太尉以上的官员才能乘坐。而这当朝太尉，则非司马懿莫属。

"咦？如今公孙渊作乱，司马懿前去讨伐，此刻应在千里之外的军中。怎么这太尉的马车竟出现在这里？"吕安疑惑道。

钟会也道："说得是，究竟是谁如此大胆，敢私架太尉的马车，还从司马门直接驶出，就算行的是边道也于礼不合。"

只见那马车刚刚驶出司马门，一个人骑马率领着一队禁军从城中奔出，拦在马车之前。马上之人高高抬起左手，做了一个阻拦的手势，大声喝道："何人如此放肆！敢架太尉之车从司马门而出，还不快快下来领罪！"

嵇康三人在一旁看着，只见此人三十来岁，身材高大，膀大腰圆，面容粗狂，是个武将。嵇康不识此人，便问钟会："此人你是否认得？"

钟会轻声道："此人是曹氏宗亲，已故大将军曹真之子、邵陵侯曹爽，现任散骑常侍、城门校尉，统管皇宫各宫门之事。"嵇康了然，接着看去。

只见马车中探出一人，此人有二十五六岁，容貌冷峻，剑眉鹰目，神色果敢。此人看了看曹爽拱手笑道："曹将军，好久不见。我父亲在外浴血奋战，平定叛乱。我奉他之命乘车入宫中办点事。怎么，入个宫门也要盘查不成？"说完用手掸了掸袖子上的灰，有些挑衅地看向曹爽。

嵇康又问钟会："此人又是谁？"

钟会将手覆在嵇康耳边："此人便是司马懿的次子司马昭。"

曹爽一看是司马昭，又听他说得如此冠冕堂皇、理直气壮，一方面强调他司马家的功劳，一方面又用司马懿的太尉之职来压他，一时竟有些语塞，愣了一愣。

司马昭见曹爽神情，得意一笑："曹将军，在下还有要事在身，若没有其他事，就先失陪了。"说完就要进入车中。

嵇康见司马昭如此不遵王法礼数，心道这司马氏果然如坊间所传，有不臣之心。他一时间少年意气冲上脑门，策马上前道："自古以来，进出皇宫皆有礼法，何等官位坐何样的马车，行哪条道路都是定好的，岂能任意胡为？别说是太尉的马车，就是当年陈王曹植驾车从司马门而出，也受到了太祖武皇帝的严厉责罚，更何况他人？"

嵇康所说的，乃是曹操还是汉丞相时的一件事。一日皇后在宫中宴请曹氏宗亲，曹植晚宴中心情不爽，竟中途离席与杨修驾车从司马门呼啸而出。事后曹植被曹操大加斥责，杨修日后也被处死。相传曹植便是因此失去争夺世子的资格。

曹爽正在语塞，见有个容貌出众、器宇不凡的少年上来说话，而且说得句句有理、头头是道，恰到好处地为自己解了围，一拍嵇康肩膀："小兄弟说得好！司马公子，你也是出身名门，太尉不会连这些道理都没跟你讲过吧？"

司马昭听罢鹰眸一眯，继而哈哈笑道："曹将军，这次是我唐突了，一定下不为例，下不为例。"

曹爽见他如此说，想了想司马懿在朝中的威势，况且人家现在正在前方奋战，也不好对他的儿子怎样，便道："你知道便好！若有下次，一并处罚！"说完大手一挥，将司马昭放行。

司马昭道声多谢，朝嵇康狠狠地看了一眼，驾车扬长而去。

曹爽见司马昭走了，转过身看向嵇康："你方才说得很好，小兄弟，你叫什么名字？家中可有人在朝为官？"

嵇康见曹爽问他这些，本想如实相告。但是又一思索，认为今日之事不过临时起意未经深思熟虑，且他此次来洛阳只是为了游玩，不想多惹是非，便摆摆手："我也没什么见识，只不过实话实说罢了，将军不用在意。"说完朝曹爽一抱拳，转身就要离去。

没想到此时钟会策马上来，朝曹爽一抱拳："钟会见过曹将军。"

曹爽笑道："是钟公子啊，你兄长近日可好？"

"我兄长很好，他也常常提起将军。"钟会大方答道。

"哈哈哈，好，有空了与你兄长到我家中饮酒！"

"好，我一定告知兄长。对了，这是我的好友，名叫嵇康。"钟会说着将嵇康朝曹爽面前一推。

嵇康见钟会如此，只好又朝曹爽施礼："嵇康见过曹将军。"

曹爽打量了一番嵇康，对钟会道："你这好友甚是有趣，日后有空一起到我府上来坐坐吧！"说完带着手下策马而去。

钟会与嵇康皆道："将军好走。"

待曹爽进入司马门之后，嵇康对钟会道："我本不想多惹是非，你又何必如此？"

"诶，有机会结识曹将军，也不是坏事嘛！难道你一肚子才学，将来不想在朝中为官吗？"

嵇康苦笑着摇了摇头。这时吕安策马过来："我们这次出来时日已久，也该回去了。"

"正是。士季，此次洛阳之行多亏你相助，我二人感激不尽。今日就在此别过，日后有缘自会相见！"嵇康背好琴，在马上朝钟会拱手。

"我与你们甚为投缘，日后定会再见！"钟会一笑，也朝嵇康、吕安拱了拱手。

"好，我们就此别过！"

洛阳城外，黑衣白衣两位少年策马扬鞭而去，留下的红衣少年在马上久久伫立，待黑白两道身影消失之后方才离去。

六、二进洛阳城，妙语博佳人

公元241年，魏齐王正始二年。魏明帝曹叡于两年前驾崩，由养子任城王曹楷之子曹芳继位，登基时年方八岁。曹叡临终托孤，诏命大将军曹爽与太尉司马懿共同辅政。公元241年，东吴兵分四路大举攻魏，历时数月方被击退。

新帝登基两年，解决外患、稳定政权终于略见成效。为了彰显威仪，宣扬曹魏文治教化之功，曹芳下诏在洛阳国子太学门外立"三体石经"，后世称作"正始石经"。石经立于汉朝《熹平石经》之西，上刻《尚书》《春秋》《左传》等儒家经典，每个字都以古文、小篆和隶书三种字体书写，以作为古今对照，故而被称为"三体石经"，共28碑。

这一年，嵇康已十九岁，正是弱冠之年，自与钟会洛阳一别，已有四年。入秋的一日，他收到钟会从洛阳寄来的书信，信上说国子太学门外立起"三体石经"，许多文人学子前来观看，盛况空前，请嵇康与吕安到洛阳一同阅经。

接到书信，嵇康心中甚悦，此次前去既能与故友重逢，也能一睹石经的风采，何乐而不为？他拿着书信兴冲冲地来到吕府，要将这一消息告知吕安，没想到吕安却未在家中。

他在吕府外思索片刻，唇角微笑，转身朝旁边的树林走去。还未走入林中，便听见树林深处传来清脆的笑声，一时竟犹豫起来，不知该不该进去。正在踌躇间，只听笑声越来越近，一个紫衣少女从林中跑出，边跑边笑，如雀鸟般玲珑欢悦。

"妍儿，别跑，我还未说完呐！"紫衣少女没跑几步，身后追来一位黄衣少年，也是边跑边笑，从树林间穿梭而出，身姿俊逸，趁少女脚步略缓之际，将她推靠在近旁的树上。树干受到震动，一时间枝头叶落纷纷，将二人笼罩其间。

嵇康望着萧萧树叶之中的二人，一紫一黄，一个娇俏一个俊朗，四目相对，柔情弥漫，真是一幅绝佳的画面。他不觉被他们的气氛所感染，只觉人间有情是如此美好之事，随后又生出几许羡慕，不知自己何时才能尝到此中滋味。他不知不觉间缓缓吟道：

> 鸳鸯于飞，肃肃其羽。朝游高原，夕宿兰渚。
> 邕邕和鸣，顾眄俦侣。俛仰慷慨，优游容与。

树下的二人听见声音，齐齐朝他看来。

"康哥，你怎么来了？"黄衣少年看见嵇康，将手从少女腰间拿开，有些窘迫地垂在身前。那紫衣少女也羞涩地低下头去。

"哈哈，阿都，莫要害羞。方才那首诗是送给你们的，喜欢吗？"嵇康轻挑长眉，莞尔一笑。

"诗是好诗，不过你竟敢取笑我，看我不打你！"黄衣少年羞得满脸通红，边说边朝嵇康打来。嵇康哈哈一笑，闪身避过，两人在林间打闹起来。

这林中的黄衣少年便是吕安，而那紫衣少女则是他未过门的妻子，姓徐，名唤紫妍。徐家与吕家一向交好，吕安年幼时便见过这位徐姑娘，两人曾一处玩耍，算得上青梅竹马，两小无猜。这徐姑娘天生丽质，十几岁便生得粉面桃腮，杏眼薄唇，十分娇俏可爱。吕安自十五岁那年再见到徐姑娘，便十分钟情，日日记挂，时时想念。吕昭见儿子有了意中人，且对方又是徐家之女，便默许了这桩婚事。今年，徐姑娘刚刚及笄，吕家便上门提亲订下了婚期，打算转过年来便给他二人完婚。徐姑娘在家中只有乳名，吕家提亲以后需为她取字。吕安见她平素喜穿紫衣，且容貌十分妍丽，便赠她"紫妍"二字，平日里以"妍儿"唤之。

吕家既与徐家有了婚约，吕安与紫妍便也不再避讳，两人经常相约在树林中见面。今日嵇康在吕府寻不见吕安，便猜出他定是与紫妍在此。

"好了好了，阿都，我错了，我认输，别打了！"嵇康与吕安打闹了一会儿，讨饶道。紫妍因吕安的缘故，见过嵇康几面，所以并不觉得生疏，见他二人嬉笑打闹，在一旁掩口轻笑。

吕安见嵇康讨饶便收手道："哼，你别得意，待你日后有了意中人，看我如何笑你！"

嵇康长叹一声："哎，我可不一定有你这么好的福气，能得如此娇妻……"他见吕安又要打来，忙道："好了好了，不说笑了，我有正事找你。士季寄信与我，邀请你我二人到洛阳阅石经，咱们何时动身？"

嵇康本以为吕安会欣然应允，没想到他朝身后的紫妍看了看，支支吾吾道："我……我与妍儿婚期将近，有许多事情需要操办，不能与你同去了。"说完面露愧疚之色。

嵇康心下了然。也难怪，人家小两口即将新婚必定如胶似漆，自己若勉强好友，横插一杠，岂不成了那不解风情的可恶之人？想到此他一摆手："无妨，无妨，你就在家中好好陪伴娇妻，我自去洛阳城便是！"说完又冲吕安挑眉一笑，弄得吕安与紫妍的脸刷得一下又红了起来。

他怕自己再待下去打扰了他们，便道："你们接着聊，我先回去了。"

"天色也不早了，我们一起回去吧。"吕安说完携起紫妍的手，与嵇康一同走出树林。

三人一同行至吕府门前，嵇康忽见吕巽从外面回来，便招呼道："长悌兄，从何处而来？"

吕巽应道："从朋友处来。"说着眼睛却朝吕安身边的紫妍身上瞟去。

嵇康见他眼神中透出贪婪之色，不由得皱紧眉头，不露声色地挡在紫妍身前："我与阿都还有话说，长悌兄请便。"

吕巽见他如此，不甘地收回眼神故作无事道："好，你们慢聊。"说着走进府中。嵇康看着他走远，转身对吕安道："你兄长平日与你嫂嫂关系如何？"

吕安不明所以："还好，不过兄长经常不在家中，有时候整夜不归。嫂嫂为此曾跟他吵过几次，兄长照样我行我素，对嫂嫂的话毫不理睬。"

嵇康心道果不其然："以后你若不在家中，便命人告知紫妍，莫让她来府上找你。成亲之后，若无要紧之事也莫让她去你哥哥院中。你可切记。"

吕安听出嵇康之意，他也觉出哥哥方才眼神不善，心中十分不悦。随着年龄的增长，他与哥哥之间疏远更甚从前，虽住在同一屋檐下但却几乎无话可说。今日嵇康出言提醒更让他心生警惕："你放心，你的意思我都明白。你此去洛阳路虽熟悉，行事却也不可大意，若有事情一定速速告知。"

嵇康拍拍吕安的肩膀："好，你我都各自珍重。你成婚之日我一定赶回！"说完与吕安告别而去。

第二日，嵇康整装出发。此次出行没有吕安相陪，孙氏略有担心，便遣了一名下人跟随他，也好时时照应。嵇康本十分不愿，但为免母亲担忧只好答应。

这下人名唤岳山。他本姓李，小名山子，比嵇康小上两岁，自懂事起就是嵇康的下人，两人一起长大，关系甚好。

嵇康觉得"山子"此名略显俗气，便以一把古琴为题给他起了个大名，叫岳山。这五弦古琴，内含"金木水火土"五行，外有"宫商角徵羽"五音，琴首上部琴中最高的部分便叫作"岳山"。嵇康见山子长得秀气挺拔，名中又有个"山"字，便觉得"岳山"一名与他甚为相合。山子得此大名非常高兴，他一向对嵇康十分敬服，凡事尽心尽力。

待嵇康与岳山来到洛阳钟府门外时，钟会早已等在那里。

四年不见，钟会已十七岁，早已褪去年少青涩，眉目之间尽显风流英姿。他仍是一身红衣，手中换了把新制的折扇，见到嵇康眼前一亮便迎上前来。

"叔夜，你可来了，我早已等候多时！"钟会说着要亲自帮嵇康牵马坠镫，嵇康赶忙拦住，笑道："怎能让你来？"说完自行翻身下马。岳山将两马拉去拴好，立在一边。

钟会探了探远处，奇怪道："怎么没见阿都？"

嵇康神秘一笑："你有所不知，他如今有要事在身，无暇分身，我只好与家仆岳山一起来了。岳山，来拜见四公子。"

岳山这边拜过钟会，钟会笑道："你的下人都有如此雅名，一听就知是你取的。对了，阿都是家中出了什么事吗？"

嵇康嘴角一翘："是出了事，不过是喜事。他转过年来便要成亲，如今正忙着与娇妻缠绵，哪还有心思理会你我二人？"

"哎呀，这可是大喜事，到时我也要去讨杯喜酒吃！"钟会与嵇康边进府边道，"你可否见过他的未婚妻？美不美？"

"见过几面，他确是福气不浅。"嵇康打量起钟会，"士季，你几时成亲，是否也有了意中人？"钟会听了一愣，手中折扇掉在地上。

嵇康俯身拾起，本欲递给钟会，却见他盯着折扇脸色微红，便"刷"地一声打开，几行娟秀的小楷映入眼帘：

逍遥芙蓉池，翩翩戏轻舟。

南阳栖双鹄，北柳有鸣鸠。

"好一首艳诗。若没记错的话此乃曹植所作《芙蓉池诗》。如此娟秀的字迹，一定出自女儿之手。士季，还不从实招来！"

钟会一把从他手中夺过折扇，揣入怀中："日后你自会知晓……叔夜，你比我与阿都皆年长，为何还不成亲？在等着哪家闺秀？"

嵇康淡然道："我还未考虑此事。如今二哥从军未归，家中只有母亲。也曾有人上门提过亲，但母亲认为要等二哥回来之后再做打算。"

钟会一本正经地端详了嵇康一会儿，笑道："就凭你的相貌和才华，我还真不知道究竟哪家姑娘能配得上你。"

"莫说这些了，我们何时去太学阅石经？"

"今日你旅途劳顿，先好好歇息一下，明日我们一早便去。"

第二天一大早，嵇康便与钟会一起骑马来到国子太学门外，见此处已经围了不少人，皆是些文人学子。他二人见所围之人甚多，骑在马上反而看得清楚，便在马上观看起来。石经上所刻皆是儒家经典，嵇康一向好读老庄，对儒家学说不大上心，只是走马观花看看而已，不过他对这石经上的书法倒是颇感兴趣。

刚看了一会儿，只听一个白衣学子道："据说这石碑的字迹，是照已故书法家邯郸淳的字所临摹雕刻，果然刚劲有力，气度不凡。"

另一黑衣学子道："是啊，他的书法博采众长，篆书仿效曹喜，楷书取法王次仲，诸体皆能，连大书法家蔡邕都曾赞他的碑文乃'绝妙好辞'。不过，此人除了书法之外，好像别无所长。当年高祖文皇帝与陈王曹植争夺世子之位时，他在中间两边讨好，圆滑得紧！"他口中的高祖文皇帝便是曹丕。众人听了，皆若有所思地点点头，议论起来。

嵇康与钟会本不愿参与讨论，听至此处，嵇康忽得轻笑一声，道："此言差矣，当年世子之争，邯郸淳并未参与其中，而是高祖文皇帝与陈王争着与他结交，他却洁身自好，不为所动。"

众人听见声音，皆转过头来看向马上的嵇康。刚才那个黑衣学子听见有人反驳，便争辩道："那你倒说说看，那邯郸淳曾与陈王促膝长谈，通宵达旦。后来高祖文皇帝继位，他又马上被封为博士，官至给事中，还作了洋洋洒洒千余字的《投壶赋》与文帝，岂不是阿谀奉承、趋炎附势之徒？"

嵇康听罢摇了摇头："这你就有所不知了。当年邯郸淳去见陈王，乃是奉太祖武皇帝之命前去，并非有意攀附。至于后来为高祖文皇帝作赋，则是为了报答他的知遇之恩，有何不可？凡事需经考量才能下定论，岂能人云亦云？"嵇康所说的太祖武皇帝便是曹操。

黑衣学子听了嵇康一番说辞，又哼道："这只是你自己的看法罢了，反正此人已逝，无从查究。不过我认为，那些所谓的隐士高人，皆是些沽名钓誉之徒，假装清高以引人注目，其实心里将权位名利看得比什么都重！就好像某些人，明明是人尽皆知之事，却偏偏要标新立异，说出个与众不同的见解，好像由此就成了高人一般！"他话里句句带刺，指桑骂槐，言下之意是讥讽嵇康自命不凡，假装清高。

嵇康原本只是率直而言，就事论事，没想到这黑衣学子见说不过他，竟出言攻击，便凤眸一眯，笑道："我这有个故事，不知你们听过没有。"

那黑衣学子道："你且说来，我等正想领教。"

嵇康悠然道："据说从前有个人，凡事都喜欢不懂装懂，人云亦云。他与人一起去听歌姬弹唱，虽自己根本不通音律，不识曲谱，但还是装作一副陶醉的样子，跟着别人一起叫好附和。后来，轮到他点曲子给客人听，他没办法只好让歌姬把曲名都写出来，放在一个首饰盒里，好从中抽曲子来听。他主意打得好，岂料这首饰盒里，原本还放着些药方。客人来了，他故作风雅地去抽曲子，没想到竟拿了一张药方出来。他也不认得啊，只当自己抽了一首好曲儿，便大声对歌姬道：'给我们弹一曲《附子当归》吧！'众人听了皆哈哈大笑，知道他误将药方当成了曲名，自己却浑然不知……"说到此处，围在旁边的众学子都哄笑起来。

那黑衣学子知道嵇康是在拿他取笑，说他不懂装懂、人云亦云，登时气得满脸通红、青筋暴起。但是他又不能指责嵇康，这样一来便是不打自招，只能哑巴吃黄连，强咽下这口气。

黑衣学子正在咬牙忍气，那边又一黄衣学子言道："哼，我道是什么高明的故事，不过一个笑话而已。自以为骑在马上就高人一等了，其实不过是故作姿态罢了！你们皆道这石经好，可是依我看来，天子立这'三体石经'实在是多此一举。如今隶书乃最通用之书体，人人皆识，何苦再去学习那些古文和小篆？想当年秦一统天下，举国上下皆使用统一的文字和货币，上下一体，整齐划一。如今我们也该效仿秦朝，皆用隶书书写，那些古文和小篆应直接销毁了事，省得麻烦！这位公子，你既然从不人云亦云，对此又有何高见？"

嵇康见又有人出来难他，不怒反笑："足下所言确实颇有见解，不过我却不敢苟同。当年秦始皇焚书坑儒，不知毁掉了多少传世名作，使得六艺从此缺损。李斯曾说：'今诸生不师今而学古，以非当世。'遂造成如此浩劫。足下的论调倒是与那李斯如出一辙。不过，若是天子果真效法秦始皇，恐怕现在我等均已成了坑中之蛆，岂能在此豪言壮语？"

嵇康见黄衣学子一时无语，接着道："自古以来，文字除了通用于世，传播交流以外，还有承袭文化、延续文明之意义。观古人文字，不仅是为读懂它的意思，更在于传承一种精神。照足下所说，将古文全部废弃，一把火烧了，仅仅留下文字的传播功用，却放弃了它本质内涵，岂不是本末倒置？若今后天下之人皆按照一体书写，不识得世间还有其他字体，岂不成了一个个恪守规范，不知变通的呆子！"

黄衣学子辩驳道："凡事皆照规定范本行事，又有何不好？"

嵇康也不答他，却对众人笑道："我这还有个故事，不知你们愿意听否？"

众人觉得嵇康见识广博，都想一听究竟，纷纷道："说来听听！"

"却说有一个人，自己的岳母死了需要一篇祭文来送葬。他不识字，只好找私塾先生帮忙写一篇。没想到这私塾先生老眼昏花，竟抄了一篇哀悼岳父的祭文给他。主持葬礼的人一看错了，便让他赶紧去找私塾先生订正。你们猜这先生说什么？"

众学子听得有趣，皆问："说的什么？"

嵇康道："这私塾先生捋着胡须，不紧不慢道：'古本上的祭文是刊定好的，皆是祭文的典范，我按照范本抄写，怎会出错？我看，是你家死错了人！'"

众人听了，领会出其中之意，又都哈哈大笑起来。那黄衣学子知道嵇康又是在巧骂他，说他是刻板迂腐之人，一时无可辩驳，只得红着脸挤出人群。众学子见嵇康如此机敏博学、伶牙俐齿，再无人敢出来与他争辩。只听一人问道："这位公子，你说话甚是风趣，不知这些故事都是从何而来？"

嵇康止住笑容，正色道："方才不是有人说，邯郸淳除了书法之外别无所长，是个沽名钓誉、攀龙附凤之辈吗？可巧，我这些笑话皆是从他那得来。他不仅书法一绝，写出的文章更是有趣。他曾著有《笑林》三卷、《艺经》一卷，嬉笑怒骂世间百态，博采综述当世游艺，可称得上是'笑林之始祖，艺林之大家'。"

嵇康刚说完，忽听得身后传来几声掌声。众人皆回头望去，只见一辆装饰秀丽的马车停在不远处。马车窗帘微微卷起，方才抚掌的正是帘下之人。

嵇康朝马车中望去，只见白色纱帘下，一名少女正朝他望来。少女有十三四岁年纪，乌发蓬松，丝丝缕缕，肤色胜雪，眉似柳叶不描而黛，唇若朱砂不点而妆，凤眸流盼，美目含情，疑自书中来，又似画中仙。

嵇康从未见过如此容姿倾城之少女，一时看得呆了。而那少女此刻也愣愣地望着他。此时嵇康身骑白马，白衣飘飞，黑发轻扬，长眉微挑，凤眼流光，星眸明亮深邃，唇角带笑含情，俊美无比，伟岸无双。帘下少女看着看着，脸上泛起红晕。

两人正在凝视间，钟会策马上前朝少女微微一揖："亭主，你怎么在此？"少女被钟会惊醒，回过神来，脸色微红："我听闻石经之事便过来一观，没想竟撞见如此精彩的一幕。"

嵇康也被钟会打断，来到钟会身边轻声问："亭主？"

钟会点头笑道："这位是沛王曹林之女，长乐亭主。"

那亭主对嵇康莞尔一笑："公子方才真是妙语连珠，令我大开眼界。不知公子高姓大名？"

嵇康听得问他，再一次抬眼朝亭主看去，只觉她气质如兰，落落大方，端庄娴雅，如诗如画，心脏不由得跳漏了一拍，脑中一懵，忘了回答……

　　　　肩若削成，腰如约素。延颈秀项，皓质呈露。
　　　　芳泽无加，铅华弗御。云髻峨峨，修眉联娟，
　　　　丹唇外朗，皓齿内鲜。明眸善睐，靥辅承权。
　　　　瑰姿艳逸，仪静体闲。柔情绰态，媚于语言。

此情此景，恐怕只有曹植的《洛神赋》可以形容一二。嵇康忽然想起十岁那年所做的梦，曹植与甄皇后在洛水相会，相顾而笑，飘摇而去，携手成仙。这一刻，他似乎有些明白曹植与甄皇后那一笑的含义。

七、亭主暗生意，才子初动情

嵇康看着亭主的芳容，一时竟忘了回答。钟会忙替他答道："这是我的好友谯郡嵇康，嵇叔夜。"

亭主一惊："嵇康？士季哥哥，莫非是你曾提到过的那个嵇康？写《琴赋》的那个嵇康？"

钟会笑道："正是。叔夜，你该向亭主行礼才是。"

嵇康这才醒过神来，朝亭主一揖："嵇康拜见亭主。"他见亭主只看着他不语，又道："亭主看过在下所作的《琴赋》？"

亭主脸色一红，微微颔首："是，因我也是爱琴之人，所以对此赋甚为喜爱，拜读过多遍。"

嵇康欣然一笑："多谢亭主抬爱，不过一篇习作，不足挂齿。"

"我听方才嵇公子所讲的，皆出自邯郸淳的《笑林》，不知是否听过这一个。一个男子娶了一位美若天仙的女子为妻。这女子德才兼备，还给丈夫生了个儿子。没想到，丈夫见到女子的母亲之后，回家就将她休了。女子问丈夫为何休妻。丈夫说，他见丈母娘年老色衰，推断将来自己的妻子也会变成这样，不如早早休掉了事。公子，你认为此人如何？"

嵇康道："此人实在可笑。他只看见妻子的母亲年老色衰，怎么不知道先去拿镜子照照自己的脸，再去看看他的父亲！"

亭主听他如此一说，立时用手帕掩住樱桃小口，笑得两肩微微发颤。

嵇康又道："世人皆道'色衰而爱弛'，我却不以为然。我只知道，此生能有一人陪伴身边，朝游夕宿，携手华发，便是最大的幸事。有道是人间繁华何其多，但求一人共终老。"

亭主听了他的话止住笑意，一双美目朝他深深望了一眼。

钟会见他二人聊得甚欢，上前道："玟儿，你还没看过那些石经吧，不如我陪你到跟前看看去？"

亭主收回目光："也好。"

此时却听马车旁一个姑娘的声音道："亭主，咱们已出来多时，也该回去了。"那姑娘一身粉红纱衣，身材窈窕，模样秀丽，是亭主的侍女。

亭主听她如此一说，思索了片刻，回道："我知道了。士季哥哥，我今日出来已久，就先回府去了。"又看向嵇康："嵇公子，失陪了。"

钟会忙道："不如我送你……"

他还未说完，只听方才那粉衣姑娘又发话道："四公子，你今日还有朋友要陪，就不用管我家亭主了。亭主，我们回府去吧。"

亭主嗔道："红莜，你真是越发大胆了，谁许你如此说话？"

那红莜竟也不惧，歪头道："我看亭主才是越来越大胆，今日瞒着王爷出来也就罢了，到这时也不想着回府，仔细回去以后王爷不依你！"

亭主被她一说，不怒反笑："你这丫头，真是牙尖嘴利！好了好了，我们回府便是。"说完朝钟会和嵇康略微颔首，缓缓拉下窗帘，马车悠悠而去。

钟会与嵇康皆望着马车背影，伫立了良久。半晌，嵇康道："士季，我们也回去吧。"钟会醒过神来，道："好吧。"

回钟府的路上，钟会似乎有些心事，一直一言不发。嵇康道："士季，方才听那亭主唤你'士季哥哥'，你又唤她'玟儿'，你二人十分熟稔吗？"

钟会应了一声："嗯，我们两家乃世交，我与她自小一起长大。"

嵇康忽然想起钟会的那把折扇，那娟秀的小楷难道是出自这位亭主之手？"莫非，她就是为你的折扇题诗的那位佳人……你的意中人？"

钟会本想点头称是，却下意识地摇了摇头，道："此事日后再与你说。"

嵇康听他如此回答，不知为何心里好似卸下了一副重担，长长地舒了一口气。他惊觉自己的念头，觉得有些不可思议，自己为何会如此在意亭主之事，心情又为何从方才开始就起起落落，不能自已？

> 有美一人，清扬婉兮。
> 邂逅相遇，适我愿兮。

他摇了摇头，强迫自己挥散脑海中的诗句，与钟会一起回到府中。

今日马车中的长乐亭主，是沛王曹林的小女儿，封号长乐亭主，闺名曹玟。曹魏的公主分为县公主、乡公主、亭公主三个等级，这"长乐亭主"即"长乐亭公主"的简称。她的父亲沛王曹林与曹丕、曹植皆为曹操之子，乃曹操与妾室杜夫人所生。

那杜夫人生得国色天香，倾国倾城，曾引得关羽、吕布、曹操众英雄竞折腰，成为千古佳话。杜夫人虽极受曹操宠爱，但曹林排行第十，在诸子中年岁较小，所以并未卷进世子之争。这也正合了曹林的性子，他一向豪爽随性，喜爱宴饮，广交贤士，舒舒服服地做个闲散王爷，实在是美事一桩。曹林与曹操诸子关系一般，独与曹植较为亲近，想必也是因为两人秉性相合的缘故。而长乐亭主的闺名"曹玟"正是曹植所取。这其中还有个故事。

话说当年曹玟满月之时，曹植作为伯父曾前来看望。曹植见弟弟曹林的小女儿生得粉雕玉琢，肤色晶莹剔透，宛如美玉，心中十分喜爱，便从腰间取下自己随身佩戴的玉佩，放入小侄女的手中。没想到小娃娃抓不稳玉佩失手掉在地上，将一块完美无瑕的玉佩左角磕破了一小块。曹林刚要出口斥责，曹植俯身拾起玉佩，笑道："无妨。她还是个小娃娃，你责她作甚？我倒觉得这玉摔得好，自古皆道'盈满则亏'，太完美的东西必不能久存。如今这玉有了一块瑕疵，反而能成就它的完满与长久。我今日倒想再赠这娃娃个名字，不知允否？"

曹林见兄长愿为女儿取名，自然万分欢喜："求之不得！"

曹植手持玉佩："我就赠她一个'玟'字。'玟'乃美玉。一寓今日玉破之事，二愿我这小侄女，来日能如美玉般冰清玉洁，气节高尚，'宁为玉碎，不为瓦全'，做我曹家的好儿女。"

自此，曹林的小女儿便得名曹玟。而那块曹植所赠的玉佩则一直被她佩戴于身。曹玟两岁丧母，极受曹林宠爱，诗词歌赋、琴棋书画样样皆能。她虽为女儿身，但却不似寻常女子那样只爱闺中之物，性情中除了有温婉柔情的一面，也有洒脱刚强的一面，正如曹植所愿那般外柔内刚。她自小常见父亲与人一起饮酒骑射，便生出好学之心，总缠着曹林要学骑马、射箭。曹林对小女儿极为宠溺，拗不过她，便也教了她一些骑射之术。曹玟自从学了骑射，性子更为爽朗。

曹林的封地虽在沛，但却常居洛阳，与钟会的父亲钟繇交往深厚，两家可算世交。因此，曹玟与钟会自小便相识。钟会小时见曹玟十分玲珑可爱，一直把她当作妹妹一般疼爱。但随着年龄的增长，曹玟出落得越发容姿倾城，才貌双全，与其祖母杜夫人之美貌相比，有过之而无不及。这般佳人在前，钟会岂能不动心？他对曹玟渐生爱意，一发不可收拾。而曹玟虽一直将钟会视为兄长，但也渐渐懂得些男女之情，对他也产生了些许好感。

曹林作为父亲，早已察觉出钟会对女儿的心意。他觉得钟会相貌堂堂，少年英才，颇有抱负，且曹钟两家为世交，若将来女儿能嫁到钟家可算得上一桩良缘。

于是，只要不逾越礼数，他便没有对两人的来往多做阻拦。所以曹玟与钟会时有相见，曹玟称他为"士季哥哥"，而钟会则唤她作"玟儿"。

那日，嵇康所见钟会的那把折扇，便是出自曹玟之手，不过却并非定情之物。曹玟一向喜爱伯父曹植的诗，经常诵读抄写，而那首《芙蓉池诗》便是她练字时抄写的。一日，钟会来沛王府拜会，实际上又是借机来看望曹玟。他入得后厅见曹玟一时未在，便蹀入她的书房等候，无意中看见了那首诗。

钟会拿着情诗，看着娟秀的字，想起曹玟莹莹如玉的面容，顿觉情潮翻涌，爱意弥漫，便偷偷将情诗揣入怀中，想回去做成扇面，每日睹物思人，以解相思。

曹玟丢了一张抄写习作，本也不甚在意，却被红苃点破了钟会之事。曹玟身边有两样心爱之物，其一是司马相如的传世名琴"绿绮"，其二就是她的侍女"红苃"。这红苃与曹玟同岁，两人自小一起长大，虽为主仆实则情同姐妹。红苃模样秀丽，性格直爽，善解人意，从小到大曹玟不知和她说了多少心事，两人可算无话不谈。钟会将曹玟抄的诗揣进怀中，被红苃看了个一清二楚。待到钟会走后，她便将此事告知了曹玟。

曹玟听了脸色一红。她早已察觉钟会对自己的心意，但是却没有将其挑明。一是因为她尚不确定自己对钟会的感情，究竟是兄妹之情还是男女之爱；二则是因为钟会虽言行举止对她关爱有加，却从未在她面前郑重其事地表白过心迹。

红苃在一旁早将二人之事看了个清清楚楚。相比较曹玟的朦胧不清，她自己对钟会则不太喜欢。红苃看人一向犀利，她觉得钟会虽然才貌双全，对自家亭主也颇为用心，但却不够坦诚大方，行事做派也不太磊落。就好比这情诗之事，钟会本可以大大方方地向曹玟讨要，正好借机表明自己的心意，可他却偏偏要偷偷拿去，表面上装作若无其事，真不知打得什么主意，难道还要自家亭主主动不成？所以，红苃一直对钟会保持着观望态度，并不想让亭主与他过于亲近。

比如今日，曹玟与钟会在太学门外巧遇，红苃见钟会又要伺机亲近，便搬出曹林当幌子开口阻拦。钟会早就觉察到了红苃的态度，也正是如此，他今日见曹玟离去才会那般闷闷不乐，魂不守舍。他不清楚，红苃对自己的态度，究竟是她自己的想法，还是曹玟所授意。若是红苃的想法还好说，若是曹玟暗中命她这般，那是不是表明曹玟对自己毫无心意，或者讨厌自己？

要不说红苃看人颇准，钟会为人确实不够坦荡磊落，喜欢暗自揣摩人心。他见曹玟转身便走，没有对他多看一眼多言一语，再加上红苃的冷言冷语，心情便一落千丈。而嵇康问他是否将曹玟视为意中人时，他本想如实回答，却又怕嵇康进一步询问他与曹玹的感情怎样、何时成亲，到时候若回答自己并不知曹玹的心意，岂不叫人笑话？不如等他与曹玹定下婚事以后再告知嵇康。他一向颇重颜面，就算已对曹玹爱得很深，但在没得到她的明确回应之前，并不敢冒然表白。或许，就是因为用情太深，他才害怕话一出口便一语成空。

然而，今日红苃那般肆意直言却并不仅仅因为钟会。她与曹玹两心相知，曹玹的一言一行她皆能领会其意。曹玹自见了嵇康之后，眼神便一直不离他左右，就连话也多了起来。红苃自小是曹玹的伴读，也颇识得几个字，知道曹玹非常喜欢嵇康的那篇《琴赋》，她自己也觉得那篇赋做得极好，对嵇康此人也十分好奇。

她见曹玹对嵇康颇为在意，两人言谈之间旁若无人，便觉得十分不妥。一是因为钟会尚在一旁，若察觉出什么必然不好。二是这嵇康究竟是何人品，红苃心中无底。看起来他俊美儒雅，潇洒坦荡，像个谦谦君子，但知人知面不知心，若曹玹只凭一言两语便认定此人，万一错付情深岂不抱恨终身？反正这嵇康有名有姓，不如慢慢观察，若真是个可托付的君子，到时候就算曹玹不好意思，她去帮忙开口又有何妨？红苃这边打定主意，便又向马车中的曹玹看去。

此时曹玹心中确实在想着嵇康。她一手托腮，一手轻轻抚弄着手帕，呆呆地望着窗外，似笑非笑，似喜非喜。红苃咳了一声："亭主，你在想着方才那位嵇公子？"

曹玹被她一语点醒，羞得满脸通红，隔着纱帘嗔道："你这丫头，真真要死！今日怎得如此口无遮拦！"

红苃嘻嘻一笑："这么说来，亭主确是在想着他喽！"

曹玹被她说得又羞又窘，啐道："你给我进来，看我不撕了你的嘴！"

红苃知她害臊，便跳上马车坐在她身边，拉着她的手道："亭主，莫非你对他动了心？"

曹玹见她入得车来，也不再责她，略微点了点头，叹口气："我也不知，只是从未对人有过这样的感觉。"

"什么感觉？对四公子也没有过？"红苃盯着曹玹。

曹玹思索了片刻，缓缓地摇了摇头："未曾有过。这种感觉很奇妙，明明这个人从未见过，却好像早就相识一般⋯⋯红苃，你说我与他还会再相见吗？"

"会的，亭主你忘了他是四公子的好友，若想见也不是难事。"

曹玹听了此言一改方才的忧郁之色，唇角微抿，微笑起来。

却说嵇康与钟会回到钟府，钟会方才渐渐平静下来，对嵇康道："叔夜，今日我就先不陪你了，你与岳山自去逛逛。明日吏部尚书何晏宴请宾客，邀我前去，你与我一同去看看吧。"说罢转身朝自己书房走去，未走几步却又转过身来，有些局促，又有些迷茫地看向嵇康问道："我今日，对那亭主是否言行失礼？"

嵇康不明所以："我未觉得你有失礼之处。"

"那便好。"钟会握紧手中折扇，"叔夜，你有没有尝过思念一个人的滋味？"

嵇康不假思索地摇了摇头，却在钟会刚刚转身走后又若有所思地点了点头，喃喃道："似乎，今日便有了……"

次日傍晚，钟会与嵇康应邀来到吏部尚书何晏府上。这何晏可算得上当今朝中炙手可热的大红人，自从攀附了大将军曹爽，一路从散骑侍郎做到了吏部尚书。而这大将军曹爽，便是嵇康第一次入洛阳城时，在司马门外遇见的那一位。曹爽身为曹氏宗亲，一直与明帝曹叡关系甚密。曹叡临终前将新帝托付给了两位大臣，一位是曹爽，一位是司马懿。司马懿功勋卓著自不用说，而曹爽则从武卫将军一举被提拔为大将军，封爵武安侯，与司马懿在朝中分庭抗礼，这其中之意自然不言自明。

曹爽此人，原本行事谦虚谨慎，进退有度，所以曹叡才将护国安邦的重任托付与他。然而，曹爽刚一被封为大将军便先发制人，改任司马懿为太傅，来了个明升暗降。如今满朝文武之中，只有曹爽能与司马懿一样，可以佩剑入殿，入殿不趋，赞拜不名。盛宠之下岂能不骄？这曹爽渐渐地开始变得傲慢自大、刚愎自用起来，不但任人唯亲、独断专行，还根本不把司马懿放在眼里。曹叡本想让曹爽谨慎辅政，节制司马懿，毕竟曹爽正值壮年而司马懿已经垂垂老矣。没想到曹爽刚一得权，还未站稳脚跟、掌握全局，便开始盲目自大、自乱阵脚，给司马懿日后留下了可趁之机。

却说何晏成了曹爽手下的重要幕僚，虽一直以来对朝政无所作为，但是也并非毫无建树。何晏一向熟读老庄，并从中悟出了自己的见解，建立起"以无为本""贵无贱有"的玄学体系。他招揽当世文人才子高谈阔论，掀起了一股清谈玄学的风气。与何晏一起倡导玄学的，还有少年奇才王弼、曹氏宗亲夏侯玄，这三人被世人称为"三玄"。这样的风气，更是一种虚假的繁华。曹爽自以为曹氏已经坐稳了江山，可以大兴清谈之风了。岂知国家大事岂能只靠几个文人学子撑持，这样的清谈虽对文化进步稍有助益，但对朝政现状来说则并非好事。

今日钟会与嵇康到何晏府上，便是应邀去与一帮文人学子谈玄论道。钟会之所以能够被何晏邀请，是因为他也算得上洛阳城有名的少年才俊，且出身名门显贵，所以会成为何晏的座上之宾。

嵇康与曹爽早就有过一面之缘，对何晏也是早有耳闻。在他看来，曹爽目前的行为做派十分不妥，而何晏的玄学则太过死板教条，咬文嚼字，所以根本提不起兴趣。按说嵇康一个名不见经传的少年，能有机会接交当世名流，算得上一件大事，换了别人可能会觉得忐忑不安，但他却丝毫没有放在心上。

此刻嵇康心中所想，莫过于昨日所见到的那位长乐亭主。他自小兴趣广泛，喜爱自然造化之物，对音律、养生、老庄等都有一番自己的见解，每日操琴读书，与友相聚，过得逍遥自在，以至于长到十八九岁对男女之情还十分懵懂。而昨日他初见曹玟，便萌生出了一种莫名的感觉，被她所散发出来的少女柔情所深深吸引。自别了曹玟之后，他本以为会渐渐淡忘，谁知昨夜竟迟迟不能入眠，满脑子皆是她的姿容。面对自己的心情，他有些诧异，又有些明了。或许，这便是钟会所说的思念一个人的滋味。

他正想着，忽听钟会道："咱们到了，此地就是何府。"他抬头朝大门上一望，只见雕梁画栋的门楼上挂着一幅匾额，上面龙飞凤舞地写着四个大字"形神合一"。看罢不由得边笑边摇头道："字倒不错，只是这词未免太故弄玄虚了！"

钟会一边递上请帖，一边扯住他的衣袖："别乱说话，进去了。"说完，拉着他进入何府。

此时晚宴已快开始，钟会拉着嵇康找到自己的座位，与之一齐入座。两人刚刚坐定，只见何府的下人们端着托盘鱼贯而入，将托盘中的小盏和酒杯放在每位宾客桌上。只听何府的管家言道："众位宾客稍等片刻，我家尚书大人先请诸位食散。"

嵇康听了管家所言，伸手打开面前的小盏，只见里面盛着几粒丹丸，便明白了个大概。不过，他虽听闻何晏为人浮夸随意，却没想到竟如此放浪形骸。嵇康捏起一粒丹丸，神情怪异地端详了片刻，随后又看向钟会。

钟会忍不住笑道："你不会从未服过此物吧？"

嵇康如实而答："我确是从未服过。"

八、食散会三玄，赋诗交新友

"原来这就是五石散。"嵇康手持丹丸，不由得想起了自己与吕安幼时盗药之事来。那次他陪吕安一起受罚，第二天早上才归家，嵇喜倒也没有责怪，只是再次叮嘱他不许服食五石散。嵇康一向喜爱钻研养生之术，读了许多医书，也渐渐明白了这"五石散"究竟是何物。

话说这五石散原为医圣张仲景留下的古方。此方本是药用，有益肾补阳、强身健体、美白嫩肤之功效，对伤寒也有一定疗效。这本是一剂治病的药方，并非毒物或者春药。服用此散之后，能让人感觉亢奋、神思飘忽、浑身燥热，需要吃冷食、喝温酒、放宽衣带、快走出汗来发散药力，是为"行散"。若对症服用，有强身之效，但却断不可滥用，服食过量会导致上瘾，更有甚者则会药物中毒，致残甚至致死。故而服食五石散可成仙之说，皆是虚妄之谈。

嵇康正自沉吟间，见身旁的众宾客都已开始食散。钟会也取了些许服下，就酒饮了。嵇康摇摇头，暗道自己可笑，当初曾为此物与吕安一起受罚，如今有人将它送到面前却犹豫起来。他也像钟会一般，取了些五石散就酒服下，等着看一会儿是何感觉。

众人服下五石散，边与相识之人寒暄，边等着何晏的到来。嵇康朝众宾客望去，只见左右两边的首席上，坐着两个人。此二人一个三十出头，身着青衣，仪表不凡，神色泰然；另一个则只有十五六岁年纪，眉清目秀，一身蓝衣，右手持一柄麈尾，轻轻摇着。所谓麈尾，乃是一种用来驱虫、掸尘的器具，在一根木条两边插上兽毛，类似羽扇。虽是小小一物，但意义非凡，只有当世名士、领袖方可手执，为的并非驱蚊扇风，而是彰显地位。此人年纪虽轻，但不仅能执麈尾，且神色高慢，举止傲然，可见在士人中已有相当名望。只见他端起小盏中的五石散一口气全部服下，拿起酒杯自斟自饮，毫不理会旁人。

嵇康对钟会低声道："这首席上的两人，若是我没猜错的话，应是夏侯玄与王弼吧？"

钟会赞道："你眼光不差，正是此二人。这夏侯玄乃曹氏宗亲，不但深受曹爽器重，就连司马懿也称赞他推行的诸项制度，可算一位德高望重之人。"

嵇康道："我也觉得此人颇有气度，只是不知他是否真能成为王佐之臣。"

钟会又道："那王弼与我相熟，他可真是了不得，年纪轻轻就已经开始为《周易》做注。何晏自从听了他对玄学的见解后十分推崇，将他举为尚书郎。"

嵇康端详了一会儿王弼，皱眉道："他虽年少有为，但是我观他气息不顺、脸色不佳，又如此不加节制地饮酒食散，若不善加保养，只怕天寿不会长久。"

钟会奇道："你还懂得医术？那你帮我看看，我能活多少年？"说着坐直身子，将手腕伸给嵇康。

"别闹,我可不会给人看病把脉,只不过略能观人颜色,判断内里罢了。"嵇康端详了钟会几眼,"我看你天庭饱满,面色红润,双目有神,印堂发亮,不但身体强健,而且就要有喜事来临。"

"真的?"钟会刚要欢喜,却见嵇康已经笑了起来,便知道他是在耍笑自己,正要与他算账,只听何府的管家道:"尚书大人到。"

众人皆停止闲谈,朝主座望去。只见一个身着华服之人缓缓走了出来。此人已年逾四旬,但头发依然乌黑油亮,肤色白皙,面色红润,眉目英俊,举止优雅,犹能想见其年轻时的风采。此人就是何晏。

说起何晏的身世作风,颇值得一谈。何晏是大将军何进之孙,他父亲早逝,母亲尹氏被曹操纳为妾室。曹操因宠爱尹夫人而将何晏视同亲子,不但吃穿用度皆与自己的儿子相仿,还将自己与杜夫人之女、曹林之妹金乡公主嫁给了何晏。何晏即曹玹的姑父。这何晏容貌俊美,好读老庄,看到《庄子》中描写仙子"肌肤若冰雪,绰约若处子"便心生向往,整日又是傅粉又是熏香,穿衣打扮飘飘如仙,走路时经常回头顾盼自己的影子。曹丕和曹叡都不怎么喜欢他,没有重用于他。但曹芳继位后,何晏因攀附了曹爽,地位急转而上成了朝中红人。

何晏落座以后朝众人举杯道:"让诸位久等了。今日邀大家前来,是想请诸位一起谈玄论道,弘扬学术。大家不必拘礼,只要有见解的尽可畅所欲言。来,我先敬诸位一杯。"说完端起酒杯,一饮而尽。

众人也都端起酒杯道:"敬何大人。"说完也将酒饮尽。此时下人上来将小盏撤走,开始摆上酒宴。

只见坐在首座的王弼此时面色潮红,他方才服了许多五石散,想必是药力上来了。他晃晃悠悠地站起身,竟于众目睽睽之下伸手将腰带挑开,宽大的蓝衣顿时斜散开来。王弼朝何晏举起酒杯:"平叔,我先干为敬了!"说完仰头将酒干了。

何晏竟完全不以为意,笑着饮了一杯,对王弼道:"辅嗣今日可一定要尽兴,我还等着一听高论呢!"

嵇康在一旁对钟会道:"他二人互相以表字相称,关系非同一般。"

钟会撇嘴道:"王弼太过轻狂,年纪尚幼,竟敢对何大人直呼其字。这满座之中,就连夏侯玄也没有拿着麈尾挥来挥去,何晏竟也能容,真是太过宠他!"嵇康听着淡笑不语。

王弼拿着酒杯朝众人扫视,一眼便看到钟会身旁的嵇康,略微愣了愣神,摇摇晃晃地走过来，麈尾一点嵇康，道："你是何人？"

嵇康见他满身酒气出言无礼，便也不理他，拿起酒杯兀自喝了一口。钟会答道："辅嗣，他是我的好友谯郡嵇康，嵇叔夜。"说着用胳膊肘碰了碰嵇康。嵇康仍是不语。

王弼冷笑一声："嵇康？没听说过。"他弯下腰把脸凑到嵇康面前，仔细看了一眼，直起身道："哦，我想起来了，方才进府的时候，我好像听见你冲着门口的匾额哈哈大笑，说'形神合一'四字未免太过故弄玄虚，是也不是？"说完将嵇康手中的酒杯一把夺去，自己仰头喝了。

嵇康见他如此无礼，微微一笑："与足下此时之态相比，那匾额确实故弄玄虚，华而不实。足下喜爱肌肤胜雪、飘飘欲仙之姿，此刻便粉面桃腮，宽衣解带。足下推崇'以无为本'之论，此刻果然两眼空空，目中无人。能将'形神合一'做到如此境界的，我看也非足下莫属了！"说完朝王弼拱了拱手。

王弼何等聪明，哈哈大笑："好，来了个伶牙俐齿的！你倒说说看，这'形神合一'应当如何解？"

嵇康道："既然足下相问，我便说上一说。所谓'形'便是身体之态，所谓'神'便是精神之念。一个人无论是为人还是做事，健体还是养生，形与神都不可分离。若想修身修心，必须要知道如何养形，如何养神。养形，则要做到呼吸吐纳，服食养身，张弛有度，善加节制；养神，则需做到清虚静泰，少私寡欲，旷然无忧，体气平和。对富贵名位、美酒佳肴、钱财美色都要取舍有度，否则就只能伤神害身，背离'形神合一'之道。说到这里我倒想奉劝足下一句，良药虽好却不可多食，否则可要伤身！"他最后一句话，是真心想劝一劝王弼。

王弼听了嵇康所言，嘴上没说，心中却觉得有些道理。他正饮酒，忽听见嵇康最后一句，正要抢白，不小心一口酒呛在嗓子眼里，咳得喘不过气来。

"辅嗣，你的酒凉了，过来温一温再饮吧。"端坐在那里一言不发的夏侯玄开口道。王弼此刻神思已经有些恍惚，听见夏侯玄发话，便走回座位席地而坐，目光迷离起来。夏侯玄端起酒杯，对嵇康道："辅嗣喝多了。嵇公子，我与你饮一杯。"说罢自己先喝了。

嵇康见夏侯玄以礼相待，站起身道："夏侯大人，请。"说完也一饮而尽。夏侯玄正要与嵇康说话，忽听下人来报何晏："大人，毌丘俭将军到。"

其实，何晏一进宴厅便注意到了嵇康。他一向自诩风姿俊美，满朝之中绝无一人能比得过他，就连天下人也皆知他是美男子。不过今日见了嵇康，他却忍不住一惊，眼前的少年不但姿容俊美，而且举止自然洒脱，言谈之间透着一股脱离世俗的风采神韵，这种爽朗清举之态，恐怕再是熏衣傅粉也无法相比。都说女子善妒，如今这何晏见了能把他比下去的人物，内心也不可抑制地泛起酸来。他方才一直关注着嵇康与王弼之间的对话，听见嵇康笑他门上的牌匾，心中甚为不满。不过，他作为主人自然不能随意翻脸。再说，事前他也说了让大家畅所欲言，此时岂能动怒？他见王弼药性发作，无法驳倒嵇康，更加闷闷不乐，此时忽听毌丘俭前来不由大悦，与众宾客一起起身相迎。

只见一人大踏步而来，掀起一阵清风。此人一身玄衣，肩宽背阔，英姿飒爽，边跨进门槛边道："何大人，我有军务缠身来迟了，恕罪恕罪！"

何晏笑道："既然毌丘将军这样说，那我可就不容情了，罚酒三杯！"毌丘俭朗声笑道："认罚，认罚！"

嵇康朝毌丘俭看去，只见他虽身为武将却透露着一股儒雅潇洒之气，行为举动爽朗利落，不似何晏、王弼等人那般浮夸做作，顿时心生好感。不仅仅如此，他觉得毌丘俭的神色做派很像一个人，那就是姜维。

"毌丘将军因何事耽搁了？"夏侯玄问道。

"东吴作乱，如今正在围攻樊城，司马太傅自请率兵前去平定。希望早日解樊城之围，我也好多些空闲与诸位一起豪饮！"毌丘俭说着饮了一杯。

这毌丘俭是朝中首屈一指的忠臣良将，年方三十，有勇有谋，战功卓著，曾协助司马懿击退叛贼公孙渊，封爵安邑侯。

说到战乱军事，在座之人皆一改方才的轻松之态，面色凝重起来。毌丘俭见众人如此，哈哈笑道："诸位切莫如此，我到这里来可是饮酒论诗的，方才说到哪里了，又有什么好诗好论，我可要欣赏一番！"

何晏瞥了一眼嵇康，哼笑一声道："方才这位嵇康、嵇公子一番高谈阔论，连辅嗣都被他驳倒了！"此话表面是在夸嵇康，可怎么听怎么都不是味。何晏说着走到嵇康面前，举起酒杯："嵇公子，刚才你的一番高论令在座皆受益匪浅，不知可否趁着如此良辰美景，为我等赋诗一首，以祝酒兴呢？"说着喝干了杯中之酒，挑衅地看着嵇康。

嵇康岂不知何晏的意图，不过是认为自己定然做不出诗来，只能当众出丑罢了。他此时已饮了些酒，方才五石散的药力也渐渐上来了，只觉神思飘忽，浑身发热，目光涣散。他尚能自持地站起身来，举起酒杯缓缓道："既然主人要听，在下自当献丑。"说着环顾四座，微微沉吟，好似得了诗句却又摇了摇头，脚下虚浮地朝窗边走去。他本就身材高挑，萧萧肃肃，此时醉将起来，如玉山倾倒，难扶难持。何晏见此潇洒之态，更觉心中不爽，冷哼一声，侧过脸去。

众人见他此态，都道此人已烂醉，根本作不出诗来，便抱着一副瞧好戏的架势等着看笑话。钟会也担忧起来，想上前扶他，却被一把推开。

嵇康慢慢踱到窗边，望了望天上皎洁的明月，又看了看屋内华丽的帷帐，抿了一口酒，缓缓吟道：

> 闲夜肃清，朗月照轩。微风动袿，组帐高褰。
> 旨酒盈樽，莫与交欢。鸣琴在御，谁与鼓弹。

吟至此处，嵇康又望向半空中的月亮，只见月笼轻纱，忽明忽暗。他眨了眨眼，却见月亮化作一个女子的脸庞，正朝着他凝眸浅笑。"亭主……"刚欲唤出来，那绝世倾城的面容便消失不见。他心中一痛，接着吟道：

> 仰慕同趣，其馨若兰。佳人不存，能不永叹。

他吟罢只听掌声传来，毌丘俭朗声赞道："好诗，好诗！'鸣琴在御，谁与鼓弹。'正所谓知音难觅，佳偶难寻，只有好琴却无人共弹，实乃人生憾事。而最后这句'佳人不存，能不永叹'。嵇公子，你这般相貌人品，是哪位姑娘能让你如此忧心？"毌丘俭起身走到嵇康身边，朝他举起酒杯。

嵇康饮完酒，手微微一松，酒杯滑落在地："除了她，还有何人？"

众人见他顷刻之间便作出如此佳句，皆抚掌而赞。何晏也不由得暗自震惊。而满座之中，只有钟会一人盯着嵇康落在地上的酒杯，陷入了沉思。"鸣琴在御，谁与鼓弹。"是啊，他此刻的心情正是如此。钟会仰头望向天上的明月，伸出手朝着月亮抓去，却终究无法触及。这难道，就是他与曹玫的命运？虽觉近在咫尺，却始终远在天边。

钟会这边想着心事，只听毌丘俭道："听了嵇公子的诗，我也有了诗兴，便说来为大家助兴吧！"何晏闻之大喜，道："如此甚好！我记得将军善于舞剑，不知可愿为我等舞上一段？"毌丘俭毫不做作，抽出腰间佩剑，朗声而应："何大人相请，岂有不舞之理？"说完来到宴厅中间的宽敞处，展开架势边舞边吟起来。

初时剑式徐缓，左右翻转，几式之后渐渐凌厉起来，疾刺冲天：

> 飞腾冲云天，奋迅协光熙。

骏骥骨法异，伯乐观知之。

吟至此处，剑法洒脱，舒展潇洒，如踏浪前行，缓缓而来：

但当养羽翮，鸿举必有期。
体无纤微疾，安用问良医。

此时剑锋一转，迅疾有力，连抖几个剑花，向前疾刺：

联翩轻栖集，还为燕雀嗤。

刺罢以后，剑锋一收，轻柔俊逸，如流云缥缈，清风徐来：

悠悠千里情，薄言答嘉诗。

吟罢徐徐而落，渐渐收势，背剑于身后，长身玉立。

"好，诗好舞得更好！"何晏高声称赞，带头抚掌。众人也皆赞叹。嵇康立在窗下，醉眼望着翩翩而舞的毌丘俭，听着他以诗咏志，抒发一飞冲天、建功立业的志向，不由得心生钦佩，若曹魏皆是这样的忠臣良将，何愁家国不安、天下不定？

这晚，何晏府上的晚宴一直持续到三更时分才散。嵇康与钟会相携而出，钟会此时已经昏昏欲睡。行至府门外时只听身后传来一个爽朗的声音："这位嵇公子，请留步！"嵇康转身一看，竟是毌丘俭。

"毌丘将军，何事吩咐？"嵇康抱拳道。

"何谈吩咐，只是觉得与你甚为投缘，不知可会骑马射猎？"

嵇康听了一喜："我也十分钦佩将军为人，骑射虽称不上精通，尚可以驱驰。将军何日有闲情逸致，在下愿意奉陪。"

毌丘俭哈哈笑道："我也正有此意，以后你我朋友相称就好。我表字仲恭，不知嵇公子表字？"

嵇康拱手道："仲恭兄，小弟嵇叔夜。"

"好，叔夜，我们改日再见。"毌丘俭说完朝嵇康一抱拳，上马而去。

　　第二天一早，嵇康便收到毌丘俭的帖子，邀他三日之后同去洛阳郊外骑射。他虽与毌丘俭只有一面之缘，但却有种惺惺相惜、相见恨晚之感。他将此事告知钟会，钟会也颇有兴致，愿与他们一同前往。

　　三日之后，嵇康与钟会一起策马来到与毌丘俭约定之处，只因路上钟会去兵器铺添了几支新箭，所以到达之时毌丘俭已经等在那里。见嵇康到来，毌丘俭抱拳道："叔夜，一日不见如隔三秋，三日不见恍若隔世啊！"

　　嵇康也抱拳道："仲恭兄，让你久候了，自那夜一别我也十分惦念！"

　　钟会看了看二人，笑道："叔夜，你二人何时变得如此熟稔？"

　　毌丘俭答道："那晚钟公子你喝醉了，所以不记得了。"

　　钟会闻之，冲毌丘俭一抱拳："将军，你这可就不对了，怎得唤叔夜如此亲近，唤我却还是这般疏远呢？"

　　"你说得有理，既是叔夜的好友，你我也当以朋友相待。敢问钟公子表字？"

　　"仲恭兄，叫我士季便是。"

　　"好，叔夜，士季，我们这就出发吧！"毌丘俭说着就要挥鞭而行，却听见身后传来一个女子的声音："等一等，先别走！"三人回身一看，只见两匹骏马迎面而来，骑在马上的却是两位妙龄女子。

　　钟会一见来人，眼光闪亮，策马迎上前去："玟儿，你怎么来了？"

　　嵇康远远看见曹玟策马而来，一身白色猎装，长发束起，面不施粉，形容洒脱，姿态轻盈，不觉眼前一亮。这身打扮，虽与上次相见之时少了些许婀娜柔情，但却多了几分潇洒英姿，刚柔相济，更添风情。嵇康觉得自己的目光已不能从她身上移开半分。

　　而此时曹玟虽在与钟会说话，眼光也不时扫向嵇康："士季哥哥，我，我来与你们一起骑射啊。"

　　"你怎知我们在此？"

　　曹玟身后的红莜道："四公子，今早我们到府上找你，却听下人说你与嵇公子出门骑射去了。本不知道你们在哪儿，正巧遇见一个叫岳山的下人，才听说你们在此。"红莜也是一身猎装，看来往日曹玟出门骑射，她也陪伴左右。

　　钟会喜道："如此甚好，玟儿，我们好久没有一起骑射了！"

　　曹玟对钟会微微颔首，又看向嵇康："不知嵇公子是否愿意我们同行……"说罢满眼期盼地望着嵇康，握着缰绳的玉手也紧了紧。

　　嵇康见曹玟与他说话，一颗心又开始狂跳起来，想开口说话却觉得喉咙有些发干。

毌丘俭在一旁瞧着，只见一个满含期盼却故作矜持，一个满心愿意却有口难开，便明白了几分，心道这少女估计就是嵇康那晚诗中所说的"佳人"。毌丘俭是过来人，此时岂能不帮他一把？便开口笑道："姑娘既已来了，岂有回去的道理？对吧，叔夜？"说着用手推了推嵇康。

嵇康这才回过神来："在下愿与亭主同行。"

"亭主？"

"正是。这是沛王曹林之女长乐亭主。"嵇康道。

"曹林之女……"毌丘俭重新打量了曹玫一番，低声对嵇康道，"你真是好眼光，这亭主果是位佳人，与其祖母杜夫人相比恐怕还要更胜一筹。"

"你见过杜夫人？"

"她住在深宫之中，我岂能得见？不过今日见了这位亭主，杜夫人的姿容也如在眼前了。想那杜夫人当年可谓颠倒众生，多少英雄都拜倒在她的石榴裙下。叔夜，若想赢得如此佳人，你可疏忽不得了！"

嵇康脸一红："莫要胡说。"话虽这样说，却还是忍不住回头望了一眼曹玫，见她也正看向自己，不由得心中一甜，道："我们出发吧！"说完策马而出，行在前面，众人也都紧跟其后向密林深处而去。

九、痴心遭劫难，巧言试真情

嵇康等人在洛阳郊外的密林中策马而行，一路上猎到了不少猎物，渐渐地天色已过正午。嵇康与毌丘俭行在前面，而钟会则与曹玫、红莜跟在其后。一路上，钟会对曹玫鞍前马后，殷勤有加，而曹玫虽表面与钟会说笑，眼睛却一直没有离开嵇康的身影。这一路，嵇康与曹玫虽然都暗自关切着对方，却不曾开口交谈，也不知该从何说起，只是偶尔四目交会，眉目传情。

却说五人渐渐行出密林，发现竟已来到洛水之畔。此时已是春深时节，洛水岸边长满了郁郁葱葱的杜衡草，清风吹来，散发出阵阵馨香。

毌丘俭见已经过了正午，便道："咱们去劈些树枝来，架起火堆将猎物烤了充饥。"

嵇康与钟会都点头称是。钟会对曹玫道："玫儿，你在此歇息一下，我们去去就来。"又对红莜道："照顾好你家亭主。"嘱咐完了才转身而去。

嵇康往前行了几步忽觉得有些挂心，转身朝曹玫望去，只见她已经下得马来，立在洛水之畔向远处遥望，身姿曼妙，宛若洛水之神。他遥喊一声："亭主，站得远一些，莫要离水太近！"

曹玟听见嵇康唤她，心中一喜，转身回眸一笑："我知道了，嵇公子，你不必担心！"嵇康点了点头，与曹玟对视片刻才转身离去。

曹玟站在洛水边，看着浩渺广阔、波光粼粼的水面，一时心旷神怡。红莜见不远处有株大树，便过去拴马。

"宓儿，宓儿……你终于来了。"曹玟正欣赏着洛水的美景，忽听见一个男子的声音响起。她环顾四周皆不见人影，觉得定是自己水声听久了产生了幻觉。

"宓儿，我好想你……我在此处已等了你千年，你终于肯来见我了。"男子的声音又缥缈而来，缠绵悱恻，如泣如诉，像是从水中而来。曹玟紧紧盯着越来越动荡不安的水面，只见水中忽然掀起一阵水花，待到水花平静之后，竟然映出一个男子的面容：长眉入鬓，凤眼星眸，鼻梁高挺，唇红齿白，此刻正用一双美目满含希冀与深情地望着自己。

"嵇公子，是你吗？"曹玟盯着水中的面容，不由得向前探出身子。

"随我来吧，我已等你很久了。"水中男子的声音仿佛含了蜜糖一般，浓得化不开。曹玟被这般俊美的面容和温柔的声音勾去了魂魄，不自觉地问道："随你到哪里去？"

"到水中来，我在这里等着你。"男子继续诱惑道。曹玟只觉魂魄已经快要挣脱身体，操纵着她浑然不觉地朝水中走去，谁知刚一迈出脚，整个人就被卷进了浪花之中，随着湍急的水流越陷越深。

却说嵇康与毌丘俭、钟会在近旁的树林中劈砍树枝，可是不知为何，脑海中忽然映出曹玟站在水边的身姿，仿佛自己梦中的洛神一般曼妙绝丽，心中登时升起一阵强烈的不安。

"亭主！"嵇康忽得调转马头，朝洛水边飞驰而去。待他来到洛水边，只见红莜正扑倒在岸边大声呼叫，而曹玟已经被卷入浪花之中！

他一时吓得魂飞魄散，大喊一声"亭主！"便飞身从马上跃下一头扎进水中。他眼见曹玟陷得越来越深，只觉心急如焚，拼命往前游去，渐渐地远离了岸边。曹玟此时全身都已没入水中，只有头和手还留在外面。她此刻已经神志清明，却因不识水性只能拼命挣扎。

嵇康将手伸向她，喊道："快抓住我的手，快！"

曹玟见嵇康前来救她，拼命将手伸过去，却发现自己的身体好似被什么东西缠住一样，急速地往河底沉去。她怕嵇康游过来也会被缠住，便把心一横，叫道：

"你别过来，不要管我！我，我……"说着头也渐渐没入水中，只留一只纤纤玉手在水面上。

嵇康岂肯听她之言，眼见她马上要整个没入水中，只觉得万念俱灰，若救不回她自己恐怕也会承受不住，便咬紧牙关使出全身力气，朝她露在水面上的手抓去，终于将素手牢牢攥在手心。嵇康抓住曹玫的手，将她往身边一带，紧紧搂在怀中，一手抱着曹玫一手向远处的岸边游去。

一番挣扎之后，他终于将曹玫救出洛水，自己也已经筋疲力尽，趴在岸边缓了半晌才爬上岸来。红莜扑在曹玫身上，唤道："亭主，亭主，你醒醒啊！"唤了半天人却毫无反应。

"嵇公子，亭主她好像……"红莜边说边又落下泪来。

嵇康刚缓过一口气，见红莜这样说，又向曹玫脸上看去，只见她双目紧闭，面色发青，一动不动，心又凉了半截，慌忙用双手按上她的胸脯，边按边落下泪来："你，你快点醒来！"如此来回了几十次，终于见曹玫猛咳一声，吐出一大口水来，随后缓缓地睁开双眼，唤道："嵇公子……"

嵇康见曹玫醒来，一颗心终于归位，哑着嗓子道："你若再不醒来，我，我……"

曹玫缓过一口气："方才，我在水中看见了你。"

嵇康不由得苦笑一声："傻丫头，我怎么会在水中！说了不让你靠近水边，你为何不听！"说着用手擦了擦曹玫脸上的水痕，将她紧紧搂在怀中。

"我，我在水中看见了你的脸，你让我随你去。"曹玫回想刚才的情景，虽然近在眼前却好似已过了千年，一切都变得不真切起来。

嵇康叹道："那都是你的幻觉，不是真的。"忽又想到了什么，"那水中之人还对你说了些什么？"

"他说，让我随他去。"曹玫慢慢回忆，"他唤我'宓儿'，说已经等了我千年。我本不想如此，可看见了你的脸，身子就不听使唤了。"她望嵇康湿淋淋的脸颊，只觉与方才水中之人一模一样。

嵇康思索片刻，面色一朗，道："我明白了……你以后再不可如此，知道吗？"

曹玫靠在他怀中，只觉从未有过的安心，柔声道："我知道了，那方才之事究竟为何？"

嵇康正要答话，却见钟会与毌丘俭策马而来。钟会见曹玫浑身湿透，倒在嵇康怀中，顿时吓得心惊肉跳，下马朝她扑来："玫儿！你怎么样？有没有伤到？"

曹玟虚弱地摇了摇头。

嵇康见他二人过来,觉得自己与曹玟之态甚为不妥,便招呼红莜过来扶好她。红莜见曹玟醒过来,终于三魂回体,七魄归位,擦着眼泪将她抱在怀中。

"好好的,怎会落水?"钟会一边探看曹玟有没有受伤,一边急忙问道。

曹玟朝嵇康望了一眼,低声道:"是我贪水,才失足的。"

"你多大了还如此任性!这洛水这么深,你又不会游水。若有个万一,你让我……"钟会说到此处一顿,又狠狠瞪了红莜一眼,"你也是,怎不看好亭主!"

红莜惊魂甫定,听钟会斥责也觉得自己方才确实大意了,心中悔恨交加,又扑簌簌地落下泪来。

曹玟为红莜分辩道:"你何苦责她,是我自己不小心。"

毋丘俭见人已没事了,劝道:"既然亭主已无大碍,我们还是赶紧架起火堆将衣服烤干,以免着凉了。"

嵇康此时已将树枝堆起,在一旁忙活了半天。钟会也不再多言,上前帮忙。不一会儿三人就架起了火堆。毋丘俭从军多年,身手利落,一会儿就将猎物拾掇干净,烤了起来。等三人忙活完已经到了下午,洛水边清风吹来,凉意阵阵。

五人围在火旁,嵇康与曹玟对面而坐,此时两人的衣服也快干了。毋丘俭将烤好的食物分给众人,道:"我听说,这洛水边从前也有少女失足落水,但都葬身河底,没有亭主这般幸运。"

曹玟望了嵇康一眼,柔声道:"方才多亏嵇公子舍命相救,否则我……"

钟会一边帮曹玟弄着食物,一边道:"今日确是要多谢叔夜,看你以后还敢不敢这般任性!"

嵇康对曹玟淡淡一笑:"不必言谢。"又问毋丘俭:"仲恭兄,你说此处之前也曾有少女落水?"

"我也是听人说的,落水的皆是容貌美丽的妙龄女子。"毋丘俭道。

钟会奇道:"这也未免太过巧合,难道这水里有什么妖孽不成?"

嵇康想了想,忽道:"你们可否听过洛神的故事?"

毋丘俭颇为好奇:"我只读过陈王的《洛神赋》,可这洛神究竟有何故事却不太知晓。叔夜,你不妨说来听听。"

嵇康点头道:"传说这洛神乃是上古三皇伏羲氏之女,名唤'宓妃'。她因眷恋洛水两岸的美景和风土人情,便下凡到洛水边,教会当地的百姓结网捕鱼,狩猎放牧。一日,她在洛水边弹琴,水中的河伯被优美的琴声吸引而来,对岸边的宓妃一见钟情。河伯遂化作一条白龙将宓妃卷入水中,强迫宓妃做他的妻子。宓妃不爱河伯，整日郁郁寡欢，以泪洗面。此事被射日的后羿得知，他独闯水晶宫救出了宓妃。宓妃与后羿回到人间，彼此产生了爱意。河伯大为震怒，化作白龙吞没了洛水两岸的房屋、庄稼和百姓。后羿义愤填膺，一箭射中河伯的左眼。河伯大败而逃，去找天帝告状。天帝斥责河伯危害百姓，将后羿封为宗布神，而宓妃则被封为了洛神。"

"咦？后羿不是与那嫦娥是一对吗，怎么此时又爱上了宓妃？"钟会听到此处疑惑不解。

嵇康摇了摇头："这便是民间的误传了。与嫦娥相恋的后羿，乃是夏朝东夷族有穷氏的首领，是个射箭高手。他不满夏王的统治发动政变，成为了夏朝第六位帝王，后来却被家臣寒浞所杀害。寒浞要嫦娥改嫁与他，嫦娥不愿辜负后羿便吃了神药，飞进月中的广寒宫。与宓妃相恋的是上古传说中的射日之神，并非那位夏王后羿。"

"原来如此，不过若宓妃是洛神，那已故的甄皇后又为何也被称作洛神呢？"毌丘俭问道。

嵇康接着道："宓妃与后羿封神之后，便回到了天界。那甄皇后原是高祖文皇帝的正妻，却因天子有了新欢郭氏而失宠。郭氏用奸计诬陷甄皇后，文皇帝竟信以为真，将甄皇后处死，立郭氏为后。甄皇后死后，魂魄游荡在洛水之中。天帝感其冤魂，便封之为洛水之神。一日，陈王曹植从洛水经过，见到了朝思暮想的甄皇后。甄皇后向曹植诉说了自己的冤屈。她早已听闻曹植对自己情有独钟，而她也对曹植倾慕已久。二人倾诉衷肠，互赠信物，约定来日再见。所以才有了《洛神赋》。"

"那后来呢，伯父与甄皇后有没有再见？"曹玹听嵇康说到伯父曹植之事，十分关心。

嵇康望着曹玹，想起自己小时曾做过的梦，含笑道："有情人终成眷属，他们应该早已成仙去了。"说完朝曹玹凝望片刻，她不由红着脸低下头去。

"叔夜，你说的这些与落水少女有何关系？"钟会越来越不解。

嵇康神色莫测，道："你忘了，那河伯失了宓妃，又被天帝罚在洛水中思过，几千年来定然幽怨难诉，恨意滔天，若见到神似宓妃的少女……"

"你是说，那些失足落水的少女皆是河伯施法卷走，这也太神乎了！岂能将传说之事当真？"钟会觉得难以置信。

"河伯既然受罚于此，又岂敢再化作白龙兴风作浪呢？"毌丘俭听得津津有味，继续追问。

"他虽不能化作白龙，却还有其他手段。"嵇康说到此处又看向曹玟，似乎下定了一番决心，缓缓开口，"他会化作少女心中情郎的模样，用甜言蜜语引诱她们自己入水。凡是落水的少女，心中必定已有了所爱之人。"

曹玟听了此言，惊地抬起头来，隔着火光与嵇康相视，两人目光交织，似有诉不尽的柔情万种、爱意缠绵，虽没有一句话，但对彼此的心意都已了然。

"这就更神乎了！玟儿，你倒说说看，你落水之时是否看见了什么人？"钟会对此毫不相信，边说边看向曹玟，却发现她正美目含情地看着嵇康。再向嵇康看去，他也正眼眸深沉地望着曹玟。两人之间眼波流转，爱意浮动，亲密得连一根针也插不进去。钟会心里顿时"咯噔"一声，一种不好的预感涌上心头。

难道，他们二人之间……钟会从未想过会发生这样的事。现在想想，嵇康是血气方刚的少年，自然会被佳人所动。而曹玟也是少女情怀，若对嵇康有了心思，自己该怎么办？钟会悔恨交加，懊悔那日没有承认自己对曹玟的心意。他千算万算也没有料到，嵇康与曹玟仅仅两面之缘，便能如此。回想起方才曹玟落水，嵇康竟先于自己发觉不妥，挺身相救，二人浑身湿透地在洛水边相拥……

想到此处，钟会顿觉心中酸涩难当，烦躁不堪，腾地站起身去拉曹玟："如今天色已晚，我们也该回去了！玟儿，你今日落水受了惊，我先送你回府。"

曹玟还未来得及答言，钟会又对红莜道："红莜，快去牵马来，我送你们回府。"说完，不由分说地扯起曹玟的衣袖，抬腿就走。

嵇康十分诧异："士季，怎得说走就走？我们还没……"

钟会头也不回："我先送玟儿回府，你与仲恭兄自行回去吧。"

曹玟被钟会扯着衣袖，转过头来朝嵇康望了一眼。她想告诉钟会自己并不想走，可却发现钟会此时脸色铁青、动作执拗，与平日之态大为不同，便没有开口。

嵇康见他们说走便走，一时有些不知所措，站在原地依依不舍地看着曹玟离去，心情顿时低落下来。

待到曹玟走后，毌丘俭拍了拍愣在原地的嵇康："叔夜，人已经走了。"

"仲恭兄，士季他为何……"嵇康回过神来，一肚子不解。

毌丘俭摇了摇头，苦笑一声："果然还是年轻啊，你还未看出来吗，钟会的心与你是一样的啊！"

"一样？什么一样？"

"他与你一样，都寄心于亭主啊！"毌丘俭奇道，"亏你们两个整日待在一起，他就没有对你说过吗？"

嵇康闻之顿觉醍醐灌顶，难怪自己一直觉得什么地方不对："他从未对我说过此事。我只知道他有位意中人，却不知就是亭主。"说到这忽又想起钟会的那把折扇。如今看来，那扇面的字定是曹玫所题。可那日钟会为何要否认呢？ 曹玫既已为钟会题了情诗，今日又为何对自己露出此态？ 莫非，是自己会错了意，曹玫早与钟会定了终身，自己只是自作多情？ 仅仅一会儿工夫，数个念头在他脑中闪过，他咽了咽干涩的喉咙："那你觉得，亭主她，她究竟……"

毌丘俭知道嵇康在想什么，一拍他肩膀道："放心吧！ 依我看来，她喜欢的人是你，不是那钟会。"

嵇康还是不敢确定："可是，我在士季的折扇上，见过一位女子题的情诗，今日看来，定是亭主所题。若是对士季无情，她又怎会……"

毌丘俭皱了皱眉："那扇面上是否写有亭主赠予钟会之类的言语？ 还是只有几句情诗呢？ "

嵇康认真地回想了片刻："没有，只有两句情诗。所以我才会到此时才知那是亭主所题。"

"依我之见，那情诗并非亭主相赠，只是钟会单恋于她，所以才没有大大方方地告诉你。"毌丘俭说出自己的推测，继而又笑道，"你方才所讲的故事，不就是因为心中已有了猜测，才要借此试探亭主的心意？ 怎么此时又糊涂起来？ "

嵇康点点头。他方才所讲的故事虽然是推断出来的，但之所以鼓起勇气讲出来，确是为了一探曹玫对他的心意。而她的反应，也证明了对自己确实有情。

"你也不用奇怪，感情之事向来都是旁观者清，当局者迷。我看你现在不用担心亭主的心意，倒是要想想该如何面对钟会。"毌丘俭一语中的。

"你觉得士季他，他的心思……"

"你只需思量自己，便可知他对亭主的情意。"

"那我岂不成了罪人，士季他一向对我照顾有加，颇重义气，我岂能……"

"诶，感情之事怎能勉强？ 你若为了钟会放弃亭主，岂不辜负了亭主的一片心意？ 日后她若嫁与钟会，你二人岂不抱恨终身？ 这对钟会又何尝公平？ "

"自古皆道'君子不夺人所爱'。"嵇康还是不能说服自己。

"你岂不知还有句话叫'君子成人之美。'钟会又为何不能做这个君子？ "

嵇康听了毌丘俭一番劝导，还是觉得心乱如麻。他一方面因与曹玫互通心意而欢喜，一方面又因与钟会的兄弟之情而烦恼，一时间不知该如何是好。

毌丘俭知道他一时半会也想不通此事，便道："今日你还是先随我回府，待想清楚了再回去不迟。"嵇康觉得毌丘俭说得有理，便随他一同回到府上，命人给钟府捎了个信。

却说钟会将曹玫送回沛王府，心中的疑惑还是难以释怀，想一问究竟。谁知曹玫因为落水之后遇了风，又被钟会拉着在马上一路狂奔，回到府中之后再也撑不住，浑身发烫，昏睡了过去。

钟会见她如此，赶紧命人去叫大夫。沛王曹林也被惊动了，着急地来看望女儿的病情。钟会哪还顾得上再问别的，向曹林解释了一番，受了一顿数落，直到曹玫高烧退下，才拖着疲惫的身子回到府上。得知嵇康随毌丘俭回府去了，心中暗道正好，他此时也不知该如何面对嵇康，不如不见。

钟会躺在床上一夜辗转反侧，无法入眠。他一会儿安慰自己不要多想，也许一切都是自己的错觉，一会儿又想起曹玫与嵇康对视的眼神，觉得其中定有问题。如此折腾了一夜，第二天一大早便梳洗穿戴整齐，又来到了沛王府。

钟会来到沛王府后厅，曹玫正披着厚衣，望着池塘里的鱼发呆。她风寒还未痊愈，神色疲倦地斜坐在池塘边，虚弱地倚在红莜身上，清风吹动着几缕发丝，水波映照着苍白的面容，虽然憔悴，但却透出一种柔弱之美，远远望去宛若一支风中的清莲。

"玫儿。"钟会走到池塘边轻声唤道。曹玫似从沉思中苏醒，撑着疲惫朝他看来，神色中透出一丝不易察觉的忧虑："士季哥哥，你来了。"

钟会望着她的病容一阵心疼，柔声道："玫儿，你身体还未痊愈，怎能坐在这里吹风？"

曹玫勉强笑了笑："想出来透透气。你看，这鱼儿多好看。"

钟会与她一同看着池里的鱼儿，只见鱼儿成双结对，嬉戏水中，若有所思道："此鱼名唤鳒鲽，须一雄一雌结伴才能生存。有时候我真羡慕它们，可以与另一半时时刻刻在一起，相伴朝夕，永不分离。"说完，朝曹玫脸上看去。

曹玫举目远望："是呀，我也羡慕它们。若能与所爱之人共度一生，就算是化作鸟儿，化作蝴蝶，化作朝生暮死的浮游也是心甘情愿。"

钟会心中一动，这还是他第一次听到曹玫与他谈论男女之爱。他一直以为，曹玫还是那个天真可爱的小女孩，即使外表已经长成令人心动的少女模样。她何时已经懂得如此深刻的情感？而她心里的那个人究竟是嵇康，还是自己？钟会觉得一刻也不能再等，他一定要问个清楚。

"玫儿，昨日你到底为何落入水中？"钟会深吸一口气，心不由得"砰砰"地急跳起来，他等着曹玫的答案。

"我在水中看见了一个人，所以就落了进去。"曹玫知道，她此时已不得不面对钟会。昨日一劫，使她终于清楚了自己的心意。既然自己心中的人是嵇康，就万万不能再含混下去，那样做对钟会太不公平。

钟会心里已经猜出了八九分，却还是不死心，颤声问道："你，你看见了谁？"握着折扇的手也不由自主地抖了起来。

"那人，不是你。"曹玟低下头去，看着微微泛起涟漪的水面。

钟会手一松，折扇"啪嗒"一声掉在地上："是他，我就知道是他！是叔夜，对不对？"

曹玟抬起头看向钟会，一阵难过。不知何时，钟会已从那个青涩的小男孩，长成了面前这个潇洒风流的美少年。她一直知道钟会对自己有些心思，但却没想到竟有这么深。曹玟不是无情之人，她一直将感情看得异常珍贵，所以才会在没有弄清自己的心意之前，不敢对钟会做出任何回应。此时，她既然已经明白了自己的真心，就不能再欺骗自己，欺骗他人。望着钟会黯淡的面容，她心中有些愧疚也有些心疼，但这些感情全数加起来，也比不上对嵇康的一丝关心。

曹玟俯身拾起地上的折扇放到钟会手中，柔声道："士季哥哥，在我心里你一直如兄长一般。我敬你爱你，却终究不是男女之情。"她只道这样说能让钟会心中有所安慰，毕竟钟会不比旁人。

谁知钟会听了此言，脸色变得更加惨白："兄长，哈哈，好个兄长，看来我这么多年的心，全都白费了！"他见曹玟目光中透出难过之色，又涌上一丝希望，上前抓住她的双手："玟儿，你对我还是有情的，对不对？我对你的一番心意天地可鉴，你岂能如此狠心？"

曹玟抽出双手，缓缓摇了摇头："不，士季哥哥，在我心里你始终都只是兄长而已。"

钟会一时间心如死灰，他仰起头使劲闭了闭眼，将眼中的泪强压回去，笑道："你如此痴心一片，又岂知他心中是否有你？你不怕到头来，也是一场空？"

曹玟闪过一阵慌乱。回想昨日之事，嵇康那样奋不顾身地救她，那样在意她的生死，难道不是对她有情吗？还有他的话语，他的眼神……曹玟不愿意放过任何一个细节，她告诉自己，嵇康对她一定是有情的，一定。

钟会见她神色一慌，又接着道："叔夜住在谯郡，家中无官无爵，你能确定他将来能到洛阳为官？若他将来一无功名二无地位，你以为沛王会答应把你嫁给他？更何况，你就真的这么肯定，叔夜他一定像你对他这般在意你？他在家中就没有别的情人？"

钟会的几个问题，令曹玟一时间乱了心神，将来的事情她岂能确定？她又怎能知道嵇康是否还有别的情人？曹玟攥着手帕，颤声道："士季哥哥，你今日先回去吧，我想自己静一静，好吗？"说着眼角竟闪出泪光来。

钟会与曹玟自小相识，却从未见过她流泪。此刻见她如此，心中又是不忍又是侥幸，或许曹玟听了他的话，过几日便能想明其中的利害，回心转意。

红莜退在一旁远远瞧着，并没有上前妨碍两人，为的就是让钟会道出自己的真心。此刻她见两人都将话挑明，却闹到如此地步，也颇替他们伤心。

一个一心痴恋，却始终得不到正面回应。一个心系他人，却对未来毫无把握可言。两人皆如飞蛾扑火，同病相怜，却好似隔着千山万水，无法相互慰藉。

红莜叹了口气，走上前对钟会道："四公子，你还是先回去吧。今日亭主心绪不佳，再待下去恐怕有害无益。等你们冷静下来，再见面也不迟。"说着扯了扯钟会的衣袖。

钟会见曹玟以帕遮面，转过头不去看他，长叹一声："好，我这就走。"又看了看曹玟，见她还是毫无回应，一咬牙转身而去。

曹玟见他离去，用手帕拭去眼泪，对红莜道："我方才，是不是对他太过狠心？可是我不能骗他，更不能骗自己。我该怎么办？"

红莜蹲下身来，抚着曹玟的双手，安慰道："亭主，四公子他以后会明白的。可是，他说的话也不无道理，你真的确定能与那嵇公子有结果吗？"

曹玟盯着池塘的水面，幽幽地摇了摇头。

红莜见她如此，想了半晌咬牙道："既然如此，我明日就去问他一问！"

曹玟一言不发，抓着红莜的双手，又落下泪来。

十、良友共锻铁，凤凰交颈鸣

却说嵇康在毌丘俭府上住下，一夜间也是翻来覆去难以入睡，所想的无非是曹玟与钟会。他一向生性豁达，还没有什么事能让他如此烦忧，甚至平生第一次感到害怕。是的，真真切切地感到害怕。

这种害怕，无非源自于对所在意之人的珍视。对于和钟会之间的兄弟之情，他也是非常在意的，除了自小一起长大的吕安，钟会便是至今与他感情最好的朋友。若钟会当真如此在乎曹玟，那么他岂能夺走兄弟心爱的女人？

然而对于曹玟的感情，虽然他也无法形容究竟有多深，但是想起昨日几乎就要永远失去她，便觉得世间万物一下子皆失去了颜色和意义。想到自己此时将她当作一件物品，权衡着是否应该让与他人，就觉得实在是玷污了她的冰清玉洁。他岂能既已动情，又将心爱之人拱手让人？

嵇康思来想去，忽然自嘲地笑了起来。亏得他一向自诩好读老庄，劝人不要为世间色相欲望所苦，然而此时轮到自己，涉及在意之人，何尝不是忧思不断，难以抉择？

> 由爱故生忧，由爱故生怖。
> 若离于爱者，无忧亦无怖。

他脑海忽然响起一句佛偈，不知是何时听何人说起过。罢罢罢，自己终究是个凡人，又岂能无情岂能无爱？思量了一夜，他见天色已微微发亮，起身梳洗后来到毌丘俭府上的后院中，想纾解一下胸中的苦闷。

嵇康还未走到后院中，便听见一阵"乒乒乓乓"的敲击声，像是在击打什么坚硬金属。再往前走，只见后院中栽种着许多柳树，而树下的空地上放着一个大火炉，炉边架着一个风箱，一个人蹲在那里拉风箱，而另一个身材高大的人正在锻铁。此人袒露着上身，肩宽背阔，上肢肌肉十分发达，随着一次次的敲打而暴起青筋，他正专心致志地锤打着铁块，丝毫没有注意到身后之人。

嵇康悄悄走到拉风箱的下人身边，轻轻挥手让他离开，自己蹲下身来拉起风箱。锻铁的那个人右手握着锤子，左手拿着铁钳，不断翻动着铁块，以便随时调整敲打的角度和力度。如此这般，从晨光熹微一直到天光大亮，嵇康一直在旁边一言不发地拉着风箱，直到那人直起身子，长吁了一口气，端详着手中的铁器，有些不满意地摇了摇头："今日先到这里，你将炉子熄了吧。"

嵇康道了声"是"。那人听声音不对，转过头，立时愣住了："怎么是你？你在此多久了？"

嵇康笑道："天微微亮时就来了。"

"怎么不直接叫我？"

"我看你打得如此专心，不忍打断你。仲恭兄，不知你还会锻铁之术，实在是鬼斧神工，神奇之至。"

原来这锻铁之人便是毌丘俭，他自小跟父亲学得锻铁之术，便在院中架起打铁炉，闲暇之时锻造些铁器兵刃，一是强身健体，二是作为上阵的兵器。

毌丘俭摇头道："今日打得不好，看来我还是用心不专啊。"

"仲恭兄有何事烦心？"嵇康边帮毌丘俭收拾工具，边问道。

"还不是东吴作乱之事。"毌丘俭拿起放在一旁的衣衫，边穿边道。

"司马懿出马，也解不了樊城之围？"

"太傅出马自然攻无不克，战无不胜。"

"那你又忧虑什么？"嵇康不解。

毌丘俭若有所思："我愁的不是战事而是兵权。此次东吴作乱，自起兵分四路进攻，交战两个多月也未能击退，司马懿便请兵讨伐。朝臣皆认为，吴军长途跋涉而来，只能短战却经不起时间消磨。我军只需坚守城池，时日久了吴军自然不攻自破。可这司马懿却执意亲自用兵，你道为何？"

嵇康思索片刻，冷哼一声："新帝即位，司马懿与曹爽分庭抗礼，被升为太傅，入殿不趋，赞拜不名，表面上已经显赫至极。然而，他岂不知这太傅一职乃明升暗降。如今曹爽在朝中权倾一时，想必安插了许多眼线将司马懿盯得死死的。司马懿何等聪明，岂能任人牵制？此次他亲自请兵伐吴，一是为了在新帝即位时建立军功，二则是为了提高司马氏在军中的威信。待他大胜而归之日，天子自然会大加封赏，其在军中的威信也将远远高于曹爽，到那时便是另一番景象。"

毌丘俭赞道："你果然洞若观火，一语中的。想必此次太傅归来，司马家上上下下都要加官进爵了。哎，到那时不知咱们的大将军曹爽又该如何应对！我虽看不惯曹爽为人，但他毕竟是曹氏宗亲，再不济也会保住新帝之位，而那司马懿……"说到此处，不由得顾虑重重地摇了摇头。

嵇康道："你所忧虑的，也正是曹魏之忠臣所共忧之事。可是如今能左右局面的也只有曹爽本人。若是觉得时局不妥，你不妨想办法向大将军进言，也好过在此忧虑啊！"

毌丘俭哼道："哎，谈何容易！如今咱们的大将军只愿与何晏等人清谈务虚，如何听得进我等之言？照这样下去，只怕曹魏的江山迟早要……"

嵇康叹了口气："命由天定，事在人为。你我也只能尽人事，听天命。仲恭兄，若将来司马氏把持朝政，觊觎皇位，你这个将军又该当如何呢？"

毌丘俭听罢此言，神情肃穆，大义凛然："我毌丘家两代皆受曹家之恩，若真有那一日自然不能听命于司马氏，大不了拼死一战，宁死也不作贰臣！"

嵇康看着毌丘俭坚定的面容，内心生出一种敬佩与感动。这样的忠臣壮士，自然称得上真英雄。面对一生的志向，有人选择择木而栖，一展宏图壮志；有人则选择忠贞不贰，宁死不侍二主。这两种选择哪个伟大，哪个渺小，哪个是对，哪个又是错？嵇康此时并不明白。也许有一天，自己也要面对这样的抉择，到那时又会怎么做？

毌丘俭见嵇康盯着他微微发愣，哈哈一笑："这都是后话了，要死很容易，但一定要死得其所。"

嵇康对毌丘俭一抱拳："仲恭兄，日后若有用得着在下之处，在下一定鼎力相助，义不容辞！"

"哈哈，好，那咱们可就一言为定！"毌丘俭边说边走向前厅，"我要去处理军务，你先在府上歇息。对了，方才见你好像对锻铁很感兴趣，明日我便教你，如何？"

嵇康惊喜非常："真的？那真是求之不得，我先谢过了！"说着深深一揖。

毌丘俭拍拍他的肩膀："谁叫我与你如此投缘？不必言谢了！"说着大步走出府而去。

第二日一早，毌丘俭果然没有食言，在后院柳园中手把手地教嵇康锻铁。两人打了半日，挥汗如雨，但却觉得痛快淋漓。他们刚从后院出来，便听下人来报，说有位姑娘来找嵇康，已经在府外等候多时。毌丘俭挑眉看了嵇康一眼："我猜定是那亭主派人前来。"

嵇康心情复杂，不知该喜还是该忧："你就别取笑我了。"说着走出府来，果见一粉衣女子站在府外，正是红荵。

嵇康朝红荵微微一揖："红荵姑娘，找在下何事？"

红荵在府外已等候了许久，见嵇康此时才出来，以为他在做大摆谱，有些没好气地道："嵇公子，您可真是贵人，若不是我去钟府打听，还不知道您在这里。"

嵇康不知红荵为何着恼，又是一揖："红荵姑娘，有何要事吩咐？"

红荵哼了一声，从怀里掏出一封信往嵇康手中一塞："我家亭主让我将这封信交给你。"

嵇康低头看向手中的信封，只见上面两行娟秀的小楷："嵇公子启，曹玟亲笔。"他见这字迹与钟会折扇上的一模一样，不由得紧蹙长眉，心道此事无论如何也要问个清楚。若曹玟与钟会真的已经定情，就算自己再怎样不舍也万万不能染指于她。想至此他将信递回红荵手中："这信我此时还不能收。红荵姑娘，我有一事不知当问不当问？"

红荵没想到他竟将信退回，又急又气，瞪大了一双美目："好，好，你问！"

嵇康深吸一口气道："我曾在士季的折扇上见过你家亭主所题的诗句。不知……不知她是否已与士季有了约定？"

红莎没想到他会提起此事，心道原来他是误会了曹玟与钟会的关系，急急辩道："我家亭主与四公子并无约定，那诗是四公子自己偷拿的！"

"那……你家亭主是否知晓士季对她的心意，她又打算如何回应？"

红莎正要回答，忽见一人从旁一把扯过信，颤声道："红莎，随我回去，不必再问他！"

嵇康与红莎举目看去，只见此人不是别人，正是长乐亭主。她一身白衣，轻纱遮面，此时正紧咬朱唇，满眼含泪地瞪着嵇康。

嵇康心一痛："亭主，我……"

曹玟冷冰冰一笑："嵇公子，没想到在你心中，我竟如此不堪！你既要保全你们的兄弟之情，便不用再问其他。至于我究竟如何抉择，也与你无关！"说罢扯起红莎的手便往回走。

红莎见她如此反倒镇定了，扯住曹玟的衣袖："亭主，你不要如此，嵇公子问一句也并无不妥。"说着朝身后的嵇康使了使眼色。

曹玟听她如此说，一把甩开她的手，恨道："好，你不走，我自己走！"

嵇康被弄得心乱如麻，他没想到自己的一番话竟伤了她的心，见红莎给自己暗使眼色，便追上前去。只见曹玟甩开红莎的手，自顾自地朝前走，连路边一辆飞驰而来的马车也没留意。待发现之时，那马车已经近在眼前。她一时万念俱灰，也不躲闪，将双眼一闭等着香消玉殒，却落进一个坚实的怀抱。

"你这又是何苦！定要死在我眼前才甘心吗？"嵇康看着怀里玉人惨白的脸色，又急又怒，"你也不必如此，若想死我便陪着你，免得落我一个人！"

曹玟本以为必死无疑，没想到又一次被嵇康所救，听他对自己一通怒斥，心头反倒涌上一阵温暖："你是在意我的，对吗？"

"你，你要我拿你怎么办才好！"嵇康见曹玟能开口说话，想是没有大碍，往怀里紧了紧，"你的心意我岂不知，只是我也有苦衷……"

"我待士季哥哥只如兄长一般，且已与他当面说清，你不必担心。"曹玟轻轻一叹，"你还有什么疑问，我都说与你听。"

"没，再没有了！方才吓死我了，若再如此我必不依你！"嵇康将曹玟扶起，查看了一遍是否受伤，见无事便道，"走吧，我送你回府。"

此时红莎走上前来，扶住曹玟笑道："不用了，你若这样送我家亭主回去，恐怕王府要闹翻天了。"

"红莎说得有理，我们还是自己回去吧。"曹玟将手中已攥得皱巴巴的信递给嵇康，"这信你拿去，我等着你的回音。"

嵇康将信揣进怀里，对红芨一揖："照顾好你家亭主。"又与曹玫对视片刻，柔道："等我。"

曹玫温婉一笑："我知道。"

红芨见他二人顷刻之间便已和好，此时又这般难舍难离，掩着唇轻咳一声："好啦好啦，我自会照顾好我家亭主，何消你多言。亭主，我们回去吧。"

曹玫又凝望了他片刻，伸手将方才弄落的面纱又遮在面上，与红芨相携而去。嵇康看着她渐行渐远的身影，婆娑曼妙，如雾如烟，似真似幻，如梦般化作一束白光渐渐散去。

她这样美，究竟是仙子还是凡人？这样的一个玉人，真的有一日能与自己相伴终身？只希望，这不要是一场镜花水月的空梦才好。就算是梦，他也不愿再醒来……

嵇康呆立在那里，过了许久才回过神来，拿着信一路恍恍惚惚地回到屋中，缓缓打开信笺，薄如蝉翼的信纸上现出几行娟秀的小楷：

> 山川阻且远，别促会日长。
>
> 愿为比翼鸟，施翮起高翔。

诗句出自曹植的《送应氏》。曹玫抄写此诗中的最后两句，字里行间透露出期盼与心爱之人跨越千山万水，修得比翼双飞的愿望。

嵇康将信纸摊在桌上，修长的手指轻轻抚上一个个娟秀的字，心中涌上一阵柔情。作为一位闺中女子，曹玫为了他可以不顾礼数、放下矜持、费尽心思向他表达情意，难道他一个堂堂男儿竟不敢坦然面对，要做个缩头乌龟不成？既然已经动情，又何必遮遮掩掩、瞻前顾后？想到此处，他终于放下这两日来一直缠绕在心头的纠结，顿觉心胸开朗。一想到曹玫正殷殷期盼着他的回信，便将满腹柔情化作一首缠绵的情诗，一字一句写在纸上：

> 鸳鸯于飞，啸侣命俦。朝游高原，夕宿中洲。
>
> 交颈振翼，容与清流。咀嚼兰蕙，俛仰优游。

写罢，他长舒一口气，这是他平生为心爱女子所写的第一首情诗。上一次作情诗，是送给吕安和紫妍，而这一次却是为了自己。他希望这不会是最后一首，也希望这一生都只写给她一人。人一旦有了真情，便再也无法做到抛开所有，毫无挂碍，他曾经想要保持的洒脱心境再也回不去。但愿曹玟看到这首诗，能够明白自己的心意，不再为情所苦。他将诗仔仔细细地折好揣进怀中，忽又发起愁来。这诗要怎样才能送到曹玟手中？思来想去，觉得只能托付岳山走一趟了。

却说今日之事，乃那日钟会走后，曹玟与红莜一番商量，决定写一封信由红莜送到嵇康手中，探问一下他的心意。

曹玟在闺房中托着腮默想了许久，觉得心中有千言万语要对嵇康诉说，然而却不知该从何说起，踌躇了半晌只在纸上写下了两句诗。她知道嵇康在钟会府上并不能久住，将来他若回了谯郡，两人则是隔着千山万水，到时又将如何维系这段感情？而且，自己今年十三岁，到及笄那年还有两载，可嵇康已经到了成婚的年纪，若此时家中为他安排了婚事，他又是否能够为了自己而断然拒绝？曹玟果然是女儿身，心细如发，事事都放在心间思量了一遍。是以这诗虽然只有两句，却将二人的境遇与自己的心意皆淋漓尽致地表达于纸上。

曹玟将信纸细心地装好交给红莜，让她到钟府去送信，又叮咛她莫要声张。红莜不愧是个聪敏的姑娘，她来到钟府门外也不张扬，准备打听嵇康的下人岳山在何处，谁知竟正巧撞见岳山从府中出来，便问明了嵇康所在之处，自己找到了毌丘俭的府上。而曹玟心中放不下此事，待红莜走后不久便以轻纱遮面，偷偷随在她身后，才会发生方才的一幕。

曹玟由红莜扶着回到沛王府，一入府便坐在书房中，望着已经干掉的墨汁静候着嵇康的回信。她魂不守舍地坐在书房中，灵魂好似已经飘至远方，下人来请她去用膳也回绝了，只命人将饭菜送过来，却一口也未动。就这样一直等到接近黄昏，心情越来越沉，此时却听下人来报，说钟府有人来捎信，正等在府外。

曹玟以为是钟会命人来捎信，心里涌上一阵烦乱，本不想回应，却听红莜道："亭主，我还是去看看吧，也许是岳山也说不定。"曹玟脑中闪过数个不祥的预感，以为嵇康因钟会之故又要迟疑，下意识地颔首应允。

红莜出得府来，果然见岳山站在门外，立即喜上眉梢："真的是你！"

岳山看见红莜，脸色微微有些发红，边从袖中抽出信笺边道："红莜姑娘，我，我家公子让我把这封信交给你家亭主。"

红莜一把接过信，笑道："岳山，你可真机灵，知道谎称自己是钟府的人。"

岳山脸色更红，低下头小声道："姑娘过奖。我是自作主张，觉得若说是嵇公子的人，你府上的人必然要盘问由来，岂不给亭主徒增麻烦？"

红莜打量了一番眼前这个清秀挺拔的少年，笑道："那我先去了，多谢你了。"说完，还未走入府中，忽又回头道："等等！你还是在此等候片刻，或许我家亭主还有东西要托你转达。"岳山应了。

红苃拿着信，一路雀鸟般欢悦地跑回书房，将要走进房门时却忽然顿住，换了一副颓丧的表情，一步一挪地来到曹玟面前："亭主，是四公子的信。"说着将信放在曹玟手中。

曹玟听她如此说，心里的不祥之感又加重了几分，如同坠进冰窖一般，随手将信往书桌上一丢，道："我此时还不想看。"

红苃忍住笑意，将信又塞进曹玟手中："亭主，就算如此也该看一看，四公子或许有要事呢？"

曹玟摇头苦笑道："他能有什么要事？"随手将信胡乱撕开，连信纸的一角也给撕破了，叹了口气，懒懒地打开信纸朝上面看去。

红苃在一旁用手掩着唇，观察着曹玟的表情。只见她看了一眼之后，立时坐直了身子，双手攥紧信纸，一双美目绽放出光泽。她前前后后，仔仔细细地将信看了好几遍，唇角的笑意越来越浓，宛若美玉的脸上也泛起绯红。

"亭主，信上都说些什么？"红苃终于忍不住问道。

曹玟抬起头来，朝红苃瞪了一眼，嗔道："你这丫头，竟敢跟我耍鬼，看我不收拾你！"说着伸手去拧红苃的腰间。

红苃边笑边讨饶道："亭主，我知错了，饶了我吧！"

曹玟与她闹了一会儿，道："算了，今日就先饶了你，下次不许再如此了！"

红苃整了整衣裙，笑道："亭主，嵇公子写了些什么？"说着，好奇地将头探过去要看。

曹玟将信纸一收，背在身后，红着脸道："这，这岂能给你看。"

红苃撅起小嘴，哼道："亭主，你真是过河拆桥！有了嵇公子的信，马上就将我抛到一边了。以后你们若再传递什么东西我可不管了，我这就去告诉岳山，让他回去！"说着就要往外走。

曹玟赶忙起身抓住她的手，撒娇道："好红苃，我怎能没有你？"

红苃也笑了，拉着曹玟的手道："亭主，我让岳山等在外面，你还有什么要他转达的吗？"

曹玟紧了紧红苃的手："还是你细心。你说，我应该回些什么给他？"

红苃歪着头想了想："你若是要回绝他呢，就什么也不必送了。若是答应了呢，就该送给他一件定情信物。"

曹玟脸上又泛起红晕："谁要回绝他！"她眼睛朝四周看去，目光落在窗边的琴上面，顿时抿唇而笑。

红苪顺着她的目光看去，惊道："亭主，你不会要将此物送给他吧？"

曹玟深深地点了点头。

"他对你就如此重要？"

"重过这世间的一切。"曹玟轻声道。

这日夜晚，嵇康的书桌上出现了一把琴。此琴有七弦，黑色的琴身上微微泛着些许绿光，故而得名"绿绮"，曾是汉代文人司马相如的琴，与嵇康的那把"号钟"同列四大名琴之中。据说当年司马相如家境贫寒，却因诗赋绝丽而闻名。梁王慕名请他作赋，司马相如挥笔而就，作一篇《如玉赋》相赠。梁王读后大悦，将自己收藏的名琴绿绮回赠他。后来，司马相如以一曲《凤求凰》赢得佳人卓文君的倾慕，席间所用之琴便是这把绿绮。

这夜，嵇康与毌丘俭从府外归来，听下人说岳山于傍晚送来了一把琴，就放在他的屋内。毌丘俭笑道："叔夜，这琴又是从何而来？"

嵇康一笑："仲恭兄，稍后再说与你听，我等不及要先去一观。"

毌丘俭道："赶紧去看看吧，明日我可要听你弹上一曲！"

"一定遵命！"嵇康说完迫不及待地朝屋内而去，刚刚踏进门便看见靠窗的书桌上，一架琴静静地安放在那里，与窗外的月光交相辉映，散发着清幽的光辉，如同一位安娴静美的少女，等待着有情人来叩响她的心扉。

嵇康并不知此琴就是绿绮，嘴角轻笑着走到琴边，执起修长的手指轻轻叩响琴弦，只听"铮"的一声，琴声空灵清幽，与号钟的深沉厚重不同，此琴的音色婉转悠长，如同深情款款地吟唱，动人心弦。

"真是一把好琴。"嵇康将琴拿起来细细赏看，待看到琴尾处刻着的四个字"桐梓合精"时，他心中一惊，难道这是……他赶忙仔细地查看琴的其他各处，终于在琴身背面又发现一行娟秀的小字：

> 绿绮闺中待，踟蹰思凤凰。
>
> 愿君携好音，合来诉衷肠。

嵇康认得此乃曹玟的字迹，顿时了悟此琴就是司马相如的绿绮。只因此琴乃由桐木与梓木相合雕刻而成，所以上面刻有"桐梓合精"四字。而曹玟所作的诗词里，也暗含了司马相如《凤求凰》的意蕴，一字一句皆向他倾诉着凤凰于飞、携手共弹、交颈和鸣、互诉衷肠之愿。

　　嵇康将手抚上绿绮，脑海中显现出曹玟温婉灵秀、容貌若仙的绝色之姿，整个人被一股浓烈的幸福包围。他知此琴乃是曹玟赠予他的定情之物，也知此琴是何等贵重，此情又是何等深沉。如此一份沉甸甸的情意，自己又该拿什么来回赠？想至此处，他不禁叹息没有将号钟带来，此时身上仅有一块挂在腰间的玉佩，乃是母亲从小便让他佩在身上的，虽说不上如何名贵，但也是十分珍视之物。他想起曹玟身上也挂着一块玉佩，与自己的这块色泽质地均十分相称。他本不是拘泥之人，并不认为自己的玉佩比不上绿绮之贵重，更相信曹玟也不是那种世俗之人，便解下腰间玉佩，决定明日叫岳山去送给曹玟。

　　第二日一早，曹玟拿到了嵇康赠予她的玉佩。一看之下，竟然与自己那块曹植所赠的玉佩，玉质一般无二，好似天然塑成的一对，只可惜自己的那块有一个小小的缺损，不似嵇康这块如此完美无瑕。曹玟将自己的玉佩从腰间解下，与嵇康赠予她的那块用缎带编织在一起，玉质通透，晶莹润泽，煞是惹人怜爱。

　　曹玟端详着两块玉佩，对未来的生活充满了美好的希冀。

第二卷 竹林七贤

十一、踌躇别故人，困顿遇子期

嵇康在毌丘俭府上住了几日，本打算自己想明白之后便去找钟会，将此事说开。无论他怪罪与否，都要对他坦白情由，不叫他落下心结才好。谁知他还没有来得及去找钟会，便接到一封家信。

信是他二哥嵇喜寄来的。原来嵇喜已经从军归来，打算安排举家迁居山阳之事，加之母亲孙氏身体有恙，便写信急命嵇康归家。嵇康得知母亲有恙，也分外忧心，便急急地去找毌丘俭辞行。

"仲恭兄，本想多住几日，谁知家中有事，我只好先告辞了，多谢招待！"嵇康与毌丘俭在府门外道别。

毌丘俭立于台阶之上，爽朗一笑："你我之间，不必言谢。只可惜不能与你一同锻铁了，我还有一些技巧没来得及教你。"

嵇康惋惜道："实在可惜，不过来日方长，日后一定还有机会相聚。我回去以后会多加练习，必不辜负你一番教导。"

毌丘俭点头道："你说得是，人生何处不相逢，我府上的柳园会一直为你虚席以待。"

嵇康听罢心中一暖，抱拳道："今日一别，兄当珍重。"

毌丘俭也一抱拳："珍重！"

嵇康背着亭主所赠的绿绮，远离毌丘俭府，待走到路口处回首一望，却见毌丘俭仍立于台阶之上，青衣黑发，爽朗清俊。暖风吹来，府内柳园枝条上垂挂的柳絮纷纷飘落，洒在他的头发上，更似白雪一般纯净高洁。

嵇康来到钟府与钟会辞行，下人请他在书房中等候。嵇康将绿绮交给岳山，让他拿着收拾好的东西在府外等候。本以为一会儿便可见到钟会，没想到等了一个多时辰，钟会方才出现。

见他入得屋来，嵇康站起身道："士季，我家中有事要赶紧回去，特来向你辞行。"

钟会站在屋门口看了嵇康片刻，方才笑道："既然有事便速速回去吧，代我向阿都问声好。"话虽妥帖，语气却冷冰冰的。

嵇康听出他话中的寒意，心情也低落下来，道："士季，我有话要对你说，我与亭主……"

钟会听见"亭主"二字，修眉一蹙："你和她的事情，与我无关，不需多言。你此番归家路途遥远，还是赶紧上路吧。"

见他神情冷淡，虽说自己毫不在意，但却隐隐透着一股怨气，嵇康叹了口气："你若有火就冲我发出来，别这样憋着。"

钟会听罢，忽然哈哈一笑："你想多了，我对你哪来的火气？"说着伸手拍了拍嵇康的肩头："走，我送送你。"说完携起嵇康的手朝府外走去。

嵇康被他此举搞得云里雾里，心想也许真的是自己多心了。钟会少年英才，抱负远大，怎会在儿女私情上如此计较。嵇康摇了摇头，也许这次真的是自己以小人之心度君子之腹了。二人携手来到府外，钟会对嵇康拱手道："此次来去匆匆，恕我照顾不周，你一路珍重。"

看了钟会片刻，嵇康也拱手道："哪里，多谢士季关照有加，下次相聚定要与你不醉不归。"说着对身后的岳山道："岳山，与四公子拜别吧。"

岳山此时已将行李都放在马鞍上，只有绿绮还抱在怀里。他将绿绮也放到马上，拜道："拜别四公子。"

钟会点了点头，眼光扫向嵇康马上的琴，忽然愣了一愣，随即眉梢轻挑，美目一睐道："叔夜好走，恕不远送。"

嵇康再次朝钟会拱了拱手："就此别过，来日再见！"说完背上绿绮与岳山策马而去。

钟会站在府外，盯着嵇康远去的身影呆立了良久，待回过神来时，发现手中的折扇竟已被他生生折断。

嵇康虽着急回家，但心中挂着曹玫，不想就这般不辞而别，便与岳山来到沛王府外，想托红莜将曹玫请出府来，远远见上一面也好。岳山为了方便行事，仍旧自称钟府下人前去叫门，片刻之后却垂头丧气而来："公子，咱们来得不凑巧，今日亭主与红莜均不在府上。"

嵇康面露失望："不在府上？你有没有问她们去哪里了？"

"门房说，亭主随沛王入宫去了，红莜姑娘也一起去了。"岳山道。

"那她们几时回来？"

"只说是天子请曹氏宗亲在宫中宴饮，并不知道几时能回来。"

嵇康看看天色，想了一会儿道："此时已是下午，她们或许用过午宴便会回来，我们就在此远远地等等看。"

谁知，嵇康与岳山一直等到天色渐渐发暗，也未等到曹玟归来。岳山道："公子，天色已晚，若再不出城恐怕今日就走不成了。"

嵇康长叹道："也罢，来日方长。岳山，你去将这个交给门房，托他捎给红莜，红莜见到上面的字，定会转交给亭主。"说完从怀中掏出一封信，是他决定回家之时所写。嵇康见岳山将信送了，仍依依不舍地望了望沛王府大门，与岳山策马出城而去。他二人的身影刚刚消失，只见一个红衣少年从远处慢慢踱来，此人正是钟会。

钟会早已料到嵇康走前会来见曹玟，便鬼使神差地来到沛王府门前。他远远地站在嵇康与岳山身后，与他们一样等了许久，直至二人走了，这才来到沛王府门前。沛王府门房见是钟会，便行礼道："四公子，您家的下人刚走，您怎么又亲自来了？"

钟会修眉一挑："我家下人？"

门房道："是啊，方才不是您命下人来送信，让我交给红莜姑娘，这不嘛？"说着从袖子里抽出一封信，正是嵇康写给曹玟的。

钟会接过信封，看了看上面的字，冷笑一声道："是，正是我让送来的。不过此刻又不想送了。"说着将信揣进怀中，刚要离去忽又转过身，正色道："最近有个孟浪之徒说要写信给你家亭主，我担心她知道此事会不悦，所以才捎信来提醒。不过此时又觉得还是不要惊动她为好，你日后若是见到什么写给亭主的书信，不要交给亭主，只给我便好。"说着从怀里掏出一块美玉，塞到门房手中。

那门房见了如此贵重之物，眉开眼笑："四公子是我家亭主的贵客，事事皆为亭主着想，您的话我岂能不听？放心吧，我知道怎么做。"

钟会点了点头，又道："今日之事，不要说与他人，免得徒惹闲言闲语。我交代你的事，千万要切记。"门房唯唯诺诺地应了。

钟会说完不露声色地转身而去，待走出一段距离之后，急忙从怀中掏出信展开来看，只见信上写着：

康白：

　　亭主淑安，见字如面。今因家慈有疾，故急归家中。此后移居山阳，山高路远，情丝不断，将日日抚弹"绿绮"，以解相思。愿亭主善加珍重，静候书信。待卿及笄之日，定来送聘。二载光阴，虽长犹短，睹视玉佩，如见我颜。纸短情长，不能尽言，再拜泣涕，盼即赐复。

　　钟会看完此信，双手发颤："果然没猜错，她连绿绮都肯相赠，这是连定情之物都已交换了。"说罢仰天而笑："玟儿，你瞒得我好苦……嵇康，你欺我太甚！"说着将信一片一片撕得粉碎，扬在夜风之中。

　　却说嵇康与岳山回到家中，母亲孙氏的病情已好了许多。一问之下，原来是前些日受了风寒，加之两个儿子均不在身边，心中挂念才致病倒了。如今见到嵇喜与嵇康均安好地回到家中，孙氏的病也好了大半。嵇喜一见嵇康，便将他狠狠责问了一番。嵇康也不辩解，任他数落了半天。嵇喜数落完，气也消了不少，便与嵇康交代了一番移居山阳之事。

　　嵇昭生前曾在山阳置有家产。山阳地处中原，汉献帝刘协曾被贬此处，封为山阳公。此地在河内治下，离都城洛阳较近，山清水秀，多有文人才子聚集。嵇喜认为移居山阳对他和嵇康将来的仕途发展都颇有益处。且嵇喜从军之前就已与一女子定亲，那女子家就住在山阳，此次嵇喜归来便要与那女子成亲完礼。嵇康也觉得山阳甚好，离洛阳近便是离曹玟近。于是，兄弟二人商定待孙氏病情大好后，便开始准备移居之事。

　　时间飞逝而去，转过年来又是一春。吕安已于年初与紫妍完婚，两人新婚燕尔，分外甜蜜。这日，吕安到嵇府来找嵇康，嵇喜开门相迎："仲悌，你好久未来，今日怎得有空啊？"

　　吕安拱手道："二哥，我来找康哥，他是否在家中？"

　　嵇喜叹道："一早便出门了。他最近有些奇怪，整日里坐立不安的，也不知为的什么事。要不，你到府上坐坐，看他何时归来？"说着就要让吕安进府。

　　吕安见嵇康不在，怕进去之后嵇喜又对他问东问西，说些仕途功名之事，便摇了摇头："不了，我明日再来吧。"

　　嵇喜也不多劝，道声"好"便进府去了。

　　吕安见嵇喜入得府去，本欲就走，但看了看嵇府的朱漆大门，忽然哈哈一笑，从袖中抽出一支笔来，用舌头舔了舔笔尖，扬手在大门上龙飞凤舞地题上一个"鳳"字，写罢大笑而去。

傍晚时分，嵇康归来，远远便看见自家府门上写着大大的一个"鳳"字，立刻认出乃吕安所题，不由得忍俊不禁。他进入府中，见嵇喜正与母亲坐着饮茶，便道："二哥，你是否看见府门上的字？"

嵇喜饮了口茶："看见了，乃一个'鳳'字。"

嵇康忍住笑意，道："你觉得可好？"

"仲悌今早来家中找你，我出门相迎，他看你不在便在门上题此字而去。"嵇喜缓缓道，"'鳳'乃仙鸟，仲悌如此赞我，当然甚好。"

嵇康听了哈哈大笑："二哥，这你就有所不知了。这'鳳'字拆开来，便成了二字，乃'凡''鳥'也！"

嵇喜放下茶盏："叔夜，你近日来喜怒无状，可知并非好事？ 若有什么心事，可讲与我和母亲一听，我们也好帮你参详一二。"

嵇康见他这样说，皱了皱眉："二哥，你又来唠叨。我自己的事情，不用你管。"又对孙氏道，"母亲，我先回房去了。"

嵇喜看着弟弟的背影，无奈地叹了口气，对孙氏道："仲悌轻肆，叔夜与他在一起久了，性子也变得越发疏狂。如此下去，他二人将来必要惹出祸事。"

孙氏也十分忧心："你身为兄长，要多管教他才是。"

"母亲也看见了，他如今岂肯听我之言？"

孙氏若有所思道："他也到了该成婚的年纪，待你办完婚事之后，也帮他张罗一下此事吧。或许，成亲之后他能改改性子。"嵇喜点头答应。

却说吕安第二日又来到嵇府，见门上的"鳳"字仍在上面，心道嵇喜果然没有看出端倪，便一路兴冲冲地来到嵇康书房，进门便道："你二哥果未看出我题字的含义。"他刚迈进房门，便见嵇康正坐在书桌前，抚弄着一把琴，神情忧郁，连曲子也弹得毫无章法，调不成调。

嵇康见吕安进来，说了声"坐"，仍自神不守舍地胡乱拨弄着琴弦。吕安走到他身边，看着琴道："你这是怎么了，弹得荒腔走板的……"

"没什么。"嵇康将手从琴弦上拿开，抚摸了一遍琴身，"这么久了，她也未回我一字一句。你说，这究竟是为何？"

吕安见他如此，猜出他定是因为曹玟之事而烦恼，劝解道："或许，是送信的人太慢，还未将信送到？"

　　嵇康与吕安向来无话不谈，早已将他与曹玟之事告知吕安。如今他的心事，也只有吕安能猜出一二。"怎么可能？ 自我回来之后，已给她去过五封信，怎会连一封也未收到？"嵇康站起身来，在屋中踱来踱去。

　　"哎呀，别转了，你再多等几日。那亭主将如此名贵的绿绮都赠予你，可见她对你用情之深。她是闺中女子，行事不便，你又何必急于一时？"

　　嵇康闻之朝绿绮看去，又坐回桌旁抚弄起来，所弹的是蔡邕"蔡氏五弄"之一的《坐愁》。琴声辗转幽怨，顿挫呜咽，如字字泣血，声声叹息，将人的满腹愁肠皆纠缠在一起。他弹了一会儿，和着琴声吟道：

> 虽有好音，谁与清歌。虽有姝颜，谁与发华。
> 仰讯高云，俯托轻波。乘流远遁，抱恨山阿。

　　吟罢落指铿锵，琴音也更加如泣如诉，催人泪下。吕安立在一旁，亦被他的琴声所打动，心情渐渐跌落谷底。忽听"砰"地一声清响，吕安望去，一根琴弦应声而断，琴曲终止于一声孤绝的悲鸣，久久方散。再往嵇康脸上看去，往日风姿俊逸的明朗面容，此时蒙上了一片黯淡的愁云，没了熠熠风华。

　　公元242年，魏齐王正始三年。嵇康举家移居山阳，临行前吕安与之依依惜别，并将一位知交引荐给嵇康，让他凭书信前去相见，此人名为向秀，字子期。

　　嵇康别了吕安来到山阳，此处依山傍水，郊有竹林，是个人杰地灵之地。然而，这一切美好的景致在嵇康的眼中，皆若过眼烟云，离开了朝夕相伴的好友，朝思暮念的玉人又杳无音信，世间纵有再多风景，又能与谁一同赏看？

> 我友焉之，隔兹山梁。谁谓河广，一苇可航。
> 徒恨永离，逝彼路长。瞻仰弗及，徒倚彷徨。

　　嵇康盘膝坐在山阳新居的柳园，号钟与绿绮一左一右置于身旁，他想弹上一曲，却不知该弹哪一曲，又弹与何人听。拿起吕安临行前给他的书信，心中思量着是否要去拜访一下那个人。然而，知音难觅，这个向秀，又是否能和吕安与钟会相比？

　　抬头看看柳树垂下的缕缕丝绦，虽只有嫩嫩的几只绿芽，却已经充满了春之气息，令人须臾之间对人生又燃起新的生趣。

"我府上的柳园会一直为你虚席以待。"一句话随着清风飘进耳边。"仲恭兄……"嵇康眼前出现毌丘俭犹如青松般的身影，忽得星眸一亮。此处的柳园正是锻铁的好地方，他想到这里一下子站起身来，兴冲冲地道："岳山，走，跟我出去置办些东西！"岳山见自家公子终于打起了精神，便朗声而应，与他一同来到山阳街市上。

嵇康与岳山一前一后在街上逛着，忽见前面有人围在一起议论纷纷。岳山忍不住好奇："公子，我上前看看去！"嵇康无奈地立在一旁等候。过了一会儿，岳山笑嘻嘻地过来道："公子，我听见他们在议论一个人，说这人整日在前面的'黄公酒垆'中饮酒，喝醉了便倒在老板娘身旁呼呼大睡，毫不在乎男女之礼，就连这老板娘的丈夫轰他，他也不以为意，仍是经常过去饮得烂醉，老大不小的人了，还是如此不通人情世故。公子你说，这人可笑不？"

嵇康倒觉得这人挺有趣："那黄公酒垆在何处？"

岳山一指前方不远的酒旗："就在前面！"

"走，咱们去瞧瞧，看能不能遇见那个人。"

嵇康与岳山来到黄公酒垆，刚刚撩袍而入，便听见一人半醉半醒的声音："樱娘，再给我拿坛酒来！"嵇康朝说话的人看去，只见那人只有十五六岁年纪，一身绿衣，正抱着酒坛狂饮。再往他脸上看去，虽已经醉意深沉、双颊绯红，但仍可以看出此人面容十分清秀，眉若浮烟，眼似流星，眸如墨点，浑身上下皆散发着一股钟灵毓秀之气。

嵇康对身旁的岳山道："他们议论的，就是此人？"

岳山打量了那人一番，撇撇嘴："我看不像，他们说的那人，年纪比公子你还大，怎会是这个少年。"

嵇康微微一笑，一步跨到那人面前，夺过他的酒坛闻了一闻，对老板娘道："樱娘，你这酒不够烈，怎解得了这位公子的酒瘾，快快把你这最烈的好酒搬上几坛来！"

饮酒的少年见酒坛被抢走，睁开惺忪的醉眼，皱起秀眉："你为何抢我的酒？"刚说完，就见嵇康将一个更大的酒坛捧到他面前："你方才那坛不够烈，我请你喝点厉害的。怎样，敢不敢与我一比？"

少年接过酒坛，饮了一大口，立时呛得咳嗽起来："谁，谁不敢与你比？不过要看比什么。"

"哦？你倒说说看，想比什么？"嵇康觉得这少年越发有趣。

"哈哈哈哈，此事你定然比不过我！还是不比了，免得你说我欺你。"少年说完，又将坛中的烈酒饮了一大口。

嵇康见他虽然大笑，但神色与话语中皆有掩不住的凄凉，便上前抢过他的酒坛，正色道："你说，比什么？"

"比，比伤心……"少年说完倒在酒桌之上，显是醉死了过去。

嵇康见他如此，便叫岳山付了酒钱，两人扶着少年回到家中的柳园歇息。待少年醒来之时，嵇康正坐在他身边独自饮酒，见他醒了笑道："怎样，还想再饮几杯吗？"

少年撑起身子，环顾了一下四周，知道自己醉倒之后被嵇康带了回来，脸上露出羞赧之色："不好意思，给兄台添麻烦了，此处是？"

"这是我家中的柳园，我姓嵇名康，不知公子高姓大名？"

"嵇康，嵇叔夜？"少年坐直了身子。

"正是，你如何知我？"

"吕仲悌曾多次对我提起你，我对你可是久闻大名，早想一见！"

"阿都向你提起我？"嵇康忽得眸子一闪："莫非你就是……"

少年朝他拱了拱手："在下向秀，向子期。"

十二、笛啼思神女，玉破碎凡心

"今日能与你在酒垆偶遇，真可算是缘分。"嵇康放下酒杯，"怎么样，酒都醒了吗？可有什么不适？"

"多谢关心，现在已经没事了。"向秀低头思索了片刻，"叔夜，我饮醉之后，有没有说什么不妥之言？"

嵇康见他刚刚与自己相识便以表字呼之，心中觉得更加亲近，嘴角微翘："我记得有人跟我说要比'伤心'，还说我定然比不过他。子期，你有什么伤心事吗？"

向秀神色黯淡下来，从怀中掏出一支竹笛。笛有七孔，并未髹漆而是保留着天然的竹色，是一把甚为精致的横笛。他端详了片刻，执起竹笛吹了起来，是一曲《落梅花》。笛声本应悠扬轻盈、婉转明丽，而此刻在他的吹奏下却声声揪心、凄楚悲凉，令嵇康也不由得被笛声所动，端起酒杯又饮了起来。

待向秀一曲吹罢，嵇康已为他斟满了一杯酒，举在面前："我一向自诩善抚琴，今日听了你的笛声，才知这世上通音律者甚多，而动人之曲更是犹如满天繁星。不知这竹笛可否借我一观？”

向秀将酒饮了，把竹笛递到嵇康手中。嵇康双手接过，仔细观赏起来。此笛做工甚妙，碧绿晶莹，虽非出自名匠之手，但也分外雅致。转过背面，只见上面写有一行朱砂小字：

旦为朝云，暮为行雨。朝朝暮暮，阳台之下。

嵇康见字迹清秀，且用朱砂，便知此笛原为女子之物，心下明白了几分，笑道：“此诗乃宋玉的《高唐赋》，他与楚襄王曾游于云梦台，两人见山上云气缭绕，心生向往，遂有了‘巫山神女’之传说。子期，谁又是你的神女呢？”

向秀听了凄然一笑，吟道：

徜肠伤气，颠倒失据，黯然而暝，忽不知处。
情独私怀，谁者可语？惆怅垂涕，求之至曙。

此句出自宋玉的《神女赋》，动情地描摹了巫山神女的绝丽姿容，结尾处又倾诉了神女离去之后，黯然伤心、悲不自持的心境。嵇康听他吟诵此句，不由得皱起俊眉：“难道，你们二人此时分离两地，还是她已嫁与他人？”

向秀又将酒坛抱起，饮了一大口：“我二人确是分离两地，但并非他乡之遥，而是天人永隔。”说完目光凄楚地望向嵇康，忽又笑了两声：“怎样，这份伤心你可比得过？”

嵇康万万没想到，竟会是如此的人间悲剧，一时间也答不上话来，只能拿着酒杯与向秀对望，想起自己与曹玫之事。自从离了洛阳之后，他与曹玫便断了音讯。为此他猜测过无数个可能，最怕的便是曹玫与他分别久了，情意渐渐淡薄将他忘却。而此时听了向秀之言，忽觉得只要佳人尚存，就总有相见之日，自己日日苦受煎熬，不如亲自前去一问究竟。只要曹玫对他还有一丝情意，无论如何也不能放弃。

嵇康与向秀各自想着心事，对坐无言，一杯接着一杯地饮酒，顷刻间便将两坛烈酒饮完。嵇康伸手去拿酒坛，见里面一滴不剩，便苦笑着摇了摇头：“子期，我虽不若你这般伤心，但也同样为情所困。真羡慕阿都，可以与心爱之人共结连理，相伴朝夕。”

向秀此时又有了些醉意：“你说得是，我恐怕此生都不会再有那一日了。”说着抚上竹笛："这是她留给我的唯一之物，而我能给她的，便只有一生的坚守与思念罢了。"

嵇康闻之心中一跳，又朝向秀脸上看去，见他神情肃穆，淡然决绝，暗道他方才之言恐怕并非一时之意，而是抱了独守一生的决心，不由得又悲又敬："子期，可愿为我讲讲你们的故事？"

"好。我与你虽是初见，但却胜过与他人相处几载。仲悌所言不虚，叔夜，你我定能成为知己。"

原来，这向秀乃河内人士，出身小官宦之家，自小便饱读诗书，喜爱庄子之言，对世情皆看得很淡，毫无出仕之念，平生之愿便是寻得三五知己，有一相爱之人，能够饮酒望月，纵情山水，忘却尘俗羁绊，闲度此世经年。然而，命运却偏偏不让他如愿。

向秀邻家是一户兵家。这家生有一女，玲珑剔透，小家碧玉，年纪比向秀略小一岁，十几岁便出落得如清水芙蓉，秀丽脱俗，令人见之难忘。向秀与她一墙之隔，两人一来二往便对彼此有了情。这女子姓白，未有名字。向秀见她冰清玉洁，犹如芳草般馨香袭人，便从《列子》中一句"美哉国乎，郁郁芊芊"取意，给她取字唤作"芊芊"。

这芊芊虽出自兵家，但是家中略有藏书，自小随着兄长们读过几天，颇认得几个字。她对其他皆不上心，独爱宋玉之赋，一日读得兴起便将《高唐赋》中那一句诗题在竹笛之上，送给向秀作为定情之物。

向秀看了此诗不禁莞尔。那句诗虽字面意为与情人朝朝暮暮，长相厮守，但长久以来却被世人引申出了"男女床笫事"之意。芊芊不过略识几个字，又是闺中女子，岂能知道此中深意？向秀倒不以为意，只觉她青涩可爱，并未言明，将竹笛慎重收下，绘了一幅她的画像回赠。谁知，这两句诗却给二人惹下了大祸。

向秀一直将竹笛携带于身，一日被芊芊的父亲看见，发现了上面的题诗。芊芊的父亲是个极要面子且不知变通之人，何况按照曹魏国法，兵家之女只能许配兵家之子，向秀与芊芊本来便难以婚配。他认得此笛乃女儿之物，如今到了向秀之手不说，竟然还题着两句不堪之语。他怒气冲冲地进入女儿房中，发现芊芊正盯着向秀所绘的画像发呆，便断定女儿已与向秀暗中做下了不洁之事。他也不听女儿辩解，一把将画像撕得粉碎，指责芊芊与人苟合在先，又将淫诗题在竹笛之上，简直毫无廉耻之心。

芊芊被他父亲一番痛斥，顿觉毫无颜面，心中悲苦难当，哭了一夜之后便病倒了。谁知她父亲竟不闻不问，将她独自关在屋中。待向秀得知此事时，芊芊竟已在短短三日之内一病而亡。向秀乍闻此事，悲愤以极，将两人之事坦坦白白地告知芊芊的父母，并恳请他们将女儿冥嫁与他，自己此生也不会再娶他人。

岂料芊芊父亲为人固执，觉得此时若将女儿冥嫁与向秀，世人皆会认为他女儿已与向秀做下苟且之事，到时候自己颜面何存，所以死活也不依。向秀不改初衷，以丈夫之礼为芊芊服丧，日日前去守灵，是打也不走骂也无用，反而闹得街坊四邻都知晓了此事，一时间在坊间传遍。

守灵至最后一日，向秀仍自跪在灵堂中，却见一个中年男子破门而入，黑衣不整，发髻凌乱，进门二话不说，扑在芊芊的灵位上便号啕痛哭，边哭边念："俗世无情，至亲无义，竟令佳人含冤而死，有情人抱恨终身，悲乎哀哉！"念完又大哭半晌方休。

向秀从未见过此人，听他口口声声为芊芊和自己鸣冤，心中甚为感激，看他止住哭声便问道："足下何人，竟为我二人而哭？"

那人用袖子胡乱拭干眼泪，看了看向秀，忽得又笑起来："萍水相逢，何问姓名？路遇不平，何能不哭？若想与我一同醉死，可来黄公酒垆。"说完也不待向秀答话，自顾出门而去，走时嘴里还念着：

> 人生若尘露，天道邈悠悠。
> 去者余不及，来者吾不留。

向秀觉得此人甚奇，待一办完芊芊的后事，便到黄公酒垆去寻那人，谁知连去了三日皆不见他，却听了许多街坊邻里的闲言闲语，说此人经常在酒垆喝得烂醉，毫不守男女之礼。向秀觉得此人性情疏狂，不理世俗，与自己倒十分投缘，便决心要等到他。谁想第四日没将那人等来，却遇见了嵇康。

嵇康听完向秀之言，心中嘘唏不已。这样一对深情不渝的佳侣，竟因世俗礼教被生生地拆散，终致天人永隔，使逝者含冤，生者抱恨，何其悲哉！他一面为向秀而悲痛，一面又为自己而忧虑，不知他与曹玟能否冲破世间的一切樊笼阻碍，终成眷属？

嵇康看了看不远处的绿绮，起身将它抱在怀里，朝屋外的柳园走去："子期，随我来。"说完来到院中的空地，撩起长衫，席地而坐，执手操琴。院中明月高悬，柳枝轻舞，夜风阵阵，嵇康长叹一声，指尖流淌出一曲哀婉空幽之曲，乃是他前些日子思念曹玟时所作，名曰《短侧》。

向秀在他面前席地而坐，静静地听着琴声。只听琴音短促顿挫，铮铮而鸣，似空涧孤鸟啼，又如深谷绕回音，孤绝凄厉，如浪花翻涌而来，声声洒泪，连绵不断。向秀听着听着，眼前浮现出芊芊出水芙蓉般的清丽姿容，想到此生再也无法与她相见，不觉心如刀绞，泪如雨下。

嵇康弹毕见向秀已经泪湿衣衫，不能自持，便笑了笑："哭出来也好。当年庄子悼妻，鼓盆而歌，为妻子安寝于天地之间而乐，你我做不成那样的至人，只能闻琴而泣，以尽哀思罢了！"

向秀听了也不拭泪，对嵇康笑道："你说得好！自从她去了之后，我虽悲痛至极，却一声也哭不出来。今日听了你的琴声，终令我将心中的悲苦都纾解出来了。愿她能如活着一般，成为世间芬芳的芊芊之草。叔夜，谢谢你……"

"何必言谢，若不是你在此，我这琴又能弹与谁听？今日听君一席话，更叫我懂得怜惜眼前人，令我受益匪浅。"

向秀借着泪眼，朝眼前之人看去，只见他静坐月下，面色皎洁，目似星辰，神色泰然，宛若仙人，不由得心中又敬又赞，能在此时遇见这样一个人，真可算此生一件幸事。日后虽无芊芊相伴，但有如此良友在侧，也不会太过孤单。

这一夜，嵇康与向秀在柳园中促膝长谈，抚琴吹笛，直至东方发白。第二日，两人携手来到杂货铺，置办了一些打铁所用的风箱、铁钳等物，在嵇府的柳园之中架起火炉。嵇康拿着铁锤敲打锻造，向秀则在一旁拉风箱，二人赤裸着上身，挥汗如雨，抛开俗事，痛快淋漓。

如此过了几日，嵇康见向秀的悲恸之情也缓解了一些，便准备动身去洛阳看望曹玟。谁知还未出门便收到吕安的来信，说思念太甚，千里命驾，不日就要到达山阳与他小聚。嵇康见信，只好将曹玟之事暂且作罢，打算等吕安到了以后，再安排时间去洛阳。

却说曹玟自那日与沛王从宫中宴饮归家，一连几日都没收到嵇康的消息，命红莜到毌丘俭府上一打听，才知道他家中有事，已经火速归家，随后将会移居山阳。曹玟不知钟会暗中毁信之事，以为嵇康不辞而别，心中有些不悦。但想到嵇康与她已经定情，回家之后定会寄来书信，便安下心等了两月有余，仍是毫无音讯，心中不免忧虑起来。一是担心嵇康家中之事是否不妥，二则是疑虑家中已为他定亲，他不敢抗命。曹玟想至此处，心中惴惴不安，又等了半月因思虑过度，日渐消瘦下来。

这日，她与红莜正在屋中懒懒散散地写字，却见钟会走了进来。三月不见，钟会也憔悴了不少，他静静地立在门边望了曹玟好一会儿，见她看向自己，便展颜一笑："玟儿，许久不见。"

曹玟对他略笑了笑，唤了声"士季哥哥"。

钟会见她双颊消瘦，美目无光，便关切道："你瘦了许多，可是病了？"

曹玟摇了摇头，柔声道："你也憔悴了不少。平日里不要只顾读书，也要注意自己的身子。"

曹玟本是诚心相劝，可这话听在钟会耳中却无比甜蜜，心里真比喝了蜜还甜。他双目一闪，唇角浮起笑意："我知道。"说着从怀中掏出一支金簪，做工精致，华美无比。他将金簪递给曹玟："玟儿，再过几日便是你的生辰，这支金簪是我专门命人为你所制，看看喜欢吗？"

曹玟并未伸手去接。她一向不爱金银之物，也不喜奢华艳丽的饰品，唯一喜爱的便是玉器，所以当日嵇康以玉佩回赠，正合了她的心意。而今日钟会所赠的金簪，虽然奢华但却并非其所爱，况且她已与嵇康定情，便不想再与他人有任何瓜葛，更不能随意接受其他男子所赠之物。曹玟伸出玉手将金簪推回："多谢士季哥哥一番心意，不过我尚未及笄，也用不上此物。"

钟会见她话虽婉转，但心意却坚决，方才燃起的一丝希望随即烟消云散，冷冷地说道："怎么，你还在想着他？"

曹玟也不避讳："是。"说着解下腰间的一对玉佩，用玉手抚上，脸上浮现出一片温婉柔情。

钟会知道这玉佩是嵇康赠予曹玟的定情之物，暗中咬紧牙，美目微眯，缓缓道："你还不知吗？叔夜已快至弱冠，他家中前些日子为他定了一门亲事。听说那女子与他青梅竹马，颇有才情，是个绝色佳人。"

曹玟一惊，手中的一对玉佩滑落在地，两块玉磕碰在一起，"啪"地一声，皆碎掉了一块。她闻声低头看去，只见自己的那块玉佩本已破损，此时碎得更甚。而嵇康那块原本完美无瑕，此刻也与自己的玉佩一般，破损了一块。

曹玟心中本就有所疑虑，如今听钟会言之凿凿，便信了六七分。此刻又见这一对玉佩落地而破，心中更涌上一阵不祥之感，盯着玉佩痴痴地落下泪来。

钟会见玉佩破碎，曹玟神情悲凄，心中暗暗得意，看来她对自己所编造之事已信了几分。他不露声色，蹲下身来将一对玉佩拾起，偷偷拿了一块藏在手里，将另一块放到曹玟手中："我以为，你已知晓此事……玟儿，你与叔夜终究只有几面之缘，怎比得过他与那青梅竹马朝朝暮暮，日久情深？"他见曹玟仍是垂泪不语，便抚着她的双手，柔声道："你我自小相识，在我心中从来便只有你一人。这世间，恐怕再无谁能如我这般在意你。"

曹玟接过玉佩，紧紧攥在手中，渐渐止住眼泪："你先回去吧，我有些累了。"说着站起身来，背对着钟会而立。钟会见她如此也不生气，暗自冷笑一声，拂袖而去。

待钟会走了，红莜走上前来扶住曹玟，见她脸色发白，浑身轻颤，便觉十分不妥。再摸她的玉手，只觉冰凉彻骨，还未来得及询问，曹玟便双目一闭，倒在红莜怀里。她这一病，足足在床上养了三个月才渐渐好转。沛王曹林见女儿如此，以为她是因为钟会，便暗自盘算等女儿及笄，就给她与钟会定下婚事，免得夜长梦多，再闹出什么灾病来。他却不知，自己的女儿心中另有打算。

这日，山阳的乡道上行走着一位紫衣少妇，她右手拎着一坛子酒，左手时而用一块丝帕轻轻拭汗，显是被渐渐回暖的天气弄得有些燥热。她兀自走着，忽听身后传来一个女子的声音："这位嫂嫂，请等一等！"

她回身一看，见一个粉衣少女从旁边的林中朝她走来。"姑娘，是唤我吗？"紫衣少妇含笑而问。粉衣少女点点头："嫂嫂，你可知这附近是否有个嵇府？"

"有啊，我便是要去那里，你要找什么人啊？"

粉衣少女见她知道，欢喜道："太好啦，你快带我去……"她还未说完，身后走来一位白衣少女，面遮轻纱，伸手扯了她一下，朝她摇摇头。原来，这二人便是曹玟与红莜。

曹玟对红莜使完眼色，又朝那紫衣少妇脸上看去，见她粉面桃腮，杏眼薄唇，十分娇俏妍丽。再往头上看去，见她乌发已挽起，漆黑蓬松，透露着一股动人的风姿，想是一位刚刚出嫁的少妇。也就是因为如此，方才红莜才唤她作"嫂嫂"。曹玟身为王爷之女，在洛阳见过不少美貌女子，却皆没有眼前这位明艳夺目、风情万种。她轻启朱唇道："这位嫂嫂，不知你是去嵇府探望何人？"

那紫衣少妇边用丝帕扇着风，边笑道："我不是探望人，是住在那里。"

曹玟听了此言，心里登时一凉，眼光扫到少妇的丝帕上，见那上面像是绣着字，便不露声色道："你这帕子绣得甚美，可否让我看看？"

紫衣少妇见她夸奖丝帕好看，也不多想便将它递给曹玟。

曹玟接过丝帕，轻轻展开，只见上面用紫色丝线绣着一首诗：

鸳鸯于飞，肃肃其羽。朝游高原，夕宿兰渚。

邕邕和鸣，顾眄俦侣。俛仰慷慨，优游客与。

她看到这首诗，双手禁不住颤抖起来，此诗与嵇康写给她的那首，无论行文还是韵脚，比兴还是寓意，皆是如出一辙，相互契合。

看来，钟会所言并非诳语。嵇康家中确实另有情人，且已成婚，眼前的这位美貌少妇便是他的妻子。曹玟原本不愿相信，只道是钟会故意扯谎，又或者嵇康家中确为他定亲，但他定会恪守诺言，抗命不娶。于是她病一刚好，便强撑着身体，借说与其他公侯之女一同郊游，和红莜偷偷跑到山阳来找嵇康。谁知，刚刚到达山阳，便让她遇见了这紫衣少妇，将嵇康之事弄了个"一清二楚"。

曹玟强自镇定，将丝帕塞到紫衣少妇手中，本想转身就走，终还是幽幽地说了一句："你，你好好待他。"说完扯起红莜的手头也不回地走了。

紫衣少妇见她这般举动，十分不解，本想问上一两句，却见她二人转身就走。她本不是多事之人，便拎着酒坛回到嵇府，见吕安正与向秀坐在柳园中说话，笑道："夫君，你们的酒来了。"

吕安见她进门起身迎上前来，接过她手中的酒坛，柔声道："妍儿，我不是命下人去买了吗，你怎么自己去了？路上那么远，累坏了怎么办？"说着从她手中拿过丝帕，仔细帮她擦着额头的香汗。

紫妍从他手中拿过丝帕，轻声嗔道："子期尚在这里，你莫要如此。"忽又想起途中所遇，"方才我在路上遇见两个少女，她们问了我半天嵇府如何走，又要了我的手帕来看。最奇的是，临走时还要我好好待他，你说奇不奇怪？"

吕安听了也摸不着头脑，却听向秀道："仲悌，你有所不知，自从叔夜搬到此地以后，常常在这里抚琴锻铁。许多年轻女子听闻他俊美潇洒，便不时有人到此游逛，想借机一见。我猜，方才那两位又是慕名而来！"说着哈哈大笑起来。

吕安也笑道："原来如此，叔夜确实有这份魅力。"又对紫妍道，"你也莫说与他听，免得他被臊个大红脸。他的心里除了那位亭主，容不下别人。"

紫妍莞尔一笑："我知道了，叔夜几时回来？"

"他出去置办些东西，晚上便回。你与我出来已时日不短，还是早早回家去吧。我在此地安顿好便回去陪你。"原来，此次吕安前来不仅仅为与嵇康小聚，还打算在山阳嵇府旁盖一座房屋，以便日后能常常与嵇康、向秀聚在一起。

嵇康与吕安、向秀在山阳同住，本欲帮吕安安顿好了就去洛阳，却收到一封钟会的来信。他只道钟会终于放下心结，肯与自己通信，便欢喜地展开信，谁知一读之下，登时俊颜失色，信纸也滑落在脚边。

向秀与吕安从外面回来，见他如此便拾起信，只见上面龙飞凤舞地写着几行字：

> 叔夜启：
> 沛王与家兄前日为我定下婚事，明年长乐亭主及笄后便为我二人成亲。特书信告知，恭请叔夜、仲悌到时前来观礼。
>
> 钟会亲笔

十三、力辩阮嗣宗，泣还绿绮琴

向秀与吕安看完此信，都觉得难以置信。向秀道："叔夜，我虽不识那亭主，但是听你所讲，觉得她并非水性杨花的女子。会不会，是这钟会写信诳骗你，好叫你死心？"

"我与士季相识已久，他一向行事仗义，想必不会如此。"吕安反倒觉得钟会不是那种暗使手段的小人。

两人说完看向嵇康，只见他呆立着，好似没有听进他们的话。吕安上前推了推他，他还是一言不发，如失了魂似的兀自走回房中，将门紧紧关闭。如此三日下来，他皆是如此。吕安与向秀来和他说话，他也不答，只是茶不思、饭不想，如游魂一般。

第四日，又有一封信寄来。吕安与向秀也不敢隐瞒，赶紧拿去交给嵇康。嵇康看了一眼上面的字，乃是几行娟秀的小楷。他一把撕开信笺，战战兢兢地展开信纸，看了两眼之后忽得大笑几声，仰天悲叹："亭主，你为何如此欺我……"又见信中掉出一物，正是自己送给曹玫的那块玉佩，此时已经破损不堪，哪里还有往日的光华。他盯着落在地上的玉佩，脸色煞白，手抚胸口，"噗"地一声吐出一口血来。

"叔夜！"吕安与向秀大惊，赶忙将他扶到榻上，请大夫来诊断。大夫说不过是思虑过度，积郁成疾，开了疏导散结的药方便走了。嵇康这一病也拖了两月才好。直闹得孙氏与嵇喜忧心忡忡，问吕安与向秀为何。他二人也不知妥不妥当，便没有将亭主之事相告，只说是读书作文太过用功所致。

直到天气渐渐开始入夏，嵇康才终于下得床来。吕安见他已无碍，自己在嵇府旁的屋子也已盖好，心里牵挂着紫妍，便告辞归家了。

向秀仍是常来看望嵇康。这日他一进柳园，便见嵇康席地而坐，盯着绿绮又发起呆来，心中立时火冒三丈，上前一把扯起他，吼道："你闹够了没有！这些日子我一直忍着，今日定要好好教训教训你！大丈夫何患无妻，你若觉得自己悲苦，便与我比比！"说着强拉着嵇康，朝街上的黄公酒垆走去。

来到酒垆，向秀将嵇康丢到桌前，喊道："樱娘，给我拿几坛烈酒来！"说着又揪起嵇康衣领，瞪着一双秀目，咬牙道："那日你不是要与我比酒吗？今天我就奉陪到底！"说着抱起酒坛倒了两大碗，拿起一碗递到嵇康面前："怎样，不敢比吗？"

嵇康盯着他的双眼，忽得高声道："怎么不敢比，今日看谁从这里爬着出去！"说着接过向秀递来的酒，一连饮了三碗，又觉得甚是麻烦，直接抱起酒坛豪饮起来。

向秀见他如此，方消了些火气，也抱起酒坛与他对饮。两人都喝了两大坛后，彼此对望一眼，皆忍不住仰头大笑起来。

> 西方有佳人，皎若白日光。
> 被服纤罗衣，左右佩双璜。
> 修容耀姿美，顺风振微芳。
> 悦怿未交接，晤言用感伤。

嵇康、向秀听人吟出如此佳句，皆转过头朝那人看去。只见一人身着黑衣，发髻高挽，木簪斜插，边吟边走进酒垆。他在嵇康二人前面的桌前坐下，将手中的马鞭塞在腰间，吆喝道："樱娘，拿酒来！"

向秀一见此人，大喜道："叔夜，就是他！"

"哦？他就是你说的那位奇人？"

"正是！"向秀边说边走到那人身旁，深深一揖："先生，可还记得在下？"

那人瞟了向秀一眼，没有答话，而是向酒垆内室瞟去，见樱娘抱着酒坛朝他走来，便哈哈笑了两声："樱娘，我又来找你讨酒吃了！"

这樱娘虽然已年过三十，仍然颇有风韵，乌发斜挽，白衣朱裙，听那人说话便笑道："你的酒来了，今日打算喝到几时？"

那人接过酒坛，饮了两口："今日无俗事缠身，定要喝他个一醉方休！"

樱娘摇了摇头："前些日子来，你说'尽日被俗世所误，饮不醉定然不归'，今天又如此说，我看你就是馋酒，哪来那么多理论！"

那人更乐："还是你知我。"说完便自顾自地饮起酒来，将立在一旁的向秀晾在那里不闻不问。

嵇康见他举止疏狂，待人轻慢，但说话又颇为随意洒脱，不知为何要怠慢向秀，加之早已在坊间听闻他的种种轶事，便在一边饶有兴味地观察起来。那人三十四五岁年纪，眉目疏朗，形貌瑰奇，长眉入鬓，几缕短髯，神态举止皆狂放不拘，确是个不凡之人。

向秀见他不理自己，便朝嵇康投去无奈的目光，撇了撇嘴角。嵇康一笑，拿着酒碗坐到那人对面，将他桌上的酒给自己倒了一碗，朝他略微一敬便自己喝起来。那人见他如此，反而大悦，哈哈一笑，与嵇康一人一碗，对饮起来。向秀也将酒碗和酒坛拿来，与他二人一起不分彼此地喝起来。等他三人将面前的酒全都喝干了，皆已半醒半醉。

嵇康醉眼瞟去，见那人腰间塞着一根马鞭，一把抽出道："先生，可否借你的马车一用？"那人眨眨醉眼，手朝外一指："就在门外，你要用也无妨，但需得带上我。"

嵇康哈哈一笑，将酒钱扔在桌上，上前携起那人与向秀一起朝门外的马车走去。二人要将那人扶上马车，谁知他却一甩袖，夺过马鞭道："这是我的马车，当然由我来驾！"说着往赶车的位置上一坐，见嵇康二人还在沉吟，举起马鞭道："你们到底上不上来？不上来，我可走了！"

嵇康赶紧携着向秀坐上马车。说是马车，可后面根本没有什么像样的车厢，只有一块空荡荡木头车板。那人见他们上来，马鞭疾落，黑色骏马登时前蹄立起，长嘶一声，急蹿出去。

马车载着三人一路狂奔，幸而此时已近夜晚，山阳街道上也没什么行人，否则非被惊到不可。嵇康与向秀没想到此人驾车竟如此肆意，一开始还有些不适应，在车上东摇西摆，只能用手紧紧抓住车板。过了一会儿，二人渐渐缓过劲来。

嵇康慢慢坐直身子，随着马车的颠簸节奏控制平衡，朗声道："夫列子御风而行，泠然善也！乘天地之正，御六气之辩，以游无穷哉！"说罢张开长臂，闭上双眼，抛开一切杂念，感受扑面而来的浩浩清风，将许久以来积压在心头的忧思愁虑皆一股脑儿地释放出来，大声吟道：

> 微风轻扇，云气四除。皎皎朗月，丽于高隅。
> 兴命公子，携手同车。龙骥翼翼，扬镳踟蹰！

驾车那人听罢高声而赞："好诗，好才情！我也与你对上几句：

> 飞驷龙腾，哀鸣外顾。揽辔按策，进退有度。
>
> 乐往哀来，怅然心悟。念彼恭人，眷眷怀顾！

"好个'乐往哀来，怅然心悟'，人生在世，欢笑有时，悲哀亦有时。先生驾车真乃神举，不但醒酒还能医心，嵇康拜服！"

"哈哈哈，今日与你们相遇便是缘分，莫要再叫我什么'先生、后生'，我乃阮籍，字嗣宗，唤我嗣宗便可！"

"你就是阮嗣宗？你的《乐论》我已拜读，早想找你辩论一番！我乃嵇康，字叔夜，他是我的好友向秀，字子期。"

"好，我最喜与人辩论，今日倒要看看你如何驳我！说，到哪里去辩？"

"前方山坡上便是我家，就到我的柳园中畅谈一番如何？"

"好！"阮籍与嵇康、向秀三人驾车来到嵇府柳园，将马车拴在一旁，在柳园中盘膝而坐。嵇康让岳山沏上清茶，三人就这般坐在朗朗明月之下，幕天席地，携风伴柳，侃侃而谈。

"你说要驳我的《乐论》，不如我们先来打个赌。"阮籍呷了口清茶，悠然道。

"好，你想赌什么？"

阮籍扫视四周，院中除了柳树与自己的马车之外，别无他物。他笑了一声："若你输了，便砍光这院中的柳树，一株不剩。怎么样，还敢赌吗？"

"几株柳树何足挂齿？若你输了呢？"

"若我输了，便将这驾马车送与你，如何？"阮籍不以为意。

"好，我们一言为定！子期，你可要做个见证。"嵇康胸有成竹。

向秀在一旁乐道："乐意之至，你们赶紧辩吧，我都等不及了！"

嵇康首先发话道："嗣宗，你说礼乐有教化人心的作用，请问如何教化？"

阮籍悠然道："这有什么疑问，自古以来，圣人皆劝导国君推行礼乐。高雅的音乐能陶冶人的情操，使人明辨善恶，听多了自然会一心向善；而低俗的淫声却会让人变得粗俗不堪，致使民风不纯，多出恶人。"说完拿起茶盏笑对嵇康。

"何为高雅之乐，何为低俗之曲？"嵇康追问。

"庙堂所奏皆为高雅之乐，民间所唱则为低俗之曲。"阮籍觉得毫无难度。

"那么，庙堂之乐从何而来，民间之曲又由何而生呢？"

"这就更不用说了，无论何种音乐，何人所作，皆是从宫、商、角、徵、羽五音而来。这些道理难道还需我来教你？"阮籍捋了捋短髯。

"那这宫、商、角、徵、羽五音，可有雅俗之分，高下之别？"

"这……"阮籍一时语塞。

嵇康坐直身子，接着道："五音源于自然，就像五色与五味一样，皆是天然而成。青黄赤白黑，酸甜苦辣咸，你能说出哪个是高雅的，哪个又是低俗的？庄子齐万物，五音、五色、五味皆生来平等，何来雅俗之分！"

阮籍听他此时头头是道，句句发难，便知方才不过是诱敌深入，欲擒故纵，不由得对他刮目相看，正襟危坐道："五音虽无高下之分，但是组合而成的音乐却有所不同。高雅之乐令人心旷神怡，怡情养志；低俗之曲令人神志杂乱，心生恶念。"

"哦？照这么说，你牵一头牛来，这个月给它听高雅的音乐，下个月给它听低俗的曲子，它的举止行为一定会有所不同喽？"嵇康笑问。

阮籍一瞪眼："牛本无心，岂能对牛弹琴？"

"这么说，嗣宗是认为，音乐需要通过人心才能起作用喽？"

"那是自然。"

"那么，究竟是音乐不同，还是人心不同呢？音乐和人心，本为二物。音乐只有打动人心才能激发出情绪。同一首曲子，欢喜之人听出愉悦，悲哀之人听出忧伤，心存善念之人听出慈悲之意，腹内藏奸之人听出狡诈之思。人的内心，只有在清明的统治下才能达到平和欢乐，所谓的'移风易俗'不过是清明统治的产物罢了。正所谓，善恶自在人心，音乐本无罪也！"

阮籍倒吸一口冷气，思索了片刻又道："既然你说音乐无教化人心之作用，那么为何北方之乐粗狂，百姓也豪爽奔放；南方之曲婉转，人民也内敛含蓄。难道不是因为不同的音乐，造就了不同的民风民俗吗？"

"这就更不对了。北方人爱喝烈酒，南方人喜饮淡酒，难道是不同的酒造就了他们不同的性情？这简直是本末倒置。北方人豪爽的性情造就了他们喝烈酒、唱高歌的民风；而南方人含蓄的性格则导致了他们饮淡酒、听婉乐的民俗。所以说，不是音乐教化人心，而是人心寄情于音乐也！"

阮籍转换角度道："孔子曰'《韶》乐雅，郑声淫'，音乐若无高雅、低俗之分，此话又该如何理解？难道圣人之语也有错吗？"

嵇康闻此发难，丝毫不慌："我倒认为郑声是音乐之至妙。正因为如此，它对人的感染才像美色对人的诱惑一般，令人沉溺其中难以自拔。古代先贤正是由于认识到了这一点，害怕天下人放纵享乐不能自制，所以才制定了雅乐，用来引导和规范人们的心智。岂不知，这样做乃是因噎废食。如果君主无德，国家无法，人民也会变得荒淫无度，风俗习气自然会因此而改变。只要统治清明，人心向善，不闻雅乐而知礼，赏听郑声而不淫，到那时雅乐与郑声还有区别吗？"

阮籍听至此处，不由得站起身来到院中踱了几步，又道："依你之见，音乐无高低，善恶在人心。那人们又为何要造出不同的乐器，谱出不同的曲子？琴瑟能令人心静体闲，而琵琶却让人浮躁激越，这又如何解释？"

嵇康长眉一挑："我就知道你会有如此一问。音乐虽无雅俗、高下之分，但是不同的乐器却各有特质。琴瑟、琵琶、铃铎，发声特点有别，演奏方式各异，节奏音色也不同，用它们所奏出的曲子自然各有韵律。不同的乐器和曲子，对应着人们不同的追求和情感。人们正是出于不同的喜好，才去追究不同的音乐感受。这恰恰是音乐由人心生发的佐证。人心喜好各有不同，声音乐器各有千秋，所以天下之乐才会各领风骚，百家争鸣！"

阮籍听完，细细品味了一番，顿觉妙不可言，上前一把抓住嵇康的手，啧啧赞道："哎呀叔夜，你方才一番论辩令我耳目一新，真是鞭辟入里，精妙绝伦。我今日没能难住你是愿赌服输。子期作证，我那马车此刻便是你的了！"

嵇康见他对自己赞不绝口，又要将马车相赠，连忙拱手还礼："嗣宗过誉了。我方才所言不过偶然所得，并非什么至理名言。学术之辩，见仁见智，本无高下对错之分，又何来输赢呢？况且，我一向只会骑马，驾车之事恐怕还要劳烦嗣宗你了。若要我驾车，恐怕性命难保啊！"

阮籍也大笑道："好，好，叔夜，你真是年少奇才，后生可畏！"

嵇康饮了口茶："我与子期早就听闻你的轶事，但不知那醉倒在黄公酒垆之人，竟是大名鼎鼎的阮嗣宗。听那樱娘口气，你前些日子被俗事所缠，是怎么一回事？"

阮籍摆摆手，叹了口气："世人皆道我去黄公酒垆，是贪那樱娘的美色，只图醉倒温柔乡，他们岂知我心中的苦闷。"

这阮籍乃陈留人士，是建安七子之一阮瑀的儿子。阮瑀曾受教于蔡邕，被他称为"奇才"，文章精妙闻名于世。曹操听闻阮瑀大名，多次召他做官，他却逃进深山。曹操爱才如命，不惜放火烧山才将阮瑀逼了出来。阮瑀勉强应召，却屡屡辞官。曹操觉得他心高气傲，想杀杀他的锐气，便在一次大宴宾客时，将阮瑀安排在奏乐者的队伍中。谁知阮瑀精通音律，才华横溢，当场抚弦而歌出口成章。曹操大喜，封他为司空军谋祭酒官。曹操军中的公文檄文多出自阮瑀之手。

阮瑀不仅深受曹操喜爱器重，与曹丕也是好友。阮瑀去世时，曹丕亲自前去哀悼，见到阮瑀的遗孀孤子，亲手作《寡妇赋》赐予阮瑀之妻，赞扬她的美德。可见阮家与曹家有着颇深的渊源。

阮籍颇有乃父之风。他少年研习儒学，诗文绝丽，文章壮美，深怀济世之心。可待到他想一展抱负之时，曹魏的天下已成为曹氏与司马氏相互倾轧的政治战场。面对瞬息万变、翻云覆雨的政局，阮籍一颗兼济天下之心渐渐隐匿，改习老庄之道，只求安身立命、独善其身。

年初，太尉蒋济点名征召阮籍到太尉府任要职。阮籍不想入仕，便索性整日在黄公酒垆喝得烂醉，然后亲自写了篇《奏记诣蒋公》送上，给蒋济灌了一通迷魂汤，其实是说自己并不想做官。可蒋济仍不死心，以为阮籍待价而沽，想要更大的排场，便派人准备了华丽的车仗去迎接他，但此时阮籍早已不知去向。

"怪不得我一连几日在黄公酒垆等你，皆不见人影。"向秀道。

"蒋济征召，为何不仕？"嵇康问道。

"如今朝中曹爽与司马懿斗法，两派已成分立之势。曹爽任用何晏、丁谧等人，随意更改法度，朝政混乱不堪。这蒋济曾是曹操心腹，历经曹氏三代，原以为定能力保曹家。谁知如今他也看不惯曹爽所为，竟渐渐开始倒向司马懿。若我此时到他的太尉府任职，岂不是把自己推向风口浪尖？"阮籍长叹一口气。

嵇康也不免忧心忡忡："没想到，曹爽竟如此难堪重任。那丁谧我曾交过手，是个不折不扣的奸佞小人。如今有他在曹爽身边煽风点火，何愁天下不乱？"

阮籍摆摆手："算了，今日不说这些烦心事。"又对向秀道："那日在灵堂见你神色颓唐，了无生趣。此时看来简直判若两人，是谁帮你开解了？"

向秀看看嵇康："这可要多亏叔夜了，他的一曲琴声令我得以一扫悲痛。"

嵇康听他如此说，想想自己这两个月来，因为曹玹之事大病一场，弄得人不人鬼不鬼，不觉汗颜："子期莫要笑我了，这两个月来多亏你和阿都照顾。今日又是你的当头棒喝，才使我终于走出困顿。"

阮籍看着眼前的两个年轻人，捋髯而笑："人生谁无困顿之时？何况你二人正是年少风流、初尝情爱的年纪。生而为人，孰能无情？能为情所苦，何尝不是一件幸事。弱水三千，繁华无数，能有人让你为之牵绊、为之垂泪，总胜过一颗心空空荡荡枉度此生。只有尝过爱恨喜悲，才能终究了悟大道。"

嵇康与向秀听着阮籍之言，彼此对望一眼，眉梢眼角的愁意又岂能轻易挥去？他们都知道，自己此时尚不能达到阮籍所说的历尽红尘、了悟大道之境，只能在夜深人静之时独自舔舐伤口，待到红日高悬时打开大门，笑对人生。

这晚之后，嵇康与阮籍结成至交。后来，他将有关音乐的思考，用生花之笔撰写成文，成就了名动天下的《声无哀乐论》。

却说沛王府上，这日收到一件寄给曹玟之物。曹玟刚用过午膳，回到书房便看见桌上摆着一架琴。琴有七弦，通体漆黑，微微泛着些许绿光，上有"桐梓合精"四字，还有一首曹玟亲笔所作之诗。

曹玟看见此琴，缓步走上前去，轻轻拿起抱在怀中。一张薄如蝉翼的信纸飘至眼前，随着清风轻轻铺展开来，一行潇洒俊逸的草书映入眼帘："亭主淑安，闻卿已与士季定下秦晋之好，特将绿绮归还。嵇康遥祝贤伉俪携手同心，琴瑟和鸣，恩爱百年。"

她还未来得及将信拿在手中，那薄纸便随着清风飘出窗外，渐行渐远。立在窗前，她脑中那个俊美潇洒的容颜开始变得模糊起来，一切都似一场从未发生过的蝴蝶梦，随着年华飞逝。

紧了紧怀中的绿绮，她觉得这是十几年来所度过的最冷的一个夏天。伸手抚上眼角，蓦地发现，自己已然流不出泪来。

十四、幸会山巨源，邂逅旧相知

公元244年，魏齐王正始五年，大将军曹爽攻蜀。太傅司马懿极力劝阻，然而曹爽立功心切，一意孤行，亲率十万大军出征，并命征西将军夏侯玄自骆口入汉中。终因不审时度势，不善用兵，大败而归。

这一年，嵇康已二十二岁。自他过了弱冠之年，孙氏与嵇喜就多次为他提亲，也劝他多去结交有权势之人，谁知他皆不理会。前一年，向秀在嵇府附近搭了一座茅屋住下。吕安也经常到嵇府旁边的宅子小住。三人一起种地灌园、锻铁换钱、饮酒赋诗，过得逍遥自在。

一日，嵇康收到一封请帖。新上任的河内主簿山涛听说嵇康之名，邀请他到府上畅谈。山涛乃河内人士，自小孤苦，家中贫困，但是他志向远大，饱读诗书，颇有气量，隐居乡里多年。一直到今年，四十岁的他才正式步入仕途。

山涛为人豪爽大气，喜欢结交青年才俊。如今就任河内主簿，他便在家中摆下酒宴，请周围的青年才俊到府上畅谈。当然，他最想一见的便是嵇康。

嵇康也早就听闻山涛之名，接到请帖便欣然前往。他到达山府时已是傍晚，山府简单朴素，一看便知主人乃高洁之人。还未入府，嵇康便看见一个熟悉的身影，红衣翩翩，姿态风流，不是钟会又是谁？

嵇康站定脚步，望着钟会进入山府，一时有些出神。自上次与钟会一别，已近三载。钟会给他写信报喜以后，他曾回信恭贺，自那以后两人便再没了联系。此时钟会已至弱冠，想必早已与曹玫成婚，说不定连子嗣都有了，锦瑟和弦，儿女绕膝。想至此处，嵇康觉得自己早已麻木的心忽又疼了起来。他长叹一口气，纵然百般不愿，但还是要面对。毕竟钟会仍是自己的好友，岂能当作路人？

嵇康进入山府，只见宾客满堂。正坐上端坐一位男子，四十岁年纪，身着蓝衣，峨冠博带，面容端肃，几缕长髯，气度不凡，此人正是山涛。嵇康拱手拜道："在下嵇康，拜见主簿大人。"

山涛见是嵇康，立刻起身相迎："嵇叔夜，我早想见你一见，来来来，快快入座！"说着上前携起嵇康的手，将他请进坐席。

山涛端详了嵇康片刻，捋髯笑道："都说谯郡嵇康不但少有奇才，而且相貌出众，风姿特秀，今日一见果然名不虚传。"

嵇康一笑："大人谬赞，愧不敢当。"

山涛见宾客已来得差不多，便举杯道："涛初任河内主簿，今日请诸位前来，只想结交各位青年才俊，畅抒胸臆。涛一生清贫，薄酒小菜，招待不周，望诸位多多包涵。"

宾客皆举杯敬山涛。嵇康饮完一杯，回过头来，见对面一人朝他望来，正是钟会。嵇康扯起笑颜："士季，许久不见。"

钟会似乎没想到嵇康会主动与他说话，愣了一愣，随即一笑："叔夜，别来无恙。"说完便低下头饮了一口酒，神情显得有些不自然。

嵇康还想问话，却听山涛道："怎么，你们认识？"

"我与士季年少相识，他曾仗义相助，对我一直照顾有加。"嵇康道。

山涛笑道："少年之交最是可贵，你二人缘分不浅啊！"

钟会好似没听见山涛之言，也不答话，兀自坐在那里饮酒。嵇康看着他，隐隐皱起眉。众人正在沉吟间，忽听门外几声大笑，一个英朗的青年走了进来。

"德如，有何乐事，不妨说与我等听听？"山涛问道。

这大笑的青年乃阮侃，字德如，陈留人士，学识广博，精通医术。他在席间坐下，又大笑数声方道："方才我在厕中遇见一物，一丈多高，浑身漆黑，目似铜铃，身上穿着件白色单衣，还戴了块头巾。虽然离我有一尺多远，夜色深沉，但仍叫我看了个清清楚楚。"

众人听了此言，皆问道："那是何物？"

"乃一鬼也！"

"鬼？！"众人皆大惊。

嵇康觉得甚为有趣："既是鬼，足下何以全身而退？"

"哈哈哈，我见此鬼生得丑陋不堪，便道：'都说鬼面目可憎，今日一见果真如此！'你们猜，那鬼听罢如何？"

"如何？"众人皆问。

"那鬼听我如此一说，立时羞得黑脸通红，掩面而逃，哈哈哈哈！"

众人也都哈哈大笑起来。

"主簿大人德行昭彰，正气凛然，家中岂会有鬼？我看，定是德如饮醉了酒，编来与我等说笑。"一位宾客道。

"正是，德如莫要妄言。主簿大人如今新上任，正是春风得意，一展抱负之时，宅中必定萦绕一团祥和之气，鬼怪岂敢前来侵扰？"另一灰衣青年道。

山涛饮了一口酒，笑道："无妨，德如方才之言，定是又有了新的见解，我正想听上一听。"

阮侃听罢点头道："还是主簿大人知我。自古以来，人们皆道家宅风水与寿夭祸福密不可分，我却不这么认为。你们难道没有听过'宅无吉凶'之说？"

嵇康在一旁半晌没出声，此时听阮侃提出"宅无吉凶"之论，立刻来了兴趣："我倒想听听何为'宅无吉凶'，请足下赐教。"

阮侃道："世人将寿夭祸福寄托于家宅风水，乃是因为不知祸福的真正原因，才会妄图通过操控风水来改变命数。岂不知，人的命数乃是天定，从骨骼面相即可为一个人相命。既然命数早已天定，怎能靠改变外物来扭转呢？"

嵇康思索了片刻，俊眉一挑："依足下所言，命由天定。那么就是说，任何事物都无法改变一个人的命数。圣人云'积善之家，必有余庆'，积德行善可以带来好运，荫庇子孙，这一点足下是否赞同？"

阮侃闻之微微一愣，皱眉道："行善积德自然可以为家人子孙带来好运，这与我所说的'宅无吉凶'又有何关系？"

嵇康笑道："自然有关系！足下刚刚才说'命由天定'，不能靠外力扭转，此刻又承认积德行善可以改变命数，岂不是'以子之矛攻子之盾'，自相矛盾吗？"

"这……"阮侃一时无言以对。

嵇康接着道："既然积德行善可以改变命数，那么家宅风水的吉凶，自然也对人的命运有所影响。天地人皆有五行，五行相生则为吉，五行相克则为凶。人与宅只有符合五行之道，才能顺应自然、相生相助，反之则会互相折损，带来灾祸，足下以为对否？"

阮侃略作思索，又道："照此说来，家宅方位具有吉凶之属性，那么为何同一片丛林，对于猎人来说是他们捕猎的吉地，而对于禽兽来说，则是它们丧命的凶地呢？可见，家宅方位是固定的，并不因五行的变化而改变。凶吉只在于人和兽的区别罢了！"

"诶，差矣！家宅风水虽能影响人的命数，但却并非主宰命数的唯一之物，且会因对象的不同而产生不同的反应。风水、德行、天命，还有人自身的努力，诸多因缘结合起来，才能左右一个人的命数。所以说并非'宅无吉凶'，而是'宅命相扶'也！"

阮侃被嵇康一席话说得心服口服，朝嵇康举杯道："足下所言令我顿开茅塞，实在钦佩之至！"

"好，好个嵇叔夜！一番论辩独辟蹊径，由浅入深，出奇制胜，令涛大开眼界！"山涛一直听着他二人的论辩，此时禁不住高声而赞，"来来来，我们敬叔夜一杯！"说着举杯先饮了。

嵇康谦道："大人过誉了。"又对阮侃道："德如不必见外，你我朋友相称便是。"他将酒饮了，忽见钟会起身而立，朝山涛拱手道："在下忽感身体不适，先告辞了。"说着也不待山涛答话，便走出厅去。

嵇康见他神色黯淡，席间也一直意兴阑珊，担心他有什么事情，便追出厅去："士季留步！"

钟会顿了顿身形，又往前走去。嵇康见他此番举动，倒像是在刻意躲避自己，心中十分气恼，一个箭步来到钟会面前，阻住他的去路："士季，你我久别重逢，还未畅谈，怎么就要离去？"

钟会暗暗攥紧衣角，脸上却一笑："我确是身体不适，就先回去了。你与他们言谈正欢，还是快快归席吧。"

嵇康见他眼神闪烁、言语搪塞，便觉得有些不对，心道钟会终究是因为曹玹之事，与自己生出了嫌隙。他虽还未放下曹玹，但却不想因此再失去一个好友，心想既然钟会不好意思，不如自己先打破这个僵局，便道："你与亭主大婚之日，我未能前去，今日便当面赔罪了。不知你们婚后……"

钟会听到这里，微怒道："我与亭主之事，就不劳你挂心了！"

嵇康以为他误会了自己之意，急道："你莫要误会，我不过随便一问。"

"随便一问？亭主无论是否已嫁与我，她早晚都是我钟家的人，与你此生再无关系！"钟会说完此言暗暗一惊，他没想到自己一时激动，竟把实情说了出来，登时又急又怒，一张俊脸涨得通红。

"什么？她还未与你成婚？"嵇康吃惊道，"怎会，你不是说待她及笄之后，便马上成亲完礼吗？"

"她，她病了……所以，我俩至今尚未完婚。"钟会支支吾吾道。

"病了？什么病如此严重？她现下可好些了？"

钟会咽了咽干涩的喉咙："好了，年初便已好了，我们两家正张罗婚事呢。"说着又从怀中掏出一物，举到嵇康眼前："你看，这是亭主的玉佩。她曾将此玉佩摔破，我特意找能工巧匠将它用金镶好，是为'金镶玉'。如今她已将此物赠予我，乃定情之信物。"

嵇康盯着眼前的玉佩，玉质极好，通体碧绿，破损处已用金子镶好，做工精致，美轮美奂，确是曹玟曾挂于腰间的那块。方才他听钟会说还未与曹玟成婚，心头突然生出一丝希望，此刻又被眼前的事实瞬间击碎，不由得暗暗嘲笑自己的痴心。

钟会见他目光黯淡下去，知道他已信了，便道："叔夜，我先回去了，待我们成亲之日，定先叫人送信，后会有期！"说完快步离去，一闪身便没了踪影。

"叔夜，你怎么独自在此，让我好找。走，我给你引荐一个人。"山涛见嵇康许久不归，亲自来寻。见他正独自发愣，一把携起他的手来到厅中，见一黑衣男子正在与众人说笑。山涛道："嗣宗，我今日要给你引荐一人，此人你可不一定能够轻易驳倒！"

那人一见嵇康，立刻大笑，上前道："叔夜，巨源家的酒实在太淡，菜也无味，你竟也能吃得下去？"

嵇康笑道："嗣宗，你一向神龙见首不见尾，没想到今日能在这里相遇。"

山涛惊道："你们认识？"

"正是。巨源，叔夜的唇枪舌剑我早已领教，曾是他的'口下败将'！"

"主簿大人莫听嗣宗之言，他不过让我罢了。"嵇康赶忙谦道。

"诶，叔夜，莫再叫我主簿大人，听着如此生分，好像我是个泥胎雕像一般。今日我一见你，便觉得十分投契，你我日后以朋友相称便是。"

阮籍在一旁抚掌大笑："哎，巨源，叔夜刚刚二十出头，你与他称兄道弟，莫不是想要重焕青春？"

"庄子有云：'彭祖八千岁为春，八千岁为秋'，小年与大年不可相提并论，巨源尚不老矣！"嵇康说完朝山涛一拱手，"早闻巨源胸怀广阔，能载天地，今日观之，比传闻更为海量，康能与君相识，实乃一件幸事！"

山涛闻之大笑："好个八千岁为春，八千岁为秋！嗣宗，你向来最爱揶揄，如今有叔夜在，日后言谈可要多加仔细了，哈哈哈哈。"

"叔夜确是后生可畏。"阮籍说着朝厅内望了望，摇头道，"巨源，像你们这般正襟危坐，时间久了是腿也麻了，腰也酸了，头脑自然也昏昏沉沉，如何还能吟出佳句，得出妙论？不如等他们散去之后，我们三人到你家后院畅谈。这次我来，不喝光你窖里的酒，可是不打算走喽！"

山涛道："就知你会如此，我早已备下了好酒，只等月上中天，余人散去，我们三人便喝他个不醉不归！"

这夜众人散去之后，山涛与嵇康、阮籍在山府的后院中，清风相沐，明月相伴，美酒相陪，知己相对，人生乐事复何求，鸡鸣欲曙不须归。

却说钟会从山府出来，便一路快马加鞭向沛王府而去。他自方才见了嵇康之后，一颗心就七上八下，难以平静。到了沛王府，他也不管天色已晚，大步流星地便朝曹玟的闺房而来。

此时曹玟还未睡下，只是坐在院中的鱼池边，遥望着天上的明月。红莜静静地立在旁边，见钟会进来唤了声"四公子"便退至一边。曹玟却像并未听见，仍是呆呆地看着夜空。

钟会心中一恼，几步走到曹玟面前俯视着她，高大的身影挡住了月光。曹玟这才回过神来，淡淡道："士季哥哥。"眼神仍就空空洞洞，似无一物。

钟会从怀中取出玉佩，递到曹玟面前："我已着人将此玉佩镶好，你看喜不喜欢？"

曹玟接过玉佩，看也未看便系在了腰间。钟会蹲下身子，一边帮她整理玉佩下面的流苏，一边轻声道："自古皆道'金玉是良缘'，你自小得玉而我素来喜金，我们是天作之合。"

曹玟轻轻的"嗯"了一声。钟会听了此声微微一笑，将曹玟的双手执起，拉在唇边轻吻一下："玟儿，去年你与我定亲之日，曾说要我等你两年，现下已经过了将近一年。这段时日以来我待你如何？"

"你一向都待我很好，我岂会不知。"曹玟边说边不动声色地将手抽回，紧了紧自己的薄衫。

钟会将自己的披风解下，小心翼翼地为她披在身上，柔声道："那你可知，我日日思念你，整日牵肠挂肚，食不甘味，夜不安寝…… 玟儿，你既然已经答应嫁给我，又为何非要等足两年之期？"

"你今日何必又提起此事？"曹玟抬起眼，眸中如寒潭冰水，深不见底。

钟会被她的目光冻得通体发寒："你还是忘不了他？"

"忘与不忘，有什么分别。两年之期一到，我定然不会食言，你又何必急于一时？"

"怎会没有分别？ 我真不明白，你与他仅仅几面之缘，何至于此？ 论家世，论志向，我钟会哪一点比不过他？ 就算他比我才貌更佳，可我对你一片痴情，难道还比不过他的负心忘义？"钟会越说越激动，俊颜也变得扭曲起来。

曹玟听他此言虽然觉得字字锥心，但也并非虚言。她见钟会脸色铁青，神情激动，不忍再与他冷言相对，伸出玉手扯了扯他的衣袖，柔声道："士季哥哥，不管发生过什么，你这么多年来对我的心意，我一直铭记于心。无论如何，你都是与我相伴一生之人，我此生定会与你好好相守，你放心。"

自与曹玟相识以来，钟会从未听她对自己说过这样情意绵绵之语，两人定亲以后更是相敬如宾。如今听到此言，他一时间有些恍惚，如漂浮在云雾之中，不知是该喜还是该忧。他与曹玟在月下静静地对视着，月光如锦绣之缎，柔柔地洒在曹玟似真似幻的脸上，犹如梦中之人。钟会凝视着那一双美目，不敢片刻眨眼，只怕稍一转瞬，此情此景便会随着夜风飘散。

公元244年，魏正始五年，毌丘俭大败高句丽。他率领步骑万人，两度大败东川王。东川王率千余人逃窜。不久，曹魏攻陷高句丽都城丸都山城，东川王因藏匿民间，得以侥幸存活。公元245年，毌丘俭凯旋，天子下诏为他刻石纪功。

仲夏五月，蜩鸣啾啾。通往洛阳的乡道上，嵇康与岳山两人一前一后，按辔徐行。年初，嵇康听闻毌丘俭大败高句丽，将要凯旋，便决定前去洛阳探望。除了此事，还有一件事他不得不面对，那便是钟会与曹玟大婚将近。

四年未至洛阳，途中彩蝶飞舞，佳木成荫，处处充满着盎然生机。然而此番故地重游，一切美景看在伤心之人眼中，却只有物是人非，徒增凄凉。嵇康在心中默默吟颂：

习习谷风，吹我素琴。交交黄鸟，顾俦弄音。

感悟驰情，思我所钦。心之忧矣，永啸长吟。

几载光阴飞逝，他已不是曾经那个不识愁滋味的少年，也不再是那个为情所困的痴人。曾经刻骨铭心的感情，已渐渐被时光冲淡，深藏在心中一隅。

他骑着白马，缓缓而行，忽见一辆马车从前方驶来。素雅的帷帐，月白的纱帘，驾车的车夫旁边坐着一位粉衣女子，身段窈窕，姿态轻盈。嵇康的心蓦地抽紧，一扯缰绳立在当地。

那粉衣女子一见嵇康，立刻命车夫停住马车，朝车内低语了几句。片刻之后，车帘轻轻卷起，一位白衣女子探出车窗外。

十五、偶得遗世宝，险聚苏门山

"亭主……"嵇康一时恍惚起来，不敢相信自己的眼睛。

那马车上的女子看见嵇康也愣住了。两人隔着不远的距离默默相对，谁都不敢开口说话，谁都不敢再进一步，甚至不敢大声呼吸，好似面前的是一场镜花水月，一触即逝。

就这样不知过了多久，车上的女子终于放下车帘，马车缓缓向前驶来，又渐渐与嵇康擦肩而去。

"公子，你怎么不拦住她啊？"岳山眼见马车越走越远，终于忍不住道。他问了一句也不见答话，便朝嵇康看去。只见他双目无神，紧紧地扯着缰绳的手已快要勒出血来。

岳山赶忙上去将他的手掰开，急忙道："公子，你这又是何苦，想她便与她说几句，现在可好，人都走了。"

嵇康苦笑两声："说什么？说我恨她当初朝三暮四，悔弃与我的约定？说我对她还是念念不忘？说不要她嫁给士季？我与她早已无话可说。岳山，咱们继续赶路吧。"

岳山听他如此说，只好叹了口气，垂头丧气地跟在他身后继续前行。两人行了一段路，见前面几个人迎面走来，像是在赶路。

只听其中一个少年说："那苏门山上真的有高人吗？别让我们千里迢迢赶过去，却白跑一趟。"

年长的一人答道："听很多樵夫都说曾亲眼见过他，此人神通广大，医术高明。若我们能找到这位高人帮忙，你父亲的病就有救了。"其余的人听了都点头称是，继续往前赶路。

嵇康没将他们的话放在心上，继续走了一段路，见路边有个茶铺，便下马与岳山去休息一会儿。两人喝着茶，又听见几个村民在议论苏门山上的高人之事，说那高人曾医治好了许多村民的病，来无影去无踪，神秘莫测。又说那人整日披着一身草衣，从不与人说话，却能经常在山林中听见他的长啸之声。

嵇康心里一惊，心道他们说的此人，可能就是他多年前在邙山上遇见的那位老者。如果他真的隐居在苏门山，自己改日一定要前去寻访。想到这里，他凝神倾听，想从村民口中多听些那高人之事。

只听一人道："那苏门山山势陡峭，且多有虎狼出没，若不是高人，岂能在那里长住？"

另一人道："是啊，所以如今才有这么多人都赶去那里，想求那高人帮忙医治他们的家人。你听说了吗？ 就连洛阳的王公贵族也都信了，最近好像有位沛王病了，请遍了京城的名医皆无计可施，如今也在打听那位高人呢！"

嵇康听到"沛王"两字，更加提起神来。听那人说沛王病重，正在寻医问药，心中忽然闪过一丝不安，又想起方才曹玫的马车也是向着苏门山的方向而去，便推测出了七八分。他端着茶碗想了片刻，又记起方才那村民说，苏门山山势陡峭，多有虎狼出没，男子也便罢了，若是柔弱女子前去，岂不是 …… 想到此处，他忽得站起身对岳山道："走，上马！"说着便跃上马背，朝来时的方向而去。

岳山忙追上去，边追边喊："公子，错了！ 去洛阳不是这个方向！"

嵇康头也不回地道："不去洛阳了，先随我上苏门山！"

嵇康与岳山一路快马加鞭，逢人便问是否看见一辆马车，路人皆说未见。嵇康见天色越来越暗，心中也愈发惴惴不安。待来至苏门山脚下，已近黄昏。他一眼便看见前方一株柏树边拴着一辆马车，正是曹玫的，但车中却空无一人。只留那个瘦弱的车夫看车，问他曹玫的去向，他只是痴痴傻傻地说不清楚。

"亭主，亭主！"嵇康朝着空旷的山林高喊，听到的却只有自己的回音。嵇康心想："天色将晚，她们能到哪去？ 难不成，已摸黑上山？"他越想越担心，"走，咱们上山看看去！"

两人借着月光来到半山腰，什么人影也没有看到。正在发愁间，忽听山中传来几声怪异的叫声。"公子，这是什么声音？ 好吓人 ……"岳山不由自主地缩在嵇康身后。

嵇康听过那老者的长啸，但与方才的叫声不同，又想到村民的话，猜想八成是狼叫。他怕说出来岳山更怕，劝道："别怕，跟着我。"两人接着往前走了一段，岳山见山腰上生着一株挺拔的松树，便走过去靠着树干喘息道："公子，你也来歇一下吧。"

嵇康寻了半天也不见人，又见此山夜间如此骇人，心道曹玟与红苋两个女子应该不敢摸黑上山，想必是到旁边的百泉湖中打水去了，便走到松树下，打算等岳山歇好了，两人再下山去找。

他靠在松树上，低头朝山下望去，忽被一物晃了下眼，俯身看去只见一块晶莹透亮之物夹在石缝当中。他将此物拾起，对着月光仔细一看，是一块通体碧绿的玉佩，上面一处还镶着金，正是曹玟那块"金镶玉"佩。再往地上看去，只见石头旁的杂草上还挂着几条撕破的衣料，粉色与白色交缠在一起，随着山风猎猎飞舞。

嵇康顿觉脚下一阵麻木，跪倒身子朝山下望去，眼前一片黑暗幽深，乃是一处斜崖，若是人从此处跌落下去……他颤抖着手拾起破碎的布条，粉色是红苋的衣衫，而这白色的必是曹玟的无疑。"亭主……"嵇康只觉一阵眩晕，头一栽便要向山下坠去。岳山见此情景，也猜到可能发生了什么，脑中忽然划过红苋窈窕秀丽的模样，心中蓦地一阵绞痛，眼见嵇康就要坠下去竟没反应过来。

嵇康在山崖边摇摇欲坠，眼看便要落入深渊，忽然一阵狂风迎面吹来，风力极为迅疾，将他整个人一下子掀出三尺多远，仰倒在地。他被这一惊，头脑也清醒了一些，强睁双眼看去，只见狂风散去之后一个人出现在面前，三缕花白长髯，头上挽着一髻，眉目清朗，身着草衣。

"前辈，是你？"嵇康认出眼前之人，正是他在邙山所遇的那位老者。老者冲嵇康捋髯一笑，朝他做了个"来"的手势，便背着手慢悠悠地朝山上走去。

岳山此时也醒过神来，赶忙上前扶起嵇康，凄声道："公子，她们？"嵇康心里还抱着些许希望，紧了紧岳山的手，与他相携着跟在老者身后，朝山顶走去。

来到山顶时，已是夜半三更。茂密高大的松柏苍翠挺拔。松柏掩映之处，隐隐透着一丝光亮，像是有个小亭。老者行至小亭边，对嵇康做了一个"请"的手势，便悠然离去。

嵇康推开岳山的手，强撑着朝前方的光亮处走去。树影横斜之间，光影斑驳之处，隐隐现出一个人影，肩若削成，腰如约素，瑰姿艳逸，仪静体闲，一身素白衣，纱裙轻飞卷，听闻脚步声转过头来，一回眸间风姿绝代，倾国倾城。

"亭主……"嵇康已被接二连三的变故弄得神思混乱，不知眼前的究竟是真还是幻，只知道朝着那束白光一步步靠近。

亭中之人看见嵇康，身子轻轻一颤，道："嵇公子，是你吗？"

嵇康来到她面前，伸出一手朝她的脸颊抚去，柔滑细腻，犹如丝缎，另一手执起她冰凉柔软的纤纤玉手，放在心口处细细摩挲了片刻，扯起笑颜："这梦真好，就如真的一般……"

"这不是梦。"曹玟不知他为何如此，也不知他怎会出现在这里，看着他悲伤迷离的眼神，又想起他曾做下的负心薄情之事，心中似被狠狠撕扯一般，刚刚长好的伤疤又裂开，慢慢渗出血来。她抽回玉手，声音冰冷幽怨，似从远处飘来："你我男女有别，不应如此，还请自重。"

嵇康定了定神，知道眼前的正是自己心心念念之人，并非梦境，一颗悬着的心稍稍归位。但见她态度决绝，话语冰冷，心情不觉又沉了下去。想起他二人此刻的身份处境，又想起当初曹玟的绝情之举，不由冷冷地道："你没事便好，莫要误会。"说着从怀中掏出在山腰上拾到的玉佩，往曹玟手中一递："此物想必是你的，既然这是你与士季的定情之物，须当妥善保存，莫要再使它轻易破损。"他言下之意，是在责怪曹玟当日将自己所赠的玉佩摔破退还，毫不珍惜自己的一番情意。

曹玟不知他为何提起玉佩之事，但听出他要与自己划清界限之意，心中更是痛楚。她怕自己再待下去就要控制不住情绪，在他面前落下泪来，便背过身哑声道："不劳费心，失陪了。"说着向一旁的草屋走去。

嵇康望着她离去的身影，想开口唤住却不知以何理由，也不知该说些什么。她一心要与钟会双宿双飞，自己除了祝她二人白头偕老，还能做什么？他静静地凝望着曹玟的背影，直到老者来到身后。

老者轻咳了一声，对嵇康笑着摇了摇头，请他在亭中的石凳上坐下，从怀里掏出一个小包袱，递到他手中。嵇康没想到老者会给他一个包袱，便好奇地打开。只见包袱中有两本书册，一本《琴谱》，一本《刀谱》，还有一把短刀，刀长一尺二寸七分，刀鞘上嵌着七色宝石，拔刀出鞘，一道寒光闪过，夺魂摄魄。他端详着此刀，觉得它与曹操刺杀董卓时用的那把"七星宝刀"甚为吻合。

当年曹操从司徒王允手中得到七星宝刀，伺机在董卓熟睡时刺杀他，却功亏一篑。曹操机敏多智，见董卓察觉便转而假作献刀之状，将七星宝刀献给董卓。后来董卓被吕布所杀，此刀又回到王允手中。不久，董卓的部下李傕攻入长安，王允被杀，宝刀落入李傕之手。谁知因缘轮回，李傕后被曹操杀死，七星宝刀几经辗转，又回到曹操手中。

嵇康拿着此刀，想起它所经历的风云变幻，不由得感叹世事轮回，皆无常势，无论天下还是人生，都如风浪中的一叶扁舟，浪尖谷底，起伏颠簸，瞬息万变，难以掌握。就像这把宝刀，如今碰巧落在自己手中，日后将有怎样的因缘际会，谁又能知晓？

嵇康放下宝刀又拿起那本《琴谱》，翻开一看，见上面记载了四首琴曲之谱，乃《广陵散》《东武太山》《飞龙鹿鸣》《流楚窈窕》，皆是失传已久的遗世之作。他默读了一遍，只觉每个曲子都寓意悠远，美妙绝伦。

再翻开那本《刀谱》，里面记载了七七四十九种宝刀的样式，每一个都附有详细的图样与文字，以便持谱之人依样锻造。嵇康看罢不由得啧啧称奇，心道这三物皆是举世难求之宝，今日老者将它们交给自己，不知有何用意？

他转身欲问老者，却见亭中除了自己再无他人，老者已不知何时离去。他起身查看小亭的周遭，见此处与其说是一亭，不如说是一个石头搭起的台子。台上有一桌一凳，皆是石头所造，台前还竖着一块小石碑。他走过去一看，见石碑上刻着"啸台，孙登题"几个字。他这才知道，此台乃是老者所建的啸台，而这老者名唤孙登。他将三件宝物仔细揣进怀中，与岳山在啸台草草休息了一晚。

次日一早，曹玟将沛王之病说与孙登，孙登从药草堆里找出一束草药递给她。曹玟知道此乃救命之物，慎重地揣好，朝孙登行了大礼走出草屋，与前来辞行的嵇康撞了个正着。两人四目相对，谁也没有开口。

红苪冷哼一声，狠狠瞪了嵇康一眼："嵇公子，请别挡道！"

嵇康不知她为何对自己满腔怨恨，也不愿多问，侧过身子退在一旁。

曹玟扯了一把红苪，朝嵇康略微颔了颔首，便快步而去。

嵇康望着她的背影，忍不住道："山上多有危险，亭主千万小心！"曹玟假作没有听见，头也不回地去了。

嵇康脸色黯淡下来，默叹一声，转身朝孙登一揖："多谢前辈赠宝，晚辈就此拜别。"孙登见他此状，捋着三缕花白长髯又朝他摇了摇头，大笑而去。

他此刻因曹玟之事心烦意乱，也猜不出孙登又摇头又大笑的含义，只得颓丧地与岳山一起朝山下走去。他知曹玟不想与自己碰面，便与岳山放慢脚步前行。两人心不在焉地走着，忽听前方传来一声女子的尖叫，透露着强烈的恐惧。

嵇康浑身打了个激灵，他对曹玟关切之至，岂会听不出她的声音？"是亭主！"循着声音飞奔而去，待看到眼前的一幕，自己也被惊出一身冷汗！

只见一匹灰毛野狼正呲着獠牙对着曹玟，伺机扑上前去。曹玟躲在一株柏树后，吓得浑身发颤，花容失色。红苪战战兢兢地挡在她身前。看见嵇康出现，曹玟含着泪朝他狠狠地摇了摇头，目光中尽是诀别之色，显然是叫他赶紧离开，不要枉送性命。

嵇康朝她微微苦笑。无论是当初在洛水之中还是此时此刻，他都无法做到抛下她独自偷生，为何到了今时今日她还是不懂？也罢，就当为她做最后一件事，此事做完，无论是生是死，他与她都再无瓜葛……他打定主意，深深凝望了曹玟一眼，好像要将她的模样刻在心里。随后悄无声息地从怀中摸出七星宝刀，攥在手中，俯下身子悄悄走了两步，转到野狼的侧后方。

曹玟没想到他非但不走，竟还打算舍命相搏，刹那间眼泪喷涌而出，两手紧紧捂住嘴，将哽咽生生压在喉咙中。

嵇康见那野狼已经俯下身子，后腿猛蹬，眼看就要朝她们扑过去，便一咬牙，将身跃起向那畜生猛地一扑，顺势举起七星宝刀在它的咽喉插下一刀。野狼受到致命一击，仰天发出一声凄厉的长嚎，转头便朝嵇康的手臂狠狠咬下一口，狠戾之至，入骨三分，顷刻间鲜血喷涌而出。"呃……"他强忍疼痛，就势往地上一滚，举手朝野狼的左眼又是一刀。野狼吃痛拼命挣扎，张开血盆大口就要咬上他的咽喉。几乎同一时间，岳山扑上身来，抽出腰间的马鞭一下子缠住那畜生的脖子，使出全身力气往后拖去，足足拖了一丈多远它才渐渐停止挣扎。再看被压在野狼身下的嵇康，已是浑身鲜血淋漓，分不清是狼血还是人血。

"嵇公子！"曹玟痛呼失声，扑上去将他抱在怀中，心疼得无以复加。嵇康身上虽伤但头脑还很清醒，强撑着一口气："你，你快走，恐惊了狼，狼群……"

"我不走，要死便死在一起！"曹玟撕下自己的衣角，与红妆一起帮他包扎肩上的伤口。

岳山也怕惊了狼群，赶忙上前背起嵇康："莫再多言，快跟我下山！"四人一路跌跌撞撞，终于下得苏门山来，见身后并无动静才放下心，方才的定是一只落单的孤狼。三人将嵇康安置在曹玟的马车上，又去旁边的百泉湖打水为他擦洗伤口，里里外外照料了半天却发现虽止住了血，但他浑身发烫，昏迷不醒，受伤的肩头开始一寸寸发黑。岳山忽然记起曾听人说，狼牙有毒，若不能及时解毒，则必须截断伤者中毒之处，才能保住性命。

曹玟听了此事，更觉心中绞痛，他是那样一个爱琴之人，若断了手臂，日后该如何面对余生？想到此处，她恨不得自己的手臂断了，也不愿让他损伤分毫。

几个人正在焦虑，一旁的车夫见曹玟身上掉落出一株草药，觉得新奇，便捡起来拿在手中耍弄，被红妆看在眼里，她灵光一闪，抢过来道："这药是那老神仙所赠，想必定有奇效，我们现下别无他法，不如先试试看。"曹玟与岳山都点头称是，几人便将草药用清水煎了，一半给嵇康服下，一半捣碎敷在伤处，半个时辰之后，手臂的黑毒果然消退下去，脸上也渐渐开始恢复血色。

一直熬到入夜时分，嵇康才渐渐退了些热度，幽幽醒转。他朦朦胧胧地看见一人守在身边，云鬟不整，花容无颜，一双美目哭得红肿不堪，正盯着自己的伤口默默垂泪。

"别，别哭。"

曹玟见他醒来，泪光闪动："你醒了，觉得好些了吗？渴不渴？"说着探身到马车外，让红莜送了些水进来，小心翼翼地喂他喝了几口，又道："你饿不饿，岳山正在烤东西，我去看看好了没。"说着就要下车去。

嵇康轻轻扯住她的衣袖，虚弱地说道："别走，陪着我。"

她回过头来，两行清泪再一次潸潸而下："嗯，我不走。"她坐回嵇康身边含泪望着他，眸中千言万语，却是无语凝噎。

"……为什么？"过了许久，二人终于忍不住开口，问的竟是同一句。

"为什么，又一次舍命救我？"她不明白，既是如此在意自己，为何要毁弃约定，另娶他人。

"抛下你，我做不到。"

"既然如此，当初为何还要娶她？"

"她，哪个她？"

"你何须再隐瞒，我已见过你的妻子。她，她生得很美……"

"妻子？我，我哪来的妻子，咳咳咳……"嵇康不知此话从何说起，一口气岔住，不住地咳嗽起来，牵动了手臂的伤口，疼得说不出话来。

"你别激动，都是我不好……"曹玟一阵心疼，忙上去轻抚他的胸口，帮他止住咳嗽。

嵇康稍稍缓过一口气，一把抓住她的手，凄声道："你听何人说我有了妻子？又在哪里见过？"

曹玟见他神情凄苦，言辞恳切，心里疑惑起来："两年前，我与红莜曾到山阳找你，路上遇见一位少妇，她手中的丝帕上绣着你所作的情诗。若不是你的妻子，她怎会有那样的信物？"

嵇康听她言之凿凿，心中略微明白了些，不由一阵寒心。他没想到曹玟竟如此不信任自己，仅凭一首情诗便妄加揣测。他闭上眼缓了一会儿，叹了口气道："我并无妻子，那情诗是赠予好友吕安的，你所见的少妇便是他的夫人。"

曹玟蓦地瞪大一双美目，眸中流光溢彩，又惊又喜："你，你还未娶妻？"

"我心里，自始至自终就只有你一人。"

"嵇公子……"曹玟抑制不住心头的喜悦，握住他的手正要说话，却见车帘忽得被人一把掀开，一个人正注视着他二人。曹玟不由得浑身一颤，松开了手。嵇康也朝那人看去，三人的目光交汇在一起，都是深深一惊。

帘外之人正是钟会。

十六、洒泪诉衷肠，对玉明丹心

"玟儿，我来接你。"钟会没料到眼前的一幕，硬生生地说道。

曹玟满腹柔肠正要对嵇康倾诉，没想到竟被钟会生生打断，想起自己已与他有了婚约，即将嫁作人妇，心情如从云端坠至谷底。

嵇康也一脸惊痛，心中五味杂陈，酸楚难当，不知该如何面对钟会。只觉身上的伤与心里的伤一齐狠狠发作起来，要以摧枯拉朽之势将他毁灭。

最终，还是钟会首先打破冰封一般的寂静，但声音冷寒："叔夜，你怎么会在此地？"眼神不动声色地在他二人之间瞟动，看到嵇康的伤，隐隐地皱起眉。

"我……"嵇康正要答话，曹玟将身子挡在他身前，低声道："士季哥哥，嵇公子为了救我被狼所伤。他高烧方退，我们出去说，别吵了他休息。"说着扯起钟会的衣袖就要下马车。

钟会一把抓过她的手，紧紧握在手心，对嵇康道："哦？叔夜受伤了，这可耽误不得，须速回洛阳医治。"说完转向曹玟，整了整她凌乱的衣衫，柔声道："我今早才知你到了这里，便快马加鞭赶来，一路上甚是担心。你无事便好，否则留我一人该怎么办？"又对嵇康一揖："此次又蒙叔夜仗义相救，我替内子谢过了。"

"内子"乃是在别人面前称呼自己的妻子。钟会如此称呼也并无不妥，然而听在嵇康耳中却如针扎一般，直戳内心。他想扯起笑颜说句"不必言谢"，却无论如何也发不出声音，只得略微点了下头，转身而卧，双目紧闭。

曹玟岂不知钟会何意，只是生怕他再做些什么惹得嵇康激动，对伤口不利，便将钟会推出车外，自己也跟着下得车来。

一出马车，钟会便丢开曹玟的手，一脸怒意："为何瞒着我到这里，是为了给沛王寻医，还是你们早已……"他心里忐忑不安，既怕他二人已知晓了自己的所作所为，又怕他们旧情复燃，背着自己私下相约。

"我是来为父王寻医，与他在山上偶遇。我有一事倒想问问你，嵇公子说他并未娶妻，你当日为何要诓骗我？"曹玟满腹狐疑，想要一问究竟。

钟会听她此言，猜出他二人还未将误会全部说清，心里稍安，做出一副诧异之状："什么，叔夜还未成亲？我是听吕安提起，还以为他已经……"说罢又冷笑一声，道："你是我未过门之妻，就算他还未娶，你又打算如何？"

曹玟心中还是疑虑重重，见他摆出夫君的架势责问自己，反而更生疑窦，暗自决定先不与他争吵，待回去以后再细查原委。她淡淡一笑："不说此事了，我已为父王寻到良药，还是即刻回府吧。"

钟会以为曹玟心虚回避，也不想就此话题再争论下去，免得扯出自己的事来。反正婚期将至，只要看住嵇康，谅她也闹不出什么花样来。"也罢，你父王的病要紧。"说着骑上自己的骏马，对曹玟伸出长臂，要她与自己共骑一匹马。

曹玟本不想与他共骑，但怕与他再起争执，闹得不好收场，便愁云满面地朝马车望了一眼，坐在了钟会身后。

"抱紧。"钟会将她的手扯在自己腰上，策马朝前奔去，惊得曹玟只得将两手紧紧抱住他的腰。待稳住身子后，她又朝马车看去，见岳山正撩帘上车，嵇康微微坐起身子靠在车厢内，目光冷寒地望了她一眼，便被帘子遮住了视线。曹玟下意识地紧了紧双手，贴上钟会的后背，只因那目光中透出的寒意，令她瞬间凉遍全身。

钟会不知曹玟所想，见她贴紧自己，唇角泛起笑意。

马蹄踏踏，车轮滚滚，几人一路无语，星夜兼程赶回洛阳，到城下时已是天光大亮。钟会将曹玟送至沛王府外，转身便欲离去。

"士季哥哥，你要将嵇公子带去哪里？"

"自然是带回我府上好生照顾，不过要借你的马车一用。"

"我，我的手帕还落在车上。"

"让红莜帮你拿了便是。红莜！"钟会紧紧攥住曹玟的手。

"不，不用！"曹玟想了整整一路，越发觉得事有蹊跷，她与嵇康之间定有未说清的误会。她甩开钟会的手，跑至马车边，撩开车帘轻声道："嵇公子，你好好养伤，我会再来看你。"

嵇康身子虚弱，颠簸了一路正昏昏欲睡，听见她轻柔的声音，睁眼看到那一双柔情满溢的眸子。他多想点头答应，却知这样做既会令自己徒增伤心，也会坏了与钟会之义，遂扯了扯嘴角，齿间挤出两字："不必。"说罢侧过头去。

曹玟心里一阵滴血，还欲说话，却被钟会一把拉出车外。"时间不早了，再不回去，沛王要担心！"钟会黑着脸，一字一顿道。

曹玟又看了嵇康一眼，见他还是闭目不语。"好。"她哼笑一声，凄然离去。

曹玟回到府上，命人将孙登所给的草药依样再找了些来，沛王服后果然开始好转。如此过了五日，她虽每天服侍在沛王病榻前，表面不动声色，但心里却焦急无比，一是担心嵇康的伤势，二是眼看与钟会的婚期只剩十日，却无任何办法扭转乾坤，只能眼睁睁地看着自己迈向一潭死水，湮灭此生。扇着炉中的柴火，她失神地盯着沸腾的汤药，竟未察觉药已溢出。

"亭主！"红荑一进药房便见到此景，慌忙上前将药罐端起，抓过曹玟手中的扇子，拉着她向书房走去。来到书房，她将束之高阁的绿绮抱了出来，扫掉上面的灰尘，放在曹玟面前："亭主，看着它。"

自从嵇康将此琴退还之后，曹玟便一次也不曾抚过。她目光痴痴地望向绿绮，还是那般典雅娴静，散发着幽幽的绿光，如处子般殷殷切切，就像她的心一般，即将被绝望的红尘埋葬。

"看着它，又能如何……"

"亭主，你真的忘得了他？"

"忘不了又怎样，他对我已死心。"

"若是死心，他又怎会舍命相救？若是死心，他又何必对你冷言冷语？若是死心，他又何苦处处躲避？就是因为尚未死心，才会如此啊！"

"是吗？"曹玟眸中微闪，随即又落寞地摇了摇头："他早已被我的猜疑伤透了心。"

"那你呢，你也死心了吗？"

"我……"

"既然你还未死心，便去与他说清楚。就算最后仍是一场空，也不必下半辈子都在后悔中度过。"

"我们，还有希望吗？"

"不试试，怎知有没有！"

曹玟看着红荑，觉得她有时竟比自己还有勇气："那你说，我怎样去见他？"

红荑见她终于肯迈出一步，心中顿觉宽慰，便俯在她耳边低语了几句。曹玟微微点头，执起玉手，绿绮随着她指尖的拨弄，发出一声清响。

却说嵇康来到钟府，被安置在曾住过的客房。钟会请大夫为他诊治，每日茶饭汤药一样不少，伤势也渐渐好转，却始终见不到钟会的影子。嵇康知他怨恨自己，也不急于一时。只是几日下来，夜夜梦中都是曹玟的身影，不是在洛水中挣扎，就是在狼爪下颤抖，他想上前相救却始终触不到她，每次都从梦中惊醒。这日，他又梦见曹玟站在面前，一辆马车朝她疾驰而来，自己想飞身上前，却无论如何也抬不起腿，眼看着马车就要轧上去……

"亭主，亭主！"他一个激灵挺起上身，冷汗直落，待看清自己身在何处，才呼出一口气来。

"公子，你醒了。"岳山边帮他倒茶边说，"我也不知该不该告诉你。钟府下人方才来报，说亭主命红莜姑娘来为你送药，此刻就在府外。你看……"说着瞅向嵇康。

"让她把药放下便走吧。"

"嗯，我去告诉她。"岳山来到府外，果见外面有位粉衣女子。他微红着脸，上前道："红莜姑娘，你将药给我便是。"又朝女子脸上看去，谁知刚看了一眼便惊住了。

粉衣女子慌忙给他使了个眼色，低声道："我家亭主命我务必亲自将药交到嵇公子手里，你还是带我进去吧。"

岳山明白她的用意，高声道："也罢，送了药便速速回去，跟我进来吧。"粉衣女子连连答应，与他一起走进钟府。

"公子，人到了。"岳山将粉衣女子带进屋内，转身出去将门轻轻关上。

"我不是让她放下药便……"嵇康坐在桌边饮茶，面露不悦地扫了一眼粉衣女子，手一抖将清茶泼在桌上。

"你，你……"

"我来看看你，可好些了？"粉衣女子说着将药放在桌上。

"亭主，你不该来此。"嵇康以袖掩过水痕，转身侧对着曹玟。

"为何不该？"

"若我没记错，你与士季不日就要成婚，此时应在闺中待嫁，不宜抛头露面。"

"你就那么想让我嫁给他？"

"呵，如何是我要你嫁，明明是你写信与我，说要和士季双宿双飞。"

"写信？我并未写过任何书信。"

"自己做下的事竟不敢认吗？你曾写信与我，说对我只是一时情迷，士季才是你刻骨铭心之人，让我不要再纠缠，还将我赠你的玉佩摔破，从此与我恩断情绝。"他越说越激动，仿佛旧事重回眼前，锥心般的疼痛又一次袭上心头。

"我从未给你写过书信。你赠我的玉佩，是士季哥哥告诉我你成婚那日失手摔破，之后便不翼而飞了，怎么又会退还给你？"

"士季告诉你，我已成婚？"嵇康觉得不可思议。

"正是。那日他来府上找我，要送我一支金簪作为生辰贺礼。我恪守与你的约定，未收他的礼物。他告诉我，说你归家之后便娶了青梅竹马的女子。我听了，一病三月，病好了便到山阳找你，途中遇到一位少妇，将她当作了你的妻子。我本也不愿相信，可你当日不辞而别，归家之后又一直杳无音信，我才会……"

"不辞而别？我归家前曾捎信与你，让你府上门房交给红苡。信中要你等我，待你及笄之后，我定会前去提亲。此后，我一连给你去了五封书信，你一封也未回，直到那封绝交信。"

"我从未收到过书信，你若不信，随我去问问门房便知……可是，他为何要私藏书信？究竟是何人授意？"曹玹揽着手帕陷入思索，忽然想到了什么，从腰间取下自己的那块"金镶玉"佩，拿在手里仔细端详，惊道，"这不是我的玉佩！我的那块缺口在左边，这块却在右边，我之前竟没发觉！"

嵇康也从怀中掏出自己的玉佩，见缺口在左，确是曹玹的那块。他当日见玉佩被退还，气得一病不起，也没仔细瞧过此物，竟将摆在眼前的事实生生错过。

"那日士季哥哥帮我拾起玉佩，我只顾伤心也未在意，后来便发现少了一块。之后我从山阳回来，他要了我抄的诗词说要回去细读，我便给了他。如今看来，他定是模仿了我的字迹写信给你，好叫你死心。"

嵇康听了这许多，回想前前后后发生的事情，终于了悟，不由得一阵心惊。钟会深得其父亲钟繇书法真传，尤擅临摹他人字迹，时人赞为"大小钟"。此事他也知晓，只是万万没有想到，钟会为了得到曹玹，竟用此技做出如此令人不齿的卑鄙行径。当日钟会一前一后两封书信，可谓两剂猛药，分寸拿捏得当，令他不得不信。如今想来，他实在交错了朋友，轻信了小人。

嵇康转身看向曹玹，见她正一脸了悟地望着自己，两人不禁对视苦笑，百感交集。原来，这么久以来所遭遇的一切，皆是一场精心设计的阴谋。一直以为自己是这场爱情里的伤心之人，岂料对方所遭受的苦并不比自己少一分。

还好，一切都还来得及。

"我们，都中了他的计。"见她曾经风华无双的容颜尽是悲苦憔悴，想想四年来她所经历的种种遭遇，嵇康心中的坚冰终于一寸寸融化，许久未曾体会的暖意重回心头。他上前牵起她的玉手，十指扣在一起。

"你既与士季定亲，为何这么久还未完婚？"

"我怕忘不了你，便与他定下两年之期。可这么久了，还是无法忘记。"曹玹盯着他漆黑的眸子，脸上泛起红晕，"我想知道，那些未收到的信中，你都写了些什么？"

嵇康一字一句道："千言万语，只有一句：'努力爱春华，莫忘欢乐时，生当复来归，死当长相思'。"

曹玟眸中闪动，两行热泪无声滑落。嵇康为她抚去眼泪，轻轻将她拥在怀里。两人心中的斑斑痕痕、沟沟壑壑，都被这一个拥抱瞬间抚平。

"那日，你为何会在苏门山？"曹玟道。

"我听村人议论苏门山的高人，又听说你父王病重求医，猜到你要去那里。"

"你对我如此情深，我却轻信了钟会之言……"

"别说了，这不是你的错。我也一样，只凭一封信便将你的情意忘了个一干二净。暗使手段的虽是士季，但将你我分开的却是猜忌之心。"

"从今以后，我都信你。只可惜，你我现下只剩十日时间，若不能与钟会退婚，我们……"两人想到此处，都沉默了。他二人正在忧虑，却听岳山在门外道："四公子，我家公子还在休息，你……"

"你给我让开！"钟会推开岳山，一脚踢开房门。他方才回府之时，听下人说红莜来给嵇康送药，去了半天还未出来，便一路飞奔而来。此时房门大开，里面哪有红莜身影，只有嵇康与曹玟靠在一起，目光冷寒地看着自己。他心里立时凉了大半，暗道不好，没想到自己千算万算却算漏了这一招。见他们此时举止亲密，显然已经重归于好。钟会只觉心火上涌，一股戾气直冲脑门。

"好，好，终究还是逃不过这一天！"他青筋暴起，想上前扯过曹玟，却被嵇康挡在身前。

"我真想不到你会做出这种事来，真令人心寒……"嵇康怒视着钟会道。他怎么也想不到，当年那个仗义坦荡的少年，如今竟会变得如此下作不堪。究竟是什么令他变成这样，还是他本就是个卑鄙小人，难道是自己当初瞎了眼？

十七、兄弟断旧义，浪子挥急鞭

"哼，你有何资格指责我？自相识起我一直视你为兄长，时时处处关照。你比我才高，我敬着你，你比我志远，我捧着你。你以为，我钟会堂堂名门子弟，当真比不过你？你非但不知感恩，竟还要抢走我最心爱的女人，是可忍孰不可忍！"钟会知道一切皆已瞒不住，他也不想再瞒，索性将憋在心里的话都说出来。

"抢？当初我曾问过你，亭主是不是你的意中人，你为何遮遮掩掩，不敢承认？若你那时直言相告，我定然退避三舍，敬而远之，怎还会有今日？"

"你少在这里假装清高，若不是你主动勾引，玟儿岂会那么快就变心？"

"她对你是否有情，你心里最清楚，又何必苦苦强求？"

"我钟会要得到的东西，无论如何也要握在手心，岂能拱手让与他人？"

"当初我知晓你与亭主定亲，虽心中痛楚仍愿成全你们，为的就是保全你我的兄弟之情，也为了让她听从自己的心意。士季，这世间有些事，并非强求可以得来。"

"哼，若是我们顺利成婚，待到儿女成群之日，我就不信她还会记得你！若不是我一时疏忽，你们怎能破镜重圆？"

"君子有所为有所不为。这世间千般繁华，万般富贵，你都要耍手段得来？"

"凭我的手段，又有何难？事到如今，我也用不着再跟你多言！"他转而看向嵇康身后的曹玟，双目赤红，满含怨怒，"玟儿，这么多年来我对你如何？"

曹玟来到钟会身前，眼神复杂，泪盈于眶："你对我很好，事事关心，处处体贴，我也一直很感激。可是你不该暗使手段，将我与嵇公子拆散。若不是我今日到此，岂非一辈子都被你蒙骗？"

钟会眼睛瞪得充满血丝，深深看了她片刻，薄唇微启："对，你说得对。为了你，我还有什么做不出来？为了你，我挖空心思，费尽心力，处处周旋，却得到了什么？自定亲以来，我日日看你为他魂不守舍，却要强压着痛楚在你面前假装笑颜。你以为，这四年来我就好过了？你为了他心疼落泪时，有没有一刻想过我，知不知道我也在为你伤心！"这一番话似乎用尽了全身力气，一口气说完，颓然地看着曹玟，等着她如何回答。

曹玟原本满腹怨气，听完这一番话反而冷静下来。想想他的话，虽然自私执拗，但却并非不可理解。本是一颗爱人之心，可惜错付了对象，只能落得个伤心的结局。然而，就算再是深爱一个人，也不能无视对方的感受，更不能为了强求，暗使阴险的手段。这样强迫得来的婚姻，岂能有一日的甜蜜与安稳？

曹玟朱唇一叹："士季哥哥，我知道你的苦楚，但我并非草木，岂能任人摆布？就算勉强嫁与你，也不会幸福，难道你还不明白？"她见钟会双目无神地望着自己，又柔声道："士季哥哥，别再执迷不悟。你如此英俊多才，何愁没有佳人相伴？放了我，好不好？"

钟会好似并未听见，还是痴痴地望着她。曹玟执起手中的玉佩，举在他眼前：

"当日你偷藏玉佩，却不知竟弄错了。这块玉是嵇公子的，你我从未有过什么'金玉良缘'。"

钟会木然地看向玉佩，眼神由暗转悲，由悲转恨，一把将玉佩夺过来向地上摔去，"啪"地一声，镶在上面的金块应声而落，与玉剥离开来。钟会低头看着破裂的金镶玉，俊颜遮在阴影之中："若是，我不放手呢？"

"若你不放手……"曹玟决然一笑，从袖中抽出七星宝刀，拔刀出鞘，抵在喉间。当日嵇康将此刀插在狼眼之上，曹玟下山时虽慌乱，却没忘了将刀拔出带走。她念着嵇康之情，将宝刀时时带在身上，没想今日却在此处派上用场。

"那就将我的尸体拿去吧。"

"别做傻事！"嵇康大惊失色，抓住她的手要将刀卸下，谁知她竟使了死力毫不撒手，一双泪眼死死盯着钟会。两人的手架在那里，都攥出了血来。

钟会也惊住了，他万万没想到，曹玟为了离开自己竟然以死相逼。他心想，自己并非铁石心肠，如何忍心看着她在自己面前香消玉殒？ 难道她以为，只有嵇康肯为她牺牲？ 难道她不知，自己看她更胜过自身？ 钟会啊钟会，你真是一片痴情，枉做小人！ 罢罢罢！ 就当自己从未认识过她，就当这么多年来，做了一场白日空梦吧！

他后退两步，凄然一笑，背过身声嘶力竭："你们走吧，走，趁我还没有反悔……滚！"说完红袖一甩，快步走出房间。

听到这一句，曹玟松了一口气，刀从手中滑落。

嵇康将曹玟锁在怀中，抬眼望向门外钟会的背影，在日光穿透下越发看不真切，好似陌生人一般。他知道，那份少年时的挚友之情，已随着无情流年逝去，永难追回。

他眸中闪出一丝苦涩的湿意，在眨眼间悄悄隐去。

钟会立在院中，举头遥望四角飞檐上的浩浩青天。天若有情，为何让他一番刻骨爱意都化作云烟？ 天若有义，为何让他兄弟、爱人尽失，落得个两手空空？ 什么情义，什么誓言，都是虚无缥缈的谎言，他此生再也不会相信！ 仰天大笑两声，他流下平生第一次眼泪，滴滴坠落红衣之上，犹如绽放的血色花瓣，朵朵惊心。

次日，沛王府收到来自钟府的退婚函，函中指责曹玟不守闺房之礼，缺少女子之德，待嫁期间不守妇道，竟与他人有染。钟府乃名门大家，岂能容忍此等女子进入家族，辱没门风。遂退婚以明志。沛王曹林服了孙登之药刚刚有些好转，此时接到这样一封信函，立时急火攻心，又倒在病榻之上。

曹玟闻讯赶至曹林病床前，伏在他膝上，泪眼迷蒙道："父王，女儿不孝，令家门蒙羞，罪不可恕……"

曹林哀叹一声，看着女儿悲戚憔悴的面容，满腔怒气渐渐退去，只剩一颗慈父忧心："女儿，你究竟要如何？父王一直以为你寄心于钟会，才会为你二人定亲。你今年已十七岁，如今叫人退了婚，以后可怎么办？"

"女儿本也不愿，可实在不能违背自己的心。"

"那你告诉父王，你闹成这样，究竟是为了何人？"想到招惹自己女儿，令曹家蒙羞的孟浪之徒，曹林真想立刻将他拿下，扒皮抽筋。

曹玟见父王的神色语气不对，知道此时若将真相说出，她与嵇康定然不会有好结果，便咬紧牙任是怎么问也不说。曹林见她这样也不再多言，只道自己平日里将她宠坏了，自己种的苦果只能自己吞，难不成还要大张旗鼓地去找那人？他只能先将退婚之事压下，等日后再做打算。曹玟心中有愧，日日侍奉在曹林左右，寸步不离，只盼着父王早日痊愈，再寻机将嵇康之事道出。

嵇康在沛王府外收到红莜传出的消息，知道不能鲁莽行事便回转了山阳，埋首读书作文，耐心等待曹玟之讯。是年中旬，钟会被太尉蒋济推举，入朝担任秘书郎，以机敏过人、善于谋略、才华卓著被朝廷赏识。

冬去春来，山阳嵇府的柳树又一次抽出绿枝条时，迎来了一位报喜之客。嵇康与向秀近日来研读庄子名篇《养生主》，各有心得，两人便作论应和。嵇康作《养生论》，向秀便作《难嵇叔夜养生论》，相互辩难。这日，两人正因观点不一在柳园中坐论，却见岳山兴冲冲来报："公子，你看谁来了！"

嵇康与向秀一齐向来人看去，院门边站着一位粉衣女子，身段窈窕，容貌秀丽，发丝随着微风轻轻舞动，面容在阳光下闪耀光华，脸颊由于绿柳映衬，更显得粉嫩娇美，灵动可人。

来人盈盈一笑："嵇公子，我家亭主让我捎信给你。"她从怀中掏出一封书信递到嵇康手中，转而看了一眼他身旁的向秀，见他一身绿衣，文雅清秀，如绿柳临风，明媚和煦，令人望之心暖。她忽觉脸上火烧一般，慌忙低下头，压住心中的狂跳。

"多谢红莜姑娘不辞辛劳前来送信。"嵇康接过信急急看去，信中说沛王病已痊愈，十日之后将在府上设宴招待青年才俊，对外称是清谈论道，其实是为曹玟物色夫君。曹玟让嵇康收拾妥当准时到达，席间定要一展才华，赢得沛王青睐。

信中还附有请帖，显是她特意准备的。

嵇康胸有成竹道："我知道了，回去告诉亭主，我必不会辜负于她。你一路辛苦，赶紧去歇歇吧。岳山，带红莜姑娘下去歇息。"

"不了，我此次是偷偷来报信，不能多留。"红莜红着脸，又瞟了一眼向秀。

"那喝杯茶再走吧！"岳山急道。

"好，嵇公子，我去了。"红莜对嵇康施了礼，随岳山而去。

"子期，不如你与我同去？"嵇康心情大好，见向秀不答话，便推了推他："子期？"

向秀伸手探向怀中的竹笛，抽出来细细抚上，口中喃喃道："芊芊……"

"芊芊？"嵇康摸不着头脑，"为何又提起她来？"似乎又想到了些什么，赶忙道，"你不愿去也无妨，是我不好，不该……"

"不，不是，方才那位姑娘。"

嵇康瞪大眼睛："你说红莜？ 她，她难道像芊芊？"

"乍一看像，可仔细看来却又不是。"芊芊已离开将近四年，虽梦里常常相见，但她的眉眼已随着光阴渐逝开始消融，凝成他心头的一粒朱砂痣，无法逼视，却挥之不去，"不，没有人能与她相比，是我眼花了。"

他揣回竹笛，收拾心绪，对嵇康朗朗一笑："要我随你去洛阳，就不怕我独占鳌头，将你的亭主给抢去？"

"哈哈哈，我岂会那么容易就输给你？ 况且，我与亭主已是'死生契阔，与子成说'，任谁也无法将我二人分开。"

向秀闻之，神思又飞回了旧居。当日邻家树下，朱门之内，那个巧笑盼兮的清灵女子已经永远逝去，而他们曾许下的诺言，也只有靠他一人独自坚守，怎能让雨打风吹去？

嵇康暗道自己又一次失言，勾起了向秀的伤心事，便静默不语，与他共坐在柳园之中，相对饮酒直至红日西垂。

五日之后，嵇康与向秀一起上路，赶往洛阳。他本以为向秀心绪不佳，不会陪自己前往。没想他却主动提出前去，说要在席间暗助嵇康赢得沛王青睐。于是，两人一人一骑往洛阳而去。一路上，向秀一改平日里爽朗多言之态，一直都不怎么言语，不知在想些什么。嵇康猜他定是因那日见了红莜，又牵出了对芊芊的怀念，便也由着他，两人有一搭没一搭地行着，倒也不觉得有何不自在。

正走着，嵇康见前方摇摇晃晃走来一位十四五岁的少女，看打扮像是富人家的侍女，再往脸上看去，不禁吃了一惊。这女子满头金发，肤色比白皙女子仍白上三分，显然是位异族少女。她一身杏黄衣衫，上面满是尘土，发髻凌乱，脚步蹒跚地往前挪着步，走过嵇康马前时实在体力不支，一下子昏倒在地。

"姑娘！"嵇康与向秀慌忙下马，将她搀扶起来。

向秀拿了些水给她灌下，过了片刻她才转醒。

"姑娘，你可是病了？"嵇康问道，见她缓缓睁开杏眼，眸子竟是浅碧色的。

少女神色有些懵懂，眨了眨一双清澈的碧眼，没有答话。

"叔夜，她是不是听不懂你说话？"

嵇康放慢语速耐心问道："你是不是生病了？"

少女好像醒过神来，使劲摇头道："不，不。"说着又举手朝她来的方向指了指，神色慌张："有人追，我跑出来。"

嵇康看出她大体能听懂中原话，但却说得不太好，只能用些简短的词语表述，便问道："你是说有人追你，你跑出来的，对不对？"

"嗯嗯。"少女使劲点点头，又朝嵇康来的方向指去，"那边，阮公子。"

"阮公子？"向秀问道，"你是不是想说，你要到那边找一位阮公子？"

"嗯！"少女刚答完，只听远处隐隐传来车轮滚动之声，惊得她一把抓住嵇康的衣袖，慌道："他们来了，帮我！"

嵇康虽不知是因为何事，但见她如此可怜也于心不忍，便与向秀一起将她扶到路旁，藏在树后的草丛中。

两人刚刚回到马旁，只见一架华丽的马车疾驰而来，在他们面前停下。驾车之人问道："有没有见过一个异族少女？"

"异族少女？未曾见过。"

"嘿，真是奇了，这丫头难道长了翅膀不成！走，咱们再往前看看去！"驾车的说完一挥马鞭，往前赶去。

嵇康与向秀见马车走远，才又回到草丛中将少女扶了出来。

"多谢公子。"少女朝他二人一一施礼，便撑着身子要继续往前走，可是脚下无力，没走几步又弯下腰来，快要跌倒在地。

嵇康摇头，心道救人救到底，送佛送到西，以这姑娘的身板和脚力，再往前走恐怕又要晕过去，便对向秀道："看来咱们还要麻烦一趟，帮她找到那位阮公子才是。"

"嗯，只不过要耽搁一下你上洛阳了。"

"无妨，咱们本就出来得早，时日还很充裕。"

　　两人商量定，便上前扶住那位少女将她揽到嵇康马上，牵着马朝她所指的方向而去。

　　走了一段，向秀见她恢复了些体力，便问道："姑娘，你叫什么名字？"

　　"我姓素黎，名叫月儿。"

　　"素黎？这是鲜卑族的姓氏，你是方才那家人的侍女？"嵇康曾听闻，如今有些富家贵族为了彰显身份，会买回一两个异族少女作为仆人，称作"胡婢"。这些鲜卑族少女大多容貌艳丽，能歌善舞，身材妖娆，较之中原女子别有一番异域风情。有些贵族子弟见胡婢貌美会私幸她们，但因种族地位不同，若与之成亲会被世人嘲笑。所以他们大多不会将胡婢纳为妾室，仅当作玩物而已。

　　素黎姑娘点头："那家是我主人。"

　　"既是你的主人家，为何要跑出来？难道他们虐待你？"向秀追问。

　　"不，他们要将我与阮公子分开。"

　　嵇康与向秀心下了然，想必这素黎姑娘定是喜欢她口中提到的那位阮公子，不愿被主人家生生拆散，所以才偷跑出来，弄得如此狼狈。

　　"那你所说的阮公子，他现在何处？"嵇康问到了重点。

　　"他不知我离去。"素黎姑娘神色伤感了一瞬，马上又燃起希望，"他定会来寻我，只要一直往前走，定能遇到。"

　　嵇康二人见她如此，暗道这又是位痴情女子，只盼她一心期盼的阮公子不要令她失望才好。

　　三人顺着大路一直往前走，天色已渐渐暗了下来，也不见那阮公子的影子，见前面有个茶铺便过去歇歇脚。三人在茶铺中坐下，刚喝了几口茶，只见旁边的茶客不时地瞄向他们桌子，有的窃窃私语神色鄙夷，有的甚至对他们打起口哨。

　　嵇康知道他们是看素黎月貌美又是胡婢，以为他与向秀是放荡公子，要带她去行苟且之事。素黎月见人们如此眼光，白皙的玉颜涨得通红，面露羞耻之色，头也渐渐埋了下去。嵇康蹙起眉，起身转坐在她对面，挡住那些人的视线。

　　"别理他们，都是些无耻俗人。"向秀朝那些人白了一眼，对她道。

　　"呦，你说谁是无耻俗人？"旁边桌上的一个青年站起身，走到向秀身边一拍他肩膀："我问你呢，你方才说谁？"

　　"谁应了，我便是说谁。"向秀也不抬眼，喝了口茶道。

　　"好小子，我倒要问问你，你们两个男人大晚上带着个胡婢出门，能干什么好事？你们看，这姑娘衣衫如此凌乱，莫不是……"说着便要伸手去探素黎姑娘胸前的衣襟。其他茶客也围了上来等着看好戏。

向秀气得站起身来，一把抓住那人的手怒道："你给我放尊重些！"

"呵，此时又叫我尊重些，方才你们下手时，怎不记得什么是尊重？"说完与身旁众人哄笑起来。

嵇康在一旁忍了半晌此时也耐不住了，刚起身要发作，却见那青年的胳膊不知何时被人用马鞭缠住，整个人仰面朝天倒去。

"竟敢欺负月儿，看我怎么收拾你！"

众人一惊，皆朝来人看去，只见一位少年已将那青年按倒在地，一脚踏在他腰上，一手高高举起马鞭，正朝那人身上狠狠抽去。那青年被抽了几鞭子，疼得满地打滚，大声讨饶起来："少侠，我错了，饶了我吧，饶了我吧！"与那青年同来的人赶忙上前劝解拉架，拉了半天才将少年扯开，扶起那青年灰溜溜地跑了。看热闹的茶客也都不敢再出声，默默散去。

"阮公子！"素黎月又惊又喜，朝少年扑去。

"月儿，我终于找到你了！"少年张开双臂抱住她。

嵇康与向秀在一旁看着，不禁为他二人欢喜。方才乱中没有看清，此时仔细一看，只见这少年有十五六岁年纪，面容清朗，眉目英俊，风姿不凡，只是身上却穿着重孝，宽大的孝袍被他一路风尘，弄得凌乱不堪。

那少年此时已放下素黎月，携着她的手来到嵇康、向秀面前，躬身一礼："我听月儿说了，多谢二位兄台仗义相救，在下阮咸，阮仲容。"

十八、静夜舞琵琶，深闺学雅诗

"阮仲容，莫非你是阮嗣宗之侄？"嵇康一惊，他曾多次听阮籍提过自己有个侄子，生性放浪不羁，精通音律，善弹琵琶，不知是不是眼前这一位。

"你认识家叔？"阮咸乐道，"敢问两位是？"

嵇康与向秀报上姓名。

"原来是你们！我总听家叔提起，早想一见，没想今日竟蒙二位救了月儿，真是缘分不浅！两位若不嫌弃，请到我家中一坐。"

"你叔父近来可好？"

"他？"阮咸撇嘴道，"此时不知醉死在哪里，我已许久未见他人影。"

嵇康与向秀相视一笑，都道这阮咸果如阮籍所说，生性狂放，毫不拘礼，言谈举止都轻纵随意，连叔父都能开口调侃，真是个洒脱爽利之人，不禁心生好感。

"我们有事在身，若你府上遥远，恐怕来不及。"嵇康怕误了与曹玟之约。

"不远，我家就在前方的陈留尉县，若快马加鞭一夜，明早就能到达。"

"明早？"向秀睁大眼睛，他们跋涉了一天，哪还有力气再连夜赶路？

嵇康见阮咸诚心相邀，自己也想与他畅谈一番，便提出一个折中之法："今日天色已晚，旅途劳顿，不如找个小店住下，畅谈一番可好？"

"如此甚好！"阮咸欣然应允。

"可是你一身重孝，家中定有重要之人亡故，此时在外留宿，当真不要紧？"向秀提醒道。

"无妨，母亲之丧有我兄长照料便是。"

"什么？你此时正在为令堂服丧？"向秀又一次被惊到。

"正是，我母亲患病两年，于前几日故去。"

"那你，你……"向秀一时有些语塞，觉得这阮咸未免太过不通世故，岂有母亲大丧之际，儿子还留宿在外之礼？

"唉，子期，你难道没听过孝有两种，一谓'生孝'，一谓'死孝'。'生孝'只是伤形体，而'死孝'则是伤元神，我看仲容乃'死孝'也！"嵇康笑道。

阮咸道："我并不知何谓'生孝''死孝'。母亲患病两年，我日日侍奉榻前，兄长却常日不见。前几日母亲过世，丧事里里外外皆由他操持，天天在灵前嚎哭不止，寸步不离。族人皆赞他至孝，我也不想去与他争那美名。"

向秀听至此处，心里豁然了悟。如今世人眼中的孝道，多是外在之物，只重礼仪形式，却忽略了内心之本。阮咸虽举止放浪、行为不羁，但却是用一颗真心去尽孝。看他此时身材清瘦、形销骨立，显是侍奉母亲时操劳伤心所致。而他兄长虽极尽守丧之道，将母亲风光大葬，可是人已故去，再是嚎哭不止又有何用？

他上前携起阮咸，道："是我迂腐了，走，咱们找地方喝酒去！"

"哈哈哈，走！"

四人一起来到一家客栈，见院中有处空旷之地，旁边载着些柳树，便叫店家将酒菜放到院中，幕天席地而坐。刚饮了一会儿，忽听屋内传来隐隐的琵琶之声，曲调生涩呆板，听得人心烦意乱。阮咸正与素黎月轻声交谈，听到此乐顿时眉毛紧敛，厌烦不堪，"腾"地站起身朝屋内而去，未几，抱着一把琵琶含笑而来。

"那人弹得实在不堪入耳，我将他的琵琶借来，月儿，你来为我们弹一曲吧！"说着将琵琶送到素黎月怀中。

"好。"素黎月笑望阮咸，将琵琶抱在怀中，执起素手轻柔拨弄，乐声缓缓而来。初时落指轻盈，似天光欲曙，卷起缕缕薄雾，离情绻绻；渐渐地乐声澎湃起来，浩荡而至，如黄沙漫天，雁飞盘旋，久久环绕，依依不散。接着素黎月将琵琶放置身后，竟反弹起来。初时落寞而起，声声拨动，继而滴滴点点，如玉珠坠落，粒粒飞溅，洒入人心。忽得一声清震，急转直下，悲鸣阵阵，呜咽连绵，泣泣沥沥，辗转缠绵，不觉而止。

嵇康与向秀已完全被乐曲所动，手持酒杯竟忘了饮，直到乐声止住半晌，才回过神来。"此曲莫非是塞上盛传的那首《平沙落雁》？"嵇康觉得曲中所描绘的情景，与昭君出塞的故事甚为吻合。

素黎月微微颔首，将琵琶递给阮咸，两人相视一笑。

"叔夜说得不错，正是《平沙落雁》。此曲在边塞颇为盛行，我也是听月儿演奏之后，才领略到其中的无限滋味。"阮咸说着朝素黎月深情地望了一眼。

这首《平沙落雁》乃是描绘汉元帝时期，王昭君奉旨出塞，远嫁呼韩邪单于的故事。相传昭君行至汉匈边界之时，回身遥望故土，只见漫天黄沙，孤雁悲鸣，宫墙楼宇尽皆不见，心中无限悲凉凄切，抱着琵琶弹奏了一曲。南飞的大雁听了此曲，被她的离愁别恨所感染，竟忘记了振翅，扑落在一望无际的平沙之上，遂成就了"平沙落雁"之绝唱。

"当年王昭君远嫁匈奴，先后侍奉两位单于，生下二子二女，为汉匈两国带来了数十载和平。只可惜却终生未能再回故土，葬身白山黑水之间。想她青冢孤衾，只身一人，寒夜漫漫如何长眠？"向秀伤怀一叹，饮尽杯中之酒，不知是为昭君而感，还是又忆起了芊芊。

阮咸却摇头笑道："非也，非也，当年昭君在深宫之中，日日与宫花相伴，顾影自怜，何其孤单？她自请出塞，不仅是为了和亲，更是要挣脱牢笼，寻找自己的一方天地。纵然边塞苦寒，然而她与单于相敬相爱，子孙绵延，女子一生的夙愿得以舒展，岂非最大的幸事？只要能与相爱之人为伴，清歌一曲，浊酒一杯，待到魂消香断之日，墓冢之旁自有一人在侧，天地同寝，又有何憾？"

素黎月听了此言，两双玉手紧握在一起，眸中泪光闪闪。她与昭君一样，都是远离故土，独在他乡，但自从与阮咸相识、相知、约定一生之后，便渐渐淡忘了离愁别恨，将中原视作了自己的家。

阮咸执手抚了抚她的玉颜，柔声道："我来弹上一曲，月儿为我们舞一段吧。"素黎月羞涩地点点头，起身和着他的琵琶之声，长臂舒展，腰肢柔摆，对月而舞。

阮咸微眯双眸，伴着素黎月的舞姿潇洒而弹，乃是古曲《霸王卸甲》中"楚歌别姬"一段。初时雄浑悲壮，浩大辽阔；渐渐地凄切起来，如泣如诉，如楚歌声声，肝肠寸断；此后滑音流泻，哀怨缠绵，轻灵空旷。

此时向秀也从怀中摸出竹笛，轻声和之。笛声清亮婉转，琵琶嘈嘈切切，两者交织在一起，刚柔相济，浑然天成，似虞姬轻舞，霸王吟歌，两相应和，缠绕不断，终至一声绝响，久久方歇。

"妙哉！仲容的琵琶与子期的竹笛相配，真乃天作之合，绝美之音，再加上素黎姑娘的动人舞姿，今夜我真是乐比神仙啊！"嵇康被眼前的美景和耳边的妙音深深打动，赞不绝口。

"我此生别无所求，只要能与月儿长相厮守，琵琶在御，美人在怀，起舞邀明月，把酒对知音，什么功名利禄皆是粪土浮烟，不足道尔！"阮咸为几人斟满酒杯，朗声道，"今日得遇二友，令我不但追回月儿，又得到两位知音，真乃人生大幸，来，干杯！"

三人对饮一杯，嵇康问道："今日我们在路上遇见素黎姑娘，见她被主人家追拿，究竟是何缘故？"

阮咸一笑，牵起素黎月的手，将他们的故事娓娓道来。

原来，陈留阮氏是一个大家族，其中不乏富贵显赫之人，住在路北的高门大户之中。而阮籍与阮咸两家都不甚富裕，住在路南的低门矮户里。阮咸的姑母嫁给了一个大户人家，去年底回家省亲，随身带了一位胡婢为侍，便是素黎姑娘。她原本只有姓氏没有名字，人们都唤她为"素黎"。

阮咸初见素黎，便被她的异域风情所吸引，但两人平日里并没有太多交流。直至一日阮氏合族宴饮，姑母命素黎在席间用琵琶弹奏了一曲《平沙落雁》，声动全场，艳惊四座，也同时叩响了阮咸的心扉。

阮咸自幼爱弹琵琶，不但喜欢作曲弹奏，更对琵琶的制作工艺多有研究。琵琶这种乐器，自秦汉从游牧民族传至中原之后，便成为了一种比较流行的乐器。琵琶本是马上弹奏之物，形体娇小，称作"批把"。相传，汉武帝有位公主要远嫁他方，为了排解女儿的思乡之愁，他命人参考"批把"的样子，做成形状似满月的琵琶送给她，一是为了让她纾解心绪，二是以满月之状暗喻"明月高悬，遥寄相思"之意。

阮咸钻研制琴之术，将琵琶改造为直柄圆形，四弦十二柱，竖抱弹奏，形似月琴。人们为了纪念他，将这种琵琶称作"阮"或"阮咸"，这都是后话。

却说他也曾听人弹过《平沙落雁》，但觉得此曲生涩刻板，缺乏张力。而那日听了素黎的演奏，他才豁然了悟曲中的滋味。鲜卑为马上游牧民族，《平沙落雁》本是从塞外传至中原，素黎又是远离家乡的女儿身，最能体会昭君的心境，所以此曲从她指尖淌出最为契合不过。

散席之后，阮咸留住素黎，请她在院中合欢树下弹琴。两人因同爱琵琶成为知音，渐渐互生爱慕之心，常私会于合欢树下，一个轻弹琵琶一个翩然起舞，毫不在意他人目光，如一对仙侣般逍遥自在。琵琶多为满月之形，弹奏琵琶被雅称为"揽月入怀"。阮咸见她没有闺名，便赠她一个"月"字为名。

阮咸与素黎月定情之后，便将此事告知了姑母，求她把素黎月留下来，日后娶之为妻。没想到姑母听了竟二话不说，一口答应下来。他二人本以为此事已板上钉钉，谁知后来的变故却令人始料未及。

原来，阮咸的姑母并非真心答应了他，只是表面敷衍心里却另有打算。她一是认为阮咸不过一时兴致，等过了这股新鲜劲便不会再将素黎月放在心上；二是觉得他二人身份门第有别，阮咸虽非出身富贵高门，但陈留阮氏极有名声，是响当当的书香门第，岂能娶一个胡婢为妻？所以，昨日姑母趁着阮咸为母亲服丧，偷偷将素黎月塞进马车，带回家去。

素黎月岂肯离开阮咸，那人已是她在中原唯一的牵挂，离开他剩下的日日夜夜该如何度过？她趁主人家停车休息之时，偷偷从车上溜了下来，一路躲躲藏藏往回跑去，直跑了半日实在体力不支，这才倒在嵇康马边。

阮咸那时正在招待前来吊唁的宾客，待知道姑母离去之时已是午后时分。他心里一惊，前前后后找了一遍，皆未见素黎月的身影，便知姑母是在骗他。一想到要与她从此分离，一颗心顿时如破了一个大洞，寒风吹来，穿心入肺。他顾不得正在守丧，见门外拴着一匹不知哪位客人的骏马，翻身骑上急追而来，直至在茶铺遇见嵇康三人。

"好个'揽月入怀'！仲容，我真羡慕你们。"向秀唏嘘道。

"你二人私定终身，此去将如何对家中交代？"嵇康不由替他二人发愁。

"无论他们如何干涉，我与月儿之事，当由我们自己做主。"阮咸不以为意，他与素黎月既已约定今生，何需再去管那些世俗眼光，流言蜚语？

嵇康与向秀见他如此坚定，皆心生敬佩。人生在世，有几回能从心而欲，放手一搏，只为知己，不问流言？向秀以为他能做到，却因世俗偏见与芊芊生死相隔。嵇康也以为自己可以做到，但却陷入友情与爱情的纷争之中，两难割舍，痛苦纠结，终致因疑生怨，枉度华年，险些失去一生的真爱。他沉吟静想，一番顿悟，不由缓缓吟出：

流俗难悟，逐物不还。至人远鉴，归之自然。

生若浮寄，暂见忽终。世故纷纭，弃之八戎。

泽雉虽饥，不愿园林。安能服御，劳形苦心。

身贵名贱，荣辱何在。贵得肆志，纵心无悔。

"好，好个'贵得肆志，纵心无悔'！俗世繁华不过是过眼云烟，苦苦追求只能忘却自身。待回过头来除了一座孤坟，寥寥寸草，还有何物相伴？"阮咸抚掌高赞。四人直饮到夜静更深才回房而眠。第二日，阮咸带着素黎月别了嵇康、向秀，两人共骑一马回转家中。

嵇康与向秀策马而行，复向洛阳而去。待进入洛阳城时，距沛王大宴宾客还有三日。二人找了间客栈住下，便急急到沛王府而来。向秀知嵇康此时不宜露面，便自告奋勇谎称是红苃的远方表哥，给门房递上字条。那门房因与钟会私自藏信之事，被曹玟暗中狠斥了一番，再也不敢隐瞒不报，将字条速速命人交给红苃。

红苃正与曹玟在书房习字，自上次从山阳归来之后，她便整日里缠着曹玟读诗学字，也不知为的什么。因她曾是曹玟伴读，颇识得几个字，所以此时学起来并不算难。她熟知"绿绮"古琴的典故，知道当年司马相如就是手操此琴迎得佳人芳心，与卓文君终成眷属，遂找来曹玟的《司马相如赋集》来读，今日正读到《凤求凰》一篇：

有一美人兮，见之不忘。一日不见兮，思之如狂。

凤飞翱翔兮，四海求凰。无奈佳人兮，不在东墙。

将琴代语兮，聊写衷肠。何日见许兮，慰我彷徨。

愿言配德兮，携手相将。不得於飞兮，使我沦亡。

"亭主，你与嵇公子便如卓文君和司马相如一般，才子佳人，琴瑟和弦，令人艳羡。"红苃抄罢此诗，托腮叹道。

"呸呸，嵇公子才不是司马相如！他用情专一，矢志不渝，岂是司马相如那等薄情寡义之人可比？"曹玟嗔道。

"薄情寡义？他不是与卓文君终成眷属了吗？"红苃并不知司马相如后来对卓文君感情冷淡，二人险些夫妻情绝之事。

"哼，那司马相如本是一潦倒书生，幸蒙文君不弃，为了他私奔在外，当垆卖酒，寒衣冷食，何其坚贞？本以为找到一位才高志远的良人，却没想到司马相如日后一展抱负成为殿前红人，便开始留恋长安的繁华，将文君抛在脑后。文君得知他将娶新人，悲愤而作《白头吟》与之相绝，这才打消了他纳茂陵女为妾之念。此等男人背信忘义，只能共苦，不可同甘，虽后来将文君接入长安，但两人之情早已不复当年。"曹玟将故事原委细细道来。

"他竟如此负心？亏我一直将他的《凤求凰》当成佳作，如此看来真如粪土一般！"红莜替卓文君气愤不已，伸手要将刚抄好的诗撕掉。

曹玟拦住她，笑道："这倒也不必。虽然他二人感情有变，但此诗仍旧是篇佳作。你看他字字恳切，句句有情，想必当日对文君的爱意并非虚假。只可惜时过境迁，人心善变，令一切都改变了模样。"

"那亭主你说，他后来究竟爱哪一个？是卓文君，还是那个茂陵女？"

"此事我便不得而知了，或许他两人都爱吧。"

"两个都爱？一个人真的能将爱分给两个人？"红莜更加不解。

曹玟也陷入思索："别人我不知。我只知道我与他之间，无论现在还是将来，都容不得第三人。"

红莜看着曹玟坚定的表情，心中仍是想不通，手持诗稿呆立在那里。

曹玟见她近日总爱读诗写字，又莫名读起司马相如的诗词来，歪着头揶揄道："红莜，你最近怎么对男女之情上起心来，难道你……"说着转到她身后，一把抽走她手中的诗稿："凤求凰，凤求凰，你是想求哪只凤凰呀？"

红莜被她问得粉面通红，捂着脸道："亭主，你别取笑我了！"

两人正在说笑，忽听下人进来报，说外面有个人自称红莜的表兄，递了一个字条让交给她。

"表兄？"红莜正在纳闷，忽然想到可能是嵇康到了，便接过道，"多谢了，是我的表兄来了，烦劳你让他稍等片刻。"

待下人走后，红莜与曹玟一起展开字条，果是嵇康的笔迹，上面告诉曹玟他与一位好友已经到了洛阳，住在沛王府旁边的客栈中，宴席当日定会准时到达，让她不必挂心。曹玟看罢抿唇而笑，心中欢喜。

"亭主，你有没有什么话要稍给嵇公子？"

"你告诉他，我相信他，等着他。"曹玟脸上飞起红晕。

"好！"红莜脆生生地答应完，雀跃而出。来到门外，只见一位男子绿衣翩翩，长身玉立在阶前，正是上次在嵇府所见之人。她曾向岳山打听过，知道此人名叫向秀。红莜方才见嵇康提到与一好友同来，便希望是向秀，此时见果真是他，心里又是欢喜又是羞涩，一时间不知如何开口，连曹玟交代的话也忘了说，只立在门边扯着衣角，笑盈盈地盯着向秀。

向秀等在门外，心里也是惶惶不安，既盼望见到红莜，又害怕见了之后更难忘怀。他正自纠结不已，却见一粉衣女子出得门来，窈窕清丽，活泼可人，一双美目俏生生地看着自己，眸中神韵犹似那人当年。他脑袋一懵，将眼前之人与脑海中的芊芊融为一体，喃喃唤道："芊芊。"

十九、洞房对苦烛，华席遭坎坷

"芊芊？"红莜微微一愣，心中一寒。见向秀仍是痴痴地盯着自己，便自嘲般轻声一笑，走上前冷道："向公子，我叫红莜。"

向秀被她这么一说，眼前的幻象一瞬间烟消云散，忙收住眼神，低头慌道："红，红莜姑娘，对不住，我一时看走了眼。"

"哦？你将我看成了何人？"红莜也不避讳，挑眉一问。

"没，没什么人。"

"那人，名叫芊芊？"

"嗯。"向秀下意识地应了一声，随即便后悔了。他与红莜仅有两面之缘，可一见到她不仅每次都想到芊芊，而且全无抗拒之力，根本无法掩饰自己。

"芊芊……是个好名字，你为她取的？"红莜忍住胸中阵阵酸涩，笑问道。

"嗯。"向秀又是一应，见红莜的脸色霎时白了，心中不知为何涌上一阵烦闷，再一次懊悔不已。他为何要与她说这些？她只不过是个陌生人，即使有一万分貌似芊芊，却终究不是。可看到她脸色发白，他却无法控制地感到难过，想上前柔声相劝。但自己又是何人，凭什么要去在意她的悲喜？他胸中百转千回，神色也变了又变。

红莜在一旁看着他的脸色，以为他生了自己的气，更觉心灰意冷，轻咳一声冷冰冰道："向公子，我家亭主让捎话给嵇公子，说会等候他的佳音，相信他一定不负厚望。"说完也不管向秀听未听见，一转身回府去了。

向秀这才抬起头，眼睛一眨不眨地望着她的背影，也是那般柔媚轻盈，似清莲抖露，弱柳扶风。这世上为何会有如此相似的两人，让他得而复失，失而又遇？这究竟是谁在弄人？

他正自沉吟，忽被嵇康一把抓住衣袖，拉到前方树下。"你怎么了？那样呆站在门前，岂不惹人怀疑？"

"没什么……对了，亭主捎话给你，说定会等候你的佳音。"

嵇康打量着他的神色，小心翼翼道："是因为红荍？你们说了些什么？"

"没有。"

"她真得那么像芊芊？"

向秀听他如此一问，凝神回想芊芊的姿容，蓦然惊觉在他脑中，芊芊的身影不知何时已与红荍重合在一起，难分难离。他心中一慌，忙将竹笛拿在手中，定睛一看，上面的朱砂字迹已变得模糊不清，好似雨打竹身，斑斑泪痕。

"不，这不可能，我怎么可能记不清！还有这字，怎么会，怎么会……"

嵇康看他双目无神，口中不停地喃喃自语，已经猜出了个大概。他夺过竹笛，沉声道："子期，你听我说，这世上没有什么是不会变的。"

"不，不，我对她的心，永远也不会变！"

"你并没有变心，只是敌不过时间。"

"早知如此，我当日就该陪着她一起死！"

"她不会希望你那样的。"

向秀盯上嵇康的双眸，摇头道："我不信。你说这世间没有什么是不会变的，那么你与亭主呢？莫非你们将来有一日也会情意消减，恩爱不再？"

嵇康被他问得一愣，自与曹玫破镜重圆以来，他从未动过此念。方才劝人之话犹在耳边，既然世上并无不变之事，那么自己又能抓住什么，抓住多久，又岂能幸免？一直以来，他都认为自己从未改变，无论志向还是感情。他与钟会之间，是对方背弃友谊。他与曹玫之间，是中了离间之计。然而此刻扪心自问，他的心又何尝没有随着时间与境遇改变？

一瞬间灵光乍现，嵇康理解了向秀的痛苦。他无非是想遵从本心，守住自己，不因时间境遇而改变，只可惜这样的愿望太难实现。思索了半晌，他对上向秀迷茫的眼神："你问得好，我也不知与亭主将来会怎样，世间一切如流星飞逝，暂见忽终。就如庄子所云：'物之生也，若驰若骤，无动而不变，无时而不移。'我们只有努力守住自己的本心，才能让美好之事尽量长久。待到死去那一日，也可还给天地一个原原本本、不增不减、清清白白的自我之魂。"

"守住自己，那什么才是自己？"向秀仍不明白，但既然嵇康说要守住本心，那么他一定不能辜负芊芊，无论谁都不能让他改变！

然而他并不知道，嵇康此时也在心中暗问自己，究竟什么才是自己的本心，又该如何守住？他二人虽好读老庄，对世事颇有思索和见解，但此时仍是青春年华，世间百态还未经历一番，岂能就此想得明白，想得通透？

两人各自想着心事，向客栈方向走去，忽被一阵热闹的锣鼓唢呐声打断，抬头望去，只见前方迎面走来一队成亲的车马，随从众多，个个服饰华丽，车马也皆用红绸装点，浩浩荡荡，气势不凡。

"听说，这新娘子是司马懿最小的闺女，你看这排场，多气派！"

"是啊，也不知是谁这么有福气，能攀上这门亲。"

"据说这新郎官也不简单，出自名门之家，姓什么来着⋯⋯对了，姓钟！"

嵇康与向秀见围上来看热闹的人越来越多，刚准备挤出人群，听见有人提到新郎姓钟，出自名门之家，不由得举目一望，见隆重的礼队之后，一人骑在高头大马之上，爵弁而冠，身披玄纁之服，腰佩宝刀，贵不可言；再往脸上看去，面如冠玉，肤色胜雪，修眉如远山，美目自含情，说不尽的风流潇洒。马上之人好似发现了人群中那双熟悉的目光，隔着众人与嵇康遥遥相对。

"士季。"嵇康动了动嘴唇，声音淹没在熙熙攘攘的人声与乐声之中。

钟会微微扯了下缰绳，目光在嵇康身上停顿须臾，眼神空洞淡漠，像是对着空气。片刻之后，他默默转过头去，自嵇康身边擦过。

"他就是钟会？"向秀问道。

"是。"

"看样子他春风得意，甚是风光。"

"但愿如此。"

"有些事，变了就是变了。有些人，也无法再促膝相对。"

"你说得是⋯⋯走吧，这等喧闹繁华，沸沸扬扬之地不适合咱们。"嵇康说着与向秀一起挤出人群。

钟会行至路的尽头回首一望，见嵇康与向秀携手从容而去，冷哼一声，眸中透出无限恨意。

他自与曹玫退婚以后，便将感情之事抛在一边，一心谋求仕途功名，在蒋济的推举之下入朝担任秘书郎。蒋济暗中与司马懿亲善，钟会审时度势，也认为司马氏将来能成大器，便依附了司马懿的次子司马昭。司马昭见钟会机敏果敢，善用计谋，对他越来越信任，一些朝政大事也开始找他商议。

钟会见自己受到赏识，对司马昭更加尽心尽力。他听说司马昭的妹妹，也就是司马懿与张春华的小女儿尚待字闺中，便请人上门提亲，促成了婚事，正式成为司马氏的亲信幕僚。

却说他迎娶完新娘，骑着骏马来到府中，一切婚礼的繁文缛节行罢以后，陪着众宾客饮酒寒暄一番，待回到洞房时已是月上中天。

站在门外吹了会冷风，钟会的酒劲退了一些。他转身向屋内看去，窗内红帐高挂，烛光闪闪，一个身影独坐床前，身段苗条，安娴静美。那人，正是他的妻子。自提亲至今，他都没见过她的样貌，不知凤冠流苏之下是怎样一张容颜，与曹玟是否天差地别？想到这他不由得一怵，想要马上离开此地，却发现根本无处可逃。

整了整衣冠，钟会撩袍而入，迟疑地踱到那人面前，伸手想去拨开垂在她朱颜之前的流苏，却在半空中生生停住。多少次，无论醒着还是梦中，他想象过的洞房之夜，红烛之后，与他盈盈相对的都是曹玟。然而时至今日红烛犹在，物是人非，叫他如何面对？

他转身退到桌边，合卺酒摆在眼前。明明是大喜之事，却要用这苦葫芦盛酒，一颗匏瓜，剖为两瓣，夫妻对饮，共苦同甘。钟会执起酒壶，给自己斟了满满一杯，举起欲饮，另一半匏瓜却空置眼前，宣示着它的特殊地位。

"呵呵，哈哈哈哈……"钟会醉笑几声，放下已到嘴边的酒，给那一半匏瓜也斟满酒，踉跄地来到新娘身前，抓住她垂在膝上的玉手，径自将她按到桌前，把合卺酒放到她手上。

"玟儿，喝酒！"钟会对身边之人说完，自己仰头先饮了，又眯起醉眼看着新娘。玄红色的礼服之下，纤纤玉体颤了一颤，抖着手微微撩起面前流苏，露出朱红薄唇，浅浅抿了一口，一滴珠泪顺着白皙的下巴滴落下来，落在桌上。

钟会一皱眉："大喜之日，你哭什么！"说着再也忍耐不住，起身拨开她脸前的流苏，瞪眼看向他的新娘。红烛映照之下，一张白皙纤柔的脸庞显现出来。眉毛细长飞逸，双目清灵秀丽，挂着一点泪痕，眸子漆黑如墨，却因受到惊吓微微颤抖。

看着如受惊小鹿般的女子，他下意识地收起怒目，细细端详她的面容，虽不若曹玟那般倾国倾城，但也称得上一位柔美佳人。

"你方才，唤的是谁？"新娘见他收起怒意，颤声问道。

"我，我唤的是你。"钟会胡乱诌道，"成亲之前，我曾为你想了一字，'芰'乃古书中一种长在水边的香草，所以方才那样唤你。"说着他用手指蘸了些酒，在桌案上写出一个"芰"字。

"'芰'……我喜欢这个字，以后这便是我的名字了。"司马芰破涕为笑，嘴角浮现出两个浅浅的梨涡，煞是可爱。

钟会暗舒一口气，心道方才自己饮醉了酒，举动失仪，若让她得知自己旧情难忘，到她父兄那里告上一状，他的前途可就完了。他见司马芝已擦干泪痕，正柔情似水地望着自己，心中涌上一丝愧疚之意，轻轻牵起嘴角对她笑了一笑："时辰不早了，你我饮了这合卺酒吧。"说着将酒递到她手中，两人相对而饮。

饮完一满杯酒，司马芝脸上泛起红霞，娇羞一笑："夫君，我们该歇息了……"说到后面声音几不可闻。

钟会愣了一愣，他从未想过称自己为"夫君"的会是别人。一瞬间，曹玟绝丽的姿容又闪现在眼前，胸口揪心一痛，他蹙起眉，淡淡道："嗯。"长臂揽住司马芝的柳腰，与她一同来到红纱帐前。见她收拾停当，娇羞地卧在里间看向自己，钟会侧过脸："你累了一天，好好歇息吧。"说罢背对着她和衣而卧。

"夫君，是不是我做错了什么？"司马芝不知为何新婚之夜，她的夫君会这般相待，是嫌弃自己模样不好，还是哪里做得不对惹他生气了？

钟会默叹一声，转身看向她："你没做错，是我的错。"说完，将她搂在怀中，两人一起盯着铺满红绸的床帐，各自陷入心事。

红绡帐暖，烛尽泪干，同床异梦，一夜无眠。

第二日天方微亮，钟会早早别了司马芝出府公干。行至府门，他停住脚步对手下人道："你去打探一下，沛王府大宴宾客是何时。还有，在城里的客栈中查访一下，务必查出嵇康住在哪一间。查出之后……"他在下人耳边低语几句，吩咐妥当后出门而去。

到了沛王宴请宾客这日，时辰还未入夜嵇康便里里外外收拾妥当，喊上向秀准备出门。两人刚从客栈二楼下来，老板便殷勤地喊住嵇康满脸堆笑道："呦，嵇公子，您二位这是要出门啊？"

"正是。"

"今夜天气微寒，小店为客人们准备了姜茶，请喝了再走吧。"

"那多谢了。"嵇康不以为意，与向秀饮了姜茶，出门而去。

店老板看着他离开，叹了口气。

嵇康与向秀来到沛王府，只见门庭若市，灯火辉煌，许多马车停在门外，一个个青年才俊翩翩而入。

"叔夜，看来与你竞争者甚多，你可要当心了！"向秀揶揄道。

嵇康淡淡一笑，从怀中掏出请帖迈上台阶，跨进府门时一个趔趄险些被门槛绊倒。"怎么回事？"向秀赶忙扶了他一把。

"没事，未看清脚下。"嵇康脸色微红，摇头道。

"哈哈哈，莫紧张，你的亭主跑不了！"

嵇康自嘲一笑，与向秀一起进入大厅坐上自己的席位。这位置不前不后，不远不近，恰在华灯之下，正是主人目光焦点停留之处，可见曹玟为此事颇费心机。

两人坐定后，扫视厅中众人，多为衣冠楚楚的富家子弟，言谈举止风雅之至。目光一转，发现首座上坐着一人倒是位旧相识。此人一身蓝衣，眉清目秀，正是曾在何晏府上打过交锋的王弼。王弼年初刚被曹爽补为台郎，今年已至弱冠，正是成婚的年纪。看他所坐的位置，就知道沛王对他十分看重。

嵇康端详了王弼几眼，隐隐皱眉，觉得他的气色与之前相比更差，脸色灰白，竟透不出几分血色。他正看着，王弼转过头来，朝他举杯遥敬一下，自己先饮了。嵇康看他稳重了不少，举动也甚是友好，便对他微微颔首，举杯回敬。

刚刚放下酒杯，下人高声报道："沛王到。"话音刚落，一人紫冠玉带，踱出屏风。此人年近五十，眉目英朗，姿态潇洒，仔细观察还能在他眼角眉梢找到几分曹玟的影子。怪不得他如此疼爱幼女，曹玟的相貌估计与他年轻之时颇为相像。嵇康想到此处，对曹林不禁生出几分亲近之感。

正在暗想，忽见屏风内侧的纱帘之后，两个人偷偷探出身来，正是曹玟与红荭。今日这么大的事，她们在后厅如何坐得住，看见曹林一进去便悄悄地跟过来，躲在屏风后的纱帘内向嵇康这边望来。

嵇康见到那个月白色的身影，心中泛起一阵暖意，睁大凤眸想看得再清楚一些，却觉得眼前之物开始微微摇晃，渐渐模糊，不由得一惊，暗道方才只饮了一杯酒，怎么就开始醉了？他怕曹玟担心，对她笑了笑，却发现月白色的人影好似化作一团薄雾，越飘越远。

他这边正出神，曹林那厢朗声道："本王大病初愈，许久未与诸位一起畅谈。今日邀大家前来只为清谈论道，在座可畅所欲言，不必拘泥。"说完举起酒杯对众人一敬，不露声色地将在座之人扫视了一圈，看到嵇康时目光停留了片刻，最终转到王弼身上。

曹林捋髯一笑："本王听闻辅嗣近日在为《道德经》作注，怪不得平叔日日将你挂在嘴边，赞不绝口啊！"他所说的平叔就是何晏。何晏乃曹操继子，与曹林有兄弟之情，加上他娶了曹林的亲妹金乡公主为妻，所以两人关系密切。

王弼淡淡一笑："王爷过誉，区区小事，不足挂齿。"话虽谦逊，但神色中却透着些许傲慢。

曹林倒不以为意，历数当世青年才俊，王弼可算少年盛名，年纪轻轻便位列"三玄"，与何晏、夏侯玄齐名。论才学志向他数一数二，论人品相貌也难逢敌手，这样的年轻人稍稍狂傲一些，并不是什么大毛病。相反，曹林很喜欢他这股子傲气，觉得颇对自己的脾气。

曹林哈哈一笑："辅嗣有何心得高见，不妨说出来与诸位一起探讨。"

王弼略微点头，环视众人一周，对着嵇康所坐的方向一指道："依我看来，如今满座之中能与我说上一二的，只有此人。"

曹林顺着王弼所指，又一次看向嵇康。眼前这个青年从未见过，不知是何人邀来。方才他敬酒之时，已经注意到了嵇康，只觉他坐在众人之中犹如孤松临风，鹤立鸡群，无论相貌还是气质都非常引人注目，此时又听王弼提起，更加重视起来。重新打量了嵇康一番，曹林忽然脑中一闪，若有所悟。也许是出自一位父亲的直觉，他强烈地感到与曹玟有染的，就是此人。他眯起双眼，压住心中的怒火道："哦？ 辅嗣认识此人？"

"何止认识，几年前我曾与他打过交锋，本欲痛快一辩，却因酒醉误事没能一分高下。"王弼还记着当日在何晏府上之事，欲找嵇康再次切磋一番。

"辅嗣不必太过自谦，本王却不信在座还有能将你驳倒之人。"曹林举起酒杯，对嵇康高声道，"这位公子，恕本王眼拙，可否报上高姓大名？"

他这一问，众人皆齐齐朝嵇康看去，等了半天也不见他答话。

向秀一直关注着曹林与王弼的交谈，此时见众人都看着嵇康，便用胳膊肘捅了捅他，小声道："叔夜，王爷问你话呢！"

这一捅不要紧，嵇康身子摇了一摇，朝一旁微微倒去。向秀一惊，忙暗中扶住他，往他脸上一看顿觉不妙。只见嵇康脸色潮红，冷汗顺着发线沥沥而下，眼神涣散，呼吸急促，似乎忍着极大的不适。再看他的手，正紧紧攥着桌角努力使自己保持平衡。

"你怎么了，叔夜？"向秀轻声问。

嵇康喘息道："不知，只觉忽冷忽热，天旋地转……"

"怎会突然这样，难道得了急病？ 你还撑得住吗？"

"撑得，撑得住……"

"王爷问你姓名呢，快快回答！"向秀也替他急出一头汗。

他两人这边窃窃私语，旁人皆不明所以，都道此人竟如此无礼，连王爷问话也不回答。

曹林在主位上反倒看得清楚，见他脸色不佳，以为是心中有鬼不敢应声，不由得一股无名之火窜上心头。他正欲发难，却见王弼站起身来，将面前煮好的热酒端起一大盏递到嵇康面前，挑眉一笑："喝了它！"

二十、一弦弹妙曲，只身驳二席

嵇康强睁着眼，抬头看着一团模糊晃动的蓝色身影，隐约觉得是王弼，心想他这个时候还来劝酒，岂不是雪上加霜，要自己好看？

王弼见他并不伸手，秀眉一皱，将酒杯硬塞到他手上，低声道："喝了这酒，发汗出来，你的药毒便可缓解。"

"药毒？"

"你服食五石散过量已经中毒，难道不知？"

"五石散？我并未服过。"

"莫再多言，赶紧喝了。"王弼直起身来，对曹林笑道，"王爷，这位是谯郡嵇康，他估计是着了风寒，饮了热酒便会好些。"

嵇康见他如此为自己解围，心中感激不尽，赶忙稳住手将热酒饮完，出了一些汗之后，神思清明了一些。

曹林暗暗哼笑，并不信什么风寒之说。但他对"嵇康"此名还是有些耳闻，之前听洛阳的许多文人学子提到过，知道他佳作不少，能言善辩，是个才子。既然王弼有心帮他，自己也不好让他下不来台，便道："既然病了，本王也不便勉强，只可惜听不到辅嗣的一番论辩了。"

王弼哈哈一笑，回归坐席与曹林交谈起来。

嵇康这一出岔子不要紧，可急坏了帘后的曹玟。她眼见着嵇康脸色越来越差，竟连曹林问话都无法回答，一颗心焦急难耐，恨不能冲出去替他说话。此时见父王与王弼相谈甚欢，只怕是相中了王弼，打算将自己许配与他。这可如何是好？

曹玟扯了一把红莜，两人退出前厅向书房走去。

"红莜，你说怎么办，再不想出办法，我们……"

"亭主，我看嵇公子不像是风寒，倒像是服药过量，中毒所致。"

"中毒？"曹玟惊得浑身一颤。

"你别着急，并不是什么要命之物，只不过会让人神思恍惚，无法自持。之前王爷宴请宾客，我服侍过几次，见有人食多了五石散便会如此，如得了疟疾一般。要发此毒也不难，需饮热酒、吃冷食、宽衣带、快步走，将药劲挥发出来。"

"可如今他在席上，岂能做到这些？"

"热酒倒是不少，这其他的……"红莜咬着指尖想了片刻，忽然美目一闪，拍手道，"亭主，你何不将绿绮送去，让在座宾客弹琴助兴。嵇公子最善抚琴，一旦弹奏起来凝神使力，挥汗散毒，定能将药毒解了！"

"好红莜，你真是我的救命福星！"曹玟握着红莜的手，感激得无以复加，两人携手匆匆而去。

却说曹林与王弼聊得甚为投机，已将他视为曹玟夫婿的上佳人选，正准备探问他是否定亲，却见红莜从屏风后走了出来，手里抱着绿绮古琴，对曹林施了一礼道："王爷，亭主命我将绿绮拿来，请宾客们弹琴助兴。"

曹林一看，知道这是女儿想试试众人的琴技，找个知音之人，点头道："好，本王知道了。此琴乃当年司马相如演奏《凤求凰》时所用的绿绮，不知在座有谁愿为我等弹上一曲？"

席间有许多会弹琴之人，听到是司马相如的传世名琴，都想去弹上一弹。只听一灰衣青年道："王爷，在下愿意献丑。"

曹林一笑："好。"命人将琴拿到那人席位上，移开酒菜就桌而放。

灰衣青年撩开衣袖操手而弹，演奏的是古曲《清角》，相传乃黄帝所作。黄帝曾在西泰山上会合天下鬼神。众神坐在六条蛟龙驾着的象车之上，蚩尤在前，风伯雨师位列左右，鬼神在后，凤凰翱翔上空。黄帝见此恢弘景象，乃作《清角》。此曲本应宏伟浩大、洒脱飞扬，只可惜此人琴技平平，未将曲中风华展现出来。

此后又有几人试弹绿绮，但都没能打动人心。曹林将目光转向王弼："辅嗣，你不想试一试？"

王弼方才听了半天觉得索然无味，笑道："我便试试吧。"说着将琴抱至膝上，指尖挥动，是蔡邕"蔡氏五弄"中的《渌水》。琴声明丽婉转，如曲水流觞、碧波荡漾，一曲奏响满座皆醉，似邀来一阵清风，青草芬芳尽在鼻尖。

曹林不由得暗暗叫好，心道王弼不仅文采精华、才高志远，而且精通音律、琴技超群，这样一个人若成了曹玟夫婿，将来两人操琴读诗，共叙闺房之乐，岂不羡煞神仙？他打定主意，要为女儿促成这桩良缘。

"哈哈哈，辅嗣的琴技，满座之中当属魁首。"曹林将手一挥道，"来人，将琴还与亭主，告诉她本王已找到知音之人。"

　　下人应了一声便要上来拿琴，却听一个声音道："且慢，在下还要一弹！"

　　众人循声看去，见一白衣青年缓缓起身，直直看向曹林，眼中一片焦急，这人正是嵇康。

　　他方才饮了热酒之后，神思清明了一些，便依着王弼之言又饮了几大盏，药力发出来了些许。见红莜抱了绿绮进来，就知是曹玟暗中示意他弹琴。可他头昏脑涨，眼花缭乱，坐在席上尚且不稳，如何弹得了琴？眼见几人试了半晌，王弼也弹奏起来，知道不能再等便急中生智，将弹琴不用的左手小指狠狠咬破，一是为了放血散毒，二是为了让自己清醒。他这边刚好了点，就听曹林要撤走绿绮，话中之意更是相中了王弼，赶忙强撑着站起身来请求一弹。

　　曹林见是嵇康心下不悦，不欲给他机会，但也不好当着众人出言回绝，便生出一计。他命下人将琴拿至面前，伸手将琴弦拆去三根。

　　绿绮本有七弦，如今只剩四弦，根本无法弹奏。曹林此举不仅是要断了嵇康的念想，更要在众人面前给他些颜色看看，以解当日蒙羞之恨。他瞪着英目对嵇康道："要弹可以，只有四弦。"大手一挥，让下人将琴递给嵇康。

　　嵇康接过绿绮，细细抚摸了一遍，离开坐席盘膝而坐，将琴放至膝上，只见他又拆了三根琴弦，只留中间一根在琴上，淡然道："一根足矣。"

　　曹林与众人皆是一惊，都道他这是破罐子破摔要逞能硬拼，便抄起手来，等着看他如何收场。

　　嵇康努力凝聚精神，指尖清震，操动一弦，琴声自弦上缓缓传来，是孙登所赠《琴谱》中的失传之曲《流楚窈窕》。曹林与众人听见琴声响起，都觉得难以置信，不由得屏气倾听，生怕漏掉任何一个细节。

　　此曲乃战国楚地的旧曲，又名《激楚》，出自民间。本是乐府中的"相和歌"，需要有人以歌相和，琴诗共鸣。嵇康自孙登处得到琴谱之后，默读一遍已熟记于心，且他曾在邙山上跟孙登偷学过一弦琴，此时演奏起来游刃有余。

　　只听琴声洋洋洒洒，初时轻缓，随即铺天盖地而来，如浩大之水，从天而降，击落山涧；接着曲曲转转，婉约缠绵，似水至清溪，潆绕林间；此后指尖轻点，铮铮呜呜，纷至沓来，好似水分两脉，一向大海，一向碧潭，各归其宿，各享天缘；曲终坦坦然然，渐渐平息，犹如摇荡清波，播撒上善，惠披后世，泽润大地。

　　一曲弹罢，嵇康顿觉周身挥汗、眼明心清，不适之感一扫而空。他有感于此情此景，诗意涌上心头，一字一句吟道：

　　藻泛兰池，和声激朗。操缦清商，游心大象。

倾昧修身，惠音遗响。钟期不存，我志谁赏？

曹林见他不仅能弹响一弦之琴，且所奏之曲恢宏壮阔、动人心魄、闻所未闻，更出口成章、立意高远、以诗咏志，不由得心中一凛，暗道此人才华不在王弼之下，真算得上当世奇才，自己方才真是小觑了。别看曹林之前对嵇康颇有成见，但他是个爱才惜才之人，此一番弹琴咏志，令他对嵇康刮目相看，抚掌赞道："妙哉！本王从未见人弹过一弦琴，不知你所弹是何琴曲？"

"王爷，我所弹乃失传古曲《流楚窈窕》，从苏门山上高人处所得。"

"好，曲好诗也好。听辅嗣方才所言，你叫嵇康？"

"在下谯郡嵇康，字叔夜，现居山阳，先父嵇昭曾任督军粮治书侍御史。"

"你是嵇昭之子？"

"王爷认得先父？"

"我与你父亲，可算是旧相识了。"

谯郡乃曹魏发迹之地，曹氏一族就是从谯郡而出。曹林颇得曹操喜爱，曾被封为谯王，封地就在谯郡。他与嵇昭志趣相投颇有些交情，后来加封沛王，因要照顾母亲杜太妃而长居洛阳，加上嵇昭英年早逝，所以断了来往。

曹林没想到竟能遇见故人之子，对嵇康感觉上又亲近了几分，上前携起他的手引至首座王弼面前，笑道："辅嗣方才说，你二人曾有过交锋，不知今日可否当着众人，再论辩一番？"他此举，是想借此机会再考考嵇康。

嵇康知道曹林何意，躬身一礼："王爷吩咐，敢不从命。"

嵇康与王弼两人在首席上相对而坐，对饮一杯后，王弼开门见山："上次在平叔府上你谈到'形神合一'，说无论养形还是养神，都要做到取舍有度，否则便会伤神害身。我却有一问，人生而有欲，酒色财气皆能动人。若真如你所说，为了养生而压制欲望，岂非违逆自然本性，又何谈养生呢？"

嵇康也不着急辩论，淡淡道："我先有一问。众所周知，蛀虫是从树木里生出来的，那么它对树木的健康是否有所裨益？"

王弼一挑眉："蛀虫啃食树木，自然毫无裨益。"

嵇康道："人之有欲望，犹如木之有蛀。蛀虫虽然生于树木，但却对树木有害无益。蛀虫多了树木会腐烂，就像欲望多了身体就会枯竭一样。欲望和生命不能长久共存，名位和身体不能同时保有。世人如果都知道这个道理，便明白顺从欲望并非养生之道，只会加速人的衰亡。"

王弼听他说完，略微思索片刻正要发难，只听另一人道："既然你们说到此事，我就不得不痛快一问，与叔夜论辩一番，不知是否应战？"

众人一看都觉得奇怪，说话的正是与嵇康同来之人，一身绿衣，钟灵毓秀，不是向秀又是谁？

嵇康不由得抚额，心想：一个人难我就罢了，你也来添乱，这是帮我还是拆台？

曹林见状反倒乐了，笑道："这位公子是何人？"

向秀施礼道："在下乃叔夜好友，河内向秀，字子期。"

"好！虽是好友，但论辩之场犹如战场，学术之争不能相让。来来来，你们三人同席而辩，本王与你们做个见证。"

向秀闻言起身来到首席，与王弼坐在一侧，两人一同面对嵇康。

嵇康苦笑："子期，你有何问？"

向秀道："世人皆知，富贵名位乃人之所欲。古往今来，圣人皆教导我们苦读诗书，将来方能封侯拜相，君王更是富有天下，独居高位。若富贵名位都是害人之物，那圣人为何要如此教导呢？"

嵇康平静而答："圣人看中名位，崇尚富贵，是为了给治理天下的君主、大臣确立尊贵的地位，让人民归从于他们的管理，并不是强调富贵名位的重要，更没有承认此乃人的自然之欲，鼓励世人去贪图它。若人人都为追求富贵名位而争斗不休，岂非如尽在眼前的群雄逐鹿一般，人人以宰割天下、满足私欲为目的，闹得战火连绵、生灵涂炭？岂不闻，子文三次官至令尹，神色并没有显出多少快乐；柳下惠三次被罢官，脸上也没有一丝忧愁。他们都曾获得了富贵名位，但却没有因此扰乱内心的平静。难道说，富贵名位真的是人之所欲吗？"

王弼听他刚一说完，即刻追问："若是不重这些，为何人都将锦衣绣裳穿在身上，又岂见谁将其藏于暗室？"

嵇康回道："世人如此做，无非是想得到他人的赞美，以此作为自己快乐的源泉。将自身的快乐建立在外物之上，殊不知，欲望一起便会担忧是否能得到，得到了又害怕会失去，如此患得患失，周而复始，何时才是尽头？耕种为食，养蚕作衣，当衣食满足了需要，富贵名位就是多余的了。君子不以荣华肆志，不以隐约趋俗，与万物并行，不问荣辱，此乃真富贵也。所以老子云：'乐莫大于无忧，富莫大于知足'，就是这个道理。"

王弼听完低头思索，向秀又道："人皆道'食色性也'，情欲一起便会想到美色，肚子饿了就会寻食充饥，此乃自然之理，请问如何克制？"

嵇康摇头辩解："我所说的取舍有度，并非让人不娶妻子，不吃东西，而是控制情欲和饮食，使之合乎养生之理。如果把发臭的肉放在面前，贪吃的人也能忍住饥饿，那是因为他知道腐肉不可食。若他知道不控制情欲和饮食，就如同饮鸩止渴一般危险，还会拼命追求吗？"

王弼哼道："此话说得容易，做起来却太难。就拿情欲来说，爱美之心人皆有之，西施与嫫母之间，任谁都会选择前者，哪有例外？"

嵇康一笑："我听说有个客栈老板有两个妻妾，一个美丽一个丑陋。丑陋的自知不美便谦逊有礼，受到老板的宠爱；而美丽的仗着美貌骄横跋扈，反而被老板冷落。美丽和丑陋虽不可改变，但却因为老板的着重点不同，颠倒了高低贵贱。如果一个人心中有自己坚定的是非主见，那么任何外物表象，都不能使他的志向动摇。人世的许多牵累，都是由于见识不明所致。如果有人将天下许给你，却让你用利刃立即伤害身体作为条件，恐怕连愚人都不会干，这是因为轻重利弊近在眼前。酒色轻于天下人人皆知，但世人却多葬身于此，用贵重的生命来满足轻贱的欲望，岂不可笑？智者圣人审轻重然后动，量得失以居身，这便是他们与世人的不同了！"

向秀又开口驳难："依你所言，圣人明白轻重贵贱，熟知养生之道，那为何唐尧只活了百岁，孔子也才享年七十。难道他们也如世人般不懂养生之术？"

嵇康从容而答："唐尧和孔子虽然禀受的天命有限，但这也是因为他们掌握了养生之道所致，并不是不养生的结果。孔子凭借养生之术活到了七十岁，而农夫不学无知，有的尚有一百二十岁的寿命。试想一下，如果用孔子的养生之道来指导农夫的饮食起居，那么千岁万岁也不是不可能的。况且，大凡圣人，为了宣扬圣明、创立功绩，有的节衣缩食、辛苦操劳，有的奇谋神略、竭尽智慧，有的殷勤教诲、孜孜不倦，整日里说得口干舌燥，弓着腰、曲着腿，神思在天地间穿梭来回，俯仰之间思绪已经飞越千年，这样殚精竭虑，岂能不耗损生命？若他们能清虚寡欲，去除欲望，坚守自然无为的大道，以中和之理调养身体，服食上好的药物，使形神都达到玄妙欢悦的境界，那么便可与王子乔比寿了！"

王弼一挑眉："自神农倡导五谷以来，鸟兽能够飞翔奔跑，世人得以繁衍生息。怎么你说到养生，不提倡世人多食五谷，为何反而让人去吃什么灵丹妙药呢？"

嵇康笑道："此言差矣，我并非否定五谷之功用。殊不知，神农不仅倡导五谷，也提出要服食上等药物。但上等药物稀有难寻，而五谷只需辛勤耕种便可得，所以才会被推而广之。世人只识五谷不知良药，大概是习惯了已经熟悉的东西，而对未知之物而感到奇怪罢了！"

向秀仍不放松，继续难道："你说良药为上，五谷为下，那为何饭菜吃入腹内，没过多久就要补充，否则就会饥饿难耐呢？"

嵇康辩道："我方才之言并未否定五谷对身体的益处，只是说五谷在养生方面不能跟良药相比罢了。众所周知，麦子比大豆好，稻米又胜过小米。但在没有稻米的地方，人们只能将麦、豆作为珍贵的养生之物，认为没什么可以超过它们了。现在世人不知道良药的功效，就如只知麦、豆，不知稻米一样。如果不能从五谷和众多食物中取舍有度，那么吃进去的东西便会污染肺腑，使身体成为百病依附之所，反而伤身害命。我听说螟蛉产子，如果被细腰蜂拿去养育，产生出的后代便会化作细腰蜂，这是本性的改变；橘生淮北就会变成枳，这是形体的改变。这些改变，原因何在？乃是因为接纳了所食之物的元气，导致禀性产生改变。若能从良药中摄取元气，给养自身，岂不是养生之大幸？"

王弼听了嵇康一番论辩，暗自体味其中之妙，不由得连连点头。只有向秀仍不服气，犹自追问："如你所说，奉行养生之术便可与千岁的王子乔比寿。那么请问在座各位，有谁亲眼见过那样的长寿之人？"

这一句问出来，满座皆摇头摆手表示从未见过。曹林一直听着三人之间的博弈论辩，越听越觉得嵇康不但对养生之术颇有一番真知灼见，而且对人生也存有超脱高洁的志向，一番论辩可算说到了自己心窝子里，心里已将他视为忘年知己。此时见向秀发此一问，知道要回答这个问题实在难上加难，自己也对答案非常好奇，不由自主地前倾身子，等着嵇康的回答。

没想到嵇康毫不犯难，微微一笑："那我也来问问你，就算是看见了千岁的老人，你又凭什么来识别他呢？若凭外表来看，他与常人无异。若凭年岁来验证，朝菌不知晦朔，蟪蛄不识神龟，世人以短短数十载寿命来衡量千岁之人，其难可比登天！彭祖七百岁，人们认为是古书的虚妄之言；刘根久睡不食，人们以为他善于忍饥挨饿；仲都冬天不穿衣服而身体温暖，夏天穿着皮衣却身体凉爽，人们觉得这是偶然现象；李少君能认出遥远年代的玉碗，人们都说这是占卜所知；唐尧把天下禅让给许由，人们断定是编造的故事。如此用狭隘的眼界来揣测奥妙的乾坤，正如井底之蛙，坐井观天，难怪世人从未见过神仙！"

这一番话震惊四座，满座之人无不称叹。向秀也不得不心悦诚服，对嵇康拱手拜道："叔夜，今日我真是口服心服了！"

"好，好，好！贤侄一番旷世奇论，令本王大开眼界，甚得吾心！"曹林赞完，抒髯笑望着嵇康，已将王弼抛到了九霄云外。

嵇康起身谦道："谢王爷夸赞。今日多亏辅嗣、子期相难，令我对养生之论有了更深刻的认识，他二人可算我的良师益友。依我所见，养生有五难：名利不灭、喜怒不除、声色不去、滋味不绝、神虑消散，此五难不除，养生不可期也！"

王弼与向秀见他如此自谦，举杯相敬。在座诸人也都齐敬嵇康，赞不绝口。

后来，嵇康写的关于养生的两篇著作《养生论》和《答难养生论》名动京城，被当世之人诵读传抄不断，皆将他视为天人。

却说曹玟与红莜躲在纱帘之后，见曹林对嵇康从刁难转为称赞，最后已改口唤为"贤侄"，一颗心终于归位，觉得已然胜券在握，便回到闺房中静候佳音。

当夜散席之后，曹林将嵇康留下唤至自己书房。曹玟得知消息欢喜非常，携着红莜悄悄来到书房外，趴在窗边仔细倾听。本以为曹林定然和颜悦色，正与嵇康商谈婚事。谁知刚趴到窗边，却听屋内传来一声拍案，接着就是曹林一句高声怒斥："大胆嵇康，你可知罪！"

她从未见父王如此动怒，吓得控制不住惊叫出来。红莜赶忙用帕子掩住她的嘴，两人惶恐不安地对视着，却听曹林道："长乐，还不给本王进来！"

听见此声，曹玟惊得花容失色。曹林只有在怒极之时才会直呼她的封号"长乐"，她长这么大只有一次，今日是第二次。那次是因她小时擅自骑马，从马上摔下来险些毙命。曹林又惊又怒，将她一通狠斥。而这一次……

父王传唤，不敢不从。曹玟强自稳住心神，被红莜扶着进入房中。抬眼一看，只见曹林面色铁青地坐在桌前。而嵇康则低头垂手立在一边，见她进来，抬头与之对视一眼，眸中一片坦然。

曹林深吸一口气，压住心头怒火，神色冷肃："你二人之事，谁来与本王解释清楚！"

二十一、挥刀试情种，鹿车载酒仙

曹玟见父王这回是真动了气，怕他迁怒嵇康，抢着开口道："父王，我……"

"王爷，在下自五年前得见亭主便一见倾心，再难忘怀，此生除了她不会再想他人。恳请您成全我一片痴心，若能得到恩许我定当倾尽全力，好好照顾她一生一世。"嵇康觉得已是箭在弦上不得不发，将早已在心里转了千回万回的话一口气道出。

谁知曹林听了更怒，英目圆睁："好，好，这样大的事，你们竟然生生瞒了本王五年！那五年前，你二人又是如何遇见？"

"父王，嵇公子曾与钟会同阅太学石经，我们在那里相遇。"

"此事还牵扯钟会？"曹林眉头越皱越紧，"如此说来，你与钟会是知交。既是知交，又岂能夺朋友所爱？这般背信弃义之人，我岂能将女儿许配与你！"

曹玟知道父王最恨不讲道义的小人，见他对嵇康产生了误会，心想事已至此，若再瞒下去恐怕会更糟，便推开红莜对曹林拜道："事已至此，女儿也不想再隐瞒，若说这其中有奸猾小人，却是另有他人。"她将自己与嵇康、钟会三人之事和盘托出。他们是如何定情，钟会又是如何破坏，前前后后一一道来。说到自己三次遇险都被嵇康所救之时，更是绘声绘色将险情大加渲染。

曹林听着，几次心惊，脸色数变，不由得阵阵后怕，待听完全部实情已恍如隔世一般。他本以为女儿与嵇康不过是被彼此的才貌所吸引，互相倾慕，嬉笑之间轻许姻缘，却没想到他二人已经历了这么多生离死别、艰辛磨难，能走到今天这一步实属不易。他并非迂腐世俗之人，年少时也曾尝过情爱之苦。当年曹玟之母早逝，他也知晓与心爱之人永难相见是何等滋味。他知道，自己今日的决定是他二人最后的机会，成与败都在他一念之间。曹林轻轻一挥手道："红莜，扶你家亭主坐下罢。"

"是，王爷。"红莜见曹林语气缓了下来，知道事情已有转机。

曹林长叹一声，对嵇康道："贤侄，本王这女儿已十八岁，早过了婚嫁之年，且曾被钟会退婚，说出去惹人笑话。本王与你父亲相识一场，岂能让嵇家蒙羞？不如你此次就在府上住下，本王再与你物色他人。以你的才貌，只要你看中的，上至公主皇女下至贵族千金，本王都能给你找来。"

嵇康微微一笑，拜道："多谢王爷厚爱。无论亭主在世人眼中如何，我都视其如瑰宝一般，岂是那些公主皇女可以相提并论？"

"你虽不在意世人眼光，但你母亲、兄长未必如此。你父亲早逝，母兄将你抚养成人不容易，他们还等着你光耀门楣。若你不愿娶那些公主千金也可，我明日便上奏天子举荐你入朝为官。将来飞黄腾达，你母兄也可锦衣玉食，过上富贵日子。"曹林接着劝道。

嵇康又是一笑："王爷不必挂心，我有手有脚，自能养家糊口。况且我母兄皆通情达理，不是那些市井小民，必不会为难亭主。若他们指望我过上锦衣玉食的日子，我也只好以己之力，尽力而为，岂能拿亭主作为交换？"

曹玟在一旁听着，觉得他这一番话不卑不亢，恳切至诚，料想父王应该满意。谁知曹林非但不喜，反而脸色大变，怒道："本王好言相劝，你竟如此不识好歹。当日我女儿尚在闺中，你竟敢主动勾引，令她被人退婚蒙羞，已是罪不可恕！今日若非看在你父亲的面子上，本王恨不得立时将你碎尸万段！实话告诉你，任你如何巧言令色，本王绝不会将女儿许配与你，你还是死了这条心，否则本王随时可以将你问罪！"

此话一出，嵇康与曹玟都是一惊，没想到情况会急转直下，闹到如此地步。曹玟再也坐不住，从椅子上颤巍巍地站起身，跪倒在曹林面前："父王，女儿此生非他不嫁。你若不答应，我只好削发明志，终身不嫁。"

"好，好，本王十几年来对你的养育之恩，竟然比不过此人三言两语！你不必再说了，来人，将此人给本王拿下！"曹林话音刚落，门外就有侍卫高声答应，准备推门而入。

曹玟扑到门前拦住侍卫，满眼绝望地看着曹林，随后默默地朝他磕了三个头，声音空洞："父王，女儿没想到你竟会如此。既然你不愿成全，请恕女儿不孝。"言毕将袖中的七星宝刀拔出，扯起垂在胸前的长发，眼看就要挥刀斩断。

曹林大怒："好，你既如此绝情，本王就当从没生过你这个女儿！"说着将腰间所佩的百辟刀一把抽出，寒光闪闪直朝曹玟而来。

嵇康见他父女二人顷刻反目，竟然拔刀相向，顿觉万念俱灰，挺身挡在曹玟身前，面对刀锋将眼一闭，等着曹林两刀下去，他二人即可在黄泉相见。

两人皆已抱定必死之念，等着曹林裁决，却听"喤啷"一声，曹玟手中的宝刀应声震落。睁开眼来，曹林已经将百辟刀收起，带着笑意俯视着他们。

"父王，你……"曹玟惊魂甫定，尚觉在梦里。

"你起来吧。"曹林左手将嵇康扶起，右手抚着曹玟头顶的黑发，责道："你这丫头，竟敢拿刀威胁父王！若将这一头秀发斩断，日后贤侄不要你，父王可管不了，还不快起来。"

嵇康与曹玟乍听此言，都是又惊又喜，又怕是自己听错了不敢答言，傻傻地立在原地。

曹林坐回桌前，对门外的侍卫道："你们都退下吧。"又命人奉上茶来，将嵇康让至座位，见曹玟还是愣在那里一动不动，问道："为何还不起来，难道是怪父王不成？红莜，将亭主扶起来。"

曹玟走回椅边也不敢坐稳，紧盯着曹林："父王，你，你这是应允了？"

曹林饮了口茶，笑道："怎么，莫非你改了主意，又不愿嫁给贤侄了？"

"不，不，女儿愿意，我愿意！"曹玟终于明白，曹林方才一番婉言利诱，疾言厉色，不过为了再试一试嵇康的真心。自己不知内情，一番削发明志倒帮他演足了一场苦肉戏。想起方才的险情，还有自己这五年来所经受的一切，一时间所有的痛苦、担忧、委屈、辛酸全都涌上心头，禁不住伏在曹林膝上泣不成声。

曹林也知道自己方才过火了，险些铸成大错，抚着曹玟的肩头道："好了，好了，父王知道你受委屈了，莫再哭了。"见她还是收不住泪，犹自呜咽不止，只得对嵇康无奈道："这女儿已被本王宠坏，你日后可要多多担待。"

嵇康忙起身拜道："多谢王爷成全，我定会将她捧在手心，视若明珠！"

"还叫我王爷吗？"曹林笑道。

"父王在上，请受小婿一拜！"嵇康连忙对曹林深深一拜。抬起头来，正与曹玟盈满泪光的双眸相对，笑意自彼此嘴角徐徐绽放开来。所有情感，所有言语，都凝结在这一望之间。

三日之后，嵇康与曹玟在洛阳城郊的牡丹长亭作别。时值春夏之交，牡丹花皆已含苞待放、凝香吐露、俏立枝头。凤丹、赵粉、白玉、墨魁，各色花种争奇斗艳，一片玉白嫩粉，姹紫嫣红，映衬着亭中之人的明媚心情，分外娇艳。

"嵇公子，你此去定要早去早归。"曹玟柔媚一笑，声音甜美如蜜。

"放心，待我回去禀明母兄，便会着人前来送聘。下次相见，你便不能再称我为公子了。"看着她因羞涩而泛红的脸，嵇康伸手折起身旁一支绽放的牡丹，轻轻插在她的鬓边。这牡丹名为"雪映朝霞"，花开如绣球，白中透粉，恰如她娇嫩的肤色，两相映照，风华无边。

"嗯。"曹玟望着他的如墨双眸，柔声道："我等着你。"

"照顾好自己。"抚了抚她的乌发，嵇康又凝视了片刻，转身走出长亭跨上白马，再一次朝亭中望去。曹玟与红莜一前一后立在亭边，目送离人。

"子期，咱们上路吧。"嵇康对身后的向秀道，却不见他驱马扬鞭。"子期？该走了。"

"嗯。"向秀收起目光，策马跟在他的身后，默默无语。

"还在想着她？"两人走出一段，嵇康忽然一问。

"谁？"

"红莜，或者芊芊。"

"没，没有。"

"你瞒得了自己，却瞒不过我。"

"呵，连我自己都不知，你又如何知晓？"

"红莜是个好姑娘，你若真喜欢她，我可以转告亭主，让她……"

"我已说过多次，我心里只有一人，便是芊芊！"

"好，你既不敢承认，我也无话可说。"

"叔夜，我心意已决，你又何必再提其他？难道你还不知我？"

"我只是觉得可惜罢了。算了，就当我从未说过。"

两人闷闷不语，在去往山阳的道上踽踽而行。走了一段，忽见前方驶来一辆小车，晃晃悠悠，颠簸不止。车上坐着一人，由一个下人推着车行在前面，另一个下人拿着一把锄头紧跟其后。

嵇康与向秀顿生好奇，停下马来驻足而观。仔细一瞧，这架车只有中间一个车轮，因车板窄狭只能容下一只鹿，所以又被人称作"鹿车"。那人歪歪斜斜地坐着，身材矮瘦，容貌奇特，眉长垂耳，目小有神，鼻大嘴阔，看上去已年过三旬。他一身灰衣，手里抱着一个酒葫芦，正仰着头豪饮。饮完一通，将酒葫芦斜挎在腰间，对身后的下人道："你们可记着，我若醉死在此处，便拿锄头挖个坑，就地一埋了事。"下人也不知答什么好，只能诺诺地点头。

嵇康不觉莞尔，心道此人当真是个酒疯子。眼看他乘着车就要走远，忙喊道："先生，可否留步？"

车上之人饮完一大口酒，微微侧首朝他瞥了一眼，摇头道："忙着饮酒，没空闲谈！"答完接着抱起酒葫芦，径自而去。待快行至路的尽头时，几句诗从车上传来，声音不大，气息却持久不断：

行无辙迹，居无室庐。幕天席地，纵意所如。

止则操卮执觚，动则挈榼提壶，唯酒是务，焉知其余？

嵇康点头默赞，与向秀接着前行，萦绕在两人间的沉闷气氛随之荡然无存。

"方才那人真是有趣。"向秀笑道。

"他可算是我见过的最为放浪不羁之人，鹿车饮酒，就地葬身，世间还有何事牵绊得了他？"嵇康深感钦佩。

"此人倒与你我十分投缘，只可惜他酒瘾上了，无暇理人，哈哈哈！"

"无妨，有缘自会再见。"

两人一路说说笑笑，终于回到山阳。嵇康回到家中，将与曹玟之事告知孙氏和嵇喜。孙氏眼见嵇康年纪越来越长，之前来提亲的都被他一概回绝，日日忧心如焚，此时听他不仅打算成亲，所娶的竟是王爷之女、曹氏宗亲，自然喜上眉梢。嵇喜本已对弟弟不抱希望，任他与一帮狂放之人厮混，只要不闹出大事就好。今日听见如此喜讯，还以为他改了性子，知道成家立业、结交权贵，心下安慰不少。嵇康也不理会他们怎么想，只盼着将婚前诸多琐事速速办妥，好让曹玟在洛阳安心。嵇喜在洛阳为嵇康置办了宅子，里里外外操办婚事可谓尽心尽力。终于，两家将婚期定在来年春天。按照礼仪，新人成婚之前不得相见。嵇喜怕出岔子，命嵇康好好待在山阳，静候佳期。

这天，嵇康邀了向秀到黄公酒垆饮酒。两人刚在酒桌前坐好，还未饮上一口，只听外面吵吵嚷嚷，好像有人吵起架来。他二人本就不爱理会俗事，此时见闹哄哄一片，只作不闻不见，犹自对饮交谈。可外面的争吵声越来越大，还是传进了两人之耳。

"你这个酒疯子，撞了我不说还将酒洒我一身，这就想走？"

"我只识得这壶中之物，谁管你是何人？况且这大道如此宽敞，你不好好走路，偏想往我的车轱辘底下钻，又怪得了谁？"

"你倒有理了，我问你，你赔是不赔？"

"赔什么？我何曾伤到你一根头发，真是岂有此理！"

"你这个醉鬼，今日撞了我就别想好走！"

"好，好，那你看我身上有何物值钱，只管拿去。不过我看除了这条命，也没什么值钱之物。"

"谁说没有值钱的东西，把你的鹿车留下，我就让你们过去！"

嵇康与向秀听见"鹿车"两字，对视一眼，侧过头朝街上看去。只见众人围着一架鹿车，车上坐着一人，醉态十足，正跟一个青年理论。身后的两个下人也不上前帮忙，只唯唯诺诺地站在那。

"他不就是我们曾遇见的那人？"向秀惊道。

"走，看看去。"嵇康与向秀来到酒垆门口，向一位路人询问情由。原来，那人乘鹿车路过此街，与那青年走了个对脸。青年也不让路只管往前走。鹿车本就不稳，车上的人又醉得可以，一摇三晃，便将酒洒在了青年身上。原本也没什么事，可这青年不依不饶，非要车上的人赔偿，这才吵了起来。

他们这边刚打听完，只见那青年已经卷起袖子，举拳欲朝那人打去。众人正准备拉架，谁知那人面对拳头非但不躲不闪，反而笑道："你看我这副身子骨，瘦得像鸡肋一般，打起来忒硌手。我倒不怕疼，只怕你的拳头不舒服啊！"

此话一出，众人皆忍俊不禁，那青年也被逗乐了，拳头再也抡不下去，啐了一口道："今日算我倒霉！"随后挤出人群。

那鹿车上的人见他走了，嘿嘿一笑，抱着酒壶饮了一口道："咱们接着走！"下人正要推车，嵇康朗声道："先生，我这里有好酒，要不要一起喝个痛快？"

那人听见有酒，立刻回过头来，哈哈笑道："好，好，哪里有好酒，哪里便有我刘伶！"说着从鹿车上下来，醉醺醺地迈进酒垆，又对下人道："你们听好了，若我醉死在这酒垆，是我自取，可与他人无关！"

嵇康将刘伶引至酒桌，让樱娘又抱来几坛好酒。三人二话不说，举杯对饮起来。待喝干了桌上之酒，刘伶才道："我好像见过你们，二位如何称呼？"

嵇康笑道："上次在洛阳郊外，我二人曾听过先生吟诗。先生鹿车饮酒，就地葬身，酒脱逍遥，嵇康十分佩服。"

"你便是嵇康？我读过你的那篇什么《养生论》。论是好论，可对我来说非但无用，反而有害啊！"刘伶撇嘴道。

"哦？此话怎讲？"向秀瞥了一眼嵇康，笑问。

"让我猜猜，你是那作论驳他的向秀，对否？"

"先生好眼力。"向秀乐了。

"你那篇《难嵇叔夜养生论》驳得甚好，不过你忘了提一样。"

"什么？"

"有人因养生而活，有人却因养生而死。就拿我来说，你若让我一天甚至一个时辰不饮酒，我便周身不适，痛苦难当，恨不得一死了事。照这位嵇公子所言，酒乃伤身之物，需当适度而饮。我若依此照做，恐怕一天也活不过，早成了一具枯骨，岂能在此与你们谈笑风生？"刘伶说完又饮了起来。

嵇康听罢却如醍醐灌顶，思索了片刻道："先生之言颇有机锋，有因养生而活，有因养生而死……此论超脱俗世，我一时虽参悟不透，却受益匪浅。"

"哈哈哈，酒疯子之言听听便是，不可当真，不可当真！"

"樱娘，再拿几坛好酒来！"嵇康招手唤道，"今日定与先生喝个痛快！"

三人又拿起酒杯，边饮边谈。一问才知，这刘伶乃沛国人，字伯伦，今年不过二十六七岁。他生性放诞随意，纵情肆志，以老庄思想为处事之本，虽已娶了妻室，却整日里乘着鹿车，抱着酒葫芦四处游历，不拘小节，不修边幅，看起来仙风道骨，倒像已过四旬。那日在洛阳郊外吟诵之诗，乃是他所作的《酒德颂》。该诗颂赞扬饮酒之品德，摒弃世俗之礼法，被后世人传颂为千古绝唱。刘伶酒量奇大，饮至最后嵇康与向秀皆伏倒在案，醉死过去。他仍自狂饮不止，饮够了将酒钱一扔，起身飘然离去。

寒霜化尽，绿染枝头，迎春带俏，佳期已近。洛阳嵇府处处张灯结彩，满堂彤红，家丁仆人忙里忙外，喜气洋洋，准备三日后迎娶长乐亭主。

城中另一边的钟府后花园内，司马芝手持锦绣团扇独坐亭中。初春的黄昏乍暖还寒，本用不着团扇，然而她却早早将其拿在手中，只因此扇乃钟会所赠。她低头望向扇面，白纱扇面上绣着一只小舟，几条垂柳，一对绿鸠停在枝头紧紧依偎，扇面的一角还绣着一首曹植的《芙蓉池诗》：

> 逍遥芙蓉池，翩翩戏轻舟。
>
> 南阳栖双鹄，北柳有鸣鸠。

司马芝将团扇抵在白皙纤柔的下巴上，轻吁一口气。为何她念着此诗，心头却没有一丝暖意？自从嫁与钟会，两人之间虽相敬如宾、融洽和睦，可她却总觉得缺少些什么。钟会容貌潇洒、举止风流，待她也称得上温柔，有这样一位夫君相伴，她本不应再有怨言。然而她却仍在奢望，奢望着能有一日，他唤着自己的时候，不像是在对着他人。

院中刮起一阵凉风，司马芝紧了紧衣衫，起身去替钟会关上书房的窗子。刚走近窗边，一张诗稿自窗子飞出，落在脚边。俯身拾起，纸上现出几行娟秀的小楷，正是自己团扇上的那首诗。还未细瞧，冷风又卷着三五张纸飘出，凌乱地散落一地。低头看去，只见一张张诗稿上皆落着同一款识："曹玟雅摘。"

"曹玟，玟儿，芝儿……"司马芝静静地注视着一地诗稿，团扇掉落在地。

二十二、历难终结发，险遇观虎人

司马芝望着地上的诗稿，只觉彻骨冰凉。俯身一张张拾起仔细叠好，怕眼泪打湿纸张，慌忙侧过脸用衣袖拭干。

"芝儿，你怎么在这儿？"钟会边问边跨进院门。

"我，我来帮你关窗，你看这些诗稿被风吹了一地。"司马芝掩住哽咽之声，快步走进书房将诗稿放回桌上，转过头来对钟会柔柔一笑。

钟会看了看那些诗稿，又仔细打量了她一番，试探道："你脸色不好，是不是哪里不舒服？"

"没，只是方才被风吹着了，觉得有些冷。"

钟会拉过她的手握在掌心："天才刚刚回暖，为何穿得这样少？"揽住司马芝走出书房，走了几步，看见落在地上的团扇，他俯身拾起道："这天气还用不到此扇，怎么把它拿出来了？以后莫再使了。"

"好。"司马芝将眼泪默默吞下，什么也没问。两人来到卧房，钟会道："你先歇息吧，我稍后便来。"司马芝点点头，径自侧卧在里面。

钟会在桌边坐下，从怀中摸出一张大红"喜"字看了半晌，纸上的朱砂沾在他白皙的指尖，烛火之下，分外刺眼。今日他在城中看见一户新宅正在准备婚事，一问才知是嵇康在洛阳的府邸。正在发愣，冷风吹着一张未贴好的喜字朝他迎面扑来，丝毫不容躲闪。

还有三日，她便要嫁与他人。钟会轻笑两声，执起酒壶自斟自饮，直至夜深。红帐之中，司马芝睁着双眼，泪水无声地滑落在枕边。

三日后，洛阳嵇府迎来了一对新人。嵇康平生第一次褪去素衣，穿上隆重的礼服，玄衣纁裳，爵弁而冠，玄衣喜袍映着如玉的面容，为他素来飘逸脱俗的气质添了几分人间烟火。乌发高高梳起，束在冠中，长眉舒展，凤眸含笑，眼角眉梢尽是喜色。一番迎亲仪式之后，终于将曹玟从沛王府接回家中。他本不在乎这些繁文缛节，但此时与心爱之人一起山盟海誓，以天地为证，日月为凭，却感到从未有过的美好郑重。

一番喧闹欢庆之后，新人终于被送至洞房。嵇康已有了几分醉意，站在门边望着红纱软帐中盈盈而坐的新娘，竟自痴痴地笑了起来。新娘听见他的笑声，也抬起华服红袖掩口轻笑，霎时引得红烛起舞、纱帐轻扬、满室柔情荡漾。

来到新娘身前，嵇康轻轻撩起她的凤冠流苏，一张明艳照人的绝色容颜徐徐显露，对他展颜一笑，动人心扉。两人借着烛光彼此凝视，都觉眼前之人从未有过的光彩夺目、勾魂摄魄，令人心旌摇荡。

曹玟盼着这一天不知几多朝暮，此时终于见到魂牵梦绕之人，见他只是望着自己也不说话，便娇羞一笑，微启朱唇刚欲唤人，却被嵇康以手轻轻掩住唇。

"闭上眼睛，我有一物相赠。"

曹玟依言闭起双眼，卷长的睫毛随着心跳微微颤动，手心骤然一凉，被塞进一个柔滑之物。低头看去，只见是一块通体碧绿的玉珏，拿起来仔细一瞧，发现此玉珏由两块开口相对的碧玉嵌合而成。再细细端详，两块碧玉正是她和嵇康的那一对，不由得惊喜道："这是你我的那对玉佩！"

"正是。我找人将它们嵌合在一起，成了这块玉珏。"

古字中，"二玉相并"是为"珏"。二玉相碰，发出的悦耳之声也被称为"珏"。"琴瑟""琵琶"四字上面的双"王"均是从这一"珏"字演化而来。

"它们曾互碰而破，却也因此能够合二为一，永不分离。你可喜欢？"

"喜欢。"

嵇康在床边坐下，亲手将玉珏为她佩在腰间，柔声道："我知你定会喜欢，我还有第二物相赠。"

曹玟又是一喜，刚伸出手却被嵇康牵起摊开掌心，用指尖在其上写下两字："你的玉佩自小摔破，有了缺损，但如今你有了我便不会再有欠缺。我将'玉珏'二字赠你，此后便是你的小字。"

"玉珏。"曹玟轻轻地念出口。

"是。"嵇康神色微赧，"钟会……他曾以'玟儿'唤你。我不愿再以此字相称，日后便以你的小字为名，可好？"

曹玟知他何意，心中甜蜜："好。"

嵇康心满意足，伸手将系在她发髻上的红缨带解下，意为"解缨"。又将她发尾的青丝剪去一段，并脱下自己的发冠，将束发解开，在发梢处也剪下一段，用方才解下的红缨带将两段情丝结在一起，意为"结发"。行完解缨、结发之礼，他将合卺酒拿来一半放在她手上，道："饮了这杯酒，你我便是一生一世的夫妻。"

两人并坐床头，相对而饮。饮毕，嵇康将曹玟揽在怀中，温柔地唤道："玉儿。"

曹玟将脸贴上他的胸膛，甜甜一声："夫君。"

"夫君之称，人前称呼即可。你我独处之时，我想听你唤我之名。你我皆如此相唤，才是举案齐眉。"自古夫为妻纲，妻子直呼夫名，乃是夫敬妻之举。

"好，我听你的，"曹玟再一次抬起头，对上他的双眸。

男子成年后，名讳只有尊长可以直接称呼，别人只能呼其官爵或者表字。如今嵇康既肯为自己放下为夫之尊，她也必更加敬之爱之，不负深情。

"康……"这一声唤罢，她已觉无憾了。

"玉儿，"嵇康醉眼看着烛火下莹莹如玉的容颜，低头附在她耳边，道："我还有，还有一物相赠。"不等曹玟反应，已侧过脸在她唇上落下深深一吻，扯过床边围帐，将二人的身影掩进层层叠叠的红纱帐中。满室浓情，春意无边。

这里嵇康与曹玟终成眷属，却不知府外大树之下，一人远远望着府中的喜庆景象，直到宴歇人散，洞房的烛火也熄灭了才转身欲走，此人正是钟会。他本没想过要如此，却鬼使神差般走到这里，不知不觉站了许久。身后忽然传来一个熟悉的声音：

> 燕燕于飞，颉之颃之。之子于归，远于将之。
> 瞻望弗及，伫立以泣……

此乃《诗经·邶风·燕燕》中的诗句，以朴素之言表达了为出嫁女送行之人的无限落寞惆怅之情。

钟会一惊，回眸看去："怎么是你？"

黑影中缓缓走出一人，素衣兰裙，娴静柔美，漆黑眸子中透着说不尽的悲意："我想来看看，她是什么样子。"

"真是笑话，人在洞房里，如何看得见？"

"你不更可笑，她既已嫁与他人，你又何必如此念念不忘？"

"你！你在这里站了多久？"钟会渐渐压不住怒意。

"没多久，自你出府我就一路相随。"

"你跟踪我？"

"我只是想看看，这么晚了你要去见谁。她究竟什么地方好，若是你喜欢，我可以学。"

"学？哈哈哈，不必枉费心机，你永远也不可与她相提并论！"钟会脱口而出，话音方落便心生悔意。既然曹玟此生已无法得到，他又何必再去伤害一个无辜之人？看着那月下惨白的脸，他心中隐隐一痛，柔声道："芟儿……"

"芟儿？好个'芟儿'。本以为这是你特意为我所取，却不知只是酒后失言的托词。那晚你唤的本是'玟儿'，是不是？"

"是又怎样？此事还用不着跟你解释！"钟会不愿被身边人窥破心事。

"是，你说得对。在你心里，我什么也不是。"司马芟脸色更加苍白，抓在柳枝上的手微微发抖，背过身兀自颤巍巍地往回走去。

"你，你给我站住！"钟会蹙起修眉，上前想扯住她的手，却被狠狠甩开。正欲发火，却见司马芟身子摇了一摇，无力地向地上倒去，用手紧紧捂着腹部。钟会愣在那里，震惊地看着鲜血顺着她的裙角蜿蜒而出，殷红了一地。

"芟儿！"钟会扶将上去，"你，你……"

"孩子，我的孩子……"司马芟心如死灰，希望如同剥落的血肉，一块一块破体而出。

这一夜，新人在洞房中浓情蜜意，又岂知府外寒风之中，钟会与司马芝痛苦地失去了他们唯一的亲生子。

公元247年，嵇康娶沛王曹林之女长乐亭主为妻。同年，他因曹氏姻亲之故入朝任郎中，后拜为中散大夫，以太学博士之身份每月十天授课太学。是年五月，曹爽听信何晏、丁谧之计软禁太后，独揽大权，暗中筹划架空司马懿。司马懿老谋深算料得先机，以年迈多病为由上书天子曹芳，请求告老养病。其长子司马师时任中护军，统领一部分京师禁卫。司马懿仍恐兵力不足，暗中蓄养心腹精兵三千，分布洛阳城中各处，静待时机。

嵇康所授课的太学兴起于西周。汉武帝时期董仲舒提出"天人三策"，劝谏天子设置太学以养天下之士。汉武帝在长安设立太学，罢黜百家，独尊儒术，由太学博士讲授儒家经典。太学初建时只有几十人，王莽时期达到一万人。东汉光武帝刘秀在洛阳城东南的开阳门外兴建太学。东汉末期政治日益腐败，太学生遭到宦官打击逮捕，太学一度被废除。后来，魏文帝曹丕恢复了洛阳太学，到魏明帝曹叡时太学生增至千人，依汉制通过考试者可以补掌故、太子舍人、郎中等职。

嵇康入太学授课，并非教授儒家经典而是讲杂集。与他同在太学开课的有旧相识尚书郎王弼，还有曹爽的亲信吏部尚书何晏。这日，嵇康刚从太学授课出来，迎面走来一位蓝衣青年，对他一拱手道："叔夜，自那日沛王府一别，许久未见。"

嵇康回礼道："那日幸蒙辅嗣替我解围，还未来得及言谢。"

"不必多礼，你我也算不打不相识。不过，我却不知那日沛王另有他意，否则绝不帮你！"王弼玩笑道。

嵇康脸色一红："你这是要去哪里？"

"你没听说吗？大将军曹爽前日猎到一只猛虎，现正在宣武场上使人斗虎为戏，咱们一起瞧瞧去！"说完拉着嵇康便走。

嵇康方才从太学生口中听闻此事，觉得曹爽此举不过是哗众取宠，彰显威慑，本不想去凑热闹，此时见王弼如此有兴致，只好随他一起去看看。两人一同来到宣武场，只见一个用栅栏围住的圆形场子里，一只斑斓猛虎被困在当中，两个全身盔甲的武士一左一右，正执戈与虎相搏。说是斗虎，但这只老虎早已被砍掉了爪子和獠牙，入场时就已伤痕累累，面对武士只有招架之功没有反击之力，犹自绝望地嘶吼着。观看的人将场子围得水泄不通，他二人只能远远看着。

曹爽坐在高台之上，满面春风地看着场中的搏斗，一会儿对身旁站着的两人低语几句，一会儿对着场上指指点点，一副指点江山的架势。嵇康仔细一瞧，曹爽左边之人是何晏，而右边的则是那强霸民女的丁谧。三人皆是一副志得意满、不可一世之态。

嵇康皱起眉，忽听场上一片惊呼之声，围观的众人跌跌撞撞，边叫边往两旁逃散。举目望向场中，那只斑斓猛虎困兽犹斗，拼死一搏，已将一个武士踏死，尾巴朝另一武士疾扫一下，卯足力气朝栅栏撞去。被扎得死死的栅栏就这样生生被老虎撞出一条血路，围观之人吓得魂飞魄散，四处奔逃。幸存的武士躲过一袭，举着戈追上前去，在虎背上连扎两下。老虎虽痛但却毫不放过生的机会，猛地一跃从栅栏中翻出，一路踩踏着人群朝曹爽的高台扑来。

再看曹爽，早没了方才的气势，由何晏、丁谧护着战战兢兢地躲在一群亲兵之后。亲兵严阵以待，准备迎击。

嵇康抓起王弼的袖子，与他一同往人少之处撤离。正在此时，又一阵尖叫响起，二人回头看去，只见那老虎渐渐疲累，脚步越来越慢，眼看就要支撑不住而倒下。老虎近旁的人皆吓得瘫软在地，唯独一个紫衣少年神色镇定，闪身跃到老虎一侧，趁它摇摇晃晃之际拔出腰间佩刀，一刀插入老虎咽喉。老虎此时已是强弩之末，受此重创立时倒地，爪子却将少年扫翻在地，随后终于撑持不住，趴在地上渐渐没了气息。

曹爽见老虎已死，整整衣冠，让亲兵退下，命人将紫衣少年带到面前，问道："老虎施威，众人皆惧，你为何不躲？"

"躲之不及，只能一搏。"少年朗声道。

"好，年纪轻轻勇气可嘉，报上名来本将军重重有赏！"

少年抬头看了曹爽一眼，笑道："在下微名不足道，只想奉劝大将军一句。猛虎虽失爪牙，雄风犹在。困兽之斗其势更甚，岂能就此作壁上观？"说完对曹爽施了一礼径自走开。曹爽本欲发作，但看众人皆仰望着他，只得一挥手道："今日就到这里，散了吧！"言毕与何晏、丁谧二人便要离开。

丁谧无意识地扫过台下众人，忽然看见人群中的嵇康，想起了当初洛阳城中的恨事，眉间一挑，对曹爽道："大将军，我见过那个少年，是个太学生。喏，他的先生就在那边。"说着用下巴指了指远处的嵇康。

"哦？"曹爽向嵇康看去，知道他是长乐亭主的夫婿，新拜的中散大夫。于是与众人来到嵇康面前，眼睛一睐道，"这不是新任的中散大夫嘛，你叫什么来着？"

嵇康略一拱手："在下嵇康。"

"你教的学生不错嘛，胆子够大。"丁谧在一旁吹起凉风。

"哪里，对着畜生他算有些胆量，但若是对着王法，他的胆子却比不过大人。"嵇康回敬道。

"你！"丁谧被噎了一下，也不着急，将话锋一转，"今日大将军斗虎为戏，可谓有惊无险，足见大将军英明神武，威慑众生。凭你是人还是畜生，都要拜倒在大将军脚下。"

曹爽顿觉找回几分颜面，心里十分受用，向前踱了几步："嵇中散，你那学生说'猛虎虽失爪牙，雄风犹在'，不知是在长谁家志气。你倒说说看，今日之事当作何讲？"

"在下的看法与他一样。大将军以为斩断了虎爪便可胜券在握，岂知虎威一抖其势难料，若不加防范，只怕祸事就在旦夕。"嵇康直言不讳。

曹爽十分不悦，哼道："果然什么师傅带什么徒弟。你们这帮迂腐文人懂什么国家大事！"他横眉打量着嵇康，忽然觉得似乎在哪见过："我好像，早先在哪见过你。"

嵇康微微一笑："大将军日理万机，岂会记得旧事。在下之志犹未改，只可惜大将军早已失了当年的心境。"

他初进洛阳城时，在司马门外曾帮曹爽言激司马昭，解了一时之围。那时的曹爽还是城门校尉，对世事尚有敬畏，也怀着一颗拳拳报国之心。若他还是那时的曹爽，嵇康又岂能不愿披肝沥胆，为其献谋献智？只可惜，这位权势滔天的大将军早已忘了明帝托孤之重，更忘了自己最初的志向，堕入名利的无底地狱。

"大胆嵇康，竟敢对大将军不敬！"丁谧寻到机会，立即发难，"大将军，此人目中无人，言辞放肆，应该立即拿下问罪！"

曹爽寻思着嵇康的话，模糊记起多年前司马门之事，哼笑一声，讥讽道："此一时，彼一时。当初有人做事不留名，一副无欲无求的清高姿态，现下不也攀龙附凤，顶着大夫的头衔招摇过市？"

嵇康听了只是淡笑，并不答话。

丁谧继续煽风点火："这些酸腐文人，岂知大将军的雄心壮志？如此对大将军不敬，不如早点抓起来。"他步步紧逼，想趁热打铁将嵇康办了，好解心头之恨。

此时，在一旁一直未发话的何晏走上前道："大将军，陛下还在宫中等着，我们……"

曹爽听了丁谧之言，正欲发作，却见何晏上来岔开话头，顿时明白了他的意思。虽说何晏因当初之事，对嵇康颇存嫉恨，但他是曹操养子，与曹林不仅有兄弟之份，且他娶的便是曹林的亲妹妹金乡公主，论辈分嵇康该当唤他一声"姑父"，有这层关系在，他也不能袖手旁观，所以才出言解围。

曹爽不想驳了何晏的面子，也知道嵇康乃沛王曹林之婿，不好将他如何，只得不耐烦道："罢了罢了，好好的兴致都被尔等破坏了，真是扫兴之至！"一甩袖，率着众人浩荡而去。

嵇康目送曹爽离开，回身对王弼苦笑一下。二人正打算离去，却听人道："二位先生留步。"说话的正是那位紫衣少年，他并未走远，一直听着曹爽与嵇康之间的对话。"先生方才之言，真是痛快淋漓！"

嵇康笑道："今日在太学，我见你对斗虎一事嗤之以鼻，怎么却来了？"

"先生一向不喜凑热闹，怎么也会在此？"紫衣少年狡黠一笑。

"哈哈，看来你我是彼此彼此了。"嵇康瞥了王弼一眼。

"你二人不要打哑谜。"王弼撇嘴道，"哎，今日大将军的戏码，算是演砸了。"

"哼，丁谧奸诈，何晏浮夸，有这两人撺掇必将引来祸事……"说到这少年忽得脸色一变，抚上左臂。方才没注意，老虎的爪子虽然已被砍掉，但仍将少年的胳膊划出了伤痕，此刻已经殷出血来。嵇康忙将衣角撕下帮他缠住伤口，道："先别说了，赶紧去医馆。"三人一起朝医馆而去。

话说这紫衣少年姓王名戎，字濬冲，年方十四，出身当世高门琅琊王氏，是嵇康所教授的太学生。王戎自幼聪颖，颇有胆识，风姿秀彻，双目如电，神采奕奕，在众多太学生中可谓出类拔萃，最受嵇康喜爱。

他小时曾因一件轶事闻名于世，被誉为神童。那年王戎才六七岁，与同伴们一起在路边玩耍。路旁的李树上面结满果实，将枝条都压弯了。同伴看见李子皆争相采摘，只有王戎站在一旁不为所动。别人问他为何不摘，他回答："此树长在道边却仍留着许多果实，必是苦的。"同伴原本不信其言，一尝之下果然味苦难食，皆惊服。

今日王戎本不愿前来观虎，却被一相识的太学生拉了来，没想到竟险遇老虎脱栏，幸亏他眼明手快化险为夷。与他同来的太学生早在一旁吓得晕死过去，被众人扶起挽走。王戎深怀济世之心，眼见曹爽专权武断将朝政弄得混乱不堪，心中十分不齿。所以方才曹爽问其姓名，他闭口不答反而出言相谏。而曹爽心高气傲，听不进忠言，也在他的意料之中。

却说三人一同来到医馆，请大夫为王戎收拾伤口，正在等候却见一人从医馆内室匆匆而出，看见他们忙将手中明黄色小药包揣进怀中，神色略显慌张。

"士季怎么在此，可是病了？"王弼招呼道。

"没……我来为内子拿药。"钟会将药揣好，声色如常，"辅嗣近来可好？"

"尚好。"王弼说着看向嵇康，"我与叔夜皆是陪人而来。"

钟会瞥了一眼嵇康，哼笑一声，对王弼道："我记得当日在何府，你曾因食多了散一时口拙败于他人，怎么此时倒成了知交？那日有人曾劝你'良药虽好，却不可多食。'不知这五石散是否真能令人神思紊乱，难以自持？"

嵇康自见到钟会便一直侧身而立，不与他相视。听了方才一番话不由眯起凤眸，冷冷道："那日之事，果然是你所为？"

他所说的是沛王府大宴宾客之日，自己被人下了五石散以致中毒之事。那日之事颇为蹊跷，他事后也曾仔细想过，问题应该就出在临出门的那碗姜茶上。至于是何人所为，他虽不愿相信但几乎所有线索皆指向钟会。他本不愿再提起，就连曹玹后来问及也没有说破。谁知钟会不仅不愧，反而当着众人言语相讥，想必他已不在乎事情败露，决意要与自己撕破脸皮。

"是与不是，你自己心里清楚，又何必问我？"钟会怒视着嵇康的双眼，眸中暗潮汹涌。

嵇康心寒至极，回视着他的怒目，半晌无语。王弼虽不明所以，但见他二人反目相向僵持不下，只好打圆场道："罢了罢了，士季，你夫人还等着用药，莫延误了病情，快些回去吧！"

钟会听了王弼之言，好似想起了什么要紧事，朝他拱了拱手，边出门边道："今日先告辞了，来日再叙。"

嵇康见他揣着药快步而去，觉得其中定有隐情，若只是为夫人取药也不必这般神秘兮兮。二人来到内室探问情由，大夫只是闭口不答，说不能随意透露病人隐疾。嵇康越想越觉得不对劲，犹自蹙眉不语。

王戎早已包扎好左臂，低头朝地上看去，只见钟会方才站立之处有些白色粉末。本欲伸指相蘸，转念一想又收回手，将头上的银簪取下，向那粉末探去。一探之下，他不由得瞪大眼睛，银簪触及粉末之处竟渐渐变成了黑色。他见众人都在内室，无人发觉，赶忙将银簪藏在袖中，对内室道："我已经收拾妥当，咱们可以走了！"

嵇康与王弼从内室撩帘而出，王戎慌忙暗使眼色让他们随自己离开。三人不动声色地自医馆出来，走到街角无人之处站定。王戎将试药之事讲出，抖着手亮出银簪，举在他二人眼前低声道："你们看。"

嵇康难以置信，声音已失去温度："是砒霜。"

二十三、辗转话前缘，芳姿遗后世

砒霜乃剧毒，钟会要此物何用？三人愣了半晌，嵇康道："此事与你们无关，只作不知道便是，还是快快回府吧。"二人只好各自回府去了。

嵇康在风中站了片刻，心中突然一跳，拔腿朝家中奔去。来到府上，他径直朝书房而来，平日里曹玟此时都在房中读书练字。谁知找遍了书房、卧房乃至后院都不见她的影子。正在慌乱，见红莜独自一人迎面走来，便急忙问道："红莜，你家亭主呢？"

"先生回府了，亭主方才受金乡公主之邀入宫去了，估计晚些时候才能回来。"红莜边施礼边道。

"入宫？所为何事？"

"亭主说杜太妃近日染疾在身，她们入宫去探望。"

嵇康稍稍放心，想了想又迟疑道："近日我不在家中之时，亭主可曾见过什么人？"

红莜摇头："除了今日入宫之外，亭主均在家中读书，并未见过他人。"说完打量着嵇康的脸色，又补充道："除了沛王府的亲眷外，没有人与亭主有过往来，先生大可放心。"

嵇康兀自点点头，满腹心事地朝书房而去。

红莜口中的杜太妃，便是曹林的生母杜夫人。曹丕继位后尊曹操的姬室为太妃，所以杜夫人被尊称为杜太妃。这杜夫人年轻时可谓风华绝代，以美貌闻名于世，是个不可不说的传奇人物。

杜夫人本名杜若蝉，乃山西沂州人，与大名鼎鼎的蜀将关羽是同乡，他们二人也有一段不为人知的故事。关羽生自颇有文化教养的农家，字长生，从军后改为云长。青年时代的关羽在家习文练武，胸怀天下，晓识大义。他与杜若蝉虽是同乡但起初并不相识，若不是一件突发之事，他二人穷尽此生也不会有交集。

却说关羽年方二十三岁时，一日前去镇上买货，刚要回转却听见一个女子的哭叫声。举目望去，只见一个身材肥硕的男子携了一群地痞无赖，正围着一位妙龄少女当街戏耍，极尽侮辱之态。眼见那少女发髻就要被他们扯散，胸前衣衫也凌乱不堪，被羞辱得恨不得一死了之。

关羽一向胸怀正义，见不得此等恃强凌弱之事。况且那个矮胖子他早有耳闻，乃是镇上有名的恶霸，名唤吕熊。平常不见也罢，今日竟敢在自己眼前为非作歹，岂有不管之理？关羽一撩长袍，几步走到吕熊身前，揪着衣领将他一把提起，高声喝道："好个恶霸，竟敢当街欺负良家女子，看我不打你个皮开肉绽！"说罢举拳便要朝吕熊打去。

这吕熊一向狡诈，见来了个身材魁伟、身手不凡的青年，轻轻巧巧就将自己一身肥肉拎起，知道硬拼不过，求饶道："英雄息怒！我知错了，日后再也不敢了，且放过我这一回吧！"

关羽见他认错服软，心想教训一番了事。将他扔在地下，沉声道："素闻你恶名昭彰，今日若肯悔过便向这位姑娘好好赔罪，日后再敢胡为，我定不饶你！"俯身将跌坐一旁的少女扶起，见这少女花容月貌，正六神无主、楚楚可怜地望着自己，不觉更生怜惜："莫怕，有我为你做主。"

少女点点头，抓紧他的衣袖躲在身后。吕熊强装笑颜招来身后众人，一起弓着腰对女子拜道："姑娘大人大量，我们给你赔罪了！"少女仍是不敢说话。关羽喝道："今日暂且放过你们，滚！"吕熊等人唯唯诺诺地应了，撒腿而逃。

关羽见他们走了，转身对少女道："街上闲人甚多，你日后不可独自出门。你家住哪里，我送你回去。"

少女这时才一颗心落定，对关羽一拜："多谢英雄相救，我家就住在前面的常平村。"

"常平村？你我竟是同路。"说罢两人一起往前走去，互报了姓名家世才知他们一住村东，一住村西。而这少女正是杜若蝉，年方十四岁。二人本以为那吕熊被折了气焰不敢再来。岂料他并未走远，而是召集了一帮市井无赖，拿着棍棒偷偷跟在他们后面，欲伺机暗使闷棍将关羽打倒，把杜若蝉抢回去。

杜若蝉被关羽所救，眼望着这位挺拔英武的青年，不由得暗生倾慕。而关羽也对这温婉美丽的少女心生好感。两人一言两语地聊着，没注意背后有人过来，拿着棍棒就要朝关羽后脑勺砸去。杜若蝉不经意间一回头，看见身后之人的举动，惊叫一声"小心"将他推至一边。

关羽勃然大怒，将杜若蝉护在身后，展开拳脚与一群手拿棍棒的恶霸赤手相搏。他身手何其了得，有万夫莫当之勇，这些喽啰根本不在话下，一眨眼皆被打倒在地。吕熊见势不好刚想跑，被关羽一脚踢翻踏在脚下："我本已饶你，何故又来生事？你既自寻死路，休怪我手下无情！"铁拳挥下，招招生风。吕熊一开始还能叫唤两声，到了后面便只剩出气没有进气。其他人都扔下棍棒，抱头鼠窜。

关羽一通狠拳下去，本只为出了心头恶气，没想到吕熊竟如此不堪一击，一会儿工夫便口吐鲜血，一动不动。杜若蝉惊道："莫再打了！他，他已经死了！"关羽一顿，收住手看去吕熊确已没了气。

"死便死了，他一向横行乡里，今日正好为民除害！"

"你说得容易，听说他家中颇有势力，若来找你寻仇怎么办？"

"大丈夫敢作敢当，来一个斩一个，来两个斩一双！"

"就算你不在乎，你的家人岂不被连累？趁他们还不知你姓名，赶快回家收拾收拾，到外面躲躲去吧！"

"这……那你呢？你模样如此出众，他们岂能认不出？若我走了他们来为难你怎么办？我不走！"

杜若蝉见他死活不肯走，只好诳道："我有个远房表兄住在别村，我可到他家中躲避，你不用担心！"

"你那表兄姓甚名谁，我日后定会去找你！"

"他，他姓秦，名叫秦谊。你快走吧，再耽搁就迟了！"

"好，我走。"关羽走了两步，忍不住回头道："若蝉，你等我来寻你！"

"嗯！"她狠狠点了点头，却知道此生恐怕再也无法与他相见，望着离人渐渐远去背影，在心里默默念了一声"长生"。

自那日以后，关羽颠沛他乡。五年后在涿县与刘备、张飞相识结义，正赶上群雄逐鹿，兄弟三人趁势而上，一展雄才伟略，成为一代英雄。

关羽从军后曾托人去寻杜若蝉，得知她早已嫁为人妇。原来，她并没有什么远房表兄，那秦谊是曾到她家中提亲之人。那日为了劝走关羽，她情急之下才将此名道出。如关羽所料，吕熊家果真到她家中寻仇滋事。杜家无法，只得草草将她嫁与秦谊，好保得一家老小平安。而这秦谊不是别人，正是吕布麾下部将，因曾任宜禄一职，被人称作秦宜禄。

吕布生性好色，与董卓婢女有染事露，见疑于董卓。司徒王允得知此事极力拉拢吕布，让他作为内应谋刺董卓。行事当天，吕布命秦宜禄与其他两名部将假充宫门卫士。董卓行至宫门，秦宜禄用长戟挟叉董卓的车驾，吕布脱掉套在身上的布衣亮出一身甲胄，手持方天画戟将董卓刺于车下。

自失了董卓之势，吕布只能四处投奔，后被曹操大败于兖州，逃至刘备处。而杜若蝉也随着秦宜禄一起来到徐州，并为他生下一子，名唤秦朗。

哪想吕布虽已成丧家之犬，好色之心仍不收敛。一日他到秦宜禄府上宴饮，酒过三巡后独自到后院散步，见绿柳掩映之中隐隐现出一个轻盈窈窕的身影。一身素白纱衣，衣袂随风轻扬，面容笼在月光中如不染尘世的仙子一般。吕布阅人无数，却从未见过如此超尘脱俗之人，停下脚步远远望着，好像注视着一幅优美的画卷。

女子焚香跪拜了一番，祈祷片刻抬头遥望明月，不知哪里吹来一片云朵将皎皎月光遮在薄雾之后，更显得月下之人面色皎洁，在夜色里散发着柔光。吕布实在招架不住，一边抚掌一边从阴影中走出："美，太美了！夫人之姿可以闭月，布今日才知何为绝色佳人！"

女子陡然一惊，回眸见一位高大魁伟的男子走来，锦冠白衣，双目如炬，周身透着一股霸气，轻盈拜道："不知将军何人？"

"我乃吕布，吕奉先。久闻秦宜禄之妻貌美，今日一见果真名不虚传。宜禄真是好福气。"脚步轻迈到近前，吕布长臂一伸将女子扶起，戏道，"不知夫人芳名为何？"

"妾娘家姓杜，闺名若蝉。"杜若蝉知道丈夫在吕布麾下为将，虽见他言谈举止略带轻薄仍恭敬答道。

"是婵娟的'婵'，还是缠绵的'缠'？"吕布饶有兴味。

"鸣蝉的'蝉'。"杜若蝉微敛蛾眉。

"女儿家为何要取这样一个字？我看还是婵娟的'婵'好。夫人国色天香，实乃美婵娟也！"吕布越看越觉得按捺不住，上前将手搭在她的肩头，挑眉相看，眼中尽是贪婪之色。

"还望将军自重。"杜若蝉后退一步，仓促一拜就要离去。

"诶，夫人莫走。我方才饮多了酒，只想请夫人与我闲聊几句，散散酒气。"

"妾尚有家事要做，将军还是早些同席，莫让众人等急了。"她如此说是想提醒吕布顾及秦宜禄之面，莫要越过雷池。

"不急，不急。"吕布见软磨不行，眯起虎目再一次靠近，"你可知我在战场上何等威风，那是万夫莫当，一个小小的秦宜禄何足挂齿？你若应了，我的将军府也有你一席之地，你若不应……"

杜若蝉见他竟要以势强逼，几年前在街头被人羞辱之事骤然闪现，心中不由得燃起一股怨怒之气，难道她这一生都要遭受男人的无耻轻薄不成？上一次，她已经害了那样一个人，这一次……杜若蝉连退几步，执起身后焚香炉举在额间，哑声道："将军，妾虽不堪一击，却也不容轻易折辱。"

吕布本想与她偷个欢，没想她这般不解风情，顿时失了兴致："罢了罢了！你就守着那个窝囊废吧，真是不识抬举！"说罢连宴席也不回，气哼哼地回府去了。自此之后，吕布对秦宜禄生了厌恶之心，时常寻衅刁难。纸里包不住火，秦宜禄也从下人口中得知了那日之事，对吕布恨意陡升。

而此时关羽也在徐州，与秦宜禄相识。他本不知这秦宜禄便是秦谊。直至一日听见秦宜禄酒后抱怨，才得知他的妻子就是杜若蝉。秦宜禄埋怨杜若蝉太过貌美，不仅当初为了避难嫁给自己，前日还被吕布盯上惹下许多麻烦。听了这番话，关羽才知杜若蝉当初为何嫁人，见秦宜禄如此不知珍惜，又对她生出了怜爱之心。但此时两人已是各有婚配，无法再续前缘。

公元196年，建安元年，吕布再次背信弃义夺占徐州。为保长久，他派秦宜禄为使面见袁术，谋划两家联盟之事，却将杜若蝉母子扣在了徐州。袁术见了秦宜禄意欲拉拢，便将汉宗室女刘氏嫁给了他。秦宜禄本就暗恨吕布，且怀疑他与杜若蝉早已勾搭成奸。此时有了新欢，竟连休书也不写就另娶他人，将结发妻子和幼子抛在了下邳。

两年之后，刘备与曹操联手反扑，将吕布围于下邳，情势危急。关羽知道杜若蝉已被丈夫抛弃，流落下邳。他思来想去，若攻不克下邳，杜若蝉在吕布眼皮子底下，难免有一日不被欺辱。只能奋力击败吕布，可下邳一旦攻破，城中百姓流离失所，到时杜若蝉孤儿寡母又将如何生存？须得救出她才好。

他既打定主意，见曹操与众将正在城头巡视，便走上前道："曹公，关某有一事相请。"

曹操看重关羽雄才，一直想收为己用，豪爽道："云长直说便是。"

"若攻克下邳，请将秦宜禄之前妻许与关某。"

"哈哈哈，区区小事，何足挂齿，我许你便是！"曹操慨然应允。

关羽虽得应允仍对曹操不太信任，几次三番提及此事，却引起曹操之疑。曹操喜纳天下美女，只看美色不问出处。他知关羽一向不爱女色，今遭却对这秦宜禄之妻如此执着，想必这女子定有非比寻常之处。

下邳终被攻陷，吕布被缢死在白门楼上。曹操未忘此事，先派一队亲兵将杜若蝉的住处团团围住，亲自进去探看。

杜若蝉自被丈夫抛弃之后，关起门来本分度日，只求能将儿子秦朗养大成人。吕布那时腹背受敌，也无暇滋扰她。她并不知关羽曾跟曹操提过自己。下邳城破，她抱着儿子躲在内室，见一队兵士浩浩荡荡而来，心中甚惧。

曹操得胜而来，身披斗篷，志得意满地踏入内室，见杜若蝉护着幼子缩在角落之中，虽惊恐憔悴却丝毫不减美色，反而更添几分惹人怜爱的媚态。抬起杏眼，泪眼婆娑地望着曹操，顿时令这位叱咤风云的大英雄也难以自持。

曹操解下大红斗篷为她披在身上，和颜悦色道："莫怕。"

"你是何人？"

"大胆贱妇，曹公之名岂是你能问的？"曹操身边大将喝道。

杜若蝉身子一颤，她早听过曹操的威名，忙将儿子紧紧护在身后，声音颤抖却无比坚定："大人，贱妾任凭处置，只求保全幼子的性命。"

"你等休得无礼！"曹操斥退身边大将，安抚道，"夫人莫惊。"说着伸手拍拍秦朗的脑袋，"此子如此乖巧，日后我定视他如亲子一般，非但锦衣玉食还能封侯赐爵，你可满意？"

杜若蝉一时不明所以，但只要能保住儿子，她如今还有什么不能舍弃？她跪下叩拜道："多谢大人恩典，贱妾前夫秦宜禄罪无可恕，只要我儿免坐，妾愿一死抵罪！"言罢俯下身子等着被众将正法。

"哈哈哈哈，夫人误会了！"

曹操知道方才一番恩威并施，已攻破杜若蝉的心理防线。这样的美人强求或许不得，但若施以恩义必能令她欣然就范。他俯身将美人挽起，柔声道："我岂忍心伤你？日后你便是我心头之宝，不仅儿子可以享受荣华富贵，你那前夫也可封得一官半职。你意如何？"

杜若蝉被如此一番施为，终于明白曹操何意。面前之人威风凛凛，英武不凡，说话掷地有声，比那抛妻弃子的秦宜禄强上千百倍。何况此时寄人篱下，他既如此宽宏大量，许以恩义，自己哪里还有其他选择？她勉强扯起笑颜，对曹操略微点了点头。

曹操见她答允，登时心花怒放，将美人往怀中一揽："走，随我回去。来人，将公子抱上我的车辇！"

手下亲兵上前，将秦朗哄着抱上车辇。杜若蝉也被曹操亲自扶上车，与之共坐其中。两人刚刚坐定，只见一人一身戎装，血衣未褪，从远处骑马奔来，见杜若蝉已被曹操揽在怀里，不由得愣在原地。

杜若蝉睁大杏眼，恍置梦中，万万没想到此生还能与他再相见。

"长生……"欲开口相唤，却惊觉身边坐着他人。仅仅只是一炷香的时间，她与他竟永远地擦肩而过。她垂下泪眼不忍再看，对曹操道："我们走吧。"

曹操用斗篷掩紧她的玉体，对关羽拱手道："云长，我今日欠你一个情，来日定当为你另觅佳人！"说完命亲兵驾起车辇扬长而去。

"我再不需要他人。"关羽望着远去的车驾，兀自攥紧铁拳。

此后，杜若蝉被曹操纳为妾室，封为夫人，一年之后生下曹林。后来又为曹操生了一男一女，即中山王曹衮与金乡公主。曹操果未食言，待秦朗如亲子一般，经常带在身边，所赐恩赏比曹林与曹衮尚多上三分。他宠爱金乡公主，将一向看重的继子何晏封为驸马都尉，与公主成婚。此后魏晋公主的夫婿皆被封为驸马都尉，何晏也成了历史上第一位"驸马"。

而那秦宜禄见吕布被杀，马上投降了曹操，并仰赖杜若蝉之面当上铚长，镇守铚县。后来刘备起兵抗曹途经铚县。张飞怒斥秦宜禄厚颜无耻，劝说他反了曹操，随自己一起走。秦宜禄听了张飞一通怒骂，也觉得自己窝囊便抛下官职，随他一起上了路。谁知走了没几里路，他又生出了悔意，刚想反逃即被张飞一刀斩杀，曝尸荒野。

自此，杜夫人的传奇故事终告段落。史书对此事只有片言记载，提及关羽未娶到杜夫人之时，也只用了五个字来形容："羽心不自安。"

杜夫人生性温婉善良，行事谦卑有礼，故颇受人尊重。更因她曾引得关羽、吕布、曹操这样的英雄瞩目，所以不仅时人皆知杜夫人美貌，后世也将她与董卓婢女糅合一体，虚构了许多传说。

却说曹衮与金乡公主来到宫中，见杜太妃卧于病榻之上。行罢礼后，金乡公主扑到杜太妃榻前，哭道："母妃，你千万要好起来，不然谁来为女儿做主……"

"哎，又是那何晏？"杜太妃无奈道。

"自从嫁给他，女儿没过过一天安生日子。他整日熏香傅粉也就罢了，还常常食散乱性，在府中寻欢作乐。这也不提了，自从他向曹爽献计软禁了郭太后便越发骄横胡为。他们竟，竟……"

"竟如何？"

"您在宫中都没听说吗，他们竟将先帝的妃子私带回府，肆意凌辱。"

杜太妃轻叹一声，抚摸着女儿肩头苦笑道："事已至此，你就收了妒忌之心吧！"

"我与他夫妻一场，岂能坐视不理？他如此行径，又将我置于何地？"

"听你所言，何晏祸不久矣。你只需养好幼子，其他的便不要再想了。"

"母妃，你的意思？"

"我这一生嫁了两个男人。第一个是见利忘义、负心薄幸的小人，第二个是叱咤风云、多情却也无情的英雄。可若问我最安心的日子，却是在他们都离去以后。我不用颠沛流离、日夜悬心，也不需要再去计较妻妾如云中他究竟更爱哪一个。只有这些日子，才是真正属于我和长生的 ……"杜太妃望着宫殿一角高悬的铜铃，陷入对往事的追忆。那人血染绿袍，策马为她而来的样子，已足够一生回味。

"母妃？"

"女儿，在我看来做一个寡妇胜过做一个妒妇。怨恨与不甘会吞噬你的心，再难找回当初的自己。"

金乡公主从未听母亲谈过这些，她一直以为母亲只是父亲身边一个得宠的女人，一生都为了丈夫和儿女挂心，却不知她内心也隐藏着不为人知的情感，更将世事看得如此通透澄明。

"玟儿，到祖母这里来。"杜太妃对站在一旁的曹玟道。

曹玟走上前坐在杜太妃榻边，俯上她的膝头："祖母。"

杜太妃端详着她花一般的娇容，慈爱道："这么多儿孙中，唯你最像我。听说你嫁了个如意郎君，他待你可好？"

"他待我很好。"曹玟娇羞浅笑。

"看你的神情，想必确实不错。"杜太妃泛起笑意，眉间风情犹似当年："能寻得一个知心之人不易，但相爱容易相守却难。你既爱他便要学会容忍，学会谅解，更要学会信任。即便他如何爱你，世事又岂能尽如人意？"

"孙女记住了。"曹玟笃定地道。她与嵇康早已生死相依，又岂会被无端世事所侵扰动摇？

见罢杜太妃，曹玟与金乡公主自宫中出来，各自回府。刚走到府门口，就见红莜焦急地迎上前来："亭主，你可回来了，先生已经等急了！"

"出了什么事？"

"我也不知。"

曹玟被红莜迎着踏进院中，嵇康正立在柳树之下朝外张望。"玉儿！"他上前抓住曹玟的双手。

"怎么了，康？"

"没什么，你回来便好。"嵇康埋好她散落颊边的鬓发，将忧虑隐在笑意中。

"真的没事？"曹玟半信半疑。

"没事 …… 太妃身体可好？"

"祖母形容憔悴，言谈中颇有下世之兆。"曹玟伤心一叹，"姑母过得也不好。那何晏罔顾伦常，已连人臣之礼都不守了。真不知他们要将我曹家天下闹成什么样子！若将来时局有变，我们该怎么办？"

"你放心，无论如何我都不会让你受到伤害。"他还想说些什么，却听岳山来报："先生，府外有人让我把这个交给您。"说着将一条柳枝捧到他面前，脸上挂着促狭的笑容。

嵇康拿起柳枝想了片刻，忽得笑道："原来是他！玉儿，你先去休息，我去去就来。"他快步来到府门，果见一青衣男子含笑而立，挺拔如松。

二十四、慷慨赠宝刀，沥血鸩红颜

"仲恭兄，别来无恙？"嵇康拱手笑问。

来人抱拳笑答："一别五年，叔夜可好？既移居洛阳为何不到我府上来，可是新婚燕尔，难分难离？"

嵇康道："近日忙于授课太学，未能及时前去拜望。不知府上的柳园还能否一起锻铁？"

"绿柳依然，只盼君来。"毌丘俭爽朗一笑。

"我有一物，你定然喜欢。"嵇康携起毌丘俭来到府中书房，将一本精心收藏的书递到他手上。

"《刀谱》？此物从何得来？"毌丘俭迫不及待地一页页翻看，口中啧啧称奇。

"我曾到过苏门山，此物乃山上一位高人所赠。若有闲暇，你我可一起研读锻造，必定其乐无穷。"

"如此甚好！"

两人将《刀谱》摊在桌案上，自第一页起细细读来。

开篇释名："刀，到也。以斩伐其所乃击之也。十八般兵器，九短九长也，刀乃九短之首。有柄，翘首，刀脊无饰，刃部独长。自铁从秦汉问世以来，刀工日精，诸侯各国皆以为兵。汉以来骑步兵日增，遂现长柄之刀，远刺近劈，鲜能敌矣。且有佩刀、战刀之分。佩刀显贵，刀身雕错花纹，刀环各异，装饰典制莫能逾矩。战刀随军，伴以长矛，一米之内抽杀劈砍，可取上将首级……"

看完释名翻至卷首，有一人龙飞凤舞所题："建安中，家父魏王乃命有司造宝刀五枚，三年乃就，以龙、虎、熊、马、雀为识，太子得一，余及余弟饶阳侯各得一焉，其余二枚，家王自仗之。"

毌丘俭疑道："这莫非是曹植的《宝刀赋》？赋中所提到的饶阳侯不就是沛

王曹林？"

嵇康点头："依我看来，此赋不仅是曹植所作还是他亲笔所题。当年太祖武皇帝命人打造五把百辟刀，两把自用，另外三把分别赠予高祖文皇帝、曹植及我岳父。我曾见过岳父那把百辟刀，刀柄上刻有一铜雀，雕纹精美，栩栩如生。拔刀而出寒光凛冽，鸣声清越。"

毌丘俭了然，两人接着读下去便是曹植《宝刀赋》的正文："有皇汉之明后，思潜达而玄通。飞文藻以博致，扬武备以御凶……爰告祠于太乙，乃感梦而通灵。然后砺以五方之石，凿以中黄之壤……陆斩犀革，水断龙舟。轻击浮截，刃不纤削。逾南越之巨阙，超西楚之太阿。实真人之攸御，永天禄而是荷。"

"此赋甚绝，不仅描摹了锻刀之态，还提到了以五方石磨刀、黄土拭刃之法，可谓精细。可惜我无缘得见那百辟刀，不知是否真如赋中所说，能削去牛骨，斩断龙舟，远胜越往勾践的巨阙和楚王的太阿啊！"毌丘俭惋惜道。

嵇康淡笑不答，接着读来便是《刀谱》正文，记载了七七四十九种宝刀的图样与锻造之法。谱中先从刀的形状锻法讲起，将短柄翘首刀、长柲卷首刀、平刃刀、曲刃刀等依次记载。之后便是名刀之谱，鸾刀、千牛、鸣鸿、七星、百辟、阮师、孟劳、龙鳞、含章、素质、新亭侯、泰山宝环……

毌丘俭借着烛光一口气读完，恨不得马上挥锤锻造，将宝刀悉数铸就。待合上《刀谱》仰起脖子，忽觉冷光一闪，一把锋利宝刀陈于眼前，定睛一瞧惊道："七星宝刀！"

"正是。"

毌丘俭双手接过宝刀，里里外外端详数遍，爱不释手："此宝刀怎么会在你手中？"

"也是苏门山上高人所赠。"嵇康笑道，"今日虽不能得见百辟刀，但这七星宝刀也属举世难寻之物。有道是'宝刀配英雄'，仲恭兄若爱此刀康愿相赠。"

毌丘俭一惊："此物实在万分贵重，我岂能夺人所爱？何况它本属曹家不能流落外人，不妥，不妥！"

"当日太祖武皇帝为诛董卓，从司徒王允手中得此宝刀，之后便辗转流离至多人之手。若问此刀本属何人，恐怕连王允也未必知晓。良将持刀展雄才，康乃一介书生，此刀在我手中也只是明珠投暗，难展志向。仲恭兄屡立战功，久经沙场，此刀在你手中方不辜负它一番锐质良才！"嵇康将七星宝刀重重压在毌丘俭手上，不容推脱。

"我这可真是却之不恭，受之有愧啊！"毌丘俭将刀谨慎地揣入怀中，"叔夜方才说得好，'良将持刀展雄才'。我既得此刀，必不会让它在我手中蒙羞。"

两人相视一笑，又执起蜡烛研读起《刀谱》来。自那日后，毌丘俭府上的柳园中常见两人赤着上身挥锤鼓风，锻铁自娱。

却说钟会那日自医馆出来，便急急忙忙回到家中。司马芝自失了孩子变得沉默寡言，身子愈发孱弱，医生说她气虚血弱、忧思伤身，恐日后难以生育。她得知此事，更加心灰意冷，整日除了三餐之外都只是坐在院中，盯着枝头的雀鸟发愣，形容枯槁。钟会仍似往日般对她照顾有加，但两人却像隔着千山万水般遥远。

钟会来到卧房，见桌案上的药已经冷透，叹息一声到药房亲自煎热，端至她的面前："芝儿，该喝药了。"

轻轻推开他的手，司马芝木然道："总不过是这样，喝了许多日，不想喝了。"

"好好喝药才能见好，别任性，赶紧喝了。"钟会将药放在她手上，正督促她服下却听下人来报："大人，新城乡侯请您过府一叙。"

"好，我知道了。"钟会应完转向司马芝，"我出去一趟，你赶紧把药服了，莫再放凉。"他见司马芝仍是低眉不语，便烦躁地甩袖而去。

钟会要去见的新城乡侯便是司马昭。司马昭年轻时随着父亲司马懿征战四方，颇有战功，二十九岁被封为新城乡侯。曹爽一意孤行率军伐蜀时，司马昭作为夏侯玄的副将随军出征，因及时献计逃过蜀军围追堵截，回京后拜为议郎，又迁典农中郎将。司马昭此人野心勃勃，城府颇深。论奇谋神略他比不过父亲司马懿，论气度声望他逊于兄长司马师，但若论韬光养晦、伺机而动，或许比他们都更胜一筹。

钟会被下人领着进入司马府内厅，绕了几道来到一间偏僻的书房。通报完毕后，房门微微打开将他请了进去。房中坐着两人，下手位的男子三十六七岁，容貌冷峻，剑眉鹰目，一身便服，见他进来略点了点头，此人正是司马昭；而上手坐着的人钟会一直十分敬畏，那人相貌与司马昭颇为相似，但却比他勇武刚猛，虎目浓眉，身上戎装未解，随意地坐在那里便透着一股强大的威势，令人不敢直视，这人就是司马懿的长子，现任中护军的司马师。

"钟会见过两位将军。"

"都是自家人，士季不必多礼。"司马师一抬手，让钟会在一旁落座，"许久未见，不知舍妹尚且安好？"

"芝儿她一切皆好，只是心中时常挂念家人。"

"如此便带她多来走动走动，免得在家里闷坏了。"

"我也正是这样想。"

两人一番寒暄后，坐在一旁的司马昭道："事情办好了吗？"

"办好了。"钟会从怀中掏出明黄色小药包放在桌案上，"不知如何使用？"

"恐怕还要劳烦士季亲自动手。"司马师瞟了一眼桌上之物，笑道。

"将军吩咐，我自当从命。不过那司马门武库中兵将众多，又岂能知晓哪些是曹爽亲信？"

"这个你不必发愁，我早已命人暗中搜集了名单，皆在这封信函中，你可向信函中为首之人假意投诚，以便伺机……"司马昭说至此处忽觉眼前一暗，似有一个人影从窗前闪过。他迅速起身跨到门边，一把推开房门。

"嫂嫂？"司马昭唤了一声，转脸与房中的司马师飞快地交换了一下眼色。

"啊，我来找五儿……方才乳母说她跑到后院来了，你们听见她的声音了吗？"门外之人神色慌乱，眼神在院中四处张望。

"容儿，你怎么来了？"司马师走出屋子，揽住她肩头道，"五儿这个调皮鬼若躲起来，你一时半会是找不到的。此处风这么凉，你在这儿站了多久了？"他说着帮她紧了紧衣衫，目光含笑。

"没，没多久……"她侧过脸去，见一个女娃娃躲在前方树后，正笑嘻嘻地看着她，"五儿，谁让你跑到这里来的？娘亲说了多少次，不许你在此处混玩！"嗔过以后，她上前抱起女娃娃，对司马师道："夫君，我带五儿先回去了。"

司马师打量着母女二人，笑道："五儿的衣裳脏了，你去给她换换吧。"

"好。"

司马师立在阶前，见她们的身影消失了许久才转身进了书房，一言不发地坐下来。

"兄长，方才之事……"三人沉默了片刻，司马昭开口打破了死寂。

"不必担心，我自会处理。"司马师盯着白花花的窗纸，神色决绝。

钟会一直坐在屋中，虽隐隐料到将要发生什么，但听司马师亲口道出时还是抑制不住地浑身一颤，冷得血液倒流。接下来司马昭又对他吩咐了些什么，他只是傀儡般地点头，唯唯诺诺，却一个字也没听进去。浑浑噩噩地走出司马府，已是月上枝头。使劲呼吸了几口清寒的空气，他低头向家的方向快步走去。路过沛王府时，正遇见门房刚送完客："哟，四公子，好久不见！"

"是，沛王进来身体可好？"

"托您的福，我家王爷身体还算健朗。"

"那便好，我还有事要办，改日再来拜望。"

门房应了回府而去。钟会站在沛王府门外晃了半天神，自从与曹玫退婚以后他便再未踏进过那扇门。今日望着那熟悉的门楣，他第一次感觉到遥远。那扇门关住的，不仅仅是一段姻缘，似乎还有许多曾经对他很重要的东西，究竟是什么他已记不清了。

回到府中，卧房内红烛未熄，他知道司马芝仍在等着自己。纱帐中司马芝微闭双目，犹自假寐。"我知道你还未睡。"钟会在床边坐定，执起她落在锦被外玉手，死死握在掌中。

司马芝疑惑地望着他，不知今日为何这般："你怎么了？"

"我知道你心里苦。虽然我仍放不下她，也许一辈子也放不下，但我不想伤害你。毕竟，你是我的结发妻子。"他自顾自地说着，不知是说给身边的人还是说给自己。

司马芝没想到他会说出这样一番话，涌上一阵暖意。自己之于他，终于不再只是一个局外人，抚上他的手："这便够了。"

钟会将她抱在怀里越扣越紧，那一阵阵女子身上的柔柔暖香，像一双手般抚去了些许他肺腑中的彻骨寒意。为何他从未曾发觉她是这般温暖？

却说司马府后院中的女子，便是司马师的妻子夏侯徽，字媛容。夏侯徽身世不凡，父亲是曾经的征南大将军夏侯尚，母亲德阳公主是已故大将军曹真之妹，兄长是"三玄"之一的夏侯玄，而大将军曹爽则是她的表兄。可以说，夏侯徽全家皆是名位显赫、大权在握的曹氏宗亲。

夏侯徽不愧出身名门，不仅容貌端庄明丽，而且举止优雅、才识渊博。她自及笄便嫁与司马师为妻，两人相敬相爱，感情非常深厚。司马师敬重她才高，偶遇不能决断之事还会与她商量。成婚多年，司马师一直未纳任何妾室，五个女儿皆是夏侯徽所出。可以说，他们不仅是生活上的伴侣，也是精神上的知己。

只可惜……

今日她自后院中抱着五儿出来，一颗心就"突突"急跳，房中人的话她听得一清二楚。这么多年来她虽一直心存疑虑，但却并不知自己的夫君竟已暗中谋划得如此周密。司马氏之心，昭然若揭！她千思万转，待回到卧房看见摊在床头的鸳鸯锦帕时，蓦然惊觉，已不必再为任何人忧心，一切都将尘埃落定。

这块锦帕，是她嫁给司马师之前在闺中亲手所绣。她与司马师的婚姻虽是父母之命，但两人并非从未见过。有一年曹氏宗亲在宫中宴饮，司马懿也应邀进宫，带着长子司马师参见天子。那时的司马师英姿勃发，胜过曹氏无数的纨绔子弟。得知要嫁之人便是席间的少年，夏侯徽说不出的欢喜，一针一线亲手绣得这块鸳鸯锦帕。这锦帕独具匠心，上面的鸳鸯不似寻常一般呆呆地在水间嬉戏，而是展开五彩缤纷的翅膀，潇洒自在地翱翔于青天之上，羽翼下面绽放着朵朵绚丽的牡丹，雍容华贵，典雅端庄。锦帕的右上角还绣着一首情诗。她还记得成亲当日，司马师在洞房中说的第一句话。

"今夕何夕，见此良人。"他认出眼前的新娘，正是自己曾在宫中宴席上见到的那位佳人。没有任何安排，一切都像做梦一样，他们就这样顺理成章地结合在一起。那日他对新娘说，这锦帕便是他们的定情之物，待离世之时方能取出。她认为这是一句海誓山盟，而他在那时也许就隐隐预感到了将来。他知道，以她的聪慧迟早会察觉司马氏的野心，即便明白自己终将令她失望，却一直等待着，等待着再也瞒不住的一日。而那天是何时，就让上天来决定。

夏侯徽望着鸳鸯锦帕，走到内室将身上的素罗裙褪下，取出成亲时的喜袍仔仔细细穿戴妥当，坐在梳妆台前淡扫素蛾眉，对镜化红颜。正装扮着，司马师的身影出现在铜镜之中，似从另一个世界而来。

"鬓发总觉凌乱，夫君，帮我理一理吧。"

"好。"司马师执起梳妆台上的鸳鸯玉梳，俯身为她梳理起来，手法轻柔娴熟，"容儿的发丝柔而不乱，梳起这飞仙髻来就似月宫的婵娟一般。"说着又在妆匣内拣了一支朱红的牡丹绢花，为她贴在鬓上。

"是你梳得好，不知不觉间已为我梳了二十年。"她抚了抚发鬓，花红得刺眼。

"从今以后，我不会再为任何女子理鬓贴花。"

"嗯。"夏侯徽将妆匣盖起，"我没有什么事可忧心，只求你日后娶个贤良之人，好好养大我们的五个女儿，为她们寻得好夫婿。"

"你放心，她们的夫婿一定不会像我这样。"

"你很好，这辈子我已知足。"夏侯徽欲转过身，却被司马师紧紧按住。

"别回头，我不想你看到我此刻的样子。"

"也好，你我本已不堪回首。时辰不早了，帮我把锦帕拿来吧。"

"再等等……"

"不必了，再等怕错过了良辰吉时。"

司马师不再坚持，将铺在床头的鸳鸯锦帕拿来，抖着手摸了一番，从身后为她轻轻蒙在头上。他又把桌上的酒壶执起，将合卺酒杯中的一个倒满，另一个则空置着。

"我已不配再用此杯。"他把酒杯放到她的手上，迅速转过身在屋中走了几步，忽又急步上前攥住她举在唇边的手，嘶哑道，"告诉我，今日后院中你什么也未听见，快告诉我！"

"没用的，一切早已注定。"推开他的手，夏侯徽仰起头一饮而尽，朱唇微动，念出绣在锦帕上的那首诗。

鸳鸯于飞，毕之罗之。君子万年，福禄宜之。
鸳鸯在梁，戢其左翼。君子万年，宜其遐福。

声音渐渐没了生息，玄红喜袍也被滴滴黑血染污。

"容儿……"司马师难以相信，最后一刻她竟还能吟出这样的诗来。背过身独立房中，他的双眼已经模糊一片。唇边滑过一丝凉滑，带着难以察觉的甜腥。就这样不知道站了多久，他觉得左眼愈发刺痛起来，伸手揉了一揉，惊觉方才落下的不是泪水，竟是鲜红的血水。左眼的刺痛越来越甚，好像要将他的心也揪出来一般，堂堂七尺之躯终于支持不住，跪倒在地上。

"眼睛，我的眼睛！"一夜之间，司马师的左眼生出一个豆大的瘤子，一日大过一日，时常发痛流脓。医者都道此乃热毒血瘀所致，过几日便会痊愈。只有他自己知道，这病此生再也不会好了。

夏侯徽死后，司马师娶吴氏为续弦，没过几日便一纸休书将她赶出了家门。后又娶大文豪蔡邕的外孙女羊徽瑜为妻，两人相敬如宾，未有子嗣。

夏侯徽暴毙之信传至雍州，时任征西将军夏侯玄惊痛不已。

"我离京之时容儿还好好的，上个月还收到她的书信，怎会突然病逝？"夏侯玄对妹妹的死难以置信，对报信之人厉声责问。

"小人也不知，只听说司马夫人染上了心悸之症，痛了一夜便离世了。"

"心悸？我夏侯家无人得过此等恶疾！"他思来想去觉得此事定有蹊跷。想立刻回京奔丧，怎奈军情危急无暇分身，只得将疑虑压在心底。

夏侯玄所镇守的雍州、凉州与蜀国相邻，百姓中多有羌胡人。这一年蜀将姜维升任卫将军，因平定边界异族叛乱威名远播。自他坐镇凉州，当地的羌胡人无不敬服，皆愿背魏降蜀。姜维从陇右出兵接应降将，与夏侯玄手下雍州刺史郭淮、讨蜀护军夏侯霸战于洮西。夏侯玄不敌姜维，魏境内胡族首领白虎文等人降蜀成功，被姜维安置在蜀境。

公元248年春，司马懿征召阮籍为尚书郎，在司马府中参与文书撰写之事。

钟会因深受司马昭信任，亦被升为尚书郎。

这天，皇宫之中突然发生了一件怪事。

二十五、深宫现异兆，七贤聚竹林

这年的一个夜晚，十六岁的魏帝曹芳做了一个怪梦。

梦中一个容貌奇特的少年自帘后走来，边走边吟："剑有雌雄，国有兴衰。以雌献君，雄来索配。"曹芳正要相问，忽见帘后冲出一人，一剑砍掉少年的头颅，脑袋咕噜噜滚在地上。他吓得直冒冷汗，欲看帘后跑出的是何人，却见那人竟举剑向自己砍来，其势之快根本无暇躲避。一恍神间，曹芳的脑袋也掉落在地。虽是如此，他仍能看见东西，只见那人架起一口大锅，将少年与曹芳的脑袋一起投入锅中沸煮。煮了一会儿，那人俯身朝锅内探看，曹芳马上就要看清他的面目，谁知那人的脑袋也从脖子上掉了下来，滚入锅中。

曹芳大受惊吓，惨叫一声从梦中醒来。

内事太监忙道："陛下，您这是怎么了？"

"朕方才做了一个怪梦，有人砍掉了朕的脑袋。难道将有祸事发生？"

"陛下，常言道梦皆是反的，此梦乃吉兆啊！"

曹芳仍是疑虑重重："快去传何晏、何尚书进宫。"

"遵旨。"

何晏领命入宫，被引进后花园中。曹芳正搂着一位美妃饮酒戏耍。何晏轻咳一声，拜道："参见陛下，不知召臣进宫有何要事？"

曹芳放开美妃，挥退左右道："何爱卿，朕昨日做了个怪梦，想让你为朕一解。"他将梦中之事详详细细地告诉了何晏，一脸紧张地盯着他。

何晏听罢大笑起来："陛下，此梦并非吉凶之兆，乃是一个典故。"

"典故？"

"正是。您方才所说之梦，在高祖文皇帝所作《列异传》中早有记载。那少年是否眉间宽三寸，容貌甚为奇特？"

"爱卿如何知道？"

"《列异传》中有个叫《三王冢》的故事，讲的是铸剑师干将之子为父报仇之事，里面所记载的情节与皇上之梦颇为相似。"何晏将故事说给曹芳。

干将、莫邪为楚王铸剑，三年铸成。干将知道一旦剑成，楚王便会杀了自己，以免他人再得宝剑。于是，他铸了一雌一雄两把剑，雌剑献给楚王，雄剑则藏在山间。他死前对妻子莫邪说，若生了儿子就让他成年后取出雄剑，为父报仇。莫邪果生一男，眉间三寸宽，名为赤鼻，长大后找到雄剑将欲复仇。楚王夜间忽梦一人，眉间三寸宽，前来索命，遂下令捉拿。赤鼻刺杀无门，遇到一位义士。义士承诺助他复仇，但需要他的头颅和剑。赤鼻于是自刎，义士携赤鼻的头颅到京都，把头放到大锅里煮，三天三夜也煮不烂。楚王闻之甚奇，前去观看，义士趁机砍下楚王头颅，扔进锅里。行完义举，义士自砍头颅，亦掉入锅中。赤鼻、楚王、义士三人之头在锅中一起煮烂，难以辨认。人们只得将三个头颅均以王礼厚葬，是为"三王冢"。

曹芳昨夜之梦虽情节与之相似，但仍有许多费解之处。就算少年乃赤鼻，可那从帘后跑出之人是谁，又是何人砍掉了他的头颅？

曹芳为人不智，也想不到这许多疑处，听完故事只是问道："朕并未读过那本《列异传》，也不知'三王冢'的故事，怎会有此一梦？"

"书中之事不一定皆是虚言，或许真有干将铸剑之事，他儿子赤鼻的魂魄游离至此，方入陛下梦中。"

"爱卿之意是说此梦并无预兆，只是朕偶遇魂魄所得？"

"正是。"

曹芳舒了一口气，笑道："卿果然博学多闻，为朕扫去了烦忧。"

何晏拜道："陛下承上天庇佑，福泽深厚，如今江山稳固无须多虑。"

"哈哈哈，爱卿甚得朕心。今日便在宫中陪朕饮酒，朕还想听你讲讲玄学。"

"遵旨。"何晏一笑，在曹芳下手落座，直侍奉到黄昏才离宫回府。

曹芳本以为事情已过，没想到三日后他随身佩戴的宝剑竟不翼而飞，只剩一个空剑匣。

话说曹芳那把宝剑名曰"文士"，乃曹丕赐予曹叡，曹叡死前又交给了他。此宝剑颇有些来头。它本是曹植命人所铸，后来赠予情趣相投的知交杨修。杨修机敏多谋，为缓解曹丕与曹植之间的矛盾，又将此剑献给曹丕。后来杨修被曹操处死，曹植也失去争夺世子的资格，曹丕为了显示爱才之意将此剑佩戴于身，告知左右："此乃杨修剑也。"

文士剑长三尺九寸，坚韧锋利，能镇宅辟邪。曹芳一直视此剑为祥瑞之物，岂料竟在眼皮子底下遗失，找遍了所有角落皆不见其踪。又找来何晏相问，何晏说此剑本为杨修所有，杨修获罪而死可见此物不祥，丢了正好祛除晦气，让曹芳不必忧心。曹芳信以为真。

何晏从宫中出来，转而来到大将军府，将曹芳先做怪梦后又遗失宝剑之事告知曹爽，两人皆以为此乃曹芳将衰之兆，更生不敬之心。此后，曹爽更加专横跋扈，行事僭越，越来越不将天子放在眼里。

却说年初阮籍被司马懿召为尚书郎，参与文书撰写之事。然而他不是因酒就是因病，十天倒有九天是迷糊的。只有一天尚好，可惜文思不清无法提笔。这日，阮籍又喝得酩酊大醉，从司马府中告假而出，驾着马车来到嵇康府上。嵇府下人与他早已熟稔，报也不报就将他请进府门。阮籍手持马鞭，晃晃悠悠地朝嵇康书房走去，忽见一个藕白色身影朝自己腿上一扑，正要挥鞭甩去，只听一声女子惊叫："阮先生住手！"

阮籍收住手，揉了揉醉眼低头一看，自己也吓醒了一半。一个藕白色衣衫的女娃娃正抱着他的腿，眨巴着大眼睛好奇地望着他，见他低下头竟"咯咯"笑了起来，粉扑扑的小脸犹如桃花，可爱至极。他正在发愣，红莜已俯身将女娃娃抱起来，送到曹玫怀中。

"哎呀，是我醉糊涂了，险些伤了小侄女，弟妹恕罪，恕罪！"阮籍将鞭子一塞，对曹玫作揖道。

曹玫方才正与红莜带着女儿在院中学走路，刚一松手她便摇摇摆摆地朝阮籍扑去。而阮籍竟看也不看，举鞭就要挥下。曹玫本吓得心惊肉跳，但此时见他诚心道歉，也消了恼怒，只哼了一声道："阮先生这又是喝了多少，偏每次都到我府上来撒酒疯。"

"不多不多，只是微醺。"阮籍嘿嘿一笑，"叔夜呢？"

曹玫正要答话，嵇康已经从书房中迈步出来，佯怒道："嗣宗，你方才差点伤了我的千金，岂能道个歉就了事？"

曹玫应和道："是呀，该好好一罚！"

"呦，你们夫妻二人真是夫唱妇随呀。说吧，要怎么罚？"

三人正说笑着，女娃娃在曹玫怀中却不老实，在阮籍身上瞅来瞅去，好像看中了他腰间的马鞭，伸出小手要去抓。曹玫笑道："我猜她是看中了你的马鞭，你就将马车送给她吧。"

嵇康摇头道："诶，他那马车早就打赌输给了我，不能作数。"

"罢罢，今日我是躲不过了，不知小侄女闺名为何？"

"尚未过周岁，还没取名。"嵇康眼光一闪，"不如就请嗣宗为她取名，若取得好便抵过这一罚，取得不好再做计较。"

阮籍端详了一番女娃娃莹莹如玉的小脸，又看了看抱着她与嵇康并肩玉立的曹玟，嘿嘿一笑，道："碧玉何所系，锦线绾同心。我看就取一'绾'字如何？"

曹玟一听，便知他在调侃他们夫妻情笃，不觉红了脸。低下头，正见自己腰上挂着那块玉珏，不由得深感"绾"字情意缠绵，一手绞着玉珏上的同心结，羞涩不语。

嵇康见她此态，便知她已属意，自己也觉此字情深，且音韵柔美，适合女儿闺名，便牵过曹玟摆弄玉珏的手，笑道："名却好，不过还要有小字。"

"你们这爹娘当得也忒容易，名与字都让我取了，看来是要许给我家做儿媳妇喽？"阮籍笑道。

"也罢，这小字便留给她夫家操心吧。"嵇康不再为难，携着阮籍来到后院中，摆上酒来边饮边聊。

"你进来时神色恍惚，可有什么心事？"嵇康问道。

"哎，近日宫中的怪事你可听闻？"

"略有耳闻，说是天子遗失了宝剑，何晏却认为是吉兆。"

"吉兆？哈哈哈哈，论起装疯卖傻，我不及粉面何郎也！"阮籍讥讽完，又将从宫中人口中传出的，曹芳做的怪梦说与嵇康听。两人都对故事中所隐喻的事情深感吃惊，推解了许久，仍不知是何预兆。嵇康又问："你在司马府上，还有什么见闻？"

"司马懿父子何等谨慎，事事皆做得滴水不漏。不过我也懒得去管，只求他们看我无能，快快将我赶回家才好。"

"你在那可曾见到钟会？"

"近日倒没怎么看见，他是司马昭心腹，想必另有重任。"

"我总觉得有什么事将要发生。先是见到钟会买砒霜，接着司马师发妻暴毙，最近宫里又出现异兆，桩桩件件皆叫人不能安心。"

"罢了，你我一个教书匠，一个醉酒狂，哪里管得了这些天下大事？我今日来是替巨源相邀，与你一同去河内山府一聚。"

"我已许久未见巨源，正该前去拜望。"嵇康应道。

两人说定，第二日便告了假启程赶往河内山府。山涛自与阮籍、嵇康相识之后便引为知己，每每与人提起皆赞不绝口。山涛与妻子韩贞几十年来同甘共苦，感情甚笃。他四十岁才出仕，家中一直很清贫，但韩贞从来没有过半句怨言。山涛曾宽慰妻子："夫人请暂时忍耐清苦日子，将来我定能位列三公，到时候不知你做不做得了这三公夫人啊！"韩贞并不将富贵放在心上，只当作戏言。山涛晚年官至大鸿胪，位列三司，身份显贵却不纳任何妾室，将家财散给亲戚故人，仍与韩贞过着清贫的日子。两人从始自终不改志向，相守白头。这些皆是后话。

却说韩贞知道丈夫交了两位挚友，友情超过以往众人，心里十分好奇。她问山涛："夫君，你所交的那两位朋友究竟是何人物，能得你如此赞誉？"

山涛笑道："一位乃陈留阮籍，建安七子阮瑀之子，文辞壮丽，五言诗独步天下。他心性洒脱，狂放不拘，治世中能为王佐之臣，乱世中犹如神龙摆尾，大隐于朝，可以立命保身，然而人难动摇其志向。"

"另一位呢？"

"乃谯郡嵇康，小我二十岁，可谓年少英才。他高亮任性，爽朗清举，龙章凤姿，琴技超群，不仅论辩之文属当世之最，更值得一提的是他的相貌气质。"

"哦？他相貌如何？"

"嵇叔夜之为人也，岩岩若孤松之独立。其醉也，傀俄若玉山之将崩。"

"真有你说得这么好？我却不信，定要亲眼看看。"

"过几日他二人要来家里做客，到时你可出来相见。"

"罢了，我已是半老徐娘，就不出去给你丢人了，只在暗处看一眼就好。"

"哪里，夫人风姿犹胜当年。"

韩贞笑而不语。三日后，嵇康与阮籍来到山府，山涛将他们请进客厅，重叙别离之情。韩贞招呼下人摆上酒菜，自己则站在帘后偷偷观看，见两人一个白衣一个黑衫，一个俊逸一个洒脱，果然如山涛所言，不禁看得入了迷。

山涛斟满美酒，笑道："阮尚书郎，嵇中散，二位大驾光临寒舍，不胜荣幸。"

阮籍白了一眼："几日不见，巨源说起话来沉稳不少，与他的年纪越发相称了。"

"是呀，山主簿红光满面，想来不日又将升迁。"嵇康拱手道。话音一落，三人面面相觑，皆忍不住大笑起来。

"你我三人这官真是不做也罢。我虽不在洛阳，但也知政局已到了风云变幻之际。此次邀你们来便是劝你们早早辞官，归隐田园。"山涛饮了一口酒道。

"我早已多次递过辞呈，且天天醉酒不仕，怎奈司马大人不肯相放。"阮籍无奈一叹，瞟了一眼嵇康，"叔夜，你那中散大夫也没什么好做，快快辞了吧！"

嵇康端着酒杯蹙眉不语，他从未将什么"大夫"放在心上，这官职不过是因为曹玫长乐亭主的品级身份不得不任。此时曹氏政权已如将倾之大厦，他自可随时弃官逍遥自在，但曹玫身为曹氏后人，又岂是轻轻松松就可以接受？

"我知道他的忧虑，此亦人之常情。"山涛道，"我四十岁方入仕，然志向未展便遭遇险恶政坛，一番为国为民之心空抛却，想来谁又甘心？"

"你二人还未看透吗？自群雄逐鹿以来，天下诸侯皆将天下当作他们宰割之物，将黎民作为他们取得天下的垫脚石。我宁愿一辈子庸庸碌碌无所作为，也不愿拿他人的性命作自己争权夺利的牺牲品！"阮籍斩钉截铁道。

嵇康饮着酒，细细琢磨山涛与阮籍之言。山涛洞察世情、胸怀广大，始终怀有一颗济世之心。而阮籍则将人生看得更为通透，立志效仿老庄的无为，他的超脱世人难及。那么自己呢，自己究竟想要怎样的人生？怎样选择才能既不负本心，亦不负他人？又或者一切皆是虚妄，空自流连？他叹了一声，随口吟道：

> 人生寿促，天地长久。百年之期，孰云其寿。
> 思欲登仙，以济不朽。缆辔踟蹰，仰顾我友。

听他吟罢，阮籍道："那些个俗事不谈也罢，趁着如今尚且太平，能多聚一时是一时，多饮一杯便是一杯吧！"三人也不再提及政事，只聊些怡情养性之道，如此过了一夜。

第二日一早，山涛回到房中歇息，却见韩贞坐在床边一脸疲态，奇怪道："你这是未睡还是刚起？"

"与你一样，一夜未睡。"

"我们是聊得兴起，你又为何不睡？"

"我是看得入迷。"

"看？你在哪里看的？"

"我原想只在帘后一看，谁知你那两位朋友实在风采非凡，博学多才，所谈之事皆闻所未闻，我看着看着就入了迷。"说着，韩贞指了指卧房与客厅之间那道墙，"喏，我就是从那里看的。"

山涛顺着所指上前一看，只见那原本完好无损的墙壁上，竟被生生凿出了一个小洞，透过洞可将客厅看得清清楚楚。他一时不知作何感想，只苦笑道："你既看了一夜，那对他们有何评价？"

"若要我直说，我却不得不承认，你的才情比他二人可差远了！"

山涛被妻子如此一说，就是心胸再广阔也不禁泛起酸来。他正闷闷不语，韩贞笑着补充道："不过，若论起气度和胸怀，他们却不能及你，这也是你能与他们为友的道理了。"山涛这才找回尊严，点头不语。

三人在山涛府上聚了几日，阮籍提议一起去他陈留的家中一游。于是，三人驾车来到陈留阮氏族居之地。只见大道北边的人家，将华丽的衣服晾晒在外面，花团锦簇，极为耀眼；而南边的住户则甚为寒酸，不好意思将寒衣晾出来。

正走着，嵇康一眼瞧见路南一户人家与别家迥然不同，竹竿挑着一个个粗布破裤衩，也如路北一般大大方方地晾晒着。他不由得忍俊不禁，对阮籍道："若是我没猜错，这定是令侄仲容的府上，对否？"

阮籍也不答话，举步走进院子喊道："仲容，快快拿好酒来，有贵客到了！"

屋中的阮咸听见叔父相唤，将外衫胡乱一罩，赤着脚迎了出来："今天果是好日子。月儿，快去把盛酒的大缸抱出来，我们要在院中畅饮！"

素黎月依言在院里摆上低槽的大酒缸，把酒一坛坛倒入缸中，对众人道："请各位先生饮酒。"

山涛从未见过此等架势，捋髯道："如此饮酒，莫非家中酒具不多？"

"非也，以杯碗盛酒，斟来倒去好不麻烦，不若围缸而饮，岂不痛快？"阮咸说着用手捧起酒来就是一大口，喝得醺畅淋漓。

嵇康揶揄道："仲容将衣物晾在竹竿上，迎风招展，可是为了迎接我等？"

"哈哈，我族中人每遇晴日必要晾晒衣物，彰显富贵。我虽无锦衣绣裳，也不能辜负这样大好的日头，需让这破裤衩出来见见光！"

话音方落，四人皆开怀大笑，挽起衣袖如阮咸那般饮起酒来。

次日清晨，四人离了陈留往嵇康的山阳旧居而去。刚走上山坡，嵇康遥见府外的柳树下，一人正赤着上身挥锤锻铁，绿衣随意地扔在地上。再看府外的菜园子里，青青翠翠地长着时令蔬菜，与他离开之时一般无二。锻铁之人听见脚步声，回首一望，立时展颜笑道："叔夜，我仍锻不好这劳什子，还是你来。"

嵇康会心一笑，脱去外袍往腰间一系，上前接过向秀手中的铁锤挥砸起来。向秀则蹲下身拉起风箱。阮籍等人也不见怪，自去一旁向秀的茅屋中小坐，待他二人挥完汗熄了炉子，一起在柳园中席地而坐，把酒言欢。

五人就此在山阳住下，整日游荡山间，一时将所有俗世烦扰皆抛于脑后，逍遥似仙。这日，五人正环绕在山阳竹林的泉边闲坐清谈，将盛满美酒的酒器放在水面上漂流，漂到谁的面前停住谁便要饮尽，还要吟诗助兴，是为"曲水流觞"。只见那酒器在众人面前漂流，停在了阮籍面前。阮籍一笑，将酒一饮而尽，轻挥着手中的麈尾，吟道：

　　　　愿为三春游，朝阳忽蹉跎。
　　　　盛衰在须臾，离别将如何？

众人听罢都点头称赞，正在品味，忽见一鹿车自远处而来。嵇康喜道："伯伦缘何而来？"

刘伶从鹿车上晃下来，抱着酒葫芦饮了一口，满脸醉意："此处酒香浓郁，连这山泉也被染醉。我在数里外都能闻出此乃酒泉，你们还弄这些装腔作势之物何用？"说着用酒葫芦盛起山泉，豪饮起来。嵇康等人都觉甚异，用手捧起山泉来饮，泉水竟真的飘着浓郁的酒香，比他们带来的酒还要有味。

"伯伦真乃酒仙！"五人大为惊赞，与刘伶一起在泉边饮到大醉方休。

如此过了一月，时节已渐渐入冬。竹林曲径处，袅袅有人来。山阳竹林又来了一位知音人。此人年纪尚轻，一身紫衣，一入竹林便高声道："听闻此处隐着六位'大闲人'，我闲来无事，请来凑个数！"

阮籍一见来人，翻了个白眼："俗物又来坏我的兴致！"

"几位先生的情怀，岂是我能随意败坏的？"来人笑答。

"濬冲如何找到此处？"嵇康问道。

"我原想去拜望阮先生，却听家父说他告了长假在山阳竹林畅游。"来人正是那日观虎的少年王戎。他的父亲王浑与阮籍同任尚书郎，颇有些交情。阮籍曾到王府造访王浑，王戎也出来同坐。席间王戎品评名迹，精辟入理，言谈清雅，见识比其父高出许多。阮籍日后到王府做客，见了王浑只草草打声招呼，凡事皆找王戎讨论。王浑问其故，阮籍道："濬冲清赏，与你不是一类人。和你说话无趣得很，不如去找濬冲说。"由此，阮籍与王戎结下忘年之交。

王戎见过众人后席地而坐，道："我从洛阳来，听到一件可笑之事。"

众人皆问何事。王戎道："我来前两日，大将军曹爽派李胜出任荆州刺史。李胜临行前面辞司马懿。谁都知此乃曹爽命他去探看司马懿病况。你们猜如何？"

"司马懿想必称病不见。"向秀道。

"哪里，司马懿带病见了李胜！据李胜说，当年威名赫赫的太傅如今已病入膏肓，衣不能自穿，粥不能自饮，需要两位婢女服侍才能动弹。李胜询问病情，司马懿道自己年老多病，死在旦夕，拜托李胜跟曹爽多多美言，求大将军日后能关照司马师、司马昭二子。又问李胜将到哪里赴任，李胜说出任荆州，他却听成了'并州'，替李胜抱屈道'并州接近胡地，实在委屈'。李胜反复解释他所去之地乃荆州不是并州，怎奈老太傅耳聋心盲，怎么也分辨不清了……"王戎说到此处，戛然而止，望着众人不再出声。

"嗤，哈哈哈哈哈哈！"一片沉默之后，阮籍忽将一口酒喷了出来，仰头望着苍天狂笑不止。众人也随之大笑起来，只震得层层叠叠的竹林枝节舞动，绿叶摇曳，久久不歇。笑罢以后，阮籍一把抓住嵇康的手，拉着他踉踉跄跄地穿出竹林，跃上停在林边的马车，喝道："上车来！"嵇康问也不问，跃上马车。

阮籍高高扬起马鞭，一鞭挥下入骨三分。瘦马吃痛，嘶吼一声长蹄蹿出，顺着山路疾驰而去。阮籍见马已受惊，索性撒开缰绳任其狂奔。一路上，二人皆闭着眼，一言不发，随着马车任意摇晃，心中无数思绪如白驹过隙，穿胸而过。

> 驾车寻路，无路无径。纵马奔驰，凭我御风。
>
> 魂者游离，我思如飞。体者升腾，悟我大境。
>
> 天地合兮，以托以盖。宇宙旋兮，无极无散。
>
> 万物生兮，聚以精魂。魂兮魂兮，我思不断。
>
> 见历史兮，长河奔流。贤愚何任，沧海一舟。
>
> 人生何兮，乐以无忧。是以路矣，彼无尽头！

长路其修远，人生有时尽。二人浩大玄妙的悟境，最终都与马蹄扬起的尘土一起，被远远抛在身后，消散天际。瘦马奔至山路尽头，蓦然收住前蹄。车上二人猛地一倾，猝然惊醒，望着眼前的断壁绝路再也忍耐不住，仰天悲哭。

"时无英雄，使竖子成名！"曹魏的天下，这便要完了。

第三卷 暗夜歧途

二十六、事变高平陵，遗恨洛阳宫

公元249年，正始十年。这一年，历经三代的曹魏政权真正走到了它衰落的转折点。正月初六，大将军曹爽随天子曹芳到高平陵祭拜明帝，临行前将司马懿从随员名单中划去。

是年，嵇康因文辞人品名扬天下，与阮籍、山涛、向秀、阮咸、刘伶、王戎六位名士结为竹林之友，时时携手畅游山水、把酒清谈、风流不羁，当世文人学子无不倾慕。

正月初六天未亮，曹爽三兄弟率领浩浩荡荡的随众，簇拥着曹芳往洛阳东南高平陵而去。前一夜，嵇康在安邑侯毌丘俭府上研读《刀谱》彻夜未眠，直至东方微明二人才一起往嵇府而来。两人一路讨论宝刀的铸法，不觉间经过皇宫司马门外。

远远的，只听司马门城楼上有将士醉酒的吆喝之声。毌丘俭戎马多年，对此事分外机警，不由得停住脚步，抬头朝城头望去，谁知吵闹声却渐渐退去，在一阵杯盘碎落声之后归于宁静。

"这些兵将也太过放肆，大将军刚出城就如此玩忽职守，醉死一片！"毌丘俭愤怒道。

"司马门乃皇宫命门所在，不要出什么事才好。"嵇康蹙眉。

两人正满腹忧虑，却见一人从司马门的偏门中闪出。定睛一瞧，正是尚书郎钟会。

"他怎会在此？"毌丘俭正欲上前，却被嵇康拉到隐蔽之处。

"看看再说。"

两人按住不动，见钟会走了没几步，一大队兵马从远处而来，为首的将领再熟悉不过，正是司马懿的两个儿子，中护军司马师和典农中郎将司马昭。钟会看见二人，对他们点了下头，躬身一拜。司马昭微微颔首，随即将手一挥，身后兵马如潮水般向司马门涌去。几乎同一时刻，本应紧闭的司马门豁然被人打开，将兵马迎进城中。须臾间，城头便竖起了写有"司马"名号的大旗。

"不好，司马懿要兵变！"毌丘俭惊道。

"原来如此。"嵇康将钟会前后的举动联系起来，恍然大悟。方才司马门上的杯盘碎落之声不是因为兵将醉酒，而是被毒杀身亡。他略一愣神，毌丘俭已飞身截住钟会的去路，抽出七星宝刀横在他身前。

"好个卑鄙小人，我竟早没认清你！"

钟会见司马师、司马昭已占领司马门及武库，正满面喜色，盘算着心事转进弯道，却被毌丘俭厉声喝住，方觉寒光一闪，凛冽的刀锋已近在眼前。

"毌丘将军……"钟会一惊，见毌丘俭双目赤红地瞪着自己，猜出他已知晓自己所为，暗道不好。

"司马懿还有何部署，快说！"

钟会正不知如何应对，见嵇康也走了过来，顿时放下了悬着的心，仰起头冷笑道："此刻才问，为时晚矣。太傅招招制胜、步步为营，你等已无回天之力。"

"好个步步为营，你若不说，顷刻便是我刀下之鬼！"

"将军，当日你我三人一起洛水围猎，何等尽兴，怎么此时全然不顾昔日旧情？"他这一番话虽对着毌丘俭，但却是说给嵇康听。

"你这样的狗贼，人人得而诛之，我与你有何旧情！"毌丘俭啐了一口，不欲再多言，举刀就要刺向钟会。

"仲恭兄！"嵇康上前按住毌丘俭的手臂，对他摇了摇头。

"你别拦我，今日定要除了这个奸贼！"

"哈哈哈哈，自古皆道'成者王侯，败者贼'，我死不足惜，却不知来日将军能否名垂青史。"钟会侧目看着二人，有恃无恐，"我知道自己是个小人，也从不以高尚之士自居。却不像有些人自诩君子，竟不知欠债要还的道理。"

"你说什么！"毌丘俭怒发冲冠，宝刀再次挥起，却被嵇康死死攥住刀锋，血染刀刃。

"他说得对，我的确欠他一份情债。"嵇康推开毌丘俭，与钟会面对而立，语出掷地，"无论当日因何缘由，我自认欠你一遭。今日还你一命，全当为了昔日之情。从今以后，你我二人恩断义绝。他日相见，便是陌路之人！"

"陌路人？哈哈哈哈，你与我有夺妻之恨，丧子之仇，千刀万剐犹不解恨。下次再见，你我便是不共戴天的仇人！"

"丧子之仇？"嵇康不知从何说起。

"你新婚之夜，可知我是如何痛失爱子……"钟会回想往事，仍觉历历在目。

嵇康看着他因仇恨而扭曲的脸庞，再也忆不起当日那个明眸皓齿、朗月疏桐般的少年。见他不分缘由，将所有恨事都归咎于己，也不想再出言分辩，只把身子一背，冷笑道："我已认不出你……你走吧。"

"你说得对，从前的钟会早就死了！"钟会咬牙说完，整整衣衫而去。

毋丘俭看着他离去的背影，叹道："你今日放了他，日后定会后悔！"

"就算后悔，也不得不放。"

"自古君子才讲道义，小人哪有情义？与小人讲情义，只会害了自己！"

"我只不愧对自己的心，其他的事，不由我来做主。仲恭兄，既已知晓司马懿之变，还是赶紧想办法将消息送出城去才是正理。"

"说得是。"两人不再争论，探至洛阳城门，见城下已屯满兵马，城门紧闭。

原来，司马懿早已部署妥当，曹爽刚一离开洛阳，他就从病榻上站起身，分兵部将，果断行事。他先命司马师、司马昭夺了司马门武库，扼住皇宫命脉。后与太尉蒋济亲自屯兵洛水浮桥，将曹爽的归路断了个彻彻底底。随后又派兵封锁洛阳城门，城内城外，插翅难飞。

毋丘俭愁道："城门被司马懿围得死死的，如何出得去？"

嵇康知道形势严峻，非以智谋不能出城，思索片刻："此时只能去找一人。"

"谁？"

"'智囊'桓范。以他的智谋和在曹爽面前的威信，想必还有回旋的余地。若他也无计可施，那曹爽的天命也就尽了。"

"好，我与他多年同僚，还有些交情。我这就去找他！"

"不可。事变之际，人心难测。你亲自前去，桓范若倾向曹爽便罢，若他已经投靠了司马懿，岂不是自投罗网？就算他答应相助曹爽，也有成败之分，切不可枉送了性命。"

"那该如何是好？"

"你需派一位亲信，暗中到他家中见机游说。事后全身而退，无迹可寻。"

"好，我毋丘俭手下不缺的就是忠心死士。"毋丘俭道。

却说这桓范乃沛国人，建安末年入丞相幕府，正始年间被曹爽封为大司农，经常为其谋划政事，遂有"智囊"之称。曹爽虽对他礼遇有加，但对他的劝告之言却屡屡不听。

嵇康与毌丘俭发现司马门之变时尚在清晨，而待毌丘俭安排了亲信，来到桓范府上时，局面早已改天换地。司马懿不仅占据军事主动，封锁了洛阳城门，还入宫威逼郭太后，迫其下诏废除曹爽兄弟职务，令桓范接管曹爽之弟曹羲中领军之职，掌管禁军。桓范骑虎难下正要领命，毌丘俭手下亲信恰好到达府上，见他犹豫不决便以忠臣之道晓以大义，力劝他出城相助曹爽。桓范顾念曹氏旧恩，最终站在了曹爽一边。他来到平昌门外，谎称得了诏命要出城。守城之将是他曾经推举之人，就信了他的话，将他放行。

待桓范来到高平陵时，曹爽已接到郭太后的"诏书"，正慌得六神无主。桓范面见曹爽，劝他带曹芳去陪都许昌，以天子号令昭告天下，聚集忠于曹氏的兵马共伐司马懿，而自己会以大司农的身份为他们调运粮草。然而曹爽此时已如丧家之犬，全无了主意。

"司马懿何等厉害，太祖武皇帝都忌惮他三分，我岂是他的对手？"曹爽顿时没了往日的飞扬跋扈，一脸哭丧。

"你有天子在旁，奉天子以令群臣，谁敢不听？难道放着眼前的大势不就，却到司马懿面前引颈就戮不成？"

"太傅已派人传话，说只要我交出兵权，仍能保我兄弟一世荣华。"

"一旦交出兵权，将以何防身？若司马懿反悔，我等岂不是死无葬身之地？"

"太傅德高望重，想必不会食言……"

桓范见他如此昏聩，痛心疾首："你父亲曹真一向足智多谋，谁知竟生了你们兄弟三人，一个个蠢得如猪！可怜我为你们所累，要被灭族了！"

曹爽这边虽乱了阵脚，但司马懿那里却丝毫不敢放松。他怕曹爽置死地而后生，挟天子以令诸侯，先后派人前去劝降，信誓旦旦地以洛水为誓，说只要曹爽肯交出兵权，仍会保留他的爵位。曹爽兄弟仍然犹豫不决。此时太尉蒋济又派人送来亲笔书信，向他们保证，只要交出兵权，司马懿一定会保留他们后半辈子的荣华富贵。

曹爽思量了一夜，最终决定放弃兵权，入城投降司马懿，只图能做个富家翁。身边众人见此莫不顿足捶胸，此一降，曹氏大势已去。

两天后，曹爽自解大将军印绶，入城投降司马懿。为了探查司马懿是否守信，曹爽以粮食不足为由，向司马懿讨要食物。司马懿果真送来食物，曹爽兄弟信以为真，赞道："太傅果不负我等。"他们岂知，司马懿那边正争分夺秒地审讯曹爽党羽，要令他们死得透透的。严刑拷问之下，终于有人被屈打成招了。最终，曹爽、何晏、丁谧、李胜、桓范等七族以阴谋造反之罪，悉数落网。

司马懿命手下分别审问曹爽、何晏等人，定要他们亲自画押方可。钟会奉命审问何晏，来到刑房之中，只见这位熏衣傅粉的美男子，此时灰头土脸，枷锁在身，再也没了昔日的风流姿态。

"何大人，还是快些招了，免受皮肉之苦。"钟会扫了扫榻上的灰尘，在何晏面前坐定。

"士季，我绝无谋反之意。还望你念在昔日之情，替我在太傅面前剖白几句！"何晏仍抱侥幸，向钟会求情道。

"曹爽谋反之罪已然坐实，若大人无心谋反，那自当另有他人……"钟会笑道。

何晏似乎明白了他的意思，立刻拿起纸笔，洋洋洒洒地将曹爽、丁谧、李胜、桓范等六人罪状写好，画了押，托到狱吏手上。

钟会看了看纸上名单，曹爽一党几乎列尽。把纸往怀里一揣，他又笑道："太傅大人曾明喻，今有七族作乱。何大人只供出了六族，还差一族。"

"你真要赶尽杀绝？"

"何大人位列三玄，权倾一时，与大将军出入后宫如若无人。当初的威名犹在，怎么此时反倒不敢认了？"钟会讥讽道。

"钟会，我从前真是小瞧了你，想不到你如此狠毒！"

"连何大人这样独领风骚的人物，为了保全性命也能出卖朋友，我钟会小小伎俩，不足挂齿。来人，帮何大人画押！"他起身一摆手，旁边几名狱吏上前按住何晏，扳着他的手蘸上朱砂，在早已拟好的罪状上重重一按。

"在下还要到贵府收拿余党，先告辞了。"钟会朝何晏一拱手，转身而去。何晏知他话中何意，颓然跌坐在地。

钟会来到何晏府上，命手下士兵把何府团团围住，家丁仆人逐一锁拿，却没找到何晏之妻金乡公主与儿子何荣。审问管家得知，金乡公主带着何荣一早入宫去了。钟会冷笑一声："走，入宫！"

入得后宫，钟会不去他处，径直往杜太妃住处而来。如今能庇护金乡公主的，除了她的生母杜太妃，还有何人？钟会毫不顾忌礼数，大步流星地闯了进去。

"给我里里外外搜仔细了，一定要将何荣找到！"他吩咐完手下，自己迈步往后院杜太妃卧房走去，心想越是不能擅闯的地方，人越有可能藏在其中。他气势汹汹地来到卧房门外，连礼也不施，一把推开房门，待看见屋中之人时却愣住了。

杜太妃缠绵病榻已久，此时正躺在床上安睡，纱帐紧紧闭着。而床榻边坐着的，除了金乡公主外还有一位，正是令钟会始料未及之人，长乐亭主曹玫。

曹玫因入宫，身上按典制穿着亭主的锦衣绣裙，乌发高高盘起，依例插着几支宫花珠钗。蛾眉轻黛，朱唇微红，别有一番少妇的轻熟风韵。她闻声朝门外惊视，一双秋水美目正对上钟会的眸子，两人皆是一愣。

钟会三年未见曹玫，也从不曾看她做如此华美的装扮，那顾盼间的风情犹似当年却又不是当年。这熟悉又陌生的感觉，像一粒石子激起心中的涟漪，令他无可避免地再次沦陷其中。晃了晃神，有那么一瞬间他竟忘了自己因何而来。

"大人，整个院子都找遍了，没有何荣的影子，想必定在此屋中！"手下士兵说着就要闯进屋子。钟会低喝一声："休得无礼，没有我的命令，谁也不许轻举妄动。"说着眼睛扫向床上纱帐，见里面微有人影晃动，便知其中蹊跷。

他正要说话，曹玫却已先开了口："钟大人，如此匆忙而来，所为何事？你这般鲁莽，难道忘了为臣之礼？"

钟会被她如此一问，只好微微欠身："微臣参见杜太妃，公主，亭主。此次前来只为捉拿反贼何晏之子何荣，并不敢冒犯。"

曹玫正欲斥退众人，床帐中却传来孩童细微的哭声，屋里的气氛顿时凝固起来。金乡公主面如土色，紧紧掩住床帐，眼神无助地看向曹玫。

"公主，不必再藏了。"钟会狠下心，亲自上前扯起曹玫，对门外一使眼色，手下士兵即刻冲进来，不顾金乡公主拼死阻拦，将何荣从帐中拽出。尚不足八岁的孩童，没经过此等架势，吓得大哭起来。金乡公主也瘫软在地。

曹玫使劲挣脱钟会的钳制，上前抱住何荣道："荣弟，不许哭！"何荣听了她的话，紧紧抿住小嘴，虽止不住抽泣却不再出声。曹玫替他擦干眼泪，从怀里掏出一个闪亮之物，挂在他的脖子上。

钟会侧身而立，本不欲相看，却被何荣脖子上的东西晃了一下眼。举目看去，发现他脖子上挂着一个金制的坠子，形状并不规整，上面的纹饰十分眼熟……他眉心一跳，认出此物。这个金坠子，正是他曾为曹玫所制"金镶玉佩"上的那块。当日他怒摔玉佩，此物从上面磕落，成了一个不规整的金块。本以为曹玫定会将它弃如敝屣，没想到她竟一直带在身上。钟会忍不住看向曹玫，想起她曾说视自己如兄长一般。不知今日一场恩怨，她是否从此将自己视为仇人？他钟会平生最不怕仇人，却唯独不想多她这一个。

手下士兵见曹玟抱着何荣，想上前拉开二人，手还没碰到曹玟衣衫，便被钟会一掌打开，喝退下去："你们都在外面等着，不许妄动！"

曹玟将何荣护在身后："钟大人，何荣虽是何晏之子，但他身上也有皇室的血脉。如今杜太妃病势沉重，恐怕禁不住如此打击。望你念在太妃和我父王的面子上，向太傅讨个情吧。"

"呵，近日倒好，人人都来跟我讲情，我却不知'情'字怎么写。"钟会侧过脸去，面色阴晴不定。

"我知道，你不会轻易忘了旧情。"曹玟紧紧盯着他的脸。

"你口口声声唤我'钟大人'，何尝将旧情放在心上？"

"今日就当我求你了，士季哥哥。"曹玟说着屈下双膝。

"你……"钟会知道自己快要招架不住，转身看了看外面的士兵，强迫自己冷下脸来，"谋反乃大逆不道之罪，当夷三族。国法无情，我也无可奈何。"

"若论起父、子、妻三族，我也在妻族之内。你今日就将我也绑了去吧！"

"你，你别以为我不敢动你！"钟会瞪起眼。

"我知你并非不敢，而是不会，对吗？"曹玟目光在他眸间流连。

钟会看痴了半晌，终于背过身去："念在太妃、沛王的面子上，我权且替你求一个情。若太傅不允，仍会前来捉拿。"说罢他命手下就地待命，自去讨情。

曹玟见钟会终于肯答应求情，略松一口气，将金乡公主搀扶起来，两人一起护着何荣，惴惴不安地等着。

不知过了多久，门外现出钟会的身影。曹玟见他面色轻松，就知已经脱险。钟会挥退门外士兵，对屋内道："太傅体念杜太妃、沛王情面，特赦罪臣之子何荣死罪，削去世爵，永不录用。"金乡公主感激涕零，携着何荣叩拜不止。

曹玟一颗心落地，对钟会微微颔首，展开明媚笑颜，只耀得他目眩神迷，不知今夕何夕。往前迈了几步，他低声相唤："玟儿……"还想说些什么，却听见床畔发出刺耳的哭声。

金乡公主趴在床边，边哭边唤："母妃，你醒醒啊，母妃……"何荣也在一旁哽咽不止。曹玟脸色蓦地一暗，摸了摸杜太妃的身子，已经凉了。方才何荣在床上哭泣，就是因为看见太妃不好，忍不住出声。后来曹玟与金乡公主忙着应付钟会，不知杜太妃已处于弥留之际。她撑着最后一丝气息，直到听见钟会说出赦免何荣，才合上眼悄无声息地离开人世。

曹玟泪眼蒙眬，为祖母最后一次披了披被角，凄声道："杜太妃，薨了。"此刻，她望着钟会，眸子已没了一丝光华。钟会垂下头，知道自己与她之间的距离，已经隔着天堑鸿沟，再难跨越。

正月初十，司马懿颁布天子诏令，以谋反之罪将曹爽党羽共七族一起屠灭，夷三族。司马懿恢复大将军头衔，司马师加封卫将军，司马昭增邑一千户。为安抚人心，除了被诛杀的曹爽同党，其余人等概不论罪。但朝中众人畏惧司马氏，人人自危，莫不提心吊胆。自此，司马氏独揽大权。

风云激变，反抗的力量也在沉默中悄然滋生。

二十七、狠毒害英才，智移万卷书

公元249年，历史进入新的纪元，改元"嘉平"。既"嘉"且"平"，寄托了司马氏平定天下，稳坐江山的宏愿。然而迎接他们的，并非皆如所愿。至曹爽、何晏、桓范等七族被屠灭，天下名士被杀近半，三玄只剩其二。台郎王弼因与何晏关系亲近，被罢免官职。征西将军夏侯玄则被剥夺兵权，以大鸿胪之职诏回洛阳，受到打压牵制。嵇康、阮籍、山涛等名士也在政变后纷纷辞官，退隐山林。

一日，新上任的中书侍郎家中大摆宴席，门庭若市。自司马氏掌权以后，钟家两兄弟因辅助有功青云直上，钟毓升任御史中丞，钟会则升为中书侍郎。朝中凡畏惧司马氏或意欲攀附之人皆到府上拜贺，熙熙攘攘，好不壮观。当然，满座之中也有不愿前来之人，那便是钟会昔日之友，被罢职免官的王弼。

王弼坐在宴席的末位，望着主座中高高在上的钟会，遥想当年何晏府上的清谈聚会，当时之盛犹在眼前，旦夕间却换了天地。他自知仕途已尽，但求保住性命潜心做学问，钟会为何又要下帖给他，叫他来看这早已无缘的繁华景象？

伸手入怀摸出一包药丸，就酒吞下一大口，脑子渐渐开始飘忽。何以消千愁，唯有五石散。这药，他再也离不开了。正在恍惚，却见几个下人搬着一个做工精美的银质大壶上来，壶口边有两个耳朵形状的环手，壶中插着几支颜色略微发白的竹矢。自秦汉以来，士人宴饮时常以投壶为戏，以祝雅兴。王弼的投壶之技可谓当世数一数二，难有敌手。

"今日家宴难得诸位光临，现已酒过三巡，不如投壶助兴。"钟会举起酒盏，眼光扫向最远处的王弼，"久闻辅嗣乃投壶高手，可愿为我等展示一番？"

王弼听闻此言，眉心微皱。若真是投壶助兴，当是主人与宾客相对投壶为赛，主人奉矢，以礼相待，并不是一人投壶，让其他人观赏。他虽无一官半职，但也是当世名士，岂能被视作艺人舞姬，任人驱驰取乐？他尚未答言，钟会又道："哎呦，我竟忘了，辅嗣的投壶之技只有在何晏何大人面前才肯展示，我等怎有福观看？"在座众人听了这话，莫不对王弼侧目而视，露出鄙夷之色。

王弼知道此话充满恶意，他已被司马氏视为异党，若此时坚持不为，日后不知又要被污上什么罪名。也罢，就是投上一遭，又能如何？他站起身，对钟会略一拱手："献丑了。"他来到宴厅中央，从下人手中接过竹矢放在左手，右手抽出一支，倾身一掷，竹矢稳稳落入远处的大壶中。然后又投了两支，皆入壶中。王弼将袖子一抄，转身欲回座位。

"连中三矢，好技巧！不过这未免太简单了，难以领略辅嗣的高超技法。来人，上屏风！"钟会话音一落，就有下人抬着屏风上来，横在大壶之前。王弼无奈，重新接过竹矢，隔着屏风盲投起来。他技艺甚高，这些刁难不在话下。为了堵住众人之嘴，他索性将招数全施展出来，正投、反投、贯耳、倒耳、全壶，无一不中，只看得人眼花缭乱。待投完这些，王弼已是双眼模糊、脚下虚晃，五石散的药性发散全身。手指挑开袍上襟带，宽大的蓝衣零落散开，整个人飘摇似风中残叶。

钟会嘴角挂着笑意，从主座上迈步下来，拿过一支竹矢递到王弼手中："真是令人大开眼界，素闻汉武帝时有位郭舍人，可以'一矢百余反'，辅嗣也让我等开开眼吧！"

所谓的'一矢百余反'，是说竹矢投到壶中能够自动反弹出来，重新回到手中再投，如此反复达百余次。这项技巧不仅需要绝高的眼力和手力，还具有一定的危险性，竹矢虽不是真的箭，但若力道不对也可能伤及自身。

王弼怒瞪秀眸，直直地看着钟会："士季，我与你一向友好，你为何如此相逼？"

"你与曹爽、何晏一党，世人皆知。大将军虽未问罪，终是肉中之刺。何况，只要与他为友，便是我钟会的敌人。"钟会口中的大将军已换了司马懿，而那个"他"显然是指嵇康。他看着王弼冷寒的眼神，又换了亲近的口吻道："不过，若你肯将家中藏书倾囊相赠，我倒可以替你美言几句，说不定还能官复原职。"

王弼家学深厚，他的曾外祖父是荆州牧刘表，他祖父的族弟是建安七子之一的王粲。王粲与大文豪蔡邕交好，蔡邕将万卷藏书相赠。所谓"万卷"只是一个虚指，以示卷册之多，种类之全，并非真有一万卷。后来，王粲的两个儿子因罪被处死，王弼之父被过继为嗣，而这万卷藏书也就传到了王弼手上。当世文人，莫不将这万卷藏书视若珍宝，钟会也对此觊觎良久。

王弼终于忍无可忍，一张脸涨得通红，怒道："士可杀不可辱。钟会，你莫要痴心妄想，我绝不会将祖上留下的藏书给你！"

"那好，咱们就走着瞧！"钟会眼睛一眯，做了个送客的手势，立即有下人上来推推搡搡，将王弼轰出门去。本就站立不稳的他一个趔趄，跌倒在地。

"钟会……"王弼从未受过这等奇耻大辱，撑着虚弱的身子站起来，也顾不得头发散乱、衣襟零落，摇晃着脚步向前挪去。来到街上，清冷的风钻入怀中，透骨生寒。他越走越觉得撑持不住，头一栽向下倒去，却被一人牢牢扶住。

"辅嗣，你怎么了？"

王弼看见面前之人，喉头忽然涌上一阵腥咸："叔夜，我……"话还未说完，就被一阵剧烈的咳嗽打断，鲜血猝然从嘴角滑落。

"别说了，先随我回去。"嵇康帮他擦干血迹，架起他那枯柴般的身体，快步回到府中。嵇康请来大夫为王弼诊治，却得到一个令人绝望的消息。王弼一向食散成性，自从被免官以来更是嗜之如命，已经深染瘾疾。而今日钟会府中的竹矢，之所以发白就是因为上面涂了一层薄薄的药膏。此药一般人触到丝毫无害，可长期食散之人一旦接触，随着汗液进入身体，便会与五石散产生反应，激发出致命的毒素，难以救治。

"叔夜，不必再费心了……我，我有事相求。"王弼自知命不久矣，颤巍巍地抓住嵇康的双手，道："我这一生虽短，所幸对《周易》《道德经》等书尚有几部释注之作，皆放在书房的高阁之中。你一定要帮我妥善保存，流传后世……还有我家传的万卷藏书，一定要尽快运走，绝不能落入钟会之手……"

"你放心，我定会办妥。"嵇康郑重承诺，看着他奄奄一息的病容，不免生出悲情。他命人照看好王弼，便思索起来。要在洛阳城中，众目睽睽之下悄无声息地运走万卷藏书，该如何行事？就算运得出去，又能藏在哪里？正在发愁，曹玟迎面走来，问道："何事烦恼？"

"我来问你，如何能在闹市之中，神不知鬼不觉地移走万卷藏书？"

曹玟笑道："此事我虽不知，但现下正好有人能帮你解难。"

"是谁？"

"我大哥有事前来，已等候多时。"

"来得正好。"嵇康来到前厅，见一人峨冠博带立在厅中，身姿矫健，眉目英伟，年纪已三旬过半，正是沛王曹林长子谯侯曹纬，字孟佐。

"让大哥久候了，何事前来？"嵇康施礼道。

"夏侯玄回京了，此时就在府上。"曹纬声音带着些许振奋，目光微亮。

次日清晨，一大队祭葬的队伍从大鸿胪夏侯玄府中出发，抬着十个装满冥器纸钱的木箱子，在洛阳城中穿梭而过，直奔城北邙山脚下的峻平陵而去。为首之人身骑高头大马，仪表不凡，神色肃穆，正是"朗朗如日月入怀"的名士夏侯玄。他身后的两位随从骑着一黑一白两匹骏马，皆是一身黑衣，戴着帽子，面容隐在阴影之中。

夏侯玄前往峻平陵，正是为自己两年前离世的亲妹夏侯徽祭拜。夏侯徽新丧时，他在千里之外的征西将军大营，无法亲自吊唁。得知曹爽被诛，叔父夏侯霸曾劝他一起投靠西蜀，被他断然拒绝。国事未尽，家事未清，大丈夫岂能一走了之？夏侯霸逃往西蜀后，受到刘禅的优待与重用。而夏侯玄却面临着一条艰险的复仇之路……他的大队人马行至洛阳城北门，被守城将领拦，例行盘查。

"夏侯公，您这浩浩荡荡的是要上哪？"

"去往城外，祭拜家妹。"

"可有大将军令？"

"一点私事，何须叨扰大将军。"

"没有令牌……"守城将领犹豫起来。

"家妹去世两载，我未曾去祭拜。她虽亡故，仍是卫将军的元配夫人，怎么连兄长出城祭拜一下也不可？"夏侯玄微怒道。

守城将领听见"卫将军"三个字，心道这是司马师的家事，也不好再做阻拦。反正若有什么事自有夏侯玄担当，便命手下打开城门，放他们出城而去。看着一行人渐渐消失的背影，一个士兵疑惑道："将军，就算装了许多冥器纸钱，也用不着这么多箱子吧？"

"确实有些蹊跷……"两人看着消散的尘土，疑上心来。

夏侯玄带领一干人到达夏侯徽坟墓时，已是黄昏。众人放下大木箱，皆累得气喘吁吁，直不起腰来。打开第一个箱子，从里面拿出冥器纸钱。看着手下一张张烧着纸钱，夏侯玄立在墓碑前，半晌说不出话来。他想要祭拜的，又何止夏侯徽一人？环顾四周寥落破败的景象，就知司马师一次香也未曾来上过。他究竟是不愿，还是不敢？

"容儿，为兄来迟了……"在香炉中插上三根香，夏侯玄拨了拨烧得正旺的纸钱，"他们都说你是心悸而死，我却不信。你有什么冤情就说给我听，为兄为你做主！"

话音方落，烧着的纸钱顿时熄灭了火苗，任是怎么点也不着。夏侯玄盯着一地纸灰，拳头越攥越紧："挖，给我挖开这墓，我要看看容儿究竟是怎么死的！"

众人皆茫然，就算他是夏侯徽的亲兄长，也无权将别人的妻子开棺验尸。何况那人还是司马师。正不知如何应，随行的两位黑衣人中，一人摘下帽子按住他肩头道："太初，你冷静一些，此事万万不可。"这人正是曹纬。

"不如此，我岂非一辈子也无法得知真相？你叫我如何甘心！"

"我有一事相告。"夏侯玄与曹纬皆回头看去，见另一位黑衣人也去掉帽子，抚开额前长发道。

"叔夜，知道什么，快快说出来！"夏侯玄急不可耐。

嵇康于是将钟会买砒霜、司马氏政变前前后后的事仔仔细细地讲了一遍。夏侯玄何等聪明，前后联系起来，似乎意会到了什么。他点了点头，目光中充满仇恨。

"时辰不早了，再不回去城门要关了。"曹纬提醒道。

"好，这便回去。"夏侯玄振奋了一下精神，与众人一起返回洛阳城。一行人刚离开峻平陵，就见一小队人马包围了过来。为首的是一位红衣男子。

"夏侯公，这么晚了从何处回来？"

"刚刚祭妹而归。钟大人，何事劳你大驾光临？"

"我遇到一件蹊跷之事，想请教夏侯公。"

"直说便是。"

"辅嗣家中有万卷藏书，想必你不会不知。他答应将藏书赠我，让我去取。谁知今日我到他府上，不但人影全无，那万卷书也在一夜之间不翼而飞。你说奇不奇怪，难道他会法术不成？"

"此事确实奇怪，真是闻所未闻。"

钟会打量他一番，侧目扫向他身后的众人，目光落在那十个大木箱上。他走过去抚上箱顶："夏侯公对妹妹真好，冥器纸钱就装了这么多箱。不知烧不烧得完？"

"冥物阴晦，恐会折损尊驾，还是不要沾染。"

"无妨，我这人最不信邪，凡事定要探个究竟。"钟会一个手势，手下上前强行打开箱子，摊开在众人眼前。他胸有成竹，低头往箱子里查看，却愣住了。

十个箱子里皆空空荡荡，毫无一物。

"这，这怎么可能……"他明明听洛阳城北门的守将说，夏侯玄命人抬着十个沉重的大箱子出了城。他派人监视，并无人前去接应，箱子里的东西怎么会消失不见？难道里面真的只有冥器纸钱，是自己判断失误？

"钟大人，你问也问了，看也看了，还有什么事吗？"夏侯玄不耐烦地道。

钟会咬紧牙关，虽不甘心但也别无他法，对夏侯玄拱了拱手："今日是我唐突，先告辞了。"说罢带着手下离去。

夏侯玄微微一笑，与众人返回城。原来，昨日傍晚，嵇康与曹纬来到夏侯玄府上，将王弼所托之事相告，三人一起谋划了这出好戏。当夜，他们便将王弼府上的万卷藏书装进木箱，藏在沛王府内。次日一早，他们带着十个木箱堂而皇之的出城祭拜。守城将士果然被他们的举动吸引住了视线，将钟会引到了城外。而与此同时，万卷藏书却已稳稳当当地转移到了沛王府中，任钟会再大的胆子，也不敢去搜。

却说嵇康回到家中，岳山焦急地迎了出来："先生，你快去看看吧，王先生不好了！"

嵇康心头一凉，快步奔到后厅。一日不见，王弼又瘦了一大圈，仅剩下一把骨头和兀自睁大的眼睛。握住他垂在榻上的手，嵇康稳住声音："辅嗣，你的书稿我已收好，那万卷藏书也藏在妥善之处，你放心。"

"多谢……"王弼清癯的脸上尽是悲凉，气若游丝，"三玄死其二，名士半皆亡。司马氏手段极其毒辣，你一定要当心……"一言未毕，一代英才王弼魂归黄泉，年仅二十四岁。

乱世多艰险，命如浮萍系。难道真要在这无边的黑暗中，在权势的淫威下战栗、悲鸣、啜泣，苟延残喘地过完这一生？

盯着王弼的遗容，嵇康感到内心深处有一团火焰熊熊燃烧起来，强大的勇气和正义激荡胸膛，烧红了他原本平静如水的眸子。

二十八、梦卜白马王，计定太常府

洛阳城南太谷关，是汉末镇压黄巾起义的"八关"之一，中有水泉石窟，地势纵横，层峦叠嶂，树木苍翠。瞭望山下道路，有两队人马从远处缓缓行来，为首两人皆是紫冠玉带，一副王侯穿戴，一个俊逸一个英武，一路且谈且行。行至中道，一人手执皇令从后面追赶上来，拦住二人去路。马上的二王接了圣旨怅然相望，相顾无言，只能依依洒泪作别。原本比肩并行的骏马也只能各自调头，朝相反方向寂寥而去。

一时间阴风乍起，滂沱大雨骤然降落，天色一片阴蒙，马蹄踏处尽是泥泞。那容貌俊逸之王行了一段，揽辔踟蹰，回望身后漫漫长路，不由得悲怆低吟：

> 太谷何寥廓，山树郁苍苍。
> 霖雨泥我涂，流潦浩纵横。
> ……
> 变故在斯须，百年谁能持？
> 离别永无会，执手将何时？
> 王其爱玉体，俱享黄发期。
> 收泪即长路，援笔从此辞。

嵇康敛神凝眸，看着大雨中徐徐隐去的身影，知道自己又一次梦见了曹植，而他所吟诵的诗句便出自闻名于世的《赠白马王彪》。

此诗作于黄初四年。这一年五月曹植与同母兄长曹彰，异母弟弟曹彪同行，一起进京朝见天子曹丕。然而不知为何，任城王曹彰一到洛阳就得了急病，暴死府中。世人皆猜测，是曹丕畏惧曹彰的军事才能，暗中将他毒死。到了七月，曹植与白马王曹彪返回封地，来时的三兄弟只剩下两人。曹植与曹彪本可一路同行，谁知行至半路，曹丕派来使者监视，命他们分开行走，不许过多接触。曹植在太谷关与曹彪洒泪作别，胸中的悲愤无法抑制，遂作诗赠予曹彪，即这首《赠白马王彪》。此后曹植三迁封地，所居之处土地贫瘠，人户稀少，只有老幼伤残之兵。而曹彪也多次迁徙封地，最后被封为楚王。

嵇康不知缘何有此一梦，见山色空蒙中仍依稀留有曹植身影，只管高声相问：“敢问陈王，此梦何意？”

曹植并不回头，只在马上微微叹息，遗了一句话在身后：“白马莫能行，听卜朱建平。”旋即隐于山姿雨色中。

“听卜朱建平……”嵇康从梦中醒来，喃喃自语。

身边的曹玫被他惊醒，问道：“你在念叨什么？”

“你可听说过一个叫朱建平的人？”

曹玫想了片刻，忽道：“我想起来了，此人是个相师，曾来过沛王府。听父王说，他曾给高祖文皇帝看过相，说他阳寿八十，但四十岁时会有灾难，要多保重身体。高祖文皇帝果然四十岁病逝。他还曾给白马王看过相，说……"

"说什么？"

"说他五十多岁时有刀兵之灾，要小心提防。"

"五十多岁……"嵇康暗自推算，楚王曹彪今年确已五旬有余，难道将有祸事发生？

他这边沉思着，曹玫好奇道："你问此人做什么？他早已去世了。"

"没事，只是做了个奇怪的梦。"他看了看身边的曹玫，笑道，"玉儿，他既到过沛王府，可曾预言你我之事？"

"哪里，那时我还未出生。只听闻他曾说父王此生无大灾大难，不必忧心。还有一句话，连父王也不解其意。"

"什么话？"

"他说'沛王志向远迈，不羁尘事，后世人中当有仙缘。'"

"仙缘？"嵇康心中一动，继而玩笑道："你大哥曹纬胸怀天下，其他兄弟皆过继给了别人，恐怕皆无仙缘……难道是你将来要进山修炼不成？"

曹玫脸色一红，瞪起美目道："你若负我，我必寻个深山住起来，让你一辈子也找不到！"

嵇康哭笑不得："说什么傻话，我怎会负你？"

"想当初司马相如也曾如此承诺卓文君，结果呢？"

"你不是卓文君，我也并非司马相如。"

"人心易变，这是千古不变的道理。日月星辰尚有阴晴圆缺，何况人心？你莫怪我乱想，最近实在发生了太多事，让我不得不感到害怕。"

"别怕，我会一直在你身边。"

"真的吗？"曹玫看着眼前之人，近来越发猜不透他的心思。

"当然是真的。"嵇康笃定道。

"无论将来这天下姓曹还是姓司马，你都会陪在我身边？无论将来发生什么事，遇到什么人，遭遇什么境况，你都能对我如今日一般？"

"你我何等艰辛才走到一起，难道你还不信我？"

"不是不信，只是……"

"没有只是，我此生绝不会负你。就算你躲起来，跑到天涯海角，我也一定会把你找出来。"

"好，我会记住你今日之言。"曹玫看着他坚定的面容，心里的忧虑却丝毫没有消减。两人说着闺房细语，不觉已是天明。刚梳洗完毕，岳山急急进来，递给嵇康一封书帖。展开一看，帖子是夏侯玄亲笔，上面写着"今夜过府"四个字。

他将帖子揣在怀里，对曹玟道："今夜我有事出门，你不必等我。"

"何事？"

"与你大哥和夏侯玄相聚，不必挂心。"他随口一答，便迈步走出房门。曹玟将快到嘴边的话咽下，望着他离去的背影，蹙起蛾眉。

当日傍晚，嵇康去往太常府。自从夏侯玄擅自出城祭拜夏侯徽，设计转移王弼藏书后，钟会便记下此仇，在司马昭面前出言诋毁。司马氏本就忌惮夏侯玄对曹氏一党的号召力，正想找机会打压他，听了钟会之言，便以不遵礼法之罪将他从大鸿胪降为太常，从九卿之列剔除。所以这太常府即夏侯玄的府邸。

来到太常府，嵇康被下人领着转到一处隐蔽的内室。推门而入，见屋中已坐着几人。主坐上的是夏侯玄，客席中的几位也有旧相识。他举目看去，在座诸人为前将军文钦、光禄大夫张缉、中书令李丰、还有谯侯曹纬。

夏侯玄见他进来，略一拱手，其他人也都点头示意。"时辰不早，我就不等了。此次召集诸位前来，乃是有大事相商。"夏侯玄环视在座，"据我所知，诸位皆是忠于曹氏之臣。现今司马懿兵变谋逆，大肆屠杀忠臣名士，挟天子以令诸侯，其心可比王莽，其行何异于汉末之董卓？你我深受皇恩，岂能助纣为虐，就此沦为贰臣？"

在座之人听了这番话，皆不住地摇头叹息。

"还有一件事，恐怕诸位不知。司马氏一族皆是心狠手辣，草菅人命之徒。想当初，一婢女发现司马懿装病之事，其妻张氏怕她泄密，竟拿刀亲手将婢女砍杀。"夏侯玄说到此处，压抑不住内心的愤懑，"就连我亲妹妹也死得不明不白……此等歹毒之人将来若坐上皇位，不知有多少忠臣义士死于其手，多少黎民百姓挣扎于水火之中！"

"太初所言不虚。"曹纬补充道，"就连辅嗣也是他们设计暗害，被那钟会用涂了药的竹矢激得毒发，不过两日便病死榻上。"

"司马氏如此忘恩负义、残害忠良，真乃天地不容！不如我们明日就起兵讨伐，与之决一死战！"说话之人年过四旬，膀扎腰圆，一双虎目瞪得斗大，正是前将军文钦。此人乃曹操部将文稷之子，与曹爽是同乡。他生性骁勇粗狂，屡立战功，颇受曹爽庇护赏识，对曹爽被诛之事心中早已愤愤不平。

"不可，此时局势未定，众臣忠奸不明，仓促起兵只怕不但耗损兵力，还有可能枉送性命。"中书令李丰出言阻止。这李丰乃世家子弟，年少便已成名。想当年曹爽与司马懿斗法之时，他借病闲居，空食俸禄。而他的弟弟就是与丁谧一起强霸民女的李茂。"李丰兄弟如油光"，众人都对他兄弟俩心存鄙夷。今日见他出现在这里，嵇康不免颇有疑虑。

李丰见众人皆疑惑地看着他，笑道："我知道诸位在想什么，是想问在下为何一反常态，出现在此处吧？我李安国乃曹氏姻亲，举家皆受皇恩，如今国家危难，岂能坐视不理？那些称病闲居之事，不过为了韬光养晦，掩人耳目罢了。"李丰之子娶了明帝曹叡的女儿齐长公主为妻，李家确是正经八百的皇亲国戚。

文钦问道："你不让我起兵，又有何打算？"

"依我看来，如今国家之患莫过司马懿和司马师二人。司马懿虽老谋深算，但自从复任大将军以来，面对朝中诸事务皆显得力不从心。再是精明强干，他也是将要入土之人，不足为虑。唯一可忧的只有司马师。只要除掉此人，推举夏侯公为大将军，必可匡扶正义，复兴曹氏。"

"此言有理，依你之见该如何除掉司马师？"一直未说话的光禄大夫张缉问道。张缉之女是天子曹芳的皇后，他本人则是当朝国丈。

"这……我还尚未想好。"李丰皱眉道。众人也随即陷入沉默，烦恼起来。

"不如效仿太祖武皇帝，只身入虎穴，宝刀刺奸贼！"众人闻之皆是一惊，目光转向立在一旁的嵇康。他所说的乃是当年曹操用王允所赠七星宝刀刺杀董卓之事。如今曹魏的江山被司马氏把持，与那时的董卓乱政并无分别。

他说完，从怀中抽出一物，放在众人面前。众人借着烛光看去，乃是那本古书《刀谱》。

嵇康道："此书中记载了宝刀的锻造之法，还有七七四十九种名刀之谱，乃我从苏门山上高人处所得。不如就按此书中所记，打造宝刀，刺杀司马师？"

"好，好，此计虽险，但若能成功，却是以最小的牺牲，换取最大的胜利。"曹纬听他有此提议，激动道，"不知如何行事，又是何人前去？"

夏侯玄抢先道："我乃曹氏宗亲，与司马师有国仇家恨。这刺杀之举，非我莫属！你等只需为我谋划，从旁协助即可。"

众人见他态度激昂，皆大为振奋。只有嵇康忧道："太初身份贵重，肩负护国安邦的重任，岂能以身犯险？"

夏侯玄按住他的肩头，言语不容置疑："手刃奸贼是我平生之愿，虽死无悔。"说罢来到窗边桌旁，提起案头高悬的毛笔，蘸墨挥毫：

忠者遂节，通者义著，昭之东海，属之华裔。

我泽如春，下应如草，道光宇宙，贤者托心。

嵇康望着窗下昂扬洒脱的身形，目光越过他高耸的发冠，转向空中昏暗的月色，一种难以言喻的感觉袭上心头。这一步棋，究竟是对还是错？

然而天公不语，只遣雷公电母降临，一时间狂风大作，电闪雷鸣，雨点从天际泼墨般倾盆洒落。接着一道寒光闪电在空中骤然炸开，像一把利刃生生划破天幕，直朝夏侯玄身后的窗子劈来。刹那间，雷电击毁窗子，火星四射。夏侯玄的衣袖不慎被火星溅到，烧黑了衣角。在座诸人皆大惊失色，站立不稳，李丰与张缉更是趴在地上，半天不敢起身。

电光火石之中，只有嵇康与夏侯玄相对而立，从容扫去身上的灰烬，望着彼此的眼神透着无比的悲怆和从未有过的坚定。

这夜，嵇康与夏侯玄在太常府谋定计策后，众人匆匆散去，离去时已经风住雨歇。毌丘俭因有要事未能前往，待他回到府邸时，嵇康已在书房等候。

"叔夜，让你久候了，抱歉抱歉！"

"不妨事，仲恭兄，有何要事现在才归？"

"有一件棘手之事，不知如何决断。"

"什么大事？"

毌丘俭将心中不决之事娓娓道来。方才，太尉王凌将毌丘俭请到府上，与他说了一件大事。却说这王凌乃汉末司徒王允之侄，当年王允被杀时逃回乡里，后来被曹操辟为丞相掾属，又因屡立战功被封为征东将军，加爵南乡侯。高平陵事变时，蒋济为助司马懿劝降曹爽，曾作亲笔书信，说会保住曹爽兄弟的性命以及后半生富贵。岂料司马懿早已打定主意斩草除根，不过借蒋济之手骗降曹爽。蒋济自觉愧对曹爽，一病而亡，临终前推举王凌接任太尉之职。王凌内心忠于曹氏，认为就是由于曹芳懦弱，才难以压制司马氏，便生出了另立之心。他一向与楚王曹彪关系亲善，认为曹彪有勇有谋，打算与自己的外甥兖州刺史令狐愚一起，暗中谋划事变，迎接曹彪至许昌建都，另立新君。

"我与王凌都是行伍出身，十分熟稔。他知道我忠于曹氏，想让我作为内应，日后助他夺取兵权，共侍新君。"毌丘俭言道。

"你答应他了？"嵇康急问。

毌丘俭摇了摇头："还没，我让他先回府，明日给他答复。"

"此事万万不可！"

"为何？"

"依我看来，此事有三不可。"

"哪三不可？"

嵇康站起身道："另立新君，乃谋逆之举，为大不祥。皇上再是无用也是先帝所立，岂能由臣子私行废立？司马懿把持朝政，独揽大权，乃大逆不道。而王凌若另立朝廷，挟天子以令诸侯，其行与司马懿又有何异？你与他为谋岂不成了叛臣贼子？此为一不可。曹彪身在兖州，与许昌尚有距离。若举兵入许昌，大军过境岂能不露行踪？司马懿用兵如神，只怕曹彪到不了许昌，便会死于途中。一旦事泄，你恐怕也会牵连丧命。此为二不可。这第三……"

"第三是什么？"毌丘俭听得有理，追问道。

"说来虽难以置信，但却绝非无稽之谈。"嵇康将昨夜梦中之事如实道来。

"白马莫能行，听卜朱建平。这白马，想必就是曾任白马王的曹彪，可那朱建平又是谁？"毌丘俭疑惑道。

"听内子说朱建平乃一位相师，凡卜必中。他曾预测曹彪在五旬时有刀兵之灾，叮嘱他要小心提防。"

"你的意思是说，曹彪若听取王凌之计，必将大祸临头？"

"正是。"嵇康推测道，"曹植与曹彪手足情深，恐怕是知道他劫难当头才会托梦给我，叫我想办法阻拦。"

"竟有这等奇事……我有些不明白，曹植若担心曹彪何不直接托梦给他，怎么却入了你的梦中？"

"我与曹植素来有些渊源，此事说来话长，许多地方我也不甚明了。至于他为何不托梦给曹彪，或许是因缘修为未到，思虑不能相通的缘故……"嵇康顿了顿，又道，"不管是何缘故，王凌之事必不能成，你断断不可参与。"

毌丘俭叹了口气："好，我依你之言。不知你等在太初府上有何谋划？"

嵇康将谋刺司马师之计和盘托出，道："此计尚在筹谋之中，须先得到皇上首肯密诏，等待恰当时机里应外合方可行事。在此之前，大家还需行韬晦之策，隐藏锋芒。"

"好，我定谨慎行事。不过，若此计不成，又将如何？"

"太初已下必死决心，谋刺司马师之事。由他在明，我等在暗，若他有何不测，剩下的事就由我等继续完成。"

毌丘俭点点头，凛然道："既然如此，我必赴汤蹈火，生死相随！"

"嗯！"嵇康与他相视一笑，继而又提醒道，"你不助王凌起事，须防他疑你泄密。"

"这倒不必担心，我与他相交多年，可以托付大事。方才你说曹植托梦，是想让你阻拦曹髦称帝，不知你有何打算？"

"你既然不能帮助王凌，也不要坏他的事，否则与朋友道义不合。此事还是由我自行处置吧。"

"好，一切小心！"毌丘俭嘱咐道。

次日晚，城南繁华街道的秦桑阁中灯火通明，一片笙歌曼舞。钟会斜倚在二楼雅阁的软榻上，一手搂着温香软玉，一手拿着碧玉酒盏，与几个官宦子弟饮得正欢。

"钟大人，难得今夜如此雅兴，何不吟诗一首，让我等也风雅一回？"说话之人形容猥琐、身材矮胖，正是李丰的弟弟李茂。自与钟会在此偶遇后，两人就开始结伴同行，与一群贵族子弟流连花街柳巷，关系愈发亲近起来。

"我不是那些个文人骚客，不会作诗。"钟会将酒盏一放，露出不屑之色。

"大人，你就吟几句吧，奴家想听呢。"钟会怀中的女子俯在他胸前，娇声道。这女子名为袖玉，年方二八，柳眉朱唇，着一身镂花白纱衣，容貌十分清丽脱俗。若她不开口说话，一双眼睛却与曹玟有三分相似。

钟会瞟了她一眼，抬手将她胸口微敞的衣衫紧了紧，笑道："怎么，你们女儿家都喜欢听人吟诗吗？"

"是呀，哪个佳人不爱才子呢？"袖玉娇媚一笑，双臂缠上钟会的腰肢。

钟会目光微闪，盯着她墨黑的眸子，徐徐吟道：

> 美女妖且闲，采桑歧路间。
>
> 柔条纷冉冉，落叶何翩翩。
>
> 容华耀朝日，谁不希令颜？

"好诗，真是好诗！钟大人出口成章，真是才高！"李茂与其他几位纨绔子弟交口赞道。

袖玉掩口一笑，啐道："你们几个俗物，真是酒囊饭袋。此诗出自曹植的《美女篇》，并非钟大人所作。是不是，大人？"她将酒盏递到钟会唇边，喂他饮了一口，自己则喝了剩下的半杯。

"还是我的袖儿聪明，不枉我这般疼你。"钟会在她面颊上一吻，侧目看着李茂，戏谑道："李大人，你兄长是堂堂中书令，你也出自名门大家，怎么连这些诗书也要袖儿来教你？"

李茂面红耳赤，谄笑道："姑娘是女中豪杰，我这个俗人怎么比得了？再说，我那兄长虽然饱读诗书，成日里也是在外面混着，没见他干过几件正经事。"

"混着？他都去哪里混了，难不成也与你我一样喜欢这烟花之地？"钟会不经意一问，身子却从软榻上直了起来。

"我也不太清楚，只知道近日他总深夜出门，夜半才归。昨夜还跟他撞了个正着，被他一通数落，好不厌烦！"李茂撇嘴道。

"这样啊，"钟会斟了杯酒，递到李茂面前，"我有一件小事，想请李兄帮忙。"

"你我的关系，直说便是。"李茂接过酒。

"我一向敬重令兄为人，早想结交却不知他喜欢何物。我想请你帮忙打听一下，看看他平日都在哪里出入，与何人为友，我也能投其所好不是？"

"这有何难？我定会多多留心，你等我消息便是。"

"如此就多谢了。"钟会看李茂痛快地饮完杯中酒，唇角浮起笑意。几人又饮了一会儿，钟会起身道："我身子有些不爽，先回府了，你们继续。"

袖玉见他要走，立刻揽住他的脖子撒娇道："大人，你答应今晚会好好陪奴家的，怎么又要走了？"

钟会摸摸她的脸蛋，柔声道："我也舍不得你，怎奈今日确实不爽，改日我加倍补偿你，好不好？"

"你每次都这样说，就会哄我。"袖玉撅起小嘴，一双秋水美目中尽是不舍。

钟会愣了愣，低头将她垂在胸前的衣襟又拢了拢："以后不要穿得这样少，我不喜欢。"说罢丢下粉面微红的袖玉，径自离开雅阁。

回到府上，司马芝早已睡熟。钟会倒身便睡，一直睡到天光大亮。睁开眼时，司马芝正坐在床边，哄着正在牙牙学语的幼子。见他醒了，司马芝淡淡道："我昨夜睡得早，你几时回来的？"

钟会坐起身子，边逗弄着孩子边道："公务繁忙，不知不觉就到了深夜。"

"公务？"司马芝站起身来，声音颤抖，"你这满身的胭脂酒气，连邕儿、毅儿也被呛到好几次，岂能瞒得过我？"

钟会修眉一蹙，不悦道："我整日为了你司马家的基业奔波操劳，殚精竭虑，你却为了这点小事吵闹不休。我是去了秦桑阁，但事情绝非你想象的那样！"

"那你告诉我，什么样的大事非要到那种地方去谈？"

"我已解释过多次，信不信由你，懒得跟你多言！"

"你就不怕，我将你的所作所为告诉哥哥？"

"哼，你随便去说，难道我还怕你不成？真是不可理喻！"

两人吵得不可开交，蜷在司马芝怀中的男娃被吓到，哇哇大哭起来。司马芝自从上次小产便伤了根本，一直未再生育。钟会一心仕途，无意纳妾，便将其兄长钟毓的次子钟邕和三子钟毅过继为子，由司马芝养在身边。司马芝本就喜欢孩子，对这二子视如己出。可是，女子终归以子为荣，司马芝对此二子虽宠爱非常，但却对钟会产生了越来越深的怨怼之心。若不是他痴恋曹玟，令自己忧思郁结，身心憔悴，也不会保不住胎儿，导致小产。在失去孩子以后，钟会虽然心有愧疚，也渐渐接受了她，但司马芝清楚，在他心里曹玟永远是难以磨灭的存在，其次便是他的仕途。本来她也不想再怨了，只要他人在身边，至于那份温柔是假意也好真情也罢，她都不计较了。可如今他竟开始流连青楼，常常宿醉不归，难道她连那些庸脂俗粉、伶人娼妓也不如了？

女子最怕生出妒恨之心。司马芝本是那样一个纤柔娴静、善解人意的好妻子，只要钟会能对她多一丝在意和怜爱，她也不至堕入绝望……

她抱着小儿子钟毅，见他哭得可怜，狠狠瞪了钟会一眼，抱着儿子走出卧房。钟会也不去劝，兀自梳洗穿戴了出门而去。

两日后，钟会收到李茂送来的帖子，不由得喜上眉梢。帖子上写道："家兄多次出入夏侯玄府邸谈棋论道。同去之人还有张缉、文钦、毌丘俭、曹纬、稽康。"

"夏侯玄、稽康……"钟会冷笑一声，将帖子放在烛火上烧毁，阴郁的脸色被跳跃的烛光映得赤红，"我要你们看看我的手段！"

二十九、荧惑升南斗，朱虎问卦签

凡是名城，大都以名山或名水为名。兖州白马城则是因秀丽的白马津而得名。建安五年，袁绍曾派大将颜良围攻白马，企图攻破白马津渡口，与曹操主力展开决战，是为"白马之围"。而那时，关羽正与刘备失散，投在曹操帐下，也就有了斩颜良、诛文丑的千古佳话。光阴流转，此时的白马城已是曹魏楚王的都城。

这日一早，楚王府来了一位尊贵的客人。兖州刺史令狐愚以监察亲王为名，亲自来到楚王府。

这令狐愚乃太尉王凌的外甥，曾任曹爽府中长史，本名令狐浚，字公治。黄初年间，令狐愚为和戎护军，因为擅用法度严惩北疆第一将田豫，被明帝曹叡免官治罪，诏书责之曰："浚何愚！"为消帝怒，他从此改名为令狐愚。

令狐愚此次到访楚王府，名为监察亲王言行用度，实际上是奉王凌之命，前来游说曹彪，说服他到许昌称帝。曹彪封地在令狐愚辖区，两人素来亲善，见他来访立即请入内室，奉茶相谈。

"公治大驾光临，不知有何要事？"曹彪问道。曹彪相貌端肃，虽年逾五旬但因常年习武，身体仍十分健朗，精气神也远超常人。

"许久未见，王爷气色愈发红润，实乃兖州百姓之福。在下一路走来，听到街头巷陌谈论着一件奇事，不知王爷是否听闻？"

"什么奇事？"

"百姓们皆传言，曾在白马河中看见一匹五色神驹，一丈多高，四蹄生风，从河底一跃而出，长嘶一声众马皆应。有人追着它想探看究竟，谁知此马奔到一处朱门大户，便从墙头飞入再无踪影。你可知它进了谁人之府？"

"本王不知。"

"正是您的楚王府。"令狐愚言罢，端起茶盏饮了一口，观察着曹彪的神色。

"此等无稽之谈，公治还是不要听信为好。"曹彪面不改色道。

"传言虽不能尽信，也不能不信。我还听到一句诗，想请教王爷。"

"什么诗？"

"白马素羁西南驰，其谁乘者朱虎骑。"令狐愚朗声道。

曹彪的字为朱虎，此诗很明显是暗示曹彪将入主中原，成就帝业。

曹彪闻言脸色一沉，"啪"地一拍桌案，起身怒道："本王只道公治是来叙旧情，没想竟说出此等大逆不道之言。念在你我相识多年的情分上，本王不与你计较，还不速速离去！"

令狐愚忽得仰天大笑，笑过以后顿足捶胸道："想当年太祖武皇帝刺董卓、灭袁绍、领群雄、霸中原，何等豪情壮志？没想到曹氏江山传至今日，竟然要被司马氏这等乱臣贼子窃取。曹氏亲王众多，个个皆是太祖之子，竟无一人敢挺身而出，救国家于危难，真令我辈耻笑。尔等有何面目立身于世，有何脸面目见列祖列宗！"他说完将茶盏一摔，一副视死如归之态。门外兵将听见屋内响动，持剑而入，眼看就要将他拿下。

谁知曹彪听后竟丝毫不恼，挥退手下亲兵，上前握住令狐愚的手道："公治真乃我曹魏之忠臣义士，一番慷慨陈词与本王不谋而合。方才只是为了谨慎行事，你不要见怪。公治有何妙计，还请快快讲来。"曹彪将令狐愚重新请回上座，命人沏上新茶，两人秘议起另立新君之事。令狐愚走后，曹彪表面上更加谨慎度日，暗地里却开始操练兵马，静候时机。

又一年春来，白马津畔杨柳依依绿，繁花脉脉红，暖风吹醒寂寂碧水，河上泛着一叶扁舟，白帆直入云边。小舟之上一位白衣男子斜坐船头徐徐划着桨，身旁玉立着一袭婉约倩影，白纱罩身，玉簪挽鬟，翘首遥望着远处的美景。游至岸边，几句悠扬的诗句从小舟上飘出，顺着河水潺潺流过：

> 婉彼鸳鸯，戢翼而游。俯唼绿藻，托身洪流。
> 朝翔素濑，夕栖灵洲。摇荡清波，与之沉浮。

河边往来之人，听见此句无不驻足遥望，被动人的韵律和舟上之人所吸引，皆怀疑眼前所见并非凡尘俗子，而是仙子从九天琼瑶下降人间。相互问之，皆道不知此二人从何处而来，只知那男子会卜卦之术，每天傍晚在南岸设一卦摊，用龟甲为人卜卦，颇为灵验。白马城一方之地，很少见过如此奇人，一时间这对佳侣的轶事被传得神乎其神，就连楚王曹彪也知道了。

这日黄昏，南岸卦摊的嵇康卜完最后一卦，见一绝色女子婷婷袅袅走来，脸上顿时泛起笑意："玉儿来了？"

曹玟为他将了将鬓角的散发，柔声道："天色不早，该回去了。"她朝停在不远处的小舟看了看。

"好，这便走。"嵇康收好卜卦之具，牵起妻子的手往回走，尚未行出几步却听身后传来一个声音："先生留步，我家主人想请先生卜上一卦。"

"我一日只算十卦，今日卦数已完，你明天再来吧。"他头也不回，牵着曹玟悠悠而去。走到小舟边时才回头一望，那人已经悻悻而返。

两人登上小舟，曹玟道："看那人衣着，定是王府的侍卫。"

"不错。"嵇康看了一眼小桌上的饭菜，笑道，"又是鲤鱼？"

曹玟美目一横，嗔道："怎么，堂堂亭主亲自为你烧饭，还要挑三拣四不成？"

"哪里哪里，这些日子辛苦你了。"嵇康揽住曹玟的柳腰，见她望着远处若有所思，问道，"是不是想家了？"

"出来这几日，也不知绾儿在家中好不好。"

"原来是想女儿了，莫急，再过几日我们就回去。"

"你这次出来，究竟为了何事？"

"你不是说，从未与我一起出来游山玩水，这里的风景不美吗？"

"美是美，可总觉得你有什么事瞒着我。"

"我不说便自有我的道理。你我难得有此闲暇时光，何必胡思乱想，辜负了良辰美景。"

"好了，我不问你便是。"曹玟娇俏一笑，与嵇康相携着进入船舱中，平静的河面上渐渐荡起涟漪。

次日，那个王府侍卫早早来到南岸卦摊，将嵇康请了去。站在高大的朱门前，嵇康暗暗吸了一口气，他知道成败就在此一举。迈步跨过门槛，一个黑影一闪而过，消失在转角处。

"先生，楚王已等候多时，快随我进府。"侍卫催促道。

"好。"嵇康隐下忧虑，跟着侍卫进入王府书房。

楚王曹彪正在案前读书，见他来了放下书对侍卫道："你下去吧，命人在屋外严加看守，没有本王的命令不得入内。"

"是，王爷。"侍卫领命退出，将房门紧紧关闭。

"听闻先生擅长卜卦，可否为本王卜上一卜？"曹彪将嵇康请上座位，问道。

"王爷要卜何事？"

"也没什么特别之事，就卜一下流年运数，看看吉凶。"

嵇康从怀中掏出卦签，一板一眼地卜算起来，脸上的表情瞬息数变。待卜完之后，他把签子往怀里一揣，起身道："王爷的卦象甚奇，在下行卜多年从未见过，实在是算不出，就此告辞。"他也不等曹彪答话，转身就要夺门而出。

"站住！"曹彪沉声喝道，"本王明明见你卜出了卦象，且脸色数变，有什么吉凶还请明言。否则，你今日休想走出楚王府的大门。"

嵇康微微一笑，却故意长叹一声，转身道："既然王爷要听，在下只能如实相告，还望王爷先恕在下无罪。"

"好，本王恕你无罪。"

"此卦乃大凶之兆，若不悬崖勒马必将大祸临头。"

"大祸临头？"曹彪将信将疑，"古人云'医之好治不病以为功'，你们卜卦之人向来喜欢虚张声势，夸大其词，不过为了显示自己的能耐，哗众取宠罢了。"

"若王爷当真如此认为，又何必找在下前来呢？"嵇康再次站起身，走到门边时又道，"看来朱建平之言，将要应验了。"

曹彪听见"朱建平"三个字，突然想到了些什么，起身阻拦道："先生留步！方才乃是戏言，还请先生不吝赐教。"

"若在下没有猜错，朱建平曾为王爷看过相，说您五十多岁时会有刀兵之灾，须严加防范，可有此事？"

"正是。"曹彪请朱建平相面之事鲜有人知，如今听嵇康提起，不得不信。

"在下不久前做了一个梦，陈王曹植曾留下一言：'白马莫能行，听卜朱建平。'当时一直不解其意，今日见了王爷的卦象才豁然开朗。若我没猜错，王爷府上近日定来了一位重要客人，与您谋划了一件翻天覆地的大事，对否？"

"这……"曹彪听他句句说中，心里开始渐渐相信，"还请先生告诉本王，此难该如何化解？"

"所谓以不变应万变。王爷只需远离政事，放下争斗，必可逢凶化吉，安然渡厄。"

"只是这样便可？"

"正是。此事说来容易，做起来却难。面对纷乱世事，很少有人能做到以静制动，泰然处之，而这往往却是解决之道。从今以后，王爷若能紧闭大门，谢绝所有来客，修身养性，一年之后灾祸自会离去。"

曹彪心里明白，嵇康所说之事必是王凌与他共谋称帝之事。成王败寇，他自知其中的凶险。然而计谋已定，岂能因为一个卦师的三言两语就轻易放弃？他思索了片刻，忽然意识到此卦师已察觉了事态，无论将来自己起事与否，都不可以传扬出去，以免招来不测。他虎目一眯，生出杀意："多谢先生指点迷津，今日天色已晚，先生不如留宿府上，我们明日再详谈。"

嵇康躬身一礼："王爷不必客气，在下出来多时，也该回去了。"

"先生精通卦术，为何不算算自己是吉是凶？"曹彪说着就要击掌，招呼门外侍卫进屋拿人。

嵇康早料到他会有此一招，无论今日卜出何卦，曹彪都不会让他全身而退。他走近一步，从怀里掏出一个金质的令牌，举在曹彪面前："我已算得今日之事，所以带了防身之物。"

曹彪定眼瞧去，那令牌乃皇室所有，上面刻着一个"林"字。

"是沛王派你来的？"

"沛王并不知情，只是在下若有差池，他定然不会坐视不理。"

"你究竟是何人？"

"我是谁并不重要，只是偶然算得此事，特来相告。今日所卜之事我定会守口如瓶。王爷若执意杀我，怕会惹来不必要的麻烦。"

曹彪见他临危不惧，句句攻心，言谈间并无恶意，况且还拿着沛王的令牌，只得道："也罢，今日本王就信了你，你走吧。"

"卦中所言之事，还望王爷三思。"嵇康一揖，转身离去。

曹彪在门边目送他走远，身后侍卫问道："王爷，就这么让他走了？"

"本王向来说一不二，既然放了他就不会失信于人。"他立在阶上沉思了许久，对称帝一事已有了决断。

嵇康一路疾奔，待来到河岸边时，曹玟孤零零站在桥头，正等得分外焦心。

"你去哪了，为何这么久才归？"

"桥上风凉，先跟我回去。"嵇康去牵她的手，却被硬生生推开。

"你到底去哪了？"曹玟面如死灰，语调中凝着寒冰。

"玟儿，有些事你还是不要知道为好。我这样做不过是为了保护你。"他重新牵过曹玟双手，紧捂在掌心，"我们明日就回去，很快就能见到绾儿了，好不好？"

曹玟默默地点头，与他一起回到船上。两人并肩坐在船头，望着繁星点点的夜空。浩渺的天际中一颗星斗猝然发出耀眼光亮，像一团燃烧的火焰，吸引了两人的视线。

"那发光的是什么星宿？"曹玟问道。

"是荧惑星。"

"荧惑？难道是那颗主战乱的妖星？"

"正是……荧荧火光，离离乱惑，看来战祸终究在所难免。"他下意识地揽住曹玟的肩头，手越收越紧，"无论如何，我都不会让你和绾儿受到伤害。"

曹玟看看他的脸，又抬头望向漫天星辰。天下之大，能承载他们的却只有这一叶孤舟，以及如这河水般辽阔无边的动荡人生。曾经，她以为得到了他便得到了天下，可却从未想过他的天下又在哪？是不是只要拥有彼此就足够了？

两人坐在孤舟上，伴着摇荡的河水，看着深邃的夜空，第一次相伴无言。

嵇康所说的荧惑星就是火星，自古被世人视为战神妖星。它表面呈火红色，明暗时有变化，在天空运行的轨迹也十分复杂，令人迷惑，是以被称为"荧惑"。卦师经常通过观察它来占卜吉凶，认为它的轨迹和亮度与帝王寿命、战乱祸患、国运兴衰有关。荧惑逆行两次以上停下来，停留处所对应之国三月内会有灾祸，若九个月后仍不离去，该国将会灭亡；荧惑若与其他星宿靠近或分离，也将带来祸患；若徘徊在心宿星左右不去，两星争红斗艳，则被称为"荧惑守心"，是天子驾崩之兆；若出现在南斗星附近，则会有新的帝王诞生，是改朝换代的预示；若发出如火焰般的光芒，则是近臣谋上之兆。今夜荧惑星不但发出强烈的光芒，且出现在南斗星附近，无论怎样卜算都是大凶之兆……

城中一角的白马驿馆里，一个脸蒙黑纱，只露出一双眼的黑衣人正向钟会报告着今夜楚王府所见，声音低沉，却透着些许轻柔。

"大人，那卦师今晚被楚王请到了府上，方才刚刚回去。"

"有没有探听到他们所谈之事？"

"楚王府戒备森严，难以探知。"

"这点小事都办不好！"

"大人……"

"罢了，继续盯紧他，若有动向速速来报。"

"是。"黑衣人高挑的身姿一闪，轻盈离去。

自从得到李茂所透露的消息，钟会便开始暗中调查起来。他首先关注的便是夏侯玄、毌丘俭与嵇康，派人暗中监视了三人的府邸。一听说嵇康离开了洛阳，他便命人一路跟踪，自己随后也追了过来。今日虽未查出嵇康到曹彪府上所为何事，但他却生出了一个更为大胆的念头。

倚上座椅，他从旁边放着的箭篓中抽出一支箭，端详起来。这箭还是当初他与嵇康一起去兵器铺挑选的。那日他们与毌丘俭一起到洛水边射猎，没想到曹玟闻讯追来。也就是那一天，她的心永远地被别人夺了去。嘴角扬起一丝苦涩的笑意，他从怀里掏出一个精致的小药瓶，将药液涂在箭头之上。

第二日天还未亮，嵇康便与曹玟离了渡口，划船往回行。白马城之行，嵇康并无任何私心杂念，只是为了完成曹植梦中所托。然而从曹彪的言行举止来看，他对称帝之事仍然抱有希望。

人各有志，所谓人间仙境，所谓万丈深渊，不过全在一念之间。你笑他饮鸩止渴，他却讥你自欺欺人，争到最后也不过求一个无愧于心。一切并无分别。

嵇康洒脱一笑，看向身边的曹玟。心想若能与她一直游荡在这河水之上，抛开所有世事纷扰，何尝不是一件幸事？可惜现在他还做不到。举目远眺，雾色沉沉的河面上隐隐现出一艘船，船头插着一面大旗，上面写着"令狐"二字。从船的装饰典制可以看出，这是兖州刺史令狐愚的官船。他这时候到此，莫非又是为了谋立曹彪之事？

　　嵇康的猜测不假。昨夜荧惑突现，远在洛阳的王凌和身在兖州的令狐愚皆有所感知。然而他们的解读，却与嵇康完全不同。他们认为，荧惑升南斗乃是大吉之兆，预示着曹彪必将取代曹芳，成为曹魏新的帝王。所以令狐愚连夜上船，急匆匆地往楚王府赶来，要与他进一步谋划后面的行动。他站在船头盘算着大事，并未注意到嵇康的小舟，也不知此刻河岸边正有人窥视着他们。

　　"大人，此时河上雾大，敌明我暗，最利于动手。"河岸边的树林里，钟会带着几个手下正紧紧盯着嵇康的小舟，那个高挑的黑衣人正立在他身后。

　　"你难道未看见，那小舟旁还有兖州刺史的官船？"钟会踌躇道。

　　"可若此时不动手，这小舟马上就要离开弓箭射程。待它进入前面宽阔的河道，离岸就会越来越远，我们恐怕再无下手之机。"黑衣人道。

　　"这……"钟会眼看小舟越行越远，终于决定冒险一试，"也罢，把我的弓箭拿来。"

　　"大人，还是我来吧。"

　　"不必，此事我要亲自解决。"钟会举弓搭上一支利箭，目光穿透雾气向独立船头的嵇康后背瞄准。他箭术颇为高明，可以百步穿杨，此时更是铁了心。

　　算了算风势和船速，他振臂拉满弓，手指猛然一松，利箭"嗖"地一声离弦而去。他的眼睛死死地追着箭尾，等着看嵇康如何中箭身亡，却陡然间瞪大了眼睛。

　　雾色迷茫的小舟上，一位白衣女子从船舱中钻了出来，向船头走去。钟会心脏一滞，血液瞬间凝固起来。

　　立在船头的嵇康听到耳边风声，猛一回身，顿时吓得魂飞魄散。一支尖锐的利箭正急速朝曹玟后心射来，角度精准无比。

　　"玉儿！"

　　远处河岸边的钟会，听见一声凄厉的惊叫，禁不住双眼一黑瘫倒在地上。

三十、淮南一叛败，西蜀离间生

　　这时，浓雾中飞出几十支利箭，铺天盖地朝岸边射来。

　　"大人小心！"黑衣人迅速架起钟会，一路躲闪着往后退去。一番血雨腥风之后，钟会被保护着退出箭雨。待回过神时，河面除了一艘孤舟之外，空无一人。

"大人，你没事吧？"

"方才 …… 我射中了谁？"钟会失神地盯着河面。

"你射中了 …… 官船上的兖州刺史。"

原来方才钟会一箭射去，嵇康察觉危险立即将曹玟拉到怀里，躲过致命一击，箭头从她左肩擦过，射向后面官船上的兖州刺史令狐愚。令狐愚中箭被抬进了船舱。官船上的兵将不知是谁放的暗箭，向河岸射了一通箭雨，却因雾大看不清人影，令狐愚又危在旦夕，不得已掉头折返。

"那舟上的人呢？"钟会攥紧黑衣人的衣襟。

"我只管保护大人，不清楚他们的情况。"黑衣人语气冰冷。

钟会脸色更加苍白："快告诉我！"

"我真的没看见，只是隐约听见'扑通'一声，想是落入了河中。"

"找，给我找！无论是死是活，都要给我找到！"

"是 ……"黑衣人不情愿地应了一声，双眼闪现隐隐苦楚。

几日后，兖州传出令狐愚病亡的消息，想必是怕牵出谋立曹彪之事，只得如此对外宣称。只有钟会知道他是死在自己的毒箭之下。几天来他不休不眠地搜遍了岸边各处，甚至连嵇康与曹玟落水之处也捞遍了，皆不见二人踪影。他又守了许多日，本打算继续搜寻，却被司马昭召回了洛阳。

公元251年正月，吴帝孙权病危。他怕自己死后魏军顺水道入境，下令封锁了涂水。太尉王凌认为时机已到，遂以讨伐吴国为名向司马懿索要"兵符"，打算调动扬州大军发起兵变。岂料司马懿对他早有防备，不许兵符。王凌一时无法，奈何兖州刺史令狐愚已死，无人响应。他只好派人前去说服新任的兖州刺史黄华共同起事，却被黄华一状告到了司马懿那里。

司马懿故技重施，假意安抚王凌，下令赦免了他的罪，暗中却调集了数万兵马，星夜兼程地逼向王凌统军驻扎地寿春。他传出口令，若王凌不前来认罪便要一举踏平寿春。王凌这才发现，以他区区一万兵马根本无法与司马懿抗衡，若坚持抵抗恐怕会给寿春带来战祸，只好亲自到司马懿面前认罪。

王凌站在小船上，对立在高大船头的司马懿道："大将军一纸书信就可将在下召回，何必如此兴师动众？"

司马懿道："我也想如此省心，只可惜你不是轻易就可召回之人！"

"大将军已下诏宽恕我，此时出尔反尔，如何对得起我？"

司马懿仰天大笑："兵不厌诈。我宁愿负你，也不能对不起陛下！"

"好个奸贼，口口声声为了陛下！你挟天子以令诸侯，何尝将陛下放在眼里？只可惜我一招算错满盘皆输，否则定将你司马父子斩于马下，以慰先帝！"

司马懿不愿与他多做口舌之争，一挥手道："来人，将叛臣王凌拿下，派六百步骑从陆路押送回洛阳！"

"是！"手下步骑队长领命，将王凌押入囚车，一路往洛阳而去。途径项城，王凌见曹魏三代忠烈贾逵的墓碑，禁不住大声哭道："想我王凌一生尽忠曹氏，如今年近八旬却落得个谋逆之名，晚节不保！日后史书记载，也难免留下千古骂名。贾公啊贾公，只有你知道我王凌是曹魏的忠臣啊！"

这贾逵乃曹魏三代忠臣，一生为曹魏的统一做出了卓越贡献。他曾在豫州修建了一条长达二百余里的运河，为百姓民生谋取福利，此渠被称为"贾侯渠"。贾逵去世后，一直被曹魏各代帝王称颂赞扬，至于其子贾充后来辅助司马氏开国，其孙女贾南风嫁给晋惠帝祸乱朝政，导致八王之乱则都是后话了。

王凌哭罢以后，当夜服毒自尽。司马懿进军寿春，凡是参与此事之人纷纷自首，一律被诛灭三族。自从王凌事败之后，曹彪便知大限已到，坦然在家中静候处置。这日，传令官手持曹芳玺书到府，宣读天子诏令："楚王彪不奉王度，表率宗室，而谋于奸邪，乃与太尉王凌、兖州刺史令狐愚勾结逆谋，图危社稷，有悖忒之心，无忠孝之意。宗庙有灵，王以何面目见先帝？王自作孽，匪由于他，令自图之！"

曹彪接过圣旨，淡然一笑："忠与不忠，自有后人评判。本王自认无愧于曹家列祖列宗！"说着他掏出早已准备好的佩刀横在颈上，仰天叹道，"子建啊子建，我悔不该不听那卦师之言，辜负了你一片心意！你我兄弟二人即刻便能相见！"他大笑数声，自刎而亡。曹彪死后，司马懿下令将其妃子和儿子贬为庶人。史上将此次曹氏与司马氏的对抗，称为"淮南一叛"。钟会本想探得先机，立个首功，没想却因自己失误的一箭，丧失了良机。嵇康与曹玫也似乎从这世上彻底消失了一般。

却说这日，钟会被司马昭召到府中议事。讨伐王凌时，司马昭因负责淮北军事，率军成功会师项城而立下军功，被赐予金印紫绶晋号大都督，增加封邑三百户。

得到这样的封赏司马昭其实并不满足，与其兄长司马师将要继承大将军相比，这些小官小爵又算得了什么？他想要的是更大的功勋，甚至连王图霸业也不是不可觊觎。司马昭道："如今我父亲病重，兄长独揽大权，集朝政军政于一身。依你之见，该如何不动声色地壮大实力？"

钟会答道："将军，如今国事看似稳定，但仍有两大隐患。其一，王凌虽死但曹魏乱臣仍在，叛乱之事恐怕一时不能尽除；其二，刘备、孙权虽亡，但吴蜀两国仍旧不甘称臣，时时犯我边境。将军不如趁此机会多多领兵出征，既能讨伐叛逆建立战功，也能借此机会树立军中的威信，暗中培植势力。"

司马昭闻之甚喜，点头道："士季所言与我不谋而合。若能成就大业，将来统帅三军之人，定然非君莫属。"

钟会连忙拜道："多谢将军赏识，在下必定鞠躬尽瘁，辅佐将军成就大业！"

司马昭满意地一笑，鹰目盯了钟会一眼，低头呷了口茶，道："政务虽忙也不要疏忽了家事。听说你最近常到青楼去，是看上了哪位佳人？"

钟会心里一惊，赶忙解释："将军误会了，青楼中鱼龙混杂，许多官宦子弟混迹其中。我到那里不过是为了打探消息，并不敢有其他念头。"

"如此便好。舍妹是个识大体之人，你若当真看上哪位女子，纳为姬室便是，不要整日在外流连，惹人非议。"

司马昭轻描淡写，话虽说得随意，但意思却明明白白。他定然是听了司马芝的抱怨，提醒钟会莫忘了自己的身份。

"在下能娶到令妹已是三生有幸，万不敢再作他想，请将军放心。"

"好，时辰不早，你回府去吧。"

"在下告退。"钟会唯唯诺诺地退出书房，一转脸却径直去了秦桑阁。

钟会迈进雅阁，窗边懒理红妆的袖玉回眸相看，脸上立即露出笑容："大人来了，奴家正想得紧呢。"莲步移到钟会身旁，一阵清香随风袭来。

"袖儿。"钟会揽住她的柳腰，凝视着那一双晶莹的眼眸，手不由自主地抚摸起她那桃花般的脸颊，"为什么，你偏生出这样一双眼……"

"袖儿的一切，都是为大人而生。"

"你们女子最会柔情蜜语，不过逢场作戏罢了。"钟会放开袖玉，踱到窗边。

"逢场作戏的恐怕只有大人，一直以来你不都在让袖儿帮你演戏吗？大人的戏演得天衣无缝，只可惜袖儿却是认真的……"

钟会身子微颤，却道："你知道，我不可能给你任何名分。"

"袖儿知道。"

"即便如此，你也觉得值得？"

"感情只有情不情愿，没有值不值得。"

钟会回望那双秋水美目，其中流动的情愫是那样执着和深刻，让他不由自主地想起曾经有人也有过这样的眼神，只可惜她执着的对象并非自己。而现在，那双眼睛的主人生死不明，或许早已成了水下的孤魂野鬼……

她和他，到死也还是在一起。

这个想法无数次窜入钟会的脑海，让他莫名地感到愤怒、绝望和空虚。在没有了曹玫的世界里，自己好与坏好像都缺乏了应有的关注和在意。他祈祷上苍让她还活在人世，甚至希望稽康也能活下来，至少这样他还有斗下去的目标和动力，至少他面对的不再是一片虚无的空气。

"大人？"袖玉轻声唤醒出神的钟会，"你在想什么？"

"没什么，"钟会收敛神思，脸上现出惯有的冷肃表情，"我今日来是有两件事情要交代。其一，以后我不会再来秦桑阁，有什么要事便到府中密室报告；其二，你到西蜀去一趟，帮我打探一下这两个人。"他将一张帖子交到袖玉手上。

"费祎，姜维？"袖玉略微吃惊，"为何要调查西蜀之事？"

"你且去便是，不需多问。查出他二人之事速来报我。"

"何时出发？"

"越快越好。"

袖玉点点头走进屏风后，待出来时已换上一身黑衣，脸上遮着黑纱，只露出一双迷人的眼眸。

"我知道，你想看到的只有这双眼睛，对不对？"

钟会背对着她，始终没有回答。等了半晌，袖玉露出苦涩一笑。

"我去了。"她对着钟会一抱拳，行动中去掉了青楼女子的温软娇媚，换上一股男子般的飒爽英气，身影瞬间消失在黑夜里。

钟会转过身，对着已消失的身影道："一路小心。"

看着空荡荡的雅阁，他感到一种强烈的寂寥。钟会回到府上，来到书房，拂去几案上的尘灰，一行行娟秀的小楷浮现眼前，是曹玫的字。

侧过脸去，案头上放着自己去年写就的《才性四本论》，探究人格本性，阐述辩才之道。"明者见危于无形，智者见祸于未萌。"他钟会也并非无才无能，只会媚上欺下的佞臣。此书一成，满朝上下皆赞，可他却并没得到想象中的满足。今日重新翻阅，他突然意识到自己所欠缺的是何物。他欠缺的是一份肯定，而那份肯定只有一人能够给予，那个在他潜意识里从未消失的对手，稽康。

"哈哈哈……"他禁不住自嘲地笑起来。

远在千里之外的西蜀朝堂上，后主刘禅玩弄着手里的御笔，意兴阑珊地听着朝臣的奏报。

"陛下，如今曹魏司马懿新死，其子司马师把持朝政，朝中不满者甚多，皆蠢蠢欲动。我大蜀休养生息多年，兵强马壮，战士整日校场操练，士气旺盛，且有羌、胡为羽翼共壮声势，正好趁此良机北上伐魏，收复中原。"说话之人一身戎装，年近五旬，面容儒雅英武，颇有威势，正是卫将军姜维。

"北伐……"刘禅信手在面前的竹简上画着圈圈，抬头看了看他，"将军之言有些道理。"

"陛下，曹魏虽有内乱，但司马师随父征战多年，行事果断、用兵如神，仍需忌惮三分。况且如今我朝虽安定太平，但朝中内治无人、国实不殷，并非大兴北伐之时，还望陛下三思。"此人年亦五旬，官袍玉带，眉目疏朗，乃丞相费祎。

"丞相所言也不无道理。"刘禅道，"想当年相父六出祁山也未能平定天下，将军可有相父之谋乎？"

姜维一时语塞，费祎又道："陛下所言极是。我等不如诸葛丞相远矣。丞相犹不能平定中夏，何况我等！不如保国安民，敬守社稷。不要抱有侥幸的想法，期望决成败于一举，倾一国之力北伐，若兵败，悔之晚矣！"这段话显然是说给姜维听，提醒他莫要狂妄自大，擅自用兵。

"丞相说得对，卿等只需守好先帝的基业，至于收复中原之事，且等日后再说吧！"刘禅说完一甩袖子，离开了大殿。

费祎看了看愣在当地的姜维："伯约，创业难守业更难。我等皆无诸葛丞相的奇谋神略，还是安安分分做个守业之臣吧。"

"哼，燕雀之辈，鼠目寸光。若先帝安于守业，岂不一生都在织鞋贩履，又何来的江山？"姜维瞪了费祎一眼，与他擦肩而过。费祎也不着恼，只是无奈地摇了摇头。

这晚，姜维书房的烛火一直亮到深夜。桌案上铺展着地图，眼睛已经开始昏花的他趴在上面，一点点标注着北伐的军事要塞。

"将军，时辰不早了，您该休息了。"一直跟随他的老奴道。

他摆摆手："你自行休息吧。"

"哎。"老奴叹了口气，步履蹒跚地走出书房。

姜维又一次趴上地图，眼前的图标渐渐模糊起来。他揉了揉眼，却发现更加看不清了。负气地将笔一丢，他直起腰坐在桌案前，目光落在案头的一堆书简上。伸手拿起最上面的一卷，乃是被当世人传抄了不知多少遍的诸葛亮的《出师表》。"臣受命之日，寝不安席，食不甘味；思惟北征，宜先入南。故五月渡泸，深入不毛，并日而食。臣非不自惜也：顾王业不可偏安于蜀都，故冒危难以奉先帝之遗意。而议者谓为非计……臣鞠躬尽瘁，死而后已；至于成败利钝，非臣之明所能逆睹也。"

"鞠躬尽瘁，死而后已。"姜维拔出腰间的佩刀。这把刀跟随了他将近三十年，几次助他于危难，刃上的血迹擦了又染，染了又擦。从蜀将、吴将到魏将的鲜血，没有一次不是千钧一发，九死一生。看看刀刃上映出的容颜，两鬓斑白，星眸昏沉，宝刀未老人却迟暮，怎不叫人揪心？

北伐，北伐，此生若不北伐，如何完成先帝兴复汉室的遗愿？如何成就自己一生的壮志豪情？又如何去见黄泉下的诸葛丞相？为何他们都不懂，自己并非穷兵黩武、以卵击石，而是时时处处以国家社稷为先。若能收复中原，自己这条老命就算死在沙场、碾作尘灰，又有何憾？

他长叹一声将宝刀入鞘，正准备回房休息，屋顶上一声轻响引起他的注意："谁？"

"将军若想北伐，在下有一计相赠。"又是那个低沉而轻柔的声音，是袖玉。

"足下有话还请现身相见，何必做梁上君子？"

"既是君子，何分'梁上'，'梁下'？"

"有话快说，否则本将军要逐客了！"姜维暗暗将飞镖夹在指尖。

屋顶忽然一震，一支短箭穿透屋顶扎进桌案，发出"噔"的一声震响。姜维循声追出，月色下一个高挑的黑影掠过院墙，隐入茫茫夜色。

以此人身手来看，若想刺杀姜维还未够水准，而从其言行判断也并无行刺之意。姜维没有惊动手下亲兵，而是独自走回书房，将那支短箭拔了出来。箭尾上系着一张字条，上面写了几行草字。他看了一眼，眉心猛地一跳，下意识地攥紧纸条。

字条是钟会所写，他在信中劝说姜维兴兵北伐，也同时一针见血地点明，只要费祎一天不离开朝堂，他的北伐大业便一天不可能实现，故而建议姜维按照自己的计策，里应外合，除掉费祎。只要费祎一死，刘禅便只能倚重姜维，到那时，北伐与否自然全凭姜维定夺。

姜维细思一番，此计确实有理，如今朝堂上阻碍他北伐的最大敌人便是费祎，而钟会所献之计不得不说是天衣无缝。作为此计的交换，姜维只需要不断侵扰曹魏边境，引发战乱即可。这样的要求看起来对曹魏百害而无一利，哪有人帮助敌国将领向自家挑起战端的？其中定然藏着更为深层次的原因。如今曹魏政权已被司马师所把持，曹彪称帝之事虽败，但朝中不服司马师者仍有许多，夏侯玄等人已蓄势待发。东吴那边也不安稳，若此时蜀国再来兴兵，内忧外患将把司马师牢牢拴住。到那时，司马昭便可趁机以助兄平乱之名分权，扩张在朝中的势力。而作为司马昭的亲信，钟会自然也能趁乱而上。

姜维想到这一层，已然将钟会的小算盘看得清清楚楚。就算钟会还有其他阴谋，只要得到北伐之令，自己便如蛟龙入海、猛虎下山，来日踏平洛阳复兴汉室，还管他司马昭、钟会是何人？他主意已定，决定与钟会里应外合，依计行事。若是从前，他或许还会不齿于这样党同伐异的阴谋诡计，但眼看着国家江河日下，走到今日这般田地，他已不能再计较什么君子之行、小人之心了。

成大事者，不拘小节。他仿佛看见盼望已久的北伐大门正在徐徐展开。

三十一、思郎形枯槁，梦女迷蝴蝶

就在轰轰烈烈的淮南第一叛进入尾声时，远在山阳的竹林里却散发着浓浓春意，犹如乱世中的一片绿洲。自王凌谋立曹彪事发后，司马氏便加紧了对满朝文武的监视，朝野内外一片肃杀。

"昔者庄周梦为蝴蝶，栩栩然蝴蝶也。不知周之梦为蝴蝶与，蝴蝶之梦为周与？周与蝴蝶，则必有分矣……"竹林深处，一位绿衣男子吟道。旁边一白衣男子横笛在唇，吹奏着悠扬的曲子。正是向秀与嵇康。

一曲听罢，向秀问道："叔夜，你说究竟是庄生梦化蝴蝶，还是蝴蝶梦着了庄生呢？"

"庄子所谓'物我交合'，乃是说世间万物皆可转变，庄生与蝴蝶并无分别。"

"没有分别……若当真毫无区别，为何还有你我之分？"

"你与我只是此刻的表象，从本质上看却是血肉之躯，是脑中生发的思想，是喉咙发出的声音，是笔下写就的文字，是混沌生出的浊气。你只知我们现在是人，又岂知你我未出生前是什么颜色，死后又将幻化为何等形状？又或者，一切的颜色和形状也皆无分别？子期，若想真正理解庄子，需先放下执着。"

"放下执着？我隐居在此不求富贵，不问功名，与天地万物为伴，与日月星辰共存，难道还不算放下执着？"

"你虽身在竹林，但若心不自在，终究画地为牢……此言不仅仅是说给你，我亦如是。"嵇康将竹笛递还到向秀手中，苦笑道，"这竹笛上的朱砂小字已经完全消失了，你看……"

"难道我与她终究缘尽？"向秀将竹笛揣进怀里，"我发下誓言此生再无他人，老天为何却要这样对我？"

"这也许并非坏事。"嵇康劝道，"你总要面对新的机缘。"

向秀低头静思，这时林外走来一个人对嵇康拜道："嵇先生，阮太守命我送药来。"

"多谢。"嵇康接过一大包草药。

"太守询问尊夫人的病情如何？"

"已经好多了，过些日子便能痊愈。多亏德如的草药，改日定到府上致谢。"

"那在下先行告退。"那人又拜了拜，方才离去。他口中的阮太守是河内太守阮侃，字德如。这阮侃就是当年嵇康在山涛府上遇见的那一位，两人因"宅无吉凶"之事曾有过一场辩论交锋，也因此成了知交，经常书信往来。

嵇康站起身："走吧，我该回去煎药了。"

"好。"向秀揣起竹笛，与嵇康一起走出竹林。两人来到嵇康在山阳的旧居前，向秀正准备转入一旁自己的住处，却隐约看见一个熟悉的身影从山坡下的乡道慢慢走来，双脚不由自主地钉在了原地。再仔细一看，那人身后还跟着一个人。

来人越走越近，经过他身边时微微带起一阵清风，令他的呼吸都染上了一丝淡淡的芬芳。

"先生，我们把绾儿带来了。"红莜从身后岳山的怀中接过仍在熟睡的三岁女娃，轻柔地交到嵇康怀里。

"辛苦了，"嵇康见到女儿，眼睛一刻也离开不得，自顾自地摩挲着嵇绾的小脸，半天才又回了一句，"你们先下去歇歇吧。"转身径自回屋去了。

岳山应了一声，发现红莜仍站在原地不动，便道："快进去呀，你不是很想念夫人吗？"

"好。"她咬了咬唇，落寞地走了两步，却被身后一个犹疑的声音叫住了。

"红莜姑娘……"

她嘴角露出笑意，欢喜地回过头："向公子，何事？"

"你，你近来可好？"

"尚好，公子呢？"

"也好。"向秀对着她的花容，一时不知道该说些什么，只是静静地看着。

"向公子，还有事吗？"红莜被他看得越发羞涩。

"我……"向秀还未说完，一旁的岳山催促道："快走吧，一会儿夫人该等急了。"他硬生生地扯起的红莜衣袖就往前走，力道之大竟一时甩不开。待走到院子里时，红莜终于挣脱他的手，嗔道："你做什么，弄疼我了！"

"你跟那个向公子很熟吗？"

"不怎么熟。"

"那你与他说那么多做什么？"

"要你管我？"红莜横了他一眼，迈步走进屋子。来到内室，只见曹玟正抱着绾儿靠在榻上，母女俩正十分亲昵地玩耍。嵇康在一旁含笑看着。

"亭主！"红莜哑着嗓子唤了一声，来到曹玟榻前，眼泪止不住扑簌簌掉落，"你好些了吗？"

"我已经没事了，别哭……"

"为什么这么久才捎信回来，这一年来我们都担心死了！"

"此事说来话长，父王他还好吗？"

"王爷他……他不太好。你与先生迟迟不归，他常常念叨你们，身体也大不如前了……"

"父王……"曹玟心里担忧，"我们赶紧回去看看父王吧，我不放心。"

"好，等你身子全好了我们就去。"嵇康道。

"我已经好了，真的，不需要再等了！"

"别任性，你知道我是怎样千辛万苦才把你救治好，别再让我担心。如今绾儿也来了，你就先安下心来，好好陪陪女儿吧。"曹玟知道拗不过他，只得点头。

原来，上次嵇康与曹玟在小舟上，虽躲过了钟会射来的致命一箭，却擦伤了曹玟的肩头。嵇康并不知放暗箭的是何人，疑心此事与曹彪有关，便急中生智抱着曹玟跳入河中，潜在水下疾游了一段，在远处的芦苇丛藏了起来。幸而那时钟会忙着应对令狐愚官船上射来的乱箭，没有发现他们的踪迹。待到嵇康抱着曹玟来到安全之处，才发现她的肩头黑紫一片，人也昏迷不醒，显然是中了涂在箭头上的剧毒。

嵇康赶忙为她吸出伤口上的毒血，怎奈毒液已经随着血脉发散，命悬一线。他抱着曹玟一路跌跌撞撞好不容易找到一处农家，用草药熬了些药汁服下，暂时止住了毒性的发作。略微冷静下来后，他思考了事情的种种可能。无论是不是曹彪所为，他的白马城之行显然已被人知晓。曹彪谋帝之事必败，若自己被牵扯其中，必将惹来大祸。到时恐怕不仅嵇家上下无人幸免，就连沛王曹林也会被牵连。既然有人想要他的命，不如将计就计，就此销声匿迹。

两人在农家住了一宿，第二天便拖着病体上了路。一路上他们只从荒无人烟的山道行走，一是为了掩人耳目，二则是方便嵇康每日到山中采药，为曹玹解毒治病。两人餐风饮露终于来到山阳境内，眼看着曾与阮籍、向秀等人游历过的竹林近在眼前，他却再也迈不动脚步，搀扶着曹玹的手也脱了力，摇摇晃晃地栽倒在竹林泉边。

"哈哈哈哈，好酒！叔夜，你要不要来一杯？"声音既遥远又像从脑海中传来，嵇康使劲睁开疲惫的双眼，隐约看见眼前的竹林中悠然地坐着六人，正举着酒杯对他微笑，而那个说话的声音则是他再熟悉不过的刘伶。

蠕动了一下干涩的双唇，他想唤一声却无论如何也张不开嘴。此时林中站起一位黑衣男子，手持长剑边舞边吟，身影飘逸地穿梭在密密的竹枝后：

> 感激生忧思，萱草树兰房。
> 膏沐为谁施，其雨怨朝阳。
> 如何金石交，一旦更离伤。

这诗赋，这剑舞，除了阮籍还有何人？"嗣宗……"他想对好友挥一挥手，却终究一动也不能动。眼看着阮籍舞完一段又坐回席中，一曲琵琶紧接着袅娜而来，忽远忽近地响在耳边，分明是阮咸。

琵琶动声情意切，奈何咫尺不相见。嵇康心中苦笑，也罢，就算今日死在此地，尚有剑舞琵琶与自己作伴。琵琶声渐渐消散，林间传来觥筹交错的响动，还有一阵阵洒脱自在的谈笑声，潮水般不断拍打着他的心弦。就在他快要闭上双眼时，婉转的笛声真真切切地飘了过来，伴随着脚步声的贴近戛然而止。

"叔夜，快醒醒！"一股清凉的泉水注入干渴的喉咙，四肢百骸重新得到滋润，感官触觉也开始复苏。再次睁开眼时，一双清秀的眼眸正关切地注视着自己。

"子期？"他分辨不出眼前的人是真是幻。

"总算醒了！"向秀展开笑颜，对身旁的曹玹和一位英朗的男子道。

"我方才，看见你们正坐在竹林中饮酒谈笑，可就是无法动弹。"

"那是你的幻觉，竹林里并无一人，我与德如也是刚刚到此。"

那英朗的男子便是河内太守阮侃，他与向秀有时会到竹林中小坐，谈论老庄之道。自此，嵇康与曹玹在山阳旧居悄悄住下。为了给曹玹治病，他经常与阮侃一起到深山采药，切磋本草药理，医术越发精湛起来。而且，为了辅助夏侯玄刺杀司马师之计，他依照《刀谱》中所描述，在周遭的山谷里寻找能够锻造宝刀的奇石，可惜一无所获。就这样过了将近一年，曹玹的病情日益好转，嵇康这才书信一封，命红苃、岳山将缩儿带了过来。

却说红苃与岳山在山阳小住下来，不知为何一日日消瘦下来，整日神思恍惚，如游魂一般。这日她到曹玟卧房添茶，竟把一壶清茶全都倒在桌案上尤不自知。曹玟观察了她多日，总觉得哪里不妥，便道："红苃，我有话要问你。"

"是。"

"这几日你脸色越发不好，可有什么心事？"

"没，没有……"

曹玟握住她的手，叹了口气："不知不觉，你已经跟了我这么多年。你与我同岁，算来今年也二十有五了。是我疏忽，竟没问过你的婚姻大事。你心里，可是有了喜欢之人？"

红苃脸上登时绯红一片，手指搅着衣襟也不答言。曹玟心下了然，只是不知她究竟心系何人："你我情同姐妹，当年你曾帮了我许多，如今你若真有了意中人，我定设法帮你遂了心愿。说吧，你我之间还有什么不能说呢？"

红苃抬起头，眸中一丝光芒掠过，随即又黯淡下去："说了也无用，他从未将我放在心上。我只是个小小的丫鬟，身份低微，原本是配不上他的。"

"配不上？难道此人有些身份？你不用担心，若他在意你的出身，我便让父王认了你做义女，谁也不能小看了你。"

"亭主，你真能帮我吗？"

"只要你告诉我那是谁，我定会帮你打算周全。"

红苃犹豫片刻终于鼓起勇气，在曹玟耳边轻轻道出了那人的名字。她退出卧房，按照曹玟吩咐将嵇康请了过去。见嵇康走了进来，曹玟笑道："我有一件喜事要说与你听。"

"什么喜事？"

"此事与子期有关。"

嵇康似乎有所察觉，皱起眉道，"你若是要为他做媒说亲，还是就此打住。"

曹玟不明所以："子期早过了婚配之年，为何不能为他说亲？"

"你是不是要将红苃说与他？"

"你如何知道？"曹玟更加惊诧。

嵇康叹了口气，将向秀与芊芊、红苃的前缘旧事和盘托出，随后道："子期看起来性子随和，但对认定之事却异常执着。我早就劝过他试着接受红苃，却被他一口回绝，丝毫没有回转的余地。"

"难道他宁愿终身不娶，也不敢面对自己的真心？"

"何谓真心，只怕他到现在也没想清楚。他对红莜并非无情，只是仍走不出自己画就的牢笼。"

"那你就眼睁睁看着他泥足深陷，错失良缘？"

"我已多次出言相劝，可要走出心牢只能靠他自己想通。你若此时找他当面戳破，恐怕会闹得无法收拾。"

曹玟没有说话，心里却已经打定了主意，要帮红莜问个清楚。过了几日，她特地将向秀请来，不着痕迹地闲谈起来。聊了几句后，她从身后拿出一件新裁的绿衣，递到向秀面前："若我没记错，你素来喜穿绿衣。我看你身上的外衫也旧了，试试这件新裁的衣衫是否合身？"

向秀以为此衣乃曹玟所缝制，赶忙起身拜谢道："劳烦嫂嫂费心。"

曹玟一笑："此衣并非出自我手，而是另有他人。"她说得缓慢，一双眼紧紧盯着向秀的脸，注意着他细微的表情。

向秀身子一顿，捧着衣服微微发愣。曹玟满意一笑，接着道："你可猜得出此衣出自何人之手？"

"难道……是她？"向秀抚着绿衣，上面的针脚整齐细密，似乎还残留着红莜身上淡淡的胭脂味。心头的浓情还未化开，就被脑海中窜出的一行朱砂小字拉回了神志。

曹玟见他知道是谁也并无拒绝之意，心道此事胜算不小，进一步道："你与红莜相识已久，她性子虽活泼但终究是女儿家，有些话不便开口。我一向视她为亲妹，今日想以家姐的身份为她做主。不知你可明白我的心意？"

向秀迟迟没有回答。曹玟以为他不好意思开口，接着道："若你没有异议，那我便替她做主了。"她站起身，正准备叫躲在屏风后的红莜现身出来，却听向秀硬生生道："嫂嫂，在下有话要说。"

曹玟一愣："你说。"

"嫂嫂既然知道我与红莜之事，想必也听说了芊芊。芊芊离世之时我曾发下誓言，此生只有她一人，不会再娶其他女子。我不管世间已过了多少年，也不在乎别人是如何三妻四妾，我只要芊芊一人就已足够。"他一股脑儿说完，仿佛是害怕再多给他一秒的思考时间，自己坚守多年的防线就会土崩瓦解。

曹玟万万没料到他会突然说出这样一番话，正不知如何是好，屏风后忽然闪出一抹粉红色的倩影，对着自己拜道："亭主，我自小在你身边侍奉，除了你再无其他亲人。我只求留在亭主身边，一辈子不嫁人！"

"说什么傻话，好好的姑娘岂能一辈子不嫁？"曹玟知道她已将向秀的话听了个真真切切，定是绝望负气至极才会这么说。

红莜垂下泪眼，默默地跪倒在地："望亭主成全。"

"你……"

向秀也没料到红莜就在屏风之后，听她话中尽是悲戚之情，自己的心也像被什么撕扯着一般疼了起来。他盯着红莜消瘦不堪的背影，希望她回过头来看自己一眼，却又怕她那眼中的寒意，无法承受。

三人就这样僵持着，直到岳山进来打破了沉默："夫人，先生让我来添茶。"他动作沉稳地倒完茶，三人都以为他会退出去，谁知他却走到曹玟身边跪了下来。

"岳山，你这又是做什么？"

"夫人，岳山跟随先生多年从未有过任何请求，今日要向夫人求一件万分重要之事，万望夫人成全！"

"你有何请求？"曹玟已被弄得混乱不堪。

"岳山恳请夫人将红莜嫁与我。此生只要能守护着红莜，要我付出怎样的代价都心甘情愿！"

此言一出，红莜、向秀、曹玟三人皆是一惊。岳山一向待红莜千般殷勤，万般依顺，两人关系十分亲昵，可是所有人就连红莜自己，都没想过这一层。红莜看了看身边跪着的岳山，又扫了一眼立在一旁的向秀，暗暗攥紧石榴裙："亭主，我愿嫁给岳山为妻，请你成全。"说着朝曹玟叩下头去。

岳山惊喜异常，忙不停地叩头道："求夫人成全。"

"红莜，此事还是以后再说，你再好好想想……"

"不必了，我已经想得很清楚。"

"这可是终身大事，儿戏不得！"曹玟急道。

"请亭主成全。"红莜抬起头，目光坦然地看着曹玟。

"这……"

"求亭主成全。"红莜与岳山一起叩下头去。

"好，好，我成全你们，起来吧。"曹玟说完看了一眼向秀。

此刻他一张脸煞白，神情颓然，不见了方才义正言辞的气势。红莜谢过曹玟，与岳山相扶着站起身，目光在向秀身上流连片刻，所有情愫都凝结在一双漆黑的水眸中，像是在做一生的诀别。

在这殷殷目光之下，向秀终究没有抬起头来。

曹玟长叹一声，拂袖而去。岳山也揽着红莜的肩头，将她带出了屋子。只留向秀一人捧着新裁的绿衣，恍然望着离人的背影，感觉封存在心间的那个纯白色的旧魂正一寸寸向外挣脱，与眼前那袭粉红纱裙纠缠在一起，最终化为一只蝴蝶，翩然飞去。一刹那间，他犹如醍醐灌顶，蓦然顿悟。

三十二、梦断醒痴人，葬骨触天威

却说曹玫应允了红莜与岳山之事后，向秀从屋中出来，便一路神色空洞，似醒非醒地回到自己的茅屋中，呆坐着一言不发。嵇康得知此事，忙来探问，见他痴痴地坐在那里，如同槁木死灰。问他话来，也只是瞧瞧嵇康，不答一语。曹玫与红莜知情，也来看望，他也是一般模样。

"向公子，"红莜唤了一声，向秀闻声向她望去，目光空明，却没有答话。红莜心中一痛，俯在他膝头，哽咽道："我是红莜呀，你不认得我了吗？"向秀再次低眉朝她望去，神情淡然，脸上毫无悲喜，如对着花草流云。红莜心中悔恨万分，莫不是自己方才太过激动，先是逼迫太切，后又负气答了岳山的求婚，令他大受刺激，才会突然间变成这样，如痴傻了一般。

曹玫也心生愧疚，悔不该不听嵇康之言，硬生生挑破这层窗户纸，致使向秀与红莜此生无缘。不仅打散一双鸳鸯，还将向秀害成这般模样。若他就此沉沦，岂不毁了一生？他与嵇康心意相通，是几世难逢的知己，若失了这样一位好友，嵇康又作何感想？想到这，她心中更加慌乱，偷眼向嵇康看去，见他眉头紧蹙，盯着向秀若有所思。

"是我不好，没想到会如此……"曹玫上前牵住嵇康的手，小心翼翼道。对方却好似没听见，兀自注视着向秀，屋子里静得能听到彼此的呼吸。不知过了多久，嵇康终于移开视线，甩开曹玫的手，冷着脸而去。

"亭主，向公子他这是怎么了？"待嵇康离去后，红莜问道。

见嵇康冷着脸离去，曹玫也知道这回事情闹大了，更是不知所措，但见红莜神情凄苦，一双大眼睛泪汪汪地盯着自己，只得扶起她，宽慰道："别太担心，先生会想办法的，小心照顾着，或许过几日便好了。"

"真的吗？"红莜觉得此事绝非那么简单，但也只能去尽力服侍，寄希望于向秀只是一时思绪阻滞，舒缓几日便好了。然而一连数日，无论她如何悉心照顾、好言解劝，向秀都是无动于衷。每日除却三餐，他都静坐在屋内，无论对着什么都像是空无一物。嵇康每日都来看他，两人对坐着面面相觑，皆无一言。曹玫因心中愧疚，将阮侃也请来为向秀诊治，仍是不见好转。嵇康自那日后对她一直冷眼相向、不理不睬，想来定是怨她不浅。

这日午后，嵇康盘膝坐在院中的竹席上读书，曹玟牵着绾儿在树下远远看着，绾儿虽只是三岁的小娃儿，也瞧出这几日爹娘气氛不对，便摇着曹玟的手，问道："娘亲，为什么不过去找爹爹？"

"……爹爹在读书，不喜欢别人打扰。"曹玟道。

"娘亲撒谎，爹爹平日里读书、弹琴，你都陪在旁边的！"

她见瞒不过女儿，无奈道："你爹爹他生娘亲的气了……"

"爹爹从来不生气，娘亲做错事了吗？"

她脸一红，道："娘亲，确实做了错事……"

"娘亲别担心，绾儿去跟爹爹说，叫他不要生你的气啦！"三岁的小女娃儿丢开曹玟的手，迈着小步子跑到嵇康身前，娇声道："爹爹，爹爹，不要读书啦，陪绾儿玩一会儿吧。"

嵇康忙放下书卷，将小人儿搂在怀里，笑道："绾儿想让爹爹陪你玩什么？"

"嗯……"绾儿歪着小脑袋，瞅着站在树下的曹玟，道："绾儿想叫爹爹和娘亲一起弹琴给我听。"

嵇康顺着她的目光看去，见曹玟立在树下，正揪着手帕看着父女俩，便道："爹爹一个人弹给绾儿听，不好吗？"

"不好不好！"绾儿脑袋摇得像个小拨浪鼓，嘟着嘴道："我就要爹爹和娘亲一起弹！就要就要！"说罢还瞪起一双晶莹剔透的大眼睛，水汪汪地看着他。

面对女儿的撒娇，嵇康早已缴械投降，却还想逗她一逗，便也学着她的样子，嘟嘴道："爹爹不要！"说完也瞪大眼睛对着女儿，父女俩模样神态肖似异常。

见他如此，绾儿反倒不再闹了，上前拉起父亲的手，一本正经地说道："爹爹是不是还在生娘亲的气呀？方才娘亲跟我说，她已经知道错啦，下次一定乖乖的，你就原谅她吧，好不好嘛……"

他终于熬不住，"噗嗤"一声笑了，伸手点了点女儿的鼻尖，道："你这个机灵鬼儿！好了，爹爹依你就是。"说罢将女儿抱起来，向曹玟走去。绾儿见他答允，小脸登时乐开了花，远远朝曹玟招手道："娘亲，爹爹不生气啦！"

曹玟见他父女俩走过来，有些尴尬地笑了笑。嵇康牵过她的手向书房走去，边走边问女儿道："绾儿想听什么曲子？"

"就是你们总弹的那首啦！"说着还扭过小脸，冲曹玟挤了挤眼。

三人来到书房，嵇康将绾儿抱至榻上，在曹玟左侧坐下，以左手拨弦，右手揽住她的腰肢。曹玟则倚在他的肩头，以右手拨弦，一挑一勾间，绿绮便发出铮然清响。他接着一个"落指吟"，琴声随即一啸而出。两人一个左手揉、吟，一个右手抹、挑，似游龙翔舞，若鹿鸣呦呦，缠绵交错，逍遥翩然。此曲即他从苏门山孙登处所得《琴谱》中的一曲《飞龙鹿鸣》。本由一人弹奏，因曲调分外婉转缠绵，他便亲手传授与曹玟。闲暇时候，两人常并坐共弹，互诉衷肠。

今日两人弹奏此曲，初时十分局促，曲调艰涩。然而随着琴曲渐入高潮，两人也开始沉浸其中。想起自相识以来的点滴旧事，柔情不觉荡漾开来，配合也渐入佳境。这边他趁右手拨弦时，迅速带弦发音，是为一"逗"，又退回原位，是为一"唤"；那边她也毫不逊色，在他左手点弦之时，轻轻一挑，他点上哪根便去挑哪根，是为"索铃"。两人越弹越尽兴，左右手不断追挑索逗，分明是二心操动，闻之却如一人。

绡儿虽为三岁孩童，对琴韵却有天赋，听着悠扬的琴声，再看爹娘眼角眉梢流露出的喜悦与爱意，双手撑着小脸，不觉痴了。一曲弹罢，嵇康与曹玟转眸相视，淡然一笑，几日来的不快一扫而空。

"真好听！爹爹、娘亲，绡儿也要学弹琴！"两人正自沉浸，这边绡儿早已爬上曹玟膝头，拍着小手叫道。他们这才忆起女儿尚在身旁，不由得脸色一红，一齐低眉朝女儿看去。

"你还太小，等大些再教你，好不好？"曹玟摸着她那粉嘟嘟的小脸，笑道。

"不好不好，绡儿听说爹爹五岁时就会弹奏名曲《游春》了，我今年已经快四岁了，可以学啦！"她不甘道。

嵇康见她拿自己幼时之事相比，心中更生怜爱，将女儿抱在腿上，抓起她肉嘟嘟的小手，按在琴弦上，道："从今日起，爹爹便教你弹琴，你可学得？"

"学得学得！"绡儿小腰杆挺直，点头保证完，还不忘补充一句："哼，还是爹爹好！"嵇康听了，挑眉看了曹玟一眼，得意之色溢于言表。曹玟回了他一眼，叹息道："哎！既然你爹爹好，日后娘亲便不给绡儿梳漂亮小辫子，也不给绡儿缝花衣裳了……"话音还未落，绡儿赶忙起身抱住两人，慌忙道："爹爹、娘亲，绡儿都喜欢！"

"你呀，臭丫头！"

"爹爹，娘亲说我臭丫头……"

"爹爹也觉得绡儿臭臭的，是个没长大的黄毛丫头，哈哈！"

"哇，娘亲，爹爹说我没长大……"

"你还不到四岁，可不就没长大！"

"呜呜，你们都欺负绾儿，绾儿不理你们啦！"

"好好好，我们绾儿最大、最香、最漂亮，好不好？"

"本来就是嘛！"

"哈哈哈哈……"一家三口玩玩闹闹，欢声笑语从书房中不断传出，直到红荍一脸惊慌地从外面跑进来，打断了这难得的甜蜜时光。

"先生，不好了，向公子他不见了！"

向秀这一走，音信全无。从他带走的衣衫器物可以看出，想必他神思已略渐清明。出去走走也好，或许有新的机缘在等着他，嵇康这样安慰自己。他与曹玟在竹林又住了三月余，每日教绾儿读书弹琴，一起在山间玩耍，日子过得悠闲自在。许多年后，嵇绾回忆这段模糊的儿时岁月，仍觉得这是她一生中与父亲共度的为数不多的美好光阴。那时的阳光明媚，风也和煦，母亲的眼角从不见泪痕，父亲也常常带着笑意。

竹林方三月，世上若千年。不久后，嵇康从世人口中得知了淮南一叛的最终结局。据说，王凌饮鸩自杀的当夜，司马懿做了个噩梦。梦中王凌披头散发，一手高举着象征皇权的玉玺，一手拖着长剑朝他走来，口中念着："汉室衰落，群雄并起，武帝曹操平定北方，以魏代汉，乃天数之定。魏室中兴，民生安定，君无大过，司马谋篡，实为逆天！如此贼族，吾今虽下九泉，仍要日日咒骂，诅咒你司马氏即便取得天下，也要同室操戈，骨肉相残，国祚衰落，永无宁日！"说罢，他将玉玺狠狠一摔，举起长剑向司马懿心脏刺去。司马懿只觉胸口一阵剧痛，大叫一声从梦中惊醒，自此一病不起。

为免王凌死后阴魂作祟，司马懿下令，分别将王凌、令狐愚二人的尸首在闹市中暴尸三日，叫人用鞭子狠狠抽打。还将二人的官服、印绶都搜来当众焚烧，以此泄愤。令狐愚虽在王凌事发前就被钟会误伤而死，早已在兖州下葬。可司马懿仍不放过，命人将他的尸首重新挖出来凌辱，鞭尸之后丢在兖州闹市，整整十日都无人敢去收尸，直到一个青年出现。

这青年名唤马隆，长得身高体壮，相貌威武，是兖州一位低级武官。他来到闹市，一见令狐愚的尸首，便扑倒在地，拜了三拜。一旁巡查的军官上前喝止道："此乃朝廷重犯，不得私自拜祭，快快走开！"马隆起身道："我曾是令狐愚府上的门客，受其恩惠多年。如今他曝尸街头，岂有不管之理？"

"这么多天来，你是第一个来拜他的人。别的人看见他，恨不得躲三丈远。要说这令狐愚生前官居兖州刺史，门客故交众多，没想到如今却只有你一个区区小官敢来相认。"军官打量了马隆一番，唏嘘道。

马隆哼了一声，道："世态炎凉，认他怎地，我马隆却不是那样的势利小人！"说着冲那军官一拱手，道："大人，请允许我将尸首带回下葬。"

那军官早就不想在这守着一具尸首，不过因为无人来收，自己更不会替一个朝廷重犯收尸，眼看天气热将起来，虽说已是干尸，也不免气味难闻，巴不得有人赶紧领走，自己也好回去交差，便道："许了许了。来，在此处签上名字，便可领走！"

那马隆也不多想，道了声谢，龙飞凤舞地将名字一签，便开始张罗收尸、下葬之事。其实，这马隆并非令狐愚的门客，两人也从未见过面。但他虽为一介小吏，却一向胸怀天下，好行侠义之事。自听说了王凌、令狐愚的遭遇，心中便意气难平。见一连十日都无人前去给令狐愚收尸，便谎称自己是令狐愚的门客，将尸体收了去。他不仅自己出钱将令狐愚殡葬，还在墓地四周种满松柏，决定亲自为他服丧三年。他的此番义举，顷刻间传遍大街小巷，成为兖州妇孺皆知的美谈，也因此震动了朝廷。

敢为令狐愚服丧，这简直是对司马氏赤裸裸的公开挑衅！病榻上的司马懿听闻此事，怒不可遏，马上叫来司马师、司马昭两兄弟商议对策。司马师一向手腕强硬、雷厉风行，他主张立刻下令将马隆捉拿归案，严刑审问，务必让他供出同党。若没有幕后主使也不怕，朝中正好有许多亲曹之臣要清理，到时候做一张伪供，将罪名往那些人头上一安，统统治罪，岂不快哉？

司马懿想了想，没有说话，看了一眼司马昭："昭儿呢？"从进屋起，司马昭一直垂手立在一边，并不插言。如今听得父亲问话，便抬起头，唯唯诺诺道："孩儿听从父亲定夺。"

"不孝子！为父卧病多日，你兄长事事为我分忧，而你却越发堕怠，不思进取，要你何用？"对兄弟二人，司马懿向来多用教导，鲜少斥责，今日开口责骂，一是知道自己时日无多，焦心所致，二是看出司马昭心中另有想法，不过碍于兄长之面，不敢直言。他清楚，这两个儿子中，司马师战功卓著，在朝中威望甚高，自己的大将军之位最终要传给他。也正因如此，司马昭近日才越发谨慎小心，不敢抢了兄长的风头，怕为日后惹上祸端。

如今自己还未死，司马氏的大业还未完成，两个最得力的儿子便开始互相猜忌，难道王凌的诅咒这便应验了？他心中惨然一叹，无情最是帝王家，谁叫司马氏欲戴皇冠？无论如何，两个都是亲子，都要保全。他咳嗽一声，向司马师伸出手："师儿，为父有话对你说。"

司马师连忙上前握住父亲的手，道："孩儿在此。"司马懿叹了口气，道："为父恐怕不久于人世……有你在，朝中大事我并不忧心……你原配早亡，只有五个女儿，昭儿的次子桃符，性情温良聪慧，我十分喜爱。我明日便上疏陛下，封他为长乐亭侯，过继给你为子。你意如何？"这桃符是司马昭与正妻王元姬的次子司马攸，小名桃符。司马懿如此安排，可谓用心良苦。有了这层过继关系，若日后司马攸登上皇位，也不会对生父司马昭下毒手。这样一来，既给司马师立了子嗣，也为司马昭设了一把保护伞，可谓两全。

"孩儿谢父亲周全，"司马师说着跪倒在地，道："父亲身体康健，只要善加调养，不日便会康复的！"司马昭也赶忙跪倒。

"昭儿，日后你要好好上进，为兄长分忧。"

"孩儿定当竭尽所能。"司马昭信誓旦旦。

"马隆之事，你此时可有想法了？"司马懿忽然转换话题。

"孩儿以为，兄长的意见虽好，但此时王凌叛乱刚刚平定，朝中人心惶惶，东吴、西蜀也不安分，若此时再大兴惩处，反而会激起事端。孩儿以为，此时应反其道而行之，在朝廷表彰马隆，赞扬他的忠义之举，并号召天下士人掀起讨论，宣扬忠义孝悌之道，以显示我司马家宽厚仁爱、德行昭彰。如此做还有一个好处"……司马昭说着，与父亲对视一眼，露出狡黠一笑，"广开言论，才能听到真正反对的声音。如今天下名士以竹林七贤为首，是时候看看他们的居心了……"

司马懿点点头，冷笑道："天欲其亡，必令其狂……就照昭儿说的办吧。"

"二弟之计以退为进、欲擒故纵，果然更佳，孩儿这就去办。"司马师领命，随即安排亲信司隶校尉何曾先拟奏折，上疏天子表彰马隆的忠义。然后在太学设坛讲论，批判王凌、令狐愚谋逆之罪的同时，赞扬马隆为主尽忠的道义，宣扬"孝悌忠信，礼义廉耻"之道。

待办完这些大事，司马懿因兴兵跋涉，长期谋虑过度，已成强弩之末。时节渐渐进入初秋，树叶开始泛黄，操劳谋虑了一生的枭雄进入迟暮。回想自己的一辈子，司马懿应该是无悔的。他生于乱世，凭借自己屈伸有度、韬光养晦和奇谋神略成就了一番伟业，可谓一展壮志。然而鸟之将死，其鸣也哀，在他内心深处或许也藏着几分愧疚。

凉风掠过帷帐吹进床榻，一个熟悉的人影飘至床前。司马懿睁开双眼，坦然直视着面前之人："丞相，一别数载，你我终要相见了。"

"仲达，只有你还会唤我为丞相。"

"是啊，恐怕这世间也只有我最能理解丞相之心。汉丞相曹操，扫灭群雄，雄霸中原，乃治世之能臣，乱世之奸雄也。"

"若没有我，不知几人称帝，几人称王。当日天下大乱，舍我其谁？"

"丞相……是否会怪仲达忘恩负义？"

曹操神情一凛，继而莫测一笑，转身隐去。司马懿苦笑两声，盯着面前的一片虚空，念出几句诗：

神龟虽寿，犹有竟时。腾蛇乘雾，终为土灰。

公元251年，司马懿去世于洛阳，享年七十三岁。九月葬于首阴山，辞让郡公和殊礼，不树不坟，不设明器，谥号"宣文"。同年，其长子司马师继任抚军大将军，全面掌握曹魏军政大权。

三十三、庙堂风声唳，江湖笔下疾

却说司马师升任大将军之后，朝中局势发生了十分微妙的变化。原先司马懿在世时，威名虽可震慑世人，杀伐决断不在话下，但他一生效力曹魏，朝中有许多门生故吏、亲朋好友。从前曹魏中兴时期，这些门生故吏也并非如今日这般泾渭分明，党争派系并不明显。夏侯玄在司马懿死时叹息说："此人活着时，尚可念在世代的交情善待我等。但人走茶凉，司马师、司马昭两兄弟上台后，便绝不会再对我等有半点姑息了。"

夏侯玄的预见很快得到了应验，司马师在一边鞭尸王凌、令狐愚，一边宣扬忠孝仁义的同时，也加快了对曹氏忠臣的清洗。为了避免曹彪之事再次发生，他下令将曹魏所有亲王软禁在邺城铜雀台，派人严加监视，不准亲王互相来往，沛王曹林也在其中。

在对待名士上，司马师将目光对准了名满天下的竹林七贤，最为关注的便是阮籍和嵇康。阮籍身为陈留名门望族之后，一举一动都牵扯整个大家族的兴衰，虽万般不愿，但迫于压力还是被司马师招至帐下，担任从事中郎。司马师定要征召阮籍的原因，一是看中他的才学，二是由于他名士的身份。有他站在自己阵营，就算什么也不做，也算赢得一筹。

然而，嵇康却一直行踪不明。他的身份比阮籍更加敏感，作为曹氏姻亲，他究竟心向谁家，是司马师想要弄清楚的问题。司马师手腕强硬，容不得他人违逆，便心生一计，他叫来司隶校尉何曾商议，准备拿阮籍做一番文章，来试试嵇康的真心。

这司隶校尉何曾，字颖考，父亲何夔曾被曹丕封为太子太傅、阳武亭侯，他少年便承袭了父亲的爵位，累受曹氏恩赏。但当年曹爽与司马懿斗法之时，他却称病隐退。后来曹爽被诛，他又马上出山为官，投靠了司马懿。此人表面宽厚仁慈，实则贪婪奢侈，心胸十分狭窄。因为嫉贤妒能，所以经常打着推崇孝悌忠信的旗号来弹劾他人。他看起来正气凛然、高风亮节，实则是司马师养的一条家犬。

自得了司马师之命，何曾即刻在太学大开讲坛，召集文人学子清谈辩论，宣扬忠孝礼义之道。一时间言论大开，群臣议论，沸沸扬扬。许多人都想趁此机会崭露头角，得到司马氏的青睐。于是，那些一瓶子不满半瓶子晃荡的所谓才子开始纷纷发声，大谈忠孝礼义之美德，对身边不重礼法、行为洒脱之人大肆批判，口诛笔伐。朝野内外皆是此风，大有压倒一切之势。何曾有司马师授意，更是大加渲染，将嵇康、阮籍等七人所崇尚的逍遥洒脱、亲近自然之风，树成了攻击批判的靶子。

再说阮籍，他自来到司马师帐下，还与往日一样，每天喝得一塌糊涂。平日里无事也便罢了，可就连司马师议事、宴饮之时他也照样我行我素，常常还未问到他便已醉得东倒西歪、不省人事。近日众人惧怕何曾纠察弹劾，皆谨言慎行，不敢逾矩。唯独阮籍一人还是老样子，不但满身酒气，甚至连官服也穿戴不整了。

这日，司马师召集众人议事，何曾早早便来到议事厅，虽是坐着饮茶，眼神却不离众臣，暗中监察着他们的一举一动。等了半晌，司马师一身戎装到来，虎目环视众人，道："近日颖考在太学设讲坛，宣讲'孝悌忠信，礼义廉耻'，不知诸位有何心得？"

"孝悌忠信乃立身之本，礼义廉耻乃处事之道，大将军命何大人开设讲坛、宣扬正道、教化世人，实乃朝廷之幸、万民之福。在下曾去太学聆听教诲，何大人引经据典、滔滔不绝，真乃学贯古今，令在下受益匪浅，受益匪浅……"一位文官首先起身称赞，听得何曾好不受用。

"是啊，大将军文治武功，当世无双。那马隆为令狐愚收尸，本是死罪。将军宽宏大量，感念其忠义，非但没有处罚，反而上疏天子封赏，如此襟怀可为天下表率！"又一武官阿谀道，说得司马师也飘飘然。

正在此时，阮籍一摇三晃，姗姗来迟。身上酒气熏天，想来许久都未沐浴更衣，头发胡乱挽了个髻，官服也破旧不堪。许多人忍不住那气味，以袖掩鼻，避之不及。阮籍也不看众人，摇摇晃晃来到司马师面前，俯身拜道："见过……大，大将军……"司马师见他如此模样，顿时黑下脸来。

何曾见时机已到，立刻上前发难。他一指阮籍，道："今日大将军召集议事，众人皆准时到来，唯独嗣宗你非但来迟，而且衣冠不整，一身酒气！你这样放纵胡为，不遵礼法，毫不将大将军的教诲放在眼里，真是伤风败俗，无法无天！"他斥完阮籍，又转身对司马师道："大将军，您以忠孝治理天下，满朝文武谁人不服。可这阮籍素来行为放纵，违背礼制。您宽宏大量，一直包容他，可他不但不痛改前非，反而变本加厉，视礼法如无物，这样的人如果不严加惩处，只会扰乱视听，若世人都学他这般放荡，成何体统？大将军的仁政又该如何推行？"

司马师脸色愈加阴暗，却不回应，只是铁着脸瞪着阮籍。阮籍似乎并没察觉自己身处险境，仍是一脸醉态，大着舌头对何曾道："在，在下呃……酒虫上脑，不甚清醒，不知颖考'孝悌忠信，礼义廉耻'是为何物，还请赐教……"说着冲何曾深深一揖，一副虚心求教之态。

何曾见他非但不认罪，反而假装喝醉，请求赐教，更是气不打一处来，准备再添一把火。正待开口，众人中有一人抢先道："嗣宗，亏你出身名门，想当年你父阮瑀位列建安七子，提笔成文，倚马可待，天下谁人不知谁人不晓？都说虎父无犬子，怎么到了后辈身上，连最起码的忠孝礼仪都不懂了？我听说，你那侄子阮咸，母亲大丧期间，竟然为了一个胡婢连灵也不守，骑着前去吊唁的宾客的马追出几里地，还与那胡婢私定终身。母亲大丧未完便行男女之事，真是闻所未闻！莫非，你们陈留阮家的子弟都是这等无礼悖逆之徒？"

说话的人二十出头，举手投足间带着一股俗气之态。此人名唤荀勖，字公曾，品级也是从事中郎。他曾祖父是大谋士荀彧之叔，钟会则是他的堂舅。荀勖精于音律，负责修正宫廷演乐，对笛子最为精通，因善于校订音调音律，被世人称为"暗解"。而阮咸的琵琶冠绝天下，与嵇康的琴可谓一时双璧。阮咸能够轻而易举地听出曲调的不准之处，不需任何工具测量校准，分毫不差，被世人赞为"神解"，强压荀勖一头。平日里，荀勖对阮咸之才就又妒又恨，今日见何曾将矛头对了阮籍，正好把阮咸的旧事也翻出来，将这叔侄俩一并打压下去！

他这一番话颇具杀伤力，何曾见有人帮腔，又道："大将军，阮籍之侄阮咸在其母大丧期间与胡婢私通，是为不孝。不孝乃大逆，当处以重罪，以正视听！"

司马师这时有了表情，挑眉一笑，抬起眼皮道："嗣宗，此事可属实情？"

阮籍看也不看那两人，毫不在意道："大将军素知我喜好云游，不问家事，连小儿什么时候换的牙都不知道，哪有闲工夫去管那小子。"

"休要狡辩！你曾与阮咸、嵇康等人在竹林游玩数月，朝夕相对，怎会不知此事？"荀勖逼问道。

"我等聚在一起，不过是饮酒谈诗，纵情山水罢了，并无其他。"阮籍翻了个白眼，将手一抄，不欲再辩解。

"哦？只是游山玩水那么简单？我还听说，你那好友嵇康与夏侯玄等人过从甚密，莫非 …… 你们在一起是谈论什么不可告人之事？"荀勖又抛出一句，可谓阴毒之至，但也正中司马师下怀。

本以为阮籍会方寸大乱，谁知他仍是一副醉态。

"以为装醉就可以蒙混过关吗？大将军还在这里，容不得你这般目中无人！"荀勖见他不吱声，更不饶人，上前便要去推阮籍，却被一人制止。

此人年逾三旬，形容清俊，乃博士秦秀，字玄良。这秦秀不是别人，正是杜夫人未嫁与曹操之时，与秦宜禄所生之子秦朗的儿子。秦朗与曹林乃同母异父的兄弟，秦秀也算是曹玟的兄长。秦秀生性正直，学识渊博，虽无奈被召至司马师帐下却屡屡勇于直言，也因此在博士之任上一直不得升迁。

今日他见何曾、荀勖围攻阮籍，本以为凭着阮籍的智慧可以轻松化解，谁知荀勖气焰越来越嚣张，诋毁完阮咸不算又扯出嵇康，再说下去便危险了，便对荀勖道："荀大人请自重！拉拉扯扯，成何体统？嗣宗他们不过纵情山水，以抒男儿豪情罢了，不像有些人虽整日衣冠楚楚、正襟危坐，在堂上却只爱谈些街头巷尾、坊间轶闻，倒比那闺中妇人还要长舌，不知此等言行可与何大人所谈的礼义廉耻相和否？"

"你！"荀勖听出他讥讽之意，脸涨得通红，"好，不说别的，就说阮咸不孝之事，该如何处置？"

"说到此事，我也想请教何大人，足下素来以至孝著称，不知在家中是如何奉行孝道的？"秦秀不理荀勖，转而问何曾。

荀勖呛声道："又一个不知人事的！何大人的孝行誉满天下，谁人不知？他不像某些人，只知道追求声色享乐，放浪形骸。他行事向来严谨有度，进退合仪。我听闻，何大人在家中即便与夫人相见也极守礼制，自己南面而坐，夫人北面而拜，两人饮罢酒即去，从不在子女下人面前有所逾矩，堪称行为之典范 ……"

"我方才所问的是何大人的孝行，怎么听来听去，都是些闺中琐事。他与夫人相敬如宾令高堂安心固然可喜，但在孝道方面，仅仅如此便称作至孝，未免过于夸大其词。虞舜孝感动天、文帝亲尝汤药、仲由百里负米、董永卖身葬父，古代先贤如此孝行，都不敢称自己至孝，何大人又有何面目列在其中？"

"你……"荀勖被噎得说不出话来。何曾也觉颜面无光，还从未有人敢这样贬损他的名声。两人一齐朝司马师一拜，道："大将军，阮籍行为放荡，纵容家侄行不孝之事。秦秀出言轻狂，妄议孝道，这些人若不严惩，必将贻害无穷！"

"欲加之罪，何患无辞？ 望大将军明断！"秦秀也拜道。

"别吵了！"司马师一摆手，从榻上起身，负手踱到阮籍面前，咳了一声，道："酒醒了吗？"

阮籍一揖，没有吭声。

"不为自己分辩几句？ 本将军可以为你做主！"

"在下行事散漫，有悖于世，且嗜酒成性，难堪大用，请大将军将我免职问罪，以正法纪。"阮籍面无表情，说罢又是一揖。

"你……"司马师没想到他辩也不辩，这便认罪讨罚。他倒是希望阮籍与何曾他们好好对峙一番，最好弄得你死我活，置对方于死地。到时候他再出来论罪，好树立威信。一可警告阮籍，二可威慑众臣。如此，阮籍便可老老实实听命于自己。岂料阮籍不吃这一套，索性来个认罪请辞，一时倒叫他无的放矢了。

这个从事中郎，阮籍根本不想做。今日趁着有人发难，正好来个辞官，免得因为自己再连累嵇康和阮咸。当然，他之所以敢这么做，也是料定如今天下未定，司马师不会蠢到因小失大，轻易杀害名士。

司马师紧皱眉头，一时不知如何来啃这块硬骨头。但今日之事目的在于嵇康，必须要有所动作。他冷哼一声，道："颍考记下，阮嗣宗衣冠不整、行为散漫、不守礼制，罚俸一年。将此事昭示于众，以警天下士人！"说罢甩袖而去。

却说山阳竹林，本是极为僻静的避世之处，近日也传来不少朝中议论，尤其是阮籍之事。这日，嵇康一并收到两封书信，一封是秦秀的，一封是阮籍的。

秦秀的信中，将曹林被软禁于邺城之事，阮籍被弹劾之事，还有朝政肃杀、司马师独揽大权之事如实相告，叫他心中有数，早作打算。阮籍的书信则告诉他说，自己一切安好，叫他莫要理会那些风言风语，以免被人抓住把柄。

嵇康读罢书信，忧从中来。虽在江湖之远，庙堂上的风吹草动又岂能不牵挂于心？ 洒脱的仅是此身此行，他的神与心也未曾离开那座洛阳城。

而且，曹林被软禁、阮籍被弹劾，似乎都与自己有所关联。司马师刚猛暴戾，自己想要装聋作哑躲祸，恐怕是躲不过。非但不能躲，还要加紧行动。有三件事是当务之急。其一便是尽快与夏侯玄取得联系，加紧谋划刺杀之事，还要尽快找到锻造宝刀的奇石；其二是前往铜雀台看望曹林，看他还有何要事交代；其三便是对司马师虚假的忠孝礼义之道，给予还击。但是，这样做无疑会暴露自己的立场，引起司马师的戒心，甚至随时引来杀身之祸。

究竟该怎么办呢？

他一筹莫展，来到院中散心，却被眼前的一幕吓得魂飞魄散。只见绾儿蹲在地上，两手托腮，正目不转睛地看着一场恶斗。一条红黑相间的赤链蛇正在和一只巴掌大的蟾蜍对峙。蟾蜍为了不让蛇吞掉，拼命撑大肚子坚持着。而赤链蛇则吐着蛇信子，一动不动地死盯着猎物，伺机发起攻击。

"绾儿！"他惊叫一声，上前一把抱起女儿，带离危险之地。见她趴在自己怀里，还在朝地上看，又是后怕又是恼怒，斥责道，"不许再看了！这有多危险你知不知道！"

绾儿从没见他发过火，此刻见他铁青着脸，瞪着自己，心里一阵委屈，便撇着小嘴道："绾儿觉得好玩，才看的……"

"好玩？你胆子也太大了！这蛇和蟾蜍都是有毒之物，若是咬你一口，怎么得了！"他听了更气，恨不得在她的小屁股上拍几巴掌，叫她记住厉害。

绾儿见他更加严厉，横眉竖眼的，终于忍不住呜呜哭了起来。他见女儿一哭，不觉心疼起来，只得抚着她的背，哄道："绾儿不哭了，以后离这些毒物远远的，爹爹就不凶你了，好不好？"

"好……"绾儿吸着鼻涕，小嘴撅得老高。

他为女儿抹掉眼泪，问道："这毒物有什么好玩的，你不害怕吗？"

"不害怕呀，蛇和蟾蜍，一个忙着吃掉对方，一个忙着撑大肚子自卫，谁也没工夫来咬绾儿，根本用不着害怕呀！"

嵇康听了她的话，犹如醍醐灌顶，方才困扰他的问题，一下子有了解决之法。谁说小孩子不懂事，他们有时候比大人看得更清楚、更透彻。见女儿如此聪颖，他不由得心情大好，在她小脸儿上亲了一口，道："绾儿真聪明！不过毒物终究是毒物，以后要小心，记住了吗？"

"嗯，绾儿记住了！"

他将女儿送到曹玟处，自己继续思索起来：蛇与蟾蜍都是毒物，欲置对方于死地……他突然回忆起阮籍讲给他的曹芳曾经做过的怪梦。当时他听那这个怪梦，与阮籍一起拆解许久，仍是不明白。今日想来，顿觉得豁然开朗。那帘后人便是司马师，想废掉曹芳独揽大权，却被最后出现的人害死。而那最后出现的人，则是司马昭无疑。

看来，司马昭并非表面那般恭顺谦和，一心辅助兄长司马师成就大业……嵇康想到此处，微微一笑，提起案头的笔写道："匿情矜吝，小人之至恶。虚心无措，君子之笃行也。……"

他一气呵成，写成一篇论辩之文《释私论》，写罢掷笔于案，未觉曹玦早已立在身后。她轻轻念了一遍，思索片刻，抚掌赞道："好文好辞！直指司马师借宣扬名教之名乱政，在朝廷排除异己，谋划篡逆的伪善嘴脸。名教与礼法本没错，但那些打着名教旗号行逆天背德之事的人，才是真正的伪君子！可如今陷在迂腐礼教中的人实在太多了，而真正的道义却被他们忘到九霄云外。难怪有儿歌唱'举孝廉，父别居。举秀才，不识书'。许多人打着忠孝礼义的旗号，实则一肚子欺世盗名，男盗女娼！'谗言似信，激盗似忠'，正是他们的嘴脸。这篇文章可谓一针见血、振聋发聩，天下多少被蒙蔽之人，读了此文便可明大义了。"

"只可惜，如玉儿这般洞明的人却太少了！"嵇康牵过她的手，感叹道。

她却转而忧虑道："文是好文，只是若被司马师读到，恐怕……"

"别急，还有这个。"他又拿出一张帖子，提笔写道："明公授意之文，康已写就，现托士季代为呈上，祝明公早日功成。"落笔是自己的名讳，收信人却是司马昭。

曹玦惊叫一声，道："你，你这是？"

"我明日便将此信寄于钟会。不过你不必担心，此信绝对不会送到钟会手中，定会被人截获，放在司马师的案前。司马师看到此信就算不完全相信，也必生疑窦，怀疑司马昭暗中谋划，与他争权。到时候，蛇与蟾蜍忙着争斗，就不会关注我们了。"

曹玦听了，这才呼出一口气。而嵇康却仍愁眉不展，迟疑片刻，将秦秀的信递给她，叹道："我们是该出去了。"

她接过信，看到曹林等诸亲王被软禁一事，气得浑身发颤，怒道："乱臣贼子，真是乱臣贼子！如此大逆不道之事也做得出！这到底是谁家天下！"

"玉儿，"嵇康揽过她，安慰道："明日我们就动身，去邺城看望父王。"

她抬起头，心中苦水已泛滥成灾。他见她如此悲恸，本已愤懑不堪的心绪更似油煎，伸手替她拭去眼泪，抱起绿绮，携她来到院中。

时节已是隆冬，庭院的柳树经不起寒风摧折，柳叶皆已凋落，仅存光秃秃的枝条。见此寂寥之色，不由得更添哀愁。举目仰视，夜色浑浑，哪见当时月明？二人正觉凄清，不知何处吹来一阵风，不徐不疾，从院角几株松树枝丫间拂过，发出瑟瑟之声，更有一股松香扑鼻。

岁寒，然后知松柏之后凋也。

柳叶虽已凋败，松树却正绿浓。人都道插柳即活，所以才会折柳相赠。只要枝条仍在，又何愁新芽不发呢？ 只要人还尚在，一切都有改变的可能。

想至此，他心绪渐宁，伴着阵阵松风，弹将起来。曹玫侧坐一旁，静静聆听。琴声徐徐散开，飘飘荡荡，初时还有些许凄楚，继而却愈发铿锵起来。曲调沉浮嘈切，如飒飒松针，高洁坚贞，不因风而乱舞，不因势而变形。一曲弹罢，脑中浮现出许多人与事，最后停留在向秀的音容上，和煦如柳，挺直似松，嬉笑怒骂皆与自己心心相印……

"这曲子，像松间的风声，带着丝丝凉意。"一个声音自身后飘来。

嵇康回头相看，一人立在松下，正笑对着他。

"子期？"

"叔夜。"

向秀并未走近，遥遥地道："我要离开一阵子，重新去看看这世间。"他走离几步，却又停住道："这曲子送我吧，就叫《风入松》。待我归来时，用笛子吹与你听。"

向秀走了，徒留琴边二人，共对着漫无边际的沉沉夜色。嵇康知道，真正的暗夜已经到来。

三十四、泪洒铜雀台，恨别鸾凤集

巍峨雄阔的铜雀台，台高十丈，殿宇百间，飞阁重檐，气势恢宏。往台上看去，宾客济济，文人才子集聚一堂。

> 扬仁化于宇内兮，尽肃恭于上京。
> 惟桓文之为盛兮，岂足方乎圣明。

一位峨冠博带的少年傲然独立，慷慨地朗诵着新作的《登台赋》，只惊得在座无不叹服，其中最为震惊的便是此台的建造者曹操。他击败袁绍之后，在邺城兴建铜雀、金虎、冰井三台，由曹植督建。台建成之日，他意气风发地召集文人才子登台作赋。岂料众人都还在悬笔沉思时，十九岁的曹植顷刻便将一篇文采斐然的赋作成。

"好！我儿能作此赋，足见胸襟广阔，才志高远，我心甚慰！"曹操听完此赋，站起身来高声称赞。台下众人也皆随声附和，一时间称赞之声不绝于耳。

盛赞之下，仍是少年的曹植也不免有些飘然。尤其是听到父亲的亲口夸奖，更令他备受鼓舞，心脏不可抑制地狂跳起来。他将诗赋卷好，双手托到曹操面前，拜道："父王征乌桓、定北方、灭袁绍、建邺城，成就不朽功业，恩德传扬天下。儿今作此赋，祝愿父王福寿安康，四方长乐太平，伟业万载无疆！"

曹操心中大悦，亲手扶起曹植："我儿已长大成人，今日我封你为平原侯，望多多勉励，莫负厚望。"说完大手一挥，将所备赏赐之物，全数赐予曹植。

曹植跪地叩拜，双手接过父亲厚重的恩赏。那一天，成为了他一生中最为辉煌的瞬间，而铜雀台也从此千古传名。

公元252年初，嵇康与曹玟第一次来到邺城。站在昔日辉煌的铜雀台下，他似乎能够看到当日曹操率领众人登台作赋的盛况，以及那个遗世独立的身影。只可惜，此时的铜雀台已不再是曹氏丰功伟业的象征，而是一座冷冰冰的囚牢。

"别看了，我们快些进去吧。"曹玟催促道，她牵挂着曹林的境况。

嵇康收回目光，与她并肩走进这座宏伟的宫殿。铜雀台中殿宇有一百余间，规模宏大。他与曹玟在侍卫的引领下绕来绕去，终于来到曹林居住的宫殿。此时仍是冬季，庭院中光秃秃的，没有栽种任何树木，长长的走廊黑暗阴森，令人更加如坠冰窖。曹玟急急地迈着步子，随着曹林住处的临近，呼吸越发紧促起来。

"别担心。"嵇康握紧她的手，上前一把推开紧闭的殿门。随着"吱呀"一声，殿门徐徐打开，一束阳光投射进黑洞洞的房间。浮灰飘落之后，一位老人孤零零地坐在殿中，眯着双眼向外张望。

曹玟一见此人，眼泪再也忍不住："父王，女儿来看你了！"说着跑了过去，扑在曹林膝上哽咽起来。

"终于看到你们了。"曹林欣喜不已，抚摸着女儿的黑发，嘴里不断念叨着，"平安就好，平安就好。"他看见立在门边的嵇康，道："这么久了，好歹派人捎个信，让本王放心！"

"小婿知错，因种种原因绊住，未能过来看您，父王身体可好？"嵇康躬身拜道。

"哎，一把老骨头了，就想再看你们一眼，说说话。"

曹玟拭了拭眼泪，担忧道："这里如此阴寒，父王的身子怎能受得住？我进来时，看见庭院里只有三四个下人，他们照顾得是否周到，有没有让您受委屈？"

"与其他人相比，父王已经算是优待了。否则你们想来探望，也不一定能如愿啊。"曹林安慰道。

"真是忘恩负义、卑鄙无耻，他们怎能如此对待皇室宗亲！"曹玟咬牙恨道。

听到这里，曹林紧紧攥住她的手，使了个眼色，叫她不要再说。望着曹玟依旧青春明艳的容颜，就如他曾经深爱的那个女子一般好看。曹林拍拍她的手背，道："往后的日子不比从前，你好好在家中相夫教子，外面的事就随它去吧。可记住父王的话？"

"嗯。"曹玟不情愿地哼了一声。

嵇康上前道："父王，家中还有何事交代，小婿定会办妥。"

曹林看了他一番，叹息道："贤婿，父王怕是再也出不了此地了，我这女儿还要劳你好好相待，莫叫她受了委屈。她是个明理之人，日后若与他人共事一夫，也必能谦让宽容，你可放心。"

嵇康岂不知曹林何意？即便再信任自己，为了谨慎起见，他还是要再一次试探自己的真心，想必定有大事托付。表面上是以将来纳妾之事，探问他是否能对曹玟从一而终，实则是问他能否永远忠于曹氏。他忙对曹林深施一礼，道："当初我曾对您承诺，此生除了亭主不会再想他人。如今也是一样，无论世事如何变幻，此誓永不会变，请父王放心。"

"好，父王信你。"曹林望着他的双眸，里面清可见底。他点点头，忽得放缓声音道："今日之事，望你能够好好体会。"说着，他摸向贴身佩戴的百辟刀，正准备解下递给嵇康，却被推门而入的几个侍卫打断。为首之人冷冰冰道："沛王，时辰已到，在下要送他们出去。"

曹玟没想到时间会这么快，紧紧攥着曹林的手，不愿意离去。曹林却平静一笑，坦然道："走吧，别担心父王，回去好好过日子。"

"父王，你……"她哑着嗓子唤了一声，眼泪便如断线的珠子不住地落下来。

曹林的眼眶也湿润了，对女儿摆了摆手："去吧。"

"父王……"曹玟还要说话，为首的侍卫已经走上前来，面无表情道："亭主，时辰已到，请速速离开。"

曹林暗暗对嵇康使了个眼色，嵇康会意，上前道："玉儿，我们快走吧。"

"走？"曹玟转过身，没想到嵇康也会上来催促她。此时此刻，他竟不能体会她的心吗？她的一双泪眼紧盯着他，情绪激动起来，"你告诉他们，我不走！"

"别任性，这样只会让父王更不好过，知道吗？"

"如今的日子就好过吗？ 要走你自己走，我要留在这里！"

"父王方才的嘱咐，你这么快便忘了？"

"我没忘，可是我怎么忍心！"

"今日我们先回去，日后再来看望也是一样的。"

他二人争执着，那边侍卫首领已经等得不耐烦，对曹林道："沛王，亭主若再不走，在下可不容情了！"

沉默半晌的曹林此时干咳了一声，发话道："你若还认我这个父王，即刻退下。否则，本王便没有你这个女儿。"他说得极轻极慢，仿佛脱口而出的一句平常之语，但却透着一股不容抗拒的力量。

"女儿不走！"曹玟倔强道。

"长乐！ 看来本王是将你惯坏了，从小到大你都任性妄为，就连此刻也要忤逆于我。你看清楚了，若再不离去，你我父女之情便犹如此刀！"他说到这，怒喝一声，抽出腰间百辟刀向身旁的铜柱上狠狠劈去，只听"咔嚓"一声巨响，刀身顷刻折成两截，刀柄上雕刻的铜雀也震出裂痕。

曹玟震惊地看向面前的断刀，一时回不过神。这是父王第三次唤自己"长乐"。曹林的脾气向来温和，然而一旦发怒便如雷霆万钧，从不儿戏。她如何不知，父王这般声嘶力竭，断刀明志，是下定决心要与她生离了。她捧起损毁的百辟刀，深吸了一口气，压住胸中泛起的强烈酸楚，对着曹林的背影深深一拜，哑声道："父王之命，女儿岂敢不遵 …… 父王好好保重，女儿去了。"抬起头又望了曹林一眼，见他背身而立，姿态决绝，伟岸的身躯却显得异常单薄。

"父王。"曹玟将这两个字轻轻在唇边又念了一遍。

曹林终究没有回头。她闭了闭眼，捧着断刀，一步步走出大殿。

她一直往前走着，眼前的景物开始渐渐模糊起来，耳边嗡嗡地轰鸣，四周的一切都感受不到了。一切的一切似乎都与她隔绝起来，再也无法照进内心，连曹林最后低吟的几句《登台赋》也未听到。

> 临漳水之长流兮，望园果之滋荣。
> 仰春风之和穆兮，听百鸟之悲鸣。
> 天云垣其既立兮，家愿得而获逞。

面对这一幕，嵇康保持着高度的冷静，没有放过曹林的一言一行，知道他的所有举动，都是在向自己传达消息。尤其是最后那首《登台赋》，其中定有玄机。

只有曹玟完全沉浸在父女诀别的悲痛中，浑然不觉地走出铜雀台，完全听不到身后之人焦急的呼唤。她失魂落魄地走着，直到呼吸也变得缓慢，双眼完全被泪水蒙住视线，耳中像被锥子击打般阵阵刺痛，所有痛楚叫嚣着要把她拉进深渊，才终于失去知觉，倒在地上。

醒来之时，曹玟已置身于邺城郊外的一处客栈中。白天所发生的一切，仍然像一块千斤巨石压在心头。

"醒了？"熟悉的气息，熟悉的声音，今日却都变得不同起来。

曹玟看着身边的人，第一次感到遥远。抿了一口送到唇边的水，她虚弱地道："从今以后，该怎么办？"

"你好好歇息，明日我们便回家。"

"家？是洛阳城里的那座监牢吗？如今的天下已是司马氏囊中之物，哪里还有我曹氏后人的容身之地？"

"你想得太多了。"

"那你呢？你又在想些什么？"曹玟盯住他的双眼。

"我所想的，就是与你和绾儿平安地度过此生。"嵇康淡淡地道。

"哪怕成为忠于司马氏的贰臣？"

"我早已辞官不做，何来贰臣之说？"

"亏你枉读了那么多诗书，竟然没想过建功立业，救国家于危难？"

"我只知道，有你的地方便是家，管它姓曹还是姓司马。"

"你……你真是这样想的？"

"不错。"

"你知不知道，钟会附逆司马昭，一心想要推翻曹氏，建立新朝？"

"他的事，与我何干？"

"你们曾是好友，只有你最了解他。若你能重回朝廷联合曹氏忠臣，或许可以与之抗衡。"

"你当真愿意让我与他针锋相对？"

"说来说去，你就是想置身事外，对国家的安危不闻不问！"

"我在乎的只有你与绾儿。"

"那我父王呢，兄长呢？你别忘了，绾儿身上也流着一半曹家的血，你别忘了自己的身份！"

"玟儿，你何苦如此咄咄逼人……"

"我真没想到，你会如此无情！"她没想到在如此明白的大是大非面前，在关乎自己家族兴衰荣辱的关键问题上，他竟可以这样淡然处之，甚至毫不放在心上。是他的心变了，还是自己当初认错了人？"我累了。"她合上眼不再说话。

嵇康看着漆黑的窗外，此时不知有多少眼线，正鬼魅般监视着他们的一举一动，他又岂能说出真心话？此处还仅仅是邺城，洛阳城中更是遍布罗网。一旦他们离开竹林，便是敌暗我明，如在刀尖行走，不能踏错一步。他宁愿让她误会自己，也一定要保住她们母女的安全。他咬紧牙关，一句也没有辩解，只是上前帮曹玟拉好帷帐，顺手将放在枕边的百辟刀揣进怀里，在一旁的榻上和衣而卧。

洛阳城中书侍郎府上，钟会听完袖玉的报告，神情大悦："如此说来，他们已经安排好一切了？"

"正是，昨日收到密报，大人只需静候佳音。"

"好，很好！"钟会搓着手在屋里踱了几步，走到书桌前提笔疾书一封书信递给袖玉，"你再速速赶往西蜀，仍将此信交给那人。"说罢在桌前坐了下来，专注地在写着什么。许久，他搁下笔却发现她仍立在原地，问道："还有什么事吗？"

"有一件事，你一定很想知道。你让我找的那两个人，昨日回到了洛阳。"

"两个人，谁？"钟会有些不解。

"被你一箭射落水中的那对男女。"

钟会微锁的眉心突地一跳，双眼随即闪出光亮："当真？"

"我亲眼所见，断不会错。"

钟会站起身，激动道："走，随我去看看！"他兴冲冲地走到书房门口，回头看了一眼仍在那里一动不动的袖玉，才察觉出自己的失态。他轻咳一声重新坐到桌边，故作无事道："我知道了，你去吧。西蜀之事万万不可被人察觉。还有，那两人……如何？"

"看起来没有什么损伤，与常人无异。"

"好，盯紧他们，若有异动立即来报。"

"是。"袖玉还想说些什么，却见钟会早已不再注意她，而是盯着桌案上的诗稿发着呆，唇角眉梢尽是藏不住的笑意。她一刻也不想多看，一闪身跃出书房。

钟会知道自己方才实不应该在别人面前这般失态。只怪这消息来得太过突然，太过令人振奋，他根本无暇去顾忌自己的立场和身份，恨不得立即飞过去看看曹玟是否无恙。她没死，她仍活着，自己并未亲手害死她。只要想到这点他便觉得眼前的世界变得明亮起来，一切又都恢复了生机。他不知不觉地轻笑出声来，明媚柔情之色却无意中伤害了两个女人。

司马芝在窗外已站了良久，从袖玉离去后便一直盯着钟会，她从未见夫君有过这样的笑容。从前是因为曹玟，今日难道又是为了袖玉？曹玟终究是王爷之女，而那个袖玉又算什么？不管钟会是否动情，她都绝不能眼睁睁地看着有人将她的本已微乎其微的幸福再次夺走。她招招手，几个人对她抱拳一揖，领命而去。

钟会吩咐的事很快便有了回音。袖玉捎来信说西蜀之事十分顺利，一切都在按照他的谋划进行着。然而另一个消息却引起了他更大的关注。袖玉遵照吩咐在嵇府四周安插了眼线，日日监视着府内的一举一动。据眼线来报，嵇康回到洛阳之后曾多次出入夏侯玄府邸，形迹可疑。

看来他们的确有所图谋，钟会思筹着。上次楚王曹彪谋反之事，他因误伤曹玟而错过了追查真相的最佳时机。如今既然嵇康毫发无伤的返回，就别想再从自己手中逃脱。钟会靠在院中回廊上，展开密报中最后一封锦囊，看了几眼不由得站直身子，烦躁地走了几步，将手中之物狠狠揉成一团，像是在说服自己不要再读下去。可这番努力并未达到效果，他最终还是忍不住再次将它展开，如饥似渴地读了一遍又一遍。

锦囊中抄写的是嵇康新作的两篇文章《释私论》与《明胆论》，这两篇文章都是针对司马师宣扬名教与选拔人才上的弊端，所做的驳斥。

那日，嵇康将这两篇文章，以及那封写给司马昭的帖子送出，果然被司马师的人在半路截获。司马师看罢此信，虽不能确认真伪，但为了以防万一还是马上开始行动，对司马昭的手下做了调动，以便慢慢削弱其实权。司马昭何等机敏，立刻嗅出了其中端倪，再加上他本来也并非真心辅佐兄长，便也不动声色，暗中加快了扳倒司马师的步伐。

蛇与蟾蜍，就这样暗中对峙起来。

至于嵇康，司马师认为此时不宜妄动，以免打草惊蛇。他觉得，嵇康既然能被司马昭所用，自己只要给他更多利益便能轻易收买。只要他不是铁板一块，一切都好办。

而今日钟会之所以烦闷，是因为嵇康的文章又一次超越了他。嵇康的《明胆论》针对汉末兴起的"才性论"进行发挥，进一步讨论"人的才性"问题，探究一个人的见识与胆色之间的关系。所谓"明"便是一个人的见识能力，"胆"则是一个人的决断能力，这两种能力只有相互结合，才能使人在复杂的环境中做出正确的判断和抉择。

这篇文章的论题，与钟会所作的那篇《才性四本论》何其相似，但文笔立意不但超出他甚远，而且追求的道路也是完全不同的。《才性四本论》以"九品中正制"为基础，站在天下士族的立场上讨论如何从世家大族中选拔评定人才，而嵇康的《明胆论》则抛开门户贵贱，从人的天性禀赋和后天修养上着眼，探讨人才应具有的素质，与曹操实行的"唯才是举"可谓一脉相承。这不仅仅是嵇康与钟会之别，恐怕也是曹操与司马氏之别。

钟会掩起手中之文，发出悠长的叹息，蓦然想起当日与曹玟退婚后，一次在曹林府前路过时，那种怅然若失的感觉。当时他以为是因为失去了最心爱的女人。可是现在，他发现自己可能失去了比她更重要的，这其中包括与嵇康的友谊，还有人生的道路。他不认为嵇康的道路是正确的，但每次接近时都让他感到莫名的激动。钟会又一次长叹，举目仰望院中一株参天梧桐，想起不知多少年前曾与嵇康、吕安一起在邙山修琴的旧事。他不得不承认，这世上曾经能做他知己的唯有嵇康，也只有他能真正让自己感到嫉妒、无力与挫败。

但是他钟会，是绝不会回头的！

"明胆……我倒要看看如今这世道下，你能如何明智，又如何决断！"他冷哼一声，将文章揣进袖中，命手下更加严密地监视嵇府的动静。

而此夜嵇府的卧房中红烛已快燃尽。自成婚以来，曹玟很少这样晚还未入眠。从邺城铜雀台之事以后，她与嵇康之间就像隔了一道屏障，愈发疏离。近一年时间，他每日不知在忙些什么，总是很晚才归，与她几天也说不上一句话。今夜已过半，他仍是不见踪影。曹玟盯着将要成灰的蜡炬，心里既有担心、挂念，也有对他的怨气与不满。她未曾料到自己也会有这样一天。

沉稳的脚步声由远及近，牵动着她混乱的情绪。见他俊逸的身影出现在眼前，用那一双流水星眸朝自己望来，带着些许不食人间烟火的味道，仿佛他本不属于这个尘世，只是偶然前来走一遭。曹玟心神一恍，即便相伴多年，他的一颦一笑依然能令自己沉醉。

"还未睡下？"他蹙眉道。

曹玟没有答言，只是痴痴地看着。她忽然不想再持续这场无谓的冷战。什么家国，什么天下，值得她用如此来之不易的感情交换？就算来日大厦崩塌、城邦倾覆，也比不过他此时对自己露出的一丝笑颜。只要他愿意给她一个拥抱或亲吻，甚至轻轻牵起她的手，她便将所有的责怪都忘掉。

"不是说了，以后不要再等我。"又一声冷冰冰的责难。她心中一痛，垂下眼盯着自己的指尖，泪水模糊了视线。

端详了她许久，嵇康终究长叹一声，修长的指尖抚上那双白玉般的素手："玉儿……我想你。"

她又怎知，此刻的他也是愁肠百转、纠结万分。自从那日在铜雀台得到曹林的暗中嘱托，他便拿着那柄损毁的百辟刀，到处寻找答案，今日终于发现了其中的玄机。兴奋之余，他也马上意识到，与曹玟的分别之日到了。摆在自己脚下的是一条无比艰险之路，稍有半点差池，便可能万劫不复。思量再三，他决定只身犯险，将曹玟留在洛阳。因为他相信，只要有钟会在一天，她必是安全的。

今夜，他本想继续冷淡曹玟，让她以为自己是逃避责任而走，或许就会多一分怨恨，少一丝挂念。可见她如此凄苦，还是忍不住心软。更何况二人分别在即，不知何日才能再相见，以他对曹玟用情之深，根本无法狠下心来。

曹玟见他意味深长地注视着自己，眼泪更加止不住，一滴滴落在他的手背："康……"她把脸埋在他胸前，抬手勾了勾他腰间的玉带，身子不由自主地与他紧紧纠缠在一起。而他早已情动不已，温柔地回应起来。两人像从未碰触过彼此那般，激烈却又小心翼翼地取悦着对方，疯狂灼烧着压抑许久的寂寞，陷入排山倒海的幸福里……

爱欲，是抚平伤痛的最快良药，证明他们依然爱着彼此。在辗转迷离之际，曹玟似乎听见他在耳边念了三个字，反反复复地，声音带着浓浓的情意。那其中包含的意义，是她花了许多光阴，受了许多煎熬之后才真正明白的。

次日清晨，曹玟梳洗完毕，挑了素日最爱的珊瑚色长裙穿在身上，含羞带笑地坐在妆台前。昨夜一番温存已将她所有幽怨悉数驱散。见红莜端着茶进来，她略带羞涩地问道："先生呢，怎么一早就没见他？"

红莜将茶盏捧到她手上，奇怪道："亭主不知道吗，先生天还没亮就走了，马背上驮着包袱，说是要出趟远门。"

"咔嚓"一声脆响，曹玟手中的茶盏掉在地上，茶叶与碎瓷片泼了一地，"他有没有说何时回来？"

"并未提及，我以为亭主知晓此事，难道……"

"不，我毫不知情。"曹玟看着满地狼藉，这才回想起昨夜听到的那三个字。不是温柔的情话，也不是甜蜜的爱语，而是一句含义不明的道歉。

"对不起。"

三十五、师徒分陌路，隐士铸宝刀

却说那晚姜维收到钟会的密信，便依照他的计策，暗中去见了一个人，郭循。

这郭循原是曹魏中郎将，在作战中被姜维所俘，降于蜀国，被刘禅封为左将军。然而郭循并非真心归降，暗地里总想伺机刺杀刘禅，却终不得手。钟会得知此事，便派袖玉密会郭循，说出刺杀费祎之计，让他与姜维合谋，并答应事成之后将他营救回魏。郭循信以为真。

这年正月，费祎在汉寿举办岁首大会，郭循亦受邀出席。席间，姜维主动与费祎言和，屡次上前敬酒，将其灌得烂醉。郭循则借敬酒之机，从袖中掏出利刃，将费祎刺死。他本以为钟会已按约定前来营救，谁知钟会根本没有派任何人来，姜维亦决定弃卒保车，早早抽身离去。郭循恍然大悟，来不及逃跑，被涌上来的蜀军乱刀砍死。他死后，钟会将此事奏报朝廷，魏帝曹芳感其忠心，追封郭循为长乐乡侯，其子继承爵位。费祎一死，姜维独大。

公元253年夏，姜维终于从刘禅手中得到北伐之令，率领数万大军从石营而出，围攻曹魏南安，却因军粮耗尽而不得不退军。还师途中，他路过了自己的家乡，也是他身为魏将时曾镇守过的天水郡。

那天水郡的钟山峡谷，群峰叠嶂，山有奇洞，溪流潺潺，乃一处人迹罕至的世外仙境。此地因雨季较长，山间断壁上常年有天水坠落，垂若珠帘，故被人称为"水帘洞"。望了望不远处的山峦，姜维从战马上翻身下来，对身后诸将道："尔等且在此地安营休整，本将军自去山上一观。"说罢也不等众人回应，只带着随身的佩刀往山上徒步而去。还是少年时，他曾来过此山玩耍，那深藏在峭壁间的水帘洞府是最吸引他的去处。一别几十年，不知那是否还留存着当年的景致？

姜维提起真气往上爬去，起先还算轻松，可爬至半山腰时终敌不过山路崎岖，脚步逐渐慢了下来。他不得不承认，自己已是年过半百之人。挥去额角的汗珠，他仍不愿放弃，继续往上爬。记忆中的水帘洞就在不远处，他仿佛已听到飞溅的流水声。然而，就在他即将攀上洞穴前的峭壁时，脚下突然一滑，身子往山下坠去。

"当心！"就在他即将抓空之时，一双坚实有力的手牢牢抓住了他的胳膊，将他拉离险境。

姜维扶着崖壁定了定神，才对救他之人抱拳道："多谢义士相救！"

那人看到他身上的盔甲战袍，冷冷地道："你是蜀将？"

"是。"姜维暗暗摸上腰间的佩刀，警觉地打量起眼前之人。此人约三旬年纪，身姿健朗挺拔，相貌十分俊逸。最不可思议的是，他虽攀行于山林间白衣却一尘不染，借着石缝透下的光亮看去，仿佛笼在光晕中的仙人。姜维不知道，他遇见的便是嵇康，而嵇康也同样没有认出他。

"我是魏人，看来你我并不同路。"嵇康淡淡一句，不欲再与面前的蜀将交谈，转身径自往水帘洞而去。

想来此人并无恶意，只是不想与敌国之将多谈。姜维松开握着的佩刀，看着近在眼前的洞口，遗憾地叹了口气。蜀将与魏人，的确无法共处。他扫了扫甲胄上的尘土欲向山下走去，却突然淅淅沥沥地下起雨来。

方走了几步，身后传来话语："雨天留客，将军请进来避雨吧。"

姜维心中一喜，快步走回山洞，随即四处打量起来。洞内奇石林立，壁上青苔斑斑，在洞穴深处有一个天然形成的水池，石壁上的积水坠落下来，滴滴答答，犹如轻叩琴弦。嵇康正盘膝坐在水池边的干燥处，借着洞口射来的光读着一册古书。

"此洞阴暗，足下为何在此读书？"姜维虽不知他的身份，但推测他绝非常人，是以称为"足下"。

"将军不在沙场厮杀，为何又会来到这里？"嵇康并不抬头，反问道。

"粮草耗尽，不得不退兵。途经旧地，故来一游。"

"战场拼杀，所为何故？"

"兴复汉室，护国安民。"

"汉室重兴，民之愿乎？"

"替天行道，无可置疑。"姜维答得斩钉截铁。

"天道……"嵇康放下手中书卷，锁眉思索起来。魏蜀吴三国均将对方视为死敌，欲灭之而后快。经历了汉末这么多年的战乱之后，所谓的"汉室"正统，不过是彼此攻伐的借口罢了，百姓心中真正的天道乃是"统一与太平"。

何况，吾之往生道，彼之赴死路，盛衰难期测，遑论识天道？

姜维见他兀自思索，便也不再理会，往洞内更深处探去。洞深处较为干燥，岩壁石块与洞口迥然不同。令人奇怪的是，洞中最深处还架着一座打铁的火炉。他只顾往前走着，不想却被地上一块硬物绊了一跤，便随意向后一踢，将硬物踢到了洞口处。他里里外外转了一整圈，颇为扫兴。这山洞除了有水帘与奇石外，与其他山洞相比并无多大分别，为何年幼时会觉得那样神秘，仿佛永远也看不够？这便是所谓的物是人非吧。幼时的奇观如今只是一处再寻常不过的景致，而他也早忘了自己魏人的出身，只记得自己是蜀将。

洞外的雨声渐渐停歇，似乎知道来访之人已意兴阑珊。姜维走到洞口，回望了嵇康一眼，一丝熟悉的感觉袭上心头，细想时却又无迹可寻。他悄无声息地离开水帘洞，顺山路而下。远远的，大军驻扎之地映入眼帘。正准备整衣上前，一支短箭从侧后方射来，狠狠扎在面前的梧桐树上。定睛一看，这短箭与上次在府上出现的那枚一模一样。回身搜寻，一个黑影鬼魅般掠过，隐在峭壁之中。姜维瞬间明了，拔出短箭来看那上面的字条，脸色不由得一变，露出犹疑之色。

却说水帘洞中的嵇康待姜维走后，抬眼观望外面天色，忽被一物晃到了眼睛。洞口处一块黑红色的石块在日光下透出绮丽的光泽，正是方才绊住姜维的硬物。他起身将石块拿在手中，又找来一直研读的《刀谱》来对照，顿时激动不已。太阳落山后，他执起火把往洞深处走去……

原来，嵇康来此地就是为了寻找锻造宝刀的奇石。他离开洛阳前那晚，与曹玟缠绵之后便昏昏睡去。本自睡得深沉，忽一阵夜风吹进帷帐，将他拂醒。朦胧之间，只见远处层峦叠嶂，高峻的山崖间现出一洞，洞中怪石嶙峋，有一身影闪动，被滴落的水帘隐隐遮住。正在凝眸观瞧，却听洞中传来一阵吟诵：

> 高树多悲风，海水扬其波。
> 利剑不在掌，结友何须多。
> 拔剑捎罗网，黄雀得飞飞。
> 飞飞摩苍天，来下谢少年。

又是曹植。他且舞且吟，吟至最后一句时，突然寒光一闪，一把锋利的宝刀从洞中飞出，直朝嵇康双眸射来，同时而来的还有一句谶语："宝刀锄奸佞，奇石在水帘。"声音未落，刀尖已至。

嵇康一惊，从梦中醒来。上一次曹植托梦时留下谶语"白马莫能行，听卜朱建平"是为了让他劝诫曹彪不要参与谋立之事，而这次恐怕是暗指夏侯玄刺杀司马师之谋。凭借"奇石在水帘"这句话，以及梦中奇石林立、水滴坠落的山洞便可猜测出，曹植所指之处乃天水郡的水帘洞。夏侯玄谋刺司马师之事已在加紧准备中，而宝刀难成，须得尽快前去。于是，他来到天水郡水帘洞，但寻了许多日仍没有头绪，直到姜维的到来。那块被姜维无意中踢开的黑色石块，便是古往今来铸剑师无不渴望寻到的奇石 —— 陨铁。

陨铁是从天外坠落的陨石，因其中含有大量的铁，素为古来铸剑锻刀最为宝贵的材料。嵇康不知陨铁是如何落入洞中的，但与《刀谱》中描述的奇石比照，无论形状、色泽、硬度、质地等皆相对应，便知这就是曹植在梦中所指的"奇石"。再往洞深处探寻，发现还有许多。欣喜之下，他马上燃起炉子，尝试打造起来。

另一边，姜维令手下兵将在山下安营扎寨，自己又往水帘洞而来。到达山顶之时日已高悬，洞中透出跳跃的火光，表明那人仍在里面。姜维拔出佩刀，提起真气，一声不响地向洞里摸去。越往里面走，越听见洞中传出不寻常的响动，像是在击打什么坚硬之物。又走了一段，进入水帘洞府最深处，火光愈加鲜亮，岩壁上斜映出一个健朗伟岸的身影，一下下挥起的手臂被跳动的火苗拉扯出决绝又扭曲的姿态。是他在锻铁，而且颇为专注。

真乃天赐良机！姜维暗暗举起佩刀，瞄准了嵇康后心。寒光一闪，刀锋与皮肉仅差毫厘。却听"砰"的一声震响，嵇康锤下的铁块突然折断。一抬头，岩壁上的投影将身后的阴谋暴露无遗。他猛地侧过身，一把抓住身后尖利的刀刃，眼中现出惊异之色："是你？我施手相救，你为何恩将仇报？"

"再大的恩义，也比不过兴复汉室的大业！"

"我与你的大业何干？"

"莫再遮掩，你的阴谋我已一清二楚。"

"阴谋？你究竟是何人？"

"好，今日我就让你死个明白。我乃蜀国卫将军姜维！"

嵇康听到此处，像被人打了一闷棍般愣在当地。姜维只道他是被自己的威名震慑，吓得不能动弹，便再次举刀刺砍去。谁知对方竟毫不闪躲，只是神情复杂地注视着姜维，反令他一时下不得手去。无论如何，此人方才确是救过自己。

"为何不躲？"姜维喝道。

"你要杀我，却不问问我是谁吗？"嵇康回过神道。

"尔等无名小卒，还不配报上姓名。我只知你锻造这宝刀，是为了行刺我主，必须斩草除根。"

"行刺刘禅？"

"不错，我得到密报说曹魏有人欲刺我主，我一猜便知那人是你。"

"若我没猜错，是钟会派人送的信吧。"

姜维微微一惊，随即言道："你死期已到，还是莫管这些闲事！"

"钟会狼子野心，莫着了他的道。他若当真知道我的计划，为何不自己动手，偏要借你之手？"

"这是我二人之事，你无需过问。"

"如此看来，你与他相谋已久。想必费祎被刺，也是你们一手谋划？"

"费祎阻我北伐之路，确实该死！"姜维不想再拖沓，又一次提起刀："也罢，念在你曾救我一命，我便让你死后留个名。说吧，你姓甚名谁？"

"我……"嵇康刚要说，洞中的火炉突然被一阵疾风扑灭。两人眼前一片漆黑。姜维判断出风势的来处，凭着记忆摸黑掠出洞外，却发现空无一人。如此夜晚，能有何人？他慌忙回身，还未至洞口，便听洞中传来琴声，如繁花招展、绿水摇荡，冷峻的荒山一下子仿若春色人间。

曲子是蔡邕的《游春》，而那响着的琴，则是他阔别二十多年的"号钟"。英雄何须弹，号钟自铮鸣。这昂扬顿挫的音色，唯有号钟。

> 何意世多艰，虞人来我维。
>
> 云网塞四区，高罗正参差。
>
> 奋迅势不便，六翮无所施。
>
> 隐姿就长缨，辛为时所羁。
>
> 单雄翩独逝，哀吟伤生离。
>
> 徘徊恋俦侣，慷慨高山陂。
>
> 鸟尽良弓藏，谋极身必危。
>
> 吉凶虽在己，世路多崄巇。

琴音落处，飘来一阕诗句，还有一声几不可闻的叹息。诗中描写了一对逍遥自在的凤凰在天空中翱翔，却被人铺展天罗地网捕杀，被迫分离。雄鸟独自远去，藏身在山林中吟唱悲歌、思恋伴侣。诗的前三句道出了自己的愤懑与孤寂，后一句却似在规劝姜维。

能用号钟弹奏《游春》的，只有嵇康。姜维再也迈不动步子，望着黑漆漆的洞口，往事历历。当初那个五岁的娃娃，如今已长成俊逸潇洒的青年，仍将他所赠的琴带在身边。怪不得他总有一种莫名的熟悉感，几次欲杀都下不去手。再冷静一想，钟会之信也未必属实，恐有借刀杀人之嫌。

杀是断然不可，见也无法再见。且不说两人身份阵营敌对，只说今日之事，恐怕嵇康对他里通外国、与钟会为谋已深感不齿，他有何面目再去相认？昔日的师徒，就这么隔着水帘，借着熟悉的琴声默默相送。

却说今日给姜维送信的正是袖玉。她奉钟会之命监视嵇康，见姜维与嵇康在水帘洞中相遇，便想出这条计策。钟会为了牵出更多线索，只让她监视嵇康举动，并未授意杀人。她从钟会处得知姜维与嵇康曾有师徒之情，便借此挑拨二人，好使姜维只能与钟会一党。她藏在山下见姜维怅然若失地回到军营，便知离间计已成，可待回到山上却发现嵇康已踪影全无，脱离了监视。她不知，嵇康其实是在水帘洞上游的一处隐藏了起来，一为摆脱监视，二则为了锻造宝刀。

按《刀谱》中所记，要锻造一把宝刀，有奇石作为材料还仅仅是第一步，一把宝刀的制成还需要两个重要的条件：冰泉、亮石。冰泉用来在一次次击打后，将烧红的铁块反复投入水中进行淬炼，这个步骤叫作"淬火"，所以水要越冷越好。亮石则是在刀坯成型后，在其上进行反复打磨，才能最终形成光亮锋利的刀刃。而水帘洞之所以能常年滴水，就是由于上游处有一个天然积成的水潭，加之山中清凉，故水质也异常清澈寒冷，正好用作淬剑池。而在那旁边还有许多被风化过的大石，正可用来磨刀。就这样，他依照《刀谱》所载，焚香祷告后，锻造七七四十九天，击打九千九百九十九次，寒潭淬火，亮石磨锋，黄土拭刃，配以纹饰，终成一把宝刀。

洛阳城内，一日，司马昭从手下文官处得到嵇康那篇《释私论》，此文已经风靡天下。

"……故能越名教而任自然；情不系于所欲，故能牢贵贱而通物情……"司马昭手执卷册，念完其中几句，转身坐回榻上道，"此文最近传遍洛阳，可知何人所作？"

一旁的钟会道："此人之名将军想必听过，他曾任中散大夫，乃沛王曹林之婿，长乐亭主之夫，谯郡嵇康。当初您在司马门与曹爽对峙时曾见过他，那时曹爽还是城门校尉。"

"哦，是他……"司马昭回忆着往事，脑海中现出一个风姿俊逸、颇有胆识的少年形象。那日若不是他出言相助，凭曹爽的鲁莽心智根本无法与自己抗衡。"本将军记得他当日曾出言相助曹爽，怎么后来却没有成为其帐下之臣？听人说，他为人超然物外，不羁世事，根本无心政治，不知士季怎么看？"

钟会道："在下与此人少年相识，虽谈不上至交，对其为人却略知一二。他祖上并无显赫之辈，朝中亦无亲贵之交，却能凭借才华年少成名，甚至得到沛王的赏识，将女儿许配与他，足见其颇能攀龙附凤，手段高明。"

司马昭听到此处，忽地一笑，道："我听舍妹说起，你与那曹林之女曾有婚约，不知何故却被他夺了佳人。莫不是心有不甘，故意贬损吧？"

钟会面不改色道："国事为公，家事为私。在下虽不屑作什么《释私论》，但也深知公私之别，并不敢因私情而废公事，何况那早已是陈年旧事。在下幸能与令妹共度此生，得到将军您的重用，岂还会将那些年少荒唐放在心上？望将军体察我一片忠心。"说着一揖。

司马昭见他一本正经，大表忠心，便一只手将他扶起，道："诶，方才乃是戏言，士季何必当真？你忠心可鉴，本将军最是放心，故而传你相问。听说那嵇康、阮籍、山涛等七人为友，常常聚在一起饮酒清谈，不问世事，一派归隐山林之态，是否当真如此？"

"将军，若他真有隐居山林之意，又何必作这篇《释私论》，谈论什么公私之别，君子之道？大凡这些文人学士，都喜欢故作矜持，沽名钓誉，所谓的洒脱出世不过是'姜太公钓鱼'的诱饵，等着招贤纳士之人上钩罢了。"

司马昭若有所思地点点头，接着道："依你之见，他这篇文章用意何在？"

"依我看，此文虽未直指朝政，但字里行间却透着对当今世事的讥讽。将军以圣人法度治理天下，岂能不尊孔孟，不守礼教？如今正值动荡之际，人心思变，若有人轻信如此言论，放任自由，社稷岂不危矣？"

司马昭听罢，起身踱了几步，又转身瞥了钟会一眼："士季之言有些道理。不过此人文笔辛辣，读起来犹如秋风萧瑟、钟磬激鸣，令人毛骨悚然，倒让我想起一个人。"

"何人？"

"陈琳。当年曹操与袁绍在官渡大战，头风发作，苦不堪言。此时有人呈上陈琳所作《为袁绍檄豫州文》，檄文中将曹家三代悉数骂遍。不想曹操看了之后，一怒之下，大叫数声，头风竟不治而愈，足见其笔力惊人。"

"那……将军的意思是？"

"如今兄长独揽大权，炙手可热，此人之文倒可以为他降降温，暂时不必计较。不过，若他肯为本将军效力，一纸文章，可抵千军万马。"

"将军，他可是沛王之婿，曹氏姻亲……"钟会提醒道。

"哼，即便是位列建安七子的陈琳，后来不也投在曹操帐下。识时务者为俊杰，我就不信这嵇康是个例外。"

钟会只得道："将军英明。"

"去，多带些车马仪仗，将嵇康请回洛阳。"司马昭将卷册往桌案上一丢，又补充道，"若他来，本将军许他高官厚禄，一世荣华。"

钟会领命回府，立刻修书一封，命人将书信带给袖玉，让她速速回报嵇康行踪。他内心十分矛盾，若非今日司马昭提及，他本计划慢慢收集证据，来日一举拿下。如今有了司马昭之令，反叫他对嵇康不敢轻举妄动了。想起今日司马昭拿他与曹玹之事讥讽试探，不由得更加恼恨。他在房中踱了半天，满腹牢骚，胸中憋闷。袖玉不在身边，更无人可诉说，索性出门找个酒楼，千金买醉。

他披了件大红斗篷，也不叫下人，自提了灯笼出府而去。刚走出府门，便被一物狠狠绊了一跤。俯身一看，竟是一位女子。

三十六、思妇临苦难，游子入迷局

那女子周身被大雪覆盖，显是已被冻僵。他十分不耐，重重咳嗽了一声。门房何等机警，一阵风似地钻出来，一边忙为他打灯撑伞，一边吩咐下人上来拖人。

钟会掩住鼻侧在一旁，生怕沾染上不洁之物，却不经意瞟见那女子一缕粉红色衣襟，心中一跳。"等等……"他上前朝那女子脸上一看，不由得大惊："快，将她抬进府，一定要把人救醒！"门房听了脸色一变，不知所措地愣住了。

"愣着做什么！"钟会索性自己上前架起女子的肩膀，打横抱了起来，往府里走去。那门房这才反应过来，对身边下人低声嘱咐两句，追上前去。

钟会将女子安置在书房的榻上，命丫鬟侍女一通服侍，好半天才将她暖醒。那女子睁开眼，一见钟会便使劲张了张嘴，却没能发出声音。

"别急，慢慢说，"钟会弯下身子，亲自给她喂了几口水，问道："红荇，出什么事了？"

红荇抓住钟会的胳膊，嘶哑道："四公子，我家亭主她，她不好了，你快去救她！"

钟会惊道："救她？怎么回事？"

"她临盆在即，已经痛了一天一夜，就是生不下来。找了好几个产婆，都说胎位不正，加上忧思凝结导致气虚血亏，不好办了。去请宫里的御医，个个都怕与曹家扯上关系，竟都推脱不来。如今老王爷被软禁在邺城铜雀台，大公子远在封地，其他亲友皆不在洛阳，我实在没法子，只好来求你了，可他们却把我拦在门外……"

"你家先生呢？嵇康呢！"钟会明知故问。

"先生离家许久，根本不知在何处。亭主就是太过思念先生，才导致难产的……"

"混账，真是混账！"钟会此时倒忘了，是谁害得他们夫妻分离。

"四公子，再拖下去，我怕亭主她要不行了……"红莜边说边抹泪。

钟会越听脸色越白，女子生产一向凶险，万万延误不得。他刚要吩咐，却见司马芝由丫鬟搀着走了进来，道："夫君，这么晚了，你这里灯火通明的，是有什么要紧事吗？"说着眼神向红莜身上瞟去。

钟会正在心焦，无意与她多言，只道："我有急事，你先睡吧。"边说边取下腰上的令牌，对亲近手下道："即刻到宫里请御医，若有推脱，绑也给我绑来！"

手下拿了令牌要走，却被司马芝拦住："府上无人患病，请御医做什么？莫非，是这位姑娘病了？我看她不像得了什么大病，何必劳师动众？"说着便要将令牌收走。

红莜知道她是存心刁难，不由得想起方才府外之事。她天方黑便到了钟府，敲门央告了半天，那门房才错开一条门缝，瞥了她一眼，打发道："别敲了，我家夫人让我告诉你，大人还未回府，你喊也无用，还是另找他人吧！"红莜不信，又敲了半天，门房索性把门锁上，浑然不理。她实在无计可施，守在门外想等有人出来时央求。也许是冻得太甚，也许是心灰意冷，渐渐支撑不住，昏倒在地上。若不是钟会深夜出门，撞了个正着，只怕……此时她见司马芝又要阻拦，索性抓紧钟会。

"此事不用你管！"钟会瞪着司马芝，对手下喝道："还不快去，如今这府上还是我说了算！"手下不敢再迟疑，拿着令牌匆匆去了。钟会怒气未消，一转眼看见门房躲在众小厮身后，正要伺机溜走，顿时更为恼火。他冷哼一声，对红莜道："方才你说有人在门外拦你，是何人如此大胆？"

红莜不愿多惹是非，只看了门房一眼，没有说话。钟会早知这门房与司马芝串通一气，平日无事也便罢了，今日竟敢隐瞒不报，将红莜拒之门外，若曹玟因此有什么闪失，真是活剐了他也不解恨。

他逼视着司马芝，冷笑道："夫人，家事一向由你打理，今日出了这等事，该如何处置？"

司马芝毫不退缩，回道："这姑娘形迹可疑，拦她一拦，又有何错？难道堂堂钟府，是谁想进便可以进的？"

"好，好，今日我不与你计较，只是这人也留他不得。来人，将他拉出去，杖打五十，轰出府去！"那门房还没来得及求饶，便被拖了出去。

"你……"司马芝知道他这是做给自己看，一颗心更是凉透，"我知道，你这又是为了她。这么多年，她就是你的魔障，什么时候一勾，你便没了魂儿。今日她为别人生子，你也赶着去帮忙，真真好笑！"她以帕掩唇，低笑了两声，眼中却泛着血丝。

"当着许多人，别逼我把话说绝。不要以为，你动的那些心思我不知道！"钟会扶起红莜，"走，我随你回去。有我在，定不会叫她有事！"

"多谢四公子！"红莜见他如此维护曹玟，心中感激不尽。再看司马芝，已气得面无血色。

两人乘着马车前脚来到嵇府，后脚御医便被带了过来。曹玟胎水早就破了，可胎儿却迟迟不肯下来，只能忍痛苦撑，力气已快耗尽。红莜领着御医进来时，她已陷入半昏迷状态。红莜抓起她垂在床边的手，唤道："亭主，快醒醒，御医来了！"

曹玟被她摇了半晌，随着袭来的阵痛睁开眼，神思却十分模糊。撑过一阵痛楚，心中又涌起那份挥不去的执念，喘息道："先生呢……"

"岳山已经去找了，很快就回来了！"红莜诳道。原来，曹玟自嵇康走后两月便发现又有了身孕。她日日相思、夜夜洒泪，致使身子愈渐虚弱，除了胎儿不断长大，自身却瘦成了一把清骨。眼看临近分娩，他仍未归家，岳山便于两月前出门寻找，一去毫无消息。

却说嵇康自锻造了宝刀，便一路隐匿行踪，去往谯郡。他消失于世人视线的这数月来，发生了许多事。五月时，吴将诸葛恪兵围合肥新城，镇东将军毌丘俭与扬州刺史文钦请战。两军相持数月，吴军终于兵力衰竭，死伤过半。司马师这才下令文钦率精锐部队阻断诸葛恪退路，毌丘俭相助断后，二人合力大败吴军。诸葛恪兵败招怨，十月被吴帝孙亮与权臣孙峻合谋诛杀。蜀将姜维初次北伐无功而返，回国后继续操练兵马，欲图来年再战。

重回谯郡，他虽身负要事但还是鬼使神差地来到吕安府上。或许是多年未见，甚是挂念。敲门两三声，便有下人前来应门。一见是他，下人立刻笑逐颜开，边将他请进府边喊道："二公子，你看看谁来了！"吕安成婚后一直与其父兄在祖宅同住。因老父尚在，虽年迈不管家事，但两兄弟并没分家，是以仍唤作"二公子"。

吕府内栽着几株松树，冬季里依然挺拔葱茏。只听他在书房回道："带去厅中吧，大哥自会款待。"原来，吕巽此时正在府中设宴，与一些官宦子弟饮酒作乐，笼络关系。所以吕安听得通报，以为又是吕巽那帮酒肉朋友到了，便不耐烦地打发几句。下人还欲再通报，嵇康对他摆摆手，径自走了进去，见吕安正在案前作画，画上的松树正是院中的一株。

> 俗人不可亲，松乔是可邻。
> 何为秽浊间，动摇增垢尘。

吕安听得吟诗，抬头看见来人，喜得把手中的笔也掉了，乐道："康哥，竟然是你！"丢开画稿，上前给好友来了个大大的拥抱。

"阿都，"嵇康笑着打量了他一番，撇嘴道，"许久未见，你怎么一点也没变，倒显得我比你老朽了许多似的……"

"哪有，你也是老样子啊，"吕安前前后后端详他了半天，蹙眉道："不过，白发倒真是多了几根，两鬓有些遮不住了。怎么，你近来有许多烦心事吗？"

"都是琐事……"他掩饰道，"我哪有你这等好福气，整日逍遥自在。"

"没有你在，我是酒也无味，饭也不香，哪来的好福气！"吕安撇嘴。

"又在混说，谁不知你与弟妹恩爱无比，逍遥快活，哪还记得我？"嵇康与吕安虽年久未见，却丝毫没有生疏之感。无论何时相聚，都保持着最初那份亲切。

"你这话便错了，爱人与知己，一个也少不得。我向来如此贪心！"吕安说着将嵇康拉到画作前，这才发现画稿一处已被墨点染污，惋惜起来。

"莫急，"嵇康拿起画笔，重新蘸了些墨，就着方才的墨点，描出一对振翅欲飞的仙鹤来，又将方才吟的诗题在一角，将吕安与自己的名讳落在下面。

"真乃画龙点睛！"吕安忙举起来吹了吹，对他挤眼道："此画我可要收好了，说不定哪日可用你这两只仙鹤和一首诗换些酒钱。"

嵇康见他如此言行，不禁摇头道："真是一点没变，多大人了，还这般孩子气……"两人止说笑，吕巽不知何时走了进来。一见嵇康，立刻露出一副谄媚的笑脸，作揖道："呦，中散大夫，什么香风把您吹来了？"

嵇康对此人素来印象不佳，若不是因着吕安的关系，两人便是风马牛不相及。吕巽自小便与吕安不和，仗着自己是家里的嫡长子，又有亲生母亲骄纵，目中无人惯了。而吕安不仅是庶出，生母也在他襁褓时离世，无人撑腰，故而时常被吕巽轻视奚落。嵇康曾多次帮他打抱不平，与这吕巽早有宿怨。虽已过了多年，他对吕巽的看法依然没有改观，不过为了不使吕安难堪，强作敷衍罢了。

吕巽待嵇康的态度一直甚为轻慢，不知今日为何这般狎昵。见他如此，嵇康只得还礼，道："长悌兄，我早已辞官，不必如此相称。今日来与阿都叙叙旧。"

"甚好，甚好，"吕巽笑道："既来了便多住几日，有什么需要直说便是，我吩咐下人去办。"

"多谢了。"嵇康道完谢，本以为他会走，谁知他仍腆着脸站在一旁，像是还有话要说。

"长悌兄，还有何事？"

"也没甚要紧事，只是想向叔夜打听个人……"

"何人？"

"那个……若愚兄没记错的话，你与当朝中书侍郎钟会钟大人是旧相识吧。你二人少年时便是好友，后来又同朝为官，想必与那钟大人相当熟稔。不知……可否为愚兄引荐引荐？"

原来是为了此事，嵇康与吕安对视哑然。看来这吕巽还记得当日他与吕安初进洛阳时与钟会结识之事。只可惜，他并不晓得后面发生的事。吕安自然也从未对他提起。这些年来，吕巽削尖了脑袋往上爬，可至今仍是一个芝麻小官。没想到，今日他为了攀附权贵，竟把算盘打到嵇康头上来了。

吕安一阵厌恶，说道："康哥与那钟会道不同不相为谋，早断了来往，你若是打听此人，还是另找他人吧！"

吕巽只道吕安是不想帮忙，便也不理会，仍对嵇康谄笑道："叔夜，你与阿都从小一起长大，就凭你二人的关系，我也算得上你半个兄长。如今司马家蒸蒸日上，愚兄早就想到司马幕府效力，怎奈总不得如愿，你若能在钟大人面前帮忙美言几句，促成此事，愚兄定有重谢！"

嵇康打一听了他的话头便反感之至，本以为吕安的拒绝能让他知难而退，谁知他不但毫不收敛，反而越说越来劲，只得强压怒意，冷道："阿都说的不假，我与钟会已无来往，此事恐怕不能帮忙。"

吕巽并不相信，以为他故意推诿刁难，继续好言相求："莫拿这些话来哄我，你们再是疏远，也比外人强上百倍。别的不说，就凭叔夜你在天下文人学子中的威望，恐怕连司马大将军也要敬你三分，何况钟大人？"说着偷眼瞧嵇康脸色，见他垂着眼，面色越来越沉，便转了转眼珠，忽又顿足道："哎！都怪我不好，一向恃强霸道惯了，从小到大让阿都受了不少委屈，难怪叔夜今日不愿助我……阿都，大哥今日在这向你赔个礼，你倒是替大哥说句话呀！"他一边向吕安作揖一边向他使眼色，叫他开口。

吕安最憎恶他这副嘴脸，见风使舵，两面三刀。别看今日指天誓地，再诚恳不过，明日一转脸便能忘个一干二净，甚至落井下石，过河拆桥。莫说嵇康与钟会早已决裂，就算他二人仍是至交，也断不能去喂这条白眼狼！想到这里，他将袖一甩，道："大哥的道歉小弟消受不起，你想飞黄腾达还是找别人吧。我们还有事，不奉陪了！"说罢拉着嵇康便走，将吕巽生生晾在那里。

两人走出吕府，吕安仍是意气难平："我最看不惯他这副嘴脸，虚情假意，令人作呕！"

嵇康叹了口气："我知他可恶，可你方才实不该发那么大的火，他今遭被你当面羞辱，日后难保不会报复你。你俩同一屋檐下，可知防不胜防？"

"这些我都知道，可就是咽不下这口气！他平日里对我耍阴招、使手段也便罢了，今日竟打起你的主意。明知你是曹家姻亲，却口口声声要投靠司马氏，还叫你去牵线搭桥，他安的什么心？还有，叫你向谁引荐不好，偏偏是那个钟会，那钟会是怎样的卑鄙小人，他竟赶着去巴结，怎不叫人生气！"

嵇康知他这一肚子火气都是为了自己，也不忍再责，道："罢了，他的事我们不必去管。你说也说了，不提也罢。日后对此人敬而远之吧！"

"好了，不说他，你好不容易来一趟，何苦生这等闲气。前面有个酒垆，我们喝酒去！等那美酒下肚，包管你忘掉所有烦恼！"吕安指指前方酒垆，前面带路道。

"哎，这么多年，你真是一点没变！"嵇康摇头，话中不无担忧。

吕安正在兴头，听了这话，突然停住脚步。这是嵇康今日第三次说他"一点没变"，初时是说他样貌没变，后来是性情没变，如今又说他处世风格没变。他越想胸口越闷，不知怎的，嵇康两鬓那几根银丝忽又跳出脑海，顿觉十分扎眼，无限凄凉。

他长吁一口气，转身正色道："你说得对，我是没变，这样不好吗？我便是我，又要变作何人？世间的无数狡黠虚伪，我并非不懂，只是想以本真示人。要我去学那些圆滑世故、机关算尽，实在难上加难！老子曾云道法自然，庄子教导返璞归真，不就是叫人依循自然之道，按本性做人吗？你一向以老庄为师，今日怎会生此感慨？"见嵇康被说得愣住，吕安走近道："我明白，如今政坛险恶，正是风云变幻之际。你才情高、名气大，又是曹氏姻亲的敏感身份，凡事都如临深渊，也经历了许多我难以想象的风浪，常常身不由己。但是康哥，在我心里你一直是你，是那个胸怀正义、俯仰无愧的君子；是不畏权贵、敢于直言的勇士；是才情无双、神思飞扬的智者；是帮我打抱不平的兄长；是敢爱敢恨的人。我敬佩这样的你，也不希望看到你有丝毫改变！"他慷慨激昂，一番话说得坦坦荡荡，情真意切，目光神态一如当年那个性情纯良的少年。

这一席话就像一束光芒，照进嵇康饱受世事摧折的内心，让他生出一种渴望，一种责任。吕安说得对，他已看了太多激变：亲人相煎、友人相杀、君臣不存、伦常悖逆，朝为座上客，夕作阶下囚。世事苍茫，如白云苍狗，沧海桑田。然而在这瞬息万变的世道下，却有一颗心始终保持着自我的洁白，不动不摇。若世人都能守住这颗赤子之心，要他付出多大的代价，或许都可以。

"我踏破铁鞋、求索万千，却忘记大道就在人心中，一直存在，从未增减。当逢乱世，人人自危，选择反抗是一种勇气，但坚守自我也是莫大的珍贵。你的话我记住了。阿都，我们都不要改变。"

吕安见他瞬间理解了自己，上前握住他的手，会心一笑，像冬日里的阳光般温暖。这笑容，一直印在嵇康心上。

二人来到酒垆，把酒言欢，重叙离情，竟忘了暮色已沉。直喝得酒酣耳热，吕安才恍然发现离家已久，不知紫妍一早出门去集市，现在是否回府。二人回到府外，就见下人跑出来道："二公子，少夫人回来了，还带了位姑娘……"

"姑娘？"

"是，那姑娘像是受了伤。"下人将吕安引至客房，见紫妍正在榻边照料着，一位黑衣女子斜倚榻上，紧闭着双目，面色惨白。再仔细一看，吕安大吃一惊，那姑娘身上竟血淋淋地插着一支短箭。更险的是，那箭头就插在心口处。

"妍儿，这是怎么回事？"

紫妍见吕安归来，忙起身拉住他，道："回头再跟你细说，这姑娘受了重伤，快想法子救救她！"

吕安生性纯良，素来见不得人受苦，看这姑娘命悬一线，紫妍又在一旁相求，当下也十分焦心。他想起嵇康颇懂得医术，便道："康哥，你快来看看，这姑娘还救不救得了？"

嵇康上前探看，那短箭刺得虽深，但所幸离心脏还差半寸，并未伤及心脉要害，且伤口渗出的血色鲜红，可见箭头没有施毒，欣慰道："未伤及心脉，我先帮她止住血，你快去找大夫来。只要取出短箭，伤口愈合，应无大碍。"他边说边动手用紫妍拿来的白绢，为那女子擦洗包扎起来，直到吕安请来的大夫为女子取出短箭，疗伤完毕，他都一直在旁守着。

"你看，就是这枚短箭。"吕安送走大夫，将那短箭举在嵇康面前，两人一齐端详起来。箭头有三棱，尾部短小，仔细看去，箭身上刻着一个"玉"字。此物与那日在水帘洞出现的，竟然一模一样。这女子正是袖玉。

嵇康一惊，朝袖玉看去。之前忙于救治，连长相穿着都没来得及注意。正抬眼看，袖玉也悠悠转醒，目光迷蒙地瞧向他。一双秋水美目，漆黑眸子，盈盈闪闪，仿若一人。他神情一窒，忘了呼吸。虽一直知道有个女子在监视自己，但却从未看清过她的容貌，更不知她有这样一双肖似曹玟的眼眸。

袖玉读懂了他的眼神，勾起嘴角，若有似无的一笑。

"你认识这位姑娘？"

他被吕安问的一醒神，没有回答，转身走了出去。

吕安正诧异，却听紫妍问袖玉道："姑娘，我归家途中见你重伤倒地，便将你救了回来。此处是我家，你且在此好好养伤，不用担心。"袖玉点点头，道了声谢。

"你叫什么名字，究竟是什么人把你伤成这样？"紫妍继续追问，可袖玉不知是太过虚弱还是并未听见，侧过身子，又昏睡过去。

"让她休息吧，改日再问也不迟。"吕安将紫妍拉出客房。

自这一日后，袖玉便在吕府住下，每日由紫妍照料起居，伤势一天天好转。只是像受了巨大的刺激，谁人来问她都不再说话。嵇康被大夫嘱咐了煎药换药之方，每隔三日必来换药。但对袖玉自始至终都一言不发，换好便走。

吕巽自那日被吕安拒绝之后，不但人没再露面，还暗中吩咐下人缺水少茶，故意怠慢嵇康，连袖玉的医药用度都想法克扣，存心给吕安难堪。吕安早就料到会如此，幸而自己一直经营着所分的田产，不必为了些许家用发愁。嵇康对此更全不在意，只作不见。如此过了半月，袖玉伤口愈合，不必再劳人换药，嵇康便向吕安提出辞行，并将随身带的号钟琴交给吕安保管。

"才住了几日，这便要走？我还有好多话没和你说呢！"吕安不舍。

"来日方长，我还有事要办，若不是被这受伤的女子牵住，早该走了。"

"说起这女子，我一直觉得蹊跷，不知是何来路。"

"你只管帮她把伤养好，其他的都不要问。我来之事，也不要与他人提起……此一别，不知何日再相见，你好好保重。"

"诶，你我只是暂别，何必说得这般凝重。待我闲暇了便到山阳找你，还要与子期一起种菜灌园呢！"

"好，我与子期在山阳等你。"两人又互相叮嘱了一番，终于作别。然而，嵇康一走，袖玉也随即从吕府消失了。

三十七、断刀解迷雾，地宫现机关

却说嵇康离开吕安处，再往南便来到了谯侯曹纬封地境内。当年曹林被封沛王之前，先被封为饶阳侯，后来被封谯侯，封地就在沛国都谯郡，而这谯郡不仅是嵇康的家乡，也是曹操祖籍所在。谯郡本为县治，曹操称魏王后将其扩大，升为郡治。黄初三年，魏文帝曹丕下诏将谯郡作为陪都，与洛阳、长安、许昌、邺城并称"五都"。

如今曹林虽被司马师软禁在铜雀台，但因其一向远离政治，与世无争，从无激进言论，更无越轨之举，历曹丕、曹叡、曹芳三代皆安分自守，且曹爽、何晏乱政时未曾参与，高平陵事变之际也无反抗举动，故司马师对其一支留有几分情面，其子曹纬仍保留谯侯爵位，住在封地。

嵇康从乡道一路行来，见阡陌交通、屋舍俨然，一派平静安宁之象。看起来，曹纬与当地官员早已达成默契，获得了对谯郡的实际治权，并将此地治理得颇得其法，百姓安居乐业。但是在这井井有条的表象背后，却似乎透露着些许违和感。他一路细致观察，此地虽安定但却有失繁荣，人丁稀少，来往之人多是村姑农妇，男子便只有孩童和老人，颇为寥落。事实上，曹魏的亲王、郡王都是徒有封号，没有实权，形同匹夫。曹纬能够在谯郡大展作为，背后定有玄机。

他疑惑地继续前行。没走多远，忽然听见一阵由远及近的轰隆声，脚下的大地也跟着微微震动，越往前走，轰鸣和震动越剧烈。难道是地震？他正不安，却听身后传来一声女子尖叫，回头一看，一个身影从地面忽向脚下裂开的洞口迅速坠落，只剩一只手露在外面。嵇康一向侠义心肠，此时焉能不理？他飞身抓住那女子的手，想把她拉出深洞，可这洞口像是有一股强大的吸力，将他牢牢缠住，只觉眼前一黑间，便与那女子一前一后向下坠去。

嵇康心想，若就这样一坠到底，必定粉身碎骨。他一边伸出手，去抓洞壁上攀爬的野草藤蔓，一边对那女子道："抓紧我！"那女子连忙照做。而这时他已顺利抓住一条粗大的藤蔓，将身子贴向洞壁增加阻力，顺着藤蔓减速下滑，终于平安落到洞底。

"姑娘，你没事吧？"

"没……"那女子说着将脸侧入阴影中，"多谢相救。"

洞中光线甚弱，本也看不清彼此面容，他只道这女子矜持怕羞，便也不以为意，开始向四周摸索起来。探查一会儿，发现此洞面积甚大，并不是个直上直下的深坑，而像是一个通向某处的密道，他心想只要顺着有亮的地方走去，便能到达出口。

"来，跟我走。"两人一前一后，借着微光一点点向前摸索，果然越走越宽敞光亮。刚想松一口气，忽闻耳边风响，几道黑影疾刺而来。

"快趴下！"身后的女子忽然狠狠拽了下他的胳膊。两人刚刚趴倒，就见洞口处闪电般齐刷刷地射来六枚飞镖，一一钉在身后的洞壁上。

嵇康惊魂甫定，起身看向那女子，光束照亮一张明媚娇艳的脸，熟悉异常，又是袖玉。"是你？"他正要追问，突然走出几位持刀大汉，不由分说将两人押住。两人被带着走出洞口，均被眼前的景象惊呆了。在他们面前的，并非想象中的出口，而是一个硕大洞穴中的练兵场——点将台、兵器架、作战图、布阵图，还有正在进行操练的上百兵卒，整齐有序，严整肃穆，令人惊叹。

"胆敢擅闯禁地，说，你们是何人！"不容他们多看，一个身着甲胄之人从练兵场上走下来，大声喝道。此人身形魁伟，长相粗犷，一看就是位将军。

"我乃过路之人，误落此洞，并无所图。"嵇康说罢，冷眼盯着袖玉。

"奴家是外乡人，来此处寻亲的。也不知怎的，走得好好的，一脚踩空掉了下来。这位大哥是为了救我才落进来的。望将军念我们是误入，网开一面，放我们出去吧。"袖玉装出一副弱不禁风的无辜之态，央求道。

"误入？"那将军上下打量着二人，哼道，"此处自建成以来，从未有人闯入。你们非但没有摔死，还能避过洞口的毒镖，绝非等闲之辈！别在这里跟我惺惺作态，本将军不吃这一套。说，是谁派你们来的！"

"奴家说的句句属实，还望将军体察！"她边说边向嵇康使眼色，叫他跟着附和。他却将头一转，什么也不说。

"看来，是非要让我动刑了！"那将军丝毫不为袖玉之言所动，命人上前将他们五花大绑，捆在练兵场中间的两根大柱子上。

"将军，此人身上有块令牌！"一个士兵眼尖，见嵇康腰上隐约挂着一物，便一把拽下，呈到那将军面前。那将军本不在意，接过来瞟了一眼，脸色骤变。抬起头，重新端详了嵇康片刻，对兵将道："你等在此好好看守，谁也不许妄动！"说罢，拿着令牌匆匆走了。手下不知何故，只得拿着刀枪，原地待命。不消一会儿，那将军回转过来，令牌已不在手中。对手下吩咐了两句，便有人上前将嵇康身上的捆绑解开，道："侯爷有请。"

嵇康跟着那将军穿过练兵场，走上点将台，本以为只是一个敞开的高台，谁知底部还隐藏着暗门，通向更深处的密室。来到密室门外，那将军对着紧闭的石门道："侯爷，人请来了。"说罢，略等了一会儿，石门缓缓升起。"请吧。"他示意嵇康进入密室，自己仍守在外面。

嵇康走进密室，见一人背对着自己而站，正研究着悬挂在石壁上的一张阵图，那图足有一面墙大。此人的身形他再熟悉不过，马上拜道："大哥，别来无恙。"那人听见，伸手向石壁凸起之处一按，沉重的石门紧紧关闭，将两人封在其中。

"此阵图甚为玄妙，我日日参详，仍悟不出破阵之法。"那人说着转过身来，眉目英伟，身姿矫健，虽一袭长衫却透着英武之气。正是嵇康此行要找的人，谯侯曹纬。

"一见父王的令牌，我便知是你。你是如何进来的？"

"说来可笑，我是为了救人才误入此洞。一进谯郡地界，我便已猜出你在暗中行事。不过，直到进入此洞，才知你竟已深谋远虑、谋划详尽至此，连这地宫都建造好了，实在令人叹服！"嵇康道。

"那日你我几人在太初府上谋定以后，我便返回封地，开始暗中募兵操练。之所以没透露此地，实在是因为太过机密，不到最后一刻，不能轻动。"

"大哥所虑极是。不知此处是如何建成？"

"这地宫并非我所兴建，早在武皇帝时期，就已经开始建造，直到他去世前才建好。当时天下大乱，武皇帝修建此宫便是为了以防万一。曹氏如逢大难，此处既可用来避难，也可作为练兵场，聚积实力，以图再兴。"

"武皇帝真是深谋远虑！既有如此宝地，天子是否知晓？"

"当年武皇帝在父王被封为谯侯之时，将此机密告知，就连文皇帝也不知道，更遑论当今皇上。"

曹纬携嵇康坐下，将前缘娓娓道来。

原来，曹操选定曹丕为太子后，将曹林封为谯侯，密令其督造地宫。之所以将此要事托付曹林，曹操自有一番打算。他认为诸子中，次子曹丕雄才伟略，上马可横槊，下马能成文，是帝王之才，但唯独欠缺容人之量，行事过于狠辣，不留余地。曹彰乃上将之才，曹植文冠天下，然好武者容易折，善文者不堪辱，皆有所忌。唯环夫人生子曹冲，聪颖仁爱，可为圣主，奈何早夭。余下诸子，皆有其短。第十子曹林，性情中正、进退有度、不愤不激，可于千万人之中藏其首尾，而人不察其智，足以守住这块宝地，遗给后人徐徐图之。

　　果然，曹林没有辜负曹操所托，不但依照旨意修好地宫，严守机密，其为王期间也恭谨谦和、与世无争，无论皇室还是司马懿，都对他敬重有加。他同母之弟中山王曹衮病重时，皇帝恩旨曹衮进京治疗，同时下旨命曹林也到洛阳，与杜太妃一起照顾曹衮。待曹衮去世后，他便以侍奉杜太妃之由长居洛阳，将地宫之事彻底隐没。直到淮南一叛之时，曹林才匆匆将地宫之事告知曹纬，然司马师催逼极甚，尚有许多关节未能说明，便被押送至铜雀台。

　　"我遵照父王所说找到此处，便开始在此练兵。此处的士卒，多为祖父与父王的故旧之后，皆忠于曹氏，上下一心。为避免农田无人耕种，这些兵将农忙时仍可回家务农。若蒙天灾，由郡府统一调配粮食，以保证百姓生活。可以说，如今谯郡上下已进入备战阶段，粮草与兵将具足，只待时机。这地宫处处有机关，启动起来犹如迷宫，使人有来无回。可惜，父王没来得及将关节之处交代清楚，便被司马师软禁了。一直以来，我都在研究这张地宫阵图，想找到开启机关与破解迷阵之法，可绞尽脑汁仍不得其解。"

　　"此前我曾和玉儿到铜雀台探望父王，他留下线索给我，让我自行拆解，我正是为此而来。"嵇康将那日与曹林会面的前前后后详细道来。说罢，从怀中掏出那把折成两段的百辟刀，递给曹纬，道："此刀乃武皇帝亲手赐予父王，若非机要，岂能轻易损毁？定有重要之物藏在其中。我反复思索，终于找出刀中的玄机。"说着，他将刀柄上的铜雀雀首轻轻一转，雀首与雀身分离，下面的雀身竟然是中空的，里面塞着一张卷起的帛书。将帛书展开，只见其上写着："《孟德新书》，藏于雀中"八字。

　　"雀中……莫非藏在此刀中？"

　　"起初我也这样认为，但查遍此刀皆未找到。后来又想，一部兵书岂能藏在一把小小的刀中，而这'雀'也许并不是指刀，而是指铜雀台。"

　　"铜雀台……那里被司马氏把持，戒备森严，如何进得去？"曹纬愁道。

　　"我也为此发过愁，不过后来终于发现了其中玄机。"

　　原来，那日得到曹林暗示后，嵇康便从那把百辟刀入手，查找其中的隐秘。他与曹玟离开铜雀台时，曹林曾低声吟诵了曹植《登台赋》中的几句。铜雀台从前到后分别为金虎台、铜雀台、冰井台，三台中间以两座阁道式浮桥相连，用时悬起，不用则放下。金虎台与铜雀台之间有玄武池，又名南校场，池水从漳河通暗道引来，可操练水军。冰井台中有三座冰室，用来贮藏战备物资，但世人只知其用却无人知道这三座冰室究竟在何方位，以及怎样进入。除此之外，铜雀台东边建有铜雀园，也就是《登台赋》中"望园果之滋荣"的所在。铜雀园是"建安文学"的兴起之地，也是"邺下文人"的聚集地，建安七子中许多人都在这里留下过诗篇。曹操用重金从匈奴赎回蔡文姬后，曾在这里召见过她，并听她用焦尾琴弹唱了流传千古的《胡笳十八拍》。一曲弹罢，引来百鸟悲鸣，闻者无不垂泪。根据以上线索可大胆推测，曹林所吟的"望园果之滋荣，听百鸟之悲鸣"指的便是当年蔡文姬在铜雀园弹琴之事。然而，此事与《孟德新书》又有何关联呢？

曹操著成《孟德新书》后，一直将其作为治军纲要，发给诸子研习，尤其是曹丕。曹操临终前，将此书封存在铜雀台中，并告知曹林，若非曹氏生死关头，不要开启。曹林建成地宫之后，怕此书遗失，便从铜雀台中取走，存放在家中一物里。那日他有意将讯息传递给嵇康，奈何被人监视，无法明言，只得将百辟刀劈断，示意嵇康查看刀中线索。但是，此刀中的"《孟德新书》，藏于雀中"乃曹操所留，此时书已不在铜雀台。如何让嵇康知道此书的藏处？曹林灵机一动，想起了曹植的那首《登台赋》。

他所吟诵的两句中，提到了"园果滋荣"与"百鸟悲鸣"，相信以嵇康的聪明，必能猜出此中所指乃蔡文姬在铜雀园中弹奏焦尾琴之事。焦尾琴乃蔡文姬父亲蔡邕所制。蔡邕死前，将家中所藏万卷书连同焦尾琴，赠给建安七子之一的王粲，而王粲将其传了王弼。那次，嵇康与夏侯玄、曹纬三人巧设骗局，将万卷藏书转移到了沛王曹林府上，其中也包括焦尾琴。曹林便将《孟德新书》藏在了琴身之中。然而此处虽妥，却太为隐蔽。嵇康也是凭着猜测去到曹林府上，花了几日才终于在琴上发现玄机。但是，等到阅完全书，他才知此书为何被封藏。

《孟德新书》开篇便是曹操亲书八个大字——"轻用锋芒，动即损伤"。书中所著兵法极为神妙，不仅如此，还记载了诸葛亮"八卦阵图"的破解之法。当年曹操著书之时，一心平定天下，他又怎会想到，此书会用在对付司马氏上？

地宫中，嵇康将《孟德新书》交与曹纬。曹纬一目十行，读到"八卦阵图"的破解之法时，将其与悬挂在石壁上的地宫迷阵相对照，惊喜道："原来如此，此阵可解了！能得到此书，实乃叔夜之功！"他这边正喜不自胜，那边门外的将军高声通报道："禀告侯爷，擅闯禁地的女子，击伤看守士兵，逃出洞外了！"

"知道了，"曹纬将兵书揣进怀中，启动石门，道："叔夜，你说因救人而误入此洞，那这女子你可认得？"

嵇康正考虑如何回答，那将军又道："我从她身上搜到了钟会的令牌，看来是奸细无疑。"

"竟是奸细……叔夜，这次你可大意了。李副将，传本侯之令速速将她拿下，抓住以后，杀！"

"且慢！"嵇康脱口而出，"……我是说，此人乃钟会心腹，若将她擒住，或可探知钟会的阴谋，岂不更好？"

"言之有理，李副将，将那女子活捉回来，本侯要好好审她。"曹纬说着携起嵇康的手，笑道："走，随我到府上，咱们边饮酒边等消息……"

"不，我随李副将一起去。"嵇康打断道。

三十八、施恩感孤女，见子动杀机

谯郡郊外密林，李副将率领一众士兵四处搜查袖玉的下落，嵇康策马随之。袖玉轻功极好，一路搜来竟无迹可循。眼看天色已晚，众人正一筹莫展，却听见不远处传来窸窸窣窣之声，树林里似有人影晃动。嵇康骑在马上，眼又极尖，早已看出是她，正藏在前方树上。这一边，李副将命手下燃起火把，入林仔细搜寻。不消多久，便会发现她的藏身之处。树上，袖玉浑身紧绷，已悄悄将佩刀举在喉间，紧张地向树下众人扫视着，待与嵇康目光相对时，神色凄然。

眉间深蹙，一双秋水美目中含着深深的绝望与哀愁，一瞬间攫住了他的心。身在洛阳家中的那人，也曾有过如此眼神……

"将军，我猜她定藏在树上，不如我们放火烧了此林，不怕她不出来！"

袖玉听了此话，已知毫无生机，双眼一闭，便要割喉自刎。嵇康见了，心中忽生不忍，忙扯下腰上一块玉佩，趁人不备向后一弹，只听"啪"地一声，打在远处一株树上。

"在那边！"李副将一指，众人马上循声追去。袖玉见人都向后追去，方知是嵇康救了她，在树上远远朝他一抱拳，又指指自己，做了个缄口的手势，一闪身跃入黑夜。嵇康明白她的手势是告诉自己，不会将地宫之事泄露出去，便放下心来，追随众人而去。如此一夜下来，自然是无功而返。曹纬只得多派兵将，在郡内日夜巡视，以防不测。

原来，自从在天水郡跟丢了嵇康之后，袖玉只得搜山觅林，费尽心思寻找他的下落，终于在谯郡吕安府附近发现他的行踪。正打算好好盯紧，却不知自己也是别人捕杀的猎物。她俯在屋檐上，看着嵇康转入街巷，正待跟上，耳边四面八方忽响起簌簌嗡鸣，稍一辨别，便知八支短箭从前后左右袭来，速度迅疾，几乎不能避闪。不过袖玉身手了得，她两袖一抖，飞出四枚飞镖各将左右四支短箭击落。继而一个风卷落叶，身体腾空旋起，向后击落两支，再翻转回来，欲打掉前方最后两支。可敌方步步紧逼，又朝她面门射来一支。她一时措手不及，勉力挡住两支，最后一支则不慎插入左侧心口处，登时闷哼一声，从屋顶跌落。

集市上的人受到惊吓，乱哄哄跑作一团。袖玉本以为还会有人上来补刀，谁知半晌没有动静。眯眼一望，街角一侧的小楼上有几个黑色身影。那几人探望了一会儿，见她胸口中箭，不再翻动，以为已得手，便离开了。她不看便罢，一看顿时寒意彻骨，那几人正是钟会府内蓄养的高手，与她都是熟友。她吃力地抬头看了眼胸口插着的短箭，箭身上刻着一个"玉"字。

竟然用她自己的箭来杀她……可笑……可悲……

袖玉心中翻江倒海，悲愤难平，不知究竟哪里出了错。那些人皆是钟会亲信，难道是他要自己死吗？想至此，钟会平素的风流姿态，一笑一嗔，修眉薄唇一一晃在眼前，直叫她爱恨不能，更觉心口剧痛难忍，一口鲜血喷出，昏死过去。

她躺在冰冷的地上不知多久，人群自身边来来去去，却根本无人施手相救，直到紫妍一个弱女子将她艰难地扶回家中。迷迷糊糊中，她感觉为自己包扎伤口的人竟是嵇康，察觉到他望着自己的眼神时，便知此番是死不了了。他所不忍的，无非她一双肖似曹玫的眼。这与钟会对她那一丝怜惜本系同源。

那一年，失去双亲的她被亲叔叔带到洛阳城的秦桑阁，几个钱卖身青楼。她还记得那天下着大雨，叔叔让她雨里站在秦桑阁门外，自己与拐角处一人说了几句，拿了钱转身便走，一把破伞也没留给她。见叔叔走了，她拼命想追上去，却被人关进一个满是脂粉味的房间，这才知道自己被卖了。那天，是她八岁生日。此后三年，她学会了琴舞吟唱，脂粉婀娜，容貌日渐清丽，开始出来陪客伴舞。也是在那时遇到了钟会的兄长钟毓，时常被召进钟府为宾客献舞。一日，她跳罢舞在院中候着，被一个喝醉酒的宾客上来轻薄。正在仓皇之时，被刚好路过的钟会制止。那时钟会不过十二岁的少年。

她还记得钟会第一次端详她时，眯着笑眼道："你知道吗？你的眼睛像我的玫妹妹。"就因为这双眼，她的命运改变了。钟会求钟毓将她赎了出来，留在身边作为婢女。虽为婢女，但钟会全无公子哥脾气，从不苛责打骂，每次见她都笑吟吟的。她知道这笑是因为那个"玫妹妹"，但他笑得那样明媚，说话那样轻柔，或许有一分是由于自己吧。在朝夕相对中，袖玉情窦初开了。她想为她的公子付出所有，只要他能对自己时时笑着，就足够了。

但是一日，钟会对她说，府上准备调教出几个会武的高手，已经选了几个男家丁，想让她也去学学。只是，这一去要许多年不能相见了。他说，你是女儿家，生得又好，将来学了功夫，在我身边必有奇用的。他还说，我会想你的。

为了这几句话，袖玉踏上一条本不属于女子的道路。她希望自己学成武功，将来能为他出生入死。她做到了。十年后，袖玉重回钟府，已是万夫难敌的高手，更出落得分外明艳诱人。她满怀激动与忐忑，迫不及待地想让他看看自己如今的模样，向他倾诉这些年所受的苦，还有对他的思念……可是，她看到的却是他新娶了妻子，整日忙于公务，脸上没有一丝笑颜。

直到回来一个月后，钟会才想起了她，将她叫到身边。"我想让你重回秦桑阁。"他回避着她的双眼，冷冷地说。她想，他没能娶到他的"玟妹妹"，所以连自己这双眼也不再喜欢了。不过，只要能够辅佐他，在哪里，做什么，都可以的。

她点点头，沉默半晌才羞涩地说出一句："日后……我该怎么称呼公子呢？"

"叫我大人便可，"他随口一答，"不要让任何人知道你我的关系。"

"是，大人。"她轻轻唤道，见他的薄唇微露笑意，觉得一切都值得了。

从此以后，她竭尽全力，倾尽所能，成了他最得力的助手。然而，他却再没对她笑过。几年来，他为了爬上高位，指使她委身色诱、杀人灭迹、监视政敌、里通外国，什么事都干过。他已经一步步陷入疯狂。

她发现，他早不再是自己当初倾慕的那个公子。自己自始至终都是个可笑、可悲的牵线木偶，他的杀人工具，随时可以弃如敝屣。在吕安府养伤的日子里，她回想与钟会的过往，发现一切都是自己一厢情愿的空梦。她拼命嘲笑自己，笑自己无父无母，孤苦伶仃，小时被亲所卖，如今又被主所弃，只能靠着一点施舍和怜悯苟延残喘。

但令她没想到的是，嵇康，她的敌人，非但始终没有戳穿她的身份，反而一而再，再而三地救了她。这样的人，她从未见过。

在这世上，她见过的只有尔虞我诈，钩心斗角。人和人不过利用与被利用，做事情也只有利弊，哪分善恶？清平之世尚难有君子，何况在朝不保夕的乱世？何况她又是敌方派来的眼线？嵇康在树林引走追兵，第三次救她的那一刻，她真的被打动了。她下定决心要弄明白，嵇康究竟是怎样一个人。

却说嵇康在曹纬府上住了月余，与曹纬将《孟德新书》细细研读了一番，便要辞行。

"何不留下来，助我起事？"曹纬道。

"我一直被钟会监视，留在此处反会暴露地宫。不如出去，继续牵制他们的视线。还有……"他说着，从腰间解下一把短佩刀递给曹纬道，"此刀乃我亲手锻造。当日你我与太初商定刺杀司马师之谋，只恨我乃一介白衣，既无寸兵又遭监视，无可相助，只有打造此刀，望能助他一臂之力。请大哥代为转交。"

曹纬双手接过佩刀。刀形似新月，通体玄素，无一纹饰，只在刀柄上简单雕刻了一只青雀，看起来平平无奇，素朴异常。抽刀出鞘，一声清啸响过，随之而来的便是一股凌凌寒意，光芒令人不敢直视。曹纬拔出身边副将的宝剑，狠狠砍将上去，宝剑一触即断，刀口整齐，实可谓削铁如泥。

"好刀！"曹纬高声赞叹，一边目不转睛地赏玩一边道，"我只知你从毌丘俭处学得锻铁之术，不过偶尔为之，权作消遣，谁知竟有这般手段，真可谓惊天泣地、鬼斧神工！你是如何将宝刀锻造成的？"

嵇康将自己如何找到奇石，又如何锻造宝刀之事对曹纬说了。

曹纬抚着刀身，又问道："古来宝刀皆有其名，不知此刀唤作何名？"

"拙物一枚，何必命名。"

"非也，非也，"曹纬手持宝刀，在厅中沉吟舞弄一番，又看了一眼嵇康道，"交交桑扈，有莺其领。君子乐胥，万邦之屏。此刀大锋若钝，大巧不工，外表素朴而鸣声清越，乃是忠臣心，是侠客义，是狂人歌，是隐士刀。当日屈原涉江而过，披发行吟，曾赞楚人接舆凤歌笑孔丘，隐士桑扈裸身不出仕。叹世道污浊，使忠臣良将不得重用，光明正义不得彰显。但即便如此，他也绝不变心从俗，而是选择逆流而上，与黑暗对抗，最终自沉汨罗。此番气节，非君莫属。我看此刀柄处刻有一青雀，想必你也寄情于此，便唤作桑扈，如何？"

"桑扈，青雀也，隐士也，此名深合我心。"

"只是可惜，你不能亲持桑扈斩除奸佞。"

"无妨，宝刀只有在英雄手中，才有用武之地。"嵇康说罢，再一次向曹纬辞行。曹纬又是一番嗟叹，可见他去意已决，只得道："你多多保重，待太初起事之时，我会派人相告。"

"不要寻找我的行踪，时机到了我自会现身。"嵇康说完，抱拳辞行。谁知他刚走两日，岳山便寻到曹纬府上，生生扑了个空。而就在此时的洛阳城中，曹玟也到了生产之日。

"亭主，你振作一下，四公子请御医来了，很快就好了！"红莜唤道。

曹玫身上煎熬，脑中却全是嵇康的身影，一会儿是他软语温存，一会儿是在洛水中解救自己，一会儿又换作一副冰冷面孔，弃她而去。迷迷糊糊中，听见红莜说钟会请御医来了，遂又想起钟会附逆司马昭，迫害曹氏宗亲之仇。若不是他助纣为虐，辅助司马氏乱政，她的父王岂会被囚禁起来，而她的夫君又怎会为了逃避，离开自己……她越想越恨，越恨越痛，整个身子都紧绷起来，拒绝道："让他走，我不用他管……难道他害得我还不够！走，让他走，司马家的人我都不求……"说到这里阵痛又起，疼得她说不出话来，只得攥紧被角，呻吟不止。

红莜知她素来倔强，可都到了这种时候，哪里还容得她逞强？只得苦劝道："亭主，现下不是计较这些的时候，还是救命要紧啊！"

"先生走了，他不要我了……我的命还有何要紧……"

"先生对你情深义重，他一定会回来的！"

"不，他不会回来了……回不来了……"

"亭主，不要胡思乱想，你不顾自己，也要想想腹中的孩子，那可是你与先生的骨肉啊！若你们母子有个万一，他回来了叫我如何交代！"

"他回不来了，回不来了……"

"你……"红莜见怎么劝说都不行，想叫御医上来强看，又怕她拼力抗拒，反而伤了自己和胎儿，一时无计可施，急得直抹眼泪。

钟会因为要避嫌，一直在门外候着。如今听见曹玫如此仇恨司马氏，排斥自己。这也罢了，为了嵇康她竟自暴自弃，丝毫不怜惜自己的性命，不由得痛极火起，也顾不得避讳，一把推开房门，来到曹玫床边，抓起她的手，一字一句道："你给我听好了，若你不好好生下这个孩子，叫他的孩儿胎死腹中，我钟会定会杀猪宰羊，庆祝你杀了你仇人之子。而这世上，最恨你的人便是嵇康！"

"你……"曹玫陡然见他冲进来，先是一惊，又听了他的一番话，知道自己再若强硬便是亲者痛，仇者快，而她又岂是真心不顾念腹中之子，一时心理防线被彻底攻破，只是怒视着钟会，流下泪来。

红莜见状，赶紧冲御医招了招手，叫他速速上前施诊。又将钟会扯开，半拖半劝地推出屋子。那御医因着钟会之面不敢怠慢，为曹玫一番探查，又是喂药又是揉胎又是扎针，忙活了好半天终于将胎位转正，脱离了危险。

钟会出了房间，回味曹玫方才的话，那句"司马家的人"尤为刺耳。是啊，在所有人眼里，自己不就是司马氏的家奴吗？不但在朝堂上、幕府中要听从司马昭的调遣，回到家里也有人时刻提醒着自己的身份。这样的日子，究竟还要忍耐多久？他颓丧地独自立在院中，听着屋里一声声揪心的呻吟，还有断断续续的呼唤，口口声声都是嵇康。他脑袋像被人按进水缸里一般感到阵阵窒息，整颗心被强烈的焦虑和嫉妒交替折磨着，如坠深渊。

不知过了多久，他的发上、肩上已落满了积雪，双脚都已冻僵，终于听见屋内传来一声嘹亮的啼哭，将他从地狱拉了回来。

"生了，生了！"红莜欢天喜地跑了出来，摇着钟会的手臂道，"亭主生了位公子，母子平安！"

他舒了口气，却只僵硬一笑："如此便好……你好生照顾她，我去了。"

"不想看看小公子吗，他生的可好看啦，我从未见过这么漂亮的娃儿！"红莜今日对钟会可谓感激涕零，此时更是毫不避讳，想与他一起分享喜悦。见他愣在那里，还以为是因为刚才之事难为情，便不由分说将他拉进屋内，指着摇篮中的孩子道："你看他的小脸儿，长得多像亭主……"正说着，外面御医叫她跟着过去开产后调理的方子，她对钟会说了声"看好他"，便急急忙忙地去了。

钟会低头看去，襁褓中露出一张粉嫩嫩的小脸，眼睛还未睁开，正嘟着小嘴哼哼着，挺翘的小鼻子，红嘟嘟小脸蛋儿，确实很像曹玟。他不禁一乐，伸手抚上孩子的脸蛋，轻轻逗弄起来。没想这孩子被他一哄，竟睁开乌溜溜的大眼睛，对他"咯咯"一笑，长眉星目，竟又像极了那个人。

这是，嵇康之子……

钟会脸色忽地一暗，抚在孩子脸蛋上的手下意识地收紧。方才他力劝曹玟生下孩子，不过是为了大人的安危，此时便不同了。只要再用些力气，这孩子便会即刻殒命。那么，他与嵇康这么多年的仇怨也就可一笔勾销了。

钟会死死盯着孩子的眉眼，瞳孔缩紧。

三十九、听琴付衷心，赐诏谋险棋

钟会的手越收越紧。孩子被他这么一捏，小脸顿时涨得通红，"呜呜"地挣扎起来。而此时屋内除了他和仍在昏睡的曹玟，并无他人。

"士季你看，孩子是我的，她也是我的，就算你得到世上的一切，也只是个可怜的孤家寡人……哈哈哈哈……"

"不，不，我不是孤家寡人，我不是……"

"你助纣为虐、倒行逆施，将来定会死无葬身之地……你永远也赢不了我！"

"我怎么会赢不了你？你看，你儿子此刻就在我手上，只要我稍一使劲，他就必死无疑了！"

"你赢不了我的，永远也赢不了我……"

"不……不，不！"钟会看着孩子，脑中出现了幻象。孩子的小脸突然变作嵇康的面容，似乎在笑他永远也得不到世间最珍贵的东西。他浑身发抖，这孩子竟似可怕的诅咒，烫得他只想马上丢掉，逃离此地。

"阿叔，你掐着我弟弟做什么？"

他正自神迷意乱，忽听一个脆生生的声音问话，蓦地醒了过来。低头一看，一个四五岁的女娃娃在门边探出头来望着他，正是绾儿。红莜让她来看刚出生的弟弟，没想却看到如此骇人的一幕。

"我……"他看向自己的手，此刻正紧紧攥在孩子脖子上，孩子的脸已没了血色，"嗤嗤"向外吐着气，已是命悬一线了。

"你，你要掐死他吗？"绾儿吓得大哭起来，撒腿便向院中跑去，边跑边哭喊着红莜道，"姨娘快来，姨娘快来……"

钟会见她一哭，也意识到自己做了什么，连忙松开手，被自己下意识中的举动吓出一身冷汗。他什么时候，竟狠到连个初生婴儿也不肯放过？再看那孩子，脸色渐渐恢复了些红润，不安地挣动起来，发出"嘤嘤"的哭声。他忙摇动摇篮哄了起来："不哭，不哭……"

"是谁……"一个沙哑的声音从身后传来。他回身一看，不远处的床榻上颤巍巍撑起一个身子，纤弱瘦削。

"康，是你吗？"床帐被风吹起，露出曹玟憔悴苍白的面容，如凌霜的寒梅，凄美绝丽。钟会身子一颤，立在当地。

"康……"她虚弱至极，看不清来人，只觉有男子在哄着孩子，以为嵇康回来了，便使劲朝他伸出手去。

"到了此时，你还想着他！"他冷笑道，"我不是你的夫君。你为他承受生子之苦，危在旦夕，他却不知身在何处。这样的夫君，要他何用？"

"钟会？"她刚经历过数个时辰的产痛折磨，前番之事有些模糊，如今看见钟会才想起他带御医前来，并在床边发狠逼她生子之事。回想方才的险情，若不是他一番怒斥，自己和孩子恐已不在人世了，便卸掉几分怨恨，道："你怎么还在此？"

"我……红莜让我留下来看看孩子。"钟会心中有鬼，怕曹玟看出端倪，连忙拍拍孩子，想叫他停止乱动，没想他反而大声嚎哭起来，像在哭诉方才的遭遇。

"孩子怎么了，快给我看看！"

"哼，若不是我带御医前来，恐怕他根本来不到这世上！方才你不还想将他憋死在腹中吗，怎么这会儿又心疼了？"他抱起孩子往她床头一放，深深看了她一眼。而她根本无暇理会挖苦，抱着孩子又亲又哄起来。

"呵，真不愧是两口子，皆是口是心非，死要面子活受罪！"他一旁看着，讥讽道。

她仍是不理，忙着前后查看孩子是否安好，却注意到脖子上有一处淤青瘀痕，奇怪道："好好的，怎么有一块淤痕……"

他心中一慌，正准备胡诌是御医接生时手重弄的，却不料缩儿已经拽着红莜走过来，指着他哭道："呜呜……就是他，他要掐死弟弟！"

曹玫和红莜听了，都震惊不已。钟会忙摆手道："不，不是的，我只是想哄哄他，叫他别哭了……"又向缩儿道，"小孩子不许胡说，阿叔是在哄弟弟！"

红莜觉得有些难以置信，蹲下身子，问道："缩儿乖，你看清楚了吗？"

缩儿见他狡辩，小脸憋得通红，气鼓鼓地道："我没有胡说！你要是在哄弟弟，为什么手放在他脖子上，一动不动？"

"我，我……"钟会素来最善伪装，可如今在一个孩子面前，却完全乱了阵脚。

曹玫听到这里，已对此事深信不疑。她暗自咬紧牙，将缩儿揽在怀里，冷冷道："缩儿是不会撒谎的。"

"玫儿，你相信我，不是你想的那样……"

"信与不信还有分别吗？你我走到今日，都是孽债……今日谢谢你，你走吧。"她将头一转，下了逐客令。

"那你照顾好自己……"钟会叹了口气，踱到门边，却听曹玫道："等等……有件事想请你帮忙。"

他双眸一闪，顿住脚步："何事？"

"你神通广大，眼线遍天下，求你帮我把他找回来。"

他身子一僵，自嘲地笑了笑："不用你说，我也会将他找出来。"

曹玫点点头，看向门边的人。记忆中风流瘦削的身躯如今已变得坚毅硬朗。他也不再少年了，多少世事将他打磨成今日这般刚硬狠辣。

"答应我，别伤了他。"

钟会侧过脸来，一半在日光下隐隐泛着柔光，另一半却藏在黑暗之中，看不真切。"可以，我可以放他一遭。不过从此以后，你我便两不相欠了……"他像是回答，又像是自言自语，神情空洞地走出门去。

曹玟却并未感受到他情绪的变化，只是出神地看着啼哭不止的儿子，喃喃道："康，我们有儿子了，你到底在哪儿……"

山阳竹林，伴随着每日响起的锻铁声、不时弹奏的琴声、饮酒交谈的轻笑声，还有呼啸而过的风声，袖玉觉得已默默过了许久，久到几乎忘记林外的喧嚣，以为世间本就如此简单宁静。

他曾是她奉命盯住的"猎物"，而如今她成了"丧家之犬"，他却变为她与这世间唯一的联系。除了跟着他、弄清楚他，她找不到任何一件更有意义的事。追查吗？她不想，究竟是钟会还是别人想要她的命，都不重要。自己就是一颗棋子，被主所弃或是被敌所杀，都是早晚的。复仇呢？她同样觉得无趣，既然他们以为自己已死，不如趁此机会挣脱这一切。从前离不开，是对钟会尚存一丝幻想，但如今，她却爱上这种自由自在的生活了。

日复一日的"监视"，使她对他的坐卧起居、行动轨迹、友人来往一清二楚。她从未见过这样一个人，可以将朴素至极的生活，过得如此洒脱闲适，如行云流水般。不特别热闹，不过分平淡，与世间万物都保持着不远不近的距离，自然得就像林间的清风一般。每日，她看着他独自在柳树下锻铁，午间在宅院里席地而坐、清茶淡饭，到了夜晚便抱琴弹上几曲，无论是否有听琴之人。

这样的平静，在她刀光剑影、颠沛流离的生涯中从未有过。近日她越来越强烈地想，不如就这样隐匿下来，远远地守着他，不再离开。

然而，钟会府蓄养的高手竟又找上了她。这人不在上次追杀她的人之中，只是捎给她一封钟会的亲笔信。信上要她火速回去，报告嵇康一年来的动向，末尾写道："阔别一载，卿可安好，吾甚念哉，盼早归来。"

她看着书信，百感交集。若是从前，这一句话足以让她洗去所有风尘，再去出生入死好几回。可惜……袖玉烧掉来信，给钟会短短修书一封，交给来人。那人携了信，离开前叮嘱她不要再耽搁，速速回去。她无奈地一笑，看来是福是祸，还需亲自前去了结。临行前，她来到往常隐蔽之处，再一次将目光转向月下弹琴之人。一瞬间她有种强烈的冲动，很想跟他说句话，像朋友那样面对面的。这个想法危险又可笑，但她就是抑制不住。正自纠结，弹琴之人却突然停了下来，仰天道："若想听琴，便请下来吧。"

袖玉一惊，忐忑地从树上翻身跃下。对视的一刹那，两人都略有些失神。

"很像她吗，这双眼？"袖玉笑笑。

嵇康摇摇头："这世上无人可与她相比，她是唯一的。"又伸手向琴对面的竹席一指，"请坐。"

袖玉暗叹自作多情，但却有一丝欣慰。终于不再仅仅因为她这双眼。

"想听何曲？"

"随心即可。"

嵇康点头，指下响起琴音。袖玉知道，此曲名为《短清》，是他自作"嵇氏四弄"《长清》《短清》《长侧》《短侧》中的第二弄。嵇氏四弄分别以"飞雪""落叶""空谷""浪花"为题，描摹自然之物的性灵之美，寄托对世间万物的体悟。

这一曲奏来，袖玉只觉身旁瑟瑟秋风乍起，无边落叶萧萧，耳间发丝皆似被黄叶纷纷缭绕。她禁不住再一次抬眼望去，看那弹琴之人。这是她第一次如此近的听他弹琴，连他长袖卷起的清风都能若有似无的感到。一年来，她听遍他所有琴曲，却没有一次像今夜这般动人。

落叶纷纷扰扰，不是归根，却是惊别枝头，却是无端离恨。她听尽曲中之意，再念及自身，顿觉无限悲凉，泪流下来。

"看来，姑娘是懂琴之人。"

"谢谢你……"

"一曲而已，何必言谢？"

"不是谢这一曲，是谢你救了我三次。"

"举手之劳，更不必谢。"

"你明知我是什么人，为何还要救我？"她问出最想问的话。

"庄子贵生，每个生灵都有自我的尊严。何况姑娘罪不至死，我亦有所不忍。"

"不忍……"

"是，不忍。人与禽兽之别，不在其勇武，而在其不忍。不忍便是悲悯。杀戮是别无他法，悲悯却永远可以选择。正因这不忍之心，才有了绚烂世界。"

这些话她从没听人说过。她的叔叔没有给过她一丝亲情，而在钟会的字典里，只有"互相利用""睚眦必报""赶尽杀绝"。嵇康救她的原因虽与她期盼的答案相去甚远，但却令她从心底升起另一种更为浩大的情感，比情更动人，比爱更无畏，像从灵魂中开出一朵小花，让她感到无比快乐、温暖。

她望着他，久久不能自已，想把一生都说给他听。他却抱琴起身，礼貌道："既听了琴，姑娘便请去吧。"

她不想他这便要送客，见他即将入屋，只得急道："钟会不久便会遵司马昭之命来寻你，你要当心！"

他一惊："你，你为何要相告？"

"不忍，我也有不忍之心。"她轻轻一答。

嵇康感慨万千，对她深深一拜，道："多谢姑娘大义。"

这年底，洛阳大雪压城。这场雪已下得太久了。这晚，太常夏侯玄独自一人从皇宫走出，平静的神色下掩不住脚步的慌乱。低头急匆匆地走着，不觉来到自己府外，忽听一人道："太初从何而来？"他吓得一惊，下意识攘紧袖口，待看清那人才舒了一口气。

"安国，这么晚了，为何在此？"

"我有一事要与你说。"那人是中书令李丰。

夏侯玄看了一眼四周，上前携起李丰的手，低声道："进去再说。"两人携手来到府内常聚的隐秘书房，夏侯玄将门紧紧掩住，这才道："安国有何要事？"

李丰走到夏侯玄近前，笑道："刺杀司马师之事，已有了最佳时机。"

"快快讲来！"

"转过年二月初一，天子将册封邢氏为贵人，各营兵马皆屯于宫门口，御驾亲临，群臣必至。到时你以叔夜打造的桑扈宝刀刺杀司马师，我与国丈张缉从旁协助，一起诛杀逆贼。只是，此计当要先启奏陛下，取得圣旨诏书才行。否则即便事成，我等也难免会被他人冠以擅杀朝臣，不敬天子的罪名。"

夏侯玄听了李丰之计，问道："此计虽好，然宫中侍卫多为司马师亲信，到时若反戈相向，该当如何？我等死则死尔，但若伤及陛下龙体却是万万不可，你可有十足的把握？"

李丰微微一笑："若无把握，何来与君共谈？黄门监苏铄、永宁署令乐敦、冗从仆射刘贤，这三人总管皇宫与太后宫中事宜，向来忠于曹氏，与司马师不睦，我已将此计密告三人，暗中约定好一起举事。"

"几个宦官内侍，能成什么大事？"夏侯玄仍旧迟疑。

"我已派人捎信于家弟兖州刺史李翼，让他请求入京朝见天子，到时便可领兵马入城。即便李翼不能前来，我们还有镇东将军毌丘俭、扬州刺史文钦、谯侯曹纬为盟，只要杀了司马师，之后三位将军领兵马直入洛阳，拥立你为大将军，大事必成！"

夏侯玄听罢沉思片刻，对李丰点点头："看来安国已成竹在胸，我这里也有件大事要告诉你。"说着从袖中抽出一物，小心翼翼捧到李丰面前。

李丰低头看去，只见是一条明黄色的衣带，不由疑道："这是何物？"

夏侯玄神色肃穆道："今日陛下诏我入宫，赐了我一道密诏。"

李丰一听是天子密诏，赶忙恭恭敬敬地跪地叩拜，而后双手接住。二人借着烛火观看衣带，只见盘龙绣缎中有一处针脚缝过的痕迹，扯开之后里面露出一块锦帕，上面一行殷红血字："曹氏忠臣，奉旨除奸。朕与卿等，命同一线。"

李丰看了此诏，先是一叹。当年汉献帝也曾有此"衣带诏之谋"，今日之事，何似当日矣！然而一想到天子如今置身水火，只能以血书求救，更觉热血沸腾、满腔悲愤。再看一旁的夏侯玄，早已忍不住悲意，捧着血书泣不成声。他乃曹氏宗亲，与司马师有国仇家恨，面对此情此景，纵是大丈夫又焉能不落泪？

夏侯玄道："忍了这么多年，终于可以手刃仇人，曹氏成败与否，就在此一举了！"

两人在灯下将计策前前后后推演数遍，商定在皇帝曹芳册封贵人那天，兖州刺史李翼领兵马入城朝见，控制住洛阳城。皇帝安排夏侯玄站在册封台之下，距离自己最近之处，李丰和张缉也在近旁侍立。待宣读完诏书后，皇帝唤司马师上前问话，夏侯玄便伺机刺杀，李丰、张缉从旁协助。同时黄门监苏铄、永宁署令乐敦、冗从仆射刘贤等人率领宫中太监、内侍一拥而上，将司马师死死包围在其中，不给他一丝生机。待司马师死后，再由皇帝下诏，夷灭三族，改封夏侯玄为大将军。此计效仿汉末宦官刺杀大将军何进之法，只要能在事前严守机密，大事必成。

斗转星移，次日便是二月初一，天子册封贵人之日。钟府内，钟会收到袖玉的来信。快速读了一遍，上面简短写着嵇康自离了天水郡后便一路游山玩水，最近才回到山阳竹林，无任何可疑之举。

他放下书信，踱了几步，觉得哪里不对，事情岂能如此简单？但袖玉一直是自己心腹之人，没理由欺瞒。更何况，他素来知道她对自己的心思，也有意利用这点，将她掌握在手中。难道……他停住脚步，又拿起书信，仔仔细细看了三遍，字迹语气皆是袖玉，毫无破绽。

他揣来想去，忽有下人来报，说李丰之弟李茂有十万火急之事，已在厅中等候。"速将他带进密室。"他打起精神，预感李茂此次带来的必是惊天消息。

"李兄，此时造访，有何要事？"

那李茂正捧着茶盏，神色慌张，见他进来更是一抖，茶烫到了手。

钟会打量他神色，继续道："有事不妨道来，我可与你参详一二。"

"钟大人，此事事关重大，我可将身家性命都托付给你了！"李茂搓了搓手，又下了一番决心，才从怀里掏出一个锦囊，递到钟会手中，叹道，"哎！我的两位兄长好糊涂，竟谋划这等大逆不道之事。若不是我发现得早，恐怕要跟着他们一起掉脑袋。只求大人网开一面，保我不死，至于其他人，我也管不了了！"

钟会接过一看，不由两眼放光，惊喜非常。这锦囊乃兖州刺史李翼给其兄李丰的亲笔密信。信上说，他向皇帝上书要求进宫朝见，但却被司马师驳回，不能领兵入城。虽然无法接应李丰与夏侯玄、张缉谋刺司马师，但他会在兖州点齐兵马，待时机一到便举兵进入洛阳勤王。

钟会读罢，心中震惊，但很快便恢复了镇定。他略微思忖片刻，已有了定夺。将锦囊仔细叠好，塞入袖中，问道："这密信，你从何得来？"

"自得了大人吩咐，我便一直留心兄长举动。近日见他频频出府，又命人向外送信，就觉得不对。我买通送信之人，截获了这封密信。"

"此事还有何人知晓？"

"只有大人您知道，"李茂瞄了一眼钟会，小心试探道："大人，他们的事可与我无关，我此番也算举报有功，您看……"

钟会冷冷一笑："李兄忠于朝廷，大义灭亲，我自当禀明大将军，为你请功。"

李茂听了心花怒放，咧嘴笑道："多谢大人，那在下便回去了。"

没想钟会却将手一伸，阻住他去路："李兄莫急，还是先在我这里住上几日，待我将叛贼一网打尽之日，还要烦劳你当庭作证呢。"言罢不待李茂反应，门外便冲进两名侍卫将他当场拿下。

李茂这才恍然大悟，知道上了钟会的当，然而自己此时已是瓮中之鳖，哪能不低头，只得跪下哀求道："大人，只要您放过我，以后当牛做马，任凭差遣！"

"差遣？你这种人，连骨肉兄弟都可以出卖，叫我怎么敢信你？"

"大人，若您放了我这一遭，您就是我的再生父母，日后叫我做什么都可以！"他边央告边不住磕头，额头被撞得鲜血淋漓，狼狈至极。

钟会"噗嗤"一笑，饶有兴味地看着他的可怜相，讥道："你这种纨绔子弟，一肚子草包，若不是为了这点情报，我才懒得理你！"说罢不耐烦地一摆手。

李茂随即被侍卫一把架起，向外拖去。他知自己必死无疑，也不再哀求，破口大骂道："钟会，你这个人面兽心、两面三刀的小人！亏我还信了你，小心将来遭报应，叫你不得好……"话未说完，嘴已被死死堵住。

钟会盯着李茂，微微笑道："这一次，不得好死的，一定不是我。"

四十、泄密阻大计，传书救危急

却说钟会将李茂囚禁起来，马上便亲自去见司马昭，将锦囊呈给了他。

"将军，下面该怎么办？"

司马昭看罢并不慌，唤来亲信下人问道："兄长回府了吗？"

下人道："大将军正在议事厅中处理公务。"

司马昭点点头，吩咐道："在院前守好了，兄长若过来立刻通报，去吧。"下人应了，走出屋子，将门紧闭。之所以这样安排，只因司马师、司马昭两兄弟同住一府，且议事厅在前院。

司马昭见他出去，沉默了一会儿，低声问钟会道："此事当真只有你我知晓？"

"千真万确，李茂如今已被我扣押在府中。"

"做得好……士季认为，我们接下来要如何？"司马昭瞅着钟会。

钟会自进来便观察着司马昭的神色举动，此时已猜到他的用意，便微微一笑，道："那要看将军想不想一箭双雕。"

"哦？何为一箭双雕？"

钟会将锦囊一团，重新塞回袖中，两手一摊，道："如此便可。"

司马昭鹰眼微眯，盯了他片刻，继而笑道："士季真乃当世子房也！"

"将军必成汉高祖霸业，在下不过顺势而为。"钟会拜道。

两人相视一笑，决定将此事瞒下。待明日夏侯玄等人刺杀司马师后，再率兵攻入拿下夏侯玄，控制住皇帝。到时候再假装搜出锦囊，以此为证，告夏侯玄一个谋刺朝臣之罪，逼迫皇帝当场下令诛灭逆贼。如此一来，司马师的部下会认为司马昭为兄报仇，从此甘愿成为他的麾下。而忠于曹氏之臣也会因为失去夏侯玄这棵大树，而失去斗争的希望。到那时，司马师已死，夏侯玄也亡，一石二鸟，他司马昭便是最大的赢家。

好一招鹬蚌相争，渔翁得利的妙计。好一对不择手段，骨肉相残的豺狼！

二人正在细细筹谋，却不知危险已经逼近。守在门外的下人突然推门跑进来，刚喊了声"将军"便被人一脚踹翻在地，腹部被剑刺穿而亡。司马昭与钟会大惊，抬眼一看，只见一人左手拖着一具血肉模糊的尸体，右手拎着还在滴血的长剑，大踏步而来，边走边高声道："二弟好悠闲！有人就要拿为兄之肉下酒了，你还在这里喝茶！"

司马昭一见来人，吓得心惊肉跳，来的正是司马师。看他如此言行，想来必定已从某处得知夏侯玄将要刺杀他之事。再往尸身上一看，更是确凿无疑，那被拖在地上的血肉模糊的死尸便是中书令李丰！

他正在仓皇，只见钟会已经暗中将锦囊抽出，快步迎上前去，毫无惧色地对司马师一拜，道："大将军来得正是时候，将军与我正等着您处理完公事，好将此事相告！"说着将李茂供出的锦囊捧到司马师面前。

司马师原本怒气冲天，如今见钟会面不改色，大大方方朝自己而来，将锦囊递到面前，不由得一愣，脚步放缓下来。司马昭马上反应过来，跑着迎上前去，焦急道："大哥终于来了，小弟心焦死了！不管谁惹大哥生气都先放放，赶快看了这锦囊上的事要紧！"他边说边从钟会手中夺过锦囊，展开在司马师眼前。怕他看不真切，便自己将上面所写之事从头到尾念了一遍。念罢以后，道："士季方才得到李丰之弟李茂告发此事，便十万火急地来府中报告。听说大哥尚在忙公务，不敢打搅，便赶来先与我商议，没想大哥这便来了。我二人正不知如何是好，大哥快快拿个主意，我等也好应对！"他一口气说完，急得一头汗，双眼也赤红着，还挂着点泪花，语气表情皆恰如其分，毫无破绽。

司马师刚被钟会说得有些动摇，如今又见司马昭如此情状，便消了一大半火气，减了几分疑心，将手中的死尸向地上一扔，指着道："不必惊慌，为兄已得知阴谋，这就是那逆贼李丰的尸身！

司马昭与钟会一早就看清楚是谁，此时仍装出一副恍然大悟之状，又是吃惊，又是欣喜，脸上颜色瞬间变了数变，真是任谁也被他们蒙混过去。

"既然李丰已经伏法，还是赶紧追拿余党才是！"司马昭说着对钟会暗使了个眼色。

钟会心领神会，道："李茂此刻就关押在我的府上，我这就去将他提来！"

司马师点点头，手中长剑一挥，示意钟会去提李茂。这一挥，发现剑上还沾着鲜血，想起方才自己进门时一剑刺死司马昭下人之事，便将剑狠狠一丢，拍上司马昭肩头道："方才为兄气头之上，错杀了下人，让贤弟受惊了，莫要怪罪于我啊！"

"大哥不必放在心上。只要大哥安然无恙，就算把小弟的命也豁出去，又有何妨？大哥是咱司马家的擎天玉柱，父亲临终前叮嘱我跟从大哥，小弟时刻铭记于心，孝悌之义，如何能忘……"说到最后，仿佛想起了死去的司马懿，声音几近哽咽，眼泪也挤出几滴，赶忙用袖子揩拭。

司马师见他提起亡父来这般悲痛，顿时心生动容，暗道司马昭就算是指使嵇康写文讽刺他，也不过是想压压自己的气势，争点权力，抢点风头。彼此亲兄弟一场，一起出生入死多年，司马昭还是不会忍心看着自己被人害死的。他这样一想，便又去了几分猜疑。

司马昭见兄长眼中怒气消除，暗自侥幸，心下盼着钟会借出府之机，将司马师得知秘密之事传递给夏侯玄，好叫夏侯玄等人隐藏起来，将刺杀计划进行下去。但同时他也非常奇怪，司马师又是如何得知此事的呢？

原来，今日告密的不仅只有李茂一人。黄门监苏铄自听了李丰之计，虽嘴上应承下来但他本性胆小怯懦，随着日子一天天逼近，心中的惶恐也越来越强烈，终于忍不住将秘密暗中报告了司马师。司马师闻之大怒，立刻派人前往李丰府上，将其捉到议事厅问话。

司马师虎目圆睁，一掌拍在几案上，喝道："李丰小儿，你的中书令一职，还是本将军上书陛下为你所求。当日你假意奉承，向我谄媚，原来是在为了暗中谋划阴谋，要置本将军于死地。本将军还真是小看你了！"

李丰见他疾言厉色，像是知道了内情，却还抱有侥幸，希望他只是捕风捉影，言语相诈，便一脸惶恐，拜道："大将军何事如此恼怒？什么暗中谋划，什么阴谋，在下实在不明，还望大将军明示……"

"你与夏侯玄、张缉等人暗中密谋，要在明日皇上册封贵人之时行刺于我，然后推夏侯玄为大将军，是也不是！"

"啊？怎么会有这种事……一定是哪个小人与在下有仇，故意诬陷于我，大将军千万不可相信！"李丰仍咬紧牙关。

"看来，你是不见棺材不落泪了！来人，将苏铄带上来！"

李丰一见苏铄被押上来，知道大势已去，大骂一声"叛徒"，上前啐了苏铄一口，照脸便是一巴掌，还欲再要打却被司马师一把抓住手腕，反手一拧，狠狠摔在地上。

"就凭你们几个匹夫，还想行刺本将军，真是自不量力！"司马师俯下身子，掐着李丰的脖颈，冷笑道。李丰也豁出去了，破口大骂："你们司马父子狼子野心，欺凌陛下，谋逆篡位，天地不容，可惜我被奸人出卖，否则定要亲手杀了你，食尔肉寝尔皮，食尔肉寝尔皮！"

司马师狂怒冲顶，额上青筋暴起，也不打算将他押下候审，夺过一旁侍卫的佩刀，直接用刀柄上的铁环砸向李丰头顶，一下便头皮开花，血流如注。他盛怒难抑，犹如一只发飙的猛虎，疯了般地扑到李丰身上，不分上下地砸将起来，嗓子眼里低吼着："看你如何食肉寝皮！如何食肉寝皮！"狂怒之中，足足砸了几十下才罢手。再看李丰，已被砸得脑浆迸裂，浑身血污，早就断了气。一旁的苏铄吓得瘫倒在地。

司马师在李丰袍子上擦擦手，站起身道："去，将李丰全家抓起来，一个也不能跑掉！"手下领命前去，少顷回来报告："大将军，李丰全家已被看押，可只有一人不在其中。"

"何人？"

"李丰的三弟李茂。有人招供说，他拿着李翼回给李丰的密信，到钟会府上去了……"

"哦？"司马师欠起身道："那你可去钟府将他押来！"

"属下去了钟府，可钟会不在府上，说是李茂去后便到咱们府上来了。"

"什么？"司马师"腾"地站起身来，大为疑心。若钟会知道此事，为何不前来向他报告。就算他是去告诉司马昭，司马昭为何也不来报？难道他们有异心？想到这里，他怒意又起，一手拎起李丰的尸体，一手抽出腰间长剑，气势汹汹地向司马昭处大步而来。这才发生了刚才的一幕。

却说钟会一出了司马府，便马上叫来亲信，匿名给夏侯玄放出消息，告诉他秘密已泄，赶紧转移。而他自己则提了李茂前去向司马师复命。夏侯玄收到密信，火速通知张缉等人。可惜张缉、乐敦、刘贤等人虽得消息，但却没来得及逃跑，都被司马师派人看押起来。另外，司马师还派兵将皇宫团团围住，封锁消息，只待明日向皇帝当堂发难。夏侯玄阖府老少也均被捉住，只他一人得以逃出。事情到了这一步，无论如何也不能放弃，只看明日一搏。若能杀了司马师，所有人还有一线生机。若功败垂成，也不过再多他夏侯玄一条命。

此时已经入夜，夏侯玄忍下悲痛，一路避开人群和亮处，躲躲藏藏地走着。该怎么办？他此刻是司马师捉拿的钦犯，皇帝远在深宫，如何能得知巨变，应对明日的危机？宫门此时被司马师派兵把守，他怎么才能混入宫去？

正在一筹莫展之时，忽然感到有人在背后拍他肩膀，一回头，见一黑衣女子站在身后。他一惊，刚要拔刀，却见女子在唇边竖起一根手指，另一手举起一块令牌，低声道："别出声，跟我来。"这女子便是袖玉。

他定睛看那令牌，上写一个"林"字，便双眼一亮，跟了袖玉而去。两人来到一处隐蔽之地，他开口问道："何人派你前来？"袖玉并不答言，回头朝黑影中看去，只见一人走出，道："太初，是我。"

夏侯玄借着微光睁大眼一看，喜道："叔夜，怎么是你？"

"我知道你们明日便要行动，放心不下，便回来看看。谁知刚入洛阳便听说有人泄密，司马师将你们阖府囚禁，只有你逃了出来。"嵇康道。

"是啊！李茂与苏铄两个狗贼向司马师兄弟告密，坏了我们的大计！如今我是钦犯之身，不知如何才能入宫面君，将此事相告啊！"夏侯玄急道。

"莫急，我有办法。"嵇康道。

嵇府之中，曹玟灯下看着熟睡的一双儿女，满面愁容。儿子已过满月，可还未得父亲赐名。那人甚至还不知道他的存在。

她起身来到案前，轻轻拭去绿绮琴上落下的轻尘。当年，他曾凭此琴上一根丝弦艳惊四座，向她的父王求得了她。难道绿绮真的是伤心之琴，断肠之物？她抚着一根根琴弦，想象他指尖滑过的每一处旧痕，忍不住轻叩上去，却又怕吵醒了孩子，不敢操弹。只得提起笔，蘸着朱砂，在罗帕上书写心意。

正在写着，忽听门外一阵轻响，好像有人穿过。"谁？"曹玟搁下笔，来到屋外，黑黑地一片空无一人。正自纳罕，却见一女子迎面走来，对她施礼道："亭主，有礼了。"

曹玟见一个身材高挑的女子站在面前，朝她脸上看去不觉一惊，这女子眼眸倒与自己有些肖似，问道："你是何人？为何在我府上？"

"小女子袖玉，受人之托，来给亭主送信，求您出手相助。"袖玉将一块锦囊递到她手上。

曹玟展开锦囊，只看一眼便觉头晕目眩，险些站立不住。那上面分明是嵇康的字。袖玉见她身体摇晃，连忙上前扶住。曹玟强迫自己镇定精神，将上面的内容仔仔细细看了三遍，紧紧攥着帕子，道："他在哪？我要见他！"

"先生此刻不在洛阳……亭主，还是赶紧依计行事要紧！"袖玉依照嵇康的嘱咐，隐瞒道。

"他不在，却叫你来送信……你又是他什么人？"曹玟双目含怨，又一次端详起袖玉。这女子清丽非常，虽不及自己容姿倾城，但周身却散发着一股英气，是个冰肌雪骨、见之令人忘俗的冷美人。她这般动人，又与自己眉目相像，难道他孤身在外难敌寂寞，已然对她……曹玟不敢再想。

"我只是个飘零之人，受先生恩义，故而江湖救急。"袖玉怕她误解，出言解释。

"恩义……他倒有闲情逸致，与你谈论恩义。"曹玟心中酸涩难当，可也不能无凭无据的猜疑，只得咽下酸楚，冷道："这个忙，我若是不帮呢？"

"先生说，亭主心怀天下、深明大义，此事关系曹氏兴衰、忠良性命，你定会施手相助的。"袖玉看看天色，时间正一点一滴流逝。

曹玟暗叹一声，他果然了解自己，在大义面前她的确无法坐视不理。事不宜迟，只得强忍酸楚，道："告诉他，我不是为了家国天下，只为了结发之情。"

"我定会转告。"

"夏侯大人在何处？"

"正在院外等候。"

"请他进来吧。"曹玟说罢，前去唤醒红莜，几人一起在府中收拾起来。不多久，一辆马车便从嵇府中驶了出来，向皇宫方向而去。待马车走远后，院中角落里走出一人，却是嵇康。方才他一直在暗中远远望着曹玟，见她看到自己的来信几乎昏倒，一颗心就痛起来。后来又听她询问自己所在，质疑自己与袖玉的关系，更恨不得立刻现身出去，向她剖白真心。可是情势危急，现在还不是让她知道一切的时候，只能拼命忍住。此刻见她去了，便忍不住来到卧房之中，想看一眼她的衣物，以解相思。

谁知他刚入房中，便看见绾儿睡在床上，不由得疑惑起来。他信中明明要曹玟抱着孩子，以孩子病重求药为由入宫，可她怎么糊涂到把女儿丢在了家中。他正不解，那边绾儿梦中不踏实，身体翻动起来，将被子踢了去。他上前为女儿拉上被子，却见她不知何时已经眨巴着眼醒来。一见是他，立刻搂住脖子，欢喜道："爹爹，你回来啦！"

"是……爹爹回来看看绾儿。"他将女儿裹着被子抱起来，亲着小脸道。

"绾儿和娘亲都好想爹爹，尤其是娘亲，"绾儿看看旁边，"娘亲呢？"

"娘亲有事出去了，爹爹陪你一会儿。"

"那弟弟呢？"绾儿又瞅瞅自己枕边。

"弟弟？"嵇康一愣。

"对啦，爹爹你不知道，娘亲不久前刚生了弟弟，绾儿可喜欢了……"

嵇康脑子一蒙，随即涌上一股极大的喜悦。她又为自己生了个孩儿，他们有儿子了。他欢喜一阵，忽又想起这一年来曹玟独自在家中，有了身孕却不能与他说，生子之时不知何等艰辛凄凉，心中愧疚不已。

见他双眉紧蹙，一言不发，绾儿道："爹爹不喜欢弟弟吗？"

"不，爹爹喜欢……你娘亲她，是不是受了好多苦？"

"嗯！娘亲可难过了，总是一个人哭，也瘦了好多。生弟弟的时候，一天一夜也生不出来，后来有个阿叔带了大夫来，才生下弟弟。"

他听得心疼不已，眼眶泛红，从没想过自己离开会让她受这么多苦。他将绾儿放下，起身来到案前。绿绮静好，一尘不染，是她日日拂拭。再看一旁，朱笔未干，罗帕上几行娟秀小楷，是她刚刚节录曹丕的《燕歌行》。

> 念君客游思断肠，慊慊思归恋故乡。
> 贱妾茕茕守空房，忧来思君不敢忘。
> 援琴鸣弦发清商，短歌微吟不能长。
> 牵牛织女遥相望，尔独何辜限河梁！

"玉儿……"他拿起罗帕，吻在唇边。这漆黑乱世何时才能安定，他何时才能再将她拥进怀中？ 当日曾亲口答应一直守在她身边，如今思来亏欠她的实在太多了。而今日，为了家国天下，他还要让她带着刚出世的儿子，去闯那虎狼之境。不知母子二人是否已平安度险？

皇宫司马门外，曹玟的马车被守门的将军拦住，盘查道："亭主，这么晚了，何事入宫？"

曹玟抱着儿子，神色焦急："小儿染了伤寒，病势危急。我与张美人交好，知她有一副祖传药方专治此症，是以进宫求药。"

"可有陛下谕旨？"

"病得急，来不及请旨。"

"既无旨意，如今夜已深了，还是明日请了旨再来吧！"守门将军道。

曹玟料到他不肯放行，手中暗暗使力，在儿子屁股上一拧。娃娃立刻号啕大哭起来。这一哭，便引来了一个人。

四十一、忠臣死名节，神算道天机

曹玟的马车在司马门外被拦住，车上传来婴儿的高声啼哭，吸引了不远处巡查的一人，钟会。方才他将李茂带到司马师处后，不出所料，李茂当场便被司马师一剑刺死。随后，司马师派兵拦在司马门外，防止夏侯玄混进宫中。而司马昭也同时派钟会在一旁巡视，目的便是等候夏侯玄出现。

　　这边婴儿一哭，钟会转眼便发现曹玫的马车，走上前来。赶车的位子上坐着两人，一个是红莜，而另一个则低着头，并不像岳山。钟会稍一推断，便知那是夏侯玄无疑。他掀开车帘，道："亭主，可有事需要在下帮忙？"

　　曹玫见他果真来了，便将儿子生病求药之事又说了一遍。钟会道："不过一点伤寒之症，何必入宫求药，我府上便有治病的灵药，不如就让岳山随我去取吧。"说着瞥了一眼夏侯玄。

　　曹玫暗道嵇康所料果真不假。既然钟会肯帮忙，她正好将戏同他演下去，便道："既如此，便多谢钟大人了。岳山，你随大人去一趟吧。"

　　夏侯玄点点头，跳下马车，跟在钟会身后。曹玫待他一下车，便对伏在车后的袖玉道："去吧。"袖玉低应一声，潜下马车，来到宫门一角，以几颗石子打在宫墙之上，"啪啪"几声，将守门的兵将全都引了过去。钟会此时正带着夏侯玄绕到宫门另一边。看兵将都被引开，夏侯玄便趁乱从小门混入了宫中。

　　钟会见他进去了，转身望了眼引开众人的那道身影，颇似袖玉。难道她已回到洛阳？自己并未授意，她为何会出现在此处？钟会满腹狐疑，看着曹玫马车驶去的背影，更觉蹊跷。

　　曹玫回到家中已近寅时，将儿子哄睡后，却见绾儿睡着的小脸儿上挂着泪痕，不知做了怎样悲伤的梦。经历一晚变故，她也不思睡眠。来到案前，想将方才的罗帕收起，却发现帕子不见了，四下找来，无影无踪。

　　她不晓得，那罗帕被嵇康吻过以后，揣入怀中。他临走前叮嘱绾儿，不要将自己回来之事说出，否则娘亲会有危险。因为，若只是曹玫情急相助夏侯玄，钟会定能代为遮掩，毕竟此事他也有份。但若知此事牵扯嵇康，便定不会善罢甘休了。绾儿何其乖巧，果然守口如瓶。但毕竟已是五岁的孩子，看着爹爹离去后，还是忍不住哭了许久才睡去。可惜这些隐情，曹玫都不知晓。她回想此夜与袖玉的会面，总觉得心中难安。不管嵇康如何看待袖玉，从袖玉的言语中却可明显察觉她对嵇康的倾慕之情。有这样一位红颜知己在侧，试问哪个男子能如柳下惠坐怀不乱呢？想到此，她一腔相思幽怨中又多了几分妒意。

　　却说次日，皇帝曹芳准时驾临册封台，此时群臣已至，集列阶下。不知情的众臣见夏侯玄、李丰、张缉等人不在，在台下窃窃议论。而司马昭则在宫门外暗布兵马，与钟会若无其事地站立着，伺机而动。眼看吉时已到，司马师还是不见踪影。曹芳见不能再等，便下旨为邢氏行册封贵人之礼。谁知圣旨刚宣读到一半，司马师一身戎装，手持宝剑，大步走上前来。群臣一见，皆大为惊骇，想起了汉末的董卓。董卓暴戾，而时无吕布，虽满朝文武，能奈之何！

曹芳见了司马师，也吓得脸色骤变，但想到还有谋定之计，便强定精神，道："朕，朕今日册封贵人……大将军因何晚到？"

司马师对皇帝的话置若罔闻，继续朝册封台大步而来，眼见便来到台下。曹芳后退两步，抓紧龙袍，看着司马师。司马师从袖中抽出一张罪状书，掷在地下，道："国丈张缉，罪臣夏侯玄、李丰，内侍苏铄、乐敦、刘贤六人暗中结党，图谋行刺本大将军。如今李丰已畏罪自杀，其余四人皆被抓获，唯夏侯玄一人在逃。臣请旨捉拿夏侯玄归案，六人皆夷三族，废皇后张氏，以正朝纲！"

他这一番话掷地，满朝文武皆敛容屏气，一片肃静。

曹芳更加恐惧，道："你，你将罪状呈上前来，给朕一观……"

司马师本不屑亲自呈上，但见皇帝身旁内侍已吓得浑身哆嗦，站都站不稳，便冷笑一声，拾起罪状书，一步跨上册封台，打算扔在皇帝手上，用气势震慑住曹芳。

然而说时迟那时快，他刚抬手要扔，册封台下便跃出一人，手持宝刀，朝司马师咽喉刺来。司马师久经沙场，杀人如麻，一眼便窥见刀锋上闪出的寒光，身子一侧，躲过一击。定睛一看，正是夏侯玄，他狞笑一声，拔剑道："夏侯匹夫，这是你自己送上门来！"他全然不把夏侯玄放在眼里，令众臣不得相帮，要自己亲手斩杀。

夏侯玄咬紧牙关也不答话，再次扑上身去。司马师身手了得，几招之后夏侯玄便落了下风。台下众臣皆退在后面，战战兢兢地看着。而曹芳此时也吓得说不出话来，被内侍护着缩在一边。

又过几招，司马师一把抓住夏侯玄一条手腕，反手一拧，脚下一绊，夏侯玄重心不稳，摔倒在地。司马师膝盖压在他的背上，举剑道："与本将军为敌，自不量力！"正待要刺，却听夏侯玄道："司马狗贼，还记得容儿之死吗？"司马师听到"容儿"两字，心神一滞，便见宝刀击来。低头想躲，却迟了一步，被一刀扎进左眼中，震动着眼下的脓疮也瞬间爆裂，血水与黄脓一齐迸射出来。

"啊！"司马师惨叫一声，剧痛难忍，差点扑倒在地。但他不愧是个彪悍异常之人，强忍剧痛，一手捂住左眼，一手仍提起宝剑向夏侯玄腿部一刺。夏侯玄已是强弩之末，大腿又不幸中了一剑，跪倒在地。他手中宝刀已插在司马师眼中，失了兵刃更无可发之力。司马师见他倒地，大吼道："二弟何在！手下何在！快来拿贼！"

司马昭与钟会一旁观战，见司马师先中一刀，瞎了左眼，正在暗自庆幸，以为夏侯玄就要得手。谁知司马师如此凶悍，仍然不倒，反刺了夏侯玄一剑，形势逆转过来。如今听司马师唤他，也不能不答，便应道："大哥莫慌，小弟这便去领兵！"说着与钟会跑了出去。

而司马师亲信之臣，见此情形便冲上前去，有的扶住司马师，有的擒住夏侯玄。夏侯玄被按在地上，也大吼道："诸葛公休何在！曹氏忠臣何在！速速护驾杀贼！"他喊了数声，不见诸葛诞的身影，更无一位"曹氏忠臣"。待他完全被捆绑牢了，也没见一人前来。此时，司马昭见兄长未死，只得更改计划，命钟会将手下兵马调到殿门外，自己则回到册封台，道："陛下，夏侯玄胁迫陛下，御前行凶，行刺重臣，实乃大逆不道。臣已点齐兵马，前来勤王！"

勤王是假，逼宫是真。曹芳见夏侯玄已被擒住，诸葛诞也未领兵前来，便知大势已去，两眼一翻，瘫倒在地上。

三日后，司马师逼迫曹芳下旨，以谋逆之罪将夏侯玄、李丰、张缉、苏铄、乐敦、刘贤六人定罪，夷灭三族。因国丈张缉谋逆，其女张皇后被废，改立奉车都尉王夔之女为后。夏侯玄被押到廷尉府，由钟会之兄钟毓审问。夏侯玄大义凛然，怒斥钟毓道："我落到你们手中无话可说，你要定罪，自己去编排即可，何来问我？

钟毓随即手书罪状，流着泪假惺惺地呈给夏侯玄看。夏侯玄看罢点头，一句话也没说，可他心中焉能不恨？

那晚他潜入皇宫之后，将变故上奏曹芳。因失去了李丰、张缉相助，更没有苏铄、乐敦、刘贤这些内侍作为内应，毌丘俭、文钦、曹纬三位将军又远在驻地，就算夏侯玄一人可以杀死司马师，到时候司马昭带兵马逼宫，还是功败垂成。君臣思来想去，忽想到镇南将军诸葛诞领荆州、豫州二州兵马，此时人正在京中。他不仅素来与夏侯玄交好，而且兵马屯驻新野，北依洛阳，离京城最近，若能领兵前来，必将杀司马师一个措手不及。君臣议定，当晚密诏于诸葛诞。谁知司马师早已料到此招，亲自到诸葛诞府上坐等。密诏一到，诸葛诞料定夏侯玄必败，便马上投诚，向司马师供出此诏，以取得司马师信任。可是他这一步，令曹氏丧失了除掉司马氏的最大良机。

却说，司马师左眼被桑扈宝刀所刺，眼下脓疮崩裂，回到家中已是血流满身。大夫帮他把刀拔出，左眼已经失明且流血不止，他疼昏了过去。待转醒之后，他惊惧此刀锋利，命人把刀鞘从夏侯玄处搜来，与刀刃合一。次日再要观时，桑扈却如何也拔不出来，似与刀鞘嵌死在一处。他叫来司马昭与钟会试拔，皆无法拔出。司马师恐其为通灵之物，不敢丢弃更不敢自用，便存在了兵器库中。

这天，夏侯玄被押到洛阳东市处以斩首极刑。刑场里里外外围了许多看热闹的洛阳百姓。百姓蒙昧，受司马师舆论蛊惑，以为夏侯玄真是大逆不道的乱党，皆在一旁等着看恶贼人头落地，好相庆祝。还有的自诩嫉恶如仇，拿来碎菜叶子、臭鸡蛋向夏侯玄身上砸去，骂声连连。不一会儿，他身上就遍布污垢，肮脏不堪。但夏侯玄不愧为一代名士，毫不在意这些侮辱谩骂，挺直而跪，神色泰然，从容地等待屠刀落下。

此时，嵇康就在刑场不远处的人群中望着夏侯玄。两人目光交会时，夏侯玄洒脱一笑。嵇康冲他最后一次抱了抱拳，直视着刽子手将他人头砍落，没有眨一下眼。行刑完毕，人群将要散尽时，忽有一人不知从何处来，徘徊在夏侯玄尸体前，边踱步边悲叹道："玄武藏头，白虎衔尸，苍龙无足，朱雀悲鸣。四险若备，皇室必衰。"

嵇康远远听得，深为不解。再看此人形貌，体态宽伟，眉目瑰奇，绝非等闲之辈。便偷偷将此人请到隐蔽处，拜道："在下嵇康，听先生之言玄妙，不知何解？"

那人听说他是嵇康，上下打量了一番，道："既是你问，我便一解，但只能解半句，你可听吗？"

"半句也可，请先生明示。"

"玄武藏头起风雨，水神围困白马津。白虎衔尸动杀伐，凶神当堂主必危。苍龙最怕逢鬼魅，风沙阻道……"说到此处他突然顿住，盯着嵇康道："我说多了，已过了半句。剩下的，还是你自己参悟吧。"说罢便转身便走。

嵇康知道此乃神人，拦他不得，便问道："敢问先生高名？"

那人道："在下管辂，望君好自为之。"说罢倏忽间便离了眼前。

嵇康听了此名，不由得更为惊骇。相师朱建平，神算管辂这二位神人的大名，当世谁人不知？当初曹彪之死应验了朱建平为其相面时所说的预言。而今日，嵇康遇见的便是与朱建平齐名的神算管辂。

据说，这管辂从小便喜欢观察星相，成年后更是精通《周易》，善于卜卦，而且逢卜必中，精准非常。想当年管辂被举为秀才时，何晏曾宴请过他，让他为自己算命。管辂一番卜卦之后，规劝何晏端正自己的言行，多做造福百姓的好事，否则马上便有灾难。何晏听罢不以为然，笑话他是老生常谈。别人问管辂怎么敢对何晏如此说话，管辂却笑答，跟一个死人说话，有什么不敢？转过年来，何晏果然被夷灭三族。从此，管辂的神算也名满天下。

今日管辂之言，显然藏着巨大的玄机。"玄武藏头，白虎衔尸，苍龙无足，朱雀悲鸣。"无疑寓意着四件大事。而后面的半句解答，更印证了已经发生的两件事变。所谓"玄武藏头起风雨，水神围困白马津"，指的便是谋立曹彪失败的淮南一叛，曹彪所在封地便是白马城；而"白虎衔尸动杀伐，凶神当堂主必危"，指的则是夏侯玄刺杀未成，司马师称霸朝堂危及皇帝；可是后面"苍龙最怕逢鬼魅，风沙阻道……"不但只说了一半而且所指不明，嵇康猜测是句警示之语。而到了最后一句"朱雀悲鸣"，就显然是衰极之兆，无力回天了。嵇康一边找人为夏侯玄收尸埋骨，一边思索管辂的预言，希望从中参悟天机。

"如此说来，嵇康只是在山阳隐居闲游，并无异常？"钟会呷了口茶，不动声色地审视着袖玉。

"大人若不信，可自去探查。"袖玉淡淡说完，看了一眼钟会，道："又或者，大人早已对我失去信任，否则也不会赶尽杀绝！"说着将一物狠狠拍在案上。

钟会执起细看，不解道："这不是你的短箭吗，有何问题？"

"可它却被人拿来射在我身上！"

"竟有此事？"钟会站起身。

袖玉见他表面关切，眼中却掩饰不住怀疑之色，不觉悲愤上涌，伸手扯开衣襟，露出心口上那道骇人的伤疤。钟会一看，大为吃惊，连忙上前为她掩住衣衫，道："你受苦了，我定会查出幕后主使，为你报仇。"

"下手的都是大人亲信，府内高手。若大人不知，此事便蹊跷了。"

钟会心想，能调动府内高手的，除了自己便只有司马芝。"原来是她……"

"大人既已心中有数，属下告退了。"袖玉冷冷说完，便要退下。

钟会修眉一蹙，她的态度令自己莫名恼怒，可却引而不发，柔声道："离开这么久，可曾想我？"

袖玉一愣，他很少在自己面前表示亲昵，今日却是为何？若说从未想过，便是假的。可若说有多思念，却也不似从前了。她正自犹疑，却被他一手揽住柳腰，贴近道："有时候，我真怀念在秦桑阁的日子，那时的你很温柔。"

"可大人不过逢场作戏罢了。"

钟会盯着她的容颜，隐隐涌上一丝恐慌："我若说，不是呢？"

"大人说什么便是什么，属下从不敢问。"

"不要唤我大人，你从何时开始这般唤我的？"

"学成归来时，大人亲口吩咐的。"

"是吗……那我此刻吩咐你，从今以后唤我钟郎……"唇边的热风拂上她的脖颈，令她不由心旌摇荡，但随即冷静下来。钟会惯用此等狎昵手段，自己一向便是被这若即若离的招数所误。从前她不懂识人，但自从见了那个冰壶秋月般的人物，她才明白一个人活着，要有自己的追求和尊严，不能被随意践踏玩弄。她扯开钟会的手，道："大人有夫人在堂，属下不敢逾越。"

钟会有些震惊，这般柔情蜜语不是她最想要的吗？难道她是故作矜持，向自己讨要名分？还是生出了别的心思？他微抿薄唇，上下赏玩了一番她的姿容。的确是个尤物，不算玷污了自己的尊贵。他邪魅一笑，再次侵身上去："这么多年你对我的心意，我都懂，今日我便给你想要的，如何？"

袖玉没料到他会改变初衷，当初他曾言明不会给自己任何名分。难道他对自己已生疑心，要以此相试？"大人想给袖儿什么？"她警惕起来。

"给你这个……"钟会猝不及防地吻住她的朱唇。

"你……"她想躲，但终于止住了。为了那人的安危，她决不能露一点声色，就算付出处子之身也在所不惜。

"袖儿……"钟会轻轻一唤。她闭上眼，脑中现出嵇康清俊无双的容颜。

"你不专心。"感到她身子僵硬，钟会更加揽紧玉体，半拥半抱带入内室。罗衫褪尽的一刻，她知道这一天终于到来，可却不再有丝毫幸福雀跃之感，而是涌上一阵深深的绝望与悲哀。为什么，当她不再期许，上天却将这份"恩赐"硬塞过来？若无此前一番变故，这必是她此生最幸福的一天。

温存过后，钟会指尖绕弄着她的发丝，许诺道："再等等，等我大业完成，你便是天下最风光最荣耀的女子。"

"那她呢，你的妻子？"袖玉盯着云雾般的帐顶道。钟会冷哼一声："那个女人，到时候我自会处理。"她一阵战栗，听出他话里的寒意。

"明日，我要去山阳访一个人。"他随口道。

袖玉坐起身："我随你一起去！"钟会点点头，意味深长地笑了。

四十二、两立成永恨，一问传古今

却说向秀别了嵇康，入世游历，悠悠荡荡已近三载。三年来，他浪迹市井街巷之中，置身嘈杂肮脏之境，所到之处皆是平素最厌弃之所，所遇之人皆是向来最嫌恶之辈，无一可谈之人，无一可对之景。本以为凭他的秉性定会不堪忍受，谁知随着日久年深，竟越发不将外物侵扰放在心上，就连自身苦乐也日渐淡忘，可谓身处陋巷之中，而神游天地之外，几乎达到弃智丧身、物我两忘的境界。

这日，向秀游荡到山阳附近的集市上，自己却毫无察觉，不觉此处与他处有何分别。游历期间，他靠卖些字画维持生计。近日已入仲夏，烈日炎炎，街市上行人寥寥无几。向秀见卖不出画去便收了字画摊，自到集市边一棵大树下歇息乘凉。坐了一会儿，略有雅兴，便掏出怀中竹笛，吹起嵇康所作的《风入松》。

笛声悠扬清越，带着丝丝清凉，听者无不陶醉，皆驻足聆听，觉得日头竟不似先前那么毒了。众人之中，有个十二三岁的少年听得最为入迷，直到夕阳西下，人群散尽，还兀自在那里听着。向秀闭目吹笛，直至兴尽方休，睁开眼时见一少年立在面前不动，便道："在此何故？"

"聆听人籁。"少年答。

"人籁已闻，可知地籁？"

"众窍之音，是为地籁。"少年又答。

"地籁既知，可知天籁？"向秀见他能答出人籁地籁，可见读过《庄子》。将竹笛揣入怀中，饶有兴味地打量此人，见他相貌清奇，头生反骨，不觉一乐。

少年听到此问露出窘态，这正是此辩题的难处所在。所谓"人籁"是指人用丝竹乐器吹奏出的声音；"地籁"则是大地上的各种孔洞穴窍被风吹出的声音；而"天籁"之说玄而又玄，是庄子"齐物论"的精要所在。他虽读书多年但年纪尚小，还未领略其中深意，一时回答不出，脸红道："原文语焉不详，我不能懂……"

向秀点拨道："地籁因风而起，风从何来？"

少年挠头："风从……天上来？"

向秀点头，又道："大地若无孔窍，风可有声？"

"无声。"

"那天籁呢？"

"天籁亦无声。大地上的孔窍凭借天籁之风而发出声音，孔窍的大小深浅各不相同，所以发出的声响也不同。"

"不错，地籁凭借天籁而发声。地籁各有不同，那么天籁呢？"

"天籁无声，故而相同……"少年说到这，忽地双目一闪，领悟道："是了！人籁模仿地籁而生，地籁又凭借天籁而生。但是天籁既无声便相同，是万籁的本源，是统一不变的天道。天道有恒，万事万物都从相同的根源而出，这便是庄子的'齐物'了！"说完一脸兴奋地看着向秀，询问自己的理解是否正确。

向秀没想到这少年一点就通，心中甚慰，道："你的见解已观大略，还需继续研读，才可得精髓。你叫何名？"

少年见问他姓名，赶忙一拜，道："我叫郭象，家住洛阳。"

"郭象……"向秀念了念名字，四顾左右，突然发现自己已游历到山阳，便问，"你家住洛阳，为何在此？"

"听闻山阳竹林有七位高人，皆好老庄，深得精要，我想前去拜师。"

向秀听了，不禁一乐，道："七人之中，你想拜谁为师？"

"我听人说，七人之中当属阮籍、嵇康为最。但阮籍先以儒家为师，后才改学老庄。而嵇康虽精通老庄，但常说庄子之论只可意会不可言传，恐他不肯教我。我又读过向秀的《难嵇叔夜养生论》，觉得他对庄子的理解浩渺渊深，想请他做我的老师。"少年答道。

向秀本以为他定是要拜嵇康为师，没想到转来转去竟是要找自己，更觉有趣，便道："巧得很，我也正要到山阳寻访他们，不如同行吧。"

少年喜道："太好了，敢问先生大名？"

向秀道："你只唤我乃禾先生便了。"

少年又拜了一拜，自此便与向秀一路同行，往山阳竹林而去。两人走了一日，来到山泉边，刚饮了几口泉水，便见一队人马车驾浩浩荡荡而来。领队的见向秀、郭象二人在泉边饮水，便令随从上前驱赶道："我们大人要饮水，走开走开！"

郭象小孩子心性，正准备回嘴，向秀却毫不在意，拉着他让到一边。只见那随从拿着一只精美的玉制耳杯，来到泉边舀了一杯，小心翼翼地捧着，走到最为华贵的车辇前，道："侯爷请用。"说着撩起帘子递给里面的人。帘内伸出一只男子的手，修长白皙，露出的袖口上盘花秀锦，贵气逼人，想必定是京中的达官显贵。车内之人喝了一口，可能是喝不惯山间泉水的拙朴清冽，将耳杯往随从手上一放，道："罢了。"又似乎被烈日烤得难捱，执起羽扇使劲扇了几下，问道："此处距竹林还有多少路程？"随从道："不远了，再有一个时辰便到了。"

"大人，天这般热，不如就在此处歇息片刻吧。"车内传来一个女子的声音。

"袖儿，你唤我什么？"

"钟，钟郎……"

"这便对了，就依袖儿的，歇歇再走吧。"话音落下，车内下来一对衣着华贵之人，正是钟会与袖玉。钟会此行便是奉司马昭之命，前来山阳竹林寻访嵇康。不久前，他因"讨逆"之功被擢升为关内侯，爵位仅次于列侯，可谓如日中天。今日他威势赫赫而来，不仅要让嵇康看看自己何等荣耀，好羞辱对方一番，更是想暗中核实袖玉报告的真实性，嵇康究竟是不是闲居竹林，不问世事。

　　二人方一下马车，立刻便有人举着伞，打着羽扇在身后跟着伺候，着实排场。钟会揽着袖玉站在泉边，清风吹来，顿觉一阵凉爽。举目四望，忽见一旁道边站着两人，其中一位绿衣翩翩，清秀和煦，好似在哪里见过，便问袖玉："此人你可认识？"

　　袖玉看了一眼，道："他是嵇康的好友，名叫向秀。"

　　"哦，是他……"钟会想起当年迎娶司马艾之时，在洛阳街市上曾见他与嵇康携手同行，不由冷哼一声，道："去，把那两人叫来。"

　　随从这便上前，对向秀二人呼喝道："我们侯爷叫你们过来，快点！"

　　向秀早认出此人便是钟会，悠然来到近前，道："有何见教？"

　　钟会傲慢地瞥了他一眼，讥笑道："你便是那总跟在嵇康身边的人？世人都道你等是贤人，依本侯看恐怕不是贤德的贤，而是闲散的闲吧！大丈夫不建功立业，求一世富贵显达，反而甘愿追随人后，埋没山野，还谈什么立身，论什么处世，学什么圣贤，岂不像无根的影魅一般，枉度此生？"

　　郭象抬头观瞧钟会，见他相貌堂堂，口中大义凛然，一时被他的威势震住。而向秀却丝毫不改颜色，笑道："君可曾听过一个故事？传说影子的影子叫做罔两，有一天它责问影子：我每天跟在你身后，刚跟着你走你便停下来，刚坐下来你又站起身，如此反反复复。你每天跟随着人行动，到底有没有自己的意念和操守！影子听了叹道：你只看到我跟着人行动，却不知道那个自以为可以主宰自身的人，也是依附于他人、听命于他人、靠他人过活的呀！你身为影子的影子，有什么好责备我的呢？"说罢用衣袖扇着凉风，瞅着钟会。

　　钟会脸色陡变，知道向秀是在用典故讽刺自己，说他不过依靠司马氏的权势获得荣华富贵，仰人鼻息，为人走卒罢了。他一向最忌讳别人说他靠司马氏上位，如今向秀不但直截要害，而且还说得不着痕迹，堂而皇之，更是令他恼恨。可他若是发作便正中了向秀的激将法，当众承认自己是这样的人。他黑着一张脸，一旁的袖玉挽上他手臂，柔道："钟郎，这些乡野村夫一向愚昧无礼，我们何必跟他计较，还是到那边赏看风景吧。"钟会正愁没台阶下，此时便道："还是袖儿懂我的心意。"说罢一摆手。

　　手下会意，上前推搡向秀二人："侯爷问话也敢顶撞，不识抬举，还不快滚！"

　　向秀拉着郭象要走，忽见挽着钟会的女子转过脸来，给他递了个眼色，似是暗示什么。他不知袖玉是何身份，但凭她方才言行，表面是给钟会顺气，实则在帮自己解围，便赶忙与郭象离开此地。

郭象边回头张望边道："方才那人说先生是嵇康身边之人，您认识他？"

向秀心里正在琢磨钟会此行的目的，只点点头没有答话。看样子，钟会此番定是来找嵇康，且不怀好意，自己要先去告知才行。

向秀与郭象两人一刻不停，来到嵇康山阳居所前，远远便见院中大柳树下架着一个大火炉，有水从旁边菜园子引来，绕在柳树边。嵇康正赤裸着上身，专注地锤打着铁块，顶着盛夏的日头，大汗淋漓。再看旁边地下，已有一些打制好的铁器。没有一件兵刃，皆是些锄头、耙子等农具，几个村民在随意挑拣着。

向秀走上前去，蹲下身扯动风箱，炉中火苗顿时旺盛起来。嵇康见向秀归来，也不停锤，与他相视一笑，接着打铁。直到铁具基本成型，嵇康将通红的铁块投入凉水中淬火，向秀才开口道："我路遇钟会，他带着一大对车马仪仗来了。"

"来便来，"嵇康看看水中"呲呲"冒烟的铁块，旁边倒映出郭象的身影，问道："这少年是谁？"

向秀正待回答，一人骑马风尘仆仆而来，却是岳山。他下得马来，对嵇康拜道："先生，我可找到您了！"

嵇康赶忙扶起："你怎么来了，可是家中出事了？"

岳山摇头，喘气道："我从谯郡来，侯爷让我送信给您。"

嵇康一听是曹纬，知道此信非同小可，放下铁具，将他带到屋中。岳山将写在绢上的信交给他。信是曹纬亲笔，告诉嵇康毌丘俭、文钦已经商议好，将于明年正月起兵讨伐司马师，自己将暗中相助，请嵇康起草战书檄文，待起兵时用。信中还附了详细的计划，嵇康来不及看，将信又塞回给岳山，道："钟会恐怕马上便到，你在屋里待着，藏好此信！"

岳山忙将信揣入怀中，外面向秀喊道："叔夜，钟会的车马来了。"嵇康走出屋子，果见赫赫扬扬，来了一大队车马仪仗，在乡道上卷起三尺黄尘。他仍赤裸着上身，来到炉子前，继续打铁。向秀也重新拉起风箱。周围的村民从没见过这等阵势，都围上前来，等着看热闹。

钟会的大驾未到，前面开道的随从已经先跑上前来，在嵇府前前后后围了一圈，把守起来，将看热闹的村民拦在圈外。郭象也被轰出院子。待一切都安排好了，钟会的车辇才不紧不慢地驶来，停在院前。有随从上前挑起车帘，将他扶下车来，下人一通举伞、打扇、引道，好不忙活。他们这边拉开阵势，那边嵇康却一直在抡锤打铁，眼皮子也没抬一下。

钟会在嵇康对面站定。随从高声道："关内侯钟大人驾到，速速拜见！"

"砰砰砰！"嵇康打着铁。"呼呼呼！"向秀拉着风箱。

钟会见他二人不理，咳了一声。旁边随从再一次高声道："关内侯钟大人驾到，速速拜见！"

还是不应。钟会想，既然奉司马昭之命来请他出山，便做些礼贤下士的姿态来，免得落人口实，便稍一躬身，道："会奉司马将军之命前来拜望先生。"

嵇康仍旧打着铁，装作不闻。向秀还是拉着风箱。

旁边看热闹的村民见这位盛气凌人的关内侯，竟然被个打铁的晾在那里，都开始交头接耳、议论纷纷。把守的随从见状喝止道："不许喧哗，否则当场论罪！"众人这才停下来。这一住口不要紧，本就空旷的山野显得愈加安静，只剩下铁锤击打的声音，呼呼的风箱声，还有树上知了的鸣叫声。

正午的骄阳毒似火，钟会一身华服包裹，又对着火炉，已经难耐暑热。

而嵇康赤裸着上身，虽打得大汗淋漓，却神清气爽，毫不吃力。

"砰砰砰……"

"呼呼呼……"

"知了，知了，知了……"

时间一分一秒过去，气氛一刻更比一刻凝重。

随从见钟会额头渗汗，脸色越来越白，便准备上前踢倒火炉子，给嵇康些颜色看看，却被钟会制止了。他来时答应过曹玹，会放嵇康一遭，此番便当作守诺吧。何况他早料到嵇康会如此态度，也不准备再谈，便向院子里扫视起来。打眼看了一遍，没发现什么可疑之处，只透过窗子看到似乎有人在屋中，看不清是谁。他使了个眼色，命手下仔仔细细将宅院搜查一遍。这下这帮人可有了发泄之处，开始搜查起来，什么东西都要翻上一翻、踩上一踩，宅院里顿时乱将起来。

钟会背起手，眼神始终不离嵇康，等着看他的反应。嵇康脸上自始至终都毫无表情，似乎灵魂早已抽离身体，或者已与打铁的动作合而为一。

就在这乱哄哄的当口，一个衣衫不整的醉汉拎着酒葫芦跟跄而来，也不知趁着哪个地方的空子，钻进院子里来，边饮边道："有大人先生，以天地为一朝，以万期为须臾……呃，好酒，好酒！"

嵇康一听这话便知来的是刘伶。他整日四处游荡，几年不见踪影，不知什么时候又晃荡到了这里。刘伶一身污秽酒气，来到钟会身前醉眼端详了一番，打了个酒嗝，道："好个漂亮人物，你，你带好酒了吗？"

嵇康心里暗暗发笑，这话也只有他问得出来。

钟会被他浑身的酒味熏得够呛，此时又被一口酒臭气喷了一脸，险些作呕，忙退后几步，用衣袖掩住鼻子。几个随从见个醉汉敢来冒犯侯爷，准备将他打出去，却不知被什么东西击中了关节，扑倒在地。院中混乱，并没人注意到。

而此时，另几个随从已经闯进屋子，搜查半晌一无所获，便把注意力集中到岳山身上。几人对岳山盘问了一通，没问出什么。其中一人仍不甘心，伸手开始往岳山身上搜，这下岳山可紧张了。曹纬写给嵇康的书信就藏在怀中，若被搜出来可就坏了！而嵇康听到有人盘问岳山，神经也紧绷起来，手中挥动的铁锤也慢了下来。

屋内，那随从已扯开岳山的衣襟，马上便要摸到书信所在。就在此时，刘伶恰好晃进屋来，不小心被门槛绊了一跤，一头栽到这随从身上，将他顶了个趔趄。岳山眼明手快，借着众人一惊之际，将书信投进刘伶开着口的酒葫芦里。刘伶想必真的醉极了，竟发起狂来，将酒葫芦往地上一扔，当众便开始宽衣解带，一边一件件将衣服脱下来，一边醉话连篇。众随从皆大惊，指点着笑骂道："哪来的疯子，真是不堪入目！"

刘伶脱得只剩下遮羞的衣物，倒身大咧咧往地上一躺，像是要睡去。那个被他撞了一下的随从上前一脚，踹在他腿上，道："这不是你睡觉的地方，快滚！"

刘伶也不恼，大着舌头道："你，你叫我滚？我叫你们滚才是！"

那随从气得哭笑不得，道："我是官差，你凭什么叫我滚？"

刘伶醉醺醺道："我刘伶以苍天为帷帐，大地为卧席，这屋子就好比我的衣裤，你们哪去不行偏要钻到我裤裆里来，怎么还叫我滚？"说罢伸个懒腰，倒头睡死过去。

众随从见他是个不折不扣的酒疯子，也不再跟他磨牙，骂了几句，重新去搜岳山。这一来自然什么也没搜到，只好去向钟会禀报。

钟会见乱了这半日一无所获，非但嵇康对他毫不理睬，还被这突如其来的酒疯子搅了局，整个宅院乱糟糟的，里里外外闹哄哄的，村民们看得乐不可支，外面等候的仪仗队也被太阳烤得蔫茄子一般，不由得深吸一口气，压下心中沸腾的怒气，阴冷道："不必再搜了，随本侯回去！"

众随从马上停手，簇拥着钟会准备离去。就在他将要踏上车辇的一刻，嵇康突然放下手中的锤子，抬头道："何所闻而来，何所见而去？"

钟会转过身，逼视着嵇康："闻所闻而来，见所见而去！"

四十三、性宽误收徒，大意错识人

钟会一语掷地，直盯着嵇康的双眸，想探进他灵魂里去。究竟是什么赋予他如此强大的力量，可以在权力富贵面前毫不低头，毫不妥协。第一次遇见他便是这样，今日也是如此。难道他真的无所畏惧？

不！钟会不信，总有一天要让嵇康在自己面前低下头、折下腰、跪下身。要他知道什么才是真正的恐惧！谁才是真正的强者！

钟会铁青着脸，筋疲力尽地坐回车辇，却发现袖玉并未在其中。方才她说自己暑热头晕，要留在车中歇息。钟会本不想让她参与此事，便准许了。谁知此时她竟不见踪影，倒叫人奇怪了。可他实在不愿在此地多留一刻，便吩咐启程，叫她自己寻过来。

大队车马仪仗在山阳乡道上缓缓离去，待转下山坡来，见袖玉出现在路边。钟会叫停车马，不悦道："你去哪里了？"

袖玉脸色发白，喘息道："方才在车上觉得憋闷，便到这风口处吹吹风。"

钟会见她形容憔悴，心下一软，道："罢了，上车来吧。"

袖玉上了车辇，靠在钟会肩上。他柔声道："现下好些了吗？"

"好些了，大人……钟郎不必担心……"

"你什么时候才能记得如何唤我？"他蹙眉道。

"太多年了，总改不了口。"

"是嘴上改不了，还是心里改不了？"

"你知道的，我等这一日有多久……从那年你将我留在府上，我此身便是你的了。"袖玉抚上他的手。

"那此心呢？"他点点她的心口。

袖玉苦涩一笑："我这心上有你妻子派人插的一箭，若不是它想了不该想的，又怎会被人诛心呢？"

钟会想起那道惨烈的伤疤，不禁一阵发冷，揽住她道："不说了，你累了，好好休息一会儿。"

袖玉枕在他腿上，闭目假寐。方才她并未在路口吹风，而是趁乱藏在村民中。那几个要捉拿刘伶的随从，便是她用石子击倒。岳山被搜身时，她就要出手，谁知刘伶误打误撞，帮忙解了围。她这才来到路边等着钟会，编了一套说辞。见他此刻软语温存，柔情一片，不知从前哄骗司马芝时，是否也是这等手段？在他心里，永远只有他的"玟妹妹"，其他女子不过是棋子罢了。她这样想着，将涌上来的愧疚消减了几分。

钟会凝视她的脸，睡着的她卸掉了那份坚硬冰冷，柔顺得像个孩子，让他想要多抱一会儿，多给她一丝温暖，虽然这温暖连他自己也所剩寥寥。

却说嵇康见钟会的人马走了，看热闹的村民也散去，便熄了炉子，来到屋中。刘伶睡得鼾声如雷，而岳山蹲在地上，正沮丧地看着从酒葫芦里倒出的信。绢布因被酒浸湿，上面的字迹变得模糊不清。嵇康拿过信来，仔细辨认了一番，徒劳无功。

岳山悔道："都怪我，没把它藏好！"

"罢了，如此已是万幸，不必自责。"嵇康又对向秀道："方才要你陪我应付钟会，辛苦了。"

"你哪有要我陪你，是我自己情愿的。"向秀撇嘴，继而又大笑道："今日这场戏真是绝了！"

"你还笑，他现下可是关内侯，权势滔天！"嵇康道。

"那又怎样，你怕他不成？"

"我与他早就决裂，只是怕日后会连累你们。"嵇康看着睡在地上，满身狼藉的刘伶，叹息一声。

"我等乡野村夫，一不入官场，二不求富贵，他能如何？ 对了，他今日来究竟所为何事，要找什么东西？"向秀道。

"他是奉司马昭之命来探我的虚实 …… 对了，你带来的那位少年呢，怎么不见了？"这一问，被方才还在眺望钟会车马的郭象听见了，一溜小跑进来，深施一礼，道："学生郭象，拜见嵇先生，向先生。"

向秀笑道："呦，挺聪明，猜出我们是谁了？"

"能让关内侯如此劳师动众、千里迢迢来请的，定是嵇先生无疑。而向先生让我称他乃禾先生，乃禾不就是秀字嘛。学生从洛阳而来，就是为了求见先生，望先生教我《庄子》之学。"说着对二人又是深深一拜。

嵇康见是来拜师，自己有要事在身，教不得他。而听他之言模糊，并未说清究竟是要拜谁为师，便道："你一人怎可要我二人为师，到底拜谁你可想清楚了？"

向秀见他先前说要拜自己为师，方才却语焉不详，便不发话，等他回答。

郭象抬头看看两人，嵇康清冷，向秀和煦，还是选个容易点的吧，于是道："学生素来听闻嵇先生所学高远，但曾言庄子之学不可言传，想必不能得学。而向先生对庄子亦甚精通，我愿拜向先生为师，学习老庄之道。"说罢单对着向秀一拜。

嵇康听他这话颇为圆滑，既想拜师又想两不得罪，心中不悦。自己与向秀何分彼此，若是郭象态度坚决，上来便拜向秀为师，倒是可喜可赞。而自己定会不吝才学，指点于他。可他偏要耍这种聪明，全无少年应有的天真朴实，将来恐怕是个官场好手，于庄子之道远矣。再看郭象相貌，更觉不祥。

而向秀此前听过郭象这番话，此时倒不觉得违和。他素来宽简随和，如今更是豁达洒脱，见郭象聪明灵透，又诚心求教于己，也不想难为他，扶起道："你既愿学，我亦无事，日后有哪处不通，前来问我便是。"

郭象见他应了，忙又拜了三拜，唤作"师父"。嵇康见事已至此，也不便多言，转身对岳山道："信已送到，你休息几日便回洛阳去吧。"

岳山却道："家中有红莜料理，我还是留在先生身边，也有个照应。"

嵇康想岳山既已知晓自己与曹纬之事，留在身边也有个助力，便应允道："也好，你一路风尘，先下去歇歇吧。"

"是。"岳山答应一声，见向秀在侧，便施了一礼，准备退下。谁知向秀却道："你与红莜姑娘一向可好？"

自向秀那日离开竹林，四处游历之后，曹玫回到洛阳便为岳山与红莜办了喜事。二人婚后也算舒心和睦，这一晃也三载光阴了。岳山只道向秀见了自己会尴尬，没想他却主动问起，反是一惊，不自然地道："还、还好 …… 多谢先生挂心。"

向秀点点头，笑道："如此便祝你们百年好合。"口气态度甚为平和大方，全不似当初那般痴愚之态。连嵇康见了也暗自纳闷，待岳山走后，道："子期，你这三年来可有何奇遇？"

"不过平平淡淡度日，并无奇遇，怎么了？"

"我看你此番归来，真是比从前洒脱不少，还以为有哪位仙人点化 ……"

向秀听出他玩笑，也不以为意，道："若问有谁点化，全赖庄子之功。我这三年来混迹于闹市之中，心境反而愈发平静，对庄子之道也有了一番新的见解。余下此生，我立志要为《庄子》作注，不解出庄子之论的玄妙，誓不罢休。"

嵇康道："子期之志着实可敬，但《庄子》之论前人多有注解，虽各有千秋可惜皆难及其妙。所谓言有尽而意无穷，若将庄子之道困于笔墨，恐怕会如流云入画、蛟龙缚足，失掉其灵动的魅力。"

向秀听罢若有所思，但他早已帷幄在胸，定要将自己多年所悟写出，以飨后人。面对嵇康的质疑他并不急于申辩，只打算注出几篇后再来与好友切磋。

嵇康也仅是发自身之感，并无任何干涉之意，见他思忖不语，笑道："你当初走时说，归来时要用笛子为我吹奏《风入松》，不知何时才能一闻？"

向秀笑道："你若想听，何时都可。不如我们这便去打些美酒来，待酒过三巡之后，月上树梢之时，我好好吹与你听！"

他话音刚落，睡在地上的刘伶听见"酒"字，坐起身来，瞪眼嚷道："哪里有酒，哪里有酒，我也要来！"众人见他此态，皆忍不住大笑起来。

这晚几人在院中豪饮一夜方散，嵇康抚琴，向秀吹笛，刘伶醉唱。

弹了一弄又一弄，吹了一曲又一曲，饮了一壶又一壶。嵇康弹破了手指，向秀吹痛了两腮，刘伶喝干了美酒，却仍觉不够尽兴，只想如此纵情肆意，一直下去，一直下去，让此夜未央，此情无尽，斯人永在……

此后两个月，司马师率朋党上疏郭太后，要求废曹芳帝位，改立曹丕之孙曹髦为帝。他本欲立曹据为帝，然郭太后必立曹髦，只好作罢。

这个十四岁的少年被群臣迎入洛阳之时，文武百官在西掖门拜迎。他已被册立为皇帝，本不用还礼，可却亲自下车拜谢百官。司礼官劝阻道："您贵为天子，不必拜谢百官。"曹髦却说："你只看到我的身份，却不知我也是别人的臣子！"说罢自行拜谢百官，群臣皆慌忙还礼。车辇到了正门，曹髦执意下车步行，群臣皆劝，而他却道："我虽被太后召回，但能否坐上皇位还在两可，当步行拜见太后。"群臣只好跟随他步行至郭太后处。当日，曹髦在太极殿登基称帝。

曹髦称帝后，便派身边的官员到各地巡视，体察民情，重审冤案，一时间曹魏上下民众皆感沐皇恩，人心振奋。但另一方面，他仍忌惮司马师的威势，赐他入朝不趋、赞拜不名、剑履上殿的特权，并大封其亲信，以安其心。

曹髦的一番举动传到曹氏忠臣耳中，皆是一阵欢欣鼓舞，欣慰曹家还有这样一位少年英主。就连钟会也公开表示，曹髦文有陈思之才，武有武帝之风，不可小觑。就在群臣人心浮动、各自为计之时，邺城的水井现出异兆。有人称曾见一条苍龙盘在井中，乃祥瑞之兆，纷纷上表祝贺。

面对这样的情形，十四岁的曹髦却无半点喜色，而是提笔写下一篇《潜龙赋》，说此非吉兆，乃是暗示自己以帝王之身，受困于世。

> 伤哉龙受困，不能越深渊。
>
> 上不飞天汉，下不见于田。
>
> 蟠居于井底，鳅鳝舞其前。

藏牙伏爪甲，嗟我亦同然！

读到此赋，远在山阳竹林的嵇康伤感嗟叹之余，又想起了管辂的那半句预言。"苍龙最怕逢鬼魅，风沙阻道……"看来，曹髦必是曹氏扭转乾坤的关键。苍龙现于井中倒并非凶兆，只要抓住时机奋起一搏，必能翻云覆雨，改天换地。他在竹林中执起笔来，洋洋洒洒，书就《讨司马师檄文》。

一月后的深夜，驻守扬州的镇东将军毌丘俭、扬州刺史文钦，也读罢曹髦之赋，商议着起兵之计。

"当今皇上真乃少年雄才，此赋正是召唤我等曹氏忠臣为国讨逆，重振帝祚！"文钦拍案叫绝道。

"是啊，没想到曹家还有这样的好儿郎，只要我等推翻司马师，曹氏重兴便指日可待了！"毌丘俭也振奋道。

二人正在兴头，手下送来一封书信。毌丘俭展开读罢，更是大喜，道："好，好，好！叔夜为我等所作的《讨司马师檄文》已成，数司马师十大罪状，可谓字字见血、句句锋利。莫说我等来日大兵压境，只这一篇檄文发出，便可退敌无数！"

文钦接过一看，也是大赞道："好，如今我等万事俱备，只等诸葛诞回信，有他荆、豫二州兵马相助，大事必成！"

原来，毌丘俭与文钦怕所率扬州兵马虽多，然从寿春一路挺进洛阳，沿途定会遭遇司马师派兵阻击，即便中途有曹纬率谯郡兵马加入，也必会受到削减，恐怕到达洛阳时已兵马劳顿，损失大半。而诸葛诞所率军队就屯驻在新野，只要他一开始按兵不动，以逸待劳，待扬州大军杀向洛阳时前来接应，数万精兵披坚执锐，定可击败司马师，直取京城。

另外，毌丘俭求助诸葛诞还有一个重要原因。原先，毌丘俭为镇南将军，而诸葛诞是镇东将军。两年前的东兴之战中，魏军被吴将诸葛恪大败，司马师令毌丘俭与诸葛诞二人官阶不动，防区互换。看似从轻处罚，实则怕他二人拥兵自重。此后，毌丘俭为镇东将军，屯驻扬州，而诸葛诞则改任镇南将军，驻扎新野。故而，毌丘俭对豫州的兵将更加熟悉，若有豫州官民支持更是如虎添翼。

毌丘俭与文钦，派出使者前去给诸葛诞送信，请他领荆、豫二州兵马联合讨逆。

其实诸葛诞早已见了使者，接了书信，可却迟迟没有动作。因为他还在犹豫。这世上，并非所有人都能在第一时间做出抉择。嵇康初见毌丘俭时，曾与他有过一次关于人生选择的谈话。他问毌丘俭若将来曹氏危难会怎么做？ 毌丘俭毫不犹豫地选择奋起反抗，宁死不屈。面对人生的大义，有人选择择木而栖，识时务者为俊杰；有人则选择忠贞不贰，宁死不侍二主。这两种选择哪个伟大，哪个渺小，哪个是对，哪个又是错？ 恐怕此时的诸葛诞也在问着自己。

有人的天平上，挂着道义与不义、忠诚与背叛、苍生与一己、善与恶；可有人的天平上，挂着的是利弊、得失、成败、生死。诸葛诞心中的天平剧烈摆动了许久，终于停下了。

还是再等等，现在司马师对自己还很倚重，如果他能顺利代魏，自己便是开国功臣。若将来有所变化，自己大不了再反他一次，还落个曹氏忠臣的美名。对，就这么办！ 无论哪条路，当务之急是趁着混乱，壮大自己。扬州寿春是自己所率旧部，毌丘俭一败，那块肥肉绝不能落在别人嘴里……

诸葛诞主意已定，对手下道："去，将毌丘俭派来的使者请过来。"

使者须臾而至，见诸葛诞正拿着书信，以为他终于答应起兵，拜道："多谢将军高义，不知何时送在下回去复命。"

诸葛诞放下信，摸着短髯道："先别急，我来问你，这书信是何人所写？"

"此信乃文钦将军亲笔手书。"

"文钦…… 我与此人早就相识，他乃一介莽夫，有勇无谋，起兵讨逆这等大事岂是他能谋划得了的？"

"起兵义举乃是镇东将军毌丘俭主持，文钦将军被大义感召，领兵相从。"

"据我所知，曹爽被诛后，文钦一心攀附司马氏，曾几次谎报军功，向朝廷索要奖赏，都被大将军识破驳回了。我看他是邀功不成，反生怨恨，假借镇东将军之名，行叛逆作乱之举。此等谋逆之贼，我不能相从！ 来人！"

使者一听他这番话，分明是不愿相助，借故推脱。看他一脸大义，喝令手下上来绑自己，立马拔剑在手，大笑道："好个诸葛公休，你想保身于乱世，伺机后动，恐怕司马兄弟不会轻易信你。你此时不出手，等司马师平定此役，做大势力，下一个除掉的就是你！"

诸葛诞勃然大怒，一指他："此人胡言乱语，快将他拿下！"

使者横剑于颈上，傲然道："不必了，在下先走一步，在地下等着你！"说罢自刎，血溅三尺。

诸葛诞别过脸，道："将他的尸体抬着，随我去见大将军！"

四十四、淮南二叛起，鬼魅缚苍龙

诸葛诞命人抬着使者尸体，带着书信，连夜去见司马师。司马师见他杀人告密，心中很是满意，道："公休如此深明大义，对朝廷忠心不二，本将军甚是钦佩。依你看，下面该如何应对？"

"如今马上便是正月，毌丘俭与文钦仍在等在下消息，不会妄动，不如先佯作不察。待他们发兵前，由在下首告，将谋反之事公之于众。到时他们落了后招，无论打出怎样的旗号，做出怎样的檄文，天下人心都会在大将军您这边。"诸葛诞道。

"公休所言极是，到时平定叛逆，还要靠公休之力啊……"司马师眼伤未愈，斜倚在榻上，神色疲倦。

"在下当仁不让，愿亲率豫州兵马，直击扬州、寿春，断其后路，为大将军分忧。"诸葛诞偷眼瞧了瞧司马师。

司马师眼伤正痛，抚着额道："如此甚好，都依你计。今日天色已晚，你且回府歇息去吧。"说着示意手下送客，侍女前来将他搀扶进内室。诸葛诞看着他病重的背影，更为安心，心想只要能回到扬州地界，自己便是入海的蛟龙了。

公元255年，正月十一子夜，彗星凌空，划过西北。毌丘俭与文钦仰观星相，以为大吉，天一亮即谎称得到郭太后手诏，发出檄文，列举司马师十大罪状，起兵讨伐。此前两日，诸葛诞在朝廷公布毌丘俭、文钦书信，宣告二人叛逆。司马师派他亲率十万豫州大军，进攻寿春。朝廷下旨，凡诛杀二人者，一律封侯。

寿春城西，祭坛高起，毌丘俭站在高台之上，文钦率二子文鸯、文虎列在左右，其余诸将帅、兵士皆在台下整装待发。

毌丘俭展开檄文，高声宣读道："齐王以懿有大功，故使师继承父业，委以大事。然逆贼司马师，不思报国，坐拥强兵，毫无臣节，其罪一；不尊圣意，不奉法度，其罪二；为臣不忠，为子不孝，其罪三；妄动干戈，百姓流离，其罪四；独揽大权，肆意封赏，其罪五；私刑审讯，擅杀大臣，其罪六；诬陷忠良，逼迫后宫，其罪七；猜忌名士，加以暗害，其罪八；废弃朝政，自壮兵马，其罪九；囚禁宗亲，妄图残害，其罪十。臣等累受皇恩，思尽躯命，以保全社稷，安抚百姓，虽焚妻子，吞炭漆身，死而不恨！"说罢，与众将士歃血为盟，留下老弱兵将驻守寿春，其余五万精兵随他向洛阳进发。

洛阳城中，司马师正抱病在府中与众臣商议。此前，他已派出诸葛诞进攻寿春，征东将军胡遵领青州、徐州二州兵马斜出袭击谯郡，目的都是阻断毌丘俭、文钦的退路。至于如何迎战敌军主力，还需进一步商议。

他撑在榻上，问道："讨逆之事，卿等有何良计？"

"依、依在下之见，趁叛军还在途中，应先在通往陪都许昌的要道上屯、屯兵，将叛军遏阻在半路，以防他们一、一鼓作气，过许昌进逼洛阳。"说话的人年近四旬，相貌敦厚，有些轻微口吃，正是振威将军邓艾，字士载。

"应在何处屯兵？"司马师问。

"乐、乐嘉城，此地东接项县，西临汝阳，且河道纵横，易守难攻，最适合诱敌阻、阻击。"邓艾道。

"好，我与你一万精兵，急行前往乐嘉城安营。"司马师对邓艾有着非同一般的信赖，因其是由司马懿一手提拔，对司马氏忠心耿耿。

见邓艾得令去了，司马昭瞥了一眼钟会。钟会会意，上前道："大将军，此次淮南之乱与前番王凌不同。王凌未准备充足便事泄，兵马也仅一万余人，不足为惧。而此次毌丘俭、文钦早有预谋，且毌丘俭才识过人、屡立奇功，曾大败高句丽。文钦骁勇善战，其子文鸯人称再世子龙，不容小觑。若他们真能直捣洛阳，不仅大将军您的基业毁于一旦，司马家的几世经营也将付诸东流。依在下之见，您应当亲自率军前往，让将士们知道您身体无碍，一则安定军心，二则随机应变，可保万全。"钟会边说边观察司马师脸色，见他越听眉头越紧，最后脸色灰白，便又加把力道："毌丘俭在檄文上诬陷您十大罪状，且传至各州郡，蛊惑天下人心。若您不亲自出征，那些居心叵测之徒定会暗中揣测，以为您……"

司马师听到此处一声怒喝，坐起身道："传令下去，本将军亲自率兵出征，定要将逆贼杀个干净！"

司马昭见他动怒，上前扶住道："兄长莫怒，您亲临战场，叛军定闻风丧胆，顷刻溃散。小弟愿镇守洛阳，为兄长守住最后一关！"

"好，就由二弟镇守洛阳，为兄明日便出征。"

"小弟等候兄长得胜归来。"司马昭道。

却说毌丘俭、文钦的兵马一路马不停蹄来到谯郡境内，曹纬大开城门，亲自前去接应。三人携手来到谯侯府上，曹纬为他二人接风洗尘已毕，道："我接到军报，胡遵已率领五万兵马朝谯郡而来，以其行军速度，恐怕不日便要到达。"

"来得好！我等一路还未与人交锋，胡遵这厮来了，正好让手下弟兄拿他祭刀，振振士气！"文钦一拍大腿道。

曹纬道："仲若之英勇令人赞叹，不过胡遵的目的是阻断你二人的退路。他不知我等早已为盟，故而会先安营镇守，不会轻易出击。如今之计，还是你与仲恭稍作休息，在胡遵未到之前离开谯郡，避免与其交战，好保存实力，将兵力用在攻打许昌和洛阳上。我会派一队精锐之兵一路向导，带你们绕过关卡，尽快到达豫州境内。至于胡遵，你们不必担心，我自会在谯郡与其周旋，只要能牵制住他，便无大碍了。"

听罢曹纬一番话，毌丘俭点头道："孟佐不愧为武帝子孙，此计避敌锋芒，直攻要害，可谓上上之策！就依孟佐之言，我等休整两日，即刻上路。"

文钦一股子斗志，此番无处可使，脸色顿时暗了下来，道："避避避，自起兵至今，一路都在迂回避让，好似做贼一般。我等替天行道，为国除奸，就应该披荆斩棘，无所畏惧，何必如此小心谨慎，缚手缚脚，如同妇人一般！"

"兵贵神速，你们越早逼近京城胜算越大。如今的退避，是为了保存最好的实力，去迎接最后的决战。仲若报国心切，天下谁人不知，但凡事还应以大局为重啊。"曹纬见他不悦，将酒杯举起，边敬酒边好言相劝。

文钦哼了一声，本不愿接受敬酒。毌丘俭脸色一沉，道了声"仲若……"文钦见他欲怒，不敢再造次，举起酒与曹纬对饮一杯，不再妄言。三人又饮了几杯，吃罢酒宴，文钦起身道："末将不胜酒力，先告退了。"

毌丘俭答允，命他下去早早休息。待他离开以后，曹纬忧虑道："仲若勇气可嘉，可他的脾气还是……"

毌丘俭也是一叹："我已说过他多次，可他就是改不了。如今正是用人之际，他的忠勇毋庸置疑，只盼能稳住脾气，待到与司马师正面交锋之日，便是一条万夫莫当的好汉了。"两人又饮了一会儿，曹纬将迎战胡遵之事也与毌丘俭商议起来。

文钦离了宴席回到自己营帐，怎么想怎么气不顺，叫人拿上许多美酒，自己豪饮起来。饮了片刻，文鸯巡营归来，见他一人在喝闷酒，便道："我见毌丘将军与谯侯还在厅中叙谈，父亲因何在此独酌？"

文钦业已大醉，嚷道："打又打不得，说又说不得，还不许我喝它几杯？"

文鸯道："方才巡营，众将听说不与胡遵交战，都士气低落，只有史招、李绩二将面有喜色，令手下兵卒休整，好不气人！"文鸯年方十八，一杆长枪出神入化，颇有赵子龙之风。他少年英雄，自是求胜心切，对避而不战也十分不满。

文钦正是无处撒火，听了此话一脚踢倒酒坛，道："去，把史招、李绩二人给我拿来！"

文鸯领命，少顷便将二将提来。文钦问也不问，劈头便骂："鼠胆之辈，何故退缩，可是不愿讨贼！"

史招、李绩二将不明所以，便道："我等听令行事，将军为何恼怒？"

"哼，听令行事……我看尔等就是贪生怕死，不敢出战！阿鸯，将二贼押下去，一人三十军棍，给我狠狠地打！"

史招、李绩大惊，慌忙喊冤。文鸯只听父命，上前一手拖住一个，拉出去便是一顿暴打，打得二人皮开肉绽，叫苦不迭。

毌丘俭与曹纬远远听见有人惨叫，立刻赶到，此时已打了二十多棍，两人已快发不出声音。"住手！"毌丘俭厉喝一声，对文鸯斥道，"好大胆子，何人许你杖打将官！"

文鸯还未答，文钦醉醺醺地从屋中出来，正准备问打得怎样，一见毌丘俭一脸盛怒地立在外面，顷刻间酒就醒了一半，再看史招、李绩二人的惨相，更是心慌，悔恨道："末……末将多喝了几杯，酒后胡为，请将军恕罪！"

毌丘俭一向知他鲁莽，也曾多次规劝，没想到他竟在这个节骨眼上任性胡为，心中虽是气极，但事已至此也不能再损大将，便将文钦、文鸯父子狠斥一番，让他们立功赎罪。又亲自为史招、李绩二将敷药疗伤，好言宽慰了一番，将此事压下。本以为风波可就此了结，谁知史招、李绩因屡受文钦责罚，此次又无故被打，心中甚恨。而他二人世居中原，越往洛阳便越想归家，遂生出了异心。

两日之后，毌丘俭率军上路，曹纬派五千精兵护送。走后三日，胡遵兵临谯郡。曹纬以地宫八卦阵为营，毫不显山露水，将胡遵迷阻在阵内三天三夜。胡遵冲出阵时已身受重伤。

司马师听从钟会之言，亲率主力大军驻扎在汝阳。他猜到文钦一路而来，未遇抵抗，必然心浮气躁一心求战，便反其道而行之，命令各路人马严守阵地，不与敌军正面交战。一是为了作出不敢应战的假象，诱惑敌军；二是想等各路大军全部集齐之后再开战，以二十万养精蓄锐之众对五万长途跋涉之兵，更有胜算。然而，胜算是有了，但他个人的危机却更大了。

司马师自去年被夏侯玄行刺之后，不仅左眼瞎了，眼下的瘤子也崩裂溃烂，虽后来被割去了血瘤，但患处仍时常出血，迁延不愈。他虽生性刚毅，但也难堪病体煎熬。更致命的是，那日夏侯玄问出那句"还记得容儿之死吗？"令他豁然忆起发妻夏侯徽的往日音容。她死以后，他命人封锁了她所住的院子，五个女儿全交由续弦羊徽瑜照管，自己不曾去看过一眼，也没为她上过一次香。他一直坚信，自己绝情至此，与她便是黄泉也不会再相见。可这一年来，她几乎夜夜入梦，在小窗下、铜镜前，等待他为她理鬓贴花。他这才惊觉，多少年来将一切封存，全因不能忘。他自诩平生无惧，却在她一次次从梦中消失时吓醒过来。

他此番听从钟会之计，迟迟不进攻，也是感到自己威势不比当年，想选个稳妥的打法。而钟会却另有所图，像一只猫在黑暗中的猛虎，晃动尾巴等待着。

毌丘俭大军刚行至项县，史招、李绩二将便叛降了，带走近一万人马，军心动摇。司马师得二将来降，知道此乃敌军最薄弱之际，立即派荆州刺史王基前去占据南顿。南顿又名"鬼修城"，是西取洛阳的必争之地。之所以叫"鬼修城"，乃因一个传说。

相传东汉光武帝刘秀大战王莽时，王莽率军追至南顿。此地荒凉，无所凭借，刘秀下旨鬼魅，命其修城，一夜间便起一座高城，即为南顿城，得以大败王莽。其实，刘秀之父曾任南顿县令，此地乃刘秀少年时生活之地。他称帝之后，体念乡里之情，免南顿百姓两年租税。百姓感恩，在南顿修庙祭祀刘秀。此地可谓汉室一处气脉所在。

毌丘俭、文钦一路闯来，还未杀敌先失大将，士气越发低迷，急需一场胜仗鼓舞人心。他们在南顿东南的项县停军整顿，商议下一步该如何用兵。而此时，司马师潜军衔枚，正暗中从汝阳向乐嘉城进发。王基也正率军悄悄赶往南顿城。

却说嵇康听闻毌丘俭大军在项县驻扎下来，稍一思忖，不由大惊。从项县进攻洛阳，必夺之城便是南顿。令人不安的并非此城地势险要，而是此城之名。管辂的预言一直萦绕在脑海，直到他想起南顿城又名"鬼修城"，所有的谶语便一瞬间神奇地显现了：

> 玄武藏头起风雨，水神围困白马津。
> 白虎衔尸动杀伐，凶神当堂主必危。
> 苍龙最怕逢鬼魅，风沙阻道便成灰。
> 朱雀扬州又折翼，广陵一哭万事悲。

至此，"玄武藏头，白虎衔尸，苍龙无足，朱雀悲鸣"的十六字预言被嵇康尽数解出。虽为四句诗，但隐喻的绝非仅仅四件事。如今曹髦受困，便似苍龙无足。毌丘俭起兵讨逆被阻项城，此一战的关键便是绝不能攻打南顿，一到鬼修城，便必是衰败的命数了。

他连夜与岳山策马往项县而来，必要阻止毌丘俭去攻南顿。二人一行只选偏僻小路，马不停蹄，三日后便来到项县郊外。星夜兼程实在疲惫，嵇康见道边有个卖酒的小棚子，便与岳山拉着马过去歇脚。乡间小道上人烟稀少，只有一大一小两人坐在那里。那大人边喝酒边叹着气，旁边的男孩约十岁年纪，眉清目朗，却身体孱弱，捧着热水想喝，却被剧烈的咳嗽打断，不能下咽。

嵇康观其颜色，知道这孩子患有肺疾，尚不太重，但若拖延下去恐怕就不善了。看着这孩子，他想起洛阳家中的一双儿女，自己不在侧，病了痛了何其可怜？便问那大人道："他可是你的儿子，我看是得了肺疾。"

那人听他张口便能说出病情，双眼一亮，答道："他是我妹妹的孩子，确实得了肺病。妹妹家贫，没钱给他治病，托我接他回娘家寄养，也好看病。谁知正赶上战乱，这一路从洛阳过来，又要躲避兵马又要照顾他，不知何时才能到老家。眼看这孩子的病一日重似一日，真怕到不了就……"说到伤心处，不由拿袖子拭起泪来。

嵇康听罢，更生恻隐，想起近处有一小山，自己曾与阮侃在其中采过药，来回不过一个多时辰。便上前为那孩子诊了诊脉，写了一张药方，道："你们在此等候，我去去就来。"那人见他会治病，欢喜得不知如何是好。嵇康留下岳山喂马，自去山中采了些药来，拿日常用的药袋子装了，递给那人，嘱咐了他煎服之法，便拉过马要上路。

那人见他非但不辞辛劳，采药救人，而且分文不取，感激得要下跪，被岳山扶住了，只得哭拜道："小人张属，安丰津人士，请问恩公大名，来日定当报答！"

嵇康只道："我与此子有缘，你不必放在心上。"见那孩子站在面前，眨着一双大眼仰望着他，不由得伸手怕怕他脑瓜，笑道，"你叫何名？"

"我，咳咳，我叫……赵至。"孩子攥紧嵇康给他的药袋子，脸红道。

"是个好名字。世间之至，唯深、唯善、唯真，你懂吗？"嵇康微笑道。

"嗯！"赵至使劲点点头，眸子透出光彩。

嵇康见他小小年纪似乎能懂，又是一笑，将自己的马赠予张属，让他带着赵至快些回家。自己与岳山同骑一匹，告别而去。赵至跟出酒棚子，直望到他马蹄荡起的黄尘也落尽了，才低头看手里的药袋子。上面绣了一株绿竹，落着不认识的二字。

此人就像神仙一般，赵至心想。

而嵇康因此事耽搁，与岳山更加快马加鞭，待赶到项县时见城门紧闭，兵将在城楼严阵以待，不知是何战况。找了个路边村民，一问之下，不由大惊。

四十五、贼惊应天劫，将败遭民诛

原来，上半日文钦便领兵出城去了。难道他已经去抢占南顿城？嵇康将令牌让守城的兵将看了，便被请进毌丘俭帅帐。

"叔夜，你怎么来了？"毌丘俭正在研究地形图，见了他诧异道。

"我来告诉你，千万不可去攻南顿。"嵇康道。

"为何？我已命文钦先去夺城。此乃要地，若被司马师先一步占领便坏了。"

"依我看，司马师将兵马驻扎在汝阳是假，他此刻定星夜兼程去乐嘉城与邓艾会合，再以最大的兵力合攻项县。无论南顿是否能占领，只要你们兵力分散，便大不妙。为今之计，最好的办法便是派人追回文钦，全军去攻占陪都许昌，保存实力，以图再战。"嵇康说完此言，怕他不听，将管辂的预言谶语也说了，毌丘俭这才重视起来。上一次王凌谋立曹彪时，嵇康曾以谶语劝他不要参与，事后便灵验了。神算管辂的预言，没人敢轻视。

"既如此，我马上派兵传令于文钦！"毌丘俭道。

"不必浪费兵力，给我换匹快马，我与岳山去追便是。"

"好！"毌丘俭一向果断，提笔写下军令，交到嵇康手上道，"一路保重！"

嵇康握住他的手："你也万事小心！"不知怎的，两手交握，一股悲凉之情在二人之间萦绕起来，难以挥散。

"走吧，剩下的事就交给我了！"毌丘俭将他一推，爽朗一笑。

"好。"嵇康走出帅帐，转眸相看，毌丘俭挺拔的身姿遥遥独立，却似与他隔了一道天河。他不敢再看，骑了快马与岳山向南顿追去。

文钦带领儿子文鸯、文虎去夺南顿，到了城下忽然一阵阴风扑面，飞沙走石，足足吹了半个时辰之久。待风沙落定之后，再看城头，已高挂"王"字大旗。王基不知何时先一步占领了南顿城。文钦见此，虽不甘心也只能另作打算，听说邓艾屯兵在乐嘉城，便自作主张转头去袭击邓艾，想杀他个措手不及。他这边刚率大军到达乐嘉境内，便与通过浮桥在乐嘉扎下营寨的司马师大队人马相遇了。

天光已暗，司马师的营帐影影绰绰，透出微亮。

文钦见误撞司马师部队，大为惊愕，正不知如何是好，文鸯道："司马师从汝阳跋涉而来，兵将刚越过栈道浮桥，还未站稳脚跟，正是疲乏之时。狭路相逢勇者胜，碰都碰上了，哪有退回的道理？何况司马师就在前面营中，若能将他杀死，我们便不战而胜了！"

文钦受到儿子的鼓舞，也来了胆气，道："好！咱父子兵分两路，我与阿虎从侧翼包抄，为你掩护。你带兵马直冲司马师营寨，看看这个狗贼往哪里跑！"

二人说罢，即刻领兵马各自行事。文鸯令手下兵将大声擂鼓，边击鼓边大骂司马师。一群行伍之人，污言秽语，不堪入耳，一时间鼓声人声铺天盖地而来，借着黑夜的掩盖，犹如千军万马。文鸯一马当先，横枪在手，冲着司马师营帐高声大喝道："司马狗贼，文鸯在此，拿命来！"

这一声大吼，犹如张飞喝断当阳桥，子龙独战长坂坡，气势如虹，声贯九霄！

司马师拖着病体行军，本就不堪颠簸。此番安下营帐，军医给他眼下的疮口换了药，他便命众人退下，准备静养。刚躺在榻上，便听见外面人声鼓声聒噪，正焦躁，忽听文鸯一声雷霆厉吼，似一道霹雳闪电顶头劈下，两耳中登时一炸。七窍相连，震得口、鼻、眼跟着大张，一阵激痛之后，坏掉的左眼珠受不了强烈的内压，"砰"地一声从眼眶中爆孔而出，喷出一股鲜血，"骨碌碌"滚落地上。

他剧痛难当，挣扎一下倒落榻上。但此人果非常人，面对如此剧痛仍能保持一丝神志，为了不让众兵将听见惨叫动摇军心，竟一头闷倒在榻上，抓咬着被子愣是一声也没哼出来，直把嘴唇、被褥都啃咬得一片血肉模糊，加上左眼还在"汩汩"淌血，瞬间便把卧榻浸染了大半血色。

司马师这边强忍剧痛，苦等亲从前来，却不知所有亲信、军医皆被一人隔开了。钟会一直徘徊在司马师帐外，关注着里面动静。文鸯一嗓子喊出来，他一惊之下，感觉帐内有人影挣动，便躲在阴影处向帐内窥视，将司马师左眼珠迸出、咬被忍痛之事看了个一清二楚。一看之下不由大喜，本来自己还在苦思手段，如今只需让他一人在那里苦捱，等血流得多了，便是谁来也无回天之力了。

而此时文鸯在外叫阵，众将正一团混乱。钟会站在营帐之外，见邓艾前来向司马师请令，便道："大将军方才下令，文鸯不过虚张声势，必不敢袭营，你等坚守即可，他已休息，不需来扰。"

邓艾也认为此时不该迎战，便仰着脖子向帐中望了望，见司马师躺在榻上，以为确实歇下了，便也不再疑问，命令所有官兵严阵以待，坚守大营。

文鸯见无人应战，营寨又把守森严攻不进去，只得令手下兵将拼命叫骂，如此闹腾了一夜，不仅司马师没有发兵迎战，连说好从侧翼包抄与自己会合的文钦、文虎也迟迟不来。眼看天边已露白肚皮，待敌军看出自己只有五千人马，便不好办了，只得下令撤军。

果然，天一亮邓艾看出只有文鸯一人率军前来，便派左长使司马班率精兵八千追击文鸯。文鸯的确少年英雄，明知敌众我寡也丝毫不惧，一边令手下兵将撤退，一边扭转马头单枪匹马杀入敌阵。

银枪、银马、银镫，加上一名面如冠玉的银袍少年，背衬着初升的朝阳策马杀来，直晃得司马班与手下兵将不敢逼视，气焰顿失。文鸯一杆长枪舞得出神入化，转眼间便挑杀敌兵百人。司马班惧其勇猛，根本不敢上前迎战，灰溜溜地撤兵了。文鸯见追兵退了，便回过头去寻文钦、文虎父子，却始终不见踪影。

此时，正在项县等着文钦回返的毌丘俭，却收到了奇怪的战报，说文钦父子已死于南顿城下，一万军队皆投降了司马师。由于听了嵇康不能攻打南顿之言，他对文钦之死深信不疑，却不知此乃邓艾的诛心之计。邓艾见文鸯孤身来战，便知他与文钦兵分两路，而天明之时不见文钦前来，便猜出他父子未能会合。他们一夜未归，毌丘俭定然生疑，正好趁此之际谎报文钦父子已死，以动摇其军心。

造化弄人，几番巧合之下，毌丘俭认定文钦父子已死，此时自己只剩不到三万人马，而司马师坐拥二十万之众，根本不可匹敌，再撑下去必败无疑，不如趁敌军未至先行撤离，退回谯郡与曹纬会合。他雷厉风行，立刻下令火速撤军，三万人马士气低落地离了项县往南退去。

而乐嘉城中，司马师一直到天亮才被军医发现，那时他早因剧痛和失血昏死过去。众将一下乱了阵脚，只有邓艾想起昨夜钟会之举，心生疑窦。但此时他也无暇多思，一边稳定军心，一边想方设法挽救司马师。钟会见司马师已然将死，又恐众人回过神来疑心于他，便请缨去追毌丘俭，趁机逃了出来。

却说嵇康与岳山骑了快马去追文钦，还未接近南顿城，便被一阵铺天盖地的风沙阻住了去路，视线所及尽是昏黄一片，顿觉大势已去。二人迎着狂风艰难寻至入夜，非但不见文钦的队伍，还因漫天黄沙而迷失了方向，辗转一夜，待重新来到项县近郊时，毌丘俭早已撤离了。

钟会猜测毌丘俭必从谯郡往寿春撤退，便派兵前去阻拦，只逼得他临时更改路线，向扬州安丰津退去。一路上许多兵将见败局已定，渐次离去，行到慎县之时，只剩两名亲从陪在毌丘俭身边。

嵇康也认为毌丘俭定向谯郡撤离，寻了过去，至半路时见钟会已在关隘设兵，便也向安丰津追来。二人没日没夜地长途跋涉，到时已近黄昏，人马俱疲。眼见前方一座村庄，衰草连天，秸秆堆积，几户村屋破院散落在旁边，村尽头是一个小小的津渡。马累得双腿打软，马上的人也疲惫得不堪支撑。

正在此时，枯草与秸秆堆中陡然一动，探出一个头来。嵇康远远看见，觉得草堆里藏着的像是毌丘俭。他使劲打了两下马，想挪到近前看清楚，离得还有好一段距离时，忽见一旁的农院里走出一个村民，显是发觉了草堆的异动，举着一杆长柄铁叉猫腰踅足地走过去，见是一个将军藏在那里，不由分说，一叉子向他脖颈处插去！

一切都来得太快了！

"仲恭兄！"震惊之下，嵇康勒紧缰绳，凄厉一呼，吓得本就失魂的疲马一声嘶鸣，竖起前蹄，狠命往前一窜，生生将他甩下马来。

"先生！"岳山见他坠马，忙跳下马向他扑去。而他已全然不觉自身处境，身子滚落在地，眼睛却死死盯着草堆里的那个人。

此时，毌丘俭已受了村民一叉，后脖颈处喷出一注鲜血。他实在太累了，在草堆中藏身休息一会儿，待天黑透了再上路。两个亲从去村口找水未归。谁知刚想露头喘一口气，却被村民发现了。他遭了致命一击，知道已不能活，却仍不甘心，问那村民道："我、我乃义军，为…… 为何……"

那村民蹲下身子看着他，蠕动嘴唇说了些什么，他已开始失聪，听不清了。他心想，身为堂堂大将，戎马一生，虽不能马革裹尸也决不能死在一个村夫手中！他撑着最后一口气，从怀中摸出嵇康所赠的七星宝刀，刎上咽喉。

倒地闭眼时，他模糊地看见嵇康竟好似在不远处，向自己拼命伸出手来，口中嘶喊着，至于是什么，他也听不见了，一片永寂将他彻底包围。

"啊！！"嵇康眼睁睁见他自刎而亡，如一株大树在心中轰然倒塌，顿觉五脏崩裂，方才落马的痛楚也袭上身来，痛呼一声，昏死过去……

"阿叔，你醒啦！"

嵇康再次睁开眼时，已置身一个农室中，一个男孩正趴在床边看着他。见他醒来，兴奋地拍着小手叫道。他看清那孩子，眉眼十分熟悉，竟是自己在项县郊外所医的男孩，赵至。

"此处……"他正要问，赵至已跑出屋子叫人，须臾间，岳山与一村民便跑了进来，而那村民不是别人，正是赵至的舅父张属。

"恩公，你可醒了！"张属欢喜道，"这是我家，你就放心养着吧。"

嵇康道了谢，不解地看向岳山，他却回避了这目光，转身倒了杯水，端给他道："您之前坠马受了伤，恰好碰见张大哥，便将您救到了家里。"

他听罢，又向张属道了谢。查看了一番自己的伤势，并不严重，之前的昏迷只是心力交瘁所致。回想起毌丘俭的死，再次痛心起来。

张属见他无大碍，欢欢喜喜地自去烧火做饭，留下岳山在屋子里。"仲恭兄他……"嵇康想问他的尸首在哪，岳山却说了声"我去帮张大哥做饭。"一抬腿跑出屋子。嵇康更觉蹊跷，正好赵至走了进来，便问道："你舅父不是带你去外公家吗，怎么却在此处？"

"这就是我外公家，我们前几天到的。"

"怎不见二位老人家？"

"他们……"赵至说到这，小嘴一瘪，抽泣起来。

嵇康更奇，再要问时忽听外面传来一阵兵马喧腾之声，由远及近，在张属的院前停了下来。一兵将喝道："安丰津村民张属，速速出来！"张属听见当兵的来找他，吓得将菜刀掉在地上，战战兢兢出来道："草、草民张属在此……"

"你便是张属？"一个冷肃的声音问道。

嵇康从床上坐起身。那问话的声音，正是钟会。

"小人正是。"

"昨日我手下是在你这拿到人头的？"钟会又问。

"是。"

"毌丘俭乃堂堂大将，岂能死在你一个村夫手上？老实说出实情，若有欺瞒，严惩不贷！"

张属将当时情形交代一番，又道："小人拿铁叉扎穿了他的脖子，他受不了就自杀了……"

嵇康听到"毌丘俭死在你手上"几个字，血一下子涌到头顶，心肝快要气炸。他从窗户向院中看去。只见一大队兵马列在外面，几人手拖盛着锦衣、玉带、印绶的华丽托盘在侧，一人手拿诏书而立，而站在最前面的则是一身戎装的钟会。

钟会叫手下在院中查验核实后，道："既如此，张属接旨。"身后宣旨官展开诏书，宣读起来。诏书称张属杀朝廷叛逆毌丘俭，所献头颅已验明，确是毌丘俭之首级。张属为朝廷铲除逆贼，实乃大功，封安丰津侯，食邑一百户。

宣旨之人读罢，对张属一拜，道："侯爷，谢恩吧。"

张属听得似懂非懂，只明白是被封了官当，但并不敢相信，仍诚惶诚恐地跪着，直到那人叫他谢恩，他才匍倒在地，连连叩拜。

那人扶起他，命人将锦衣、玉带、印绶等物献上，道："侯爷，这是您的官服玉带，三日后会有人前来接您入朝，当面叩谢皇恩。"说罢向钟会复命。钟会微微点头，率众兵将浩荡而去。张属仍呆呆地跪在当地，不知所措。

嵇康将整个过程尽收眼底，人一走便从屋中冲出来，一把揪住张属的衣衫，怒道："原来是你杀了他，为何要这样做，为何！"

张属被他这么一揪扯，也晃过神来，道："恩公说那毌丘俭吗？"

"是，你与他有何仇怨，要置他于死地！"

"我、我与他无冤无仇……"张属被他勒得脸色发白。

"那又是为何！你知不知道，他是义军的首领，他是为了曹魏的百姓而战，你知不知道！"嵇康说到这，见地上端放的锦衣、玉带、印绶，恨得一脚踢翻，指着道，"就是为了这些东西吗，为了封侯赐爵，为了高官厚禄，为了锦衣玉食！为了这些你便可以去杀一个无辜的人，是吗！"

"不，不，我根本不知道这东西是怎么来的，我没想当官……"

"那又是为何，你要杀一个无辜的人！"

张属被他勒得太紧，也急了，两手扳开他胳膊，瞪眼嚷道："无辜？这些兴兵打仗人的都一样，没一个是无辜的！你看看我们这村子，还剩几户人家，几块田地！从小到大，这里就是不停的战乱，今天你家称王，明天他家称霸，谁来了都是横征暴敛，要粮要银，哪个管过我们的死活？这刚过了几年太平日子，又打起来了！旗子一举就是几万将士，旗子一落就是遍地横尸……若只是战场杀戮也罢了，你知不知道，我带着至儿回来时看见什么？看见我爹娘横死在院门外……邻家告诉我，我爹是为了护住家里唯一的耕牛，被官兵用铁叉杀死的！他越说越激动，将竖在门边的铁叉拿过来，横在嵇康面前，哭喊道，"就是这把铁叉，插在我爹身上，我娘去护他，也被杀了……他们的尸体就横在那，没人敢收！村里的男丁都被抓去当兵了，只剩些老弱妇孺，这里几乎绝户了……那日，我见有个将军样子的人藏在秸秆堆里，我又恨又怕，怕他再惹来官兵。我不怕死，但不能让他害死至儿。至儿才十岁，他还是个孩子啊……"他一口气吼出这番话，说到最后瘫在地上，泣不成声。

嵇康愣住了，张属的话深深震慑了他的灵魂。他本以为自己坚持的道路无比正义，讨伐司马氏是民心所向，是天下大义，是无上正道，可到头来……他站起身，环顾四周，一条条白色孝布搭在院梁上、屋顶上，随着冷风向天宇飞升。

堂屋里停着三口破棺材，两具是张属爹娘的。一具没盖盖子，是毌丘俭的。

怪不得方才问起来，赵至会哭。

周遭的空气愈发寒了，他仰起头，大片大片的雪花从天幕坠落下来，似那年洛阳春深，毌丘俭府内柳园漫天纷飞的柳絮花。

一朵抓不住，一朵终须化……

大雪簌簌地下，顷刻将安丰津笼罩在一片白色之中，给人一种静谧安详的错觉。他张开四肢，仰面倒在雪地里。

四十六、歧路终行尽，故人半离丧

公元255年，司马师得胜回师，不久因左眼溃烂，死于许昌。司马昭亲至许昌探病，拜为卫将军。毌丘俭被夷灭三族，次子毌丘宗因被送往东吴为质，得以幸免。文钦、文虎在乐嘉城袭击司马师时被卷入风沙，迷失途中，后被文鸯寻到，得知毌丘俭已死，投奔东吴。文钦被东吴拜为镇北大将军，封谯侯。征东将军胡遵在谯郡莫名陷入八卦迷阵，冲出阵后重伤而亡。就这样，淮南二叛以司马师的暴毙、毌丘俭的被杀告终。

据说，司马师在死前一直叫着发妻夏侯徽的闺名"容儿"，彻夜不休，大哭而亡。

那日，钟会在安丰津见过张属后，因不知司马师的情况，便不急于回师，率军在原地休整。三日后，袖玉策马带来司马师暴毙之讯，告诉他可回许昌向司马昭复命了。钟会大喜，离他谋划的未来更进一步了。他揽过袖玉，笑道："一路风尘，累不累？"

"不累……"袖玉鲜少露出虚弱之色，答了一句，便手掩朱唇。

"怎么了，不舒服吗？"钟会关切道。

"无妨，一会便好了。"她心里念着更要紧的事，道，"我们何时动身回去？"

"我看你脸色不好，歇息一晚再走吧。"

"好。"她看看天色，已快到黄昏了。两人美酒洗尘，一杯一杯，缱绻不尽。钟会因心神大畅，多饮了几杯，醉倒在帐中。

袖玉见他睡熟，悄悄出了营帐，在安丰津内找寻起来，她猜测嵇康就在此处。此前听到毌丘俭被杀的消息，她担心嵇康被伤及，便以送信为由赶了过来。她在大雪覆盖的村子里寻了许久，皆不见踪影。听一个村妇说，张属家曾收留过两个外乡人，今早他被迎上洛阳册封，那两人便不知去向了。她借月色追到村尽头的渡口，天寒地冻，河面已冰封三尺，他们不可能从此处离开。

正在焦心，却见河边不远处雪地上有两人跪在一座新坟前，正在拜祭。仅凭背影，她便认出其中一人正是嵇康。才要相唤，却被一人钳住了肩头，回身一看，竟是钟会！钟会毫无醉意，冷眼看着她，薄唇一笑："果然有意外收获，让我欣喜又心寒……"说到后两个字，几乎要把银牙咬断。

"你，你怎么……"袖玉从未见他如此阴戾之态，心中狂跳。

"从你那次受伤回来，我便觉得哪里不对。本以为给了你想要的承诺，你便能回转。没想到，你为了此人竟选择背叛我……我待你哪里不好，你要这样对我？"他语气听起来有些缥缈，又有些漫不经心，像在说着他人的事。

到了这一刻，她也不想隐瞒，直言道："你待我就像一颗棋子，一个工具。十一岁时，我为了你进山苦练。整整十年，支撑我练下去的只有你那句话。你说你会等我，会想我。可我学成归来时，你一个月不见我，等想起时竟又一把将我推回秦桑阁，让我出卖色相，做你的眼线、你的杀人工具。可我还是等着你、守着你，希望哪日你累了、倦了、伤了心、失了意可以回过头来看见我，知道我一直都在。可你仍然无动于衷。直到你妻子派人用一枚短箭射向我心口，我身陷险境，九死一生，只有那个人，几番救了我。我回到洛阳将伤疤给你看，你却一脸怀疑，没对她质问半句……我知道，你要了我，给我几句承诺，不过是让我更死心塌地地为你卖命。你对我，何曾有一丝真情？"

钟会咬牙不语，她将一切都看得这般透彻，除了他此刻的心。他宁愿今夜之事不要发生，可拥着她一醉到天明。不过这些都不再重要了。抬眼一望，嵇康与岳山祭拜已毕，正牵着瘦马准备离去。他将袖玉狠狠一推，从袖口滑出一枚短箭，直向嵇康背后射去。

袖玉身子虽被推开，眼却盯得紧，见他一箭射去，失声叫道："当心！"

岳山正牵马走在嵇康身侧，听到喊声下意识往他背上一扑。下一秒，短箭便稳稳钉在岳山后心，心脏被瞬间刺穿，一口鲜血喷在嵇康背上。

"岳山！"嵇康捂住他不断喷血的心口，惊呼道。

"照、照顾好红芨……快、快走……"岳山把缰绳塞到嵇康手中。

"岳山……"

他们这边主仆诀别，那边钟会仍不罢休，又攥了一枚短箭在手，正要射出，却被袖玉击落在地。

"你给我滚开！"见她竟敢阻拦，钟会暴怒之下，一脚将她踹开。

"啊……"她尖锐地痛呼了一声，倒地呻吟。

听她之声极为痛苦，钟会蹙眉看去，见她原本宽松飘逸的黑衫紧贴在身上，在腹部勾勒出一个明显圆润的弧度，似已怀胎五月之状。之前她素袍宽大，加上身材苗条，竟没看出来。

难道，她与嵇康已有了苟且之事？怪不得她对此事只字未提，怪不得她一心一意要背叛自己！说不定，在要她之前，她早已委身嵇康了！

钟会想到这，脑中一炸，太阳穴突突急跳，"刷"地一声从腰间抽出鎏金宝剑，指着她道："这孩子是谁的，是不是他的孽种！"

袖玉用内力护住胎儿，刚好些，却见他凶神恶煞般提剑指着自己，还问出这番话，顿时悲上心头："你，你说什么？"

"这孩子，是不是他的孽种？"他嗓音已变了调。

"这种话你也问得出来？他是你的孩儿！"

"我的孩儿……"他脑中闪回几年前，曹玟洞房花烛之夜，司马芝失去的那个孩子。也是这般寒夜，这般凄冷。他早已失去了所有，何必再怜惜一个来路不明的孩子？早已决定孤身上路，又何必在乎一个心猿意马的女人？他攥紧宝剑，长吼一声，向袖玉腹部狠狠刺去。

一道寒光阻断了他的剑气。他抬起头，见嵇康使一把三尺素剑，架在他的鎏金宝剑上，于凛凛风雪中与他对视。

"钟会，你当真要万劫不复吗！"

"嵇康！！"钟会咆哮一声，挥动手中宝剑，向他此生最恨之人疯狂砍去。

杀了他，杀了他，杀了他！

杀了这个从形到神都无时无刻不在凌辱、耻笑、蔑视自己的人！有他一天存在，自己的虚伪、卑鄙、欲望、阴谋、诡计，都像明明白白地写在脸上，昭然若揭、无可遁形！

钟会看着嵇康，就像对着一面镜子，将自己灵魂中所有见不得光的丑陋照得清清楚楚，一颗颗祸心像一个个狰狞的恶魔，在镜中对他狞笑着伸出手来，魅惑他一同步入无底深渊。

他魔障入心，毫无章法地劈砍着，三五下便被嵇康用素剑点上咽喉。

"钟会，收手吧！这是一条不归路！"

"人终究一死，既来了便只有前途，哪有归路！"

"即便没有归路，也要堂堂正正地活一遭，否则与畜生何异！你曾说过，大丈夫一生要建功立业。我问你，你建的何功，立的何业？"

"我……"钟会听到此问眼神涣散起来，手中宝剑垂落，"我只不过想得到心爱之物，一个爱人、一个朋友、一份光荣，为何这么难？"他抓住嵇康的胳膊，意外地流泪道，"叔夜，我们为何到了今日？"

嵇康从未见他如此无助，心生动容，放下素剑道："士季，当初无论如何，

是我伤你太深 …… 我知你心已寒透，可是，这世间之事绝非你所想的尽是黑暗，还有许多东西值得去珍惜 …… 我与她清清白白，这孩子确是你的，你难道连亲生之子也不顾惜？"

"我一路到今日，早已不能再信任何人。你来告诉我，该怎么办 ……"

"真心必以真心相换。只要你从此不再助纣为虐，好好做个济世之臣，光明正大的做人，我便与你从头来过，好不好？"

"真的可以从头来过？"

"只要你肯相信，一切都能重新来过。"

"可是，我好怕 ……"

"不要怕，不管什么狂风暴雨，都有我和你一起承担。"

"当真吗 ……"钟会轻问一声，注视着他。

"当真！"

有那么一瞬间，钟会几乎要被面前之人说服，但灵魂中却响起另一个声音，提醒他不要相信任何人。他离顶峰只有一步之遥，怎么可以被打回原形，从头再来！世上怎会有如此天真、可笑、荒谬之人！他耸动双肩，轻笑起来，越笑越疯癫，一边肆意狂笑，一边暗暗握紧手中宝剑，冷不防向嵇康胸口刺去，却觉眼前一乱，一朵黑影扑到剑上。

"袖儿！"

袖玉倒落地上，腹部插着那把华丽的鎏金宝剑，黑色素袍铺散开来，殷红的血淌出来，像一朵盛放的牡丹，黑的花瓣，红的花蕊，美得惊心。

"你！！"钟会难以置信地看着她。

"孩子是你的 …… 我没有说，是因为还在等，等有一天我们都卸下伪装，真心相待 ……"

"为什么，为什么连你也要骗我，也要为他去死！"

"与你说也无用，你这样的人，永远也不会懂 ……"

"我是不懂，哈哈哈，我不懂 ……"钟会更觉可笑，一边念叨一边大笑不止，心口却似火在狂烧，好想凉上一凉。夜雪更大了，他站起身，向苍茫的暴风雪深处走去。

"先，先生 ……"袖玉向嵇康伸出手来，这是她此生唯一贴近他的机会。

嵇康收起素剑，将她抱在怀中："你为何这么傻，根本不值得！"

"感情只有情不情愿，没有值不值得。我，我一向如此，飞蛾扑火 …… 我只恨自己，没有早日追随先生 ……"

"我什么也给不了你，为何还要这样做！"

一双秋水美目望向他的双眸，那其中闪耀的温度足以融化她将要寂灭的冰冷："因，因为光明……在这无边暗夜，只一瞬便够……"

"我懂了……"他合上她的眼，轻声道，"你知道吗，你这双眼一点也不像她，你的美举世无双。"不知是不是幻觉，他见她冰封的嘴唇，露出了一丝笑容。

这夜，嵇康将岳山、袖玉葬在安丰津渡口边，面向洛阳的位置，与毌丘俭之墓列在一处。三座青冢并立在风雪中，任谁看了都觉凄然。

"我府上的柳园会一直为你虚席以待。"

"要死很容易，但一定要死得其所。"

"绿柳依然，只盼君来……"

毌丘俭往日的音容再现，如青松挺立、英姿丰华。他此番也算死得其所了吧。

"不忍，我也有不忍之心。"

"感情只有情不情愿，没有值不值得。"

是袖玉曾说过的话，她用一生追逐一团烟火，终于在尽头照亮了别人。

"这是什么声音，好吓人……"

"此生只要能守护着红妆，要我付出怎样的代价都心甘情愿！"

"先生，快走……"

总觉得岳山有些胆小腼腆，但为了要守护之人，他从不畏惧。

天边有星辰滑落，将三人之魂带向寂静夜空。他遥望天河，泪湿白衣。可悲天涯羁旅，他既无香烛亦无纸钱，更无琴在侧，拿什么来祭奠亡魂？不由得一声长叹。

尘世之中，暗夜仍在持续。

正月刚过，邺城铜雀台百里内便爆发了一场瘟疫，可谓家家有哀泣，白骨蔽平原。医者初时尚来诊治，认为是井水有不洁之气导致，可为何不洁医者却讳莫如深。后来发病实在太重，无人敢来医治，任由疫情蔓延。被软禁在铜雀台的曹氏亲王也有许多感染了瘟疫，曹林就在其中。

就在整个邺城快变作一座死城时，久离官场的山涛再次出仕了，被司马昭召为从事中郎。他就任的第一件事，便是请命前往邺城赈灾平疫。司马昭见疫情加重，害怕会蔓延太广，便应允了。

嵇康骑着瘦马，一路风餐露宿，半月后才回到洛阳。一过城关，便听说了邺城瘟疫之事，对曹林担心起来，想去看望。但家就在眼前，曹玟与他近在咫尺，刻骨的思念怎堪抵挡？

他快马加鞭，向嵇府方向飞奔，一心想着娇妻爱子，却在快到自家门前时放慢了脚步。离家两年多，不知曹玟此刻正在做什么，读书还是操琴？还有自出生便没见过的儿子，此时也该蹒跚学步了吧？还有乖巧可人的缩儿，定长高了不少，可惜自己什么礼物也没为她带来……他脑中思念着至爱之人，心慌得连马也骑不稳，好不容易来到府前，却被一片荒凉之色阻在门前。

嵇府还伫立在原地，但门楣已然衰败，府内年年常绿的杨柳也毫无生气，竟无枝条伸出院来。难道红莜与下人偷懒，没有好好操持？还是……他不敢再多想一分，忐忑地从马上下来，深吸一口气推开家门。

门后没有仆人迎他进府，院中没有孩子的欢声笑语，后院闺房更没有琴声传来……他呼吸愈加急促，心脏纠成一团，还是鼓起勇气踏进曹玟房中。

千千万万，让她在里面！

屋内没有人，床榻落满浮灰，绿绮尽是尘埃。

他周身冰冷，来到自己书房，还是无人。

她带着孩子出门去了？不对，不对，若只是出门，岂能这般寥落？难道他们因自己连累，遭遇了什么不测？他一阵眩晕，扶住门框。

"玉儿、玉儿，你到底在哪儿！"

越去想可能发生的不测，越觉得无法承受，他只觉一阵天旋地转，剧烈咳嗽起来，要将心肝都呕出，忽一个清脆的叫喊自身后传来。

"爹爹！"

是缩儿的声音！他一阵狂喜，转身相看。

红莜一手抱着男婴，一手牵着缩儿，一脸吃惊地望着他。

缩儿先扑了上来，搂着他脖子道："爹爹，你真的回来了？"

他把脸埋在女儿柔软的发间，颤抖道："是，爹爹这次真的回来了……"

他定下心，看向红莜怀中抱着的婴孩，小娃娃正眨着一双好奇的眼睛看着他。伸出手，第一次抚上儿子的小脸。

"咯咯……"一岁多的孩子，冲他甜甜一笑。他被惹得一笑，贪看起来。这孩子的脸庞与她真是一模一样，尤其是鼻子和小嘴，都那么精致漂亮。他边爱抚儿子，边问红莜道："你家亭主呢？怎么没跟你们一起回来？"

"亭，亭主她……"红莜别过目光。

他顿住手，心再一次抽紧："她怎么了？"

"她半个月前，走了 ……"

"走了？ 去哪了？"

"我不知道，她留了个字条让我照顾好孩子，便不知去向了 ……"

"那字条上还写了什么？"

"除了孩子，没提及任何人 ……"

她终究还是怨他了。该怨！ 可是天大地大，她能去哪儿呢？

"你若负我，我必寻个深山住起来，让你一辈子也找不到！" 她曾说过的话，恰在此时飘进脑海。

当时只道是戏言 ……

他搜肠刮肚，回想自己当日的回答。

"就算你躲起来，跑到天涯海角，我也一定会把你找出来。"

玉儿，无论你在天涯海角，我都会去寻你。

等着我！

第四卷　浊世清流

四十七、对床听夜雨，入山拾坠欢

司马师死后，司马昭接管军权，晋封卫将军。皇帝曹髦得知司马师死讯，大喜，欲借机发动宫廷政变。他命尚书傅嘏率大军还师洛阳，却下旨司马昭留守许昌，意图架空。钟会献计司马昭，让傅嘏上表朝廷假意恭顺，自己却随司马昭率军星夜回程，屯兵洛水之南，威胁京师。曹髦见二十万大军逼来，恐引起祸乱，只得放弃政变，改为安抚，拜司马昭为大将军，加封钟会为黄门侍郎、东武亭侯。

自此，沿袭了四代的曹氏政权彻底失去扭转乾坤的时机。司马昭上台之后，外整兵马，内肃朝政，将大权牢牢掌握在手中。他心机深沉，外宽内紧，少了其兄司马师的刚猛暴虐，却更多了几分狡诈阴狠，鹰犬党羽遍布天下，处处监视百官，朝臣无不胆寒。这般政局下，一向游离庙堂之外的竹林七贤中，阮籍、山涛重被召至司马昭幕府，王戎年少未出仕，其余四人仍在山林。

安丰津一场遭遇后，嵇康回返洛阳家中，却见一派凋敝之色。曹玟负气出走，只剩红莜带着一双儿女，艰难度日。正逢嵇喜来洛阳求仕，带着家眷，侍奉着母亲孙氏一齐来到京城，在嵇府安置。嵇康将儿女暂托兄嫂照顾，把岳山之死告知了红莜，二人一齐离了洛阳，一个前往安丰津拜祭，一个向邺城疫区而去。

此时的邺城由于山涛治理，疫情有所减弱，不再一片死寂。嵇康此去一为探望曹林病情，二想凭借微薄医术，救助病者。待邺城事了，便可心无挂碍，天涯海角去寻曹玟。

他挎着草药袋，布履白衣，刚来到邺城，便被一阵喧闹吸引过去。山涛为了控制疫病，命人在邺城大小水井中投入解药，并派官兵在旁边散发草药给百姓。今日，不知从哪处来了一个疯癫老者，来到邺城最大的一口水井边，二话不说，拿着一个酒葫芦就往井里倒一种刺激难闻的液体。守在一旁的官兵上前喝止。岂料这老者非但不收敛，转而向那官兵身上吐了起来。官兵恼怒，上前将他捉住，捆在一旁的木桩上。百姓也大为激愤，一些病患家人都围上前去叫骂厮打。可这老者仿若灵魂出窍，对打骂毫无反应，直挺挺地被绑在那里，呆若木鸡。

嵇康从人群外向木桩上一看，被捆住的老者竟是苏门山上的孙登。他赶忙拨开众人，想上前解开绳索，却被官兵拦住了。正在对峙，山涛的车驾恰好巡视经过，见是嵇康，忙斥退官兵，上前携住他："叔夜，你怎么在此？"

嵇康一指孙登方向："此事容以后再说，这位老者乃世外高人，快将他放下来！"

山涛一边命人为孙登松绑，一边说："此乃苏门山高人，看来瘟疫不日可解了。"官兵与众人都甚为惊奇，纷纷跪倒在地上，对着孙登磕头不止。谁知孙登一瞬间便不见了踪影。

"方才孙先生向井中倒的液体，想必便是治病的药液了。"嵇康道。

"也难怪他们恼火，这治病之法也太过奇特了。"山涛笑了一番，又道，"你认识这位高人？"

"早在十几岁时，我便遇见过他，与他有些因缘。此人姓孙名登，隐居在苏门山，偶尔下山游历。十几年前见到他时，看起来便有六旬年纪，今日仍是如此，可见其道法高深。"

山涛啧啧称奇，钦羡不已。又问起嵇康为何到此，听说他要探望曹林，不由得一声哀叹，道："你来迟了，沛王几日前便故去了……"

嵇康也叹息悲痛一番，询问曹林如何安葬。山涛道："因是疫病而死，不能停放，当日便在铜雀园下葬了。葬礼是我亲自主持，礼制祭品都是亲王规格，不敢丝毫废弛，你可放心。走，我这便带你前去拜祭。"

"多谢巨源。"嵇康对山涛深深一拜，两人登上车驾来至铜雀台。祭拜完毕，嵇康道："还有多少亲王宗室得了疫病？"

山涛一脸阴霾："患病者十之八九，亡故者近半……我已全力救治。"

"去岁严寒，大雪不止，为何还会有疫情？"

山涛与他对视一眼，目光晦涩："井水不洁所致……叔夜，你还是别问了。"

嵇康了然。

过了一日，有人来向山涛禀报，城内凡是饮了孙登倒过药液的井水，疫病都好转了。如今全城老少都争着去饮那井水，一片骚乱，官兵也控制不住了。

"这可如何是好？"山涛犯难。井水虽不至于被喝光，但百姓争抢起来，难免发生意外。嵇康也正发愁，只见孙登又飘然而至，扔下一张纸片，不待二人说话，转身就不见了踪影。二人大惊，打开一看，竟是一张药方。药方上皆是寻常之药，无一味名贵草药，配药之法离奇古怪，既不合药理也不守阴阳，普通人看了定当作不通医术之人的胡写。

他将药方给山涛看了，山涛立刻命人按方煎药，投在城中各处水井内，并令他们就近取水，不得再争抢厮闹。嵇康也与众医一起煎药送药，如此一来，不过三日，邺城的瘟疫便消退了。嵇康心事已了，向山涛辞行。

"你我多年未见，何不多留几日？待邺城事毕，我们一起回京去见嗣宗，好好痛饮几场，岂不快哉？"山涛阻拦道。

"你与嗣宗皆为司马大将军帐下从事中郎，我以何与你们列在一处？"

山涛只道他忌讳，忙道："你我之间只论相知之情，何将俗世虚衔挂在心上？"

嵇康淡笑，摇头道："你知我并非此意。嗣宗在朝，不为司马氏谋划一计，若徐庶当年身在曹营，容迹而已。而巨源你此次出山，一是因与司马氏有亲戚之故，二是见天下归属已明朗，而百姓疾苦仍深，想以一己之力在改朝换代之际为苍生多谋些福祉，一展济世之怀，可谓用心良苦。若连这些都不能懂，我与你们岂非白白相交一场？我如今身份敏感，朝中又有钟会为敌，与你们过从甚密，只怕徒生连累！"山涛的从祖姑山氏是司马懿之妻张春华之母，两家实为远亲。

山涛听他一番话句句说在心坎上，感慨道："叔夜啊叔夜，你之知我甚过我之知你。你为我等思虑之深，令为兄惭愧……我亦知你身为曹氏姻亲，无论情感还是道义，都不能委身司马氏，可如今政局险恶，你此去将如何自处？"

嵇康一笑："随遇而安，从心即可。人生在世，负累良多，随心所欲的日子本就难得，何必思虑太过？况且如今内子还不知身在何方，若能找到她，从此暮雪苍山，相伴余年，我再无所求……"

山涛知他心意，不再强求，又留宿一晚，二人彻夜长谈。说尽当年林下意，对床夜雨听从头。次日清晨，山涛相送嵇康，直送到邺城之外十里长亭，又三辞三送，方惜别而去。

嵇康离了邺城，一路逢山便入，遇林必寻，苦苦找了大半年，仍不见曹玫踪影，相思忧虑一日更重一日。

这日来到临晋县，听见村民议论纷纷，谈论一个草衣破鞋的老者发生的奇事。他疑心老者就是孙登，想请他指点曹玫所在，便上前细听。村民道，前日里来了个云游的老者，长相仙风道骨，地方官认为是个高人，便将他请进府中。好吃好喝招待了三日，临行时见老者草衣褴褛，便送他一件布袍穿。谁知这老者接过以后，出门便借了一把剪刀，将布袍剪成两段，丢在地方官府前。官员闻听，出门来看，老者并未离去。见官员出来，又用剪刀一条条将袍子剪得粉碎，丢在他脸上。这下官员甚恼了，将老者捉拿起来。谁知刚被拿住，老者便两眼一闭，气绝而亡。官员甚觉晦气，将他葬在振桥之下，草草了事。

嵇康听了大惊，寻到振桥处，只见坟头裂开，尸身早已不在其中，一时更加迷惑。守了两日，又听村民说有人在董马坡见到老者，身轻体健，与先前无异。他笃定老者必是孙登，怕追去董马坡时他又云游他方，便在振桥焚香祷告，期望他能回还。

一连三日，他都在振桥等候，孙登都未出现。他寻妻心切，决定再守一晚，若仍是不见便不等了。眼看天色渐明，他跪坐振桥下，叹道："孙先生，想必你我因缘已尽，不能再相见了……"

话音刚落，桥边现出一人，三缕花白长髯，歪挽发髻，笑对着他。

"前辈！"

孙登一点头，又意味深长地摇了摇头。

嵇康赶忙对他使劲点头，一脸紧张地盯着他。

孙登沉吟良久，随后一笑，对嵇康又一点头。

嵇康大喜，对他深深一拜。抬起头时，孙登已在百米之外，负手走着。嵇康追上前去，不远不近地跟在孙登身后，一路往他隐居的苏门山方向而来。几日后来到苏门山脚下，二人到百泉湖边饮水歇脚。谁知嵇康刚饮了两口，转身一看，孙登竟不见了。

若没猜错，曹玟就在苏门山！

他怎么早没想到，当初他与她便是在此处重逢，破镜重圆的。

他欣喜若狂，洒掉手中捧的水，在山下湖边找寻起来。群山回荡着他的呼唤，层层叠叠，栖鸟惊飞，千山万壑都在应和，唯独没有那个甜美的声音。他找了三天三夜，山上山下全部寻遍，还是不见她的踪影。

他颓丧地来到百泉湖边，捧了把泉水洗面，水中映出一张清癯憔悴的面孔，鬓发散乱，比先前更白了几分。

"玉儿，你究竟在哪里……"

孙登不会骗他，曹玟就在此山，只是不愿相见。可若真不想见，她又何必躲在这个尽是回忆之地。是了，她就是要看一看，他是否能够找到此处，又究竟愿守多长时间。

多长时间？ 嵇康苦笑。

自从经历了高平陵之变、王弼之夭、曹彪之败、夏侯玄之死、毌丘俭之亡，再对应管辂那句谶语，曹氏已现极衰之兆，无力回天。安丰津一劫，张属一番痛诉使他不得不重新反思自己此前所做的选择。司马氏阴谋篡逆、伪善执政、残害士人，实为逆天。可若天下群雄都以此为由揭竿而起，逐鹿中原，岂不又与汉末之争一般祸乱。自己身为曹氏姻亲，于情于理，不能依附司马氏。可若仁人志士皆不出山，任竖子小人高居庙堂，兴风作浪，天下苍生将以何存？

世上需要嵇康这个守节之士，警醒世人司马氏如何倒行逆施。

需要阮籍那般缄口不言之人，告诉世人有种智慧不是"不敢"，而是"敢不"。

也需要山涛那样的济世之臣，在乱世中挺身而出，为黎民做实事、挑重担。

嵇康心想，自己既不能于庙堂之上忧患黎民，也不能再助王侯将相揭竿而起，只能退居江湖之远，用一杆陋笔书写大道，用微薄的医术救治世人。然而在此之前，他要做的唯一之事便是找到曹玟。若连最爱之人也不能守护，他有何资格去渡世人？

"玉儿，我会一直在这里寻你，无论多久。"嵇康暗暗道。

自此，嵇康在苏门山下百泉湖畔搭个茅屋住下，每日在山中各处游荡找寻。有时遇见孙登，便跟随他行顿坐啸、自在神交。但问起曹玟消息，孙登从不回应。有时孙登出去云游，嵇康也不相从，仍守在原处。如此不知过了多久，春风吹去，夏风拂来，苏门山中美如仙境。

他在茅屋旁边开垦出一片土地，种上些时令蔬菜，又搭了个小凉棚，将湖水从百泉中引出一股，绕在棚前。闲来打鱼射雁、仰落惊鸿、俯引渊鱼，自得其乐。他知道她定在某处远远看着。他要她明白此处万事不缺，足以守卜一辈子。

这日，他刚浇灌完菜园，在茅屋中休息，只听外面传来一对男女谈笑之声。

"这小院好生熟悉，还有这菜园，这凉棚，真像他的意趣。"男子说。

"是呀，若先生就在此处，该有多好……"女子道。

"走，咱们去拜访一下主人。"

"好啊！"

两人说着来到茅屋外，刚要叩门，便与嵇康碰个对面。三人相视，欢喜异常。

"真的是先生！"红苃拍手道。

"我就说这小院的风格，非你莫属！"向秀一拍嵇康肩膀，乐道。

嵇康见他二人竟在一处，奇道："你们二人……"

向秀道："我四处游历，一月前在途中遇见红莜姑娘，便一路同行。"

红莜道："我从安丰津拜祭回来，四处寻找亭主与先生的下落，谁知竟遇上向公子，他便随我一道了。"

"原来如此……"嵇康眼神在他二人之间流连，继而一笑。

向秀、红莜顿时红了脸。向秀咳了一声，道："那个，你找到嫂嫂没有？"

"对啊，亭主呢？"

嵇康叹了口气："我可没你们走运，天南地北都能遇到。玉儿就在此山中，我苦苦等了这么久，她也不肯出来见我。"

"亭主就在山中？"红莜眺望群山。

"那你还这么悠闲，把山翻过来找啊！"向秀急道。

"我早就翻了不知多少遍，可她想必还是怨我，不肯现身。"

"你怎么确定，她就在此山？"向秀表示怀疑。

"我与此山中一位高人有些因缘，他将我引至此处，必不会错。"嵇康道。

"山上没吃没喝，她总要下来取水吧，难道一次也没碰见？"向秀问。

"是啊，那高人是否断定亭主就在此山，难道不会在别处？"红莜指了指与苏门山相连的另一座凤凰山，道，"那也有座山峰，她为何不会在那里？"

嵇康摇头："你难道忘了，当日我与她曾在此山重遇，为她还险些命丧狼口。她念着这桩旧事，也会栖身于此。"

红莜脸色一黯，道："我怎能忘了这此事，当日还是他把先生背下了山……"她指的是岳山。虽然她对岳山并无刻骨爱意，但两人夫妻情好，岳山对她更视若珍宝，她岂能忘怀？

嵇康想到岳山，也心痛不语。向秀见二人此状，道："总这么等着也不是办法，我们还是留下来，陪你一起想办法。"

红莜缓了一下心绪，道："或许我猜得不对，但以我对亭主的了解，她越是思念先生，越不敢住在此山，否则日日面对旧景，你让她如何承受？"说着她又指向远处山峰，道，"反而是那座山，既临着这里，可以守望，又不至于身处其中，无法自拔，这才是她的心啊！"

嵇康顿如拨云见日，惊叹道："还是你更懂她的心！"继而神色又灰了下来，"可是，若她真在那座山上，此泉地势低凹，她定能看见我就住在泉边，为何不来相见……想必还是不能原谅……"

红莜又是摇头，叹道："女子之心就是这般柔肠百转。亭主深爱先生才会生怨，爱得越深怨得越重。因怨得太重，无法消减，才会负气出走。可天大地大，她只想留在与先生有回忆之地，不敢太近却又不能太远。苦盼着你来，可见你来了，却又气你愚钝，竟不能体会她的心思。仅仅一山之隔，你却在此苦守，不知向前迈出一步！她在那头日日相望，定期待你遥望远山时，可与她心魂相通，翻山越岭去将她找出来，兑现曾许下的誓言。这么多年我最清楚，亭主自从遇见先生，心意未曾一日改变。无论现在还是从前，她时时刻刻都在望着先生啊……"红荍禁不住流下泪来。

向秀认真听着这番话，似乎瞬间懂了红荍的心。

嵇康也湿了双眼，恼恨自己为何这么傻，这么笨，不能体会她对自己的情意。只觉得她是因怨恨而不相见，却从不想她等候自己时是怎样肝肠寸断。他自责道："你说得对，是我太愚钝，我这就去接她！"说罢向凤凰山而去。

待他走远，向秀在红荍身后，轻声道："这么多年，我也是此刻才真正懂你。"

红荍红着双眼，转身看着他，许久才道："他去了才一年，我要为他守丧。"

向秀早就料到，温柔一笑："无论多久，我都等着你。"

晚霞浮现，两人并肩站在一处，望向峻美的凤凰山，默默祝祷着。

四十八、嬉笑下庙堂，江湖暗忧君

嵇康一步不歇，来到与苏门山对峙成门的凤凰山脚下，深吸一口气，向山上寻去。凤凰山起伏连绵，若一只栖息的凤凰，故得此美名。他心里想着曹玟的绝美音容，一路呼唤，不觉来到山顶。

此山比苏门山更高，山顶松柏林立，景色奇美无比。他搜遍山顶，也没见到朝思暮想之人。

见她还不现身，他也不管她在何处，对着最大一株参天梧桐自语道："玉儿，我知道你就在附近。你不愿现身也可以，我只是来告诉你，我很想你……我知道你怨我，怨我不告诉你真相，怨我当初不辞而别，让你受尽苦楚。"

梧桐枝叶轻摆，沙沙沙……

"可我所谋之事，实在太过凶险。钟会时刻派人监视，我怎能言明？一旦事泄，我死不足惜，只怕连累你与孩子，无论如何也要保你们平安。"

梧桐树枝摇动，吱吱吱……

"你知道吗，仲恭兄死了，岳山死了，连父王也仙去了……人生如此无常，我们还有多少时间可以蹉跎……"

梧桐躯干震颤，簌簌簌……

"对了，我给咱们的儿子取了名字，单名绍，表字延祖。希望他将来能堂堂正正做人，延续你我的志向。我离家时，绍儿已经会走路了，会搂着红莜叫姨娘，管我叫爹爹了……绾儿也长高了，越来越懂事。可她毕竟是个孩子，总忍不住问起你，怕我伤心又不敢多提。有几次睡觉时，偷偷把小脸埋在被子里，我一拉开，枕边都是泪……"

"别说了，不要再说了……"梧桐树后传出女子悲切之声，曹玟一袭素裙，轻纱笼身，出现在嵇康面前。

"不要说了……"她注视着他，满面泪痕。

"玟儿，对不起……"他不敢上前，怕此情此景不过一场虚幻。

"这句话，你离开那晚也曾说过，可惜我直到现在才明白。是我不够懂你。"

"不，是我辜负了当初的诺言，我答应过绝不离开你。"

"你我两次分离，都是因为不够坚信，不相信彼此的爱可敌过一切。"

"现在呢，你相信了吗？我说过，天涯海角也会找到你。"

她轻柔地走上前，抚摸他斑白的鬓发，道："我若不信，怎对得起你一头青丝，熬成花白。"

"我若须发尽白，成了糟老头子，你便不要我了吗？"他哀怨道。

她一笑，钻进他怀中："你就是变作一块石头，一抔泥土，我也陪着你。等将来我成了丑老太婆，牙也掉了，满脸皱纹，你还愿意看吗？"

"愿意，你知道我永远都愿意。除却生死，再无什么能分开我们。"

"不，就算是死，也不能将我们分开。"曹玟知道此一番别离，终令她与他的灵魂交织在一起。她恍然忆起祖母杜太妃的话。杜太妃告诫她说，若深爱一人，必须敢于理解与信任。当时她不懂，以为有爱万事足矣。直到受了一番痛苦折磨，方知精神的相互支撑，才是爱的彼岸。幸好，他肯再一次千山万水，为她而来。

两人在梧桐树下久久相拥，与烂漫的山花融为一体。

向秀与红莜在茅屋中等到第三日，见入山口有两人携手悠然而来，正是嵇康与曹玟。四人相聚，重诉离情。曹玟见向秀与红莜能坦然相处，也深为他们高兴。在山中住了几日，曹玟要去祭拜曹林，也惦记着一双儿女，四人便一起离了苏门山。待回到洛阳时，细数日子，才知已过去一年半光景。

曹林去世后不久，皇帝曹髦与群臣评定沛王一生，赐谥号为"穆"。此乃美谥，布德执义、中情见貌、贤德信修、肃容持敬皆曰"穆"。沛穆王薨逝，爵位由长子曹纬承袭，仍为沛王。

却说钟会那日在安丰津走入暴风雪，魂魄迷乱、心神交瘁，没多久便支撑不住，倒身雪地。幸而被赶来寻他的兵将所救，否则定冻死在荒野。他一心要置嵇康于死地，但袖玉的背叛却令他此前监视所得化为乌有，手中没有一样真凭实据。他在司马昭面前屡进谗言，但司马昭如今刚刚上台，不想轻易对名士下手，以免寒了天下士人之心，故而没有表态。但他岂能甘心，就算嵇康远在山林，朝堂中不还有阮籍吗？他就不信，抓不到阮籍一丝把柄。

钟会很快如愿。阮籍的母亲去世，重孝在身本应恪守孝道，可他在司马昭的筵席上却丝毫不见收敛，照样喝酒吃肉。此前，司马昭想与阮籍结为姻亲。可阮籍竟足足大醉了六十日，令前去说亲之人无法开口。司马昭只得作罢。钟会清楚，司马昭定有不满，只是引而不发罢了。

这日，阮籍又饮得大醉，索性又开两腿，箕踞抱膝而坐。此乃最失礼的坐姿。因秦汉服饰中男女之"袴"在裆部并不缝合，是开裆的，为了遮掩私处会在外面穿一条裙子似的"裳"。后来胡服传入，到曹魏时期合裆的裤子已经盛行，但为尊崇旧礼，又开两腿仍被视为无礼之举。

阮籍箕踞抱膝，本已令座上宾客大为侧目。谁知他如此还不算，饮到兴起时竟然旁若无人，仰天长啸起来，将司马昭也惊得愣住。坐在宾客首席的钟会，马上抓住机会，弹劾道："大将军，阮嗣宗重孝在身，非但不尊礼法，大啖酒肉，而且箕踞而坐，羞辱于您，现在竟放肆到当庭喧哗，简直狂悖至极！您以圣人之礼治理天下，岂能容此等狂徒？"

钟会这番话，比当日何曾弹劾阮籍时更歹毒，而且他是司马昭身边炙手可热的大红人，此话由他说出，更有一份威慑力。一下子，众宾客皆放下酒杯，正襟危坐，大气也不敢出。

司马昭不似其兄那般暴躁易怒，没有立即回答，饮了口酒，眼角瞥向阮籍。

阮籍已收住长啸，仿佛没听见钟会之言，俯在几案上昏昏欲睡。

司马昭心想，这也太不把自己当回事了，不过如今阮籍是他要笼络之人，不如言语警示一下，看他作何反应，便示意阮籍身边的人推醒他，开口道："嗣宗，你如此行径，却是为何？不知本大将军在宴请宾客吗？"

阮籍见他话头不重，醉道："大、大将军，在下酒醉，忽而不知所在，以为庄周梦蝶，陷入迷津，故而长啸一声，好令自己神志清明些。"

司马昭暗笑他打得一手好太极。心想不过只要不明着跟自己对抗，爱疯便疯吧，反正他人在这里，便道："原来如此，那此时清醒了吗？"

"神清气爽，"阮籍看了一眼钟会，站起身道："听闻东平县衙藏有美酒无数，望大将军派我前去一品，以偿夙愿。"

司马昭甚为惊奇，这还是阮籍进入司马幕府以来，第一次主动请缨上任，不知有何居心。他沉吟片刻，道："嗣宗想以何身份前去？"他问到了问题的关键。

阮籍回道："求以布衣身份到东平一游，遍尝美酒，之后便返。到时愿以步兵校尉一职为大将军分忧。"

司马昭一笑。步兵校尉一职虽品级不低，但毫无实权，是个明智的选择。看来此一招阮籍早已想好。只要不危及自己的统治，怎样都可以，道："既然嗣宗要当个酒仙，岂有不准之理？只是布衣前去，有失身份，赐你东平太守一职前往。待事了回京，就依你意，领步兵校尉之职吧！"

钟会在一旁，见事情绕来绕去，竟绕到步兵校尉上，起身道："大将军，阮嗣宗醉酒成性，让他到东平去，若整日烂醉如泥，岂不祸害一方百姓？"

司马昭却不以为意，打圆场道："罢了士季，你看嗣宗他，为了母亲之丧瘦成了一把骨头，在大将军府也是拘着他，还是让他到外面散散心吧！"说罢起身离席。钟会盯着司马昭的背影，看来此人已开始不信任自己。

阮籍离了大将军府，一身轻松，能够到东平去算是一种暂时解脱。回到家中，却听下人报说，嵇喜知他母丧，前来吊唁。"这个俗人……"阮籍咕哝一声。

一会儿，嵇喜衣冠整肃地进来，对阮籍一番慰问寒暄。谁知阮籍根本不起身，两眼一翻，只给他一个大大的白眼。嵇喜识趣，告辞而去。他方离去，又听下人来报，说嵇康到了。阮籍顿时欢喜不已，起身迎至厅中，见嵇康携酒抱琴，含笑而来。"叔夜，这么久也不来，可想死我了！"阮籍迎上前，一把抱过酒坛，嗅了嗅："呦，是会稽山的老酒，还是你知我！"

嵇康挑眉道："这是想我还是想酒？"

"都想，都想！"

"方才来时，见我二哥臊眉耷眼地从这里出来。怎么，你欺负他了？"

"那倒没有，只是送了他个大白眼，哈哈哈！"阮籍大笑。

"你呀，就知道欺负老实人！二哥俗则俗矣，人还是不错的。他孝敬母亲，照管于我，从不藏虚。只是我俩志向不同，不能相谈罢了。"

"你也知道他不能相谈喽！既不能相谈，何必白留一场，浪费时间。"

"罢了，都是歪理，说不过你！"嵇康一笑，将琴放在膝前。

嵇康正要弹，阮籍将琴一把夺过，振袖弹起来。琴音洒脱逍遥，狂而不乱，是他新作的琴曲《酒狂》。

嵇康闭目品道："嗯……此曲甚妙，酒气甚浓，想必是你饮醉时所作，对否？"

"你是我肚子里的虫子吗？怎么事事猜中！"阮籍瞪眼道。

"我乃你腹中之酒虫，连你今日喝了几斤几两也知道。"

阮籍撇嘴："我却不信，你倒说说看！"

嵇康探身闻闻，又打量他片刻，道："御液八两，老酒一斤。这御液嘛，是在大将军府喝的，不够痛快，回来自己又补了一斤老酒，对否？"

阮籍一拍大腿，起身绕着嵇康转了两圈，道："完了完了，真被你猜的准准的！你这是要成仙啊！"说罢与嵇康促膝对坐，拍着他的肩膀，大笑不止。

"要疯要疯！"嵇康将带来的老酒抱去，道："我看这酒你今日还是别喝了，免得一会儿发起疯来，收拾不住！"

阮籍一把夺过，揭开盖子狂饮道："拿都拿来了，岂有不喝之理？你我今日定要喝它个昏天黑地！"他又狂喝了几口，一头栽进酒坛子里。半晌无语，嵇康以为他醉过去了，谁知探身过去，却听酒坛中发出"呜呜"的哭声。

"诶诶，你别把眼泪洒在酒里啊！这酒很贵的，我打了好几把铁犁才换来的，你也给我留几口呀！"嵇康去夺酒坛，却见阮籍抬起头来，涕泪横流，边哭边道："你再来猜猜，我因何而哭？"

嵇康看着他双眼，道："一哭为了慈母辞世，骨肉分离；二哭为了堂堂男儿，苟全乱世；三哭为了世道末路，清明不存……我说的对不对？"

阮籍握紧嵇康的手，哭得更甚："对，你说得全对！不过我还有一哭，我哭你我知己一场，却不能常伴。若你我能日日相醉在一处，该有多好！"

嵇康抓过酒坛，饮将起来。"我听人说，你要上东平？"

"对，我要喝光那里所有美酒，我要出去好好痛快痛快……这洛阳城，已憋得我喘不过气来！"阮籍指着四周用竹简书卷堆成的高墙，烂醉道。

"好，离开这里，永远不要再回来！"

"我还能逃，可叔夜你呢，你该怎么办？"

"我嘛，就做一只酒虫，你何时想醉，便到酒缸里找我……"

"哈哈哈哈，好，做一只酒虫，一只酒虫……"阮籍仰天狂笑，突然"噗"地喷出一口血。

"嗣宗！"嵇康慌忙扶住他。他何时虚弱成这般模样？

阮籍用袖子擦擦嘴，看了一眼血迹，笑道："不碍事，我早就添了这个毛病，一时三刻死不了……想要日日沉醉，总得付出代价……"他按上嵇康的手，"日后为了见你这个酒虫，我更要多喝几斤了。"说罢抢过酒坛，又是一通狂饮。

嵇康去抢酒坛，却被他死死攥住，不由得悲道："嗣宗，你这是何苦！"

"叔夜，你就让我醉下去吧，只有醉了才能忘记……"

嵇康松开手："好，今日你想醉多久，我都陪着你！"

"这才是好兄弟！"阮籍又是大笑，命下人又搬来几坛好酒，两人痛饮起来。几日后，阮籍上任东平，没多久那里便政通人和、百姓安居。后世诗仙李白曾作诗赞曰："阮籍为太守，乘驴上东平。剖竹十日间，一朝风化清。"阮籍在东平过了一段逍遥日子，只是他不知道，那日与嵇康醉酒抚琴，便是此生最后一回。

洛阳城，庙堂之争还在升级。毌丘俭、文钦之反后，司马昭在朝堂宣扬其叛逆之恶，连毌丘俭平定高句丽时所立的纪功碑也推倒了，恨不得把他打入十八层地狱。曹髦深知毌丘俭乃忠臣良将，想通过太学辩经的方式，为毌丘俭平冤，宣扬忠君爱国之道。

他率领群儒来到太学，道："近日朕重读经典，有一个疑问，想请众卿解答。"

太学生中最为学优之人起身拜道："请陛下发问。"

"当年周成王年幼，由周公摄政。周公的弟弟管叔、蔡叔、霍叔怀疑周公要篡夺皇位，便起兵反叛。后来周公平定叛乱，诛杀管叔、流放蔡叔、贬霍叔为民，此事天下皆知。但朕却有一问，若周公当真圣明无比，那么他当初又为何会重用管叔、蔡叔、霍叔这样的奸佞之徒呢？还是说，管蔡反叛也有其道理可言呢？"曹髦此问是借管蔡之事，讽喻毌丘俭之反，并暗中点出司马氏的谋篡之心。

众太学生听了此问，皆不敢回答，因实在太过敏感。方才站出来的那位太学生，支支吾吾了半天，道："周公乃圣明先贤，在下不敢妄论。"

曹髦又看向身侧躬立的群儒们，道："众位贤士以为如何？"

群儒俯首道："我等孤陋寡闻，不能评判圣人的是非曲直。"

曹髦见他们推三阻四，不敢回答，怒道："周公与管蔡之事，《尚书》中早有记载，你等熟读经史，怎么连如此简单之问也答不上来！朕命你们好好翻阅经典，过几日再来回答！"说罢甩袖而去。太学生中有年纪最幼的一位，涉世未深，见皇帝如此孤立无援，心中十分担忧。他就是赵至。舅父张属封侯以后，将他送入太学。他出身贫寒，没有贵族公子的纨绔之气、浮华之风，一心读书自强，遭到其他太学生的孤立。但他毫不在意，每日独来独往，倒也自在快活。

他想着皇帝之问，一个人出了太学。刚走到门口，便被一人吸引住了目光。太学门外立有三体石经，因年久失修，许多地方已经模糊不清了。赵至见一男子正全神贯注，在补写石经中缺失之处。自那人身后观看，见他用笔刚劲，气势不凡，所写古文精准、小篆俊美、隶书典雅，三种字体各显风流，不禁看得痴了。男子写了许久，直起腰停顿歇息，发现有人在身后，转身相看，见一太学生正看着自己。

"阿叔，竟然是你！"赵至惊喜道，写经之人正是嵇康。

"你是……赵至？"一年多未见，赵至长高了不少，像个大小伙子了。

"是我，阿叔，你的字写得真漂亮！"赵至见到嵇康，激动得小脸通红。嵇康微笑，询问他舅父如何，又为何来到太学。当日他虽恨张属杀了毌丘俭，但这归根结底是战争所带来的灾祸。朝堂政坛之争，岂能让一个平民百姓承担罪责？张属对父母至孝，对后辈慈爱，也不失为一个好人。赵至将舅父送他入太学之事相告，嵇康点头赞许，又询问他太学中所学为何，是否能懂。

赵至心中正有疑问，便将曹髦今日在太学之事说了，问嵇康该如何回答。

嵇康锁眉思索，半晌后告诉赵至，让他三日后再来此处找他。三日后，赵至早早来此等候，嵇康将一篇名为《管蔡论》的文章拿给赵至看。赵至读罢，拍手相赞，要将文章呈献曹髦。嵇康却将文章收回，对赵至道："日后陛下若问，你以此文章之要作答即可。"

"此文是阿叔所写吗？"

"乃嵇康所作。"他说罢便转身离去。

"嵇康……"赵至早听过嵇康大名，但并不知自己面前之人便是。见他走了，慌忙在身后追问道："阿叔，你还从未告诉过我姓名！"嵇康却早已走远。

过了一月，曹髦又驾临太学，问起管蔡之事，众人仍是百般回避。就在曹髦心灰意冷之时，赵至站起瘦小的身躯，青涩地道："陛下，学生愿意一谈。"

曹髦看他十一二岁年纪，眉清目朗，应是新入学的太学生。如此年纪，怎能应对这般难题？不过此时，也只有听听他的了。便道："你说吧。"

赵至道："依学生看来，当日周公重用管蔡并没有错。管蔡治理殷商遗民颇有功绩，使当地民风大振，故而列土封侯。但后来周成王年幼登基，周公摄政，管蔡不能理解周公的权宜之计，以为他要谋反，所以秉承着对周室的一片忠心，起兵勤王。这是他们居心忠诚但却不明事理的错误。待周公平定了叛乱，为了天下大局而挥泪惩处管蔡，也是不得已而为之。由此看来，周公不能说是不圣明，而管蔡也不可简单地归为罪无可恕。陛下，学生如此理解是否妥当？"

此一番辨析，既没有指责周公不圣明，但也指明管蔡反叛怀有忠诚之心，实则与曹髦为毌丘俭平冤之目的暗合，并且又没有直接批评司马氏的意思，不至于陷曹髦于险境，可谓用心良苦。曹髦听罢，心情大悦，对少年刮目相看。

在场的群儒和太学生，也皆不敢出言反驳。曹髦点头笑道："卿之言甚合朕意。小小年纪便能发此宏论，列位都应向其学习，退下吧。"众人唯唯诺诺而去。

曹髦见人已退，道："你叫何名？"

"学生赵至。"

"方才那番话，是你自己的观点吗？"

"并不是，乃从一高人文章中读到。"

"谁人之文？"

"乃嵇康先生新写的《管蔡论》。"

"先生乃吾家之亲，朕深闻其名，倾慕已久。你是他的学生？"

"学生无缘，未得先生教诲，只是崇敬而已。陛下，可是要召先生为官？"

曹髦轻叹一声，道："朕自然想请先生入朝，只恐他不愿出山……对了，你是从何处读到此文？"

赵至将事情原委相告。曹髦一拍赵至脑袋，急道："好个呆子！你那位阿叔便是嵇康！"赵至大梦方醒，忙随曹髦一起来到太学门外石经处，空无一人。自那日后三个月，赵至每日都奉曹髦之命在此等候，可嵇康再也没有出现。曹髦派人到嵇府去请，嵇喜禀报说，嵇康一月前便与曹玟出游，不知向何处去了。

到了第三月最后一日，曹髦对赵至叹道："罢了，不必等了。看来先生不愿与朕相见。不见也好，此等人物若入朝为官，只会为其带来杀身之祸。"

赵至却不甘心："学生一定要找到他！"

曹髦颓丧地摇了摇头："找到又能如何？"

"求先生教我做人为学之道。"赵至语气坚定。

"大道已毁，伦常已丧，一个人的力量什么也改变不了！"曹髦既是叹世事也是叹自己。

"即使改变不了这世道，也决不能让这世道改变自己！"赵至倔强地抬起头，仰视着十五岁的少年君王。曹髦也看着这个年幼的学子。两个少年郎在太学门外久久对视，已没有帝王与学子之分，而是两个鲜活生命在交换心灵的呐喊。

最终曹髦道："你说得对，即使玉碎九重，朕也是太祖的子孙，大魏的君王！"

"陛下英勇，学生敬佩！"赵至对着曹髦，深深叩拜下去。

四十九、淮南三叛终，游山遇仙品

自从赵至在太学寻不见嵇康之后，便辞了太学之课，一心一意去寻嵇康。听说嵇康在山阳有个旧居，他星夜前往，但却扑了个空。他在山阳苦等半月，仍不见人，身心疲惫，回到洛阳母亲家中。还没歇息几日，便又准备出门去寻。母亲见他为了拜个什么师父，连那么多人烧高香也进不去的太学也不读了，小小年纪在外面乱跑，这才刚回来几日，又要出门，便不问青红皂白，一把大锁将赵至锁在家中，让他死了这条心。谁知这一锁不要紧，赵至见寻师无望，对嵇康的思慕之情愈发难以抑制，初时还向母亲苦苦哀求，后来便整日一言不发地呆坐屋中，再后来便露出癫狂之态，嬉笑哭骂，举止无状，把母亲吓得不知所措。

这日，赵至又在屋里发起癫狂。母亲送来的吃食皆被他一脚踢翻，然后蹲在地上捡脏了的饭菜来吃。母亲看不下去，进屋制止，却被他逮住机会，一步窜出屋子，疯跑出去。他毫无方向，一路狂奔，直跑了四五里路，才被母亲带着邻居追了回来。为了治好他的狂病，母亲将他送到张属府中。张属又是请医诊治，又是好言劝慰，赵至这才稍微缓解，在张属处住了下来，整日攥着嵇康留给他的草药袋子，神志恍惚。

却说嵇康那日在太学门外别了赵至，便知曹髦日后定会征召自己。他得到管辂预言，知曹魏已至衰败末路，不可挽回。他作《管蔡论》，一是为了助曹髦解太学之围，以尽臣节；二是为了给毌丘俭洗去冤屈，让世人知道他乃曹魏忠良死节之臣，并非司马昭所污蔑的大逆不道之徒，对挚友尽最后一份情义。这桩事情也了，他在洛阳已无牵挂，便携了曹玹一起出门游历，逍遥山林。

二人且行且游，不日来到苏门山。本欲拜见孙登，谁知不见踪影，不知又云游到何处。二人在嵇康当日搭的茅屋小院住了几日，听闻修武县的云台山风景迷人，竹林丰茂，便动身前去一游。当年汉献帝刘协退位后，被曹丕封为山阳公。他与夫人曹节来到修武县之后，见多年战乱使此处田园荒芜，百姓流离，贫病交加。刘协虽已禅位，但不为己悲，仍忧患百姓疾苦，在曹节的鼓励下，穿上布衣，温习当年在宫中所学的医术，开设义诊堂"太极堂"，悬壶济世。百姓尊敬爱戴刘协夫妇，如父母一般。

为了教化百姓，曹节还将当地的书院精舍修整一新，亲自担任学监。因书院就建在云台山下竹林之畔，也有人称之为"竹林精舍"。嵇康与曹玹来到修武县时，刘协与曹节早已故去多年。虽是故去，但一路行来，总能听见百姓闲谈中讲述他们的故事，赞他们是"龙凤医家"。可嵇康到时，"太极堂"早已荒废不堪，而"竹林精舍"也不复往日兴盛。

看着满目的断壁残垣，嵇康微微一笑，对曹玟道："玟儿，想不想与我做一对龙凤医家？"

"好不害臊！献帝为龙，姑母为凤，故而称作龙凤医家，你我二人算得什么龙凤？"

"龙是没有，凤倒有一个，你父王乃亲王诸侯，你也勉强算得一只小凤凰吧。我是你的夫君，自然是攀龙附凤，身份不凡。"

"你呀，就会胡说！"曹玟嗔了一句，四处看着太极堂的遗物，医具、药柜、医书样样具足，点头道，"此处若好好收拾一番，的确可以重焕光彩。不如就依你的，咱们便将这太极堂重开起来！"

"若真如此，你从此可要辛苦了。"

"只要与你在一起，辛苦又何妨？"

二人默契之至，随即安顿下来，将太极堂清扫一新，重开义诊。平日里病患多时，嵇康便在太极堂坐诊，无人时，便去竹林精舍教村中子弟读书。有时还到云台山的百家岩打铁淬剑，将打好的铁剑、农具卖来换钱。曹玟也亲自劳作，与寻常村妇无异。一时间夫唱妇随，被百姓传为佳话。嵇康常在百家岩淬剑采药，不想这日却遇见一位奇人。

百家岩石壁林立，陡峭异常，攀爬也较为艰难。嵇康时常来此，仍觉爬起来有些吃力。他正在半山腰歇息，却见一青年男子从身边攀援而上，步履轻松，身形稳健，翻越山间如履平地。那人攀上一个山头，居高临下对嵇康道："万千皆一，大道唯真。玄不可知，妙不可言。来来来，随我来！"

嵇康听他此语玄之又玄，深不可测，便提起一口气，跟在他身后攀爬起来。可无论怎样努力，他总也追不上那人，被远远甩在后面。如此攀了一阵，那人早已到了山顶，他却仍离得很远。

"即临即正，即正即真，体道契真，通达顶真。形神合一，自如化境！"那人盘膝坐定，对他念道。

嵇康知他在教自己提神运气之法，便按他说的凝聚精神，心体结合，果然比此前攀得更快一些。待到了山顶时细看那人，见他银发朱颜，面容隽美，一身书生打扮，单凭外表根本无法判断他的年纪。嵇康对他一拜，道："多谢指教，敢问先生大名？"

"山人王烈。"王烈轻快一答，语调温润，如弱冠青年。

嵇康一惊，王烈此名对当世人来说可谓如雷贯耳。他本为邯郸人士，姓王名烈，字长休，据说因常服黄精仙药而修得长生之术。汉代时便有人见他出入山林，因擅长攀越峭壁，在山中行走如飞，故而被世人所知。后来他的事迹被人们传得更加神乎其神，有人甚至推算他已活了二百年之久。无论传说是否为真，观其今日之风貌，确是一位世外高人。

嵇康道："先生为何教我？"

王烈闭目吐纳，悠然答曰："奇份际化，亘道交衍，你我有缘。"

"那敢问先生，如何才能得道？"

"道分六法，'心斋''守一''坐忘''朝彻''调息''凝神'，入妙真化境，方可成道。"

嵇康又问："如此六法，当如何修持？"

王烈道："你先学会方才的攀援之法，我再来教你。"

"多谢先生指点。"

王烈忽而美目一瞪，不悦道："你'先生'长，'先生'短的，我很老吗？"

嵇康心中暗道，这高人忽而高深莫测如老叟，忽而天真烂漫若赤子，当真可爱。或许正是由于他如此心性，才修成长生之术。便道："应如何称呼？"

"叫我长休便可。不是我自夸，仅从容貌来看，我比你还青春几岁，不是吗？"王烈轻盈一跃，坐上高大的梧桐树枝，笑道。

"看面容长休确实比我年少，不过这头发嘛……"嵇康撇撇嘴，"却是个八旬老翁的样子了！"

王烈全然不恼，荡着树枝，银发在手中打着旋，道："好没品位！我这一头银发，可不是随随便便就能修成的！你若想修成我这般模样，少说也要再花两百年！"

"那就拜托长休多多指点喽！"嵇康见他言行亲切，便不再拘泥。

"好说，好说！"

于是，嵇康每隔几日便来百家岩与王烈同游，初时仍是远远落在后面，后来便越攀越快，三个月后几乎能与王烈比肩并行，而王烈也开始传授他"心斋""守一""坐忘"之法。非但如此，王烈还将服食黄精之术传给了他。他学会后，用豌豆、怀山药、黄精等几样东西制成糕点，教给村民服食，老百姓十分喜欢，管它叫作"七贤澄沙糕"。

他们这边在云台山优哉游哉，山外却又是一场腥风血雨。身在扬州寿春的诸葛诞，造反了。

自从诸葛诞讨伐毌丘俭占据寿春后，便在淮南日益做大。司马昭疑其有异，派右长史贾充前去考察。贾充以洛阳士人皆欲上表皇帝实行禅让之词试探，却被诸葛诞一口回绝。

诸葛诞认为，走到今日这一步，再依附司马昭已经不可能。且不说自己蓄养死士、拥兵自重，就是庸碌无为，以司马昭的猜忌也绝不会放过自己。早晚都是一搏，不如趁此时司马昭刚刚掌权，胜算还比较大。待贾充一走，他便开始操练兵马，准备迎战。果然，贾充回去向司马昭禀报，司马昭立即下诏任诸葛诞为司空，召他马上回京，以夺其兵权。诸葛诞趁势发动兵变，并送儿子到东吴请求援兵。东吴派已是谯侯的文钦，带着文鸯、文虎前去支援。诸葛诞这边据守寿春，准备了足以支撑一年的粮草，要跟司马昭打一场持久战。那边司马昭则挟持皇帝曹髦为质，亲率大军前去镇压。

扬州每到雨季必降大雨，诸葛诞居高守城，本是胜券在握。奈何这年却滴雨未下，直到司马昭军队破城之日，才忽降暴雨。诸葛诞一边等东吴援兵不到，一边又与手下将领意见不合，尤其是文钦。为了粮草之事，诸葛诞斩杀文钦，逼得文鸯、文虎投降了司马昭。司马昭当场封文鸯、文虎为关内侯，诸葛诞军心更加动摇。对峙了一年的淮南三叛，终被司马昭镇压。诸葛诞被夷三族。自此，举国上下能够反对司马昭的武装力量，全部瓦解冰消。

"朱雀扬州又折翼，广陵一哭万事悲。"诸葛诞事败被诛之事传到嵇康耳中，使他又想起管辂的谶语。"朱雀扬州又折翼"说的是诸葛诞之死，而"广陵一哭万事悲"却像在隐喻自己。天意难测，与其担心明日，不如珍惜今宵。他放下纷扰，继续与曹玟逍遥度日，随王烈修习道法，直至收到母亲孙氏患病的消息，才慌忙辞了王烈，往洛阳而来。

孙氏年迈，已现下世之兆。嵇康与曹玟在病榻前服侍三月，想尽方法医治，连王烈所赠的黄精之药也用了，皆毫无起色，渐入弥留之际。孙氏知道将死，唯一放心不下的便是嵇康。她将两个儿子都叫到床前，攥着嵇康的手，道："你这般性情，都怪我自小太过娇纵 …… 康儿，能不能答应母亲，从今以后好好听从兄长教诲，不要再任性了 ……"

"是，母亲 ……"嵇康伏在床边，哭道。

孙氏点头，又对在一旁抹泪的嵇喜道："我把他，交给你了 ……"说罢便撒手去了。兄弟二人跪在床前，抱头痛哭一场。嵇喜抹泪道："叔夜，从今后你便听为兄一句劝，不要再意气用事。你若有个什么闪失，叫我如何向母亲交代？"

"是，二哥。"

"如今这世道已是司马昭的天下，不是你能任性妄为的。你看看外面，夏侯玄、毌丘俭、诸葛诞，哪个不是叱咤风云的人物，到头来还不是落得个人头落地，夷灭三族？我知道你不愿去给司马氏当官，不当也罢，只要你从今以后缩起脑袋，闭紧嘴巴，老老实实过日子，为兄就安心了！"

"是。"

"那些牢骚满腹的文章，也不要再写了。自古以来，因言获罪的人还少吗？"

"是。"

"还有你那些个朋友，平日里不见也罢。如今这世道，安安分分过日子，都保不齐会被人说什么。若再不检点些，还不知会被栽上何等罪名！你的身份如此敏感，难道还不懂如何避嫌？"

"是。"

"尤其是那个吕安，他的性情太过轻肆，你……"

"是。"

"你……"嵇喜见他答应得如此痛快，以为他因母亲之死当真决定痛改前非，心中刚有些安慰，却发现他只是口中木然地答着，神魂早不知飞向何方，不由得一阵气恼，起身喝道："叔夜，为兄的话你可听见！"

嵇康沉浸在丧母之痛里，脑中嗡嗡作响，早不知他在说些什么。

"你，你……"嵇喜边顿足边指着他道，"从小到大，你便是如此，从来不听人劝。如今母亲去了，更无人管得了你！我今日一番话，不只为了你，还为了你的妻儿，还有我们嵇家上上下下的人。若真有那一日，你一人去了我也不在乎，等日后到了地下，我自去向母亲领罪。可若是害了这些儿孙后代，我看你有何脸面去见祖宗！"他生性敦厚，从未发过这等脾气，今日也是悲痛气愤极了，才会如此。

嵇康凄然地抬头看他，一句话也没说。

"好，好，真是不可救药！"嵇喜见说也无用，倒在孙氏床前，大哭道，"母亲啊母亲，孩儿无能，孩儿不孝，管不了这狂悖之人……"

嵇康见他又扑在母亲身上痛哭，哭一阵，便指着自己数落一阵，更觉头痛欲裂，胸口憋闷。起身走向屋外，阳光扑面而来，刺得他睁不开眼。这世上最疼他的人，走了……

感阳春兮思慈亲，欲一见兮路无因。

慈母没兮谁与骄，顾自怜兮心忉忉。

诉苍天兮天不闻，泪如雨兮叹成云。

欲弃忧兮寻复来，痛殷殷兮不可裁。

嵇康回到洛阳之事，很快传到钟会耳中。他向司马昭进言，建议召嵇康为幕僚，看他从是不从。司马昭派人前去征召，被嵇康以重孝在身，不堪出仕为由回绝。司马昭虽然不悦，但他一向标榜以孝治天下，不能自扇耳光，只好暂时作罢。

钟会下朝回府，满心愤恨。自打司马昭大权独揽以后，自己的地位可谓如日中天，但这些在他看来皆是表面风光，其中暗藏许多危机。首先，司马昭猜忌心极重，从不相信任何人；其次，钟会为攀高位一向不择手段，朝中对他不满之人甚多，邓艾、何曾等人都对他虎视眈眈；再次，他觊觎天下已久，也与蜀将姜维早有私通，绝不肯就此屈居人下，只叹没有时机。种种情势纠结在一起，他岂能安枕？

府里冷冷清清，司马芝与他早已相对无言。曾经最贴心的袖玉也……他还未登上绝顶，却已真真成了个孤家寡人。提起笔，他将心中的牢骚愤懑写了一大通，写到投入时竟全然不加掩饰，把一向对司马氏的不满以及自己壮志难舒的情怀大肆吐露，浑然丢掉向来的谨慎。写罢将笔一扔，便到外面饮酒作乐去了，直喝得烂醉才归。

他摇摇晃晃踏进院子，本打算去客房睡了，却瞥见自己书房中亮着烛光，便过去查看。还未进去，就见司马芝站在窗边，拿着自己乱写之文，一字一句地读着，脸色煞白。他周身冰凉，酒一下子醒了。这些文字若被司马芝拿给她兄长看，自己的一切就完了！想到这里，慌忙将身子闪在门后，快速思索对策。

怎么办，上去好言相劝，哄她将文字毁掉，替自己隐瞒？若是他们夫妻恩爱，自然并非难事，可司马芝对他早已深怀怨怼，就算肯替他暂时隐瞒，日后定会被她当作把柄攥在手里。不，不能这么被动，一定要将它毁掉！可若她不肯，又如之奈何……

一个画面在他脑中一闪。十年前，他与司马师两兄弟在司马府中密谈，被夏侯徽不小心撞见，当时司马师只用了半盏茶工夫，便决定杀妻灭口。他至今还清楚地记得，自己听到司马师说"我自会解决"那句话时，血液倒流的感觉。袖玉已死在自己剑下，不差再多一个。

他暗暗抽出宝剑，一手按门，一手仗剑，正欲入室杀人，却听黑暗中一声细弱的尖叫："啊！"接着一个影子闪过。

他迅速收起宝剑，瞪眼看向漆黑深处。

司马芫觉察外面动静，问道："谁，谁在外面？"有下人听见响动，提着灯笼赶来探看，见钟会站在那，慌道："小人没看见大人回府，该死，该死！"

钟会气急败坏却发作不得，挥退下人，道了声："芫儿，是我。"边说边笑意盈盈，推门而入。

五十、玉碎九重贵，绝交万世殊

钟会走进书房，眼角瞥向司马芫手中之物。司马芫下意识将手攥紧，警惕地看着他。

钟会知今日已被他人发现，不便灭口，心道不能急于一时，这府中凡司马芫陪嫁来的都是眼线，只得先作怀柔之计。钟会故意道："都是些酒醉了的胡话，读它作甚？"说着身子贴近她，抬起手。司马芫以为他要动粗，娇躯一抖，脸色更加惨白。谁知他的手轻轻柔柔地落在她脸颊上，道："怎么了，脸色这样差？走，我陪你到院中坐坐。"说着揽住纤腰，带她来到院中。

司马芫许久未得如此对待，虽知他是忌惮自己手中之物，却也忍不住心驰。两人来到院中，司马芫道："我知道，你是怕我把此文交给兄长，对吗？"

"哪里，酒后之文不可作数。何况芫儿素来贤惠大量，绝不会这么做。"钟会装作毫不介意，搂紧她道："我们有多久没有一起赏月了？"

"太久了，久到记不清。"

"这些年我一心忙于公务，冷落你了。如今朝政稳定，以后我多抽些时间，好好陪陪你，好吗？"

"你就是有空，也是到秦桑阁那种地方，何尝记得我？"

"看来当真是生气了，都怪为夫不好，今后我都改了，好不好？"

司马芫打量他一番，道："别以为假惺惺对我好，我就会把这东西还给你。"说着将那文章贴身塞好。

"好，就放在你那里。"他邪魅一笑，一把将她横抱起来，向卧房走去："我是不是真的，你试了便知……"

司马芫顿时红了脸。她仍是爱他，即便知道他是在哄骗自己，却仍贪恋这份温存。甚至幻想死在他怀中，也不失为一种解脱。

两人来到房中，吹灯欲眠，下人却急火火来报，说大公子不见了。

这大公子就是钟会过继来的长子钟邕，今年十一岁。可也奇怪，这孩子长得一点不像生父钟毓，却似钟会亲生的一般，性子聪敏沉稳。更奇的是，钟会一向诡诈，却对这个天性正直之子非常宠爱。他与司马芝一听钟邕不见了，慌慌张张满府寻找，直折腾了一宿也未找到。又找了数日，皆无所获。钟会回想当夜情形，猛然醒悟，懊悔不已。

原来，那晚在黑暗中发出尖叫的正是钟邕。他本是夜间睡不着，到院中闲逛，不料却撞见那一幕。爹爹竟手提宝剑，要杀娘亲！此情此景，任哪个孩子见了都如坠地狱。他用手紧紧堵住嘴，还是发出了声响，被钟会察觉。幸好有下人前来搅局，他见钟会下手不成，司马芝暂无危险，便仓皇失措地逃出家门。

自己一向敬重的父亲，居然有这样一幅邪恶面孔！钟邕一路失魂落魄，不知去向何方。在荒郊野外躲避了几日，饥困交迫，饿昏在路旁。醒来时，已置身于一处府邸。一个少年公子在离他床榻不远的几案旁，安静地读着书，见他醒了，喜道："公子醒了，你已昏睡一日。"

钟邕起身四顾，道："这是何处？"

少年公子道："这是我舅父府上。我昨日在郊外见你昏倒在地，便将你带到此处。我叫赵至，公子呢？"

"我，我叫……"钟邕不敢道出真名，撒谎道，"我叫金邕。"

"金公子，若有难处便住在这里，舅父一向好客，你不必有任何顾虑。"

"多谢赵公子。"钟邕见赵至与自己年龄相仿，又甚是面善，便说自己与家人失散，无处可去，便在张属府住下。那边钟会怎么找也无果，又见他没有到司马昭处避难泄密之嫌，虽深为痛惜，也只得作罢。钟邕与赵至在张属府上一处读书，二人志趣相投，很快结为好友。赵至的狂病好了不少，重回太学读书，不过拜师的决心仍未改变。他时常与钟邕一起研读嵇康的诗文，钟邕渐渐地也与他一般，日夜思慕与嵇康相见。

此时，嵇康为躲避司马昭征召及钟会的监视，以扶母亲灵柩回谯郡安葬为契机，与曹玟一起出了洛阳。两人在谯郡为孙氏安下灵，便打算仍回修武云台山去，那里的"太极堂"已许久无人接诊。

夫妇二人白衣翩然，不徐不疾地往云台山而来。行至中途山区，见前方两个少年蓬头垢面，逃命似地奔来，身后传来人马的叫喊之声，应是在捉拿他们。嵇康定睛一看，其中一个少年正是赵至，正拽着一个年幼些的少年拼命地跑着。

赵至已然跑急了眼，根本不看来人，见旁边山石林立，便拉着钟邕一溜烟躲了进去。没过多久，一队人马气势汹汹追来，为首的骑着高头大马，手拿大刀，满身溅得都是血，显是已杀了不少人。见一对布衣夫妇走在路上，便大喝道："你们俩，看没看见两个十几岁的男孩跑过来？"

"他们往那边去了。"嵇康指向另一个岔道。

"给我追！"那人大刀一指，追了过去。

嵇康与曹玟见他们走了，赶忙来到山石后，对赵至道："快跟我们走！"两人长期游历山林，对此处地形了如指掌，领着赵至与钟邕一路盘山转路，来到安全之处。赵至直到此时一颗心才安定下来，擦擦满头大汗，对他夫妇倒头拜谢。待抬头看清人时，不由得大叫一声，道："阿叔，我终于找到你了！"说罢扑到嵇康怀里，号啕大哭起来。

待他哭了一阵，嵇康道："出了什么事，那些人为何要追杀你们？"

"呜呜呜……"赵至仍哭得上气不接下气，道："舅父，舅父全家都被他们，被他们杀了……"

"他们为何杀你舅父？"

"是我惹的祸，都是我……"赵至说罢这句，似乎想到更为哀痛之事，大哭道："他们不但杀了舅父，还杀了，杀了陛下！"

嵇康与曹玟难以置信："杀了陛下？何人胆敢弑君！"

"陛下，陛下……"赵至又哭了一阵，才慢慢将实情道来。

原来，曹髦自太学辩经之事后，便与赵至惺惺相惜，结为好友。后来赵至重返太学，曹髦便时常与他私下谈心，吐露心中愤懑。诸葛诞兵败以后，曹髦更觉自己势力微薄，举目朝野，在兵马上能与司马昭抗衡的力量几乎消磨殆尽。朝臣尽皆司马幕府僚属，天下实质上已归司马昭。回想当年汉献帝，在位十一年，无一日帝王之实，被董卓、曹操、曹丕三位权臣玩弄于股掌之中，毫无一丝尊严。若到头来还是逃不过如此命运，不如殊死一搏，让天下人知道，曹家还有他这样的血性男儿！

曹髦与赵至两个少年郎暗中商定，一边在陵云台的宫廷侍卫中培植亲信，一边在太学生中宣传忠君爱国之道，研读嵇康等名士所作针砭时政之文。一为壮大武装力量，二为揭露司马氏篡逆之心。君臣准备多时，冗从仆射李昭、黄门从官焦伯等人，表示誓死效忠皇帝，掌握了陵云台兵力。赵至等许多太学生也深明国家大义，在平日清谈之中扩散曹髦"司马昭之心，路人皆知"的感叹，进一步揭露司马昭的篡逆之心。

如此暗中谋划一年，公元260年，曹髦已至弱冠，司马昭毫无退位还政之意，朝臣也无奏请皇帝亲政之表，都在等着水到渠成"禅位让贤"的那一天。曹髦认为不能再等，便于五月初六这夜，派冗从仆射李昭在陵云台调集兵马，又命赵至秘密去请侍中王沈、尚书王经、散骑常侍王业进宫。这三位大臣平素看来对司马昭并不十分依附，想必还有忠君之心。

曹髦对三人道："司马昭篡位之心已实，朕身为太祖子孙，绝不肯如汉献帝般坐等被废辱身。今夜你们便与朕一起去杀贼！"

王沈与王业皆默不作声，只有王经劝阻道："陛下，冰冻三尺非一日之寒。司马昭之势做大已久，莫说朝中缺乏忠诚刚直之臣，就算有，也没有与司马氏对抗的能力。如今的情势，您韬光养晦尚恐不及，岂能贸然行事？这样意气用事，只能让局势更加严峻，自蹈大祸啊！"

曹髦主意已定，将诏书扔在三人面前，道："屈原曾说'亦余心之所善兮，虽九死其犹未悔'，朕讨逆之心，九死不悔，何况今日之战未必会输！你等奉诏等候，朕亲自去向太后请旨！"说罢便去向郭太后请求诛杀司马昭的懿旨。

王沈、王业贪生怕死，根本不敢参与如此惊天政变，要拉王经一起去向司马昭告密，王经断然拒绝。王沈、王业也不再劝，拔腿跑出皇宫，便向司马昭一五一十地报告了。司马昭勃然大怒，冷笑道："真是择日不如撞日，我还未动手，他倒先来了。一个黄口小儿，能成什么气候！"说罢，命贾充率领兵马先往宫中杀去，自己却领了一队精兵护身，徐徐向皇宫而来，打算去给曹髦收尸。

曹髦请旨不得，见王沈、王业擅自离宫告密，也毫不胆怯，拔出腰间佩剑，登上御辇，亲自率领陵云台将士以及宦官亲从，一路向宫外杀来。宫中各门守将见皇帝亲自冲来，皆不敢阻挡，吓得退在一边。直至来到皇宫南门之时，与贾充率领的兵马迎面相遇。将士们心存敬畏，只敢与曹髦手下交战，不敢伤害天子分毫。眼看曹髦所向披靡，贾充贼心一横，大叫道："大将军养你们这么久，为的就是这一天，你们还等什么！"

众人仍是畏惧，只有太子舍人成济生性鲁莽，想立头功，长戟一横道："是捉是杀，听你一句话！"

贾充想也未想，道："杀！"

成济提戟上前，与曹髦战在一处。曹髦毕竟年幼，敌不过成济，只不过三招，便被他一戟刺入前胸。

"你，你敢弑君……"曹髦挣扎道。

"你他娘的算什么君！"成济啐了一口，拔出长戟，将曹髦踏在车前直木上，从背后一戟戳穿，挑于车下，登时毙命。尚书王经气喘吁吁地追上前来，一眼看见曹髦脸面朝下，倒在血泊之中，惊得跪倒在地，双膝爬着上前抱起曹髦，大声嚎哭起来。

他哭得正凄惨，却见宫门口司马昭带着一队人马出现了。司马昭走在最前面，朝王经怀中之人迅速一瞥，皇冠玉带，正是那小皇帝。嘴角笑意一闪而过，口中却大呼道："陛下！陛下啊！"边呼边扑倒在地。身后兵将慌忙上前搀扶劝慰，却怎么也扶他不起。直哭得叫人肝肠寸断、痛不欲生。

王经本在痛哭，见司马昭也瘫在那里，哭得比自己还要惨痛百倍，不由得止住哭声，冷眼看着这出千载难逢的好戏，最终还是忍不住仰天大笑起来。

"哈哈，哈哈哈哈哈哈！"笑声在空荡荡的宫殿四处回荡。

司马昭揩了一把涕泪，怒视王经，哽咽道："陛下驾崩，你怎么还笑得出来？"

王经停下来看了一眼他以假乱真的表情，更加疯狂地笑起来。

"王大人，陛下今日因我而崩，你说天下人会如何看我？"司马昭道。

王经这才收住狂笑，狠狠一指旁边的贾充，道："若要问我，先杀了此人！"

司马昭眼中寒光一闪，边拭泪边道："你看，还有没有其他办法？"

王经冷笑一声，将曹髦的衣冠整理好，对着尸身恭恭敬敬拜毕，与闻讯赶来的文武百官逆着方向，出宫而去。司马昭边抽泣边对贾充使个眼色，在他耳边道："去，将王经全家抓起来，杀……还有，那个叫赵至的太学生也抓起来，若遇抵抗，不必审，杀。"

贾充点头："遵命。"又看了一眼一旁手拿长戟、满脸喜色的成济，"此人呢？"

"控制起来，莫叫他乱说话。"

"明白。"贾充低头向手下吩咐几句，命一队人马随自己去抄王经的家，一队人马看住成济，还有一队则前去张属府上，捉拿赵至。这队人马来到张属府前，命他交出赵至，张属岂肯相从，被首领一刀砍于马下。阖府上下，皆被屠尽。赵至自从传旨三位大臣之后，一直忐忑不安地在司马门外等信。后来见文武百官身着素服涌向宫门，便知曹髦恐怕已被杀害，便赶紧回舅父府上让他们逃，岂料还是晚了一步。只得在后门墙洞处给钟邕偷偷送信，两人一路逃命出来。

"陛下，是我害了陛下……"赵至捂着脸，仍自抽泣不已。

钟邕见他仍沉浸在深深的自责中，蹲在他身前，安慰道："今日之劫，罪魁祸首是司马昭那逆贼，你不要太过自责。何况，陛下虽身死功败，但其慷慨壮举足以光耀千古。宁可高贵死，不作苟且生，这不正是陛下平生之志吗？你身为他的知己，见他遂了心愿，该当高兴才是啊！"赵至听了此言，才收住哭泣。

嵇康与曹玟本也痛心非常，此时听到一个十三岁的少年如此言语，皆是一振。曹玟擦干泪，细细打量眼前的少年，眉目间的风流神韵异常熟悉，问道："你是谁家孩子，叫什么名字？"

"我，我叫金邑……"钟邕退后一步，心虚道。

赵至忙将如何遇见他之事道出。曹玟仍是怀疑："你与钟会有何关系？"

钟邕毕竟年幼，素来也很少撒谎，听她如此一问，脸色立时变了，低下头道："我，我不认识钟大人……"

"既不认识，又怎知他是大人？"

"我……"他把头埋得更低。

曹玟眼尖，伸手扯过他腰上佩戴的香囊，上面所绣的竟是钟会仿她的小楷所抄的《芙蓉池诗》。嵇康也看出端倪，脸色一白："你是钟会之子？"

"我……"

赵至也懵了："这究竟是怎么回事？"

钟邕见瞒不过去，只得将自己的身份家世，以及那夜窥见钟会杀妻未遂，自己连夜出逃之事一五一十地说了。他说罢，怯怯地看着三人。与赵至一起读书的这段时日以来，他愈加清晰地认识了钟会的低劣人品。此时此刻，他生怕赵至因此而厌弃自己，更怕无法再拜嵇康为师。

谁知赵至毫不介意，道："你怎么不早告诉我，憋在心里多难受！"

曹玟也叹了口气，整了整他凌乱的衣衫，道："小小年纪，真是苦了你。"又对嵇康道，"两个孩子无处可去，就同我们一起上路吧。"

嵇康看看赵至，心中怜惜，又瞅一眼钟邕，脸色一沉，拂袖而去。钟邕见他黑着脸自顾自地走了，以为定是不许，正难过地要落泪，谁知曹玟却微微一笑，扶上他肩头道："走吧，先生同意了。"

钟邕欣喜若狂，拉上赵至一起，跟在后面。

没走几步，嵇康回过头来，见曹玟揽着二子，亲昵地走着，停住脚道："行顿坐卧皆有形，要跟着就好好走！"

曹玟忍住笑，拍拍二子后背："站如松，行如风，好好走着。"说罢对他俩挤了挤眼，自己追上前去牵夫君的手。牵了三次，被拂开两次，最后还是牢牢被他攥在掌心。

"他还是个孩子，你跟他置什么气？"

"哼，三岁看到老，小小年纪就会扯谎骗人，将来不知怎的。"

“他也是情非得已，再说，你我小时不也撒过谎？”

“那岂能相提并论？上梁不正下梁歪，有那么个爹，不知学了多少坏。”

“他是过继之子，并非亲生。”

“那张脸简直如刻的一般，比亲生的还像上三分。你不会因为这个才……”

“你，你既看他如此碍眼，也不必强留，我去告诉他，叫他速速离去！”

“诶诶，我只是说说而已……”

“那你记好了，是你自己要留的，日后别说是我逼你。”

“好，好，都依你。”

夫妻二人在前面低语，赵至和钟邕跟在后面，腰背挺得笔直，生怕有一丝懒怠，逆了嵇康心意，要赶他们走。四人拣着偏僻山路走，来到修武境内。太极堂多日荒废，百姓一见他们归来，都欢喜不已。嵇康将赵至、钟邕收为弟子，教他们习文采药。为了躲避司马昭、钟会的耳目，将赵至改名为赵浚，字允元，寓意抛却过去，重新开始；钟邕仍叫金邕，取字子正，期望他端正品行，持身正直。

洛阳城中，为了堵住天下人之口，司马昭将弑君的全部罪名推到成济身上，将他乱箭射杀，夷灭三族。又前去逼迫郭太后，让她昭告天下，污蔑曹髦暴戾成性，意图用毒酒加害太后，见事情败露便领兵杀向后宫，被兵将误杀。如此颠倒黑白也便罢了，还下旨褫夺曹髦皇帝封号，贬为庶民，胡乱葬在洛阳西北的邙山上。百姓往而观之，无不垂泪。曹髦死后不久，司马昭就扶立燕王曹宇之子，十四岁的曹奂为傀儡皇帝，改年号为景元。

司马昭权势更甚，在朝中大肆安插亲信，铲除异己。这日，他将山涛招来，赏赐他春服一件，犁杖一根，道：“山公乃吾家远亲，如今新帝继位，朝政多废，欲拜你为尚书吏部郎一职。”山涛接下赏赐，没有答言，他觉得司马昭话还未完。果然，司马昭又道：“听闻你曾与阮籍、嵇康等人做竹林之友，交情甚笃。如今朝廷正是用人之际，你与嗣宗均在朝堂为官，作为朋友，岂有独享殊荣不为他人引荐之理？”

山涛躬身道：“我等虽为知交，但人各有志，不便干涉。”

“是你不愿干涉，还是他不想为官？”

“叔夜乃闲散之人，一向寄心山林，恐怕不适合朝堂之事。”

“不试一试，怎知适不适合？何况，曹爽执政时，他也拜过中散大夫，难道那时的官做得，此时便做不得？”

“这……”

"三年前本将军曾征召过他，被他以重孝在身、为母守丧推掉了。如今三年之期已过，他孝道已尽，应无妨碍了，我正考虑让钟会去问一问，看他究竟是何心思。"司马昭微眯鹰眼，望着山涛。

山涛赶忙道："此事还是交给老臣去吧 …… 不知大将军想以何官授之？"

"你替本将军想想呢？"司马昭一笑。

"老臣以为，尚书吏部郎正合适。"

司马昭未置可否，只道："先去问一问吧。"

山涛一揖，退出堂外。心想，看来此劫嵇康是躲不过了，既然躲不过，不如由他这个老友来做，也好过交给钟会前去，那必是一条绝路。他主意已定，回到府上，提笔书信，将近来朝政局势、司马昭对嵇康的猜忌、前途的险恶等细细剖析一番，劝嵇康暂行权宜之计，入朝领个闲职，待日后再找其他理由退隐。他一片良苦用心，命人速速将信送出，便整日不安地等着回信。

此时嵇康已回到洛阳。山涛直等了半月，才等来一封回信。山涛正与夫人韩贞在厅中饮茶，见信来了，一把撕开信笺，一目十行地读起来。读着读着，年近六旬的他气得浑身发抖，把一桌清茶扫落满地。

韩贞拿过书信一看，也惊愕不已。

这根本不是一封书信，而是一封绝交书。

"康白：闻听巨源近日升迁，我感到很恐慌，害怕你不愿独自充当刽子手，想拉上我一起，为你手荐屠刀，沾染腥膻。我素来如鹿儿一般野性难驯，若硬是套上黄金笼头，只能置我于死地。我曾将你引为知己，不想你竟如此不知我。思来想去，只有诀别 ……"

韩贞放下信，见山涛脸色煞白，坐在那长吁短叹，便替他顺着气道："人各有志，别气坏了身子。你如此为他着想，他却口出恶言，真是不识好歹！"

山涛推开她的手，摇头道："不，不。"又看了眼书信最后一句。

"为何，为何，你这是为何！"他"腾"地站起来，取过佩剑，喝道："备车！"

"夫君，你要做什么？"

"我要去剖开他的心，看看里面装的什么！"

五十一、托孤别挚友，弃嫌允婚姻

山涛驱车来到嵇府，也不打招呼，举着剑一路向嵇康书房闯来。刚到厅中，就听书房传来悠扬的琴声，着实逍遥自在。

"好，好，还有心思弹琴！"山涛手抖得更厉害，喝道，"老屠夫在此，大贤士可否赐见！"屋中琴声未断，仍是那般逍遥。

"好，好，果然稳如泰山！"他脾气上来，更加恼怒。这么多年只有嵇康能轻易令他撕开温润谦和的外表，流露最真实的性情。他举剑而入，向端坐在那里的抚琴之人疾刺过去，口中道："你向来将琴视为至宝，我今日便要剖开来看看，这里面藏的是什么心！"说着剑锋转向嵇康手中的琴，便要劈下。

嵇康将琴一把抓起，护在身后，胸膛对上山涛的剑锋，道："我心即琴心，巨源要看便剖开我的心吧！"

"我只要一颗心，你想好了，究竟剖哪一个！"

"我心可死，琴心不可灭。"

"琴乃死物，护来何用！"

"万物皆有死，唯琴心永存。巨源难道还不明白？"

山涛注视嵇康双眼，佩剑砰然垂落。须发花白的老人，面对相隔二十岁的忘年之交，老泪纵横："叔夜，为何不让我来救你！"

"我心已决，虽死无憾。巨源却必须好好活着。"

"我已是半截入土之人，活着为何？"

"为了你的志向，为了天下苍生。"

"我连你都救不了，如何救苍生？"

嵇康一笑："今日我便将妻儿托付与你，若我死了，就靠你护他们周全。"

"与死相比，这又有何难？"

嵇康摇头，道："当日程婴为救赵氏孤儿，与公孙杵臼相商。公孙杵臼问他'死难，还是养孤儿难？'程婴答'死易，养孤儿难。'公孙杵臼便让程婴假意出卖自己，换取屠岸贾信任，担当起养育孤儿的重任，而自己选择去死。我一死何等容易，而巨源你既要在这黑暗世道中行济世之事，又要抚养罪人之子，非大智大忍之人不能肩负，实为万难。是我自私，先将容易的选了去，剩下的难事，便由巨源来做吧。"

"叔夜……"山涛痛哭良久，道，"你放心，绾儿与绍儿，我会待他们如亲子一般。"

"多谢巨源。"

"你我之间，不需要这个'谢'字。"

"绾儿聪慧乖巧，不会叫你费心，还望日后为她寻个如意郎君。绍儿年纪虽小，但性子却已十分似我，今后巨源要好好教他安身立命之法、宽容忍让之道，莫再令他像我这般。"

"不，我会叫他记住，他有怎样一个父亲……还有一件事我必须问明，他日绍儿长大成人，可否出仕，可否伴君？"

嵇康望了望窗外，流云聚散，一息不停，道："若他无出仕之意，便任他天高海阔；若他有济世之心，便教他做个良臣。切不可因我之死，束缚他的志向。"

"我懂了。"

嵇康话已说完，他们之间从不必多费唇舌，便道："你来许久，该走了。"

"嗯。"山涛扶着几案，艰难地撑起身子，待站起身时，嵇康已将琴摆好，重新抚弹起来，是一曲《高山流水》。山涛在门边站立良久，终不敢回过头来。峨峨兮如高山，洋洋兮若流水。他活到这把年纪，终于尝到了伯牙碎琴之痛。一出此门，他二人从此便"绝交"了。

几日后，嵇康写给山涛的《与山巨源绝交书》传遍京城。

"在下性情疏懒，头面常一月不洗，小便也待憋不住了才解。情意傲散，与礼相悖，更有七件事情不堪忍受，两个原因不可做官。素喜晚起，而差役催促早出，此为一不堪；抱琴行吟，垂钓草野，而差役守卫，不得妄动，此为二不堪；身上多虱，时时瘙痒，却要裹着官服，正襟危坐，此为三不堪；不喜公文，而堆案盈几，不答则违犯礼教，此为四不堪；不喜吊丧，而违背人情世故，必遭人中伤，此为五不堪；不喜俗人，每与之共事，便觉嘈杂纷乱，聒噪难忍，此为六不堪；不喜烦忧，而政务缠身，世故烦心，难以招架，此为七不堪。在下又曾说过，非汤武而薄周孔，越名教而任自然，此必为世俗所不容，乃不可为官之一大因由；刚肠嫉恶，轻肆直言，遇事便发，行为狂狷，乃不可为官之第二原因。有此九患，即便没有外灾，也会有内病，岂能久存于人间？……何况在下已失慈母，意常凄切。女儿十三，儿子刚刚八岁，均年幼多病，每每思及，便觉伤感。但愿守陋巷，教养子孙，与亲旧叙离阔，陈说平生，浊酒一杯，弹琴一曲，志愿毕矣。一旦逼迫，必发狂疾。……其意如此，既以解足下，并以为别。"

这封绝交书一经流传，便在朝野上下引起轩然大波。有人暗自钦佩，有人深怀嫉恨。司马昭则恨得犹如刀插心尖，难以入眠。看来，得想办法收拾了这个狂人！对付敌人，必找敌人的敌人。他将钟会招来，吩咐他除掉嵇康。不，不仅仅是消灭他的身体，还要把他钉在道德的耻辱柱上，永世不得翻身。

却说吕安之兄吕巽，自从那日讨好嵇康被拒绝后，还是因为家族的关系被举荐为官。可他无所建树，混了几年也只是个小吏，正自愁闷，一日忽然接到朝中高官钟会的请帖，叫他过府一叙，直把他乐得心花怒放，便忙备了礼品，前去拜见。

吕巽来到钟府，厅中早已排好筵席，钟会亲自将他请进席位。吕巽受宠若惊，边作揖边拿眼四下扫罗，见府内富丽堂皇，美姬环立，更是垂涎不已。不知自己这是走了什么鸿运，这么多年都高攀不上的高官贵胄会请他吃饭。

见他坐定，钟会道："久闻吕兄大名，今日一见果然风采非凡。"吕巽虽为吕安异母兄长，但长相粗俗丑陋，与吕安的爽朗英俊无一丝相像，钟会此言可谓睁眼瞎话。

吕巽赶紧起身回道："哪里哪里，大人才是人中龙凤，无人能及。"

钟会哈哈一笑，示意身边一左一右两位美姬前去给吕巽斟酒。那酒中早已下了好料。吕巽见了这两位美人，桃红柳绿，酥胸纤腰，一双贼眼不由得上瞅下瞟，忙个不住。钟会侧目瞧着，心下已有了计较。看那两个美姬左缠右绕，已将吕巽灌得半醉，便挥退下人，自己也起身离了筵席，到前厅喝茶。小坐了一炷香时间，便差人去席上探看，没一会儿下人便慌慌张张来报："大，大人，不好了……"

"怎么了？"钟会吹着茶问。

"那位吕大人，将您身边的两位侍妾奸、奸污了……"

"大胆！"钟会将茶盏一放，脸上变色道："去，将那狂徒给我绑了来！"

"是！"下人赶忙前去拿人，没过一会儿，吕巽就被粗绳捆着，押了过来。钟会瞥了一眼，见他衣衫凌乱，腥汗淋漓，也忍不住鄙夷道："吕兄，我诚心实意邀你赴宴，怎么才离开片刻，你就做出这等禽兽之事！"

吕巽此时酒早已醒了，吓得一身冷汗，跪在地上不住地求饶。钟会任他求了半晌，又命人将那两个美姬带来，黑着脸痛骂一顿，要将他三人一并严惩。吕巽见小命难保，什么也不顾了，爬上前去抱着钟会的腿，指天指地，赌咒发誓，说只要饶过他这一遭，叫他做什么都愿意。

钟会等的就是他这一句话，命人将他扶起，改了脸色道："罢了，我也知道她二人之心早就不在我这，今日见了吕兄如此风流偶傥，也怪不得她们轻狂，都是我素日失了美人心。"

吕巽见事有转机，赶忙又是一通表忠心。钟会叹了口气，道："既然她二人倾心于你，我不如成人之美，将她们送与吕兄吧……只不过，有个小忙，不知吕兄可愿相帮？"到了这份上，吕巽巴不得给他个机会将功折罪，跪地道："但凭大人吩咐！"钟会一笑，命众人退下，将吕巽叫到身前，仔仔细细吩咐一遍，道：
"如何？"吕巽嘿嘿一笑："大人就静候佳音吧。"

　　嵇康此次回洛阳，本是为了将嵇缩、嵇绍一并接到修武太极堂去，谁知却逃
不过司马昭逼迫，闹出与山涛"绝交"之事。如今事态已然恶化，他也不愿多留，
便携了一双儿女往修武而去。一家四口与赵至、钟邕两个弟子在修武逍遥度日，
不问今夕何夕。

　　缩儿此时已十三岁年纪，娉娉袅袅，豆蔻年华，曹玫的美貌与嵇康的清俊
兼而有之，揉作一团不染纤尘的玲珑仙气，任谁见了都忍不住驻足回望，如醉如
痴。她来到太极堂后，便与嵇绍、赵至、钟邕三人一起跟随嵇康读书，日日相对，
与赵至、钟邕兄妹相称。

　　这天日头甚好，嵇康便叫赵至他们将采好的草药搬到院中分类晾晒，正好熟
悉一下各种药材的属性，自己则与曹玫坐在一旁配置常备药。钟邕前日染了些风
寒，便没有让他劳累，搬了软榻在院中晒太阳。剩下三人说是晒草药，却只有八
岁的嵇绍一人专心致志，一边对照医书一边仔细辨别，认真记着。赵至手里抓着
药，眼神却一直随着缩儿游移，错放了好几味也不知。而缩儿也是一副心不在焉，
总要看看那边软榻上的人是否无恙，手下更是没了准头，将一堆堆分好的药，混
得看不出所以然。曹玫则在一旁看着隐隐蹙眉。

　　不知哪来一阵风，将缩儿刚抓起的草药末吹进了眼里。赵至忙一把接过草
药，关心道："缩妹，你的眼怎么……""样"字还没出口，那边软榻上钟邕便吹
了风，咳嗽了两声，缩儿顿时慌了神儿，胡乱揉了把眼，全然没听见赵至问话，
便跑到钟邕身前，道："邕哥哥，你咳得怎样，我去给你倒些水来。"因赵至、钟
邕改用了化名赵浚、金邕，故缩儿也以此唤之。

　　钟邕见她走近，双颊一红，又听她柔声相问，心头又是甜蜜又是慌张，轻轻
答了声"嗯"，便又忍不住咳了起来，这次倒不是因为风吹。缩儿见他咳得更厉
害，忙去端了茶水来，刚递到他唇边，便听身后一声脆响，回头一看，嵇康正黑
脸看着他二人，手下药罐子碎了半边。

　　"缩儿，过来。"曹玫招招手。

　　"是，娘亲……"缩儿把茶盏往钟邕手上一塞，悻悻地过去，也不敢看嵇康，
唤了声"爹爹"，垂手站在一边。

　　嵇康瞪了她一眼，冷哼一声，甩开手中的破药罐子，背起药筐，径自往旁边
的百家岩而去。嵇绍见他背着药筐走了，忙追上去道："爹爹，我要随你一起去

采药！"谁知他充耳不闻，赌气似的快步走了。曹玟对儿子道："绍儿乖，好好分药，爹爹下次再带你去。"

"哦……"嵇绍嘟着小嘴，低头看着一团乱麻似的草药，纳闷道，"怎么比方才更乱了？"曹玟拉着绍儿回到屋中，娘俩关起门来，不知说些什么。赵至与钟邕对视一眼，都觉心口发闷，说不出话来。

一直等到天色已晚，嵇康才从百家岩下来。四个孩子早已睡下，只有曹玟一人点一盏小灯，坐在院中等着他。见他放下药筐，便道："回来了？"

"嗯。"

"采了药？"

"嗯。"

"想通了？"

"……"他长叹一口气，在曹玟身边坐下来，许久才道："世上那么多好男儿，为何偏偏是他？"

曹玟笑道："不是他又该是谁？"

"我觉得浚儿就很好。"

曹玟又一笑："因为浚儿的性子像你吗？"

"总之好过像他！"

"且莫说邑儿的性子并不像钟会，若真的像他，咱们的女儿就是喜欢，你又打算如何？"

"我……"

"难道将邑儿撵走，把绍儿和浚儿强扭在一起？"

"我倒真想如此。"

"可惜你做不到。"

"是啊，这世上有太多事，我都做不到。如今连自己女儿的幸福，我也无能为力！"

"并非是你无能，而是你知道有时候'不做'比'做'更重要。"

嵇康望向曹玟，月色下她的容颜消减了几分昔日的明艳，却散发出一种更加浓郁的芬芳，不仅能醉眼更能醉心。他牵起她的手，道："玉儿，我何德何能有你相伴？"

"我也时常这样问自己，我又凭什么得到了你？"曹玟温柔一笑，与他十指交扣，"当日钟会对我百般体贴，我却一心全是你。这便是情吧……今日我看绍儿对邑儿，就好似我当年对你一般。那时因为钟会从中作梗，我们受了多少苦才走到一起，又岂忍心看着她重蹈覆辙？"

嵇康又是一叹，他自是不忍心。正打算与曹玟回房细说，却发现绉儿不知何时起身，正披着单薄的衣衫，缩在门边。曹玟上前摸她的手，一片冰凉，责道："夜里多凉，穿这样少，冻坏了怎么办？"说着便要拉她进屋。

绉儿却一动不动，盯着嵇康，小心翼翼道："爹爹，还在生绉儿的气吗？"

见女儿小脸冻得通红，他心下早就软成一团，嘴却硬道："你心里哪还有我这个爹爹！"

曹玟听了不由得偷笑，想起自己的父王曹林。做父亲的或许都难以过了此关。

绉儿却当了真，小脸由红转白，眼里也蓄起了泪，颤声道："绉儿不敢……"身子在风中冻得抖起来。曹玟揽过她，瞪了嵇康一眼，道："走，跟娘回屋去。"

绉儿走了两步，仍回过头，看着嵇康。

他干咳一声，对曹玟道："我在山上采了些驱寒止咳的草药，你明日煎了给邑儿喝吧。"

"只给邑儿喝吗？"

"我们六人一人一碗，都喝！有病治病，没病去火！"

曹玟知他还在嘴硬，不肯说让绉儿也喝。但以他采回的药看，想必心里已经接受钟邑与绉儿之事，只是仍在别扭罢了，便对绉儿好言劝慰，叫她宽心。

第二日一早，曹玟果然煎了一大锅药，让每个人都喝了。赵至见是治风寒之药，便知自己一番痴心无望了，虽然伤感但待钟邑仍是往日情意。嵇康只字不提，仍教二人读书习医，只是对赵至比从前更加宽爱，时常与他谈论开解之道，对钟邑却愈发严格，一举一动都看在眼里。钟邑也领会了他的深意，更加努力地读书，与绉儿只尊兄妹之礼，人前人后都不敢逾矩。

这时节，王烈一直隐居百家岩，孙登偶尔云游到此，与嵇康在山中相遇时，便一起同游。一个须发花白的老者，一个正值壮年的隐士，一个银发朱颜的青年，从容颜举止来看，当属王烈最为年轻，而实则不知道他活了多少岁。

三人中，嵇康洒脱飘逸，孙登超然高远，而王烈则忽老忽少，亦庄亦谐，行事天马行空，从心所欲，与天地自然合为一体。孙登仍是不发一语，嵇康问王烈因由，王烈笑答，自己早先性情与嵇康相近，看似洒脱，心中却有千万个困惑未解；后来便如孙登般高深莫测，谁问也不想回答，对俗世产生厌离心；现在却突然对天地万物产生了新的兴趣，好似重生一般，面容也渐渐重回青春，头发变为银白。

"原来长休也有糟老头子的时候啊！"嵇康大笑道。

"笑吧笑吧，我那时候可比他俊多了！"王烈指指孙登，高声道。孙登回身看了他俩一眼，摇了摇头，继续慢悠悠地走着。

"哎哎，真无趣，我以前怎么会是这个样子……"王烈撇着嘴，拍拍嵇康道，"你可千万别学他，哈哈！"

"长休与前辈皆已得道，在下哪能相比。"

王烈这次却笑笑，缄口不言，又摆出一副正经八百的高深模样。

如此逍遥了许多日子，这日太极堂急匆匆来了一个报信之人，却是嵇喜之子嵇蕃。他将一封书信递给嵇康，道："父亲本不让我来送此信，说怕叔父意气用事，可我思量再三，还是觉得不能隐瞒……"

听他一番话，嵇康顿时生出一种不祥的预感。是司马昭要对自己动手了吗？这倒没什么可怕，他早已将后事向山涛托付好了。然而他万万都没料到的是，卑鄙险恶之人所用的手段，总是远远超出你的设想，并且直击软肋。他展开书信，是吕安的字。开篇的第一句话，就令他血液凝固了。

"康哥，妍儿前日遭吕巽奸污，已自缢而亡。弟心如死灰，不欲为生……"

五十二、阴损施毒计，仗义陷牢监

嵇康读罢信，对曹玟道："我要立即回洛阳，你与孩子留在这里。"

"不，我随你一起去。"她绝不能忍受再与他分离。

"好，"嵇康嘱咐嵇蕃道，"照看好他们四个，若有变故便带他们去找山巨源。"

嵇蕃应了。

夫妻俩简单收拾了一番，便踏上行程。走到修武边界时，见孙登立在远处小山头上，目送他们。而王烈却不见踪影。嵇康上前拜别孙登，孙登仍是不言不语。他忍不住道："我与前辈相识多年，今当别离，前辈竟无一言相赠？"

孙登注视他良久，终于开口道："你知道火吗？火生而有光，而不用其光，只待有了足够的柴薪才燃烧，这样才能保持闪耀；人生而有才，而不用其才，直到遇见明主施展才华，如此方能保全性命。如今你才多识寡，缺乏安身立命之道，难免误身于世，还不迷途知返？"

嵇康没有回答。早知此行是迷途，他却并不思返。他此生注定成不了堂前厅上那团绵软柔和的炉中之火，他是原野里自由自在的火种，终究是要燃烧的。吕安在等着他，他一刻也不能耽搁。他再次向孙登拜了一拜，与曹玟匆忙离开了修武。

一到洛阳，便听到坊间有人在议论吕家的丑闻。可令嵇康吃惊的是，他们所议的并非吕巽奸污弟媳，而是吕安不孝嫡母、品行不端之事。如今吕巽已升为司马昭幕府的长史，是钟会极力提拔的红人，他们家的事自然惹人注目。

自从吕巽被钟会引荐做了长史，便在洛阳置办了府邸，将母亲从谯郡接过来同住。吕安原本仍与紫妍留在谯郡旧宅，可不久前吕巽以母亲病重需要人照料为由，催促吕安夫妻到洛阳来侍奉，他这才带着紫妍到了洛阳。可谁知，吕母病重是假，吕巽设局是真。他趁着一日吕安出门访友，便用迷药迷倒了紫妍，将她奸污。紫妍醒来见已失贞，万念俱灰，不等吕安回来便悬梁自尽了。吕安回到家中，验看紫妍尸身，便知她是遭吕巽侮辱后含恨而死，一时间悲愤至极，要找吕巽拼命，却被吕母喝止住。非但如此，吕母还给吕安罗织了一大堆罪名，说他为夫不仁、逼死发妻，又污蔑兄长、犯上不敬，侍奉母亲更是不贤不孝，实乃大逆不道。说罢便命下人将他关押在后院柴房，要用家法伺候。就这样，吕安连吕巽的面都没见着，就被关了起来。幸亏他贴身的小厮机灵，偷偷送来纸笔，帮他送信到嵇府。可由于仓促，许多事情没有在信中说明。嵇康这一路听来，发觉事情比想象的更加险恶复杂，先救出吕安才是当务之急。

到了城中，他让曹玟先回府安顿，只身来到吕巽府。吕巽仍不在家，只有吕母出来见了他。吕母毕竟是个年迈妇人，听了吕巽的教唆才与他合谋。嵇康晓之以理，并用吕巽奸污弟媳实乃重罪来警示，规劝她只要放了吕安，此事便就此作罢。老太太怕嵇康真去告发吕巽，便命人将吕安从柴房里放了出来。嵇康便携了吕安，迅速离了吕巽府。他们刚一走，两个人影便从对面的酒楼里踱了出来。

"大人，鱼儿上钩了。"其中一人是吕巽。

"我知道，他一定会来。"另一人却是钟会。

"您真是神机妙算。"

"以他的性子，一定会就范，根本用不着谋算。"

"看来还是您最了解他。"

"还是我最了解他……"钟会在心里默默念着这句话，突然涌上一阵巨大的震惊和悲凉。他以为自己早就不能再相信任何人，今日却蓦然惊觉，在内心深处他一直对一个人的人格坚信不疑，那就是嵇康。他彻头彻尾地了解这个人，敬畏他、信任他，知道他所有的硬筋和软肋，笃定他的为人。可从什么时候开始，他不愿承认了呢？是不愿承认他的好，还是不愿承认自己的坏？不愿承认她爱他是天经地义？不愿承认自己失去了最好的友谊，以及仅有的一次拥抱光明的机会？

"大人，"吕巽一脸谄媚地继续道，"小人这差办得您还满意？"

钟会回过神，瞥了一眼吕巽的嘴脸，心想如今自己也只能与此等鼠辈一起，谋划大事了。

吕安随嵇康一回到家中，便忍不住放声大哭起来。一夜之间，他便永失所爱，更被母兄残害，成了无家可归之人。

"康哥，我要给妍儿报仇！"

"你先冷静下来，此事没有这么简单，若无人撑腰，吕巽怎会如此大胆？"

吕安红着眼，恨道："定是钟会在背后使的奸计，我要去找他问个清楚，为何如此害我！"

嵇康长叹一声，对着吕安拜下身去："他是冲着我来的，是我连累了你，也害了紫妍……"吕安忙将他扶起，道："钟会豺狼之心，防不胜防。司马昭在朝中排除异己、残害名士，我一向看不惯他们主仆狼狈为奸，向来多有微词，即便没有你，早晚也会被他们盯上，你千万不要因此而自责。"

"难为你了，阿都……我这一路行来，听到吕巽在外到处散播你不孝的谣言，想必是要以此威胁，叫我们不要告发他。如今司马昭正打着忠孝礼义的旗号，打击曹氏忠臣。你听我一句劝，先按下此事，看看形势再说。"

"嗯。"吕安含泪点点头。如今这世上，他只有嵇康这个亦兄亦友的亲人了。

就这样风平浪静过了半月，坊间的传言也渐渐平息。这日，嵇康出门为吕安置办东西，在集市看到一个极为熟悉的身影，仔细一看，竟是王烈。王烈一身俗人打扮，活脱脱一个俊俏公子模样，混在人群里悠闲地逛着。

"长休，你怎么在此？"

"来寻你啊，顺便看看花花世界。"王烈还是那副似笑非笑的表情。

"你来的不是时候，我没工夫陪你闲逛。"

"不用你陪，我好久没过俗人的日子，就在你府中住上几日，随便玩玩。"

"只是如此？"

"诶，我至于骗你一个毛头小子吗！"王烈瞪眼道。

"好，就依你。"嵇康答应下来，却隐隐感到不安。王烈绝不会轻易下山，可无论怎么问，王烈只是嬉笑言他，避而不谈。

果然，王烈来了三日后，事态急转直下。吕巽恶人先告状，一纸诉状将吕安告到官府，说他侍母不孝、不敬兄长，实乃大逆不道，当予以严惩。府官乃钟会鹰犬爪牙，二话不说，将吕安下了大狱。嵇康愤慨至极，以一封《与吕长悌绝交书》将吕巽的罪行公之于众，并写好状词，决定亲自到官府为吕安申辩。刚走到门口，便被一人狠狠地拉扯了回来。回身一看，是王烈。

"长休，你……"

"我问你，道分六法，为哪六法？"

"'心斋''守一''坐忘''朝彻''调息''凝神'。"

"我再问你，何为'心斋'，何为'坐忘'，何为'守一'？"

"清心寡欲，离形去智，天人为一。"

"原来你都记得啊，我以为你早就忘到九霄云外了！我一心一意教你修道，你却为了俗世纷扰一再犯戒，所为何来？"王烈语调严厉，"你离开修武之时，孙登便在山口阻拦，一番好言相劝，你为何不听？"

"长休与前辈之意，在下岂能不知？可我曾答应过阿都，若他有难，刀山火海，绝不相负。何况他今日是因我遭祸，我岂能坐视不理？"

"即便舍掉此身此修为，你也不悔？"

"虽有遗憾，绝不后悔。"

"我还是第一次见到你这般狂妄痴愚之人！算我往日里的教诲都白费了，你且去吧！"王烈长袖一甩，将嵇康推出，负气而去。

嵇康跌落在地，一抬眼，曹玟立在面前。

"你也要阻止我？"

曹玟淡淡一笑，上前扶起他道："你说呢？"

"无论你们如何阻拦，我都决意前去！"

"我知道。"

"此去凶险万分，或许再不能回返。"

"我知道。"

曹玟答得淡定从容，倒令他十分诧异："玉儿，你？"

"既是要去，也不能如此衣着随意，倒叫人笑话我这个做妻子的不贤。"她挽起他的手臂，向后院带去，"让我为夫君好好梳洗一番，再去可好？"

"好……"他心中极暖也极悲，对这个深爱一生的女人又多了一分赞叹和敬佩。这些天来，他所想所忧皆是如何解救吕安，而她默默守在自己身边，却已将生离死别都想透。

"你是不是，早已将我与孩子们托付给了巨源？"曹玟一边梳理着他的长发，一边问道。

"是。"

"巨源宽仁慈爱，有他照顾孩子们，我很放心……不过，我是不用的。"

他听出话中端倪，慌忙按住她的手道："绍儿还小，他不能没有娘亲！"

"我也不能没有你……你知道的，我自小被父王骄纵惯了，向来任性。"她拂开他的手，细细为他梳好发髻，又一件件为他穿好衣衫，随后退了两步，倚臂托腮望着他，流露出少女般的羞涩与钟情。

"玉儿……"嵇康担忧地看着她，不知她心中到底想的是什么。

端详了许久，她发觉差了些什么，伸手将挂在自己腰间的玉珏解下，为他系在相同的位置。又细看了一番，这才满意道："如此才好……有匪君子，如切如磋，如琢如磨，如金如锡，如圭如璧……我的夫君便是这样的君子，胜过世上千万人……"说到后面，语调已哽咽不堪。

"那是因为我有你……"他轻轻将她揽入怀中，想用尽全力再感受一遍她淡淡的幽香，暖暖的体温。有那么一瞬间，他真的动摇了，只想全身心融入这无边无际的柔情里，抛开世上所有道义与牵绊。

"康……"

"嗯……"

曹玟捧上他清俊的脸庞，踮起脚向他唇上深深吻去。他闭上眼，任由她肆意地吻着，两行清泪顺着脸颊不住地滑落。就在悲伤泛滥之时，他忽觉口中顶进一个苦涩之物，随着她舌尖的推动滚下喉咙。下一秒，她的容颜开始变得模糊，眼前的一切剧烈旋转起来，身子不由自主地向后倒去。

她，她竟然……

曹玟扶住他摇摇欲坠的身体，把他安置在床上，俯身凝望片刻，目光坚定。

"不……"他拼命地想摇头，却已使不出一丝力气。

曹玟在他额上落下一吻，轻柔道："这一次，轮到我说对不起。我实在，不能眼睁睁看着你……与钟会的孽债皆因我而起，就让我去了断吧……"

"不！！！"看着她纤柔婉丽的身影消失在门外，他在心里发出凄厉的呐喊。

可惜她根本不可能听见。

官府内，府官端坐堂上，吕安因拒不认罪已被打得遍体鳞伤。钟会一身便装，悠闲地坐在一旁饮茶，等着嵇康到来，却听手下来报："大人，一个女子闯了进来，说自己是什么亭主…… 怎么办？"

钟会一听，放下茶盏，道："让她进来。"说罢，两眼直勾勾地盯着门外。

一束白光向堂上一点点靠近，渐渐幻化出一个倾城绝丽的身影。

钟会呼吸一窒，痴痴地看着她。这么多年过去，为何她还是这般容姿倾城，勾魂摄魄？为何，为何……

"士季哥哥，许久不见。"一个绝美的声音随风飘来。

钟会攥紧衣角，好不让自己做出任何不妥之举。

"堂下何人？"府官问道。

"已故沛穆王曹林之女，嵇康之妻，长乐亭主。"曹玟道。

"亭主有礼，来此何事？"府官接着问。

"为人洗冤。"曹玟答。

"何人有冤？"

曹玟一指旁边的吕安，道："此人有冤。"

"哦，何冤之有？"府官仍是一副道貌岸然。

曹玟不再理会他，目光转向一旁的钟会："吕安有何冤情，想必你最清楚。"

钟会紧绷着脸，冷冷道："公堂之上，还请亭主不要胡言乱语。吕安是否有罪，自有王法定夺。我也只是奉命听审，并不知什么内情。"

"好，钟大人，你既不知内情，便请看看这份状纸，上面写得清清楚楚。"她说着将嵇康写好的状词递到钟会面前。

钟会接过状词瞭了一眼，冷笑道："这状词乃嵇康手书，为何他不来？"

"此事与他毫无干系，不过是为了与吕安的兄弟之情才牵扯进来。如今他身体有恙不便前来，由我替他送上状纸，为吕安鸣冤。"她边说边缓缓走近钟会坐席，待来到他面前时，忽然压低声音道："你心里清楚，这一切都是你我之间的恩怨，走到今日都是孽债，又何必连累他人？"

"哈哈，哈哈哈哈！"谁知钟会竟毫不顾忌旁人，大笑过后高声道："亭主还请自重，不要信口雌黄。你倒说说看，我与你有何孽缘？莫不是嵇康胆怯不敢前来，叫你一个妇道人家来出卖色相，替他的兄弟求情吗？"

"钟会，你！"曹玟当即恼红了脸。

一旁被打得昏昏沉沉的吕安听了钟会之言，也清醒过来，嘶哑道："嫂嫂，不要跟他多说，没用的…… 别管我，快走……"

钟会收住狂笑，阴冷道："你看，他的兄弟不许你这么做。你堂堂亭主，金枝玉叶，何必如此自轻自贱？"

曹玟深吸一口气，稳住心神道："我今日既来了，就没打算回去。只要能够了结这段仇怨，我任凭钟大人处置，只求你放了吕安。"

"了结？你告诉我，毁了的一辈子如何能够重新来过，我便与你了结……"钟会盯着她，眼色幽暗起来。

"我可用一死，来抵你这一生。"

"你……"钟会眸底强烈地动荡起来，她轻描淡写一句"死"，难道就能抚平自己千疮百孔的心吗？而他，又岂能当真看着她去死？

曹玟见他面露挣扎之色，回想两人之间的半生纠葛，对他恨是有恨，但更多的却是深深的惋惜与悲悯。她叹了口气，柔声道："这些年来，你受苦了。"

钟会抬起头，眼睛红湿，透出孩子般的委屈。

曹玟像安抚儿女般，宽慰他道："没关系，都过去了。只要我一死，你所有的怨恨都将烟消云散。"她说着，将袖中早已攥得发皱的一张字据展开在他面前。上面是为吕安洗冤的证词，下面是自己愿自裁谢罪的文书。

钟会看向那娟秀的小楷，上面字字句句写得清楚，只要他将吕安无罪释放，并答应从此不再伤害嵇康，她便当场自裁，毫无怨言。为了那个人，她竟能做到这一步！方才升起的内心挣扎顿时荡然无存，他早已不是那个任人摆布的弱者。心中暗暗冷笑，去接那快攥破了的字据。这世上再没有人，能跟他钟会谈条件。

"玉儿！"就在此时，嵇康的声音从外面传来。

"你，你怎么？"曹玟见他身形虚弱地扶在门边，脸色苍白地望着自己，便知他是花了多大心力才挣扎而来，方才强装的坚强顿时瓦解冰消。

钟会却一把攥住她的玉臂，狞笑道："嵇康，你终于来了！"他抽出令箭，狠狠往地上一掷，喝道："来人，将嵇康拿下，与吕安一起，押入大牢！"

五十三、誓不独求生，含笑共赴死

"无凭无据，你凭什么抓人？"曹玟怒道。

"就凭他指使你在公堂之上勾引本官，便是重罪！"钟会冷笑道。

曹玟鄙夷道："钟会，没想到你竟能卑鄙到如此地步！"

钟会毫不着恼，微笑道："你们夫妻演这一出好戏，就是为了骗我放人，不是更加卑鄙？"

"你！"曹玟知道他铁了心要往自己身上泼脏水，也不再辩解，只道，"只要你能放过他们，我方才说的仍然作数。"

"呵呵，哈哈哈哈哈！"钟会狂笑几声，放开攥着她的手，在袖子上擦了擦，道："你以为你还是当初那个黄花闺女吗？你这身子早被他糟蹋尽了，这样的残花败柳，根本没资格跟我谈条件！"

"钟会，你给我住口！"嵇康怒吼一声。他方才被曹玟喂下软筋丸，浑身无力，瘫倒在床上，眼睁睁看着曹玟只身离去，便猜到她定是要以自身做交换，去救回吕安。钟会如今已着魔道，与他做交易何异于与虎谋皮？纵然让自己死上千万遍，也决不能让她去牺牲。想到这里，他记起王烈曾传授他的"调息凝神"之法，此乃妙真道修炼的最高境界，他虽远远未达到，但用其凝聚精神，调动身体还是可以一试。那软筋丸不过是一种麻药，半日后便会自行消退。他只需调动精神，让药力挥发得更快一些即可。就这样，他试了一番，直到可以勉强起身行走，便挣扎着来到官府，看到了方才的一幕。

他吼了一声，已然用尽全力，再也撑不住倒在地上。

曹玟上前扶住他，"你怎么来的……"

"我，我不能让你做傻事……"

"啧啧啧，真是伉俪情深，令人羡慕……可惜，你们的缘分到头了。"钟会一挥手，命手下扯开二人，将嵇康锁拿起来，与吕安押在一处。又从怀中抽出一物，展开在嵇康、曹玟、吕安面前，道："谁说我没有凭据？今日就让你们死个明白！"

三人朝那物看去，是一幅画。画上一对仙鹤立在松树枝头，振翅欲飞。左侧有一首题诗：

> 俗人不可亲，松乔是可邻。
>
> 何为秽浊间，动摇增垢尘。
>
> 豺狼当朝堂，鬼魅惑人心。
>
> 哀哉世间人，何足久托身。

诗下落着嵇康、吕安二人的名讳。

这画看着十分熟悉……嵇康与吕安细细回想此事，恍然大悟。

那年嵇康去谯郡见曹纬，曾转道去看望吕安。当时吕安正在画院中的一棵松树，见嵇康来了，喜得将笔扔在画上，落下一个墨点。嵇康就着那墨点描出一对振翅欲飞的仙鹤，还将自己随口吟的诗与二人名讳题在下面。吕安还曾戏言，要收好此画，日后用它换酒钱。

今日观此画作，正是当日那一幅，但却又有所不同。那日嵇康所题的诗只有四句，而今日却多出了四句："豺狼当朝堂，鬼魅惑人心。哀哉世间人，何足久托身。"前四句只不过是抒发与青松为邻，摆脱俗世纷扰的向往。后四句则直指朝政黑暗，揭露豺狼当道、蛊惑人心的事实，警示世人这样的世道无法长久生存，有煽动人们起来反抗之意。

"这后四句并非康哥所写，定是有人陷害！"吕安分辩道。

钟会边卷起画边冷笑道："这么多年了，你怎么还是这么蠢！知不知道，你的天真是会害死人的。你的妻子已经被你害死了，现在你的康哥也会因你而死。哈哈哈哈哈哈，真不愧是他的好兄弟！"

吕安见他拿逝去的亡妻与嵇康来挖苦自己，气得浑身发抖，奈何镣铐在身，浑身伤痛，动弹不得。

"又是伪造笔迹的老伎俩，钟会，你还会不会用点新招数？"曹玫道。

"哼，对付蠢人，一招足矣。"

嵇康此时药性也解了，伸手按住吕安肩头，对他摇了摇头，让他不要动气。转而对钟会道："你所恨的只有我一人，如今我已落入你手，任你如何处置都可。阿都是无辜的，还望你念在昔日情分放过他。"

"怎么？又来跟我讲情分？你们真可笑，兄弟、夫妻做得如此逍遥，却每次都叫我这个一无所有之人对你们讲情分！我早已遍体鳞伤，拿什么来给你们情分！"

"康哥，不用求他，他这种卑鄙小人，求也无用！"吕安咬牙道。

"哈哈，说得好，有骨气！"钟会抚掌高赞，踱到曹玫身前，附身道，"不过，我这次倒可以给你们一次机会。"说着一把扯起曹玫，往自己怀中一带，对嵇康道，"她与吕安，我只能放一个，你选谁？"

"你！"嵇康没料到他还有此一招，一时乱了心神。

"别管我，救嫂嫂要紧！"吕安不假思索道。

曹玫却对嵇康摇摇头："能换回阿都，正是我所愿，你不必为难。"

"真是感人，我都要落泪了……"钟会将曹玫又在怀中紧了紧，来到嵇康面前，直视着他的双眼，一字一句道，"我记得，当初好像也是这样。兄弟与美人，你选了美人。今日呢，是不是依旧选美人？"

此句可谓诛心之语。然而所诛之人不是嵇康，却是钟会自己。在兄弟与美人之间，选了美人的一直只有他。只可惜他从未跳出这执念的牢笼，他所痛恨的那种人，一直都是他自己。这世上没有其他人，那魔障只在他心里。

嵇康深知此乃钟会报复之举。以他的毒辣，不论自己选了哪个，三人仍旧逃不出他的魔掌。正在焦心，却听一个声音道："放了我师父和师娘！"

钟会一愣，向来人看去。来人十几岁年纪，肤色白皙，修眉薄唇，姿态挺拔，与自己容貌竟有七八分相似。正是他失踪了许久的长子钟邕。

"邕儿？"嵇康与曹玫皆是一惊。这孩子怎么擅自从修武跑了出来。

钟会见是他，下意识地松开了曹玫。

钟邕来到钟会面前，拜道："孩儿见过爹爹。"

"好个逆子，你还知道回来！"钟会心知钟邕当初连夜逃出府，是因为撞见自己要杀司马芝。但他对钟邕自小宠爱，视如己出，此时见他回来仍是暗暗欣慰，冷着脸道，"这些日子，你去哪了？"

"孩儿自那天离家之后，遇见了一群流民，与他们走了几日便迷失了方向。后来多亏被师父收留，在修武住了下来。"钟邕绝口不提当夜之事，编了流民一说，搪塞过去。

"师父？你拜了嵇康为师？"

"是，孩儿跟随师父读书习医，师父与师娘待孩儿恩重如山。孩儿恳求爹爹，放了他们。"说着又是一拜。

"好，好，你既攀了他的高枝，又何必回来认我这个爹爹！"钟会又妒又恨。

"爹爹从小教导孩儿，要尊师重道、知恩图报、持身正直，而今师父有难，孩儿岂能坐视不理？"钟邕一番话说出来，在场之人都觉得不可思议。钟会这样的奸恶之徒，竟也会教导孩子走正道、做好人。

钟会也是一惊，忆起钟邕年幼时，自己也曾在窗前灯下，教他读书习字，与他谈论如何做人，如何立志。他全心全意，希望钟邕能成为一个才华横溢的谦谦君子。如今钟邕正如他所愿，他却不知该如何面对。

"孩儿恳求爹爹，放过师父与师娘。"钟邕又是一拜，抬起头，与父亲对视。

钟会望着面前的钟邕，忽然产生了一种错觉，好似年少的自己隔着厚重的时光，与他遥遥相对。

"大人，嵇康与吕安所犯乃是谋逆的重罪，断不可放！"府官道。

钟会回过神，瞟了一眼嵇康三人，又看了看钟邕，冷肃地下了命令："长乐亭主乃皇室宗亲，不予论罪，礼送回府。嵇康、吕安二人谋逆，押入大牢，等候审讯！"

"爹爹！"钟邕失望之极。

"你若再闹，连你师娘也一并关押，还不给我老老实实回家去！"钟会狠狠瞪了钟邕一眼，拂袖道，"来人，将公子送回府，好好看管起来！"

手下得令，一队将曹玹"请"回府，一队将钟邕"送"回家，一队则枷锁镣铐，将嵇康与吕安锁在一起，押入囚牢。

钟会出了府衙，即刻去向司马昭复命。司马昭正与山涛讨论邺城铜雀台曹氏诸亲王、宗室的"看顾侍奉"之事。山涛处事妥帖，既防止了祸乱发生，又善待了曹氏诸亲王，朝野内外皆是一片赞誉之声，司马氏因此赢回不少颜面，更堵住了天下悠悠之口。因此，司马昭心情大畅，兴致很高，谈罢以后留山涛对弈，正下到紧要之处，钟会来了。他见山涛在，本想延后禀报，司马昭却道："但讲无妨。"

钟会便将捏造好的种种罪状案册呈给司马昭，道："大将军，嵇康与吕安已被押入大牢，此案该如何定夺，还请示下。"

司马昭暗中观察着山涛的脸色，见他手执棋子，专注地思索着，似乎全然没有听见钟会方才的话。他微微一笑，抬手翻看了几页案册，故作惊诧道："谋逆？不是让你彻查吕安侍母不孝、伤风败俗之案，怎么又牵扯上了嵇康，又何来谋逆之说？"

钟会知道司马昭这是演戏试探山涛，便将嵇康、吕安如何作"反诗"，如何"行为放荡""蛊惑世人"之事，仔仔细细向司马昭"禀报"一番，最后道："嵇康，卧龙也，不可起。如今大将军文治武功，满朝归心，无忧于天下，却不得不提防嵇康这样的清流领袖，否则孔融之祸便近在眼前。"他所说的"孔融之祸"便是当年孔融抨击曹操意图篡汉，后被曹操诛杀之事。此言可谓一语双关，既指出了嵇康之案的严重性，也同时建议司马昭效仿曹操杀孔融之举，诛杀嵇康。

"哦？孔融宾客满天下，且在朝中颇有势力，振臂一呼，其势了得，若说他有谋逆之心我信，可这嵇康早已归隐山林，在朝中也没有亲旧故交，就算他想谋反，恐怕也成不了气候啊……"司马昭似乎毫不在意地回了一句，在棋盘上落下一枚黑子，对山涛笑道，"山公，白子已成困局，我看你今日如何解围。"

司马昭又是一语双关，表面说棋，实则是想看山涛如何为嵇康解围。

山涛自钟会进来，便打起了十二分精神，听他要将谋逆重罪诬陷到嵇康身上，心中不由揪作一团，脸上却仍保持着淡定从容之色。听见司马昭问他如何解围，胸口更是一股悲愤意气直窜上脑门。他拼命克制，稍有舒缓，又觉得眼前的棋盘旋转起来，似一张铺天大网压下来，将他死死困在其中。

"今日我便将妻儿托付与你，若我死了，就靠你护他们周全。"

"与死相比，这又有何难？"

"死易，养孤儿难。是我自私，先将容易的选了去，剩下的难事，便由巨源来做吧。"

那日嵇康的话，响起在耳边。

"山公，该你落子了。"司马昭见山涛直勾勾地盯着棋盘，不发一言，催促道。山涛回过神，对着一盘残局，摇头笑道："老臣棋艺不精，无解围之心力，甘拜下风。"

"哦？久闻山公乃围棋高手，怎么稍遇阻滞便放弃了？"

"此局胜负已分，老臣心服口服。"山涛神情淡定。

司马昭点点头，看向钟会道："依士季看来，此案该如何处置？"

钟会瞥了一眼山涛，心中冷笑，在生死利益上面，果然信不得任何人。山涛与嵇康同游竹林，半生交好，到头来不也因为是否效忠司马氏而断然绝交，惨淡收场？如今嵇康面临生死危机，山涛竟能面不改色，不为他求一句情，看来定是那封《与山巨源绝交书》的讥讽挖苦太过毒辣，令他恨透了嵇康吧。也对，世上哪有那么胸怀广阔之人，所谓的君子气量，不过是人们用来标榜自己的鬼话罢了。

想到这里，钟会道："将军，在下以为嵇康上不臣天子，下不事王侯，轻时傲世、不为物用、无益于今、有败于俗，且素日文章多抨击当世、妄议朝政，若不借此机会将其诛杀，日后定为心腹大患。况且，他身为曹氏姻亲，又是清流领袖，若日后被亲曹势力所拉拢利用，那可是一把利器啊……"说到这，钟会偷眼观察司马昭的神色，已然定了杀心。

山涛拿着围棋罐，一颗一颗往里面装着棋子，待钟会说完，白子已收齐了。

"当日曹操诛杀孔融，虽过了这么多年，世人提起，仍颇有诟病。嵇康之名不在孔融之下，恐怕……"司马昭道。

"将军必为万盛之尊，是非忠奸皆由您来评定，何惧天下？"钟会继续煽风点火。

司马昭抿着嘴唇，沉吟起来。

钟会攥紧案册，死死盯着他。

"也罢，明日我便请旨陛下，诛杀嵇康，夷灭三族。吕安……也杀。"过了许久，司马昭冷冷地道。

一句"夷灭三族"刚说出口，钟会与山涛都惊住了。

覆巢之下安有完卵，曹玟必将受到株连。这个结局是钟会不想看到的，而山涛也绝不能辜负嵇康托孤的诺言。

两人各自在脑中飞快地思索着对策，抬起头时，都从对方的眼睛里看出了彼此的意思。

"将军，老臣有一语相劝，当年曹操诛杀孔融，也只祸及全家，并未牵连其族人。何况那嵇康之妻乃是亭主身份，有皇室血脉。当日何晏被诛之时，令尊司马太尉尚且放过了其妻金乡公主与幼子何荣，如今若处罚太过，恐再激起曹氏宗亲的不满之心。那么此前的邺城安抚之事，便前功尽弃了……"山涛放下手中的围棋罐，起身缓缓道。

"山公说的是，诛杀嵇康、吕安二人已足够震慑世人，清洁王道，不必再牵连其他。"钟会赶忙附和。

司马昭眯眼看着二人，笑道："山公与士季难得如此意见相同，就依你们之言吧。"两人领命，皆满身冷汗地出了司马府。

三日后，朝廷果然颁下诏令，以谋逆之罪判处嵇康、吕安死刑，将于一月后在洛阳东市问斩。旨意一出，天下震惊。

第五卷　广陵遗音

五十四、绝响广陵散，乘风化鹤归

公元262年，魏元帝景元三年，秋。

这是个再晴朗不过的秋日，阳光和煦，惠风柔畅。只是今日的洛阳城，却没有一丝祥和之气，全城的人皆围在东市的刑场，等着那一刻。

行刑台上两个男子并肩跪坐着，囚衣枷锁在身，长发凌乱，满身污渍，却丝毫掩盖不了他们皎洁的面容、从容的气魄。若仔细看去，那两人相视之间，嘴角竟挂着一丝笑意。

"娘亲，他们都要死了，怎么还笑？他们不害怕吗？"一个围观的小男孩问。

"他们肯定是疯了，哪有人不怕死的！"他的母亲答道。

母亲的回答并不能让他满意，他明明看到了，那是一种欢欣喜悦的笑容，就像他每次放学回家时一样轻松。

监斩官看看日晷的投影，时辰差不多了。正准备抽出斩令，却见远处浩浩荡荡来了一大群太学生，还有许多江湖豪杰，将刑场团团围住。为首的青年称自己是嵇康的学生钟邕，代表三千太学生向朝廷请求拜嵇康为师，恳请赦免嵇康与吕安的死罪。而那些江湖豪杰则声称，若处死嵇康，他们便都自愿入狱，把牢底坐穿。监斩官无法，只得暂时收了斩令，命手下前去向大将军司马昭回禀。

"娘亲，那么多人给他们求情，他们一定是好人吧？"小男孩又问。

"娘只知道，他们是罪犯。"他母亲道。

听了母亲的话，他咬紧嘴唇，赌气似的不再出声。

行刑台上的嵇康，见钟邕率领一大群太学生跪在台下，再一细看，赵至也混在人群中，正满面泪痕地望着自己。见嵇康看向他，蠕动嘴唇唤了一声"师父"。

胡闹！这些孩子真是胡闹！且不说这样的逼宫行为只能让事态更加严峻，

可能会连累更多的人，就说赵至与钟邕，一个是司马昭追杀许久的曹髦同党，一个是钟会的爱子。如此意气用事，只能让司马昭与钟会更加恼怒。

嵇康对台下二人投去严厉的目光，要他们即刻带着太学生离开这是非之地。

可赵至与钟邕似乎铁了心一般，对他的示意置若罔闻，更加笔挺地跪直身子，与其他太学生一般，纹丝不动。

嵇康又向那些江湖豪杰看去，那些人他根本素未谋面，不知为何也为了他的生死而来。他不知道，那群豪杰的为首之人，便是当年为令狐愚收尸的英雄马隆。马隆生性侠义，因为令狐愚之事被朝廷褒奖之后，在江湖中名望日高。他一向崇敬嵇康的人品和文章，今番听闻司马昭要斩杀嵇康，便聚集了一帮江湖豪杰，来到刑场为嵇康求情。

好，好，好。嵇康虽死，忠义心仍在，赤子心仍存。他终于可以无憾了。嵇康想着，又转身看向身旁的吕安，见他正向自己投来一笑，目光明朗，神情坦然。

"康哥，这一生能与你相识相知，共赴黄泉，我很开心。"吕安道。

嵇康点点头，回以一笑。真好，他没有辜负对吕安的诺言。可为何胸中还有一份疼痛挥散不去，似藏了一只噬骨之虫，一寸一寸啃噬着他的骨髓。是的，他终究还有放不下之人，他深爱的妻子，与那一双玲珑儿女。

正思念着，行刑台下的人群让出了一条通道。一位白衣女子，抱着一把琴，向嵇康缓缓走来。曼妙的身姿，绝美的面容，将周遭的光芒收拢，凝聚成一束柔和的白光，将她与嵇康笼罩其中，其余的一切皆被冻结在她与他之外。

她来了。

他此生最亏欠的，终究是她。

曹玟却柔柔地笑了，望着他的眼眸中不带一丝怨恨，只有满溢的深情。

"我把琴带来了，再弹一曲吧。"她将琴放在他的膝前。

他痴痴地望着她，脑中思绪如飞，忆起与她相爱的所有过往。曾经的苦与痛，现在回味起来，皆幸福如梦。曹玟请求监斩官解开嵇康的枷锁，抚上他的双手。

他回握住那双素手，道："怨不怨我？"

她又是柔柔一笑："不怨。"

"嫁给我，悔不悔？"

"不悔。"

"我要先走了。"

"我随你一起。"

他的手颤抖起来，却被她坚定地按住了。

"秋天的洛阳城太美了，没有你陪我一起看落叶，太孤单。带我走吧。"

"好。"

"我想听你弹琴。"

"好。"

他与她相视一笑，盘膝坐定，将琴放在膝上，扣动琴弦，凄恻铿锵的琴声激荡出来，纷披灿烂，戈矛纵横。如将军壮志，铮铮铁骨，又似名士风流，孤傲高洁。琴音浩渺瑰奇，博大幽深，听来仿若春秋飞逝，千年一瞬。成败得失随风去，家国山河入梦来。任他王侯将相成枯骨，我自独留清气满乾坤！

行刑台下所有人，都被如此浩大恢弘的琴曲摄住了魂魄，仿佛聆听天籁之音与来自神明的启示。

这一曲，便是《广陵散》。选择在此时弹奏此曲，是因为他不想在生命尽头留有任何怨恨与遗憾。他爱这世间，爱一朵花、一片叶、一溪水、一团云，他爱所有的真情与挚意，爱一个信任的眼神，爱一句不悔的誓言。无论经历怎样的黑暗，他心中的那团火焰，永不熄灭。

他纵情地弹奏着，将所有俗世牵绊皆抛诸脑后，与激昂顿挫的琴音融为一体。

苍天啊，我是该尽忠竭智、不畏权贵、仗义执言，还是卑微怯懦、唯唯诺诺？

苍天啊，我是该抛却名利、庇佑万物、不求闻达，还是追名逐利、蝇营狗苟？

苍天啊，我是该避世隐居、心怀至诚、任侠而行，还是招摇撞骗、粉墨登场？

是正直无私，还是玩弄权术？

是与松鹤为伴，还是与鬼魅为伍？

是该振翅高飞，还是隐藏志向？

是隐居山林、独善其身，还是出将入相、兼济天下？

是追逐先贤的脚步、神游太虚，却最终陷入迷茫？

是一展才华、平步青云、庙堂谋断，却患得患失、如履薄冰？

是像老子那般清静无为，还是像庄周那样狂放不拘？

这一切，哪个是得，哪个是失，哪个是吉，哪个是凶？

他弹奏着，卜问着，求索着，倾听着，直到狂风大作……

狂风散去，嵇康隐约听到空中一个清亮的声音喝道："德高之人不观相，通达之人不占卜。先生文采精华，醇厚质朴，内不愧心，外不负俗，交不为利，仕不谋禄，以古今为鉴，涤情荡欲。如此高贵洁净，只有蓬莱仙岛才是先生的归宿。

方将观大鹏于南溟，又何忧于人间之委屈！"

听到天空中传来的声音，嵇康仰天观瞧，只见三人遥遥飘临在空中，一个是曹植、一个是王烈、一个是孙登。三人皆白衣素袍，乘风伫立，笑看着他。

"还记得，我曾点化你的那首诗吗？"曹植手一扬，一片落叶化作锦缎，随风飘落在嵇康手中。嵇康展开看去，一首诗显现出来。

> 巍峨铜雀台，琴刀此中埋。
> 苏山偶得遇，英雄暂抒怀。
> 乾坤瞬息变，孰能识清白。
> 大梦终须醒，缥缈入蓬莱。

这便是他十岁那年梦见曹植，被吕安摇醒后忘记的那首诗，如今读来，诗中所有寓意皆变得无比分明。嵇康重读此诗，良久沉吟，感慨万千。

见他此状，王烈在云头笑道："你誓与知己同生共死，从那一刻起，便已脱离了世俗之身，难道还未知觉？"说罢与曹植、孙登一齐大笑起来。

嵇康望向曹植、王烈、孙登，再看刑场周围其他人，皆屏息敛气、神情紧张地盯着刽子手高高举起的屠刀，根本不知天空中所发生的一切。察觉到这一点时，嵇康发现自己早已不是刑场上那个人，他的身子正被清风卷起，飘飞起来。

刑场上，司马昭下令驳回了太学生与江湖豪杰的请命，执意处死嵇康。

嵇康弹罢最后一曲，收住弦上素手，长叹一声："《广陵散》于今绝矣！"

刽子手举起行刑刀，向嵇康、吕安颈上砍去。

行刑台下，曹玫将宝剑横在了咽喉。

"娘亲，你看清楚刚才怎么砍头了吗？"小男孩随着散去的人群，问他母亲。

他母亲揉着眼中的沙子，不耐烦道："砍了就是砍了，看那么清楚干啥？你这孩子胆子忒大，不怕晚上做恶梦吗！"

小男孩抬头看看万里晴空，嘿嘿笑了。

"这孩子，别是魔怔了，快回家！"

这边围观的人群渐渐散去。太学生与马隆带领的一众江湖豪杰也站起身，平静地各自离去。只有赵至与钟邕二人仍跪在那里，望着空荡荡的刑场，恍至梦中。

"你们怎么还在此处，快跟我走，钟会带着人即刻就到！"一人上前唤醒他二人，带着他们来到一处府邸，领进书房，绡儿与嵇绍早已等在那里，二人皆已哭得泪人一般。钟邕上前握住绡儿的手，默默地陪她落泪。四个少年正在悲痛，山涛从门外走了进来，将他们召在膝前，道："从今以后，这里便是你们的家。"

"山伯伯……"嵇绍毕竟年纪尚幼，扑倒在山涛怀中，放声大哭。

"别怕，有山伯伯在，你们就不是孤儿。"山涛说着，也落下泪来。

山阳，嵇康旧居，这夜灯火仍明。向秀盘膝而坐，膝上横着绿绮琴。拨弄了几下，不知何音。又摸出怀中竹笛，吹了几声，也不成曲。一旁的红莜见他如此痴坐已将近三日，担心他伤心郁结，熬坏了身子，叹了口气，起身去给他热不知热过几遍的汤。而她自己何尝不是心力交瘁，悲痛难抑？亭主与先生去了，这世上只有向秀与她相伴相守，相依为命了。

向秀又一次叩上琴弦，这次一曲《风入松》响了起来。曲调沉浮嘈切，如飒飒松针，高洁坚贞，不因风而乱舞，不因势而变形。他弹着琴，脑中回想着与嵇康相遇相交的桩桩旧事，好友的音容笑貌、绝世风姿一一浮现，就像嵇康并不曾离去，只是与他小别几日，明天便会携酒抱琴，来与他醉饮抚琴到天明……

他正弹奏着，一阵秋风吹开了窗帷，将月光洒落在绿绮上。向秀抬起头，月色皎洁，如初遇嵇康那年。

"子期，子期……"

向秀浑身一颤，起身跌跌撞撞来到屋外，向着已经凋敝的柳园喊道："叔夜，叔夜，叔夜！"

只有风声吹在耳边。他在夜风中不知站了多久，失魂落魄地回到屋中，见绿绮琴孤零零横在那里。

世已无嵇康，谁又弹得了绿绮琴？

世已无嵇康，谁又做得了向秀的知音？

子期，子期，俞伯牙有钟子期。他便是嵇叔夜的向子期。钟子期亡故，俞伯牙为之碎琴，只为知音难觅，再无人可听琴。而如今弹琴之人先去，他这个听琴之人又该到哪里去寻知音！

向秀一双泪眼直直地盯着绿绮，良久，忽上前一把抓起绿绮，高高举过头顶，对天高喊道："叔夜啊叔夜，你的'子期'尚存，我的'子期'却已不在，你叫我今后如何再见此琴！"

眼见绿绮就要被他一把摔下，这时一股清风刮进屋中，一晃神间，向秀隐约听见一个声音低吟道：

广陵散已绝，世本无此音。

劝为知己弹，太古留清心。

"太古清心，我明白了……"

"你在念叨什么？"红芟端着热汤进来，见他抱着绿绮，喃喃自语。

向秀对她淡淡一笑："没什么，我饿了。"

"知道饿便好，赶紧趁热喝了吧。"红芟见他脸上终于带了点笑容，顿觉宽慰不少。

向秀来到窗边，又看了一眼高悬的明月，随后缓缓拉拢窗帷，转身来到红芟身前，将她揽进怀中："别担心，我会好好活下去，照顾你一辈子。"

"嗯。"红芟流下几行清泪，笑着点点头。

五十五、途闻思旧赋，相忆邈河山

公元263年秋，司马昭派钟会与邓艾出兵伐蜀，钟会与姜维在剑阁对峙，而邓艾则偷渡阴平，攻入蜀都，蜀汉灭亡。邓艾在当地宽恕降将，安抚百姓，建立奇功。钟会为了抢占头功，篡改邓艾给司马昭的书信，诬陷他居功自傲、意图谋反，邓艾与其子邓忠皆被杀害，军权全部落入钟会之手。而此时，姜维为了积蓄力量，假意投降钟会。钟会认为时机已到，羽翼已丰，便准备起兵自立。

郫江冬日的清晨，薄雾沉沉，寒风凛冽。江边，司马艾一袭薄衫，面对钟会手中冷利的长剑，神情解脱。钟会率军伐蜀之时便将司马艾带在身边，名为夫妻难离，实则作为人质。如今他要起兵自立，司马艾便再留不得。

"当初，是你派人刺杀袖儿的，对吗？"

"是。因为她和我一样，爱上了不该爱的人。"

"不，她与你不同，她懂得什么是爱。"

司马艾轻笑道："那你懂吗，什么是爱？"

"曾经我以为我懂，但我现在明白，那只是一种欲望，一种执念。可仅仅幻想得到它就已使我不能自拔。就像此刻面对至高无上的权力，我依然无法放弃追逐。"

司马芰又是一笑："没想到，你竟有这等自知之明。"

"自知，却终不能自制。这就是我的宿命。"

"而我的宿命，早在嫁与你那天便已注定。'芰'，江边之草，可惜现下还是冬天，终究看不到了。"

"待到春来，我以芳草祭你。"

司马芰点头，继而轻叹一声："我还是做不到嫂嫂那般，毫无怨恨地去死。"她直面他的利剑，最后问道，"权力究竟有多好，能让你和哥哥们付出一切？"

钟会轻吻了一下她冰冷的额头，举剑刺穿她的心口："权力，会让人发疯。"

次日，钟会宣布起兵讨伐司马昭。蜀军降将在蜀地尚且不愿拼死奋战，皆不愿相从，而魏军也因长途跋涉而疲惫不堪，人人思归。连年征战已将兵士们的斗志消磨殆尽。而就在此时，有人向钟会献计，劝他将牙门骑督以上的官吏全部处死，以威慑众人。更有人散布谣言，说钟会已经暗中命人挖好万人坑，要将不愿跟从他起兵的将士全数坑杀。钟会对下一向严酷狠辣，谣言在军中快速发酵，本就不愿再战的将士们群情激奋。两日后，几万愤怒的将士涌向城门，大军哗变。

钟会与姜维还未来得及想好对策，便见兵将如怒潮般涌向帅帐，像从地狱里卷起的火海烈焰，顷刻间将二人吞噬其中。大惊之下，钟会连甲胄都来不及穿，抓起长剑与迎面而来的兵将厮杀。姜维也抽出宝剑，砍杀起来。二人身旁只有一百亲兵护卫，根本寡不敌众。

血色巨浪中，钟会与姜维背对而立，渐渐抵挡不住。

姜维毕竟年迈，已身中数刀，到了强弩之末。他撑着摇摇欲坠的身体，看着向他扑来的一张张愤怒的脸，忽然仰天大笑起来："哈哈哈哈哈哈哈，钟士季，算无遗策，当世子房，这便是你谋划多年的天下大计 …… 哈哈哈哈哈哈，这就是我兴复汉室的宏图大业！"他狂笑不止，笑到最后渐渐变为呜咽。

钟会听他狂笑，心中虽如翻江倒海，仍咬紧牙关，一声不吭，拼死抵抗着。

姜维却已支撑不住跪倒在地，耳中似乎响起号钟古琴的悠扬琴声。

> 号角何呜呜，钟声何铮铮。
> 古来多少事，琴音为君听。

"康儿 …… 是你害死了康儿 ……"姜维举起手中鲜血淋漓的宝剑，刺向钟会的咽喉。钟会听他提起嵇康，脑中闪过二十多年前，他与嵇康、吕安在洛阳初见时的情景。三个风华正茂的少年，一样的英姿勃发，一样的洁白赤诚，如今却已逝去如烟。

"你曾说过，大丈夫一生要建功立业。我问你，你建的何功，立的何业？"

那年在安丰津，嵇康曾这样问他。

"我只不过想得到心爱之物，一个爱人，一个朋友，一份光荣，为何这么难？"

"……我便与你从头来过，好不好？"

"真的可以从头来过？"

"只要你肯相信，一切都能重新来过。"

"可是，我好怕……"

"不要怕，不管什么狂风暴雨，都有我和你一起承担。"

"当真吗……"

"当真！"

闭上眼之前，姜维看见钟会抓住他的手，狠狠将脖子送上锋利的剑锋，血一下子喷涌而出。

"叔夜，我们从头来过……"钟会瞪大双眼望着前方，倒在血泊之中。

公元264年，钟会与姜维死于乱军之中。同年，司马昭被封为晋王，加九锡。受封之前他曾假意辞让，暗地里却多次派人逼迫阮籍写《劝进表》。阮籍一再借酒躲避，但为了陈留阮氏一族的安危，最终只得应命。

"拿去吧，你们想要的东西！"阮籍将笔一丢，起身来到院中。

司马昭的手下捧着墨迹未干的《劝进表》，欢天喜地而去。

"去，把府里的酒全部拿到院中来。"阮籍咳了两声，席地而坐。

"叔父，您的身子不能再喝了……"阮咸劝道。

"去拿！"

阮咸不敢违拗，将大大小小的酒坛搬到院中。阮籍抱起酒坛，闷头便喝。他一坛接一坛地喝，似在其中寻着什么，半日间已将酒喝了大半。

"为何，为何你不在……"

"您在找什么？"

阮籍从酒坛子里抬起头："我在找酒虫……"

"酒虫？"

"对，酒虫。"他说着，又打开新的一坛。

天色渐渐变暗，雪花朵朵飘落下来。阮籍抱起最后一坛，是埋了多年的会稽山老酒。刚喝了两口，一片雪花坠入坛中，酒面泛起细纹，嵇康清俊无双的容颜在其中隐隐浮现。

"哈哈，你果真在这儿！"阮籍抱着酒坛大笑道。

"我嘛，就做一只酒虫，你何时想醉，便到酒坛子里找我来。"

"好，好。"阮籍仰天大笑数声，一口气喝干美酒，将酒坛子狠狠一摔，道，"叔夜，我这就来找你！"说罢，一大口鲜血喷洒出来。

"叔父！"

一个月后，阮籍病亡，竹林七贤的两大领袖人物自此陨落。为收服天下士人，司马昭又派人探问向秀的志向。向秀听从洛阳郡守的劝告，入朝面见司马昭。

看着一身布衣、轻裘缓带的向秀，司马昭冷冷道："听闻你与嵇康一生交好，羡慕巢父、许由那样的隐居生活，为何今日又会来到洛阳？"

向秀从容道："巢父、许由生性狂狷，不识时务，不足多慕。"

司马昭闻之大悦，封他为黄门侍郎、散骑常侍。向秀坦然从命，在朝几年，他未曾发过一言、献过一计，身在洛阳而心在竹林，将所有心血都倾注在为《庄子》作注上。他与红莜厮守到老，生育了两个儿子。去世之时，《庄子》还差《秋水》《至乐》两篇没有注完。郭象续注了《秋水》《至乐》两篇，将向秀的《庄子注》稍作改动，全部窃为己有。

向秀入洛阳为官一年后，公元265年，一天深夜。司马昭年迈体衰，已缠绵病榻许久。他将长子司马炎、次子司马攸唤到床前，嘱咐道："当年曹丕与曹植两兄弟之事，为父不希望将来发生在你们身上。"司马炎顿首承诺道："父亲放心，孩儿定会善待二弟。"司马攸却一言不发，只是望着父亲默默垂泪。

不久，司马昭病逝。司马昭去世数月后，公元266年，司马炎逼迫曹奂禅位，登基称帝，开创了西晋王朝。

公元272年，十九岁的嵇绍被山涛举荐为秘书丞，出仕为官。他一入洛阳，便以清俊脱俗的风姿引得满城轰动。有人对王戎称赞他道："嵇延祖卓卓之姿，如鹤立鸡群，简直惊为天人。"王戎微微一笑道："那是因为你没见过他的父亲，那才是绝代之人。"王戎下朝回府，一头扎进书房，将算钱用的象牙筹再次拨乱，一枚枚重新数起来。

"夫君，又有烦心事？"

"我今日在朝中见到了嵇绍，他长得真像他父亲……"

"又想起了当年的事？"

"我一刻也不曾忘记。你看这象牙筹，我已数了不知多少遍。世人都说我吝啬贪钱，可他们不知我若不如此自污，又岂能熬到今日？阮咸与刘伶又岂能在我手下得以保全？"他盯着数好的象牙筹，不多不少，正是七枚。

三十二年后，公元304年，西晋八王之乱。嵇绍率军前去迎接流亡在外的晋惠帝司马衷。司马衷的军队在荡阴被成都王司马颖大败，他身中三箭，手下官员将士纷纷逃散，只有嵇绍毫不畏惧，庄严地端正自己的衣冠，挺身保卫皇帝。

"你为何不逃？"司马衷问。

"当年魏帝曹髦被成济所弑，身旁竟无一人拼死护卫，何其可怜！我今日要让天下人知道，世间还有你我这样的君臣！"嵇绍道。

司马颖的手下冲上皇帝车驾，将护在皇帝身前的嵇绍一刀砍杀，鲜血溅满帝衣。待到战事平息，侍从要清洗帝衣，司马衷流泪阻拦道："这上面有嵇侍中的鲜血，不要洗去。"

嵇绍死后，他的门生故吏三十多人一直为他守墓，整整三年，以追念他生前的恩德。但因他是嵇康之子，却为了与他有杀父之仇的司马氏而死，被许多世人认为不孝，身后评价毁誉参半。

这日，荥阳嵇绍墓前，一对年轻夫妇牵着十岁的儿子，前来祭拜。

祭拜已毕，男孩问父母道："孩儿一路听人议论，说舅祖父不该救皇帝，是这样吗？"

"正儿觉得该不该救？"女子笑问他。

"孩儿觉得应该。"

"为何？"

"孩儿熟读《家诫》，里面虽教导人要处事谨慎，明哲保身，但有一句教诲孩儿一直铭记在心。"

"哪一句？"男子问。

"'若临朝让官，临义让生，若孔文举求代兄死，此忠臣烈士之节，可也。'舅祖父遵从《家诫》的教诲，既是忠臣，也是孝子！"男孩朗声而答。

"正儿说的对！"年轻夫妇深感大慰，又对着嵇绍之墓拜了三拜，牵着儿子钟正，向山阳而去。

途经黄公酒垆，见一对白发苍苍的老夫妻，当垆卖酒。一家三口在酒垆稍作休息，重新上路。走了没几步，听到酒垆里有笛声传来，一个苍老的声音吟道：

> 悼嵇生之永辞兮，顾日影而弹琴。
>
> 托运遇于领会兮，寄余命于寸阴。
>
> 听鸣笛之慷慨兮，妙声绝而复寻。
>
> 停驾言其将迈兮，遂援翰而写心。

　　这首诗正是向秀追忆嵇康的《思旧赋》。二人停住脚步，回头看向酒垆。一展酒旗迎风飘扬，上面写着三个大字"刘伶醉"。二人相视一笑，牵着儿子，继续往前赶路。行了许久，再次回望，酒垆在夕阳中遥遥伫立，竟已邈若山河。

后记

　　写一部关于嵇康的小说，是我怀揣了许久的一个愿望。那时还是少女时期，我在余秋雨先生所著的散文《遥远的绝响》中第一次读到了竹林七贤，知道了关于嵇康的故事，以及他与钟会那段"何所闻而来，何所见而去""闻所闻而来，见所见而去"的著名对话。对于我来说，当时的感觉是惊艳的、震撼的。一个文人，可以在权贵面前保持着自我的傲骨与气节，甚至将生死置之度外，那是怎样一种坚定的内心与强大的力量，即使在我完成了这部小说的现在，也依然无法真正体会。但这份穿越千年的魏晋风度、竹林风骨，却从此牢牢扎根在心中，成为我人生的一部分。

　　原本以为，为嵇康这样一个在历史上颇具地位的文学家、音乐家、思想家写传记类的小说，怎么也要等到四五十岁时才敢下笔。但一是心中要倾诉表达的欲望实在太过强烈；二是觉得人生如朝露，去日苦多，与其留待明日，何不早早提笔？于是，我怀着忐忑不安的心情，战战兢兢的一路写了下来。

　　为了塑造这样一个既具有文人风骨、音乐家气质，又充满道家哲学色彩的人物，我硬着头皮做了许多功课。不仅研读了大量嵇康的文章、诗词，查阅了丰富的历史文献，更恶补了许多老子、庄子的思想，以期塑造一个神似大于形似，精神重于事迹的嵇康的形象。此外，我在创作中也加入了一些适合现代读者阅读口味的情节，就是希望能够让嵇康走下古老的、遥不可及的"神坛"，变成我们身边可亲可近、亦师亦友的"普通人"。

　　当然，由于这部小说是我涉猎文学的处女作，尚存在许多不足之处，恳请与我一样喜爱嵇康的读者们指正，希望我们能够共同走进嵇康这样一个魏晋时期的特立独行者。嵇康是一座伟岸壮阔的高山，而我仅仅来到了山脚下。

> 近山方识修行远，渐缓衣带只缘卿。
> 筱竹幽篁今何在，清风琴韵伴余行。
> 林下遗风寻有迹，松间玄意觅无踪。
> 但知君心似明月，不教千行化寂声。

　　在本书的创作过程中，感谢我的父母、爱人与朋友给予我的支持和帮助，是他们无私的爱给了我信心与力量；感谢读者给予我的鼓励与认可，我会带着期待与祝福继续前行；感谢文化艺术出版社为本书的出版所做的工作。深深地感谢你们。

张冰筱

2018 年 11 月于北京